Monika Feth • Spiegelschatten

DIE AUTORIN

Monika Feth wurde 1951 in Hagen geboren, arbeitete nach ihrem literaturwissenschaftlichen Studium zunächst als Journalistin und begann dann, Bücher zu verfassen. Heute lebt sie in der Nähe von Köln, wo sie vielfach ausgezeichnete Bücher für Leser aller Altersgruppen schreibt. Der sensationelle Erfolg der »Erdbeerpflücker«-Thriller machte sie weit über die Grenzen des Jugendbuchs hinaus bekannt. Ihre Bücher wurden in über 20 Sprachen übersetzt.

Mehr über die Autorin unter:

www.monikafeth-thriller.de
www.monika-feth.de
www.facebook.com/Monika.Feth.Schriftstellerin

Weitere lieferbare Bücher bei cbt:

Die »Erdbeerpflücker«-Thriller:

Der Erdbeerpflücker (Band 1, 30258)
Der Mädchenmaler (Band 2, 30193)
Der Scherbensammler (Band 3, 30339)
Der Schattengänger (Band 4, 30393)
Der Sommerfänger (Band 5, 30721)
Der Bilderwächter (Band 6, 30852)

Die »Romy«-Thriller:

Teufelsengel (Band 1, 30752)
Spiegelschatten (Band 2, 16114)

Das blaue Mädchen (30207)
Fee – Schwestern bleiben wir immer (30010)
Nele oder Das zweite Gesicht (30045)

Monika Feth

Spiegelschatten

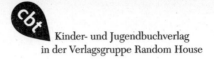

Kinder- und Jugendbuchverlag
in der Verlagsgruppe Random House

MIX
Papier aus verantwor-
tungsvollen Quellen
FSC® C014496

Verlagsgruppe Random House FSC®-N001967
Das für dieses Buch verwendete
FSC®-zertifizierte Papier *Pamo House*
liefert Arctic Paper Mochenwangen GmbH.

1. Auflage
Erstmals als Taschenbuch Oktober 2014
© 2012 by cbt Verlag, in der Verlagsgruppe
Random House GmbH, München
Alle Rechte vorbehalten
Umschlagbild: Scherben: Init
Hintergrund: Plainpicture/Anja Weber Decker
Umschlaggestaltung: init.büro für gestaltung,
Bielefeld,
he · Herstellung: kw
Satz: Buch-Werkstatt GmbH, Bad Aibling
Druck: GGP Media GmbH, Pößneck
ISBN: 978-3-570-16114-2
Printed in Germany

www.cbt-buecher.de

Es ist besser, für das,
was man ist, gehasst,
als für das, was man nicht ist,
geliebt zu werden.

André Gide

PROLOG

Ohne dich bin ich nichts.
N i c h t s ...
Stell es dir vor, dieses Nichts.
Diesen kalten, weiten, weißen Raum.

Spürst du, wie sich deine Gesichtshaut zusammen-
zieht?
Wie du frierst vor Einsamkeit?

Ohne dich bin ich nichts.
Mit dir alles.

Lass uns fliegen. Fort von hier.
Ins heiße Licht der Sonne.
Und uns daran verbrennen.

Spürst du mich?
Meinen Atem? Meine Hände? Meine Lippen?

Siehst du dein Spiegelbild in meinen Augen?

Komm mit mir. Ich bring dich in Sicherheit.
Werde nicht zulassen, dass dir etwas geschieht.
Bleib bei mir.
Komm, und wir werden unsterblich sein.

1

Schmuddelbuch, Dienstag, 1. März, acht Uhr, noch im Bett

Erreiche Björn nicht. Wahrscheinlich ist er wieder in Berlin, um in seinem hochkomplizierten Liebesleben aufzuräumen. Ich wünschte, ich könnte ihm helfen. Wir haben uns immer gegenseitig unterstützt. Viel zu sehr. Haben die Probleme des andern zu unsern eigenen gemacht. Vielleicht ist das bei Zwillingen normal, ich weiß es nicht. Habe mich nie darum gekümmert.

Greg schickt mich zu einem Vortrag an der Uni. Ein Professor Norman Forsyte spricht über besondere Aspekte der Zwillingsforschung. Passt, oder? Einerseits bin ich gespannt darauf, andrerseits empfinde ich ein merkwürdiges Unbehagen. Als wollte mich dieser Professor dazu bringen, einen Blick in mein Innerstes zu werfen, auf etwas Unberührbares, das ich aus gutem Grund nie angetastet habe.

In der Nacht waren die Temperaturen wieder unter den Gefrierpunkt gesunken. Die letzten Februartage waren sonnig und beinah schon frühlingshaft gewesen. In den Kölner Straßencafés hatte Hochbetrieb geherrscht. Die Leute hatten sich die Sonnenbrillen auf die Nase gesetzt und waren Hand in Hand durch die Stadt geschlendert.

Licht und Schatten, Vogelgezwitscher und ein lauer Wind. Das alles war wie ein Versprechen gewesen.

Nun lag erneut Reif auf den Dächern, und es war so kalt, dass Romy am liebsten wieder unter die Bettdecke gekrochen wäre. Sie legte ihre Kladde beiseite, lief ins Bad, streifte T-Shirt und

Slip ab, stellte sich unter die Dusche und drehte das Wasser so heiß, wie sie es eben noch aushalten konnte.

Sie liebte den Winter, aber allmählich hatte sie das Bedürfnis nach Sonne und Wärme. Sie sehnte sich danach, endlich mal wieder mit ihrem Laptop draußen zu sitzen, statt immerzu in geschlossenen Räumen zu arbeiten.

Während ihr unter dem heißen Wasser allmählich wärmer wurde, überlegte sie, was sie anziehen sollte. Sie würde ein Gespräch mit dem Professor führen und hatte mit Norman Forsytes Sekretärin einen Termin verabredet. Zwölf Uhr. Direkt nach seinem Vortrag.

Ihr war nach Jeans, dickem Pulli und ihren gefütterten Stiefeln. Nach ihrer wattierten Jacke und dem schwarzen Filzhut, der eigentlich eher eine Mütze war. Also würde sie genau das anziehen. Sie ließ sich Wasser in den Mund laufen und spuckte es in hohem Bogen wieder aus.

In ihrem Bauch grummelte es. Vor Hunger. Und vor Aufregung. Ein Interview hatte sie noch nie gemacht und sie hatte mächtig Bammel davor. Doch Greg ließ sich von ihrem Lampenfieber nicht beeindrucken. Er hatte ihr die Chance zu diesem Volontariat gegeben und verlangte, dass sie sie nutzte.

»Schwimmen lernst du nur, wenn du ins Wasser springst. Und Schreiben lernst du nur durch Schreiben.«

Seine Worte. O-Ton.

Eine halbe Stunde später saß Romy mit noch feuchten Haaren an ihrem kleinen Esstisch in der Küche, knabberte zwei Scheiben Toast mit Honig und ging noch einmal durch, was sie sich überlegt hatte. Aus ihren Recherchen im Internet ergaben sich immer mehr Fragen.

Wie sind Sie dazu gekommen, sich mit der Zwillingsforschung zu beschäftigen?

Sind Sie selbst ein Zwilling?

Stimmt es, dass Zwillinge bereits im Mutterleib ihre sozialen Rollen erlernen?

Gibt es wirklich Fälle von Kannibalismus bei ungeborenen Zwillingen?

»Stell dir vor, was deine Leser interessiert«, hatte Greg ihr beigebracht. »Frag dich, was dich selbst beschäftigt. Geh bloß nicht akademisch an die Dinge heran.«

Gregory Chaucer, Verleger und Chefredakteur des links-alternativen, zweiwöchentlich erscheinenden *KölnJournals,* war ein guter Lehrer. Sie hätte sich keinen besseren wünschen können.

Als sie ihre Dachgeschosswohnung verließ, ihre Fragen im Gepäck, ihren Laptop in der Umhängetasche, die Mütze tief ins Gesicht gezogen, um sich gegen die Kälte und den schneidenden Wind draußen zu wappnen, wünschte sie sich für einen kurzen Moment Björn an ihre Seite. Gemeinsam waren sie unschlagbar. Immer schon gewesen.

Trotzig drückte sie den Rücken durch. Norman Forsyte mochte ein weltweit anerkannter Professor und Zwillingsforscher sein, aber er würde ihr bestimmt nicht den Kopf abreißen, wenn sie sich hier und da ungeschickt anstellte.

Da die meisten Hausbewohner bereits unterwegs waren, gelangte Romy ohne Probleme an ihr Fahrrad. Sie hatte es, entgegen den Hausvorschriften, unten im Hausflur abgestellt, wie alle andern auch. Streng genommen gehörte es ihrem Freund Calypso, doch er hatte es ihr überlassen, nachdem ihr eigenes vor einigen Monaten geklaut worden war. Übergangsweise, hatten sie damals vereinbart, allerdings ging das Fahrrad mittlerweile ganz allmählich und unauffällig in Romys Besitz über.

Wenn nicht gerade Schnee lag, zog sie es vor, mit dem Rad zu fahren. In der Kölner Innenstadt war das Parken eine Katastrophe. Die Parkhäuser waren sündhaft teuer, und um irgendwo einen kostenfreien Parkplatz zu ergattern, brauchte man Zeit. Und Nerven aus Stahl.

Die meisten Bäume waren noch kahl, die Haselnusssträucher jedoch waren schon übersät mit langen gelben Blüten, die wie Raupen an den Zweigen hingen. Schneeglöckchen strahlten in der Sonne. Die Köpfe der Krokusse waren in der Kälte noch geschlossen. Sie würden sich, wenn überhaupt, erst in ein paar Stunden öffnen.

Romy hatte sich den Schal über die Nase gezogen, obwohl sie es hasste, wenn die Wolle von ihrem Atem feucht wurde und nach Schaf zu riechen begann. Ihr kamen Zweifel. Vielleicht hätte sie besser die U-Bahn nehmen sollen, um in einem halbwegs präsentablen Zustand bei dem Vortrag anzukommen.

Er fand im Kinosaal des Museum Ludwig statt, und weil Romy früh genug da war, hatte sie noch Zeit, im Restaurant einen Cappuccino zu trinken. Während sie den Blick über die Menschen an den übrigen Tischen schweifen ließ und sich bei der behaglichen Geräuschkulisse allmählich entspannte, versuchte sie ein weiteres Mal vergeblich, ihren Bruder zu erreichen.

Björn hatte sein Handy nicht ausgeschaltet, nahm das Gespräch jedoch auch nicht an. Romys Gefühle schwankten zwischen Enttäuschung, Ärger und Sorge. Es war nicht Björns Art, ihre Anrufe zu ignorieren. Es passte auch nicht zu ihm, sich tagelang nicht zu melden. Aber sie konnte nicht weiter darüber nachgrübeln. Die Ersten erhoben sich bereits, um sich in den Kinosaal zu begeben.

Auch Romy zahlte und stand auf. In ihrem Nacken spürte sie etwas Fremdes. Als würde jemand sie beobachten. Oder als würde eine drohende Gefahr ihren Schatten auf sie werfen. Sie schlang sich den Schal um den Hals und machte sich auf den Weg.

*

Fühle mich stark. Göttlich. Unbesiegbar. Blicke in den Spiegel. Sehe mir selbst in die Augen.

Erkenne mich.

Das kann morgen schon wieder anders sein. Und weil ich das weiß, genieße ich die Momente, in denen ich ganz bin. Unversehrt.

Ich will sie nicht, die Zweifel. Die Ängste. Aber sie fragen nicht, ob ich für sie bereit bin. Überfallen mich hinterrücks, wenn ich

*am wenigsten damit rechne. Ich sitze in einem Café, die Tür geht
auf, und jemand kommt herein. Beispielsweise. Schwarz hebt sich
seine Silhouette von dem Gegenlicht ab.*

*Er betritt den Raum und ich erschrecke. Bin unfähig, Luft zu
holen. Sitze auf meinem Stuhl wie gelähmt. Kann nicht mal einen
Finger krümmen. In meinem Kopf ist es ganz still, während die
Geräusche in meiner Umgebung sich nicht verändern. Ich habe
bloß nichts mehr mit ihnen zu tun.*

*Die andern und ich. Für ein paar Sekunden sind das getrenn-
te Welten.*

*In meinem erstarrten Körper gefangen, warte ich, bis ich mich
wieder regen kann.*

*Die Gestalt geht an meinem Tisch vorbei. Die Stimmen der
übrigen Gäste gelangen wieder in mein Bewusstsein. Die beiden
Welten schieben sich wieder übereinander. Ich bin wieder ganz.*

*Wie jetzt. Vorm Spiegel, in dem ich mein Gesicht bewundere
und den entschlossenen Blick meiner Augen.*

Warum kann es nicht immer so sein?

*

Er konnte seine Brille nicht finden. War blind wie ein Maulwurf
und fand seine Brille nicht!

Dabei legte er sie nur an ganz bestimmten Stellen ab. Auf der
Kommode im Flur, auf dem kleinen Badezimmerregal oder auf
dem Nachttisch neben seinem Bett.

Nirgendwo sonst. Niemals.

Doch an all diesen Stellen hatte er bereits nachgesehen.

Die Brille war nicht da.

Er war so kurzsichtig, dass er nicht viel mehr als Licht und
Schatten und den unscharfen Umriss von Gegenständen und Personen erkennen konnte, selbst wenn sie sich nur einen Meter von
ihm entfernt befanden. Die kleine Zweizimmerwohnung, die er
sich leistete, seit er die Assistentenstelle bei Professor Meinhardt

an der Uni Bonn bekommen hatte, bestand für ihn lediglich aus einem sanften Gemisch warmer Farbtöne.

Wie auf einem abstrakten Gemälde.

Die Sonne leuchtete die Zimmer aus, brachte einen Goldton in das Bild hinein. Und Wärme. Fast war es ihm schon zu viel. Er fing an zu schwitzen.

Dankbar registrierte er den kühlen Luftzug, der ihn streifte. Der war schon wieder verschwunden, als er sich fragte, was ihn verursacht haben mochte. Sämtliche Fenster waren doch geschlossen.

Kopfschüttelnd tastete er sich zum Schreibtisch vor. Ein einziger achtlos abgestellter Gegenstand konnte ihn straucheln lassen. Aus diesem Grund war ihm immer sehr bewusst, wo die Möbel standen und wo er seine Brille abgelegt hatte, wenn er sie überhaupt abnahm.

Etwa vor dem Duschen, wie heute Morgen.

»Denk nach«, sagte er zu sich selbst. »Wo hast du die Brille zuletzt gesehen?«

Er war später aufgestanden als sonst, weil er die halbe Nacht lang gearbeitet hatte. Kurz nach zehn war er vom Wecker aus dem tiefsten Schlaf gerissen worden. Er hatte die Brille vom Nachttisch genommen, sie aufgesetzt und war in die Küche gegangen, um die Kaffeemaschine in Gang zu bringen. Das hatte sich bei ihm so eingespielt: Während der Kaffee durchlief und die Küche mit seinem würzigen Duft erfüllte, duschte er. Dann schlüpfte er in den Bademantel und frühstückte. Erst danach zog er sich an.

Das machte er so, seit er nicht mehr in seiner leicht chaotischen alten Wohngemeinschaft lebte.

Auch heute Morgen war er von diesen Gewohnheiten nicht abgewichen. Er hatte die Kaffeemaschine mit Wasser gefüllt, eine Filtertüte eingelegt und Kaffeemehl hineingegeben. Zwei Messlöffel voll, wie jeden Morgen. Dann hatte er geduscht, sich abgetrocknet, den Bademantel übergeworfen …

Und seine Brille nicht gefunden.

So sehr er auch die einzelnen Schritte durchspielte, er erinnerte sich nicht daran, wann genau er die Brille abgenommen hatte. Vermutlich doch kurz bevor er in die Duschkabine gestiegen war. Alles andere ergab keinen Sinn.

Wieso lag das verdammte Ding dann nicht auf dem Regal im Badezimmer, wo sie sich sonst auch immer befand?

In einer der beiden Schreibtischschubladen bewahrte er seine Ersatzbrille auf und zusätzlich zwei alte, ausrangierte Exemplare. Ihre Glasstärke war zwar nicht mehr ausreichend, sie konnten zur Not jedoch noch benutzt werden. Seine Hand fuhr in die Schublade. Leer zog er sie wieder hervor.

Wie war das möglich?

Ratlos richtete er sich auf. Er war sich absolut sicher, dass er die Brillen nicht von dort entfernt hatte. Himmel, er war noch keine dreißig, er würde sich doch daran erinnern!

Noch während er das dachte, spürte er, wie eine leise Angst in ihm hochstieg. War jemand in der Wohnung gewesen?

Es war schrecklich, sich so hilflos zu fühlen. Nicht durch die Räume gehen zu können, ohne bei jedem Schritt zu befürchten, gegen die Möbel zu stoßen oder über irgendwas zu stolpern und zu stürzen.

Ruhig, sagte er sich. Hektik bringt jetzt gar nichts.

Doch er war in Eile. Das Seminar über die deutsche Nachkriegsliteratur, das er in diesem Sommersemester halten würde, sein zweites, fing im April an, und er war mit seinen Vorarbeiten im Rückstand. Für heute hatte er einen Tag in der Bibliothek eingeplant, doch ohne Brille würde er nicht einmal bis zur nächsten Straßenecke gelangen, wo er seinen Wagen geparkt hatte.

Selbst jemanden zu bitten, ihn zur Uni zu fahren, hatte keinen Sinn. Er sah ja die Hand vor Augen nicht. Wie sollte er da den Tag überstehen? Bücher finden? Notizen machen? Mit Menschen sprechen, deren Gesichter er lediglich als helle Kreise ausmachen konnte?

Ohne Brille war er nicht einmal in der Lage zu lesen.

Er nahm sich voran, die ganze Wohnung noch einmal gründlich abzusuchen.

Am besten, er begann gleich mit dem Schreibtisch und arbeitete sich von da aus voran. Eine Stunde gab er sich noch. Hatte er bis dahin keine der Brillen gefunden, würde er doch einen seiner Freunde anrufen müssen, der ihn zum Optiker brachte. Er benötigte rasch einen Ersatz. Unbedingt.

Er betastete Bücherstapel und Papierberge, seine Hände glitten über die leichte Tastatur des Laptops und den kühlen Chromfuß der Schreibtischlampe. Seine Finger befühlten Kalender, Kugelschreiber und Kaffeebecher. Vor Anspannung brach ihm der Schweiß aus.

Verdammt!

Er beugte sich gerade über das Sofa, das er meistens als Ablagefläche für allen möglichen Kram nutzte, als er ein Geräusch hörte. Es war nicht laut. Aber es war unerwartet.

Und es war fremd.

Es hatte keinen Platz in dieser Wohnung. Es gehörte nicht hierher, denn er war allein, und eigentlich sollte es außer ihm in diesen Zimmern nichts geben, das ein Geräusch verursachte.

Lauschend neigte er den Kopf.

Als sich das Geräusch nicht wiederholte, fuhr er zögernd mit der Suche fort. Er verfluchte seine Hilflosigkeit, hasste es, sogar einem Geräusch so ausgeliefert zu sein.

Er hatte die Hälfte des Arbeitszimmers geschafft, als er die Anwesenheit eines anderen Menschen spürte.

Wieder verharrte er, wie ertappt.

Er kniff die Augen zusammen in dem vergeblichen Versuch, das undeutliche Bild vor seinen Augen ein wenig schärfer einzustellen. Es nützte nicht viel. Alles verschwamm ineinander, die Farben, die Konturen. So musste die Welt für einen aussehen, der sich unter Wasser befand.

»Hallo?«, sagte er. »Ist da jemand?«

Er kannte diesen Satz aus Filmen und hatte ihn da immer selten dämlich gefunden. Als ob ein Eindringling auf eine solche Frage antworten würde.

Ja, ich bin's, Ihr Einbrecher. Ich will nicht lange stören, schnappe mir bloß das Tafelsilber, die Kamera, den Laptop und was sonst noch so rumliegt und bin schon wieder weg.

Und doch hatte er fragen müssen. Der Klang seiner Stimme gab ihm das Gefühl, nicht völlig in der Luft zu schweben. Sie verlieh ihm Halt, auch wenn sie seine Angst nicht verbergen konnte.

Die Antwort war eine noch dichtere Stille als zuvor.

Er schluckte. Schmerzhaft trocken und furchtbar laut. Seine Kehle war wie ausgedörrt. Die Zunge lag wie ein Fremdkörper in seinem Mund. Seine Augen waren jetzt schon müde von der ungewohnten Anstrengung, ihre Aufgabe ohne Brille zu bewältigen.

Schritte.

Langsam.

Fast lautlos.

Und ganz nah.

Sie ließen seine sämtlichen Körperfunktionen erstarren. Sein Herz schien nicht mehr zu schlagen, das Blut nicht länger durch seine Adern zu fließen. Alles in ihm hielt still, und für einen Moment schloss er die Augen, als könnte er auf diese Weise die Gefahr ausschließen.

Ene mene meck und du bist weg.

Doch das hatte schon früher nicht funktioniert.

Weg bist du noch lange nicht, sag mir erst, wie alt du bist. Eins, zwei, drei, vier, fünf, sechs, sieben …

Er drückte sich mit dem Rücken gegen die Wand, die den beiden Fenstern gegenüberlag, und blinzelte verzweifelt. Zog den Bademantel enger um den Körper und verknotete den Gürtel fester. Als könnte er sich so schützen.

Schützen?

Vor was?

Vor wem?

»So sagen Sie doch was.«

Er war nie der Typ gewesen, der Konflikte auf aggressive, handgreifliche Art gelöst hatte. Er war jedes Problem verbal angegangen und meistens hatte es funktioniert. Doch beide Möglichkeiten versagten, wenn das Gegenüber unsichtbar blieb.

Und keinen Laut von sich gab.

Erst in diesem Augenblick, wehrlos an die Wand gedrängt, ergab er sich dem Gedanken, dass er seine Brille gar nicht verlegt und die Ersatzbrillen nicht woanders untergebracht hatte. Dass jemand ...

Entsetzt hielt er den Atem an.

Lauschte.

Er nahm jetzt den Duft eines Rasierwassers wahr, sehr schwach, kaum mehr als die Erinnerung an einen Duft. Als wäre es am Vortag aufgetragen und seitdem nicht erneuert worden.

Ein Mann also.

Jedoch hatte er auch keine Sekunde lang angenommen, der Eindringling könnte eine Frau sein. Ihm fiel auf, dass es keine weibliche Entsprechung für den Begriff *Eindringling* gab.

Er fand es absurd, dass er den Literaturwissenschaftler in sich nicht einmal in einer derart bedrohlichen Situation verleugnen konnte.

Der Mann kam näher. Sein Körper schob sich vor das Licht, das durch die Fenster fiel.

»Bitte. Was wollen Sie von mir?«

Der Umriss der dunklen Gestalt verriet ihm, dass der Eindringling groß sein musste. Größer als er selbst.

Was konnte er tun?

Sich auf ihn stürzen. Überraschend losrennen, um an ihm vorbei zur Tür zu gelangen, und dann die Treppe hinunter und auf die Straße hinaus.

Keines von beidem war eine wirkliche Option, denn beides war ohne Brille illusorisch.

Er sehnte sich danach, dem Mann in die Augen sehen zu können. Ein einziger Blick, und er hätte gewusst, wie er reagieren sollte. Ein einziger Blick hätte ihm gezeigt, ob er den Hauch einer Chance hatte. Denn dass es um Leben und Tod ging, war ihm so klar, als hätte der Fremde es ausgesprochen.

Ganz selbstverständlich ging er davon aus, dass es sich bei dem Eindringling um einen Fremden handelte. Dabei konnte er nicht einmal das mit Sicherheit wissen.

Es gab keine Möglichkeit, aus dieser schrecklichen Situation herauszukommen.

Außer einer vielleicht.

Er besaß eine einzige Stärke, und das war seine Redegewandtheit. Er musste versuchen, sich mit Worten einen Ausweg zu schaffen.

»Hören Sie«, sagte er und stieß sich in dem Versuch, eine Entschlossenheit vorzutäuschen, die er nicht besaß, halbherzig von der Wand ab. »Ich weiß nicht, wer Sie sind und warum Sie hier eingedrungen sind …«

Er vollführte eine kleine, nutzlose Geste, die an der stummen, reglosen Gestalt ebenso abprallte wie seine Worte.

»… aber vielleicht können wir darüber reden. Ich …«

»Schweig!«

Während Leonard Blum fiel, fragte er sich, wie viele Menschen es heutzutage wohl noch geben mochte, die den Begriff *schweigen* im Imperativ benutzten. Wenige, dachte er. Sehr, sehr wenige. Aus dem Wortschatz der Studenten jedenfalls war er längst verschwunden.

Es war nicht so, wie man immer las. Sein Leben spulte sich nicht im Zeitraffer vor ihm ab. Sein letzter Gedanke galt dem Bedauern, dass er sterben würde, ohne das Gesicht seines Mörders gesehen zu haben.

2

Schmuddelbuch, Dienstag, 1. März, zwölf Uhr dreißig, Diktafon

»Gibt es tatsächlich Kannibalismus unter Zwillingen im Mutterleib?«

»Kannibalismus ist das falsche Wort. Es kann passieren, dass bei einer Zwillingsschwangerschaft einer der beiden Föten in den ersten Wochen stirbt und dann von der Plazenta oder seinem Geschwisterfötus absorbiert wird.«

»Wie oft kommt das vor?«

»Etwa in jeder zehnten Schwangerschaft.«

»Das ist ziemlich häufig.«

»Ja.«

»Und der überlebende Zwilling? Nimmt er den Tod des andern wahr?«

»Manche Psychologen gehen davon aus, dass einige Traumata und Persönlichkeitsstörungen ihren Ursprung in einem solchen vorgeburtlichen Erlebnis haben.«

»Verlustängste zum Beispiel?«

»Richtig. Auch extreme Eifersucht, unerklärliche Zustände von Traurigkeit, das Gefühl, dass einem etwas ganz Wesentliches fehlt, die Angst zu versagen …«

»Es müssen aber nicht zwangsläufig Störungen entstehen.«

»Nein.«

»Faszinierend … Ich könnte also auch ein Drilling gewesen sein?«

»Heißt das, Sie sind ein Zwilling?«

»Zweieiig. Ich habe einen Bruder. Und Sie?«

»Einzelkind, leider. Ich habe mir immer sehnlichst einen Zwillingsbruder gewünscht.«

»Kann man daraus schließen ...«

»Dass ich ursprünglich als Zwilling konzipiert war? Tja, darüber weiß ich leider nichts. Früher hat man die Mütter in solchen Fällen nicht darüber aufgeklärt.«

»Und heute?«

»Halten sich die meisten Ärzte bedauerlicherweise weiterhin zurück.«

Norman Forsyte war Ende vierzig. Er war ein paar Kilo zu schwer, was man sich leicht erklären konnte, wenn man ihm beim Essen zusah. Er nahm nicht einfach Nahrung zu sich – er zelebrierte den Vorgang.

Um das Nützliche mit dem Angenehmen zu verbinden, hatte er Romy zum Essen eingeladen, und weil er dabei ungestört bleiben und nicht erkannt werden wollte, hatte er vorgeschlagen, das Museum Ludwig zu verlassen. Zielsicher hatte er Romy in ein Restaurant geführt, das sie ohne ihn niemals betreten hätte.

Gestärkte weiße Stoffservietten standen spitz gefaltet auf den Tischen, die elegant eingedeckt waren mit drei Gläsern pro Gedeck, zwei Gabeln und zwei Messern. Die blitzweißen Tischdecken waren ebenfalls gestärkt und mit einem frühlingshaften Gesteck aus Narzissen, Tulpen und Vergissmeinnicht geschmückt.

Aus der Tiefe des Raums kam ein Kellner geschritten, der sie mit einer leichten Verbeugung und einem routinierten Lächeln begrüßte, ihnen mit geübtem Schwung Mantel und Jacke abnahm und sie dann zu einem der Tische führte. Er rückte Romy den Stuhl zurecht und reichte ihnen die Speisekarte.

Der Professor hatte sich schnell entschieden. Ein Bärlauchcremesüppchen vorweg. Zum Hauptgang eine Variation von dreierlei Edelfischen auf mediterranem Gemüse an getrüffeltem Kartoffelschaum. Zum Dessert marzipangefüllte Rotweinpflaumen an einem Zimtparfait.

Romy fand die abgehobenen Formulierungen auf der Speisekarte lächerlich. Sie fragte sich, welche Menschen dem Essen einen so großen Raum in ihrem Leben einräumen mochten, dass sie dafür sogar sprachlich in die Knie gingen. Das Wort *Süppchen* hatte sie selbst zuletzt mit drei oder vier Jahren verwendet, wenn überhaupt. Allein bei der Vorstellung, es auszusprechen, kräuselte sich ihr die Zungenspitze.

Sie entschied sich für einen Salat mit Früchten und Nüssen und wählte zum Nachtisch rote Grütze mit Eis.

Nach dem *Gruß aus der Küche,* einem Klecks Matjestatar auf einem runden, angetoasteten Stück Brot, und dem Bärlauchcremesüppchen des Professors waren sie nun beim Hauptgang angelangt.

Norman Forsyte wedelte sich den Duft, der von seinem Teller aufstieg, mit der linken Hand in die Nase und schloss vor Wonne die Augen, während die rechte Hand schon nach dem Messer griff, um das Kunstwerk, das auf seinem Teller aufgeschichtet war, zu zerstören.

Dann aßen sie in trauter Eintracht und Romy konnte ihre Fragen stellen. Das Diktiergerät stand zwischen ihnen auf dem Tisch. Die Aufnahmen, die es machte, besaßen eine so hohe Tonqualität, dass die Hintergrundgeräusche praktisch keine Rolle spielten.

Norman Forsyte stammte ursprünglich aus Ipswich, lebte jedoch seit seinem Studium in Deutschland und besaß auch einen deutschen Pass. Er war Inhaber des Lehrstuhls für Differentielle Psychologie und psychologische Diagnostik an der Universität des Saarlands und hatte für seine Erkenntnisse in der Zwillingsforschung bereits mehrere wissenschaftliche Auszeichnungen erhalten.

Romy brauchte nicht viel zu tun, um ihn zum Reden zu bringen. Er machte es ihr leicht und sie war ihm dankbar dafür.

»Für die Psychologie geht es in der Zwillingsforschung hauptsächlich um die Frage, wie hoch der Anteil der Gene an den Eigenschaften und Fähigkeiten des Menschen ist und wie hoch der von Umwelt und Erziehung.«

»Ob Eigenschaften und Fähigkeiten vererbt oder erworben werden?«

»Exakt.«

»Aber es gibt, wenn ich Sie richtig verstanden habe, noch keine eindeutige Antwort auf diese Fragen.«

»Bedauerlicherweise. Wir gewinnen unsere Erkenntnisse dadurch, dass wir beispielsweise zweieiige und eineiige Zwillingspaare miteinander vergleichen.«

»Oder eineiige Zwillinge, die getrennt voneinander aufgewachsen sind.«

»Auch. Und die Erkenntnisse und ihre Interpretation sind sehr unterschiedlich. Da haben wir noch einen langen Weg vor uns.«

In seinem Vortrag hatte er faszinierende Beispiele erwähnt. Zwillingsschwestern, die in verschiedenen sozialen Milieus aufgewachsen waren, hatten denselben Beruf ergriffen, waren zur selben Zeit schwanger geworden und hatten ihren Kindern dieselben Namen gegeben. Sie hatten dieselben Krankheiten bekommen, sich für die gleichen Haustiere entschieden, bevorzugten dieselbe Musikrichtung und besaßen in Modefragen denselben Geschmack.

Norman Forsyte wischte sich den Mund mit seiner Serviette und nahm einen Schluck Wein. Über den Rand des Glases hinweg schaute er Romy an. Ein Lächeln hatte sich in seine Augen geschlichen.

»Das Thema interessiert Sie privat«, stellte er fest, setzte das Glas ab und widmete sich wieder seinem Essen.

»Man sagt immer, zweieiige Zwillinge seien mit normalen Geschwistern vergleichbar«, sagte Romy.

»Von den Genen her, nicht von ihrem Verhalten.«

»Zwischen meinem Bruder und mir besteht eine … Verbundenheit, die keine Worte braucht. Meistens spüre ich, wenn es Björn nicht gut geht, egal, wo er sich gerade aufhält.«

»Leben Sie beide hier in Köln?«

»Nein. Björn studiert in Bonn.«

»Sie wollten Abstand«, vermutete der Professor.

»Ja. Das war für uns beide ganz wichtig.« Romy grinste. »Nun sind dreißig Kilometer ja keine Entfernung, aber es reicht jedem von uns, um sich ein eigenes Leben aufzubauen.«

»In dem der andere willkommen ist …«

»… aber als Gast, nicht als Dreh- und Angelpunkt.«

Der Professor nickte. Sie wunderte sich darüber, dass sie plötzlich über die ganz privaten Dinge sprachen, und sie fing an, diesen Mann zu mögen.

So hatte sie sich immer ihren Vater gewünscht, zugewandt, offen und klug. Stattdessen war sie mit einem Vater gestraft, der tausend Dinge anpackte und keines davon je zu Ende brachte. Einem Weltenbummler, der nie für lange irgendwo zu Hause war, der ständig die Koffer packte.

»Unsere Eltern leben auf Mallorca«, erzählte sie unvermittelt. »Zurzeit«, setzte sie hinzu. »Kann sein, dass sie morgen schon wieder ihre Zelte abbrechen und sich woanders niederlassen.«

Der Professor hörte schweigend zu. Sein Teller war schon fast leer, während Romy ihren Salat noch nicht einmal zur Hälfte geschafft hatte.

»Sie besitzen eine Kunstgalerie und verkaufen Bilder und Skulpturen. Vielleicht kommen sie demnächst aber auch auf die Idee, sich eine Imbissbude an der Nordsee anzuschaffen oder in einem tibetischen Kloster nach dem Sinn des Lebens zu suchen. Bei meinen Eltern weiß man nie. Ihr Leben ist ein einziges … Gesamtkunstwerk.«

Sie sah den Professor schmunzeln und ärgerte sich über sich selbst. Plapperte munter drauflos, statt ihr Interview im Auge zu behalten und Norman Forsyte Informationen aus der Nase zu ziehen.

»Und Sie haben beschlossen, lieber eine Ausbildung zur Journalistin zu machen, als ihren Eltern nach Mallorca zu folgen.«

Romy nickte. Sie nahm sich vor, ab jetzt weniger zu reden und hatte diesen Vorsatz kaum gefasst, als sie sich dabei zuhören konnte, wie sie dem Professor von ihrer Leidenschaft für das Schreiben erzählte. Von dem Glück, einen Chef wie Greg gefunden zu haben, von dem Vertrauen, das er in sie setzte, und ihrer Dankbarkeit für die Chance, die er ihr mit dem Volontariat bot.

»Sie werden Ihren Weg machen«, sagte der Professor. »Davon bin ich überzeugt.«

Inzwischen war das Dessert serviert worden und Romy löffelte genüsslich ihre rote Grütze mit Vanilleeis. Ihr war vollkommen klar, dass sie die Gesprächssituation zu keinem Zeitpunkt beherrscht hatte, aber sie bedauerte das nicht und machte es sich nicht zum Vorwurf. Das Interview hatte sich zu einem privaten Gespräch entwickelt und das war in Ordnung so.

Als Norman Forsyte bezahlte, waren zwei Stunden vergangen, und auch er hatte sie den einen oder andern Blick in sein Leben werfen lassen.

»Ihre Eltern können stolz auf Sie sein«, sagte er. »Und ebenso auf Ihren Bruder, da bin ich mir sicher.«

Romy begleitete ihn zum Bahnhof, wo sie ihr Fahrrad abgestellt hatte und er seinen Zug erreichen musste. Als sie sich verabschiedeten, riss die Wolkendecke auf, und die Augen des Professors waren im Licht der Sonne dermaßen blau, dass Romy sie voller Staunen betrachtete.

Er schüttelte ihr die Hand.

»Viel Glück für Sie«, sagte er. »Unser Gespräch hat mir gefallen.«

Romy hatte das Bedürfnis, ihn zu umarmen, doch sie tat es nicht. Als sie auf dem Fahrrad saß, bereute sie es. So, dachte sie, würde es in Zukunft öfter sein. Sie würde Menschen begegnen und zwischen dem, was sie tun *musste,* und dem, was sie tun *wollte,* hin- und hergerissen sein.

Sie würde lernen müssen, ihre Gefühle zu kontrollieren.

»Um nicht auf der Strecke zu bleiben«, sagte sie laut in den Wind, der ihr die Worte von den Lippen wischte und sie mitnahm, irgendwohin.

Die Erkenntnis schmerzte. Aber womöglich war das so, wenn man erwachsen wurde. Sie trat in die Pedale, bis ihre Waden brannten und sie kaum noch Luft bekam. Verwundert spürte sie, wie ihr die Tränen kamen, und als sie weinte, wusste sie nicht einmal genau, warum.

*

Björn war glücklich. Er hatte so lange um einen Besuch von Maxim gekämpft. Endlich hatte er den Kampf gewonnen. Maxim war hier. Bei ihm. Und das schon seit dem Wochenende.

Fast war es wie früher.

Wie in der Zeit vor Griet.

Damals hatte Maxim ihm allein gehört. Sie hatten ihre Liebe ausgekostet, eine Liebe voller Leidenschaft und Poesie. Maxim hatte Björn gezeigt, was Schönheit ist. Er hatte ihm den Kopf verdreht und seine Weltanschauung über den Haufen geworfen. Mit Maxim war alles möglich gewesen.

Kein Berg zu hoch.

Kein Meer zu tief.

Kein Horizont zu weit.

Maxim war nach Jahren des Suchens eine Offenbarung gewesen. Er hatte Björns Herzschlag beschleunigt, sein Verlangen nach Zärtlichkeit gestillt und seinen Schritten Sicherheit gegeben.

Diese furchtbare innere Zerrissenheit – Maxim hatte sie beendet. Ohne Wenn und Aber hatte Björn sich zu seiner Homosexualität bekannt.

Und zu seiner Liebe.

Für seine Eltern war es keine Überraschung gewesen. Sie hatten lange vor ihm gewusst, dass ihr Sohn ihnen keine Schwiegertochter ins Haus bringen würde. Jedenfalls behaupteten sie das, und Björn sah keinen Grund, ihnen nicht zu glauben.

Und Romy?

Hätte er sie in den Jahren der Pubertät nicht an seiner Seite gehabt, wäre er wahrscheinlich draufgegangen. Sie hatte ihn immer unterstützt und bestätigt, hatte gegen alle Anfeindungen zu ihm gestanden. Nicht mal während der gemeinsamen Internatszeit bei den Augustinerinnen hatte sie ihn im Stich gelassen.

Mit Maxim war alles gewesen, wie Björn es sich erträumt hatte. So, wie es sein sollte.

Maxim hatte das Gute in Björn an die Oberfläche geholt. Er hatte seine Auffassungsgabe geschärft, seine Sensibilität vertieft und seinen Mut zur Offenheit geweckt. Sie waren glücklich miteinander gewesen. Selbstvergessen. Voller Überschwang.

Und dann hatte sich alles geändert.

Dass Griet auf der Bildfläche erschienen war, hatte Björn erst bemerkt, als es fast schon zu spät gewesen war. Als Maxim sich bereits in ihren Fängen verstrickt hatte.

Obwohl … das klang, als sei Griet eine Teuflin, die Maxim mit Magie umgarnt, ihn mit Liebeszaubern und geheimen Schwüren gefügig gemacht hätte. Dabei war Griet einfach eine Frau, die sich in Maxim verliebt hatte. Anfang zwanzig und von Haus aus reich. Auf so was fuhr Maxim ab.

Björn hasste es, dass Maxim so war. Dass er nicht nur Schönheit *besaß*, sondern es auch *wusste*. Dass er alles einsetzte, sein Gesicht, seinen Körper, seinen Charme, seine Intelligenz. Er warf es gnadenlos in die Waagschale, wo immer es ihm von Nutzen war.

Und keiner konnte sich seiner Ausstrahlung entziehen.

Eigentlich hatte Björn also jeden Grund, Griet zu verstehen. Ihr erging es mit Maxim doch nicht anders, als es ihm selbst ergangen war. Sie hatte ihn gesehen und war ihm verfallen.

Dennoch gelang es ihm nicht, ihr freundliche Gefühle entgegenzubringen.

Griet war Niederländerin. In Roermond aufgewachsen, nah der deutschen Grenze, sprach sie perfekt Deutsch mit einem hinreißenden kleinen Akzent. Selbst in Björn war anfangs etwas geschmolzen, wenn er sie hatte reden hören.

Sie entwarf und fertigte Schmuck und hatte für Maxim ihren Freund verlassen, der ebenfalls als Goldschmied arbeitete. Aufs Geldverdienen war sie nicht angewiesen, weil ihr Vater ihr jeden Monat eine großzügige Summe überwies. Außerdem hatte er ihr eine Wohnung geschenkt, sodass sie keine finanziellen Probleme kannte.

Ganz im Gegenteil. Griet und Luxus waren zwei Begriffe für ein und dasselbe.

Für das, was Maxim magisch anzog.

Was ihn mehr als alles sonst faszinierte.

Doch Griet war nicht nur reich. Sie besaß eine ganz ungewöhnliche Art von Schönheit, war knabenhaft schlank, trug das schulterlange blonde Haar streng nach hinten gefasst und schminkte sich auf eine Weise, die einen an Greta Garbo denken ließ und an andere berühmte weibliche Stummfilmstars.

Es waren vor allem ihre Augen, die einen festhielten: groß und von einem dunklen, fast violetten Blau, schwarz umrandet, sodass es wirkte, als schaute sie einen aus tiefen Augenhöhlen an. Ihre Haut war blass und schimmerte wie Porzellan, und ihre Lippen waren in einem zurückhaltenden Pastellton geschminkt, niemals rot.

Zuerst tauchte Maxim bei jeder Ausstellung auf, zu der auch Griet erwartet wurde, und er war Gast auf jedem ihrer Feste. Dann trafen sie sich zu zweit in irgendwelchen Cafés. Und schließlich kam sie zu ihm in die Wohnung.

Immer häufiger verhielt Maxim sich Björn gegenüber sonderbar. Immer öfter beendete er abrupt ein Telefongespräch. Und manchmal meinte Björn im Hintergrund Stimmen zu hören, obwohl Maxim behauptete, allein zu sein.

Björn machte kein Drama daraus. Er wollte nicht dastehen wie ein eifersüchtiger Idiot. Und nichts lag ihm ferner, als Maxim hinterherzuspionieren. Dennoch festigte sich der Verdacht in seinem Kopf:

Dass Maxim ihn betrog.

Björn rief zu unterschiedlichen Zeiten bei ihm an.

Horchte.

Interpretierte Maxims Tonfall, seine Worte.

Dann, eines Tages, ging Griet ans Telefon.

Maxim suchte nicht nach Ausflüchten. Er gab es offen zu. Doch das war nicht das Schlimmste.

Er behauptete, nicht schwul zu sein.

»Ich bin allenfalls bi«, sagte er.

Allenfalls? Was sollte das heißen, *allenfalls?* Und warum sagte er das so, als wollte er Björn unterstellen, ihn zum Schwulsein verführt, ihn herausgerissen zu haben aus einem heterosexuellen Leben, das ihn hätte glücklich machen können?

»Willst du, dass wir uns … trennen?«, hatte Björn ihn gefragt, während sein Herz gegen seine Rippen hämmerte, als wollte es den Brustkorb sprengen.

Es war heraus, das Wort, das er von allen Wörtern am meisten fürchtete. Das Wort, das Abschied bedeutete und unendlichen Schmerz. Das ihn allein bei der Vorstellung zerriss.

Ungläubig starrte Maxim ihn an. Er öffnete den Mund und schloss ihn wieder. Hob die Hände und ließ sie wieder sinken. Dann zog er Björn an sich.

»Verlass mich nicht«, murmelte er, und Björn spürte seinen erschrockenen Atem am Hals. »Verlass mich nie.«

Die Erleichterung war so gewaltig, dass sie wehtat.

»Schwör es, Liebster. Schwör.«

Plötzlich war die Luft so klar, so leicht, das Licht der Sonne so sanft und leuchtend, der Duft von Maxims Haar so schmerzhaft vertraut, seine Berührung so elektrisierend, dass Björn einen kostbaren Moment lang davon überzeugt war, nichts würde an ihrer Liebe jemals etwas ändern können.

Doch Griet ließ Maxim nicht los.

Es folgten qualvolle Wochen, in denen Björn, durch sein Studium an Bonn gebunden, ihr das Feld überlassen musste. Und Griet nutzte die Zeit klug. Maxim rief kaum noch an. Wenn Björn ihn mal erreichte, warf Maxim ihm einsilbige, unwirsche Antworten hin.

Er trug jetzt einen silbernen Ring, den Griet für ihn entworfen hatte, und den er niemals ablegte. Der schimmernde Ring machte seine schmalen, dunklen Hände noch schöner, noch verführerischer.

Maxim begriff nicht, was Björn sofort klar gewesen war: Griet hatte ihn mit diesem Ring an sich gebunden.

Doch darüber konnten sie nicht sprechen. Maxim begann, äußerst reizbar zu reagieren, wenn Björn den Namen *Griet* auch nur erwähnte.

»Ich bin auf der Suche.«

Mit solchen Äußerungen hielt er Björn auf Abstand.

Auf der Suche. Bullshit. Auf der Suche wonach?

Nach mir selbst. Nach der Liebe. Nach der Antwort auf meine Fragen.

Nach Griet.

Nach dir.

Nach …

All das hätte Maxim antworten können. Doch er gestattete gar nicht erst eine Frage, auf die er hätte antworten müssen.

Björn ging fast vor die Hunde. Er hatte keinen Appetit mehr, vernachlässigte sein Studium und seine Freunde. Sein Zimmer wurde zu einem Gefängnis, in dem er sich selbst einsperrte. Die Eifersucht fraß ihn auf. Sie ließ ihn nicht aus den Klauen, nicht mal im Schlaf. Aber immer wieder rief er Maxim an. Nicht eine Sekunde lang dachte er daran, ihn aufzugeben.

Und jetzt war Maxim hier.

Bei ihm.

Wie durch ein Wunder.

Seit drei langen, kostbaren Tagen waren sie zusammen.

Nicht zu eng. Das machte Maxim rasend. Er konnte es nicht ertragen, wenn man ihm auf die Pelle rückte. Aber doch zusammen. Sie trafen sich mit Freunden, bummelten durch Bonn, gingen zum Essen aus, redeten.

Und liebten einander.

Jetzt saß Björn in der Cafeteria im Hauptgebäude der Uni und wartete auf Leonard Blum. Er hatte ihn an seinem allerersten Tag an der Uni genau hier kennengelernt, sie waren ins Gespräch gekommen und hatten sich danach mehrmals getroffen.

Leonard, der voller Begeisterung über Romane und Theaterstücke sprechen konnte, von technischen Dingen jedoch so gut wie nichts verstand, hatte Björn schließlich von einem Problem mit seinem Computer erzählt. Und Björn, der sich nicht ohne Grund für das Studienfach Informatik entschieden hatte und sich mit Computern bestens auskannte, hatte sich bereit erklärt, ihm zu helfen, es zumindest zu versuchen.

In kürzester Zeit waren sie trotz des Altersunterschieds Freunde geworden.

Im Augenblick allerdings hätte Björn die kostbare Zeit lieber mit Maxim verbracht.

Es war kurz vor drei und die Sonne schien durch die staubigen Fensterscheiben. Bald würde der Frühling kommen. Vielleicht konnte Björn Maxim ja überreden, an die Uni Bonn zu wechseln. Oder aber er selbst würde nach Berlin ziehen.

Falls diese Möglichkeiten für Maxim überhaupt noch in Betracht kamen.

Plötzlich hatte Björn einen bitteren Geschmack im Mund. Er begriff, dass sie – egal, wie es ausgehen mochte – einen Weg finden mussten, um einander nicht zu verlieren. Und das möglichst rasch.

3

Schmuddelbuch, Dienstag, 1. März, fünfzehn Uhr, Redaktion

Zwei Anrufe, bei denen sich niemand gemeldet hat. Ich hab den Typen (es war garantiert keine Frau) atmen hören. Es machte nicht den Eindruck, als wollte er sich an irgendwas aufgeilen. Ich glaube, er wusste bloß nicht, wie er das, was er sagen wollte, ausdrücken sollte. Oder er traute sich ganz einfach nicht, mit der Sprache rauszurücken.

Hier rufen häufig Spinner an, die sich wichtigtun wollen. Meistens kann man sie nicht bremsen. Sie behaupten, brandheiße Informationen zu besitzen, bieten Enthüllungsgeschichten über irgendwelche Promis an. Einschüchterungsversuche hat es auch schon gegeben. Morddrohungen sogar.

Beunruhigt.

Dabei kann ich das überhaupt nicht brauchen. Ich muss mein Interview fertig kriegen …

Calypso hatte Lampenfieber. Sie spielten heute eine Szene, auf die sie sich nur einen Tag vorbereiten konnten. Thaddäus hatte sie in sechs Paare eingeteilt. Es war eine Szene, in der ein Mann und eine Frau in einem Café sitzen, ins Gespräch kommen und sich ineinander verlieben. Am Ende stellt sich heraus, dass sie sich gar nicht wirklich in einem Café befinden, sondern in der geschlossenen Abteilung einer psychiatrischen Klinik.

Die Szene an sich war schon schwierig genug. Was die Aufgabe noch problematischer machte, war die Tatsache, dass es nur fünf Mädchen in Calypsos Schauspielklasse gab, weshalb Calypso schließlich mit Leon ein Paar bilden musste.

Die Schauspielschule *Orson* in Köln arbeitete ausschließlich mit Dozenten, die aus der Praxis kamen. Schauspieler, Regisseure, Dramaturgen, Tänzer, Sänger und sogar Clowns. Manche blieben nur ein oder zwei Semester als Gastdozenten im *Orson*. Volker Thaddäus jedoch, ein begnadeter Theaterschauspieler, war bereits seit einigen Jahren als Lehrer hier beschäftigt.

Er forderte viel und lobte wenig. Seine Autorität musste er sich nicht erkämpfen. Hatte man ihn ein einziges Mal auf der Bühne gesehen, schrumpfte man zu einem winzigen Kern aus Andacht und Ehrfurcht.

Thaddäus war klein und dünn und wirkte absolut durchschnittlich. Der Typ Mann, der in jeder Menge verschwindet. Doch gerade wegen seines unscheinbaren Äußeren war er extrem wandelbar. Auf der Bühne wuchs er über sich selbst hinaus. Seine Stimme konnte piepsig klingen und gewaltig. Er konnte ihr eine ängstliche Brüchigkeit verleihen oder eine schneidende Härte. Plötzlich vergaß man den Schauspieler, sah nur die Rolle.

Calypso verehrte und fürchtete ihn.

Ihm war vor Aufregung schlecht.

Als er mit Leon vorn stand und nachdem sie die ersten Sätze gesprochen hatten, verschwand die Angst, die sein Herz den ganzen Morgen umklammert hatte. Er fiel in die Szene und ließ sich treiben. Es war kein Text vorgegeben. Jedes Paar hatte fünfzehn Minuten, die es mit eigenen Worten füllen sollte.

Calypso und Leon spielten ein schwules Paar, auch wenn alle erwartet hatten, einer von ihnen werde in die Rolle einer Frau schlüpfen. Die andern hatten den ganzen Tag gestichelt und blöde Witze gerissen, die ihnen jedoch jetzt, nachdem Calypso und Leon zu spielen begonnen hatten, im Hals stecken blieben.

In Leons Worten war eine Doppelbödigkeit, die einem Schauer über den Rücken laufen ließ. Obwohl sie ihre Szene mehrmals geprobt hatten, bekam selbst Calypso Gänsehaut. Er sah Entsetzen, Verwirrung und blanken Wahnsinn in den Augen seines Freundes.

Plötzlich fand er sich im kalten Licht eines Klinikflurs wieder. Eine defekte Neonröhre flackerte an der Decke. Es roch nach Desinfektionsmitteln und Medikamenten.

Und nach Angst.

Leon hatte aufgehört zu reden, doch seine Lippen bewegten sich stumm weiter.

Er weinte ...

Als sie fertig waren, herrschte Stille. Die andern starrten sie an. Thaddäus blickte stirnrunzelnd auf seinen Notizblock nieder.

Lusina bewegte sich als Erste. Sie wischte sich die Tränen aus den Augenwinkeln, und es schien ihr gleichgültig zu sein, was mit ihrem kunstvollen Make-up passierte.

Calypso erwachte aus seiner Benommenheit. Er hatte Schwierigkeiten, in die Gegenwart zurückzukehren. Auch Leon schien das so zu empfinden. Er rieb sich über das Gesicht, riss die Augen auf und blinzelte.

»Ganz ordentlich.« Thaddäus räusperte sich.

Manchmal sagte er auch nur *nun ja.* Oder *hmmm.* Dagegen war *ganz ordentlich* ein Quantensprung.

Calypso merkte, wie eine tiefe Müdigkeit von ihm Besitz ergriff. Er fühlte sich ausgelaugt. Als hätte er in einem wahren Kraftakt sein Innerstes nach außen gekehrt. Und nun kam er nicht mehr zu sich.

Vielleicht gehörte das dazu. Vielleicht verlor man jedes Mal ein Stück von sich selbst. Und wurde so im Lauf der Jahre zu einer anderen Person. Einer Kunstfigur, die sich aus ungezählten literarischen Impulsen zusammensetzte, aus den Gedanken von Schriftstellern, Regisseuren und ...

»Cal.« Lusina stupste ihn mit dem Ellbogen an.

Thaddäus verließ gerade den Raum. Kaffeepause. Nach einer Viertelstunde würde es weitergehen.

Noch immer benommen und wie von fern, hörte Calypso den andern zu, die sich über die Leistungen der Einzelnen unterhielten. Er hatte etwas begriffen. Seine Entscheidung, die Banklehre hinzuwerfen, war richtig gewesen. Das hier war es, was er brauchte. Es faszinierte, verstörte und begeisterte ihn. Vor allem jedoch machte es ihn glücklich.

Er zog sich in eine etwas ruhigere Ecke zurück und wählte Romys Nummer.

»Hi«, meldete sie sich.

Er liebte dieses Mädchen mit Haut und Haar. Er war sogar verrückt nach ihrer Stimme, besonders am Telefon, wo sie immer ein wenig atemlos klang.

»Ich werde Schauspieler«, platzte er heraus.

»Ach?« Romy lachte leise. »Besuchst du nicht genau aus diesem Grund eine Schauspielschule?«

Er hatte keine Zeit für lange Erklärungen.

»Ja«, antwortete er ungeduldig. »Aber jetzt *weiß* ich es.«

Er schmatzte einen Kuss ins Handy, steckte es wieder weg und stellte sich ans Fenster. Der Blick ging in den kleinen Park hinaus, auf noch winterdürre Bäume und mit Nässe vollgesogenes Gras. Er war froh, dass der Unterricht hauptsächlich hier stattfand, in diesem wunderschönen alten Gutshof in der Eifel. Die Räume in der City wurden ebenfalls genutzt, doch die Stimmung dort war nicht mit der hier zu vergleichen.

Vielleicht würde er nie wieder so sicher sein wie in diesem Moment, wo sämtliche Zweifel von ihm abgefallen waren. Und deshalb wollte er ihn auskosten.

Er würde Schauspieler werden, egal, was geschehen mochte. Er würde es schaffen.

*

Kriminalhauptkommissar Bert Melzig packte gerade seine Tasche, als das Telefon klingelte. Er hatte den Kindern versprochen, heute zum Frühlingsfest der Musikschule zu erscheinen.

Sein Sohn spielte seit einem Jahr Trompete, seine Tochter seit zwei Jahren Klavier. Beide hatten einen kleinen Auftritt, zu dem sie ihren Vater mit einem gemeinsam verfassten Brief hochoffiziell eingeladen hatten.

Beginn war achtzehn Uhr. Bert hatte vor, sich in seiner Wohnung ein wenig frisch zu machen, noch eine Kleinigkeit zu essen und dann aufzubrechen. Keinesfalls wollte er zu spät kommen und sich mit eingezogenem Bauch, Entschuldigungen flüsternd und vor Verlegenheit schwitzend an all denen vorbeidrücken, die pünktlich erschienen waren.

Auch Margot würde dort sein und sogar die Schwiegereltern. Geballte Familienpower gegen den abtrünnigen Ehemann und Vater. Dagegen hatte er nicht die geringste Chance.

Gereizt nahm er ab.

In einer Wohnung in der Krementzstraße hatten sie eine Leiche gefunden. Dr. Leonard Blum, Assistent an der Uni Bonn.

Seufzend gab Bert seinem Kollegen Rick Holterbach Bescheid. Dann wählte er die Nummer, die lange Zeit auch seine eigene gewesen war.

Kurz hatte er überlegt, seinen Sohn auf dem Handy anzurufen, diesen Einfall jedoch im nächsten Moment verworfen. Er würde Margot nicht feige ausweichen. Sie hatte gewusst, worauf sie sich einließ, als sie seine Frau geworden war. Die Arbeit ging immer vor. Bei einem Arzt oder einem Feuerwehrmann war es nicht anders.

Sie meldete sich mit diesem säuerlichen Unterton in der Stimme, der ihn nach so vielen unglücklichen Ehejahren rasend machte. Es ärgerte ihn, dass sie nicht einmal auf die *Idee* kam, sein Anruf könnte einen anderen Grund haben als den, wieder einmal ein Treffen mit den Kindern abzusagen.

»Sie haben eine Leiche gefunden«, teilte er ihr mit.

»Hinter der du dich, wie jedes Mal, wunderbar verstecken kannst«, gab Margot zur Antwort.

»Margot …«

Er wollte keinen Streit. Nicht schon wieder. Er hatte genug davon, sich mit ihr auseinanderzusetzen und dabei zu wissen, dass sie nie auf einen gemeinsamen Nenner kommen würden. Nicht mehr in diesem Leben.

»Das kannst du deinen Kindern selbst erklären«, fertigte sie ihn ab und rief die Tochter ans Telefon.

»Papa?«

»Hallo, mein Mäuschen.«

»Ich bin so aufgeregt. Hoffentlich mach ich nicht zu viele Patzer.«

»Du kriegst das hin. Da bin ich mir ganz sicher.«

»Und wenn nicht?«

»Wenn du einen falschen Ton erwischst, spielst du einfach weiter, als wär nichts geschehen. Keiner reißt dir deswegen den Kopf ab.«

Bert hörte sie erleichtert ausatmen und fürchtete sich vor der nächsten Frage.

»Wann kommst du, Papa?«

»Du, Liebes, ich muss dir etwas gestehen …«

Plötzlich war sein Sohn am Telefon.

»Du kannst nicht kommen«, konstatierte er ohne Umschweife.

»Ich … wieso … wo ist deine Schwester?«

»Sitzt in der Ecke und heult.«

»Aber ich habe ihr doch noch gar nicht gesagt, dass …«

»Das hat sie auch so kapiert.«

So leicht war es für seine Kinder, ihn zu durchschauen. Bert schämte sich. Sie hätten einen anderen Vater verdient, dachte er. Einen, der frühzeitig nach Hause kommt und den Kopf frei hat. Der sich ihre Sorgen anhört und ihre Freude mit ihnen teilt. Einen, der nicht überlegen muss, wenn man ihn nach den Hobbys seiner Kinder fragt und nach den Namen ihrer besten Freunde.

»Es tut mir so leid.«

»Schon gut, Papa.«

Das Verständnis seines Sohnes war für Bert schwerer zu verkraften, als es ein massiver, wütender Vorwurf gewesen wäre.

Schrei mich an, dachte er. Fang an zu toben. Knall das Telefon gegen die Wand. Aber sei nicht so verdammt verständnisvoll. *Ich* bin der Erwachsene von uns beiden. *Ich* muss der Verständnisvolle sein. Du kannst nicht einfach in meine Rolle schlüpfen.

»Ich mache es wieder gut. Ehrenwort. Sobald ich …«

»Ist okay, Papa. Wirklich.«

Aber es war nicht okay. Es war absolut nicht okay. Bert fühlte, wie ihm vor Hilflosigkeit der Schweiß ausbrach.

»Erzählt ihr mir, wie es war?«

»Versprochen.«

»Und toi, toi, toi für euren Auftritt! Ich bin bei euch. In Gedanken. Die ganze Zeit.«

Er hatte gerade aufgelegt, als Rick sein Büro betrat. In Kurzfassung berichtete Bert ihm, was er über den neuen Fall erfahren hatte, dann gingen sie gemeinsam zum Parkhaus des Präsidiums.

Sie fuhren über die Severinsbrücke, und Bert genoss den Blick auf die Türme des Doms und die unverwechselbare Silhouette des Fernsehturms. Ein schwer beladener Frachter lag tief im grauen Wasser des Rheins und bewegte sich träge flussabwärts. Links ragten die drei etwa sechzig Meter hohen Kranhäuser über den Fluss, dessen Oberfläche sich unter einem leichten Wind kräuselte. Zwei dieser extravaganten Häuser, die ihren Namen bekommen hatten, weil sie wie Kräne aussahen, waren mit exklusiven Büros ausgestattet. Im dritten waren luxuriöse Wohnungen untergebracht.

»Für Normalsterbliche unerschwinglich«, sagte Rick neiderfüllt.

Er sagte das jedes Mal, wenn die Kranhäuser in sein Blickfeld gerieten. Rick war Kölner Urgestein. Für eine Wohnung mit Blick auf den Rhein oder den Dom hätte er seine Großmutter verscherbelt, ohne mit der Wimper zu zucken. Falls er überhaupt noch eine Großmutter besaß, was Bert nicht wusste.

»Mir wär ein Haus im Grünen lieber«, entgegnete er.

Sogleich erschien eine alte Mühle vor seinem inneren Auge, eingebettet in ein riesiges, verwunschenes Stück Land. Die Besitzerin dieses Anwesens, die Schriftstellerin Imke Thalheim, blendete er schnell wieder aus. Er hatte sich lange genug mit der Sehnsucht nach ihr gequält, hatte sich sogar nach Köln versetzen lassen, um sie zu vergessen.

Vergessen, dachte er spöttisch. Als ob dir das jemals gelingen könnte. Sei froh, wenn sie dir nicht ständig im Kopf herumspukt.

»Das ruhige Landleben kann ich noch haben, wenn ich mal pensioniert bin«, sagte Rick mit der Unbefangenheit eines Menschen, der genau weiß, dass dieser Zeitpunkt noch unvorstellbar weit in der Zukunft liegt.

Rick war ein exzellenter Autofahrer, aber er neigte dazu, sich über jeden anderen Verkehrsteilnehmer aufzuregen und ihm das mit lauten Flüchen und eindeutigen Gesten auch mitzuteilen.

Sein Verhalten machte Bert nervös. Er lenkte sich ab, indem er aus dem Fenster schaute.

Im Gegensatz zu ihm kannte Rick sich in Köln aus und brauchte kein Navigationssystem. Perlengraben. Rothgerberbach. Weyerstraße. Roonstraße. Eckpunkte, die Rick wohl gar nicht mehr wahrnahm, an denen Bert sich jedoch zu orientieren lernte.

Er lebte noch nicht lange in dieser Stadt und entdeckte sie täglich neu. War er gut drauf, fühlte er sich hier immer noch wie im Urlaub. Ging es ihm schlecht, fand er absolut keinen Zugang zu dieser für Köln typischen Mischung aus Schönheit und Scheußlichkeit. Die Stadt war im Zweiten Weltkrieg stark zerstört worden, und die entstandenen Lücken hatte man mit oftmals rasch und billig hochgezogenen Häusern wieder gestopft.

Als sie an der Synagoge gegenüber vom Rathenauplatz vorbeifuhren, wäre Bert am liebsten ausgestiegen, um das prachtvolle Gebäude mit der beeindruckenden Fensterrosette eine Weile zu betrachten. Doch schon hatten sie es hinter sich gelassen.

Wenn man mal einen Stau brauchen könnte, dachte Bert, läuft es wie geschmiert. Er lehnte sich in seinem Sitz zurück und versuchte, sich auf das vorzubereiten, was sie erwartete.

Kein Tatort glich dem andern. Immer wieder musste man sich auf die Stimmung einstellen, die einen empfing, sich jedes Mal aufs Neue darauf einlassen. Es waren unterschiedliche Häuser und Wohnungen, in die sie gerufen wurden, unterschiedliche Opfer, die sie vorfanden. Sie waren aus unterschiedlichen Gründen und auf unterschiedliche Weise gestorben.

Sie hatten nur eines gemeinsam: Sie waren gewaltsam ums Leben gekommen.

Diese Wohnung hätte Bert mit offenen Armen empfangen, wäre der Anlass, sie zu betreten, ein anderer gewesen. Sie lag unterm Dach, war behaglich und warm und voller Bücher. Ihr Bewohner, Dr. Leonard Blum, war Germanist gewesen und hatte an der Rheinischen Friedrich-Wilhelms-Universität in Bonn als Assistent von Professor Dr. Jürgen Meinhardt gearbeitet.

Weitere Informationen gab es noch nicht, doch die Wohnung erzählte Bert bereits eine ganze Menge.

Alles war penibel aufgeräumt, bis auf Schreibtisch und Sofa. Doch das wirkte nicht steril. Es war eine Ordnung, die Platz ließ für Gedanken und Kreativität. Die alphabetisch geordneten Bücher standen in einfachen weißen Regalen aufgereiht. Belletristik. Sekundärliteratur. Sachbücher aus dem Bereich der Psychologie und der Soziologie. Kunstbände.

Sparsam aufgestellte Pflanzen schufen ein angenehmes Raumklima. Bilder an den Wänden zeugten vom Kunstverstand ihres Besitzers. Auf dem kleinen Nachttisch lag neben dem *Zauberberg* von Thomas Mann eine aufgeklappte Brille mit kleinen Gläsern.

Bert hatte das mit wenigen Blicken wahrgenommen, während er sich der Leiche näherte. Er konnte gar nicht anders. Später half es ihm bei seinen Überlegungen enorm, wenn er sich die ersten, starken, ungefilterten Eindrücke ins Gedächtnis rief.

Leonard Blum war jünger, als Bert erwartet hatte. Er lag auf der linken Seite, den linken Arm beinah lässig ausgestreckt, wie Michelangelos Adam im Deckengemälde der Sixtinischen Kapelle. Nur dass nicht Gott ihn berührt hatte, sondern sein Mörder.

Die friedliche Stimmung täuschte. Unter dem Kopf des Toten hatte sich Blut angesammelt. Viel Blut.

Bert sah sich nach der Tatwaffe um.

Rick, der seinen Blick bemerkt hatte, schüttelte den Kopf. »Entweder der Täter hat sie mitgenommen oder sie ist unter eines der Möbelstücke gerutscht.« Er ging auf die Knie und spähte unter den Schreibtisch, den Schrank, das Sofa. Ächzend erhob er sich wieder. »Nichts.«

Was sagte es über den Täter aus, dass er die Waffe – allem Anschein nach – vom Tatort entfernt hatte?

»Dafür kann es mehrere Gründe geben«, überlegte Rick, als seien Berts Gedanken kein Geheimnis für ihn. »Er will sich der Waffe irgendwo entledigen. Er nimmt sie als Fetisch mit und verwahrt sie bei sich zu Hause oder in einem Versteck. Er hat den Mord mit einem persönlichen Gegenstand begangen, von dem er sich nicht trennen will.«

»Es ist ein Unterschied«, sagte Bert, »ob er die Waffe hier in der Wohnung vorgefunden oder mitgebracht hat.«

»Unter Umständen der Unterschied zwischen vorsätzlichem Mord und Totschlag«, murmelte Rick.

Ein Student hatte sich Sorgen gemacht, nachdem Leonard Blum zu einem vereinbarten Treffen an der Uni Bonn nicht erschienen und über Handy nicht erreichbar gewesen war. Er hatte schließlich Leonard Blums Vermieter angerufen, bei dem der Tote für Notfälle einen Wohnungsschlüssel hinterlegt hatte.

Weil Leonard Blum als absolut zuverlässig galt, konnte der Mann leicht überzeugt werden, in der Wohnung nachzuschauen, wo er dann die Leiche gefunden hatte.

Dr. Christina Henseler untersuchte den Toten ruhig und konzentriert. Ihre Handgriffe waren behutsam, beinah liebevoll.

Die Rechtsmedizinerin war Mitte dreißig, schlank und sportlich und schien keine Eitelkeit zu kennen. Ihr aschblondes Haar war etwa schulterlang. Das Band, mit dem sie es im Nacken zu-

sammengebunden hatte, war mit rubinroten Strasssteinchen ver-
ziert, die bei jeder ihrer Bewegungen funkelten.

Jeans, Pulli und Turnschuhe, verborgen unter einem Schutz-
anzug, das Gesicht ungeschminkt, die Lippen blass, so kniete sie
neben dem Toten, ganz in ihre Arbeit vertieft.

Als sie sich aufrichtete und die dünnen Handschuhe abstreif-
te, war ihr Gesicht ernst und verschlossen.

»Stumpfe Gewalteinwirkung gegen den Kopf«, sagte sie. »Mit
einem schweren Gegenstand. Art und Umfang solcher Verletzungen sind von außen nicht erkennbar. Genaues kann ich Ihnen
deshalb erst nach der Obduktion mitteilen.«

Sie legte die Schutzkleidung ab, beugte sich zu ihrer Tasche
hinunter, ließ das Schloss zuschnappen, richtete sich wieder auf
und pustete sich eine Haarsträhne aus der Stirn. Ihre Wangen
hatten sich leicht gerötet. Es war sehr warm in dieser Wohnung.
Die Heizung schien auf vollen Touren zu laufen und die Nachmittagssonne besaß bereits eine erstaunliche Kraft.

»Der Tod muss zwischen elf und dreizehn Uhr eingetreten sein. Aber auch dazu kann ich mich erst später definitiv äußern.«

»Also vor …«, Rick schaute auf seine Armbanduhr, »… äh …
drei bis maximal fünf Stunden.«

Christina Henseler nickte. Wenig später war sie zum nächsten
Termin unterwegs.

Bert betrachtete das Gesicht des Toten, auf dem sich die so typische Strenge des Todes noch nicht ausgeprägt hatte. Er fragte
sich, warum der Anblick von Menschen, die gerade erst gestorben
waren, für ihn so viel schwerer auszuhalten war als der Anblick
von Menschen, die bereits ein, zwei Tage tot waren.

Es war dieser Zwischenbereich von Leben und Tod, der ihn
frösteln ließ. Und das schien den meisten Menschen ähnlich zu
ergehen. Warum sonst waren Untote von jeher ein so beliebter
Gegenstand der Literatur?

Die Hände des Toten waren unverkrampft. Vielleicht war der

Tod zu schnell eingetreten. Vielleicht hatte Leonard Blum sich nicht darauf einstellen können. Ein Schlag gegen den Kopf – und Schluss.

Bert beugte sich vor und kniff die Augen zusammen.

»Du siehst es auch«, stellte Rick fest.

Für einen Moment wünschte Bert, er wäre allein in diesem Raum, um durch kein Wort und kein Geräusch abgelenkt zu werden. Doch der Augenblick war vorbei, nachdem er sich wieder einmal klargemacht hatte, dass es auch seine Vorteile hatte, sich an Ort und Stelle austauschen zu können. Er nickte.

Die Wunde befand sich oberhalb der linken Schläfe. Das bedeutete, dass der Täter vor seinem Opfer gestanden haben musste, als er den tödlichen Schlag geführt hatte.

»Wieso hat er sich nicht gewehrt?«, fragte Rick.

Es gab keine Kampfspuren. Nichts war auf den Boden gefallen, kein Bild hing schief an der Wand, der Teppich hatte sich nicht verschoben. Vor allem jedoch war der Bademantel, den Leonard Blum trug, in keiner Weise derangiert. Alles saß an Ort und Stelle. Der Gürtel war zugebunden, der Kragen nicht zerknautscht, keiner der Ärmel hochgerutscht.

»Schau dir seine Hände an«, sagte Bert.

Sie wirkten entspannt und locker. Lediglich die Beine waren seltsam verdreht, als hätte der Tote nicht genug Zeit gehabt, sie auszustrecken.

»Möglicherweise hat er seinen Mörder gekannt«, sagte Rick.

Bert spürte einen Luftzug und schaute zur Tür, die auf einen kleinen Balkon führte. Die hauchdünne Gardine bauschte sich und fiel wieder in sich zusammen.

»Die Balkontür ist nur angelehnt«, sagte er.

Mit zwei langen Schritten war Rick bei der Tür und trat auf den Balkon hinaus. Er beugte sich über das Geländer.

»Feuerleiter«, sagte er knapp.

So segensreich Feuerleitern in Brandfällen sein mochten, sie waren ein nicht zu unterschätzendes Sicherheitsrisiko. Nicht einmal im Dachgeschoss konnte man gefahrlos die Türen offen stehen lassen.

»Wieso hat der Mann nicht in Bonn gelebt, wenn er dort an der Uni eine Stelle hatte?«, überlegte Bert. »Ich meine, zwischen Köln und Bonn liegen zwar nur ein paar Kilometer, aber man macht es sich doch nicht schwerer als unbedingt nötig.«

»Fragst du das im Ernst?«

An Ricks entgeistertem Gesichtsausdruck erkannte Bert, welcher Fauxpas ihm unterlaufen war. Und da kam es auch schon:

»Niemand, der in Köln lebt, würde freiwillig in eine andere Stadt ziehen, wenn es sich irgendwie vermeiden lässt.«

Rick war Kölner aus Leidenschaft. Er hatte sein Leben hier verbracht, hatte die Stadt notgedrungen für sein Studium verlassen, war jedoch rasch wieder zurückgekehrt. Schon ein Umzug von einem Stadtteil in einen anderen bedeutete für ihn eine Herausforderung.

Bert hätte niemals gedacht, dass es einen so ausgeprägten Lokalpatriotismus gab, doch seit er in Köln wohnte, begegnete er ständig Menschen, die ähnlich empfanden wie Rick. Er fing an, sich daran zu gewöhnen und fragte sich manchmal leicht beunruhigt, ob und wann es auch ihn erwischen würde.

Vielleicht war es so, wie Rick annahm. Vielleicht war Leonard Blum einer dieser in der Stadt Verwurzelten gewesen und hatte das tägliche Pendeln einem Umzug nach Bonn vorgezogen.

Sie würden es herausfinden.

Er ging in die Hocke und warf einen letzten Blick auf das Gesicht des Toten. Dabei fielen ihm die Einkerbungen zu beiden Seiten des Nasenrückens auf. Leonard Blum war Brillenträger gewesen, und er hatte seine Brille nicht nur gelegentlich getragen, sondern ständig.

Warum hatte er sie dann nicht aufgehabt?

Bert schaute sich um. Keine Brille auf dem Fußboden, keine in der Hand des Toten. Er erinnerte sich an die Brille auf dem Nachttisch, beugte sich vor und hob behutsam ein Augenlid des Toten an.

Keine Kontaktlinse.

»Eigenartig«, murmelte er, als er sich wieder aufrappelte und Rick zur Wohnungstür folgte.

Sie überließen der Spurensicherung das Feld und stiegen die Treppe hinunter, um mit der Befragung der Hausbewohner zu beginnen.

*

Maxim hatte sich vorgenommen, noch eine Weile durch Bonn zu schlendern, bevor er zu Björn in die Wohnung zurückkehrte. Er fand Gefallen an dieser kleinen Stadt, die viel Atmosphäre besaß.

Man merkte ihr an, dass sie eine Studentenstadt war. Die jungen Leute taten ihr gut, denn viele Bewohner gehörten ganz offenkundig zu den Besserverdienenden, eine Nachwirkung der Tatsache, dass Bonn lange Zeit Bundeshauptstadt gewesen war und noch immer eine Reihe von Ministerien beherbergte.

Es gab in Maxims Augen nichts Langweiligeres als eine Ansammlung reicher Menschen. Das machte auf Dauer alles kaputt, die Kunst, den Alltag, die Gefühle. Bloßer Reichtum war ermüdend. Wenn man dem nichts entgegenzusetzen hatte, verlor man auch noch den letzten Rest seiner Kreativität.

Und doch liebte Maxim den Reichtum auch. Geld übte eine starke Anziehungskraft auf ihn aus. Ein gut gefülltes Konto vermittelte Kontakte. Es verlieh seinem Besitzer Freiheit und Selbstbewusstsein. Reiche Menschen bewegten sich anders. Sie wurden wahrgenommen, geachtet, umworben.

Reiche Menschen bestimmten, wo es langging.

Niemals wollte Maxim mittellos sein. Nie wieder abgleiten in die Welt seiner Kindheit. Der Vater ein kleiner Angestellter in einer Firma, die Sanitärartikel herstellte, die Mutter Hausfrau, die beiden Geschwister ohne Ehrgeiz und ohne Träume.

Sein eigentlicher Name war Maximilian und stand für alles, was er an seiner Kindheit gehasst hatte. Er hatte ihn abgelegt, sobald er nach Berlin gezogen war.

Maxim.

Ein glitzernder Name. Geheimnisvoll.

Ein Name, wie für ihn erdacht.

Maxim.

Nichts sollte ihn an früher erinnern, nichts.

Maxim besaß ein Talent, an Geld zu gelangen. Die Leute drängten es ihm förmlich auf. Er nahm es ohne schlechtes Gewissen. Schließlich gab er ihnen etwas dafür zurück – er schenkte ihnen Aufmerksamkeit, was sie glücklich machte.

Menschen brauchten das, gesehen und beachtet zu werden. Sie lechzten nach Anerkennung und Freundlichkeit. Dafür taten sie fast alles. Es fiel Maxim nicht schwer, ihre Bedürfnisse zu erspüren und zu befriedigen. Er musste nur Distanz wahren, durfte ihnen nicht zu nahe kommen.

Manche nannten ihn gefühlskalt.

Sie hatten ja keine Ahnung.

Bei Björn war ihm diese Distanz abhanden gekommen. Björn hatte seine Seele berührt. Und von da an war alles anders gewesen.

Maxim liebte ihn. Liebte ihn wirklich.

So sehr es ihm möglich war, einen Menschen zu lieben.

Fünf Uhr. Allmählich verabschiedete sich der Tag. Er dämpfte das Licht der Sonne, streute Schatten zwischen den Häusern. Wind strich durch die Straßen. Die Leute zogen die Schultern hoch und beschleunigten ihre Schritte.

Die schmutzigen Finger der Marktfrauen schauten verfroren aus dicken Wollstulpen hervor. Ihre Stimmen waren kräftig, fast einschüchternd. In einem einförmigen Singsang priesen sie ihre Ware an, tranken zwischendurch Kaffee aus dampfenden Bechern.

Maxim betrachtete die Rokokofassade des Alten Rathauses. Die Front des ehemaligen Kinos, das zu einer Buchhandlung umgebaut worden war. Die letzten Sonnenflecken auf dem Kopfsteinpflaster. Die frechen Tauben, die sich bewegten wie verkleidete Raben.

Er fragte sich, ob er hier leben könnte.

Ein Paradiesvogel in einem viel zu engen Käfig.

War er das? Ein Paradiesvogel?

Oh ja. Er erkannte es in den Augen der Leute, die seinen Weg kreuzten. Die Mädchen konnten den Blick ja nicht von ihm wenden.

Und nicht nur sie …

Ich bin nicht schwul, dachte er zornig. Ich bin bi.

Warum sollte er seine Begierde auf ein einziges Geschlecht reduzieren, wenn es Männer *und* Frauen waren, die ihn erregten? Wieso sollte er nicht ausleben dürfen, was ihn ausmachte? Und das war doch beides.

Er war nicht schwul. Und wem er sich zuwandte, das entschied er immer noch ganz allein.

Demonstrativ erwiderte er die Blicke der Typen, die ihn musterten.

Ihr Interesse ließ ihn kalt.

War das nicht Beweis genug? Dafür, dass er die Wahl hatte?

Und was war mit seinen Gefühlen für Björn?

Leidenschaft. Liebe.

Unsicherheit.

Ich bin nicht schwul.

Die Stimme in seinem Innern, die das Gegenteil behauptete, überhörte er. Wie jedes Mal.

Sein Handy klingelte.

Björn.

Maxim nahm das Gespräch nicht an.

4

Schmuddelbuch, Dienstag, 1. März, dreiundzwanzig Uhr

»Gute Arbeit«, hat Greg gesagt, nachdem er meinen Entwurf gelesen hat. »Die richtige Mischung aus Abstand und Nähe. Lass die Leute ruhig einen kleinen Blick durchs Schlüsselloch werfen, ohne ihre voyeuristischen Bedürfnisse tatsächlich zu befriedigen.«

Abstand. Nähe. Als ob ich das steuern könnte, wo ich doch meistens aus dem Bauch heraus schreibe. Das behalte ich allerdings lieber für mich. Obwohl Greg es wahrscheinlich ahnt. Aber ist das Ergebnis nicht wichtiger als der Weg dahin?

»Du hast die richtigen Fragen gestellt. Der Leser wird überrascht und kann etwas dazulernen. Ich frage mich nur, woher deine Sympathie für diesen Professor rührt.«

Ich habe so sehr versucht, sie zu verbergen, und dann ertappt Greg mich nach einem einzigen Blick auf den Text.

»Oder ist es das Thema, das dich so berührt?«

»Vielleicht ...«

Greg spürt, ob man reden möchte oder nicht. Er schaltet dann locker den Rückwärtsgang ein und zieht sich zurück.

»Noch ein bisschen Kleinarbeit, aber im großen Ganzen kannst du es so lassen.«

Damit hat er sich wieder seinem PC zugewandt und ich durfte gehen. Andere haben oft weniger Glück. Greg kann sich wie ein Pit Bull in etwas verbeißen. Es ist ziemlich schwer, ihn zufriedenzustellen.

Als Volontärin genieße ich noch Welpenschutz. Obwohl manche Kollegen hinter meinem Rücken behaupten, es sei mehr als das. Greg sei in mich vernarrt. Er sehe in mir die Tochter, die er nicht habe, und erlaube mir deshalb auch, ihm wie eine verzogene Göre auf der Nase herumzutanzen ...

Ich lasse sie reden. Sobald man Gerüchten die geringste Nahrung gibt, schießen sie ins Kraut.

Calypso wurden die Augen schwer. Dennoch brachte er es nicht fertig, das Buch zuzuklappen. Er verschlang Künstlerbiografien, wie er früher Comics verschlungen hatte.

Etliche Maler, Schriftsteller und Schauspieler hatten schier unbezwingbar erscheinende Hindernisse überwunden, bis sich endlich der Erfolg eingestellt hatte. Manch einer hatte ihn dann nicht verkraftet, Zuflucht zu Alkohol und Drogen gesucht und war abgestürzt. Andere hatten über der Darstellung großer Gefühle die eigenen verloren. Und nicht wenige waren am Ende ihres Lebens einsam und allein gewesen.

Calypso wusste nicht, wie seine Zukunft sein würde. Er wollte es auch nicht wissen. Er wollte es ebenso wenig wissen, wie er wissen wollte, welche Art von Tod ihn erwartete.

Er wollte einfach leben.

Leben, dachte er und atmete tief ein und aus.

Romy saß jetzt schon über eine Stunde an ihrem Tagebuch, das sie *Schmuddelbuch* nannte, weil es unzensiert alles enthielt, was ihr durch den Kopf ging. Und alles, was ihr in die Finger fiel.

Gedanken. Erlebnisberichte. Vorarbeiten zu Artikeln. Fotos. Zeitungsausschnitte. Romy war eine Sammlerin. Und aus dem Gesammelten schuf sie kleine Kunstwerke aus Worten. Sie würde eine prima Journalistin werden.

Wenn sie durchhielt. Denn in Romy steckte auch ein bisschen von dem, was ihre Eltern durch die Welt trieb. Abenteuerlust. Die Angst, im Sumpf des Alltags stecken zu bleiben. Neugier. Unruhe.

Romy war süchtig nach Geschichten. Sie fand sie überall. An jeder Supermarktkasse geriet sie in ein Gespräch mit irgendwem, auf der Straße wurde sie ständig angequatscht. Etwas an ihr erregte die Aufmerksamkeit der Leute. Vielleicht ihre nie erlahmende Bereitschaft zuzuhören.

Jetzt stand sie auf und ging in die Küche. Calypso hörte, wie sie den Wasserkocher füllte.

»Machst du mir auch einen Tee?«, rief er.

»Welche Sorte?«

»Egal.«

Calypso liebte die Nacht. Er mochte es, wenn sich jemand in der Wohnung bewegte, während er las, Texte lernte oder leise Musik hörte, spärliches Licht im Zimmer und vor den Fenstern die Dunkelheit.

Er war froh, dass er sich für das Leben in einer Wohngemeinschaft entschieden hatte. Seine Mitbewohnerinnen waren ebensolche Nachteulen wie er. Tonja, die Deutsch und Englisch studierte, stand morgens grundsätzlich nicht vor neun Uhr auf, genau wie Helen, die als Verkäuferin in einem Esoterikladen arbeitete, der erst um zehn öffnete.

Behaglich seufzend vertiefte er sich wieder in das kurze, wilde Leben von James Dean. Wenig später stellte Romy einen Becher Tee auf den kleinen Holztisch neben dem Bett, der unter Büchern und Zeitungen begraben war. Dazu musste sie erst Platz schaffen, indem sie die Stapel ein Stück auseinanderschob. Sie gab Calypso einen Kuss auf die Wange und verschwand wieder in der Küche, wo sie am liebsten saß, wenn sie in ihr Schmuddelbuch schrieb.

Calypso und Romy verbrachten nicht jede Nacht miteinander, aber wenn, dann taten sie es meistens abwechselnd in Calypsos WG im zweiten Stock oder hier in Romys kleiner Dachgeschosswohnung. Es war ein Glück, dass sie im selben Haus wohnten. Es war ein Glück, dass es ein Haus voller netter Leute war. Und es war ein Glück, dass er Romy überhaupt gefunden hatte.

Glück.

Calypso nahm einen vorsichtigen Schluck von dem noch sehr

heißen Tee. Er konnte es spüren, dieses Glück, doch er hätte es nicht beschreiben können. Es war ein Gefühl unter der Haut, ein Gefühl, in das sich ein eigenartiges schmerzliches Sehnen mischte. Kaum hatte man es bemerkt, war es auch schon wieder vorbei.

Er stellte den Becher ab, stand auf und tappte auf nackten Füßen in die Küche. Romy war damit beschäftigt, einen Artikel aus einer Illustrierten auszuschneiden. Und das im Zeitalter des Internets, dachte Calypso mit liebevollem Spott, sprach es jedoch nicht aus.

»Frauen, die vergewaltigt wurden, können jetzt anonym die Spuren der Tat sichern lassen«, erzählte sie ihm begeistert. »Die werden dann im Institut für Rechtsmedizin hier an der Uniklinik zwei Jahre lang aufbewahrt. Entscheidet sich das Opfer erst Wochen oder sogar Monate später dazu, seinen Vergewaltiger anzuzeigen, können die Beweismittel direkt an die Ermittlungsbehörde weitergeleitet werden. Genial!«

Calypso schaute ihr über die Schulter. Sein Kinn berührte ihre kurzen Haare, die ihr verwuschelt vom Kopf abstanden.

»Direkt nach einer Vergewaltigung haben die meisten Frauen wahrscheinlich erst mal das Bedürfnis, Abstand zu gewinnen«, fuhr Romy fort, ohne seine Antwort abzuwarten. »Wenn du voller Ekel und Scham bist, traust du dir nicht unbedingt zu, zur Polizei zu gehen, ganz abgesehen von der elenden Prozedur, die darauf folgt.«

Calypso hatte keine Lust, jetzt irgendwelche weltanschaulichen Themen zu erörtern, wie wichtig sie auch sein mochten. Er wollte zurück ins warme Bett und das mit Romy zusammen.

Er küsste ihren Hals.

Romy zog den Kopf weg und schnippelte weiter an der Illustrierten herum. Machte ihm jetzt etwa ein mickriger Artikel Konkurrenz?

Calypso vergrub die Finger in ihrem Haar und begann mit behutsamen Bewegungen, ihre Kopfhaut zu massieren. Das brachte sie normalerweise dazu, den Kopf zurückzulegen, die Augen zu schließen und wie eine Katze zu schnurren.

Diesmal nicht. Sie schüttelte seine Hände ab.

»Bitte, Cal … ich hab zu tun.«

»Artikel ausschneiden und einkleben? Und das lässt sich nicht auf morgen verschieben?«

Er war verletzt, doch das wollte er ihr nicht zeigen.

»Für dich mag das aussehen wie Kinderkram, aber es gehört zu meiner Arbeit.«

»Eher zu der *Art,* wie du arbeitest.«

»Und wenn schon.« Sie warf ihm einen wütenden Schulterblick zu. »Eine andere Art hab ich eben nicht.«

Calypso hätte sich auf die Zunge beißen mögen. In letzter Zeit gerieten sie ständig in Streit. Er hatte keine Ahnung, wie es passierte. Ein Wort zu viel, und sie waren mittendrin.

Er hatte Sehnsucht nach ihr gehabt, nach ihrer Haut, ihren Berührungen und ihrem leisen Lachen. Er hätte sie gern in die Arme genommen und gehalten, hätte sie gern geliebt und wäre danach gern mit ihr eingeschlafen. Und wenn er mitten in der Nacht oder am frühen Morgen aufgewacht wäre, hätte er sich seufzend an sie geschmiegt und wäre einfach wieder in den Schlaf abgetaucht.

Hätte. Wäre. Könnte.

Bei Romy war alles Konjunktiv. Nie ließ sie sich ganz auf ihn ein. Immer drängte sich ihre verfluchte Arbeit zwischen sie, und Calypso hegte allmählich den Verdacht, dass sie über allem stand.

Zornig ging er ins Schlafzimmer, schnappte sich seine Klamotten und klemmte sich die James-Dean-Biografie unter den Arm. Als er die Küche wieder betrat, klingelte Romys Handy.

»Hi, Ingo«, sagte sie und lehnte sich entspannt zurück.

Ingo Pangold. Lokalredakteur beim *Kölner Anzeiger.* Klar, für so einen hatte sie Zeit, selbst wenn sie ihn nicht mal besonders mochte. Und selbst wenn er zu den unmöglichsten Zeiten anrief. Meistens wegen nichts.

Calypso stürmte hinaus und knallte die Wohnungstür hinter sich zu, dass es schepperte.

*

Dieser Typ hatte den Tod verdient.

Mit so einem brauchte man kein Mitleid zu haben. Es gab eine göttliche Logik hinter allem. Und die Pflicht, diese Logik aufrechtzuerhalten. Das war es, was er als seine Aufgabe betrachtete.

Engel in der Finsternis, dachte er.

Er lachte leise in die nächtliche Dunkelheit, die ihn umgab. Kein Mond am Himmel und kein Stern. Kein Geräusch. Nur das Rascheln des Bettzeugs, wenn er sich bewegte.

Das ruhige, gleichmäßige Atmen neben ihm störte ihn nicht, aber es verwirrte ihn ein wenig. Es war so präsent, so kompakt, so … körperlich.

Als lebte es allein aus sich selbst heraus.

Vielleicht sollte er den Arm ausstrecken, um es zu berühren. Vielleicht würde er dann sehen, dass es dieses Atmen überhaupt nicht gab.

Bildete er sich das wieder nur ein?

Es passierte ihm so oft. Er sah Personen, die es nicht gab. Gegenstände, die nicht existierten. Und er hörte, was andere nicht wahrzunehmen schienen.

Bilder und Laute konnten eine zerstörerische Kraft besitzen. Die wenigsten Menschen wussten das. Oder sie wollten es nicht wahrhaben.

Er fragte sich, warum andere nicht erkannten, wie feindselig der Schatten eines Tisches sein konnte. Oder das Klingeln eines Telefons.

Und erst die Stimmen.

Sie kamen von überall her. Rieselten von den Wänden, krochen über den Boden, lösten sich aus den Winkeln. Nicht mal draußen ließen sie ihn in Frieden. Raschelten im Gebüsch, wehten mit dem Wind, knisterten im Sonnenlicht.

Sie wussten alles über ihn, kannten seine Eitelkeit und seine Ängste, seine Hoffnungen und Irrtümer. Sie ließen ihm keine Ungenauigkeit durchgehen und erst recht keine Lüge. Nicht mal seine Gedanken waren vor ihnen sicher.

Es gab kein Entrinnen. Keine Rettung.

Und wenn er gar nicht erst versuchte, es zu berühren, dieses Atmen, das die ganze Zeit da war, so sehr, dass er es nicht länger ignorieren konnte? Wenn er es einfach neben sich duldete?

Doch schon hob er die Hand.

Wie fremdgesteuert, dachte er. Aber von was? Von wem?

Der Schweiß brach ihm aus von der vergeblichen Anstrengung, seine Hand zu kontrollieren. Sein Herz schlug hart und schnell. Sein Mund wurde trocken.

Es fühlte sich an wie ein Körper. Wie nackte Haut.

Warm.

Lebendig.

Unheimlich.

Blitzschnell zog er die Hand zurück und steckte sie unter die Bettdecke. Leise, fast lautlos fing er an zu summen. Keine Melodie, die er kannte, einfach Töne, die ihm in den Kopf drängten.

Er konnte jetzt das Atmen neben sich nicht mehr hören. Es wurde von seinem Summen überdeckt. Doch das nahm ihm nichts von seiner wachsenden Angst. Denn auch wenn er es nicht mehr hören konnte, wusste er:

Es war immer noch da.

*

Romy stellte ihren Wagen in der Tiefgarage am Friedensplatz ab und machte sich auf den Weg zur Uni. Bonn war für sie untrennbar mit ihrem Bruder verbunden. Vielleicht hatte sie die Stadt deshalb so ins Herz geschlossen. Sie hätte sich gern Zeit für einen morgendlichen Bummel genommen, doch dazu war ihre Unruhe zu groß.

Sie ging die Friedrichstraße entlang und warf nur einen kurzen Blick in die Schaufenster der kleinen Läden, die gerade erst öffneten. In der Bonngasse versagte sie sich schweren Herzens einen Abstecher in ihren vollgestopften, bunten Lieblingsladen, der lauter ausgefallene Dinge anbot: schrille Sonnenbrillen, verrückten Schmuck und originelle Taschen, Mützen und Hüte.

Heute war keine Zeit dafür.

Ein Assistent an der Uni war ermordet worden, und Greg hatte sie losgeschickt, um sich ein bisschen umzuhören. Vielleicht witterte er eine Geschichte, sicher sogar. Romy war ihm dankbar dafür, dass er sie ausgerechnet ihr anvertraute.

Gregory Chaucer, halb Deutscher und halb Ire, war nicht zufällig Verleger und Chefredakteur des erfolgreichen *KölnJournals* geworden. Er hatte einen unbestechlichen Riecher für Geschichten.

Und für Begabungen. Als er Romy das Volontariat angeboten hatte, war das gleichzeitig ein Versprechen gewesen. Er hatte beschlossen, sie zu fördern und dem Talent, das er in ihr entdeckt hatte, zu vertrauen.

Romys Kollegen sahen es nicht gern, dass er ihr manches Mal Aufgaben übertrug, die für sie noch ein, zwei Nummern zu groß waren. Tatsächlich balancierte sie auf einem dünnen Seil hoch oben in der Luft, aber sie wusste, dass Greg sie bei einem Sturz auffangen würde.

Sie wandte sich nach links in die Sternstraße, wo sie von den Geräuschen und Gerüchen des Markts empfangen wurde, widerstand jedoch dem Bedürfnis, an den Ständen entlang zu schlendern. Schließlich erreichte sie die Fürstenstraße, die sie direkt zum Haupteingang der Uni führte.

Greg war damit einverstanden, dass sie sich Zeit ließ. Sobald sie hier fertig war, würde sie deshalb zu Björn fahren, um zu sehen, was mit ihm los war. Es musste einen Grund geben, warum er sich nicht meldete und ihre Anrufe nicht entgegennahm.

Romy hatte beschlossen, in der Cafeteria anzufangen. Mit einem Cappuccino in der Hand blieb sie vor einem der Tische stehen, an dem ein Student saß, der einen offenbar eben erst gekauften Krimi aus einem verknautschten Leinenbeutel zog.

»Hi. Darf ich?«

Er nickte, klappte das Buch auf, überflog ein paar Zeilen, blätterte weiter, schlug es wieder zu und stopfte es in den Beutel zurück.

»Schon von dem Mord gehört?« fragte Romy aufs Geratewohl.

Wieder nickte er.

Volltreffer. Nur nützte der nichts, wenn sie den Knaben nicht zum Reden brachte. Sie trank ein paar Schlucke und betrachtete ihn über den Rand ihrer Tasse hinweg. Er schien einer von der zugeknöpften Sorte zu sein. Eine senkrechte Falte über seinem Nasenrücken deutete auf häufig unterdrückte Wut hin oder auf ein hohes Maß an Nachdenklichkeit.

Er nippte an seiner Cola, schaute zum Fenster hinaus in diesen trüben Morgen, der sich noch nicht entschieden hatte, ob er schön werden wollte oder nicht.

»Leonard Blum«, sagte er, als Romy die Hoffnung schon aufgegeben hatte und eben überlegte, sich ein anderes Opfer zu suchen. »Ich hab ihn nicht gekannt, hab mit seinem Fach nichts zu tun. Aber natürlich reden alle hier von nichts anderem.«

»Klar.«

»Ich bin übrigens Will.«

Er zeigte ein unentschlossenes, verlegenes Grinsen.

»Und ich heiße Romy.«

Sie fand, dass der Typ und sein Name nicht kompatibel waren.

»Offenbar war Leonard Blum ziemlich beliebt bei seinen Studenten«, plauderte Will aus dem Nähkästchen. »Es gab einige Mädels, die geheult haben, nachdem sich das mit dem Mord rumgesprochen hatte.«

Romy misstraute Typen, die Worte wie *Mädels* benutzten. Ihre Tasse war fast leer, und sie hatte große Lust, Will hier sitzen zu lassen und sich augenblicklich auf den Weg zu Björn zu machen.

»Wie schnell sich Katastrophenmeldungen verbreiten«, sagte sie. »Es ist doch erst gestern passiert.«

»Bonn ist Provinz«, antwortete Will. »Hier funktionieren die Buschtrommeln noch.«

Wie weltmännisch, dachte Romy ironisch. Ihr war klar, dass sie diesem Will keine Chance gab, sich ihren Respekt zu verdienen, und eigentlich war das nicht in Ordnung.

»Wer bringt denn einen um, der an der Uni arbeitet?«, fragte sie.

Ein belustigtes Lächeln breitete sich auf Wills Gesicht aus.

»Logisch«, korrigierte sie sich schnell, »Morde passieren überall, aber irgendwie erwartet man das nicht an einem Ort der … Wissenschaft.«

Wills Lächeln wurde breiter. Zu Recht. Sie redete sich wieder mal um Kopf und Kragen. Dazu neigte sie, wenn sie mit einem zusammensaß, der die Zähne nicht auseinander bekam. Sie beschloss, für eine Weile den Mund zu halten.

Es wirkte.

»Die Leute an der Uni sind auch nicht viel anders als der Durchschnittsbürger«, behauptete Will. »Und selbst diejenigen, die ihre Tage mit klugen Büchern verbringen und lauter schöngeistige Gespräche führen, erleben Abende und Nächte, die sie in eine komplett andere Wirklichkeit katapultieren.«

Abende? Nächte? Romy beugte sich interessiert vor.

»In jedem lauern Abgründe«, fuhr Will fort. »Bildung macht die Menschen ja nicht besser. Sie kultiviert sie nur.«

Romy gestand sich ein, dass sie diesen Typen unterschätzt hatte. Sie fing an, sich zu schämen.

»Was nichts anderes bedeutet, als dass sie lernen, ihre Rohheit unter guten Manieren zu verbergen«, sagte Will. »Bei exquisitem Essen und teurem Wein lässt es sich prima über Kultur und Politik schwadronieren. Und anschließend prügelt man in der Abgeschiedenheit des gepflegten Eigenheims seine Frau.«

»Hast du selbst solche Beobachtungen gemacht?«, fragte Romy.

Greg hatte ihr beigebracht, immer nachzufragen, nichts als gegeben hinzunehmen, erst recht keine theoretischen Erklärungen.

Will senkte den Blick. Er schien mit sich zu kämpfen. Schließlich sah er Romy beinah trotzig in die Augen.

»Mein Vater ist Professor für Psychologie in Freiburg. Das Leben zu Hause war die Hölle.«

Romy glaubte ihm jedes Wort. Sie hütete sich, ihn zu unterbrechen.

»Sein Arbeitszimmer war das reine Chaos. Weil die Regale überquollen, stapelten sich die Bücher und Papiere auf dem Boden. Meine Mutter durfte keine seiner Unterlagen anfassen, dennoch erwartete mein Vater, dass in seinem Zimmer absolute Sauberkeit herrschte. Zusammen mit unserer Putzfrau versuchte meine Mutter, das Unmögliche möglich zu machen. Die eine hielt die Papiere fest, die andere saugte vorsichtig drum herum.«

Will fuhr sich mit den Fingern über die Oberlippe, auf der sich Schweiß gebildet hatte. Er fixierte einen Punkt draußen, den er nicht aus den Augen ließ.

»Aber irgendwas ging immer schief. Ein Brief wurde verschoben, ein Blatt Papier geknickt. Und am Abend dann ließ mein Vater seinem Zorn freien Lauf.«

Romy sah Wills Mutter vor sich. Wie sie die Arme hob, um ihr Gesicht zu schützen. Sie sah, wie Wills Vater ihr die Arme herunterriss, sah seine Faust, die das erschrockene Gesicht traf, hörte das Nasenbein brechen.

»Meine Mutter hat es nicht geschafft, ihn zu verlassen. Und mein Vater verfasst weiterhin hochgelobte Abhandlungen über die menschliche Psyche und ihre Verletzungen, die ihn international bekannt gemacht haben. Im Lauf der Jahre hat er die Misshandlungen meiner Mutter so verfeinert, dass keine Spuren zurückbleiben, die sie nicht unter Make-up oder Kleidung verstecken kann.«

Romy dachte an Greg, der ihr einmal gesagt hatte, sie habe etwas an sich, das zweifellos jeden dazu bringe, ihr sein Herz auszuschütten. Wieso bereitete ihr das jetzt so ein schlechtes Gewissen?

»Ich weiß also, wovon ich rede.« Will nahm einen großen Schluck von seiner Cola. Dann hatte er sich wieder gefangen. Romy konnte einen Anflug von Misstrauen in seinem Blick erkennen. »Ich hab dich hier noch nie gesehn«, sagte er. »Was studierst du?«

»Ich werde Journalistin«, wich Romy aus.

»Und recherchierst wegen des Mordes an Leonard Blum«, vermutete Will messerscharf.

Romy beschloss, ihn nicht anzulügen. Sie nickte.

»Und wieso hast du ausgerechnet mich angesprochen?«

»Zufall.«

»Du bist zu ehrlich«, sagte er. »Das könnte dir mal schaden.«

»Es gibt auch ehrlichen Journalismus«, widersprach Romy.

Er musterte sie nachdenklich.

»Jedenfalls glaube ich das«, setzte sie hinzu.

Will schien einen Entschluss gefasst zu haben. Er trank seine Cola aus und stand auf.

»Blum war schwul«, sagte er. »Er war ein schwuler, sensibler, offenbar ziemlich anständiger Typ. Mehr weiß ich nicht über ihn.«

Er griff nach dem Leinenbeutel, hob die Hand zum Abschied und trottete davon. Romy blieb mit dem Gefühl zurück, auf der ganzen Linie versagt zu haben.

Vor allem menschlich.

Das machte ihr schwer zu schaffen.

5

Schmuddelbuch, Mittwoch, 2. März, zehn Uhr dreißig

Uni Bonn. Gespräch in der Cafeteria mit Will, einem Studenten. Die ersten Schnipsel für mein Bild von Leonard Blum, dem Mordopfer. Laut Will war er sensibel, anständig, beliebt und schwul. Eigentlich sollte ich an diesem Punkt weitermachen, aber zuerst *muss* ich zu Björn. Bitte, lieber Gott! Mach, dass es ihm gut geht und ich mich umsonst aufrege! Und dass ich nicht ausflippe, wenn er mir sagt, dass er einfach Besseres zu tun hatte, als mit mir zu telefonieren!

Danach werde ich überlegen, was ich mit dem Rest des Tages anfange. Vielleicht weiß Björn ja sogar etwas über den Mord.

Unmittelbar nach der Befragung der Hausbewohner hatten Bert und Rick sich auf den Weg gemacht, um Leonard Blums Eltern aufzusuchen, die in einem unscheinbaren Haus in Jülich lebten. Es war immer schwer, Menschen die Nachricht vom Tod ihres Kindes zu überbringen, aber in diesem Fall war es fast unerträglich gewesen.

Ein Abend und eine Nacht waren vergangen, doch Bert hatte das Erlebnis noch immer nicht abgeschüttelt.

Reinhard Blum, der in Folge eines schweren Schädel-Hirn-Traumas an Depressionen und Verwirrtheitszuständen litt, hatte ihrem Gespräch kaum folgen können. Selbst seine Frau Barbara, die wie versteinert neben ihm auf dem Sofa gesessen hatte, war nicht in der Lage gewesen, ihm zu vermitteln, was geschehen war. Mit großen Augen hatte sie Bert und Rick angestarrt, die Hände kraftlos auf dem Schoß.

»Wer ist tot, Barb?«

»Herr Blum«, hatte Bert ihm behutsam zu erklären versucht, »es geht um Ihren Sohn. Um Leonard.«

»Barb?« In Reinhard Blums Augen war kein Anzeichen eines Begreifens gewesen. »Wer sind diese Leute? Ich kenne sie nicht.«

Das angstvolle Drängen in seiner Stimme ließ Barbara Blum die Hand heben. Ihre Finger umschlossen die ihres Mannes. Die Haut spannte weiß über ihren Knöcheln.

Bert schätzte Reinhard Blum auf Ende sechzig. Seine Frau schien fünf, sechs Jahre jünger zu sein. Sie machte auf ihn den Eindruck einer Frau, die daran gewöhnt war, die meisten Entscheidungen allein zu treffen. Was auf den ersten Blick wie Schroffheit wirkte, war in Wirklichkeit nichts anderes als eine zielgerichtete Geradlinigkeit, ohne die sie in diesem Haushalt vermutlich verloren wäre.

Doch für endlose Minuten war davon nichts mehr zu spüren.

»Wer ist tot?«, fragte ihr Mann, dessen Stimme vor Furcht nicht geschrumpft, sondern im Gegenteil schrill, beinah hysterisch geworden war.

»Herr Blum …«, begann Bert wieder und verstummte, als er beobachtete, wie Reinhard Blum sich von ihm wegdrehte, hin zu seiner Frau.

»Barb …« Er fing an zu schluchzen, zog seine Hand unter der seiner Frau hervor und begann über seine Knie zu streichen, wieder und wieder.

Endlich erwachte die Frau aus ihrer Starre. Sie wandte sich ihrem Mann zu, legte ihm den Arm um die Schultern und drückte ihn leicht an sich.

»Ist ja gut«, sagte sie leise. »Dir passiert nichts. Ich pass auf dich auf.«

»Du passt auf mich auf?« Hoffnungsvoll sah er ihr in die Augen. »Ja?«

»Ganz bestimmt.«

»Mir kann nichts passieren?«

»Nein. Nichts.«

»Weil du auf mich aufpasst.«

»Ja.«

Er erhob sich mühsam und verließ mit unsicheren Schritten das Zimmer.

»Mein Mann fühlt sich bedroht, sobald seine Routine unterbrochen wird«, erklärte seine Frau. »Schon eine einfache Frage bringt ihn aus dem Gleichgewicht. Er hat ständig Angst, etwas falsch zu machen.«

»Pflegen Sie ihn allein?«, fragte Bert.

»Nein. Das würde ich nicht schaffen. Es ist stundenweise jemand da, der mir hilft. Aber meistens klammert mein Mann sich an mich. Obwohl er sogar mich manchmal nicht erkennt. Das geht jetzt schon so lange so, dass ich allmählich jede Hoffnung auf Besserung verliere.«

Aus den Augenwinkeln nahm Bert wahr, dass Rick unbehaglich auf seinem Sessel hin und her rutschte. Er selbst wäre auch gern aufgestanden, um die Anspannung loszuwerden.

»Wie ist unser Sohn … gestorben?«, fragte Barbara Blum. Sie hatte die Hände ineinander verschränkt und saß sehr gerade. Ihr Gesicht war grau vor Elend. Ihre Augen wirkten stumpf und glanzlos.

Bert schluckte trocken. Die Worte wollten ihm nicht über die Lippen.

»Er ist erschlagen worden«, hörte er Rick mit ruhiger Stimme sagen. »Es ging schnell. Er hat nicht lange leiden müssen.«

Barbara Blum nickte. Starrte blicklos irgendwohin und nickte. Als versuchte sie, sich an dem schwachen Trost in Ricks Worten festzuhalten.

»Gibt es jemanden, den Sie anrufen können?«, fragte Rick. »Jemanden, der für eine Weile bei Ihnen bleiben kann?«

»Mein Mann«, antwortete Barbara Blum. »Mein Mann ist bei mir. Außer ihm könnte ich im Augenblick niemanden um mich haben.«

Sie blieben noch einige Minuten still bei ihr sitzen.

»Wir lassen Sie jetzt allein«, sagte Bert dann. »Bemühen Sie sich nicht, wir finden schon hinaus.«

Draußen hatte er die kühle Luft tief in die Lunge gesogen. Er war Rick dankbar dafür gewesen, dass er die richtigen Worte gefunden hatte.

»Was wissen wir?«, fragte Bert jetzt, während er ein Foto des toten und eines des lebenden Leonard Blum an der Pinnwand in seinem Büro befestigte. Er arbeitete noch nicht lange mit Rick, und ihre Vorgehensweise war hier und da sehr unterschiedlich. Aber Rick hatte bislang kein einziges Wort über Berts Gewohnheit verloren, die Fälle auf einer altmodischen Pinnwand zu dokumentieren, was ihm beim Ordnen seiner Gedanken oft half.

»Nicht viel«, antwortete Rick lakonisch.

Neuer Tag, neues Glück, dachte Bert. Hoffentlich würden sie heute ein kleines Stück vorankommen.

Tatsächlich hatten die Befragungen am Nachmittag zuvor nicht allzu viel erbracht. Drei Parteien bewohnten das Haus in der Krementzstraße. Im Erdgeschoss lebte der Besitzer, ein pensionierter Konditormeister und überzeugter Junggeselle, der ausgefallene Uhren sammelte und zwar mit einer solchen Leidenschaft, dass es in jedem Winkel seiner Wohnung tickte, summte und surrte.

Den ersten Stock hatte er an eine bekannte Sachbuchautorin vermietet, die Bücher über Gott und die Welt verfasste und seit Jahren Material für das *ultimative* Kochbuch zusammentrug. Ihr Wohnzimmer war pures Chaos. Handgeschriebene, stockfleckige Rezepte lugten aus prall gefüllten Ordnern hervor, Fotos von Gebratenem, Gebackenem und Gesottenem bedeckten jede freie Fläche. Auf den Fensterbänken stapelten sich Küchenratgeber und Kochbücher aus den unterschiedlichsten Ländern.

Unterm Dach schließlich hatte Leonard Blum seine Wohnung gehabt.

Ein einsames Haus, hatte Bert gedacht. Und wirklich hatten

die Bewohner untereinander keinen Kontakt gepflegt. Dennoch hatten der Vermieter und seine Mieterin einige Beobachtungen gemacht, die Leonard Blum charakterisierten.

»Er hielt sich sehr zurück.«

»Man hörte ihn kaum.«

»Tagsüber war er immer weg, an der Uni, glaube ich.«

»Anscheinend hat er viel gearbeitet. Bis in die späte Nacht hinein brannte bei ihm Licht.«

»Mit einer Freundin habe ich ihn nie gesehen.«

»Wenn wir uns begegnet sind, hat er immer höflich gegrüßt.«

»Ich habe oft Pakete für ihn angenommen. Als hätte er das meiste, was er zum Leben brauchte, übers Internet bestellt.«

Der klassische Beginn einer Laufbahn an der Uni, dachte Bert. Ein enormer Leistungsdruck, viel Arbeit und wenig Zeit für das, was das Leben sonst noch ausmacht.

»Der war der typische Intellektuelle«, sagte Rick, der es mit Intellektuellen nicht so hatte.

»Nämlich?«

»Ehrgeizig, zielstrebig, fleißig«, zählte Rick auf, »asketisch, menschenscheu und irgendwie … sonderbar.«

Tatsächlich war dies auch das Bild, das Bert bei den Befragungen gewonnen hatte. Das Aussehen des Toten passte ebenfalls in das Klischee. Leonard Blum war sehr schlank gewesen, fast hager, mit langen, sehnigen Gliedmaßen. Das Gesicht des Toten, obwohl blutverschmiert, schmal und sensibel.

Bert betrachtete das Foto des lebenden Leonard Blum. Es war im Garten der Eltern aufgenommen worden, wie die Mutter erklärt hatte. Sie hatte sie schließlich doch noch hinausbegleitet und ihnen auf Berts Bitte hin ein aktuelles Foto ihres Sohnes ausgehändigt. Leonard Blum stand darauf gegen einen Baumstamm gelehnt, die Hände in den Hosentaschen, den Kopf zur Seite geneigt und lachte fröhlich in die Kamera.

Er wird nie wieder sprechen, dachte Bert. Nie wieder fühlen. Nie wieder jemanden anschauen.

Nie wieder lachen …

Irgendwer hat sein Strahlen einfach ausgeknipst.

Es war ihre Aufgabe, den Grund dafür herauszufinden.

»Er wurde geliebt«, sagte er. »Von seinen Eltern. Er wurde geschätzt. Von den Leuten im Haus. Ich bin gespannt auf das, was wir an der Uni erfahren werden.«

»Worauf warten wir noch?«

Rick zog sein Sakko von der Stuhllehne und ging zur Tür. Er war wie ein junges Pferd, tänzelte nervös an der Startlinie und konnte es nicht erwarten, endlich loszugaloppieren.

Bert kam sich auf einmal entsetzlich müde vor. Er hätte lieber noch eine Weile an seinem Schreibtisch gesessen, um nachzudenken, ein Gefühl für den Toten zu entwickeln.

Seufzend erhob er sich.

»Ödes Nest«, sagte Rick mit leiser Verachtung, als sie eine knappe halbe Stunde später von Bonn-Beuel aus über die Kennedybrücke fuhren.

Während der Fahrt über die A 59 hatten sie geschwiegen, beide in Gedanken versunken. Bert hatte leichte Kopfschmerzen, die seinen Schädel wie ein Helm umschlossen. Wahrscheinlich änderte sich das Wetter. In letzter Zeit reagierte er darauf wie ein menschliches Barometer.

Seine Lieblingsgroßmutter hatte immer behauptet, Jungen seien wetterfühliger als Mädchen. Sie war gestorben, als Bert zehn Jahre alt gewesen war. Er hatte lange unter ihrem Tod gelitten. Heute träumte er manchmal, dass er irgendwo mit ihr zusammensaß und sich mit ihr unterhielt. Er träumte lange Gespräche, an die er sich morgens noch erinnern konnte.

Sie fanden einen Parkplatz und stiegen aus. Rick drehte sich einmal um sich selbst und verschaffte sich einen Überblick über ihren Standort. Er fuhr sich mit der Hand durchs Haar.

»Nee«, sagte er, »hier möchte ich nicht tot überm Zaun hängen.«

Bert schmunzelte. »Lieber woanders?«

Rick reagierte nicht. Er marschierte los.

Bert folgte ihm. Ein mit Einkaufstüten beladener Mann rempelte ihn versehentlich an und entschuldigte sich wortreich für seine Ungeschicklichkeit. Dabei fiel Bert in einigen Metern Entfernung eine junge Frau auf, die sich durch den Trubel auf dem Markt schlängelte und in der Menge verschwand. Das blonde, kurz geschnittene Haar leuchtete förmlich im Grau des Vormittags, in das sich zögernd Sonnenlicht mischte, gefiltert durch eine dicke Wolkenschicht.

Romy Berner, Volontärin beim *KölnJournal*. Verdammt!

Auch Rick hatte sie entdeckt. Er drehte sich zu Bert um und wies mit einer Kopfbewegung in die Richtung, die die junge Frau genommen hatte.

»War das nicht …«

»Allerdings.« Bert nickte. »Hoffen wir, dass das ein Zufall ist.«

»Zufall? Daran glaubst du doch selber nicht.«

Das tat Bert tatsächlich nicht. Nicht bei diesem Mädchen, das für eine gute Story ohne viel Federlesen ihr Leben aufs Spiel setzte. Sie war ihnen schon einmal in die Quere gekommen und hatte ihre Neugier nur mit unverschämtem Glück überlebt.

»Wie schnell sind diese Schreiberlinge eigentlich?«, regte Rick sich auf. »Ich komme mir allmählich vor wie in der Geschichte mit dem Hasen und dem Igel. Hechle mir die Lunge aus dem Leib und immer ist einer von denen vor mir da.«

Bert kannte das Gefühl zur Genüge. Und er war alarmiert. Er hatte nicht vor, sich noch einmal ins Handwerk pfuschen zu lassen, von wem auch immer.

Grimmig wandte er sich zum Gehen und legte ein solches Tempo vor, dass Rick Mühe hatte, mit ihm Schritt zu halten.

*

Beim ersten Klingeln stöhnte Maxim auf. Beim zweiten zog er sich die Decke über den Kopf. Beim dritten schälte er sich schlaftrunken aus dem Bettzeug, schlüpfte in seine Jeans und schlurfte barfuß zur Tür.

Das Geräusch fließenden Wassers, das aus dem Badezimmer drang, wurde von Björns schrägem Gesang übertönt, und Maxim lächelte unwillkürlich. Wenn Björn glücklich war, musste er das rauslassen. Dann sang und pfiff er den ganzen Tag. Wie ein Wasserkessel, dachte Maxim, und sein Lächeln wurde noch breiter, als er das Bild auf sich wirken ließ.

Wieder läutete es, diesmal Sturm.

Maxim drückte genervt auf den Türsummer und machte die Wohnungstür auf. Ein kalter Luftzug ließ ihn frösteln. Er rieb sich die Arme und horchte auf die leichten Schritte, die sich im Treppenhaus näherten.

Eine Frau, schloss er. Die Schritte eines Mannes wären schwerer gewesen. Eine schlanke Frau, denn eine korpulente hätte sich langsamer bewegt. Und dann erkannte er die Besucherin.

»Romy«, sagte er und strahlte sie an, obwohl ihr überraschendes Auftauchen ihn eigentlich ärgerte. »Was verschafft uns die Ehre?«

Sie sah wütend aus und antwortete ihm nicht. Sie beachtete ihn nicht mal. Erst als sie im Flur stand, schaute sie ihn an.

Wenn Blicke töten könnten, dachte er und schloss die Tür.

»Du bist also der Grund dafür, dass mein Bruder nicht erreichbar ist«, stellte Romy fest und musterte seine Aufmachung. Die engen Jeans, den bloßen Oberkörper, seine nackten Füße.

Und das, obwohl es bald Mittag war.

Maxim hob gleichmütig die Schultern. Ihr Gezicke fiel ihm auf die Nerven. Sooft sie einander begegneten, vibrierte die Luft von der negativen Spannung zwischen ihnen. Björn litt sehr darunter, denn er liebte seine Schwester. Aber Maxim konnte es nicht ändern. Er hatte es ja versucht, hatte alle Register gezogen, doch Romy war immun gegen seinen Charme und seine Freundlichkeit. Er konnte machen, was er wollte, sie ließ ihn einfach nicht an sich heran.

»Björn duscht gerade«, sagte er. »Willst du was trinken?«

Er ging in die Küche voraus und wünschte, er hätte sich ein T-Shirt übergestreift. So würden sich ihre Vorurteile Schwulen gegenüber nur wieder bestätigen.

Maxim hatte den Gedanken kaum zu Ende gedacht, als ihm klar wurde, dass er unsinnig war. Romy hatte keine Vorurteile gegen Homosexuelle. Sie liebte ihren Bruder genau so, wie er war, und hatte nie Einwände gegen seine früheren Schwärmereien gehabt.

Nur gegen ihn.

Also richtete sich ihre Abneigung augenscheinlich gegen ihn als Person.

»Kaffee?«, fragte er. »Tee? Was Kaltes?«

»Habt ihr Milch im Angebot?«

Ihr. Hatte sie wirklich *ihr* gesagt? Das bedeutete ja fast so etwas wie Akzeptanz.

Maxim förderte eine Tüte Milch aus dem Kühlschrank zutage und stellte sie, zusammen mit zwei Gläsern, auf den Tisch.

»Gießt du schon mal ein?«, fragte er. »Dann ziehe ich mir eben was über.«

Als er wieder in die Küche kam, rückte Björn sich gerade einen Stuhl zurecht. Er hatte sich ein Badetuch um die Hüften geschlungen. Seine Haut glänzte feucht, und auf der Oberlippe hatte er einen Milchbart, den Maxim ihm am liebsten weggeküsst hätte.

Doch das war in Romys Gegenwart nicht möglich. Es würde sie bloß provozieren. Sie wirkte ohnehin immer noch ziemlich gereizt. Er nahm ein drittes Glas aus dem Schrank, setzte sich zu den beiden, schenkte sich ein und trank.

»Du kannst nicht einfach abtauchen«, sagte Romy zu Björn, ohne Maxims Gegenwart zur Kenntnis zu nehmen. »Wenn du nicht telefonieren willst, dann teil mir das mit, und ich lasse dich in Ruhe.«

»Jaahaa.« Björn streichelte ihren Arm. »Ich hab's ja kapiert.«

»Hast du nicht, Blödmann.«

Sie hatte ihm längst verziehen und Björn wusste das. Er grinste sie an.

Zärtlich fuhr sie mit der Kuppe ihres Zeigefingers über das Grübchen an seinem Kinn.

Diese intime, innige Geste ließ die Eifersucht in Maxim hochschießen wie das Wasser eines Geysirs. Wie sollte er je gegen die Nähe von Geschwistern ankommen, die vom ersten Moment ihres Lebens an zusammen gewesen waren? Was hatte er der extremen Verbundenheit von Zwillingen entgegenzusetzen?

Eine andere Art von Liebe, dachte er. Leidenschaft.

Er griff über den Tisch nach Björns Hand.

Björns Augen wurden dunkel vor Verlangen. Maxim zog seine Hand an die Lippen und küsste sie, ohne Björns Blick auch nur eine Sekunde loszulassen.

Wenig später verabschiedete Romy sich.

Maxim schob Björn in sein Zimmer und drückte ihn auf das Bett. Er würde ihn seine Schwester vergessen lassen, wenigstens für ein paar Minuten, und sie konnte nichts dagegen tun. Er vergrub das Gesicht an Björns Schulter, atmete seinen Duft ein und lächelte.

Leg dich nicht mit mir an, Mädchen, dachte er noch. Dann löschte die Erregung jeden weiteren Gedanken aus.

*

Björn lauschte Maxims regelmäßigen Atemzügen. Und dem Glücksgefühl, das ihn vollkommen ausfüllte.

Trotz Leonards Tod.

Oh Gott. Trotz Leonards Tod.

Wie war das möglich?

Er wollte nichts anderes als Maxim und ein Leben mit ihm.

Im Schlaf hatte Maxim sich ihm zugewandt. Seinen Arm hatte er locker auf Björns Hüfte gelegt. Es war nichts Besitzergreifendes in dieser Haltung, denn Maxims Hand hatte sich leicht geöffnet und zeigte mit der Innenfläche nach oben.

Björn wagte nicht, sich zu bewegen, aus Angst, Maxim aufzuwecken. Er hatte ihn so selten ganz für sich allein, noch dazu in einer so friedlichen Stimmung.

Maxims Atem strich über seine nackte Schulter. Draußen riss die Wolkendecke auf und ließ ein Stück blauen Himmels erkennen. Nicht mehr lange und der Frühling würde kommen. Vielleicht könnten sie wegfahren, nur sie beide. Egal, wohin. Hauptsache, sie wären endlose, kostbare Wochen zusammen.

Björn schloss die Augen und versuchte, ebenfalls einzuschlafen, doch es gelang ihm nicht. Immer wieder sah er Leonard vor sich, so lebendig, so klug. Er konnte nicht glauben, dass er tot sein sollte.

Ermordet.

Leonards Vermieter hatte Björns Besorgnis schließlich ernst genommen. Er hatte Leonards Wohnung aufgeschlossen, seine Leiche gefunden und die Polizei benachrichtigt. Dann hatte er Björn zurückgerufen und ihm beschrieben, was er gesehen hatte.

Der liebenswürdige, sanfte Leonard, der keiner Fliege etwas zuleide tun konnte. Der Bücher geliebt hatte, Theaterstücke und Opern. Ausgerechnet er war einem brutalen Verbrechen zum Opfer gefallen.

Björn verschränkte die Hände hinterm Kopf und starrte an die Decke. Die Neuigkeit hatte sich in Windeseile herumgesprochen. Natürlich hatte auch Romy davon erfahren. Ihre Sorge um ihn war nicht der einzige Grund für ihren Besuch gewesen.

»Hast du von dem Mord gehört?«, hatte sie gefragt, so beiläufig, dass sie sofort seinen Argwohn geweckt hatte.

In ihren Augen war etwas gewesen, das ihn veranlasst hatte, zurückhaltend zu sein. Sie war auf der Jagd nach einer guten Geschichte, und er beschloss, ihr dafür keinen Stoff zu liefern. Irgendwie hatte er auf einmal das Gefühl gehabt, Leonard schützen zu müssen. Niemand sollte ihn an die Öffentlichkeit zerren und aus seinem Sterben Kapital schlagen. Nicht einmal Romy.

Außerdem wollte er seine Schwester nicht in etwas hineinziehen, das ihr gefährlich werden konnte. Sollte sie doch über die kulturellen Aktivitäten in Köln schreiben, über den neuesten Schmiergeldskandal oder den Bürgerprotest gegen den geplanten Umbau irgendeines historischen Gebäudes. Nie wieder wollte er sie in Mordfälle verwickelt sehen. Denn wenn es um eine Story ging, vergaß sie jede Vorsicht.

Manchmal hatte er den Eindruck, dass Romy die Gefahr förmlich suchte. Als wäre sie in ihren Augen lediglich eine besondere Form der Herausforderung. In solchen Momenten erinnerte sie ihn an die Eltern, deren Leben ein einziges verrücktes Wagnis war.

Er hatte behauptet, nicht viel über Leonard berichten zu können, hatte ihr einen äußerst knappen Abriss der Ereignisse gegeben.

»Wir waren zwar befreundet, aber ich weiß nur wenig über sein Privatleben. Da hielt er sich sehr bedeckt.«

»Immerhin hast du den Stein ins Rollen gebracht, und das war nur möglich, weil …«

»… wir verabredet waren, ich weiß. Leonard hatte mit technischen Dingen nichts am Hut, und ich hab ihm manchmal geholfen, wenn er mit seinem PC nicht klarkam.«

Wahrscheinlich hatte sie ihm nicht geglaubt. Obwohl er tatsächlich nicht allzu viel über Leonard wusste. Doch selbst das Wenige hatte er ihr nicht anvertraut.

Jetzt bereitete ihm das Gewissensbisse. Sie hatten nie Geheimnisse voreinander gehabt, waren immer offen und ehrlich miteinander umgegangen. Hatte er das Recht, sie zu manipulieren? Ihr Informationen vorzuenthalten, nur weil er glaubte, sie damit zu schützen?

Er wand sich behutsam unter Maxims Arm hervor, stand auf und zog sich leise an. Auf Zehenspitzen schlich er aus dem Zimmer, ging in die Küche, nahm sich ein Eis aus dem Gefrierfach des Kühlschranks und setzte sich an den Tisch.

Bis Oktober, wenn das Wintersemester anfing, hatte er die Wohnung noch für sich allein. Nils, sein Mitbewohner, verbrachte ein Jahr in Schweden. Unterrichtete dort an der Uni Deutsch, lernte auf diese Weise so ganz nebenbei Schwedisch und musste währenddessen nicht mal sein Zimmer vermieten, weil seine Eltern jede Menge Kohle hatten.

Aber Björn beneidete ihn nicht darum. Nils Eltern klebten wie Kletten an ihrem Sohn, tyrannisierten ihn mit Anrufen, kontrollierten ihn auf Schritt und Tritt und erfüllten ihm seine Wünsche, noch bevor er sie ausgesprochen hatte. Wahrscheinlich war Schweden längst nicht weit genug weg, um ihrer Fürsorge zu entkommen.

Da waren Björn seine eigenen Eltern schon lieber. Sie würden keinen Preis als beste Eltern der Welt gewinnen, dafür jedoch hielten sie sich aus dem Leben ihrer Kinder heraus. Und das war enorm viel wert.

Björn aß sein Eis und schaute dabei gedankenverloren aus dem Fenster. Der Blick ging auf die Rückseite eines schäbigen Hauses aus den achtziger Jahren, das dem Haus, in dem er mit Nils wohnte, zum Verwechseln ähnlich sah. Beide waren früher einmal Sozialbauten gewesen, und auch heute war die Miete erschwinglich. In jedem Haus befanden sich vier Wohnungen von je dreiundsiebzig Quadratmetern.

Die übrigen Mieter begegneten Björn und Nils freundlich, aber zurückhaltend. Björn hatte keine Ahnung, ob sie wussten, dass er schwul war. Wenn ja, dann hatten sie offenbar kein Problem damit.

Buschdorf war ein ländlicher Stadtteil von Bonn, der auf Björns Wunschliste nicht gerade oben gestanden hatte. Doch die geringe Miete war ein unschlagbarer Pluspunkt gewesen, und jetzt lebte er hier und hatte sich allmählich mit den Gegebenheiten arrangiert.

Er goss sich ein Glas Milch ein, nahm einen Schluck und entspannte sich ein wenig. Aber dann spukte ihm Leonard wieder durch den Kopf. Wo war seine Leiche jetzt?

Auf dem Obduktionstisch?

Im Kühlfach der Gerichtsmedizin?

Weiß, blutleer und still?

Björn schüttete die Milch in einem Zug hinunter. Er spürte, wie sie durch seine Speiseröhre rann und sich in seinem Magen verteilte.

Kalt.

Wie Leonards toter Körper.

Obwohl Björn sich für heute Nachmittag zwei, drei Stunden Arbeit für die Uni vorgenommen hatte, flüchtete er vor seinen Gedanken ins Schlafzimmer. Er zog sich aus und kroch wieder zu Maxim ins Bett. Maxim knurrte unwillig, wurde aber nicht wach, drehte sich bloß zur Seite und schlief weiter.

Björn schmiegte sich an ihn. Er war fast eingeschlafen, als es klingelte. Leise fluchend stand er auf, zog sich hastig an und lief barfuß über den Flur. Vielleicht hatte Romy etwas vergessen. Oder sie wollte ihn einfach nur mit weiteren Fragen nerven.

Doch dann kamen zwei Männer die Treppe herauf. Bullen, das erkannte Björn auf den ersten Blick, obwohl sie keine Uniform trugen.

»Guten Tag, Herr Berner«, sagte der Ältere. »Bert Melzig, Kripo Köln. Und das ist mein Kollege, Kriminalhauptkommissar Rick Holterbach. Haben Sie ein paar Minuten Zeit für uns?«

Melzig? Den Namen hatte Björn schon von Romy gehört. Er nickte und trat einen Schritt beiseite, um die Männer hereinzulassen. Aus einem Grund, den er sich nicht erklären konnte, beschlich ihn auf einmal ein mulmiges Gefühl.

6

Sitze in Björns Lieblingsbistro am Blumenmarkt und habe mir einen Salat bestellt. Greg ist großzügig, wenn es um Spesen geht. Ein Salat fällt da gar nicht ins Gewicht. Um mich herum reges Treiben. Studenten treffen sich hier zum Brainstorming für irgendwelche Arbeiten. Anzugmänner und Kostümfrauen machen Mittagspause. Alte Damen veranstalten ihr Kaffeekränzchen.

Und ich bin immer noch wütend.

Maxim ist ein elender Vampir. Er saugt den Menschen die Lebenskraft aus, um sich selbst daran zu stärken. Wie selbstverständlich beansprucht er ihre gesamte Aufmerksamkeit und Zuwendung. Immer muss er im Mittelpunkt stehen.

Wie blass Björn war, wie zerstreut und wie weit weg.

Und wie verliebt ...

Ausgerechnet in einen wie Maxim.

Dieser Typ muss sich ständig spreizen wie ein Pfau. Damit nur ja alle sehen, wie prachtvoll er ist. Als er mir die Tür aufmachte, barfuß und mit bloßem Oberkörper, da musste ich an Freddie Mercury und seine sagenhaften Bühnenauftritte denken. Hätte bloß noch gefehlt, dass Maxim genauso vor mir durch den Flur stolziert wär.

Entschuldige, Freddie, ich liebe dich und deine Musik. Allein, deinen Namen in einem Atemzug mit Maxims zu nennen, ist eine Beleidigung. Für dich ...

Bert fand den jungen Mann äußerst sympathisch, doch die Namensgleichheit mit der Volontärin vom *KölnJournal* irritierte ihn so sehr, dass er nach den ersten Minuten angefangen hatte, Ähnlichkeiten zwischen beiden zu suchen – und sie zu finden.

Die großen Augen.

Das helle Haar.

Das Lächeln.

Was man sich alles einbilden kann, dachte er.

Björn Berner hatte ihnen Kaffee angeboten, eine tiefschwarze, gallenbittere Brühe, mit der man Pferde hätte vergiften können. Bert hatte sie nur mit viel Zucker und Milch heruntergebracht und eine zweite Tasse dankend abgelehnt.

Rick schien kein Problem mit dem Teufelsgebräu zu haben. Er nahm die zweite Tasse an, schlug die langen Beine übereinander und wippte mit dem Fuß.

»Hatte Leonard Blum Feinde?«, fragte er.

»Leonard?« Björn Berner schüttelte entschieden den Kopf. »Kann ich mir nicht vorstellen.«

»Was macht Sie da so sicher?«, hakte Rick nach.

»Er war einfach ein guter Typ. Irgendwie hat bei ihm die Mischung gestimmt. Er war ernsthaft, konnte aber auch richtig ausgelassen, fast albern sein. Er hatte ein enormes Wissen, gab aber nicht damit an. Sein Ehrgeiz war groß, hat ihn aber nicht zu einem Streber oder Schleimer gemacht. Leonard war … ausgewogen. Ja, das trifft es, glaube ich. Ausgewogen.«

Ein interessanter Begriff, dachte Bert. Er verstand augenblicklich, was Björn Berner damit meinte.

Sie saßen in der kleinen, engen Küche, und Bert dachte an sein Haus, das er nur noch betrat, wenn er die Kinder abholte oder wieder zurückbrachte. Ein unscheinbares Reihenhaus, doch es bot reichlich Platz.

Er vermisste es. Mehr, als er Margot vermisste.

»Sie waren mit Leonard Blum befreundet?«, fragte er.

»Ja.« Björn Berner nickte.

»Kannten Sie ihn gut?«

»Wir waren gerade erst dabei, uns richtig kennenzulernen.«

»Hatte Dr. Blum Angst?«, fragte Rick.

»Wie meinen Sie das?«

»Fühlte er sich verfolgt, belästigt oder bedroht?«

»Darüber hat er nie gesprochen.«

»Er soll sehr zurückgezogen gelebt haben«, sagte Bert.

»Vielleicht. Das kann ich nicht beurteilen. Ein Hans Dampf in allen Gassen war er jedenfalls nicht.«

»Hatte er eine Freundin?«, fragte Rick.

»Mehrere.«

»Mehrere?« Rick hörte auf, mit dem Fuß zu wippen. »Wie kommen Sie darauf?«

Das interessierte Bert ebenfalls. Er beugte sich vor.

»Nun, Leonard war ziemlich beliebt. Sein Freundeskreis war groß.«

»Ich meine, ob er eine feste Beziehung zu einer Frau hatte«, präzisierte Rick.

»Eine Liebesbeziehung?«

Rick nickte ungeduldig.

»Wohl kaum.«

»Das klingt, als ob Sie sich da ziemlich sicher wären.«

»Logisch.«

»Geht das ein bisschen genauer?«

»Wenn er eine Liebesbeziehung hatte, dann nicht zu einer Frau.«

»Nicht zu …«

»Leonard war schwul. Wussten Sie das nicht?«

Es gelang Rick nicht besonders gut, seine Überraschung zu verbergen. Bert wusste inzwischen, dass sein Kollege in dieser Hinsicht recht amerikanisch war. Wie die männlichen Hauptfiguren in den Daily Soaps, die aus den USA herüberschwappten, neigte er dazu, sich ständig klar als heterosexuell darzustellen. Berührte er einen Mann, dann auf eine kumpelhafte, raue Art. Und wenn er das Wort *schwul* aussprach, dann mit einer Beiläufigkeit, die Bert ihm manchmal nicht ganz abnahm.

»Das war an der ganzen Uni bekannt«, sagte Björn Berner. »Leonard hat keinen Hehl daraus gemacht.«

»Hatte er einen festen Partner?«, fragte Bert.

»Soweit ich weiß, nein. Aber mit Bestimmtheit kann ich das nicht sagen.«

Eine Tür wurde geöffnet, Schritte näherten sich, und ein junger Mann betrat die Küche. Der Mitbewohner offenbar. Er wirkte verschlafen, als sei er eben erst aus dem Bett gekommen. Vielleicht hatte er einen Job in einer Kneipe oder in einer Disco und musste seinen Schlaf tagsüber nachholen. Viele Studenten besserten ihr BAföG in den Semesterferien auf.

»Hi«, sagte er und lehnte sich lässig an den Türrahmen.

»Das ist Maxim Winter«, stellte Björn Berner ihn vor. »Maxim, die Herren sind von der Kripo.«

Maxim Winter reichte Bert und Rick die Hand. Er hatte einen offenen, neugierigen Blick.

»Geht es um … Leonard?«

Björn Berner nickte.

»Sie kannten Leonard Blum ebenfalls?«, fragte Rick.

Maxim Winter lehnte sich wieder gegen den Türrahmen und das war gut so. Hätte er sich auch noch an den Tisch gequetscht, wäre die Küche aus allen Nähten geplatzt.

»Ja, aber nicht so gut wie Björn. Ich bin hier nur zu Besuch.«

»Student?«, fragte Rick.

»Ja. In Berlin.«

Bert tauschte einen Blick mit Rick und nickte.

»Gut«, sagte er zu Björn Berner. »Ich lasse Ihnen meine Karte hier. Melden Sie sich bitte, wenn Ihnen noch irgendetwas einfällt, das uns weiterhelfen könnte.«

»Mach ich.«

Björn Berner begleitete sie zur Tür.

»Ach«, sagte Bert im Hinausgehen. »Es gibt da eine junge Journalistin, Romy Berner. Sie sind nicht zufällig mit ihr verwandt?«

»Sie ist meine Zwillingsschwester.«

»Na prima«, entfuhr es Rick.

»Ich weiß.« Der junge Mann grinste verlegen. »Sie mischt sich gern ein, egal in was.«

»Das kann man wohl sagen.«

»Es ist ihr Job und sie nimmt ihn ernst.«

»Das tun wir auch«, sagte Rick. »Deshalb werden wir jeden zurückpfeifen, der uns in die Suppe spuckt.«

Bert wunderte sich über zweierlei: über Ricks kräftige Wortwahl und über seinen Optimismus. Romy Berner gehörte nicht zu den Menschen, die sich so einfach zurückpfeifen ließen. Und wahrscheinlich sammelte sie gerade Spucke, um sich über den Suppentopf zu beugen.

Er schmunzelte, aber ihm war nicht wohl dabei.

*

Glück.

Ein verheißungsvolles Wort. Nur traf es so sehr, sehr selten auf ihn zu. Wenn er jedoch einmal Glück empfand, dann mit einer überwältigenden Intensität.

Er dachte oft über Begriffe nach und darüber, wie geheimnisvoll Sprache doch war. Immer wieder stöberte er neue Wörter auf und freute sich über sie. Mit manchen ging er lange umher und bewahrte sie freundlich in sich auf.

Man konnte sie auf der Straße finden. In Büchern. Auf Plakaten. Sie umschwirrten ihn und warteten nur darauf, entdeckt zu werden.

Natürlich gab es auch schreckliche Wörter, voller Hass oder voller Angst.

Worte waren wie die Menschen, die sie aussprachen.

Sie waren genauso gefährlich.

Er war kaum je wirklich liebevollen Menschen begegnet. Nur welchen, die ihn mit ihrer Liebe in Besitz genommen hatten.

Als Kind hatte er sich vor ihnen versteckt. Unterm Tisch, im Schrank oder draußen im Garten, an einem von tausend geheimen Orten, die außer ihm niemand kannte.

Irgendwann zu jener Zeit hatte er voller Entsetzen begriffen, dass Wörter lebendig waren. Dass sie ihn glücklich machen und quälen konnten.

Wie Schlangen hingen sie von den Bäumen herab, bereit, sich fallen zu lassen und in seinem Nacken festzubeißen.

Andere Wörter krochen ihm in den Mund und verstopften seine Luftröhre, bis er fast an ihnen erstickte.

Den Wörtern, die ihn streichelten, begegnete er so gut wie nie.

Er hatte Lieblingswörter:

Raureif.

Ranunkeln.

Mittsommernacht.

Und Wörter, die ihn terrorisierten. Über die dachte er nicht nach. Die schob er beiseite, sofern er konnte, und manchmal, ganz selten, gelang es ihm sogar, sie für eine Weile zu vergessen:

Kreide.

Schrill.

Langusten.

Niemand verstand das, und nach einer Weile hütete er sich, darüber zu sprechen. Er verharrte allein in der Welt der Wörter und versuchte zu überleben.

Glück.

Das Sehnsuchtswort.

Wenn er nur das Gefühl, das es beschrieb, wiederfinden könnte! Es zerrann ihm zwischen den Fingern, wie … Wasser, wie … Geld, wie … Zärtlichkeit. Und er blieb zurück wie ein Stein im Meer, der die Wellen zwar spürt, sich jedoch nicht mit ihnen bewegen kann.

»Liebe mich«, flüsterte er tonlos. »Nimm mich in deine Arme und lass mich nie mehr los. Nie mehr. Nie, nie, nie, nie mehr.«

Laut auszusprechen wagte er es nicht.
Obwohl niemand da war, der es hören konnte.

*

Nachdem sie ihren Salat gegessen hatte, überlegte Romy, wie sie weiter vorgehen sollte. Die Gedanken an Maxim verdrängte sie so gut wie möglich. Vor allem die Erinnerung an die abgrundtiefe Verachtung in seinem Blick. Er konnte sie nicht ausstehen, weil er ihre Ablehnung spürte. Und sie als Konkurrenz empfand.

Im Zentrum seiner Welt stand er selbst, und er ließ bloß Menschen an sich heran, die ihn anbeteten oder ihm irgendwie von Nutzen waren. Vielleicht liebte er Björn wirklich, jedoch im Rahmen seiner Möglichkeiten. Und Maxims Möglichkeiten waren in Romys Augen ziemlich begrenzt.

Sie wünschte sich mehr für ihren Bruder, wünschte ihm eine große, eine einzigartige Liebe. Einen Menschen, der sich ganz auf ihn einließ und nicht treulos war, wie Maxim mit dieser Griet.

Björn würde am Zerbrechen seiner Liebe zugrunde gehen. Er überlegte ja bereits, nach Berlin zu ziehen, nur um Maxim zu halten.

Beim Gedanken daran drehte sich Romy der Magen um. Sie war noch nie längere Zeit von Björn getrennt gewesen, und die Entfernung zwischen Köln und Bonn war das Äußerste, was sie sich vorstellen konnte.

Mühsam konzentrierte sie sich wieder auf das, was sie zu erledigen hatte. Natürlich könnte sie dem Germanistischen Seminar einen Besuch abstatten. Aber sie hatte das Gefühl, sie würde mehr über Leonard Blum erfahren, wenn sie sich unter den Studenten umhörte, solange der Schock noch frisch war.

Sie rief nach der Kellnerin, bezahlte und machte sich auf den Weg.

Nach einer halben Stunde war sie nicht viel klüger als zuvor. Die Beschreibungen ähnelten einander. Leonard Blum sei *nett*

gewesen. *Freundlich. Korrekt. Verständnisvoll. Tolerant. Zurückhaltend. Intelligent. Kompetent. Oft ziemlich überarbeitet.*
Und schwul.

Jeder in der Uni schien das zu wissen. Offenbar hatte Leonard sich nicht versteckt. Romy begann, ihn sympathisch zu finden. Sie hatte sich Notizen gemacht, weil die Gespräche nicht genug hergegeben hatten, um sie mit dem Diktiergerät aufzunehmen.

Die überflog sie jetzt, auf einer der unteren Stufen der mächtigen Steintreppe sitzend, die zu den Germanisten führte. Anscheinend gab es niemanden, der an Leonard Blum etwas auszusetzen gehabt hatte. Lag es daran, dass man Toten nicht gern Schlechtes nachsagt? Oder war dieser Mann tatsächlich so gewesen, wie seine Studenten und die Angestellten in der Cafeteria ihn beschrieben hatten?

»Jeder Mensch hat Schwächen«, murmelte sie. »Auch du warst nicht ohne Fehl und Tadel, Leonard.«

Immerhin hatte jemand Grund genug gehabt, ihn zu töten.

Sie verstaute das Notizbuch wieder in ihrer Umhängetasche, stand auf und stieg die Treppe hinauf. Vielleicht gelang es ihr, zumindest einen Kratzer im Lack des Opfers zu finden.

Tut mir leid, dachte sie. Ich will deinen Ruf nicht beschädigen, Leonard. Ich will nur verstehen, warum es jemanden gibt, der dir nach dem Leben getrachtet hat.

Es war nicht schwer, in die Bibliotheksräume zu gelangen. Es war auch kein Problem, die wenigen Studenten anzusprechen, die hier arbeiteten. Bis Anfang April waren Semesterferien. Erst danach würde sich die Uni wieder füllen.

Romy erfuhr nicht mehr, als sie in der Cafeteria herausgefunden hatte.

Sie versuchte es bei der Bibliothekarin, die ihren Fragen jedoch auswich, als hätte sie Angst, zu viel zu verraten.

Enttäuscht ging Romy zur Tiefgarage zurück, setzte sich in ihren Wagen, programmierte ihr transportables Navigationsgerät und befestigte es in der Halterung. Zwar wusste sie ungefähr, wo die Krementzstraße lag, mit Navi jedoch würde sie bequemer hinfinden.

Sie brauchte dringend ein paar aussagekräftige Informationen, denn sie würde Greg heute noch Bericht erstatten müssen. Außerdem hatte sie nicht unbegrenzt Zeit, da sie noch einige kleinere Arbeiten für ihn erledigen musste. Sie hatte keine Ahnung, wie sie das alles bis zum Abend bewältigen sollte.

Das Haus in Köln, in dem Leonard gewohnt hatte und ermordet worden war, hätte sie zuallererst besuchen sollen. Der Grund, warum sie es nicht getan hatte, hieß Björn. Sie hatte die Gelegenheit, nach Bonn zu fahren, mit beiden Händen beim Schopf ergriffen, um zwei Fliegen mit einer Klappe zu schlagen.

Berufliches und Privates zu vermischen, war in höchstem Maße unprofessionell.

Romy hoffte, das nicht vor Greg eingestehen zu müssen. Sie hoffte, dass er keine Fragen zu ihrer Vorgehensweise stellen würde. Vor allem aber hoffte sie, ihn mit Ergebnissen überraschen zu können.

Als Leonard Blums Vermieter sie misstrauisch durch den Türspalt musterte, griff sie instinktiv zu einer Lüge, damit er sich nicht gleich wieder zurückzog.

»Ich bin eine Freundin von Herrn Blum«, sagte sie. »Wir hatten eine Verabredung, aber jetzt macht er nicht auf. Sie wissen nicht zufällig, wo er ist?«

Er zögerte.

»Ich habe eine lange Autofahrt hinter mir«, log Romy weiter. »Ich komme aus Dresden. Bin in aller Herrgottsfrühe losgefahren.«

Herrgottsfrühe. Was für ein seltsames Wort. Und wie kam sie ausgerechnet auf Dresden? Vielleicht lag es an den Fotos, die sie vor Kurzem in irgendeiner Zeitschrift gesehen hatte. Prächtige alte Gebäude mit goldenen und grünen Kupferdächern, die in der Sonne schimmerten und glänzten. Tausendundeine Nacht hatte sie damals gedacht und sich gewünscht, das einmal in Wirklichkeit zu sehen.

Der Gesichtsausdruck des Mannes veränderte sich, wurde weicher und ein bisschen verlegen.

»Kommen Sie doch herein«, sagte er und machte die Tür so weit auf, dass Romy bequem eintreten konnte. »Es gibt da etwas, das ich Ihnen sagen muss.«

Ein vielstimmiges, wisperndes Ticken in den unterschiedlichsten Rhythmen begleitete ihren Weg durch den breiten Flur. Überall hingen Uhren. Es gab kaum noch freie Stellen an den Wänden.

Romy fühlte sich wie damals, als ihre Eltern kurze Zeit mit antiken Möbeln gehandelt hatten. Mit Björn hatte sie gern in der großen Scheune gespielt, die zum Möbellager umfunktioniert worden war. Die dunklen alten Möbelstücke und der strenge, muffige Geruch, den sie verströmten, hatte ihnen Schauer über den Rücken gejagt.

Hier war derselbe Geruch. Altes Holz, Wachs, Öl und Möbelpolitur.

Romy hatte das Gefühl, als gerate zwischen all den unterschiedlich tickenden Uhren ihr Herzschlag aus dem Takt.

Tack-tack-tackata-tack.

Sie legte die Hand auf die Brust und zwang sich, ruhig und gleichmäßig zu atmen. Im nächsten Moment versank sie im Flausch eines riesigen samtroten Sessels und blickte in die betrübten Augen des Vermieters, der vor Unbehagen zu schnaufen begann.

»Ihr Freund …« Er suchte nach Worten. Betrachtete seine kräftigen, blassen Hände, die sich unruhig auf seinen Knien bewegten. »Er ist tot.«

Romy starrte ihn betroffen an und schämte sich dafür. Aber sie war sich absolut sicher, dass dieser Mann ihr die Tür vor der Nase zugeschlagen hätte, wenn sie sich als die zu erkennen gegeben hätte, die sie war.

»Er ist ermordet worden. Oben in seiner Wohnung.«

»Wer hat ihn … gefunden?«

Das kaum merkliche Stocken verfehlte seine Wirkung nicht. Der Mann rang um Fassung. Er räusperte sich ein paar Mal, bevor er antwortete.

»Das war ich. Er lag da – ein entsetzlicher Anblick.«

Romy nickte mitfühlend, als hätte sie schon Dutzende von Leichen gefunden und könne sein Entsetzen gut nachempfinden. Ich sollte eine Aufnahmeprüfung in Cals Schauspielschule machen, dachte sie und verachtete sich selbst. Ein bisschen jedoch bewunderte sie sich auch für ihr Talent, als nämlich der Mann ein Taschentuch aus der Tasche zog und sich die Augen trocknete.

»Wie ist er denn … also … wie …«

»Er wurde erschlagen. Anscheinend hat er sich nicht mal gewehrt.« Zustimmung heischend sah er sie an. »Ich meine, wenn man sich heftig wehrt und um sein Leben kämpft, dann sind doch Spuren davon zu erkennen, nicht wahr?«

»Ja.«

»Es waren aber keine zu sehen.« Er schüttelte traurig den Kopf. »Ich habe auch keinen Lärm gehört, sonst hätte ich Herrn Blum vielleicht helfen können.«

»Sie waren während der Tatzeit zu Hause?«, fragte Romy.

»Ich habe in den vergangenen Tagen eine Erkältung auskuriert und keinen Schritt vor die Tür getan.«

Nachdem er es gesagt hatte, erkannte Romy die Anzeichen für eine Erkältung: die rote, etwas geschwollene Nase, die Herpesbläschen auf der Unterlippe, die trüben Augen. Sie nahm jetzt auch einen schwachen Geruch nach Kamille und Pfefferminz wahr. Außerdem trug der Mann ein Tuch um den Hals.

Aber sie erkannte noch etwas anderes: das erneute Misstrauen in seinem Blick. Sein Gesicht wurde ganz hässlich davon.

»Sie sind keine Freundin von Herrn Blum.«

Der Vorwurf traf sie so plötzlich und so heftig, dass Romy zusammenzuckte. Sie wusste sofort, welcher Fehler ihr unterlaufen war.

Eine Freundin hätte anders reagiert. Sie hätte das Wort *Tatzeit* nicht benutzt. Sie hätte geweint und keine Fragen gestellt.

»Wer sind Sie?«

Romy beschloss, nicht darum herumzureden. Vielleicht konnte sie mit verspäteter Ehrlichkeit noch etwas retten.

»Ich bin Volontärin beim *KölnJournal* ...«

Weiter kam sie nicht. Der Mann stand auf und wies zur Tür.

»Raus hier«, sagte er gefährlich leise.

»Bitte entschuldigen Sie. Ich wollte nicht ... Ich hatte nicht die Absicht ...«

»Raus!«

Romy schnappte sich ihre Tasche und zwang sich, langsam zur Tür zu gehen, obwohl sie am liebsten gerannt wäre. Weg von dem Mann, der alles Recht der Welt hatte, wütend zu sein. Fast hätte sie sich geduckt, weil sie insgeheim einen Schlag befürchtete.

Das Ticken der Uhren blieb in ihrem Kopf, als sie sich in ihren Wagen setzte, um zur Redaktion zu fahren. Sie fragte sich, ob sie den Mut finden würde, noch einmal hierherzukommen, um die Bewohnerin der ersten Etage zu befragen.

Tick. Tack. Ticktick. Tack.

Wahrscheinlich nicht.

7

Schmuddelbuch, Mittwoch, 2. März, fünfzehn Uhr

Stelle für Greg Artikel über preisgekrönte Kölner Theater zusammen. Die Kulturszene hier ist gigantisch. Es gibt unzählige Theater in dieser Stadt und Cal hat mich schon in jedes einzelne davon geschleppt. Manche sind nicht größer als ein Wohnzimmer, und man sitzt so nah an der Bühne, dass die Schauspieler fast über die Füße ihrer Zuschauer stolpern. Manche sind nichts anderes als umfunktionierte Kellerräume. Eines ist vom Boden bis zur Decke schwarz — wie ein Versammlungsraum von Satanisten — bis das Licht aufflammt und die Bühne erstrahlen lässt.

Das Hin und Her in der Redaktion macht mich irre. Jeder will was von mir. Wenn ich mit der Sache für Greg fertig bin, werde ich mich mit meinem Laptop ins *Alibi* verziehen. Ich muss meinen Zwillings-Artikel noch überarbeiten. Seltsamerweise stört mich die Geräuschkulisse im *Alibi* nicht. Die empfinde ich sogar als angenehm.

Dann werde ich auch versuchen, Cal anzurufen und ihm Waffenstillstand anzubieten. Wir sind beide manchmal sehr empfindlich. Vielleicht liegt es daran, dass wir kaum noch Zeit füreinander haben. Und wenn, dann rede ich meistens über meine Arbeit und er über das *Orson* und seine neuen Freunde.

Und seine neuen Freund*innen*.

Nur über Lusina erzählt er so gut wie nichts.

Allmählich musste Maxim wieder an die Heimfahrt denken. Er konnte nicht ewig in Bonn bleiben. Sein Zuhause war in Berlin. Griet war in Berlin.

Sämtliche Probleme waren dort.

Es war verführerisch, die Tage bei Björn auszudehnen. Es fühlte sich so richtig an, ihm nah zu sein, sich geborgen zu wissen und ihn immer und immer wieder zu lieben.

Griet schickte ihm eine SMS nach der andern.

Ich denk an dich.

Hab heute Nacht von dir geträumt.

Trage dich bei mir, jede Minute und jede Sekunde.

Das machte ihn ärgerlich. Warum ließ sie ihn nicht in Frieden? Wer hatte ihr erlaubt, ihn in den Mittelpunkt ihrer Welt zu stellen?

Er beantwortete keine ihrer Nachrichten, nahm ihre Gespräche nicht an, rief nicht zurück. Für kostbare Sekunden konnte er sich vorstellen, sie aus seinem Leben zu verbannen, für alle Zeit.

Doch dann fiel sein Blick auf seine linke Hand, an der ihr Ring schimmerte.

Ein paar Mal hatte er versucht, ihn abzunehmen, doch es war ihm nicht gelungen. Der Ring saß zu fest, war Teil seiner Hand geworden. Ein Symbol für seine Bindung an Griet und die Liebe zu dem Leben, das sie führte.

Sie kannte keine Geldsorgen, musste sich keinen Wunsch versagen. Wenn sie etwas wollte, setzte sie es in die Tat um, egal, wie kostspielig es war. Sie lebte in einer großen Wohnung, trug teure Klamotten, besuchte Ausstellungseröffnungen und Premieren von Theaterstücken.

Griet hatte ihm Einlass in eine Welt verschafft, die ihm ohne sie verschlossen geblieben wäre.

Maxim übte zwanghaft den richtigen Ton, das richtige Auftreten, probierte Gesten und Mimik vor dem Spiegel aus. Er fühlte sich ungelenk, wie ein Bauer auf dem Parkett, aber es wurde besser und besser. Nicht, dass er hoffte, sich in Gegenwart von Griets Freunden und Bekannten jemals wohl zu fühlen – es war ihm nur wichtig, von ihnen akzeptiert zu werden.

Es befriedigte ihn, wenn sie ihn auf der Straße erkannten, ihm zunickten oder sogar für ein paar Worte stehen blieben. In solchen Momenten gehörte er dazu. Da konnte er fast vergessen, dass er diese Aufmerksamkeit lediglich der Tatsache verdankte, dass er mit Griet zusammen war.

Aber war er das wirklich?

Mit Griet zusammen?

Maxim war nach Köln gefahren. Allein, denn er brauchte Zeit zum Nachdenken. Björn hatte ihn nicht gedrängt, den Nachmittag mit ihm zu verbringen. Er war so anders als Griet. War einfach da, ohne ständig zu verlangen, zu hinterfragen und zu zweifeln.

Björn stand mit beiden Füßen auf dem Boden und hatte klare Vorstellungen von richtig und falsch.

RICHTIG war seine Liebe zu Maxim.

FALSCH war es, diese Liebe nicht zu leben.

Punkt.

Maxim ließ sich im Strom der Menschen durch die City treiben. Seine Nase nahm die unzähligen Gerüche wahr, seine Ohren registrierten die Stimmen und die Geräusche. Kühler Wind strich ihm über die Wangen. Sein Blick erfasste so rasch so viele Bilder, dass sein Gehirn sie fast nicht speichern konnte.

Leben, dachte er, und etwas in seinem Magen zog sich zitternd zusammen. Das ist Leben.

Nach einer Stunde war er immer noch nicht zum Nachdenken gekommen und hatte Sehnsucht nach Björn. Er rief ihn an.

»Du fehlst mir«, sagte er.

Und Björn machte sich auf den Weg zu ihm.

*

Professor Dr. Meinhardt demonstrierte schon bei der Begrüßung, dass er es als Zumutung empfand, eigens für die Befragung in sein Büro gebeten worden zu sein.

»Während der Semesterferien arbeite ich hauptsächlich zu Hause«, erklärte er verschnupft.

88

Er lebte in Bad Godesberg, eigentlich ein Katzensprung und nicht der Rede wert, doch das schien er anders zu sehen.

»Sobald ich mich in der Uni blicken lasse, komme ich nicht mehr von hier weg. Das spricht sich blitzschnell herum, und plötzlich hat jeder ein Anliegen, das unmöglich bis zur nächsten Sprechstunde warten kann.«

Menschen, die sich so aufplusterten, waren Bert suspekt. Er setzte sich auf einen der beiden Stühle vor dem mächtigen Schreibtisch, ohne dass Meinhardt ihm den Platz angeboten hätte. Rick tat es ihm nach. Der Professor, der einige Briefe durchsah, die in einem Ablagekorb auf seinem Schreibtisch gelegen hatten, ließ sich auf seinen Sessel sinken.

Er machte einen zerstreuten Eindruck.

Bert wurde das Gefühl nicht los, dass diese Zerstreutheit gespielt war. Sie demonstrierte, dass nichts so wichtig sein konnte, dass man ihn dafür aus seiner Arbeit riss.

Nicht mal der Tod seines engsten Mitarbeiters?

»Wie gut haben Sie Ihren Assistenten Dr. Leonard Blum gekannt?«, fragte Rick wie aufs Stichwort.

»Wie gut kennen Sie Ihren Kollegen?«, fragte Meinhardt zurück.

»Es wäre mir lieb, wenn Sie auf eine klare Frage eine klare Antwort geben könnten«, entgegnete Rick ungerührt.

Der Professor hob gereizt die Schultern. »Er war mein Assistent. Sein Privatleben ging mich nichts an.«

»Ebenso wenig wie sein Tod?«, provozierte ihn Rick.

Meinhardt kniff die Augen zusammen und starrte ihn erbost an. Bert fand es an der Zeit, sich einzumischen, um die Fronten ein wenig aufzulockern.

»Ihr Kontakt beschränkte sich auf das Berufliche?«, fragte er.

Der Professor nickte. Dann schickte er ein knappes »Ja« hinterher.

»Dr. Blum soll hart gearbeitet haben«, sagte Bert.

»Das ist unerlässlich, wenn Sie im akademischen Bereich Fuß fassen wollen.«

»Und darüber hinaus?«, fragte Rick. »Was braucht man sonst noch so?«

»Ehrgeiz, Intelligenz, Belesenheit und die Fähigkeit, zur rechten Zeit das Richtige zu tun.«

»In dieser Reihenfolge?«

Diese Frage beantwortete der Professor nicht.

Unter zu großer Bescheidenheit, dachte Bert, schien er nicht zu leiden.

»Wie sieht es mit der Konkurrenz aus?«, fragte er.

»Es gibt nur wenige Assistentenstellen und viele Bewerber.«

»Dr. Blum hat also den einen oder anderen Anwärter auf die Assistentenstelle bei Ihnen, sagen wir – im Regen stehen lassen?«, brachte Rick sich wieder ins Gespräch ein.

»Wenn Sie es so ausdrücken wollen.«

»Wir hätten gern Namen und Anschrift all derer, die ernsthafte Konkurrenten Leonard Blums waren.«

Zum ersten Mal ließ Meinhardt die Maske der Zerstreutheit fallen und wirkte wirklich anwesend. Entgeistert starrte er Rick ins Gesicht.

»Aber beruflicher Wettbewerb ist doch kein Grund für einen Mord.«

»Haben Sie eine Ahnung …«

Rick schien ein rotes Tuch für den Professor zu sein. Alles, was er sagte, brachte den Mann gegen ihn auf. Bert wünschte, er könnte seinem Partner ein Zeichen geben, damit er sich zurückhielt. Doch umgekehrt schien auch Rick sich von Meinhardt herausgefordert zu fühlen. Er benahm sich wie die Axt im Wald.

»Das können Sie nicht von mir verlangen«, wehrte sich der Professor. »Ich werde Ihnen nicht die Verdächtigen liefern, die Sie brauchen.«

»Solche Befragungen sind reine Routine«, stellte Bert klar. »Wir leuchten das Umfeld des Toten aus. Noch geht es nicht um konkrete Verdächtigungen.«

»Wir wenden uns auch gerne an Ihre Sekretärin«, sagte Rick honigsüß.

»Dann tun Sie, was Sie nicht lassen können.«

Für den Professor war das Gespräch zu Ende. Bert hatte damit gerechnet, doch er beschloss, sich das nicht bieten zu lassen.

»Gab es zwischen Dr. Blum und anderen Bewerbern offene Konflikte um die Assistentenstelle?«

»Die gibt es immer, aber ich denke nicht, dass sie so massiv waren, dass sie in einem Mord endeten.«

»Wie lange ist Dr. Blum Ihr Assistent gewesen?«

»Seit Beginn des Wintersemesters Mitte Oktober, also seit knapp fünf Monaten.«

»Waren Sie mit seiner Arbeit zufrieden?«

»Sonst hätte ich mich schwerlich für ihn entschieden.«

Meinhardts ablehnende Haltung ärgerte Bert allmählich. Sie hatten genug zu tun, auch ohne einem überheblichen Professor mühsam die Würmer aus der Nase ziehen zu müssen.

»Haben Sie Veränderungen an ihm festgestellt?«

»Veränderungen?«

»An seinem Verhalten, seinem Äußeren, seinem Wesen.«

»Nein.« Meinhardt schüttelte den Kopf. »Er war wie immer.«

»Wussten Sie, dass er homosexuell gewesen ist?«

»Er hat es nie verborgen.«

»Erstaunlich«, sagte Rick. »Hatte er keine Angst vor Repressalien?«

»Ich bitte Sie! Wir leben im einundzwanzigsten Jahrhundert und sind hier nicht beim Militär. Selbst wenn wir uns mit der Literatur vergangener Epochen beschäftigen, sind wir doch nicht so antiquiert, wie Sie offenbar meinen.«

Rick beugte sich angriffslustig vor. »Hat Ihre reservierte Haltung uns gegenüber einen bestimmten Grund?«

Die Antwort war ein eisiger Blick.

»Wenn Sie keine weiteren Fragen haben«, sagte Meinhardt, »würde ich mich gern wieder meiner Arbeit widmen.«

»Was war das denn?«, fragte Rick, als sie wieder auf dem Flur standen, einen Zettel mit drei Namen und den dazugehörigen Anschriften und Telefonnummern in der Hand, die ihnen die Sekretärin aufgeschrieben hatte.

»Gestörte Kommunikation«, sagte Bert. »Besonders zwischen euch beiden.«

»Das ist ein richtiger Kotzbrocken«, verteidigte sich Rick. »Mit solchen Leuten kann ich einfach nicht.«

Ricks Ungeduld würde sie Zeit kosten, denn es würde ein zweites Gespräch mit dem Professor nötig sein, vielleicht sogar ein drittes. Mit ein wenig Fingerspitzengefühl hätten sie sich das möglicherweise ersparen können.

»Tut mir leid«, sagte Rick zerknirscht. »Ich hab's versägt. Es ist meine Schuld, dass er dichtgemacht hat.«

»Er ist kein einfacher Fall.«

»Ich hasse diese arroganten Schnösel, die immer so tun, als hätte man seine Kindheit in der Gosse verbracht und als würde man immer noch danach riechen.«

Das war Ricks Problem? Bert warf ihm einen forschenden Blick zu. Ricks Stimme hallte zwischen den fleckigen Wänden wider, doch er dämpfte sie nicht.

»Eingebildeter Fatzke!«, schimpfte er. »Das muss ich mir nicht bieten lassen! Nicht von einem wie dem!«

Er geriet immer mehr in Rage und zeterte noch, als sie den Innenhof durchquerten. Ein Kaffee, überlegte Bert, würde ihnen beiden guttun. Und so nahm er Rick am Arm und dirigierte ihn in das nächstgelegene Café.

*

»Hast du noch ein bisschen Zeit, Cal?«

Lusina hängte sich ihre Tasche über die Schulter, legte den Kopf schief und strahlte Calypso an.

»Ich würd dich gern zu einem Cappuccino einladen oder zu

einem Eis oder wir könnten bummeln oder quatschen oder alles zusammen. Hast du Lust?«

Wie konnte sie fragen? Sie musste doch wissen, wie er es liebte, in ihrer Nähe zu sein.

Und wie er es hasste.

Weil es ihm Schuldgefühle machte.

Er hatte sich Romy nicht anvertraut. Verschwieg ihr, wie sehr er sich von diesem Mädchen angezogen fühlte. Wie würde sie darauf reagieren, wenn er es ihr sagte?

Lusina wartete nicht auf eine Antwort. Sie sah ihm nur ins Gesicht und nahm ihn an der Hand. Ihre Berührung setzte ihn unter Strom. Für einen Moment stockte ihm der Atem.

Das Haupthaus des *Orson* war ein alter Gutshof in Nideggen, von Köln aus mit Bus und Bahn schwer zu erreichen. Die Schüler hatten deshalb Fahrgemeinschaften gebildet, und weil Calypso kein Auto besaß, lieh er sich manchmal Romys Fiesta aus, um seinen Teil zu der Fahrgemeinschaft beizutragen.

Heute hatte Lusina außer der Reihe ihren eigenen Wagen mitgebracht. Sie tat das manchmal, wenn sie das Bedürfnis hatte, unabhängig zu sein. In der Reihe ihrer Vorfahren musste es Vogelmenschen gegeben haben. Lusina war stolz und selbstbewusst. Sie ließ sich nicht die Flügel stutzen und erst recht nicht in einen Käfig sperren.

Sie brauchten sich also nicht zu beeilen.

Das alte Gebäude stand in einem Park, groß genug, um sich darin zu verlaufen. Calypso ging beim Nachdenken gern auf den schmalen Wegen spazieren. Er kannte inzwischen jeden Stein, jeden Maulwurfshaufen und jeden Zweig.

Es war kalt, und das zögerliche Nachmittagslicht fiel von oben auf sie herab. Lusina wickelte sich ihren bunten Schal um den Hals. Ihre Hände steckten in fingerlosen Handschuhen, die selbst gestrickt aussahen, obwohl Calypso bezweifelte, dass Lusina etwas so Altmodisches wie die Kunst des Strickens beherrschte.

Sie hatte sich verändert, seit sie in die Schauspielschule aufgenommen worden waren. Zwar trug sie noch immer ihr geliebtes Gothic-Outfit, aber sie hatte die zuvor zur Hälfte kurz geschnittenen, zur Hälfte geschorenen Haare wieder wachsen lassen. Sie reichten ihr mittlerweile bis zum Kinn und umrahmten ihr weiß geschminktes schmales Gesicht weich schimmernd und verführerisch.

Lusina gab sich immer noch als dark lady. Doch sie durchbrach das tiefe Schwarz von Haar und Kleidung und das finstere Blau und Braun von Nagellack und Lippenstift je nach Stimmung mit einem kirschroten, quittegelben oder frühlingsgrünen Accessoire – einer Mütze, einem Tuch, einer Kette oder einem funkelnden Ring.

Die anderen Mädchen fingen an, ihren Stil nachzuahmen, aber sie reichten nicht an sie heran.

Lusina war einzigartig.

»Ist es nicht schön hier?«, murmelte sie und schaute verwundert umher.

Sie tastete wieder nach Calypsos Hand, und Calypso spürte, wie sein Herz klopfte. Ihre Finger verschränkten sich ineinander. Still gingen sie nebeneinander her.

Als Calypso das Handy in seiner Jackentasche vibrieren fühlte, reagierte er nicht. Er hatte den Eindruck, sich in einem Traum zu bewegen und er wollte um nichts in der Welt daraus erwachen.

*

»Okay.« Greg rieb sich das unrasierte Kinn. »Wo nichts ist, kann man nichts holen.«

Romy hatte das Gefühl, versagt zu haben. Vielleicht hätte sie mehr über den Mord an Leonard Blum herausgefunden, wenn die Wut auf Maxim ihre Gedanken nicht vernebelt hätte.

»Ich könnte noch mal im Germanistischen Seminar …«

Greg schüttelte den Kopf. »Dein Instinkt war richtig. Du erfährst mehr, wenn du dich hinter den Kulissen umhörst.«

»Und wenn ich diesen Professor, bei dem Leonard Assistent gewesen ist …«

Gregs kurzes Stirnrunzeln zeigte ihr, dass ihm nicht entgangen war, wie selbstverständlich sie den Vornamen des Mordopfers benutzt hatte. Ständig übertrat sie ungeschriebene Gesetze. Eines davon besagte, dass man immer die nötige Distanz wahren sollte.

»Wir warten ab«, entschied er. »Sollte sich etwas Neues ergeben, bleiben wir dran, aber im Augenblick halte ich weitere Recherchen für Zeitverschwendung.«

Romy wusste, dass er recht hatte. Sie war erleichtert, dass er keine weiteren Fragen stellte.

»War's das?«, fragte sie und erhob sich schnell vom Stuhl, als Greg nickte. Er hatte sich bereits wieder über seinen Computer gebeugt und merkte nicht einmal, wie sie sein Büro verließ.

Wenige Minuten später saß Romy im *Alibi,* ihren Laptop vor sich auf dem Tisch, nippte an einem Milchkaffee und arbeitete Gregs Anmerkungen in ihr Interview mit Norman Forsyte ein. Da es heute nicht so voll war, fiel es ihr leicht, sich zu konzentrieren, und nach einer Stunde lehnte sie sich mit einem zufriedenen Seufzer zurück.

Sie schaute auf die Uhr. Fünf nach halb acht.

Wieso war Cal noch nicht hier? Sein Dienst als Kellner fing um halb an und er war eigentlich immer pünktlich. Sie versuchte noch einmal, ihn anzurufen, doch er ging wieder nicht ran. Hatte er das Handy irgendwo abgelegt und hörte es nicht? Oder hatte er es wieder mal verschusselt?

Cal und sein Handy, das war eine endlose Geschichte, und sie war nicht lustig. Romy wollte mit den Menschen, die sie liebte, gern in Verbindung sein. Sie musste nicht ständig anrufen und wollte selbst keinesfalls ständig angerufen werden, aber sie wusste gern, dass es jederzeit möglich wäre.

Ihr Magen knurrte, und sie bestellte sich bei dem Mädchen, mit dem Cal eigentlich für die Abendschicht eingeteilt war, ein Sandwich und einen zweiten Milchkaffee.

»Was ist mit Cal?«, fragte das Mädchen. Sie war neu im *Alibi* und Romy hatte ihren Namen wieder vergessen. »Ich schaff das hier nicht allein, und wenn der Chef merkt, dass Cal nicht da ist, gibt's Ärger.«

Das *Alibi* hatte streng genommen nicht nur einen Chef, sondern zwei, Giulio und Glen, ein schwules Paar, das aus diesem ehemals heruntergekommenen Bistro mit viel Fantasie und Geschick eine Goldgrube gemacht hatte. Beide waren als gutmütig und freundlich bekannt, doch sie waren auch Geschäftsleute, und Cal hatte schon einige Male erlebt, dass sie durchaus ungemütlich werden konnten.

Um acht, Romy hatte ihr Sandwich längst verspeist, kam Ingo Pangold an ihren Tisch und ließ sich auf einen der freien Stühle fallen.

»Hallo, Schatz! Was für ein Tag!«

Romy wurde nicht gern *Schatz* genannt, erst recht nicht von Ingo, und sie hasste es, wenn er sich unaufgefordert zu ihr setzte. Doch in diesem Augenblick war sie froh, jemanden zum Reden zu haben.

Ingo war mit Anfang dreißig schon ein alter Hase im Zeitungsgeschäft. Er hatte die Angewohnheit, sich als Alleskönner aufzuspielen und den Rest der Welt wie Deppen zu behandeln. Außerdem neigte er dazu, seinen Charme und seine Wirkung auf Frauen massiv zu überschätzen. Aber er besaß ein untrügliches Gespür für Sensationen, ein gut funktionierendes Netzwerk an Informanten, und wenn jemand Dreck am Stecken hatte, kratzte er als Erster daran.

Romy hatte ihn anfangs nicht sonderlich gemocht, doch inzwischen hatte sie auch eine andere Seite an ihm kennengelernt, die er allerdings für gewöhnlich gut versteckte: Ingo konnte loyal sein, wenn er wollte. Ihr gegenüber hatte er es in einer Situation bewiesen, die sie das Leben hätte kosten können. Sie hatte also einiges an ihm gutzumachen.

»Neuigkeiten?«, fragte er, während er die Speisekarte studierte.

»Bei mir nicht«, antwortete Romy. »Und bei dir, *Schatz*?«

Er schüttelte den Kopf, klappte die Karte zu und winkte der Kellnerin. Er tat das auf eine Weise, die das Mädchen dazu veranlasste, ihn noch ein wenig schmoren zu lassen.

»Wo ist Cal?«, fragte er. »Hat er heute keinen Dienst?«

»Doch. Ich hab ein ganz mulmiges Gefühl. Er geht nicht an sein Handy.«

»Tut er doch nie.«

Ingo und Cal würden in diesem Leben keine Freunde mehr werden. Sie schienen auf verschiedenen Planeten zu leben. Nur im absoluten Notfall kamen sie miteinander aus und das lediglich, solange der Notfall dauerte.

Ingo bestellte sich einen Salat und ein Bier und verzichtete ausnahmsweise einmal darauf, die Kellnerin mit einem seiner Sprüche anzumachen. Stattdessen beugte er sich zu Romy, so nah, dass sie sein Rasierwasser riechen konnte.

»*ICH* bin hier«, sagte er und sah ihr so tief in die Augen, dass Romy anfing zu lachen.

Verärgert rückte er sich auf seinem Stuhl zurecht. Obwohl sein Ego von allein schon mächtiger war als der Kilimandscharo, brauchte er dauernd Bewunderung.

Romy überlegte gerade, wie sie ihn besänftigen könnte, als die Tür aufging und Cal das *Alibi* betrat.

Er durchquerte den Raum mit federnden Schritten. Die gute Laune umgab ihn wie eine weithin sichtbare Aura. Strahlend. Für die Gäste an den Tischen hatte er keinen Blick.

Auch nicht für Romy, die zwei Empfindungen gleichzeitig spürte: Erleichterung und Wut.

»Hey«, sagte Ingo leise, als wollte er sie besänftigen.

Sah man ihr so deutlich an, was sie fühlte?

Sie hatte das Bedürfnis, sich Cal an den Hals zu werfen, sein Gesicht mit Küssen zu bedecken und ihn nie mehr loszulassen. Oder ihm eine schallende Ohrfeige zu geben, die er nicht vergessen würde.

Cal verschwand in der Küche, um sich die lange dunkelrote Schürze umzubinden, die hier übliche Arbeitskleidung. Als er wieder herauskam, hatte er sich in einen Kellner verwandelt.

Er entdeckte Romy sofort. Doch statt zu ihr zu kommen oder ihr wenigstens ein kleines Lächeln zu schicken, zögerte er.

Es war dieses Zögern, das Romy alles verriet.

Sie klappte ihren Laptop zu und nestelte zehn Euro aus der Tasche. Ihre Hände fühlten sich taub an.

»Bezahlst du für mich?«, bat sie Ingo hastig und drückte ihm den Schein in die Hand. »Ich muss weg.«

Sie schnappte sich ihre Jacke und bemerkte aus den Augenwinkeln, wie Cal sich in Bewegung setzte. Die Jacke überm Arm, stürmte sie hinaus in die Kälte.

Cal rief ihren Namen. Er musste ihr nach draußen gefolgt sein. Romy drehte sich nicht nach ihm um. Sie beschleunigte ihre Schritte.

Der kurze Weg zur Tiefgarage, wo sie ihren Fiesta geparkt hatte, erschien ihr endlos.

Lusina, dachte sie.

Der Name blieb eine Weile in ihrem Kopf wie ein Schmerz, bis er von anderen Gedanken überdeckt wurde, die aber nicht weniger wehtaten. Sie alle kreisten um Cal und darum, dass sich in ein paar Sekunden alles verändert hatte.

Ihr ganzes Leben.

8

Schmuddelbuch, Donnerstag, 3. März, nach Mitternacht

Friere immer noch. Kann nicht weinen. Nicht schlafen. Keinen klaren Gedanken fassen.

Cal hat alle paar Minuten versucht, mich anzurufen. Ich bin nicht ans Telefon gegangen, hab meine Nachrichten nicht gelesen. Ich kann ihn im Augenblick nicht sehen, seine Nähe nicht ertragen, nicht mal seine Stimme hören.

Irgendwann hat Helen an meine Tür geklopft und ich hab sie reingelassen. Sie hat mich angeguckt, mich in die Arme genommen und festgehalten.

»Pschsch«, hat sie gesagt, »pschsch …«

Sie hat nichts gefragt. War einfach da.

Nach einer Weile hab ich mich von ihr gelöst. Und ein Lächeln versucht. Es muss ziemlich kläglich ausgefallen sein, denn Helens Stirn hat sich in lauter Falten gelegt.

»Soll ich heute Nacht bei dir bleiben?«

Ich hab den Kopf geschüttelt.

»Bist du sicher?«

Ich hab genickt.

»Ganz sicher, dass du allein zurechtkommst?«

Ich hab wieder genickt.

»Soll ich dir einen schönen Beruhigungstee machen?«

Helen, die Heilerin. Immer, wenn es einem von uns schlecht geht, ist sie mit ihren Tees, ihren Salben, ihren Tropfen und Heilsteinen zur Stelle. Und mit ihren Händen, die fast jeden Schmerz erspüren und lindern können.

Doch gegen meinen Schmerz, liebe, liebe Helen, ist kein Kraut gewachsen.

Ich hab den Kopf geschüttelt.

Da hat Helen mir die Tüte mit den reduzierten Sachen, die sie mir aus ihrem Laden mitgebracht hatte, dagelassen und ist gegangen.

Lusina.

Ich habe es vom ersten Moment an gewusst: Dieses Mädchen wird unserer Liebe gefährlich.

Immer wieder habe ich es mir ausgeredet. Mein Verstand hat mir schließlich geglaubt, aber mein Herz hat sich nicht hinters Licht führen lassen. Ich bin Begegnungen mit ihr aus dem Weg gegangen. Wollte nicht begreifen, was doch so offensichtlich war …

Mir ist schlecht. Ich fühl mich krank. Vielleicht hab ich sogar Fieber.

Aber du weißt doch gar nicht, ob Cal wirklich …

Todsicher. Wenn ich nicht auf mein Gefühl vertrauen kann, worauf dann?

Auf die Vernunft beispielsweise.

Scheiß auf die Vernunft! Man braucht sich Lusina doch nur anzugucken, um zu wissen, wie faszinierend sie für Cal sein muss.

Diese innere Stimme, die sich immer einmischt, wenn ich sie am wenigsten brauchen kann. Die alles, was ich tue, infrage stellt. Die meistens auf der Seite der andern ist.

Diesmal auf Cals.

Meinst du nicht, du hast ein bisschen überreagiert?

Vielleicht hätte ich mir tatsächlich anhören sollen, was er zu sagen hat. Immerhin hat er ständig versucht, mich zu erreichen.

Was natürlich auch Zeichen eines schlechten Gewissens sein kann.

Das hasse ich besonders, wenn meine innere Stimme auf einmal ohne Vorwarnung die Seiten wechselt. Damit macht sie mich fertig.

Wieso ist auf einmal alles so kompliziert? Warum konnte es nicht bleiben, wie es war? Cal hat mich geliebt und sich von mir lieben lassen. Verlange ich zu viel, wenn ich mir wünsche, dass das wieder so sein soll?

»Lass uns feiern«, sagte Maxim, das Gesicht noch weich von Schlaf. »Zum Abschied.«

Er hatte beschlossen, nur noch diesen einen Tag zu bleiben und am nächsten Morgen abzureisen.

Björn lächelte tapfer, um ihn nicht zu verärgern. Maxim verabscheute Sentimentalität, vor allem auf nüchternen Magen.

»Kannst du nicht noch …«, begann er dennoch vorsichtig.

»Björn … bitte … ich bin schon länger geblieben als geplant, und wir hatten vereinbart, locker damit umzugehen.«

Hatten sie nicht. Maxim hatte das ganz für sich allein beschlossen.

Locker.

Björn durfte gar nicht daran denken, dass Maxim nach Berlin zurückkehren würde. In sein Leben ohne ihn – und mit Griet.

»Lass uns ins Kino gehen«, schlug Maxim vor. »Und anschließend zum Italiener. Oder wir laden ein paar Freunde ein. Na? Was hältst du davon?«

Feiern. Zum Abschied.

Vielleicht auf einem Friedhof, dachte Björn, das könnte passen. Er ärgerte sich selbst über seine Wehleidigkeit.

»Sei doch nicht so *tragisch*«, sagte Maxim da auch schon. »Du nimmst immer alles so furchtbar schwer.« Er zog Björns Kopf zu sich heran und sah ihm in die Augen. »Du weißt doch, was ich für dich empfinde«, flüsterte er. »Und daran wird sie nie etwas ändern.«

Weiß ich das?, dachte Björn. Weiß ich das wirklich?

Es gab unendlich viele Begriffe, mit denen man Maxim beschreiben konnte. *Treu* gehörte ebenso wenig dazu wie *zuverlässig* oder *beständig*.

Maxim küsste ihn, und alles, was Björn durch den Kopf geschwirrt war, verflüchtigte sich.

Willenlos fühlte er sich.

Ausgeliefert.

Nicht einmal gegen seine Gefühle konnte er sich wehren.

Er versuchte, den nahenden Abschied auszublenden. Den Augenblick zu genießen. Die Nähe zu Maxim. Die Zärtlichkeit. Das Verlangen. Doch die ganze Zeit lauerte in einem fernen Winkel seines Kopfes ein Gedanke, vor dem er sich mehr fürchtete als vor irgendetwas sonst:

Liebe und Hass lagen so nah beieinander wie Leben und Tod, wie Schatten und Licht.

Er schloss die Augen und erwiderte Maxims Kuss.

So nah beieinander. So nah.

*

Erik Sammer zog seine Joggingschuhe an und verließ das Haus. Er konnte am besten entspannen, indem er lief. Eine Stunde, und wenn er Zeit und Lust hatte, auch zwei. Laufen war der ideale Ausgleich für Stress, Anstrengung, Frust, einfach für alles.

Und ein guter Tagesbeginn. Dafür stand er gern früher auf.

Anschließend würde er zur Uni fahren und sich wieder einmal hinter die langweiligen mittelenglischen Texte klemmen. Der Job als studentische Hilfskraft bei Professor Uta Timmendorf war ein Glücksgriff gewesen. Zwei Tage in der Woche verbrachte er in einem kleinen Raum neben ihrem Büro, erledigte einfache Arbeiten und bekam dafür jeden Monat knapp zweihundert Euro auf sein Konto überwiesen.

Ein prima Deal.

Sie waren zu dritt und verstanden sich gut. Erik, der eben sein erstes Semester hinter sich hatte, war der Jüngste, und er verdankte diesen Job im Grunde einem Zusammenstoß auf einem Flur des Anglistischen Seminars. Er war in Eile gewesen und hatte im Gehen seine Nachrichten gecheckt, während Professor Timmendorf, ebenfalls in Eile, sich im Laufen ihren Mantel angezogen hatte.

Beide waren um die Ecke gekommen und hatten einander angerempelt.

»Hoppla, Kleine«, hatte Erik gemurmelt, sie bei den Schultern gepackt, damit sie nicht hinfiel, und im selben Moment erkannt, mit wem er da zusammengeprallt war.

Er war bis zu den Ohren rot geworden und hatte eine Entschuldigung gestammelt. Sie hatte mit einem herzhaften Lachen reagiert. Zwei Wochen später hatte sie ihm, nachdem er ein gutes Referat gehalten hatte, den Job angeboten.

Leichter, dachte er, als er den Wald erreichte, die würzige Luft einatmete und den weichen Boden unter den Füßen spürte, konnte man sein Geld nicht verdienen. Ein paar E-Mails schreiben, ein paar Texte Korrektur lesen, so was machte er mit links. Besser als Kellnern oder ein Job beim Messeaufbau, fand er und lief so leichtfüßig dahin, dass er fast meinte, abheben und fliegen zu können, wenn er nur die Arme ausbreitete.

Das Licht war beinah schon frühlingshaft, doch das täuschte. Sobald sich eine Wolke vor die Sonne schob, wurde es kalt. Er liebte diese Stimmung im Wald, wenn das Licht von oben durch die Tannen fiel, fast wie durch hohe Kirchenfenster. Die kahlen Äste der Laubbäume wiesen mit schwarzen Fingern in den Himmel.

Doch nichts war erschreckend, nichts beunruhigend.

Das hier war eine stille, eine gute Welt.

Erik lief und atmete, atmete und lief, immer tiefer in den Wald hinein, über die gewundenen Wege, die manchmal gepolstert waren von Tannennadeln und manchmal hart wie Stein. Er sprang über die Stämme umgestürzter Bäume und achtete darauf, nicht über das Geflecht kräftiger Baumwurzeln zu stolpern, das sich stellenweise aus der Erde geschoben hatte.

Die Laute des Alltags drangen nicht bis hierher.

Der Wald war der einzige Ort, an dem Erik sich niemals einsam fühlte. Paradox, dachte er, denn war nicht der Wald der einsamste Ort weit und breit? Selten war er hier jemandem begegnet, da er grundsätzlich nicht die ausgetretenen Hauptwege entlanglief. Stattdessen wählte er schmale Pfade, die sich hierhin und dorthin schlängelten und oftmals im Nichts endeten.

Auch zum Denken hielt er sich gern im Wald auf, setzte sich ins Moos oder ging umher und lauschte dem Rascheln der Blätter und dem Knacken der Zweige unter seinen Füßen. Aus diesem Grund (und weil es hier viel billiger war als in der Stadt) hatte er sich für das kleine gelbe Haus in Bonn-Friesdorf entschieden, in dem er seit zwei Monaten wohnte. Es lag an einem Hang zu Füßen des Kottenforsts und war komplett an Studenten vermietet. Eine Dreizimmerwohnung im Erdgeschoss und zwei Apartments im ersten Stock. Das kleinere gehörte ihm.

Erik lief und lief, spürte, wie er allmählich losließ.

Licht und Schatten.

Bewegung.

Anstrengung.

Schweiß.

In ein paar Wochen würde er zwanzig werden. Er stand vor diesem Geburtstag wie vor einer Tür, zu der er keinen Schlüssel besaß.

Vielleicht würde er groß feiern. Vielleicht auch nicht.

Vielleicht würde er es einfach dem Zufall überlassen.

Auf der Hälfte der Strecke blieb er stehen, beugte sich nach vorn und stützte die Hände auf die Knie. Mit tiefen Atemzügen transportierte er Sauerstoff in seine Lungen. Dann richtete er sich wieder auf, streckte sich, legte den Kopf in den Nacken und blinzelte in den Himmel.

Die Glückshormone taten ihre Arbeit. Als er weiterlief, hätte er die ganze Welt umarmen mögen. Sein Kopf war mit Ruhe angefüllt. In seinem Körper pulsierte das Blut. Er war eins geworden mit seinen Bewegungen.

Er liebte das Leben.

Eine knappe Stunde später kam er wieder zu Hause an. Er machte die Balkontür weit auf, um frische Luft hereinzulassen, ging ins Badezimmer und zog die nassen Sachen aus. Er stopfte sie in den Wäschekorb und legte sich ein Badetuch zurecht. Ihm fiel auf, wie wunderbar präzise seine Handgriffe waren, und er machte sich bewusst, dass diese Präzision nur durch ein äußerst komplexes Zusammenspiel von Gehirn, Muskeln und Sehnen möglich war.

Auch das machte ihn glücklich.

Vor Wohlbehagen seufzend hielt er das Gesicht in den Wasserstrahl und überließ sich ganz der Wärme und dem Prickeln des Wassers auf der Haut.

Den Schatten, der sich näherte, hatte er durch die von Wasserdampf beschlagene Scheibe der Duschabtrennung gerade wahrgenommen, als auch schon die Tür aufgerissen wurde und eine dunkle Gestalt den Arm hob.

Hitchcock, dachte er ungläubig, als der Schlag seinen Kopf traf. *Psycho.*

Wie dramatisch.

Gleichzeitig war ihm bewusst, wie unangemessen dieser Gedanke war.

Dann brach er unter einem Feuerwerk von Schmerzen zusammen und fiel ins Nichts.

*

Wie einfach es war. Zu töten.

Wie intim der Moment, in dem es geschah.

Wie nah er dem Tod kam.

Dem Sterbenden.

Er durfte nur kein Mitleid empfinden.

Es war wichtig, zwischen sich selbst und dem Opfer zu trennen. Niemandem war damit gedient, die Ebenen zu vermischen, erst recht nicht der Sache. Er hatte eine Aufgabe zu erfüllen, was nur gelingen konnte, wenn er sich nicht von Emotionen verwirren ließ.

Eine Weile blieb er und schaute den Toten an, wie er dalag, nackt wie ein Neugeborenes, aber ohne dessen Unschuld.

Schuldig, dachte er und blickte auf das Blut, das sich mit dem

Duschwasser mischte und in einem aufgeregten kleinen Wirbel in den Abfluss strömte. *Schuldig, schuldig, schuldig.*

Schließlich riss er sich von dem Anblick los und stand auf, um das Wasser abzudrehen.

Die plötzliche Stille machte etwas mit seinem Kopf. Es fühlte sich an, als wäre sein Gehirn auf einmal mit Watte gefüllt. Er ballte die Hand zur Faust und presste sie gegen den Mund, um nicht in Panik zu geraten.

Nicht schreien, dachte er, bloß nicht schreien.

Ihm war klar, dass er diesen Ort so schnell wie möglich verlassen sollte. Mit jeder Minute, die er neben dem Toten verweilte, erhöhte sich die Wahrscheinlichkeit, dass man ihn entdeckte.

Es fiel ihm schwer, sich loszureißen. Dieser Moment, der nur ihm und dem Tod gehörte, war ihm heilig. Er hätte ihn gern noch eine Weile ausgekostet. Doch das wagte er nicht. Es hätte gegen sämtliche Regeln der Vernunft verstoßen.

Draußen wurde er unvermittelt von einem heftigen Schüttelfrost gepackt. Mit letzter Kraft schleppte er sich zu dem kleinen Gartentor und verschwand zwischen den wilden Sträuchern, die die Straße säumten.

*

»Maxim fährt morgen nach Berlin zurück.«

Björns Stimme hörte sich traurig an und Romy hätte ihn am liebsten in die Arme genommen. Sie presste das Handy ein bisschen fester ans Ohr. Selbst Björns Atmen klang bedrückt.

Maxim!, dachte sie. Du elender Mistkerl! Such dir einen andern zum Spielen. Einen, der dich nicht so verzweifelt liebt wie mein Bruder und dem es nichts ausmachen würde, dich zu verlieren. Denn das wird er irgendwann.

»Wie lange war er jetzt bei dir?«, fragte sie, nur um überhaupt etwas zu sagen.

»Einhunderteinunddreißig Stunden und …«

»Danke«, unterbrach Romy ihn, »auf die Minuten und Sekunden bin ich echt nicht scharf.«

»Ach, Romy …«

Romy wusste, dass Björn unter der Kälte zwischen seiner Schwester und seinem Freund litt. Sie hätte Maxim zu gern ins Herz geschlossen, und sei es nur, um Björn glücklich zu sehen. Ihre Unfähigkeit, diesem selbstgefälligen Typen irgendetwas Positives abzugewinnen, brachte ihren Bruder in eine scheußliche Situation. Bislang war die Lage wie durch ein Wunder nicht eskaliert, und er hatte nicht wählen müssen zwischen den beiden Menschen, die er am meisten liebte.

Für wen würde er sich entscheiden?

Romy schob die Frage weit von sich. Sie saß in der Redaktion und war mit langweiligen Zulieferarbeiten beschäftigt. Björns Anruf hatte sie aus der einschläfernden Monotonie des Vormittags gerissen und sie gleichzeitig davor bewahrt, wieder in ihrem eigenen Drama mit Cal zu versinken.

»Nur nicht die Geduld verlieren«, hatte Greg neulich augenzwinkernd zu ihr gesagt. »Es dauert noch ein paar Jahre bis zum Henri Nannen Preis. Unser Beruf besteht zu neunzig Prozent aus Handwerk und Recherche und zu neun Prozent aus Fleiß. Da bleibt für Genialität leider nicht viel übrig.«

Gerade mal ein mickriges Prozent, hatte Romy ernüchtert gedacht. Nicht, dass sie sich für ein Genie gehalten hätte. Und nicht, dass sie sich für die niederen Arbeiten, die sie als Volontärin zu erledigen hatte, zu schade gewesen wäre. Aber sie hätte nur allzu gern ein paar Stufen ihrer Ausbildung übersprungen, um zu schreiben, zu schreiben und zu schreiben.

»Im Grunde seines Herzens ist Maxim ein absolut liebenswerter Mensch«, hörte sie Björn sagen.

Liebenswert, dachte Romy. Wert, dass man ihn liebt.

»Im Grunde seines Herzens?«, fragte sie. »Wie tief muss man denn da bohren?«

Sie hasste sich selbst. Wieso brachte sie es nicht fertig, Maxim eine zweite Chance zu geben?

Wohl eher eine zehnte, elfte oder zwölfte, dachte sie bitter. Dieser Typ hatte schon mehr Chancen versägt, als andere jemals erhielten. Dennoch …

»Irgendwie hast du recht«, gab sie kleinlaut zu. »Etwas an ihm muss … besonders sein, sonst würdest du ihn nicht lieben.«

Björns leises Lachen trieb ihr die Tränen in die Augen. Sie schwor sich, nie wieder schlecht über Maxim zu reden.

»Wo ist er denn gerade?«, fragte sie.

Vermutlich im Badezimmer, ging es ihr durch den Kopf, wo er sich aufstylt und an seinem unvergleichlichen Spiegelbild erfreut.

»Du weißt ja, dass er dauernde Nähe nicht aushält«, erklärte Björn. »Und dass er sich schnell eingesperrt fühlt. Er muss ständig in Bewegung sein …«

Und mein Bruder zählt die Stunden, in denen er mit ihm zusammen sein darf, dachte Romy. Gibt es größere Gegensätze?

»… und braucht jede Menge Freiraum.«

»Und den holt er sich wo?«

»Romy …«

»Sorry.«

»Schon gut.«

»Und du? Sollen wir uns zum Mittagessen treffen?«

Björn zögerte. »Sei mir nicht böse«, sagte er dann, »aber ich möchte lieber auf Maxim warten. Ich weiß ja nicht, wie lange es dauert, bis wir uns wiedersehen.«

Romy konnte das nachvollziehen, wenn es ihr auch nicht gefiel.

»Okay«, sagte sie. »Aber wir holen das nach, ja?«

»Versprochen.«

»Hab dich lieb, du Dösel.«

»Gleichfalls.«

Für einen Moment war sie Björn wieder so nah wie früher. Bevor die Rührung sie überwältigen konnte, drückte sie das Gespräch weg und beugte sich rasch über ihren Laptop.

Und gleich kehrten ihre Gedanken zu Cal zurück.

Cal …

War es wirklich möglich, dass sie ihn verlor?

Es dauerte ewig, bis es ihr gelang, so in die Arbeit einzutauchen, dass sie nicht mehr an seinen Verrat dachte und die Geräusche ihrer Umgebung nur noch als Hintergrundkulisse wahrnahm. Klingeltöne, Stimmen, das Fauchen der Espressomaschine, ab und zu ein Lachen und …

»Hi.«

Widerstrebend blickte Romy auf.

Vor ihr stand ein Mädchen, etwa in ihrem Alter, und lächelte sie an. Dieses Lächeln war so voller Herzlichkeit, es wirkte so aufrichtig und so offen, dass Romy nicht anders konnte, als es zu erwidern.

»Hi«, sagte sie. »Suchst du jemanden?«

»Jetzt nicht mehr.« Das Lächeln des Mädchens vertiefte sich. »Jetzt hab ich dich ja gefunden.«

»Du willst zu mir?«

»Ja.«

Es war noch nie vorgekommen, dass jemand, den Romy nicht kannte, sie in der Redaktion aufgesucht hatte. Verblüfft starrte sie das Mädchen an.

»Ich habe deinen Artikel über die Totenkatze gelesen. Er hat mich nicht mehr losgelassen.«

Diese Katze, eine alte Streunerin, war irgendwann in einem Neusser Altersheim aufgetaucht und dort geblieben. Nach einer Weile hatte man beobachtet, dass sie über eine ganz besondere Begabung verfügte: Sie konnte den nahenden Tod von Menschen erspüren.

Sobald sie auf das Bett eines Bewohners sprang und sich dort niederlegte, wusste man, dass dieser Mensch binnen weniger Stunden sterben würde.

Romy hatte die Katze gesehen, als sie das Heim besucht hatte. Eine ganz gewöhnliche Straßenkatze, die auf einem Stuhl beim

Eingang geschlafen hatte und sich gutmütig von Romy kraulen ließ.

Nicht mal ihr Blick war außergewöhnlich gewesen.

Trotzdem hatte Romy einen Schauder gespürt.

»Und die Sterbenden?«, hatte sie den Heimleiter gefragt, einen unscheinbaren Mann mit sanften Augen und schütterem Haar.

»Sie verlassen uns ruhiger mit der Katze an ihrer Seite«, hatte er schlicht geantwortet.

Die Katze hatte zu seinen Worten geschnurrt.

»Ich möchte dir nicht nur für den Artikel danken«, sagte das Mädchen, »sondern auch für die respektvolle Zärtlichkeit, mit der du die alten Menschen beschrieben hast.«

Respektvolle Zärtlichkeit.

Romy horchte auf.

»Ich habe lange in einem Heim für Demenzkranke gearbeitet«, fuhr das Mädchen fort, »und hätte mir diese wunderbare Katze für die Bewohner so sehr gewünscht.«

Die meisten, die Romys Artikel gelesen hatten, waren unangenehm berührt gewesen. Sie hatten Worte wie *unheimlich, gruselig* und *abartig* verwendet und sich bemüht, schnell das Thema zu wechseln.

Nicht so dieses Mädchen.

Sie strahlte Romy an und streckte die Hand aus. »Hallo, Romy. Ich bin Jette.«

*

Erik Sammer war mit dem Kopf gegen die gläserne Duschabtrennung geprallt und hatte eine breite Blutspur darauf entlanggezogen, die in einer diagonalen Bewegung abwärts verlief.

Dr. Maik Kantor streifte seine Schutzkleidung ab und sah nachdenklich auf den Toten hinunter. Der Rechtsmediziner war gerade mal dreißig und hatte fast noch ein Kindergesicht mit großen Kulleraugen, die zu seinem Beruf so gar nicht passen wollten.

»Stumpfe Gewalteinwirkung mit einem schweren Gegenstand«, sagte er. »Wir haben hier den seltenen Glücksfall, dass die Leiche noch taufrisch ist.«

Bei dem Wort *taufrisch* zuckte Bert zusammen. Er hatte es schon mit etlichen Gerichtsmedizinern zu tun gehabt und sich nie so recht an ihre oft flapsige Ausdrucksweise gewöhnen können, die schnell ins Zynische kippte. Ihm war bewusst, dass sie auf diese Weise versuchten, das Einzelschicksal nicht zu nah an sich heranzulassen, aber es stieß ihn jedes Mal ab.

»Wie lange ist es her?«, erkundigte sich Rick, die Hände in Latexhandschuhen, die ihm zu klein waren und seine Finger absurd verkürzten.

»Die Totenstarre hat noch nicht eingesetzt. Der Tod muss vor circa …«, der Arzt beugte sich noch einmal über den Kopf des Toten, um die Wunde an der linken Schläfe zu begutachten, »… vor circa zwei, drei Stunden eingetreten sein.«

Man konnte ihn noch riechen, den Tod, die Gegenwart des Mörders fast noch spüren.

Bert verließ das Badezimmer. Ihm war kalt und er zog die Schultern hoch. Das hatte nicht nur mit der weit offen stehenden Balkontür zu tun, vor der sich eine ehemals weiße, mittlerweile graustichige Gardine im Luftzug bauschte. Sie war zu lang und lag, wie es heute modern war, mit dem Saum auf dem Boden auf, was Bert an ein geblähtes Segel erinnerte.

Der Tote hatte seinem Mörder selbst die Tür geöffnet.

»Bevor ich bei der Polizei angefangen habe, hatte ich auch kein Problem mit offenen Türen und Fenstern«, hörte er Ricks leise Stimme hinter sich. »Diese Unschuld habe ich bald verloren.«

Bert nickte. Ihm war es genauso ergangen. Man konnte den Gedanken an Gewalt nicht mehr so leicht verdrängen, wenn man ihr Tag für Tag begegnete.

Sie befanden sich hier auf fremdem Terrain. Titus Rosenbaum, der Kollege von der Kripo Bonn, war ein alter Schulfreund Ricks und spielte regelmäßig Badminton mit ihm. Er hatte sie informiert, gleich nachdem er selbst zum Tatort gerufen worden war. Da sie ohnehin gerade auf dem Weg nach Bonn gewesen waren, um sich in Leonard Blums Arbeitsumfeld umzusehen, hatten sie nur ein paar Minuten gebraucht.

»Ein und dieselbe Handschrift«, sagte Rick und nickte Titus Rosenbaum anerkennend zu. »Gut gemacht, Alter.«

»Man tut, was man kann.«

Das Geplänkel der beiden Freunde war nur oberflächlich. Darunter war die Anspannung zu spüren, die einen überfiel, sobald man einen Tatort betrat.

»Beide Opfer haben mit der Uni Bonn zu tun«, überlegte Rick laut.

»Was allein noch nicht ausreicht …«

»… um einen Zusammenhang zwischen den Taten herzustellen, klar«, wehrte Rick den Einwand Titus Rosenbaums ab. »Nur ist es schon mal eine Gemeinsamkeit, die ins Auge springt.«

Die Umgebung Erik Sammers unterschied sich allerdings erheblich von der Leonard Blums. Das kleine Apartment war bunt und unaufgeräumt. Überall lagen Klamotten und Bücher herum, Staubflusen hatten sich in den Ecken gesammelt, auf dem Boden türmten sich Sitzkissen, zwischen denen CDs verstreut waren.

Als hätte das Opfer Besseres zu tun gehabt, als sich mit der Ordnung der Dinge zu beschäftigen.

Ein Kratzbaum, diverse Spielzeugmäuse und ein Katzenklo in der hintersten Ecke des Flurs zeugten von der Anwesenheit einer oder mehrerer Katzen, die jedoch nirgends zu entdecken waren.

Bert näherte sich dem vollgestopften Bücherregal. Shakespeares Dramen. Short Stories von Hemingway, Steinbeck und Maugham. Die Tagebücher von Virginia Woolf. Anderthalb Meter Agatha Christie. Jede Menge Henry Miller und Charles Bukowski. Moderne Autoren, die Bert zum Teil unbekannt waren, aber auch Klassiker wie Richardson, Fielding und Defoe. Und alles auf Englisch.

»Schau dir das an!«

Rick folgte Berts Aufforderung und pfiff durch die Zähne. »Meinst du, der hat die alle gelesen?«

»Die Bücher sehen jedenfalls danach aus.«

»Stumpfe Gewalteinwirkung«, rekapitulierte Rosenbaum neben ihnen. »Mit einem schweren Gegenstand, der hier nirgends zu finden ist. Die Wunde oberhalb der linken Schläfe. Genau wie bei eurem ...«

»Leonard Blum«, sagte Rick.

Rechtshänder, dachte Bert. Ein Linkshänder hätte den Schlag nicht so kräftig und nicht so präzise ausführen können.

»Woran denkst du?«, fragte Rick.

»Daran, dass wir es aller Wahrscheinlichkeit nach tatsächlich mit ein und demselben Täter zu tun haben. Und dass er, den Wunden nach, Rechtshänder sein muss.«

Wie der Großteil der Bevölkerung, dachte Bert frustriert.

»Ein Serientäter?«, fragte Rick.

Bert nickte. Er tauschte einen Blick mit Rick und Titus Rosenbaum und erkannte in ihren Augen, dass sie genau dasselbe dachten:

Es würde weitere Morde geben.

So lange, bis sie den Täter stoppten.

Als die Kollegen von der Spurensicherung die Wohnung betraten und die Räume mit Geräuschen und Bewegung füllten, spürte Bert mit Erleichterung, wie sich der Tod ganz allmählich zurückzog, um dem Leben wieder Platz zu machen.

Fürs Erste.

Bert atmete tief ein, bevor er sich zum Gehen wandte.

9

Schmuddelbuch, Donnerstag, 3. März, vierzehn Uhr

Sitze im *Alibi* und warte auf mein Baguette. Alles hier erinnert mich an Cal. Ich bin froh, dass die Schauspielschule ihm keine Zeit lässt, auch tagsüber zu arbeiten. So ist die Gefahr gering, dass er mir unerwartet über den Weg läuft.

Björn hat mich noch einmal angerufen und mich für heute Abend eingeladen. Abschiedsfeier für Maxim. Hab versucht, mich da rauszuwinden, aber Björns Stimme war so voller Hoffnung, dass ich ihm den Wunsch nicht abschlagen konnte.

Angeblich soll Maxim ihn ausdrücklich gebeten haben, mich einzuladen.

»Ein paar Freunde«, hat Björn gesagt. »Wir haben zuerst überlegt, ins Kino zu gehen, doch es werden zu viele. Also haben wir einen Abend bei mir in der Wohnung geplant. Bringst du was zu trinken mit? Oder einen Salat oder so?«

Werde noch ein bisschen ranklotzen und mich dann gegen sechs auf den Weg machen. Soll Cal doch sehn, wo er bleibt. Er kann es sich ja mit seinen neuen Schauspielerfreunden gemütlich machen.

Und mit Lusina.

Klingt bitter, ich weiß, aber das ist mir egal.

Fast hätte ich mit diesem Mädchen darüber gesprochen. Jette.

Sie ist fast eine Stunde geblieben, und wir haben miteinander geredet wie alte Freundinnen. Als würden wir uns schon ewig kennen.

Wir haben unsere Adressen ausgetauscht und unsere Handynummern. Der erste Schritt. Bin gespannt, auf welchen Weg er führt.

Calypso hatte die ganze Nacht kein Auge zugetan. Er fragte sich, was mit Romy los war. Etwas sagte ihm, dass ihr Verhalten mit Lusina zu tun hatte. Doch das war unmöglich. Romy hatte nicht das zweite Gesicht. Sie konnte Lusina und ihn bei ihrem Spaziergang nicht beobachtet haben.

Und wenn sie doch in der Nähe gewesen war?

Quatsch. Das kann nicht sein.

Andrerseits war Romy unberechenbar. Hier in Nideggen aufzutauchen, bloß um ihm zu sagen, dass sie ihn liebte – oder sauer auf ihn war, je nachdem – war ihr durchaus zuzutrauen. Gerade in ihre bedingungslose Spontaneität hatte er sich einmal unsterblich verliebt.

Am Morgen musste sie auf Zehenspitzen aus dem Haus geschlichen sein. Obwohl er die Wohnungstür nur angelehnt gelassen und immer wieder ins Treppenhaus gehorcht hatte, war sie unbemerkt verschwunden. Seine Anrufe nahm sie nicht entgegen. Und nun saß er im *Orson,* und die Gedanken wirbelten ihm durch den Kopf.

Sollte er versuchen, sie in der Redaktion zu erwischen?

Um *was* zu tun? *Was* zu sagen?

Hallo, Süße, du verdächtigst mich doch nicht etwa, dich zu betrügen?

Und was hieß eigentlich *betrügen?* Wo stand denn geschrieben, der Mensch sei monogam veranlagt?

Jedes Mal, wenn er aufschaute, begegnete er Lusinas Blick.

Sie war da.

Wartete.

Und wo fing der Treuebruch an? War nicht schon die Sehnsucht nach einem anderen Menschen Betrug?

Von der Diskussion seiner Mitschüler bekam er so gut wie nichts mit. Sie sprachen über die Unterschiede bei der Arbeit für Bühne, Kino und Fernsehen und redeten sich die Köpfe heiß. Normalerweise hätte Calypso kräftig mitgemischt, doch heute saß er nur da und beneidete sie um ihre Unbefangenheit und die unbeschwerte Leichtigkeit, die sie ausstrahlten.

Noch während er das dachte, wurde er sich der Ichbezogenheit dieses Gedankens bewusst. Sein Blick fiel auf Ilja, der als Kind Leukämie gehabt hatte, und er schämte sich. Was waren seine Probleme schon gegen das, was Ilja hatte aushalten müssen.

Doch es gelang ihm nicht, seine Gedanken zu unterdrücken, erst recht nicht seine Gefühle. Er hatte entsetzliche Angst, Romy zu verlieren.

Wieder schickte er eine SMS los.

Eingeschaltete Handys waren im *Orson* streng verboten, und er war schon ein paar Mal aufgefallen, als er telefoniert hatte, doch heute war ihm das egal. Er musste Romy erreichen, unbedingt.

Sie konnte sich ihm doch nicht einfach entziehen!

Plötzlich überfiel ihn eine solche Wut auf Romy, Lusina und alles und jeden, dass er sich nur mit Mühe überwinden konnte, auf seinem Stuhl sitzen zu bleiben, statt aufzuspringen und wie ein Irrer gegen die Wand anzurennen.

In seinem Kopf brauten sich Schmerzen zusammen. Seine Ohnmacht den Dingen und sich selbst gegenüber erschreckte ihn. Seit wann war das so, dass er wie ein Ball auf dem Wasser tanzte?

Jetzt sagte Lusina etwas, und allein der Klang ihrer Stimme beschleunigte seinen Herzschlag.

Was machte sie mit ihm?

Er verabscheute sich für das Hin und Her seiner Empfindungen. Er war ein Idiot, wenn er auch nur im Traum daran dachte, Romy wehzutun.

Lusina hörte auf zu reden. Es war, als wäre es im Raum mit einem Mal dunkler geworden.

Und wenn er seine Gefühle für dieses Mädchen ignorierte? War er dann nicht auch ein Idiot?

Calypso stand auf und verließ den Raum. Er musste sich bewegen.

Weggehen.

Um zu sich zu kommen.

Wie absurd, dachte er, doch er konnte nicht darüber lachen.

Er musste eine Entscheidung treffen und wusste, dass sie nur falsch sein konnte, denn eine Entscheidung für etwas war immer auch eine Entscheidung gegen etwas anderes.

Die Liebe zu Lusina wäre das Ende seiner Liebe zu Romy.

An einer knorrigen alten Linde blieb er stehen und presste die Stirn, so fest er konnte, an den Stamm, der rau und schorfig war wie Elefantenhaut. Der Schmerz tat ihm gut, denn für einen Moment löschte er alles andere aus. Dann setzte er sich auf das abgestorbene Laub und versuchte, nicht zu heulen.

*

Die Schutzkleidung hatte er unterwegs in den Sammelcontainer einer Wohnanlage entsorgt, weit genug vom Tatort entfernt. Endlich konnte er aufatmen. Die Erregung pulsierte noch unter seiner Haut und versorgte seinen Körper mit Adrenalin, obwohl er bereits seit Stunden unterwegs war.

Er war wie gedopt.

Vollgepumpt mit dieser strahlenden Energie lief er durch die Straßen, geborgen in der Menschenmenge, in der er nicht auffiel. Höchstens, dass ab und zu ein Mädchen ein Auge auf ihn warf.

Er war daran gewöhnt, angehimmelt zu werden. Es schmeichelte ihm nicht einmal mehr. Er mochte es nicht, wenn eine Frau die Initiative ergriff. Die Weiber taten das immer häufiger, und er bedauerte es, nicht hundert Jahre früher geboren worden zu sein, als ein Mann noch ein Mann war und den Ton angab.

Wenn einer wählte, dann er. Darauf bestand er. Ein Mädchen, das die Rollen tauschen wollte, ließ er gnadenlos ins Leere laufen.

Aber er wollte jetzt nicht an Liebe denken, wo er dem Tod noch so nah war.

In alten Westernfilmen ritzten die Killer für jeden getöteten Gegner eine Kerbe in den Kolben ihres Gewehrs. Das beeindruckte ihn, und er überlegte, ob er sich nicht auch so etwas angewöhnen sollte.

Er könnte sich einen Baum suchen und seine Erfolge auf dessen Stamm verewigen.

Einen besonderen, einen heiligen Baum.

Jedes Mal, nachdem er jemandem den Tod gebracht hätte, würde er diesen Baum aufsuchen und sich mit dem Ritual des Schnitzens von aller Schuld befreien.

Diese Idee beflügelte ihn, und er beschleunigte seine Schritte, achtete jedoch darauf, sich nicht durch unnötige Hast verdächtig zu machen. Niemand sollte sich später an ihn erinnern, niemand der Polizei einen brauchbaren Hinweis geben können.

Wie aus dem Nichts tauchte er auf, tat seine Pflicht und verschwand im Nirgendwo.

Perfekt.

Die Tatwaffe war er im Wald losgeworden. Ein Stück Holz unter Hölzern. Unauffällig. An einer Stelle, die kein Mensch mit dem Tod des Studenten in Verbindung bringen würde. Da konnte die Polizei lange suchen. Der Kottenforst erstreckte sich über mehrere Tausend Hektar.

Viel Spaß, dachte er und konnte sich ein Grinsen nicht verkneifen.

Eine Frau in den mittleren Jahren, die lauter Einkaufstüten aus den edelsten Boutiquen trug, sah ihm direkt in die Augen. Sie verlangsamte ihre Schritte und beantwortete sein Grinsen mit einem Lächeln, das ihn einlud, sie anzusprechen.

Er zog sich die Mütze tiefer ins Gesicht und schob die Schultern vor, als wäre ihm kalt. So würde sie sich nicht an seine Größe erinnern und sein Gewicht nicht schätzen können.

Du bist zu vorsichtig, sagte er sich. Du übertreibst.

Er war froh, als er an ihr vorbei war.

Wahrscheinlich schaute sie ihm nicht nach. Sie gehörte zu der Art Frau, die ihre Gefühle nicht zeigt und Neugier für einen Charakterfehler hält. Dennoch bildete er sich ein, ihre Blicke im Rücken zu spüren.

Verdammt, dachte er.

*Wie aus dem Nichts tauchte er auf, tat seine Pflicht und ver-
schwand im Nirgendwo.*
*Daran würde auch dieser kleine unkontrollierte Augenblick
nichts ändern.*

*

Es war die Briefträgerin gewesen, die Erik Sammer gefunden
hatte. Blass und in sich gekehrt hatte sie vor dem Haus in ihrem
Wagen gesessen und auf die Kollegen von der Schutzpolizei gewartet. Doch es hatte über eine Stunde gedauert, bis sie sich so
weit gefasst hatte, dass sie befragt werden konnte.

Sie hatten sich dazu ins Haus zurückgezogen, und Bert beobachtete, mit welcher Feinfühligkeit es Titus Rosenbaum gelang,
die junge Frau zum Reden zu bringen.

»Wir hatten ein Abkommen«, erklärte sie leise. »Wenn keiner von
den Studenten zu Hause war, habe ich größere Sendungen wie Pakete und Päckchen hinten in dem kleinen Gartenhaus abgelegt.«

Titus Rosenbaum nickte und unterbrach sie nicht. Er war offensichtlich froh, dass sie überhaupt endlich sprechen konnte.
Viele Menschen, die eine Leiche gefunden hatten, waren dazu
nicht in der Lage. Die jähe Konfrontation mit dem Tod bewirkte
die unterschiedlichsten Reaktionen. Manche verstummten, manche verfielen in einen Weinkrampf, anderen merkte man nichts
an, bis sie schließlich zusammenklappten.

Schock war nicht kalkulierbar.

»Erik bekam oft Pakete«, berichtete die Briefträgerin. »Meistens Bücher. Man sieht es den Leuten an, ob sie viel lesen, finde
ich. Auch dem Erik hat man's angesehn. Er hatte so ein … emp-
findsames Gesicht.«

Sie war einundzwanzig. Die Kollegen von der Schutzpolizei
hatten ihre Personalien aufgenommen. Bert hätte sie noch jünger geschätzt.

Allmählich kehrte die Farbe auf ihre Wangen zurück und ihre

Augen bekamen wieder Glanz. Sie war hübsch. Auch Rick schien das nicht entgangen zu sein. Er ließ sie nicht aus den Augen.

Ihre Zunge war gepierct. Bert meinte, ab und zu ein leises Klacken an ihren Zähnen zu hören, doch vielleicht bildete er sich das auch bloß ein. Es dauerte nicht lange und alles in seinem Mund tat ihm weh.

»Weil ich heute mehrere Sendungen hatte, bin ich zweimal zwischen Auto und Gartenhaus hin und her. Und da hab ich gesehen, dass die Balkontür von Eriks Apartment offen stand. Also musste er doch da sein. Er machte die Tür immer zu, wissen Sie. Vor allem bei dieser Kälte.«

Sie leckte sich nervös über die Lippen. Das Piercing blitzte auf und Bert unterdrückte ein Stöhnen. Allein die Vorstellung, jemand könnte seine Zunge mit einer Nadel durchbohren, regte seinen Fluchtreflex an.

»Ich hab mehrmals geklingelt, dann bin ich wieder in den Garten und hab gerufen. Und dann … bin ich die Katzenleiter rauf und … ich hab geahnt, dass was passiert ist …«

»Ganz ruhig«, sagte Rick mit der Stimme, die er für gut aussehende, hilflose Frauen und Mädchen reserviert hatte, ein bisschen tiefer als sonst und mit einem schwer zu definierenden Unterton von Sonne, Sand und Abenteuer.

Rick, der Drachentöter.

»Katzenleiter?«, fragte Titus Rosenbaum.

»Eine Holzleiter, die Erik an den Balkon gestellt hat, damit seine Katze jederzeit rein und raus konnte … auch wenn er nicht zu Hause war. In der Balkontür ist eine Katzenklappe.«

»Und dann?«, fragte Titus Rosenbaum sanft.

»Dann bin ich über die Brüstung und hab leise nach Erik gerufen. Aber er hat nicht geantwortet, und da bin ich … zum Badezimmer, und die Tür war auf, und da lag er in der Dusche, nackt … und … voller Blut.«

Die junge Frau richtete ihre Worte jetzt ausschließlich an Rick. Ihre Augen schwammen in Tränen. Aus den Tiefen seiner Ritterrüstung zauberte Rick ein Papiertaschentuch hervor. Sie nahm es mit zitternden Fingern.

»Ich hab sofort gewusst, dass er … tot war. Und dann hab ich die Polizei gerufen.«

Zwei Tränen rollten über ihre Wangen. Sie wischte sie mit dem Handrücken weg, als hätte sie vergessen, dass sie ein Taschentuch in der Hand hielt.

»Und dann war da ein Geräusch, und ich hab plötzlich das Gefühl gehabt, nicht allein zu sein. Ich dachte: Hau ab! Hau doch ab! Aber ich konnte nicht. *Ich konnte einfach nicht …*«

»Was für ein Geräusch?«, fragte Titus Rosenbaum.

Sie schaute ihn an, als hätte sie sich erst beim Klang seiner Stimme wieder an ihn erinnert. Kraftlos hob sie die Schultern.

»Gleich nachdem ich es wahrgenommen hatte, war es auch schon wieder verstummt. Ich hab den Atem angehalten und gedacht: Vielleicht steht der Mörder jetzt gerade hinter der Tür und hält ebenfalls den Atem an. Ich wusste, dass er mich nicht laufen lassen konnte, wenn es so war.«

Rick berührte tröstend ihre Schulter.

»Es dauerte ewig, bis ich mich regen konnte, und dann bin ich raus, diesmal die Treppe runter, und ich … hab mich in meinen Wagen gesetzt, auf den Knopf für die Zentralverriegelung gedrückt und auf Ihre Kollegen gewartet.«

Die Anstrengung, das alles in Gedanken ein zweites Mal zu erleben, war ihr ins Gesicht geschrieben. Titus Rosenbaum bedankte sich für ihr umsichtiges Verhalten und winkte der Beamtin, die sich schon vorher um sie gekümmert hatte.

Rick sah der jungen Frau nach. »Schade, dass sie sich nicht sicher war, was für ein Geräusch sie gehört hat.«

Bert knöpfte seinen Mantel zu, als sie das Haus wieder verließen und auf die Straße traten. Die Kälte setzte ihm zu. Das Bedürfnis, mindestens eine Stunde zu laufen, überfiel ihn so unvermittelt, dass er es kaum unterdrücken konnte.

Wenig später folgten sie Titus Rosenbaum in das Gebäude der

Gerichtsmedizin, wo Dr. Maik Kantor mit dem Staatsanwalt und einem zweiten Arzt auf sie wartete. Das perfekte Zusammenspiel aller Beteiligten hatte es möglich gemacht, dass eine sofortige Obduktion durchgeführt werden konnte.

Rick war blass um die Nase, als sie auf den Tisch zugingen, auf dem der tote Erik Sammer lag, bereit, ihnen seine geheimsten Geheimnisse zu offenbaren.

Bert machte es wie immer, wenn er bei einer Obduktion anwesend war – er distanzierte sich von sich selbst und seinen Beobachtungen, zwang sich, das Geschehen wahrzunehmen, als schaute er sich einen Film an. Manchmal funktionierte das, manchmal nicht.

Heute funktionierte es nicht.

Übelkeit breitete sich in seinem Magen aus und kroch ihm durch den ganzen Körper.

Dr. Kantor und sein Kollege begannen mit der Arbeit.

Die Zeit verging. Man hörte nur das Klappern der Instrumente und die Stimme Dr. Kantors, der knapp und sachlich dokumentierte, was er sah.

In der Kopfwunde fand er winzige Holzsplitter und Erdpartikel. Was bedeutete, dass die Tatwaffe aus Holz sein und Kontakt mit dem Erdboden gehabt haben musste.

Leonard Blums Wunde dagegen war sauber gewesen. Es handelte sich demnach um unterschiedliche Tatwerkzeuge.

»Das war nicht der letzte Mord«, murmelte Rick auf dem Weg nach draußen. »Darauf würd ich meinen Arsch verwetten.«

Bert nickte. Es stimmte so vieles überein, dass seine sämtlichen Alarmglocken schrillten. Beide Opfer hatten eine Verbindung zur Uni Bonn gehabt. Beide waren in ihrer Wohnung ermordet worden. Beide schienen ihren Mörder gekannt zu haben, denn in beiden Fällen hatte es keinen Kampf gegeben.

Der Täter war beide Male Rechtshänder gewesen, und er hatte sorgsam darauf geachtet, keine Spuren zu hinterlassen. Sie brauchten sich nichts vorzumachen – er würde weitermorden.

Aber warum?

Welche Gemeinsamkeit zwischen den Opfern war der Grund für ihr Sterben gewesen? Womit hatten sie ihr Todesurteil unterschrieben?

Draußen war Licht. Und Luft.

Endlich hörten sie wieder Geräusche.

Das Institut für Rechtsmedizin lag am Stiftsplatz, mitten in der Stadt. Direkt am Eingang befand sich eine Haltestelle, und als Bert und Rick das Haus verließen, hielt gerade ein Bus der Linie 24 vor ihnen.

Eine alte Dame stieg aus und ging langsam davon. Ihre dünnen Beine steckten in knöchelhohen Stiefeln, die aussahen, als seien sie zu schwer für sie. Als der Bus wieder anfuhr, wich sie ihm so weit aus, dass sie beinah die Hauswand berührte.

Auf dem Parkplatz stritten sich zwei Spatzen um ein Stück Brot. In einem der abgestellten Wagen wummerten Bässe.

Fröstelnd klappte Bert den Kragen hoch. Ein paar dünne Schneeflocken tanzten in der Luft. Eine setzte sich auf seine Wimpern und er blinzelte sie weg. Er war müde und deprimiert und sehnte sich nach dem Feierabend. Er wollte nicht mehr sprechen, nichts mehr sehen oder hören.

Er wollte allein sein.

Rick schien es ähnlich zu ergehen. Noch am Obduktionstisch hatten sie sich von Titus Rosenbaum verabschiedet. Nun stiegen sie schweigend ins Auto und fuhren schweigend nach Köln zurück. Bert war dankbar für die kurze Atempause.

Vielleicht kündigte sich eine Erkältung an.

Vielleicht war er einfach den langen Winter leid.

Oder er wurde allmählich alt.

*

Schon wieder eine SMS von Cal. Er legte sich richtig ins Zeug.

Wir müssen reden.

Bitte, Romy, weich mir nicht aus.

Ich liebe dich.

So oder ähnlich klangen all seine Nachrichten. Zwischendurch waren sie fordernder geworden. Manche hatten einen aggressiven Unterton gehabt.

Was wirfst du mir eigentlich vor?

Du tust mir Unrecht.

Heißt es nicht: Im Zweifel für den Angeklagten?

Dann wieder war Cal in Selbstmitleid verfallen.

Fühl mich mies.

Dein Schweigen macht mich fertig.

Was habe ich dir denn getan?

Von Liebe war jetzt nicht mehr die Rede. Cal startete Angriffe, die ziemlich unter die Gürtellinie gingen.

Wie kann man nur so selbstgerecht sein?

Du bist nicht der Nabel der Welt.

Rede mit mir oder du kannst mir gestohlen bleiben.

Romy reagierte nicht. Sie wollte Cal mit ihrem Schweigen nicht bestrafen. Sie brauchte einfach Zeit, um ihre Wunden zu lecken.

Und sich zu wappnen.

So verletzt und ungeschützt, wie sie sich fühlte, wagte sie Cal nicht unter die Augen zu treten. Ein einziges Wort von ihm würde genügen, um sie bis ins Mark zu treffen.

LUSINA.

Das durfte sie nicht riskieren.

Noch hatte sich ihr Verdacht nicht bestätigt. Noch bestand, zumindest theoretisch, die Möglichkeit, dass alles ganz anders war.

Einbildung.

Hatte man ihr nicht von Kindheit an eine zu lebhafte Fantasie attestiert?

Cal liebt mich, dachte sie verzweifelt. Er würde mich niemals verletzen.

Aber stimmte das?

Du bist nicht der Nabel der Welt. Du kannst mir gestohlen bleiben.

Es kam ihr gerade recht, dass Greg sie zu sich in sein Büro rief. Sie musste sich zwingen, langsam zu gehen, denn am liebsten wäre sie gerannt, weg von ihrem Handy, weg von Cals Nachrichten.

»Stimmt was nicht?«, fragte Greg, nachdem sie sich auf dem Stuhl vor seinem Schreibtisch niedergelassen hatte.

»Wieso?«

»Du siehst mitgenommen aus. Blass und angespannt.«

»Alles okay«, wehrte Romy ab. Wenn Greg sie weiter so mitfühlend ansah, würde sie noch die Beherrschung verlieren und anfangen zu heulen.

»Sicher?«

Gregs scharfem Blick entging nichts, und er mischte sich ein, wenn er es für nötig hielt. Romy hatte selten einen Menschen mit einer so ausgeprägten Empathie kennengelernt. Sie war seine Stärke. Aber sie machte ihn oft auch unheimlich.

»Absolut.«

Er musterte sie noch einmal prüfend und zog dann einen Ausdruck aus dem Drucker.

»Hier«, sagte er. »Ein zweiter Mord. An einem Studenten in Bonn. Über die Todesart schweigt die Polizei sich noch aus, aber ein Zusammenhang mit dem Mord an diesem Leonard Blum drängt sich auf.«

»Und du willst, dass ich …«

»Du nicht?«

Romy warf einen unwillkürlichen Blick durch die Glasscheiben, die Gregs Büro von dem großen Raum abtrennten, in dem die Kollegen arbeiteten. Es würde böses Blut geben, wenn Greg ihr wieder eine so große Sache anvertraute.

»Aber keine Alleingänge, Romy. Und du hältst mich auf dem Laufenden. Das ist eine Anweisung, hast du verstanden?«

»Ay! Sir!«

Doch da hatte Greg sich schon wieder über seine Tastatur gebeugt.

Romy verließ sein Büro und kehrte an ihren Schreibtisch zurück. Sie betrachtete den Ausdruck der Pressemitteilung.

E. S., Student, wohnhaft in Bonn-Friesdorf.

Ein bisschen wenig an Informationen. Die Polizei hielt sich tatsächlich mal wieder bedeckt. Doch genau das reizte Romy – mehr herauszufinden. Dazu gab es zahlreiche Möglichkeiten. Die erfolgversprechendste hieß Ingo und war immer gern bereit, ihre Anrufe entgegenzunehmen.

»Pangold.«

Romy wusste, dass er ihre Nummer gespeichert hatte und jetzt bloß so tat, als wäre ihm nicht klar, mit wem er sprach.

»Hi, Ingo«, sagte sie. »Wo erwisch ich dich gerade?«

»Im *Alibi*«, antwortete er. »Wo ich dich sehr gern angetroffen hätte, nachdem du gestern Abend so Hals über Kopf verschwunden bist.«

Manchmal fehlte der Schmalz in seiner Stimme, dann klang der wahre Ingo durch, und Romy wünschte, er würde sich nicht ständig hinter der Maske des toughen Reporters und Frauenhelden verstecken.

»Lädst du mich auf einen Cappuccino ein?«, fragte sie.

Pause.

»Wo ist der Haken, Romy?«

»Haken? Da tust du mir aber Unrecht, Ingo.«

»Tu ich nicht, und das weißt du genau.«

»Okay. Vielleicht hätte ich die eine oder andere Frage …«

Pause.

»Na ja, wenigstens bist du ehrlich.«

»Aber ich würde wirklich auch so gern ein bisschen mit dir quatschen. Außerdem lechze ich nach einem Cappuccino, und wenn du ihn mir sogar spendierst …«

»Mach dich auf die Socken, Mädchen. Ich bin nicht den ganzen Nachmittag hier.«

10

Schmuddelbuch, Donnerstag, 3. März, sechzehn Uhr fünfzehn

Hinter dem Kürzel *E. S.* verbirgt sich ein Erik Sammer. Mehr habe ich leider nicht aus Ingo herauskitzeln können, aber es grenzt schon an ein Wunder, dass er mir überhaupt etwas verraten hat. Ingo hat sich immer unter Kontrolle. Er würde sich nie verplappern, nicht mal nach dem zehnten Bier. Bestimmt hat er als Junge zu den Schülern gehört, die bei Klassenarbeiten den Arm vors Heft legen, damit der Nachbar nicht abschreiben kann.

So ist er noch heute. Und deshalb gibt es nur wenige, die ihn mögen. Genaugenommen kenne ich keinen Einzigen, der ihn mag.

Kaum war ich wieder in der Redaktion, hat Helen angerufen.

»Du, ich hab mit Cal geredet. Er macht sich Sorgen um dich.«

Er macht sich *Sorgen? Um mich?*

»Was ist los mit euch, Romy?«

Meine Kehle war wie zugeschnürt, und als ich endlich sprechen konnte, war meine Stimme ein einziges Krächzen.

»Lusina«, hab ich gesagt.

Mehr war nicht nötig, damit Helen begriff.

»Oh ...« Und nach einem Moment der Stille: »Bist du sicher?«

»Ich habe ihn *gesehn,* Helen.«

»Gesehn? Du meinst – mit ihr?«

»Nein. Sein Gesicht, Helen, sein schlechtes Gewissen. Ich hab es plötzlich ganz sicher *gewusst.*«

Das Wunderbare an Helen ist, dass man ihr nichts erklären muss. So, wie ihre Finger Schwellungen und Zerrungen ertasten, erspürt sie, was unter der Oberfläche des Sichtbaren ist.

»Willst du einen Rat, Romy?«

Vielleicht hatte Cal sie aber auch ins Vertrauen gezogen und ihr sein Herz ausgeschüttet.

»Ja.«

»Sei traurig. Sei wütend. Schrei ihn an, brich in Tränen aus oder schmeiß Geschirr gegen die Wand – aber lass Cal nicht so ins Leere laufen. Du hast keinen wirklichen Beweis für deinen Verdacht, also gib ihm eine Chance, dir alles zu erklären. Mit deinem Schweigen löschst du ihn aus.«

Plötzlich hatte ich auf all das Lust. Zu schreien, mit Sachen um mich zu werfen, Sturzbäche an Tränen zu vergießen – und Cal aus meinem Leben zu katapultieren. Gleichzeitig wollte ich mich an ihn schmiegen und ihn flüstern hören, alles sei gut.

»Was immer du tun wirst«, sagte Helen, »ich bin für dich da.«

Ich nickte, unfähig zu sprechen. Dann hörte ich, dass Helen das Gespräch beendete.

Lass dich nicht hängen!

Erik Sammer. Student an der Uni Bonn. Wohnhaft in Bonn-Friesdorf.

Ich werde jetzt Google Maps aufrufen und mir ansehen, wo genau Bonn-Friesdorf liegt. Dann mit Björn telefonieren und ihn fragen …

Himmel, jetzt kommen die blöden Tränen doch.

… ihn fragen, ob er von dem zweiten Mord gehört hat. Und danach …

Nicht heulen. Nicht heulen. Nicht hier, wo jeder es sehen kann.

Google Maps. Sobald meine Finger aufhören zu zittern. Und dann raus hier, nur raus …

Sie hatten die Einkäufe auf dem Küchentisch ausgebreitet und überprüften nun, ob sie auch nichts vergessen hatten. Jeder Gast würde eine Kleinigkeit zum Essen beisteuern, dennoch war einiges vorzubereiten.

Maxim stellte den Wein kalt. Er war froh darüber, dass sie etwas zu tun hatten. Nur noch ein paar Stunden, dann war er wieder auf dem Weg nach Berlin.

Noch eine einzige Nacht, dachte er bedrückt.

Sie arbeiteten schweigend. Maxim zerteilte Tomaten und schnitt Mozzarella in dünne Scheiben. Björn wickelte Käsestücke aus dem Papier und ordnete sie auf einem großen Teller.

Auf der Straße spielten Kinder Fußball. Ihr Geschrei klang so lebendig und ausgelassen, dass Maxim sich fast wünschte, hinzulaufen und mitzuspielen.

Traurigkeit war in die Zimmer gesickert und klebte in allen Ecken. Weil sie sich wieder trennen mussten. Und weil Leonard gestorben war.

Jeder Abschied ist ein kleiner Tod.

Wo hatte er das gelesen?

Maxim hatte Leonard nicht besonders gut gekannt, aber er hatte ihn sympathisch gefunden. Ein kluger, zurückhaltender Mensch mit einer Tiefe, die man hinter jedem seiner Worte gespürt hatte.

Sie sprachen kaum über ihn und über das, was ihm widerfahren war. Als wäre das Unglück ansteckend, mieden sie die Berührung damit. Überhaupt unterhielten sie sich wenig. Klammerten sich, jeder für sich allein, an die eigenen Gedanken. Keiner wollte den andern noch trauriger machen.

Oder beunruhigen.

Maxim hatte äußerst beunruhigende Dinge erlebt. Doch darüber zu sprechen, hätte ihnen ein Gewicht verliehen, das er ihnen nicht geben wollte.

Anfangs hatte er es gar nicht bemerkt. Dann hatte er sich seltsam unbehaglich gefühlt. Und schließlich war er sich sicher gewesen, beobachtet zu werden.

Er hatte Blicke gespürt, heimlich und klamm. Sie hatten sich ihm ins Genick gesetzt und seinen Herzschlag stocken lassen. Überallhin hatten sie ihn begleitet, unsichtbar, sooft er sich auch umgeschaut hatte.

Wie ein Detektiv war Maxim vor Schaufensterscheiben stehen geblieben und hatte so getan, als würde er die Auslagen betrachten, während er in Wirklichkeit das Spiegelbild nach einem Verfolger absuchte.

Vergebens.

»Woran denkst du?«, fragte Björn.

Er schnitt gerade Zwiebeln und hatte sich seine Taucherbrille aufgesetzt, damit ihm die Augen nicht so tränten. Maxim konnte sich ein Lachen nicht verkneifen.

»Soll ich dir auch noch die Schwimmflossen raussuchen?«, fragte er.

Björn grinste, und Maxim beschloss, seine seltsamen Erlebnisse weiterhin für sich zu behalten. Vielleicht hatte er sich das alles ja nur eingebildet. Er hörte tatsächlich manchmal das Gras wachsen.

Bald würden die Gäste kommen. Ablenkung mitbringen. Die gedrückte Stimmung vertreiben.

Er sehnte sie herbei.

*

Titus Rosenbaum. Was für ein Name.

»Er hätte Regisseur werden sollen«, sagte Bert. »Oder Museumsdirektor. Meinetwegen auch Opernsänger.«

»Mit Kunst hat Titus es nie so gehabt«, erklärte Rick. »Sehr zum Ärger seines Vaters. Der ist irgendwas Hohes hier im Kölner Kulturamt. Sein Liebstes sind interkulturelle Kunstprojekte.«

»Oh.«

»Genau. Und dann hab mal einen Sohn, der vom Zeitpunkt seiner Geburt an nur eines im Sinn hat: Bulle zu werden.«

Bert schätzte Menschen mit Visionen. Es war nicht das Schlechteste, ein Ziel vor Augen zu haben und alles zu tun, um es zu erreichen. Wenn sie schon mit Kollegen anderer Dienststellen zusammenarbeiten mussten, dann doch bitte mit welchen, die ihren Beruf leidenschaftlich ausübten.

»Wir werden prima mit ihm klarkommen«, versprach Rick. »Er

ist keiner dieser Ehrgeizlinge, die ihr Gesicht in jedes Scheinwerferlicht halten.«

»Gut zu wissen«, sagte Bert.

Von solchen, wie Rick sie da beschrieb, gab es mehr als genug. Die Kraft, die sie darauf verwendeten, jeden noch so winzigen Erfolg für sich allein zu verbuchen, fehlte ihnen bei der täglichen Arbeit, der kräftezehrenden Routine, die ihnen Erfolge überhaupt ermöglichte.

»Ich frage mich die ganze Zeit, was für ein Geräusch die Kleine in Sammers Haus gehört hat«, wechselte Rick das Thema.

»In alten Gebäuden gibt es immer irgendwelche Geräusche«, sagte Bert. »Und *die Kleine* dürfte locker einsachtzig groß sein.«

Das Haus, in dem Erik Sammer gelebt hatte, war gute hundert Jahre alt. Es war komplett saniert worden, sodass nur die äußere Schale noch an sein Alter erinnerte. Innen war es überraschend modern gewesen, mit klaren, freundlichen Linien.

»Geschenkt«, wehrte Rick ab. »Du kennst mein loses Mundwerk doch.«

Sie saßen in Berts Büro, und Bert schaute auf seine Pinnwand, auf der er nun auch ein Foto des toten Erik Sammer angebracht hatte, als Ricks Handy losplärrte.

»Hallo, Titus«, meldete sich Rick. »Neuigkeiten?«

Erik Sammer stammte aus Singen am Bodensee, und Titus Rosenbaum hatte die Kollegen vor Ort gebeten, den Eltern die Nachricht vom gewaltsamen Tod ihres Sohnes zu überbringen. Ricks Reaktionen nach zu urteilen, erstattete Titus ihm jetzt Bericht.

»Hm«, sagte Rick. »Ja.« Er drehte seinen Kugelschreiber zwischen den Fingern, was er manchmal tat, wenn er sich konzentrierte. »*Was?*« Sein Blick schnellte zu Bert. »Bist du sicher?« Er stand auf und trat zum Fenster. Wieder hörte er zu. »Okay, Titus«, sagte er dann. »Erst mal vielen Dank. Wir lassen von uns hören.«

Gespannt hob Bert den Kopf.

»Unauffällige Kindheit, gute Noten, intakter Freundeskreis«, gab Rick das Resultat des Gesprächs weiter. »Für Bonn hat er sich entschieden, weil es Schulfreunde dorthin verschlagen hatte. Alles in allem nichts Aufsehenerregendes. Außer *einer* Sache.«

Hier machte Rick eine dramatische Pause und sah Bert bedeutungsvoll an.

»Nämlich?«

»Erik Sammer war schwul.«

Bert zuckte zusammen.

»Wie bitte?«

»Homosexuell«, sagte Rick, als müsste er das Wort für Bert übersetzen. »Erik Sammer war homosexuell.«

»Wie Leonard Blum.«

»Exakt.« Ricks Augen leuchteten. Sein Jagdfieber war erwacht. »Das ist doch endlich mal ein Anhaltspunkt. Wir sollten herausfinden, ob Leonard Blum und Erik Sammer einander kannten.«

Er strahlte jetzt Zuversicht aus und schien voller Elan zu sein. Die Nachricht hatte ihn beflügelt.

Bei jedem Tötungsdelikt hoffte man auf rasche Fortschritte, denn je länger sich die Ermittlungen hinzogen, desto geringer wurde die Wahrscheinlichkeit, einen Mordfall aufklären zu können.

»Und wenn die Homosexualität der Opfer nicht nur verbindendes Element ist, sondern eine Schlüsselrolle spielt?«, murmelte Bert.

»Du denkst an einen Täter, der gezielt Schwule umbringt?«

Bert machte den Schrank auf und holte seinen Mantel heraus. Rick, der sich ein bisschen erkältet fühlte und seine Jacke gar nicht ausgezogen hatte, stand auf. Gegen siebzehn Uhr konnten sie wieder in Bonn sein, um mit Björn Berner zu reden.

Auf dem Weg zum Parkhaus zog Rick sein Handy aus der Tasche. »Ich sag Titus kurz Bescheid.«

»Tu das.«

In aller Eile war eine Sonderkommission gebildet worden, was bedeutete, dass sie ab jetzt noch enger mit Titus Rosenbaum zusammenarbeiten würden. Bert bedauerte das nicht. Titus hatte einen guten Eindruck auf ihn gemacht. Sie hatten sich, weil Rick mit ihnen beiden befreundet war, gleich geduzt, und es war vom ersten Moment an kein Gefühl von Fremdheit zwischen ihnen gewesen.

Nun musste die weitere Vorgehensweise abgestimmt werden, damit sich die Ermittlungen nicht überschnitten.

Streng genommen war es nicht nötig, erneut nach Bonn zu fahren. Titus Rosenbaum war vor Ort und hätte mit einem Minimum an Aufwand die Antwort auf die Frage, ob die beiden Opfer einander gekannt hatten, klären können. Das wäre sogar telefonisch möglich gewesen.

Aber es ging um mehr als die Antwort selbst.

Es ging um all das, was sich daraus ergeben konnte.

Sie sprachen wenig. Rick saß am Steuer, während Bert sich der wohligen Wärme, dem einschläfernden Ruckeln und den Fahrgeräuschen überließ und für einen Moment einnickte.

Als Rick den Motor ausschaltete, wurde er wieder wach.

»Entschuldige. Ich bin hundemüde.«

»Schon okay.«

Bert löste den Gurt und rieb sich das Gesicht. Er fühlte die neuen Bartstoppeln unter den Händen.

»Können wir?«, fragte Rick.

Bert nickte und öffnete die Beifahrertür. Ein kalter Wind fuhr herein und kroch ihm unter die Kleidung. Entschlossen streckte er sich, stieg aus und schlug die Tür zu.

»Wir können«, antwortete er und folgte Rick, der schon auf dem Weg zu dem Haus war, in dem Björn Berner wohnte.

*

Björn wischte sich die Hände an der Hose ab und ging zur Tür. Vielleicht hatte Romy früher in der Redaktion Schluss gemacht, um ihnen noch ein bisschen bei den Vorbereitungen zu helfen.

Doch dann sah er die beiden Polizisten die Treppe heraufkommen.

»Wir würden uns gern noch einmal mit Ihnen unterhalten«, sagte Bert Melzig nach einer knappen Begrüßung.

Björn hielt ihnen die Tür auf. Der Besuch passte ihm gerade nicht, andrerseits war er zu jeder Mitarbeit bereit, wenn sie bloß half, Leonards Mörder zu überführen.

»Hi«, sagte Maxim, der damit beschäftigt war, ein Baguette zu schneiden. Auf dem Küchentisch standen Teller und Gläser bereit, Besteck lag neben einem Stapel bunter Papierservietten. Die vorbereiteten Speisen befanden sich noch im Kühlschrank.

»Party?«, fragte Rick Holterbach.

Maxim nickte bloß. Er schien keine Lust zu haben, ihr Privatleben vor den Bullen auszubreiten.

Björn bot ihnen einen Platz an und setzte sich ebenfalls. Er streckte die Beine aus und verschränkte die Arme vor der Brust. Es gab noch eine Menge zu tun. Sie sollten sich gefälligst kurzfassen.

»Kennen Sie einen Erik Sammer?«, fragte Bert Melzig.

Björn setzte sich gerade hin. Was sollte die Frage? Verdächtigten sie Sammy etwa, Leonards Mörder zu sein? Das war absurd. Sammy könnte keiner Fliege etwas zuleide tun.

Er beschloss, vorsichtig zu antworten.

»Ja. Warum fragen Sie?«

Bert Melzig sah ihm unverwandt in die Augen. Als wollte er ihn bei einer Lüge ertappen. Björn gab seinen Blick fest zurück.

»Er ist tot«, sagte Rick Holterbach, und Bert Melzigs Augen wurden unmerklich schmaler.

Es traf Björn mit solcher Wucht, dass er schwankte.

Sammy? Tot?

Hinter ihm erstarrte Maxim mitten in der Bewegung. Björn fühlte es mehr, als er es sah. Das Geräusch des Brotschneidens war abrupt verstummt. Die Stille, die in der kleinen Küche entstand, war erstickend dicht.

Björn horchte in sich hinein. Da waren keine Sätze, keine Worte, da war nichts. Er fühlte sich leer, vollkommen hohl.

Und die Stille wuchs und wuchs.

Sekunden vergingen. Minuten. Niemand sagte etwas.

Björn betrachtete seine Knie, dann das Tischbein, das in seinem Blickfeld lag. Ein Tropfen von etwas, das aussah wie hart gewordenes Eigelb, hing daran, festgehalten in der Bewegung. Draußen krächzte eine Krähe.

»Was …« Maxim räusperte sich. »Was ist mit ihm passiert?«

»Er wurde ermordet«, sagte Bert Melzig. »Seine Leiche wurde heute gegen Mittag gefunden.«

Seine Leiche.

Björn fixierte seine Hände, die so fest ineinander verschränkt waren, dass es ihm wehtat.

Sammys Leiche.

Sammy war nicht mehr Sammy. Es gab jetzt nur noch *seine Leiche.* Eine tote Hülle ohne Wärme, ohne Leben. Wie die hauchfeinen papiernen Kokons, aus denen die Libellen schlüpfen. Nur dass Sammys Hülle nicht zart war und wie aus Papier und dass sie vermodern würde, von Stunde zu Stunde mehr.

Ihm wurde schlecht, und er rannte ins Badezimmer, riss den Klodeckel hoch, ließ sich auf die Knie fallen und erbrach in einem heftigen Schwall das Mittagessen und in einem zweiten den Rest seines Mageninhalts.

Nachdem er sich den Mund ausgespült hatte, kehrte er langsam und wacklig in die Küche zurück.

Die Szene hatte sich nicht verändert. Die Polizisten saßen noch da, wo sie vorher gesessen hatten, und Maxim stand an der Arbeitsplatte, blass und geschockt, das Brotmesser in der Hand. Krümel lagen zu seinen Füßen.

Björn stellte sich neben ihn.

»Wie ist er … gestorben?«, fragte er.

»Er wurde erschlagen«, sagte Bert Melzig. »Genau wie Leonard Blum.«

Björn nickte. Er tat das ohne Absicht. Als es ihm bewusst wurde, ließ er es bleiben.

Genau wie Leonard Blum.

Wie selbstverständlich der Satz klang und wie ungeheuerlich er doch war. Was passierte hier? Wie konnte es sein, dass Leonard und Sammy beide tot waren?

Erschlagen.

Wie räudige Hunde, dachte er.

Dabei wusste er nicht einmal genau, was das überhaupt war, ein räudiger Hund. Er musste an magere Hyänen denken. An Rudel hungriger Wölfe in dunklen, winterlichen Wäldern. An mittelalterliche Szenen aus pompösen, grausamen Filmen.

So etwas war doch nicht Wirklichkeit.

Erschlagen.

Nicht heute. Nicht hier.

Nicht in seinem Leben.

»Können Sie uns ein bisschen über ihn erzählen?«, fragte Rick Holterbach.

Erzählen. Was gab es über Sammy zu sagen?

Dass er ein freundlicher Mensch war (*gewesen* war), zuverlässig, lebhaft, meistens gut drauf. Dass ihn aber manchmal das heulende Elend packte (gepackt *hatte*), weil er eine starke Sehnsucht empfand (empfunden *hatte*) nach etwas, von dem er nicht mal wusste (gewusst *hatte*), was es war (*gewesen* war). Dass er einen großen Freundeskreis besaß (immer noch, so was hörte mit dem Tod nicht auf), in dem es niemanden, wirklich *niemanden* gab, dem man eine solche Tat zutrauen konnte.

All das sagte er nicht.

Wie konnte er über Sammy in der Vergangenheitsform reden?

»Sammy war ein feiner Kerl«, hörte er Maxims Stimme. »Er war das, was man einen guten Menschen nennt, auch wenn sich das altmodisch anhört.«

Ja. Genau das war Sammy … gewesen.

»Sammy?«, fragte Bert Melzig. »So haben Sie ihn genannt?«

Björn nickte. Er durfte gar nicht daran denken, dass die Leute schon unterwegs waren, um zu ihrem kleinen Fest zu kommen.

Essen? Trinken? Lachen?

Unmöglich.

»Geht es Ihnen nicht gut?«, hörte er Bert Melzig fragen.

Nein. Es ging ihm alles andre als gut. Aber er würde sich zusammennehmen. Sammy zuliebe.

Er hob den Kopf und fragte: »Was wollen Sie wissen?«

*

Sie hatte es nicht mehr geschafft, Björn wegen des zweiten Mordes anzurufen, sondern war einfach ins Auto gestiegen und losgefahren. Vorher hatte sie bei *Romain* noch zwei Flaschen Wein gekauft. Viel zu teuer für ihren Geldbeutel, aber dass Maxim wieder nach Berlin abhauen würde, ließ sie sich gern etwas kosten.

Ihr Herz tat weh. Sie spürte es wie eine wunde Stelle in ihrem Innern.

Cal hatte aufgehört anzurufen. Er schickte auch keine Nachrichten mehr. Das erleichterte sie. Vielleicht würde sie nach diesem Abend in der Lage sein, wieder mit ihm zu sprechen. Ihm in die Augen zu sehen. Seine Lügen anzuhören, ohne ihm das Gesicht zu zerkratzen.

Oder in Tränen auszubrechen.

Und wenn er gar nicht vorhatte, sie anzulügen? Wenn er ihr sagen wollte, dass er sich in Lusina verliebt hatte und nichts dagegen tun konnte?

Ich bin machtlos, Romy. Es hat mich wie ein Blitz aus heiterem Himmel getroffen.

Sätze, wie man sie aus Romanen und Filmen kannte. Sätze, die vor Kitsch trieften und doch alles entschuldigten. Denn wie sollte man sich gegen einen Blitzschlag wappnen?

Sie fuhr schnell und rücksichtslos. Dass andere Fahrer ihr mit Lichthupe wütende Zeichen machten, weil sie sie geschnitten hatte oder viel zu dicht aufgefahren war, quittierte sie mit gestenreichem Fluchen.

Sie hatte eine Scheißangst, Cal zu verlieren.

Als Björn ihr aufmachte, sah sie sofort, dass er von dem zweiten Mord bereits erfahren hatte. Er nahm sie in die Arme und drückte sie an sich. Nach einer kleinen Ewigkeit ließ er sie wieder los.

Wie blass er war.

»Sammy ist tot«, sagte er leise und irgendwie verwundert, als sei er sich noch nicht sicher, ob er es glauben sollte oder nicht.

»Was? Sammy?«

Ihr Herzschlag setzte aus. Der feine Schmerz, den sie die ganze Zeit über in ihrem Innern gespürt hatte, verstärkte sich. Sie kannte Sammy nicht besonders gut, wusste aber, dass Björn ihn sehr mochte. Insgeheim hatte sie sich gewünscht, ihr Bruder hätte sich in ihn verliebt statt in Maxim, doch das hatte sie Björn nie gesagt.

»Sammy?«, wiederholte sie, während in ihrem Kopf das Chaos ausbrach.

Erik Sammer – Sammy.

Sie hatte nie nach Sammys richtigem Namen gefragt.

»Hieß er Erik? Erik Sammer?«

Björn nickte. Sprachlos. Stumm.

»Er wurde erschlagen«, hörte sie Maxim sagen und nahm jetzt erst wahr, dass er in der Küchentür stand und Björn besorgt betrachtete. »Wie Leonard.«

Seine Worte brauchten eine Weile, um den Weg in Romys Gehirn zu finden. Ihre Kopfhaut spannte sich.

»Kommissar Melzig und sein Kollege waren gerade hier«, sagte Björn bedrückt. »Es ist heute Vormittag passiert.«

»Kommissar Melzig? Aber der gehört doch zur Kripo Köln. Was hat er …«

»Sie haben eine Sonderkommission gebildet«, erklärte Maxim. »Weil die Fälle anscheinend zusammengehören.«

Sie hatten sich inzwischen auf den Küchenstühlen niedergelassen. Romy hatte ihre Jacke anbehalten. Ihr war so kalt, dass sie die Arme vor der Brust verschränkte, um das bisschen Wärme, das noch in ihr war, festzuhalten.

»Diese Übereinstimmungen«, sagte Björn mit dünner Stimme. »Das kann doch alles kein Zufall sein.«

»Leonard und Sammy«, überlegte Romy. »Beide hatten mit der Uni hier in Bonn zu tun, beide kannten sich, beide waren schwul …«

»Und beide waren mit Björn befreundet«, sagte Maxim.

Romy starrte ihn an. Es war plötzlich so still, dass sie sich nach einem Laut förmlich sehnte.

»Und mit dir«, beendete Björn das Schweigen.

»Ja.« Maxim griff über den Tisch nach seiner Hand. »Und mit mir.«

»Nicht nur, weil wir zusammen sind«, sagte Björn, »sondern weil sie dich schätzten und gern hatten.«

Maxim lächelte ihn an und Romy sah die Zärtlichkeit in seinen Augen. Das passte so gar nicht zu dem Bild, das sie von Maxim hatte.

»Da draußen ist jemand, der Schwule umbringt«, sagte sie und hörte selbst das ungläubige Entsetzen in ihrer Stimme.

Niemand antwortete ihr.

Dann klingelte es, und Björn stand auf, um den ersten Gast hereinzulassen.

*

Die meisten drängten sich in der Küche, doch auch im Flur und in den Zimmern von Björn und Nils herrschte Betrieb.

Maxim fand das beruhigend. Er wünschte, Nils wäre nicht für ein ganzes Jahr nach Schweden gegangen oder er hätte sein Zimmer wenigstens für die Dauer seiner Abwesenheit vermietet.

Es hätte ihn enorm erleichtert, jemanden in Björns Nähe zu wissen.

Die Nachricht von Sammys Tod hatte eingeschlagen wie ein Meteorit und die Stimmung war gedämpft. Es gab nur ein einziges Gesprächsthema – die Morde an Sammy und Leonard.

In Björns Freundes- und Bekanntenkreis gab es ein ausgewogenes Verhältnis zwischen Heterosexuellen, Schwulen und Lesben. Die Wahrscheinlichkeit, dass Leonards und Sammys Tod damit zusammenhing, dass sie schwul gewesen waren, ließ sich dennoch nicht ignorieren. Sie mussten sich damit auseinandersetzen.

Maxim nahm Gesprächsfetzen wahr.

Taten eines kranken Hirns ... ein Schwulenhasser ... wann es auch die Lesben trifft ... jemand aus der Uni ...

Dann ließ ihn ein Satz aufmerken.

»So was kann die Schwulen wieder in die Isolation treiben. Deshalb müssen wir uns offen solidarisieren.«

»Und wie?«

»Indem wir auf keinen Fall abtauchen. Im Gegenteil. Wir sollten eine Trauerfeier für Leonard und Sammy organisieren.«

»Das ist eine geniale Idee. Lasst uns das gleich jetzt und hier überlegen.«

Maxim war sich nicht sicher, ob die Idee wirklich so gut war. Wenn es tatsächlich jemanden gab, der, aus welch perversem Grund auch immer, Schwule umbrachte, sollte man ihn vielleicht besser nicht reizen.

»Sie muss schnell stattfinden«, sagte Björn, »damit sie in direktem Zusammenhang zu Leonards und Sammys Tod steht.«

Er war Feuer und Flamme für den Vorschlag und hatte wieder ein wenig Farbe bekommen, als hätte er ihn aus seinem Schockzustand erlöst.

»Und wenn der Schuss nach hinten losgeht?«, warf Maxim ein.

Sie drehten sich nach ihm um.

»Wie meinst du das?«, fragte Björn.

»Wenn dieser Scheißkerl es auf Schwule abgesehen hat, dann wird ein Akt der Solidarität mit seinen Opfern ihn womöglich zu Reaktionen treiben.«

»Du glaubst, er wird wütend?«

»Ja.«

»Und mordet weiter?«

»Richtig. Und wir machen es ihm leicht, sich neue Opfer zu suchen, indem wir uns schön übersichtlich in der Öffentlichkeit präsentieren.«

Eine Weile schwiegen sie und jeder dachte über Maxims Einwand nach. Inzwischen waren alle in der Küche zusammengekommen.

Sie waren schon jetzt eine Einheit.

Niemand und nichts würde sie auseinanderdividieren.

»Trotzdem«, antwortete schließlich Josch, der den Einfall mit der Trauerfeier gehabt hatte. »Ich möchte Leonard und Sammy mit der Feier wiedergeben, was der Mörder ihnen genommen hat. Ihre Würde.«

Da hatte er recht. Gleichgültig, wie gefährlich ihre Aktion auch sein mochte – sie *mussten* handeln, um dem Wahnsinnigen etwas entgegenzusetzen.

»Und wenn es mehrere Täter sind?«, gab Maxim zu bedenken. »Unterschiedliche sogar? Wenn es gar nicht um einen einzelnen geht?«

»Würde das etwas ändern?«, fragte Björn.

Und wie er so dastand, zutiefst entsetzt und dennoch fest entschlossen, wusste Maxim plötzlich ganz sicher, dass es keine Alternative gab. Erst die Furcht des Kaninchens vor der Schlange gab der Schlange Macht.

»Nein«, sagte er. »Das würde nichts ändern. Legen wir los. Ich bin dabei.«

11

Schmuddelbuch, Freitag, 4. März, drei Uhr

Eben ist Cal gegangen. Wir haben geredet und geredet. Er fühlt sich zwischen Lusina und mir zerrissen. Sagt, er kann nicht mehr schlafen, nicht essen. Tatsächlich lagen dunkle Schatten unter seinen Augen und er konnte die Hände nicht ruhig halten. Ständig zupfte er an seinen Fingern, verschränkte sie ineinander, rieb sich über die Knie.

»Was erwartest du von mir?«, hab ich ihn gefragt.

Es tat so weh, ihn vor mir zu sehen, ganz nah, und ihn nicht anfassen zu können wie früher. Mir vorzustellen, dass ein paar Stunden zuvor ein anderes Mädchen ihn berührt hatte.

Ein anderes Mädchen.

Es fällt mir leichter, diese drei Worte zu denken als ihren Namen. Ihr Name folgt mir wie ein böser Geist.

»Ich will dich nicht verlieren«, hat Cal gesagt.

»Und ... Lusina?«

Darauf hat er geschwiegen. Und er war so unglücklich, dass ich ihn sofort in die Arme nehmen wollte, um ihn zu trösten. Gleichzeitig machte sein Schweigen mich so wütend, dass ich ihm am liebsten eine gescheuert hätte.

»Ich brauche euch beide, Romy.«

Er hat die Hand nach mir ausgestreckt. Ich bin aufgesprungen und hab fast den Stuhl dabei umgestoßen.

»Fass mich nicht an!«

Er ist zurückgezuckt, als hätte ich ihm eine Vogelspinne unter die Nase gehalten. Dann ist er langsam aufgestanden, hat sich umgedreht und ist gegangen.

Seitdem sitze ich im Dunkeln und heule mir die Augen aus dem Kopf. Der Schmerz wegen Cal, die Angst um Björn, meine Eifersucht …

Und ausgerechnet jetzt bekomme ich eine SMS von meiner Mutter: *Denk gerade an dich. Küsschen, Mom.*

Andere haben Mütter, bei denen sie sich ausweinen können. Ich habe eine, die von ihrer Finca auf Mallorca aus Küsschen durch die Nacht schickt. Das kostet nichts und macht keine Arbeit. In so was ist meine Mutter wirklich riesig.

Lass mich, Mama. Ich antworte dir morgen. Jetzt brauch ich ein bisschen Schlaf. Ich weiß nur nicht, wie …

Er hasste das Widernatürliche, und was war widernatürlicher als die Liebe zwischen Männern?

Schon in der Bibel wurde dieses Verbrechen verurteilt. Er hatte das eigens nachgelesen in einer Ausgabe, die er irgendwann in einem Antiquariat erstanden hatte. Roter Einband, Goldschnitt, farbenprächtige Illustrationen und so schwer, dass er sie nicht mit einer Hand heben konnte.

Wohnt ein Mann seinesgleichen wie einem Weibe bei, so haben beide Abscheuliches getan; sie sollen des Todes sterben; Blutschuld belastet sie.

Er hatte die Bibel gekauft, weil er alte Bücher und alte Geschichten mochte und weil diese Ausgabe so kostbar aussah, dass er sie unbedingt besitzen wollte. Das hatte nichts mit irgendeiner Form von Glauben zu tun. Er hatte mit Religion nichts am Hut und war auf seine geistige Unabhängigkeit immer stolz gewesen. Es machte ihm lediglich Spaß, ab und zu in den Geschichten zu blättern. Sich in den Anblick der Bilder zu vertiefen, die ihn in eine Zeit hineinsogen, die ferner schien als ein Traum.

Schon zu jener Zeit also war die klare Trennung zwischen Mann und Frau richtig und gut gewesen.

Ihm wurde speiübel, wenn er Männer Hand in Hand durch eine Stadt schlendern sah. Und als er einmal mit einem schwulen

Paar in einem Aufzug gestanden hatte und beobachten musste, wie sie einander küssten, wäre es ihm fast hochgekommen. Beide hatten Bärte getragen, und man hätte nie vermutet, dass sie Schwuchteln waren. Er hatte das Gefühl gehabt, in ihrer Nähe zu ersticken, und war froh gewesen, als sich die Fahrstuhltür endlich geöffnet hatte.

Fast wäre er gerannt, um hinauszukommen. Draußen hatte er gierig die frische Luft eingeatmet. Schwindel hatte ihn gepackt und ihn taumeln lassen. Erst nach ein paar Schritten hatte er sich wieder unter Kontrolle gehabt.

Der Anblick lesbischer Frauen war für ihn leichter zu ertragen. Zumindest wenn sie weiblich wirkten. Doch häufig waren sie nichts anderes als eine weich gespülte Männerversion mit Kurzhaarschnitt, grober Gestik und dem breitbeinigen Gang eines Machos.

Aber selbst diese Mannweiber erzeugten in ihm nicht den Hass, wie es schwule Männer taten. Er konnte sich nicht dagegen wehren. Wollte es auch nicht. Er brauchte den Hass, um handeln zu können.

Es gab noch so viel zu tun, so viel.

*

Das durchdringende Piepen ihres Weckers riss Romy aus tiefstem Schlaf. Benommen setzte sie sich auf, aus lauter Angst, sonst wieder einzuschlafen. Ganz allmählich kehrten die Bilder des Abends und der Nacht in ihr Bewusstsein zurück.

Maxims Abschied war zu einer Gedenkfeier für Leonard und Sammy geworden. Romy fühlte sich an *Philadelphia* erinnert, den grandiosen Film, in dem Tom Hanks den schwulen, aidskranken Rechtsanwalt Andrew Beckett spielt, dem wegen seiner HIV-Infektion gekündigt wird. Wie in der Schlussszene, in der Familie und Freunde sich im Andenken an den toten Andrew versammeln, gingen sie in Björns Wohnung umher, tauschten Erinnerungen aus und unterhielten sich leise über die beiden Toten.

Ab und an hob jemand sein Glas und sagte: »Auf Leonard.«

Und jemand antwortete: »Auf Leonard. Und auf Sammy.«

Sie hatten beschlossen, die Trauerfeier am Samstag stattfinden zu lassen und zwar im Innenhof der Uni. Noch wussten sie nicht, ob sie dafür eine Genehmigung bekommen würden, doch Josch hatte sich bereit erklärt, sich zu erkundigen.

Sollte man sie ihnen verweigern, würden sie sich darüber hinwegsetzen. Notfalls konnten sie immer noch in den Hofgarten ausweichen.

Sie hatten nicht vor, eine Demonstration zu veranstalten. Sie wollten einfach würdevoll Abschied nehmen. Und das nicht versteckt in irgendeiner Wohnung, sondern offen, vor aller Augen.

Wären Leonard und Sammy heterosexuell gewesen, wäre Öffentlichkeit nicht wichtig gewesen. So aber kam die geplante Feier einem Bekenntnis gleich. Jeder, der daran teilnahm, stellte sich hinter die toten Freunde und bekundete seine Solidarität.

Romy quälte sich aus dem Bett und tappte auf nackten Füßen ins Bad. Die Kälte überzog ihren Körper mit einer Gänsehaut, und sie seufzte behaglich, als das heiße Wasser über ihre Schultern rann. Sie legte den Kopf zurück, spürte das wohlige Prasseln auf ihrem Gesicht und ließ Revue passieren, was geschehen war, als sie sich gegen dreiundzwanzig Uhr von Björn und Maxim verabschiedet hatte.

Die ersten Gäste waren schon gegangen, der Rest hatte sich in der Küche versammelt. Plötzlich hatte Maxim das Wort ergriffen und alle hatten ihm zugehört.

»Ich habe beschlossen, morgen nicht nach Berlin zurückzufahren«, hatte Maxim gesagt. »Jedenfalls fürs Erste. Ich werde nicht feige abhauen, solange ihr in Gefahr seid.«

Dabei hatte er den Blick nicht von Björn abgewandt, und alle hatten gewusst, wer der wirkliche Grund dafür war, dass er bleiben wollte.

Romy hatte die eigenen Tränen auch in den Augen ihres Bruders schimmern sehen. Vielleicht, hatte sie gedacht, war ja doch etwas dran an Maxims Gefühlen. Vielleicht liebte er Björn ja wirklich, und möglicherweise sollte sie lernen, ihn mit anderen Augen zu betrachten. Doch sie bezweifelte, dass ihr das gelingen würde.

Widerstrebend drehte sie das Wasser ab und stieg aus der Duschkabine. Sie rubbelte sich mit einem Badetuch trocken, zog sich an, tuschte die Wimpern, trug Lipgloss auf, verrieb einen Klecks Gel im Haar, warf sich die Jacke über und verließ das Haus.

Sie hatte keine Lust auf ein Frühstück ohne Cal und erst recht keine auf ein Frühstück mit ihm. Ihr Magen fühlte sich an, als hätte sie etwas gegessen, das ihr nicht bekommen war. Eine innere Kälte setzte ihr zu, und sie beschloss, heute auf das Fahrrad zu verzichten (das im Übrigen ja immer noch Cal gehörte) und das Auto zu nehmen.

Lustlos kratzte sie das Eis von der Windschutzscheibe und merkte, wie ihre Fingerkuppen taub wurden. Sie hatte die Stulpen abgestreift, damit sie trocken blieben. Die winzigen Eiskristalle rieselten ihr in die Ärmel und jagten ihr kleine Schauer über die Haut.

Wenig später betrat sie die Redaktion. Greg hatte geplant, heute Morgen mit den Mitarbeitern auf seinen Geburtstag anzustoßen, und Romy wollte seiner Sekretärin helfen, den Konferenzraum dafür herzurichten.

Der Partyservice hatte bereits Suppe, Canapés und die Desserts geliefert. Romy holte Teller, Gläser und Besteck aus der kleinen Küche und schleppte die Getränke heran, während die Sekretärin Blumen und Kerzen verteilte und zusätzliche Stühle aufstellte.

Die Kollegen würden erst in einer knappen Stunde erscheinen, ebenso wie Greg. Zeit genug, um die Kaffeemaschine startklar zu machen und Wasser für die Teetrinker aufzusetzen.

Als sie fertig waren, zündeten sie die Kerzen an und löschten das Licht, das sonst fast den ganzen Tag brannte. Das kühle, sachliche Zimmer wirkte mit einem Mal wie ein anderer Raum und war beinah gemütlich geworden.

Bald darauf waren die Glückwünsche ausgesprochen, die Geschenke überreicht, und alle hielten Teller in der Hand und haten sich in angeregte Gespräche vertieft. Romy zwang sich, auch eine Kleinigkeit zu sich zu nehmen. Vor allem brauchte sie einen starken Kaffee, um die Kopfschmerzen zu vertreiben, die ihr sagen wollten, dass sie besser auf sich achten sollte.

Das nächtliche Gespräch mit Cal drängte sich immer wieder in ihre Gedanken. Es machte sie rasend, dass er sie so entwaffnet hatte mit seinen leisen Worten, seiner gequälten Stimme und seiner Zerrissenheit. Statt voller Zorn auf ihn loszugehen, hatte sie dagesessen wie ein Häufchen Elend und die Tränen kaum zurückhalten können.

Sie spürte ihre Ohnmacht immer noch. Gleichzeitig wuchs in ihr eine unumstößliche Gewissheit.

Sie hatten einander verloren.

Traurig ließ sie den Blick durch den Raum wandern. Sie kannte die Kollegen und Kolleginnen inzwischen schon recht gut. Aber die Tatsache, dass sie noch Volontärin war und mit großem Abstand die Jüngste im Team, schaffte eine Distanz, die nur in manchen, seltenen Momenten bröckelte.

Sie fühlte sich ein bisschen unbehaglich, denn sie beherrschte die Regeln der zwanglosen Unterhaltung nicht, die bei solchen Anlässen so hilfreich waren wie die Fähigkeit, mit Messer und Gabel zu essen. Außerdem kannte sie sich in diesem Geschäft noch zu wenig aus, um bei Sachgesprächen mitreden zu können. Also schwieg sie lieber und hörte zu.

Doch heute erkundigten sich alle nach den Fortschritten ihrer Recherchen. Romy antwortete ausweichend. Sie wollte nicht ausplaudern, dass ihr Bruder die Mordopfer gekannt hatte. Es wäre ein zu guter Aufhänger für einen Artikel gewesen.

Den sie nicht schreiben wollte.

Vielleicht ist das ein Zeichen dafür, dass ich mich für diesen Beruf gar nicht eigne, dachte sie. Ein Journalist muss zugreifen, wenn er auf eine Sensation stößt.

War das wirklich so? Durfte sie Björns Privatsphäre nicht schützen, wenn sie damit ihrer Story im Weg stand?

Sie ersehnte das Ende der Feier, denn sie wollte unbedingt an ihren Schreibtisch zurück. Auch sie würde ihren Teil zum Abschied von Leonard und Sammy beitragen.

Indem sie *darüber* einen Artikel schrieb.

Sie konnte es nicht erwarten, damit anzufangen.

*

Bert und Rick verbrachten den Vormittag am Telefon und am Computer. Rick war ganz froh darüber, mit seiner Erkältung nicht draußen herumlaufen zu müssen. Schniefend war er in seinem Büro verschwunden, um sich mit der Schwulenszene in Köln und Bonn zu befassen, während Bert Serienmorde recherchierte, die an Homosexuellen begangen worden waren.

Herbert Richard Baumeister, dem Gründer einer amerikanischen Supermarktkette, wurden siebzehn Morde an homosexuellen Männern zur Last gelegt, begangen zwischen 1980 und 1990. Alle Opfer wurden kurz vor ihrem Verschwinden in Schwulenlokalen gesehen. Seine eigenen homosexuellen Neigungen hatte der Täter bis zu seinem Selbstmord geheim gehalten.

Siebzehn Morde an homosexuellen Männern und einer an einer Prostituierten wurden zwischen 1980 und 2002 in Frankreich begangen. Die Polizei verhaftete einen Transvestiten, der als Drag Queen in französischen und deutschen Bars aufgetreten war. Aus Mangel an Beweisen wurde die Anklage jedoch fallen gelassen.

Jeffrey Lionel Dahmer, das *Milwaukee Monster,* tötete zwischen 1978 und 1991 siebzehn Männer und Jungen, die er in Schwulenbars, Saunen und im Strichermilieu traf.

Larry Eyler, der *Interstate Killer,* brachte in Indiana und Illinois zwischen 1983 und 1984, also in nur einem Jahr, dreiundzwanzig Männer um, überwiegend Homosexuelle.

Bert stand auf und öffnete das Fenster. Er beugte sich hinaus und atmete tief ein und aus, um die Übelkeit loszuwerden, die ihm im Magen lag. Die Einzelheiten der Taten hatten sich, wie er wusste, tief in sein Gedächtnis eingegraben. Er würde sie so leicht nicht wieder vergessen können.

Er musste an Fritz Haarmann denken, einen der spektakulärsten und grauenvollsten Serienmörder des zwanzigsten Jahrhunderts, der vierundzwanzig junge Männer ermordete, nachdem er zuvor Sex mit ihnen gehabt hatte. Der homosexuelle Täter, der seine Opfer als *Puppenjungs* zu bezeichnen pflegte, tötete die meisten seiner Opfer mit einem Biss in den Hals. Deshalb nannte man ihn den *Werwolf* oder *Vampir von Hannover.*

Bert konnte gar nicht genug kriegen von der frischen Luft. Er hatte das Gefühl, gleich ersticken zu müssen. Keine weitere Zeile würde er mehr lesen können, keinen weiteren Namen. Vorerst.

Erniedrigung. Folter. Unaussprechliche Qualen.

Dann erst der Tod.

Die Erlösung.

Es hatte leicht zu regnen begonnen. Wind war aufgekommen und trieb Bert die dünnen Tropfen ins Gesicht. Sie fühlten sich an wie kalte Tränen.

Als er sich einigermaßen beruhigt hatte und zu frösteln begann, schloss er das Fenster wieder. Er überlegte gerade, ob er zu Rick hinübergehen sollte, als die Tür aufging.

»Störe ich?«, fragte Rick.

»Im Gegenteil. Komm rein.«

»Du zuerst«, fragte Rick, während er sich auf einen der Stühle vor Berts Schreibtisch fallen ließ, »oder ich?«

»Du.«

Rick schob ihm einen Computerausdruck mit Adressen hin.

»Schwulenbars«, erklärte er, »einschlägige Cafés, Kinos und Kabaretts. Lauter Orte, an denen Homosexuelle unkompliziert Kontakte knüpfen können. Auch die Parkplatzszene dürfte interessant sein. Schneller, anonymer Sex, perfekte Fluchtmöglichkeit, alles, was ein Serientäter braucht, um halbwegs sicher seine Taten durchzuziehen.«

»Der Täter in unseren beiden Fällen scheint aber nicht auf anonyme Kontakte aus zu sein«, wandte Bert ein. »Wir waren uns einig, dass seine Opfer ihn gekannt haben müssen.«

»Stimmt. Trotzdem sollten wir die gesamte Szene im Auge behalten. Du weißt, dass Köln als Schwulenhochburg gilt?«

Bert nickte. Er überflog die Liste. Sie abzuarbeiten, würde sie mindestens einen Tag und einen Abend kosten.

»Und weißt du auch, warum?«, fragte Rick.

»Weil Kölner ausgesprochen tolerant sind.«

»Und ich dachte, ich könnte dir etwas Neues erzählen.«

»Neulich habe ich zufällig einen Artikel darüber gelesen. Ist das nicht unheimlich? Bald glaube ich an Vorzeichen.«

»Das hier ist auch interessant«, sagte Rick und reichte ihm einen zweiten Ausdruck.

Berts Blick fiel auf eine Reihe unterschiedlicher Symbole. Er blieb an dem *Rosa Winkel* hängen, dem rosafarbenen, auf einer der Spitzen stehenden Dreieck, das homosexuelle Häftlinge in den Konzentrationslagern der deutschen Nationalsozialisten tragen mussten. Weltweit wurde es danach zum Symbol der Schwulenbewegung.

»So was findest du meist bei politisch orientierten Menschen«, sagte Bert.

»Richtig. Hätten wir an den Tatorten deshalb nicht auf einen solchen Button stoßen müssen?«, fragte Rick. »Die Opfer waren doch Männer, die offen mit ihrer Homosexualität umgegangen sind.«

»Vielleicht haben wir ihn übersehen. Oder Leonard Blum und Erik Sammer waren über diese Form des öffentlichen Bekundens längst hinaus.«

»Erik Sammer war nicht mal zwanzig! In dem Alter hab ich noch heftig nach meiner Identität gesucht.«

Bert musste unwillkürlich schmunzeln. Er bezweifelte stark, dass Rick bereits fündig geworden war.

»Was gibt es da zu grinsen?«

Bert war seinem Kollegen dankbar dafür, dass er ihn aus seiner emotionalen Talsohle herausgeholt hatte. Doch nun musste er sich wieder hineinbegeben. Er warf einen Blick auf seine Notizen.

»Hör zu«, sagte er.

*

Björn konnte es nicht fassen. Eigentlich wäre Maxim jetzt auf dem Weg nach Berlin gewesen. Doch er war geblieben, wie er es versprochen hatte. Björn sagte ihm nicht, dass er keine Rücksicht nehmen und sein eigenes Leben leben sollte. Er hatte nicht einmal ein schlechtes Gewissen deswegen.

Maxim war hier, nichts anderes zählte.

In guten wie in schlechten Tagen, dachte er.

Sie befanden sich in einem nicht enden wollenden Albtraum. Zu der Trauer um Leonard und Sammy kam die Angst. Jeder von ihnen konnte der Nächste sein.

»Wer, zum Teufel, tut so was?«, fragte Maxim zum hundertsten Mal, ohne wirklich eine Antwort darauf zu erwarten. »Kann der Hass auf Schwule so groß sein, dass man zum Mörder wird?«

»Hass«, sagte Björn, »Abscheu, Dummheit, Selbstgerechtigkeit. Vielleicht verbindet sich das alles zusammen zu einer hochexplosiven Mischung.«

Er war froh, dass seine Eltern sich für Nachrichten aus Deutschland wenig interessierten, seit sie auf Mallorca lebten. Was er jetzt wirklich nicht brauchen konnte, waren ein besorgter Vater und eine ängstliche Mutter, die plötzlich in sich den längst erstorbenen Wunsch entdeckten, ihre Kinder vor dem Bösen auf der Welt zu beschützen. Die Weigerung der Eltern, ihre Elternrolle anzunehmen, hatte Romy und ihn viel zu früh erwachsen werden lassen. Doch nun waren sie es und brauchten keinen mehr, der sie an der Hand nahm und durchs Leben führte.

Björn musterte Maxim verstohlen. Er hatte ihn noch nie so erlebt, so besorgt, so bedrückt und so voller Trauer.

»Ich kannte Leonard und Sammy nicht so gut wie du«, sagte Maxim, der seinen Blick bemerkt hatte. »Deshalb verstehe ich ja selber nicht, warum mir ihr Tod dermaßen unter die Haut geht.«

Aber ich verstehe es, dachte Björn. Du hast Angst um mich.

Im selben Moment erkannte er, dass genau das Liebe war.

Er schwor sich, nie wieder eifersüchtig zu sein. Maxim Freiraum zu lassen. Sogar für Griet. Denn niemandem würde es gelingen, ihm Maxim wegzunehmen.

Maxim ging in den Flur und kam mit seiner Jacke zurück.

»Ich fahr noch mal kurz nach Bonn rein«, sagte er, »mir ein paar Bücher holen. Wer weiß, wie lange ich noch hierbleiben werde. Da kann ich wenigstens ein bisschen arbeiten.« Er sah Björn auffordernd an. »Kommst du mit?«

»Nein. Ich habe Josch versprochen, ihn anzurufen, um die Abschiedsfeier für Leonard und Sammy mit ihm durchzusprechen. Er ist ziemlich gut im Organisieren, aber mit der Kreativität hapert's manchmal bei ihm.«

Wenig später hatte Maxim das Haus verlassen und Björn lag mit dem Handy auf seinem Bett.

»Zweiunddreißig Zusagen haben wir schon«, informierte ihn Josch. »Schätze, es werden morgen weit über hundert Leute kommen.«

»Wo treffen wir uns?«

»Im Innenhof der Uni. Die Verwaltung legt uns keine Steine in den Weg, solange alles friedlich verläuft. Überhaupt sind Versammlungen unter freiem Himmel in der Regel nicht genehmigungspflichtig.«

»Wann?«, fragte Björn.

»Morgen früh, wie abgemacht. Zehn Uhr.«

Der ideale Zeitpunkt. Da füllte sich die Innenstadt mit Leuten, aber noch nicht so sehr, dass sie sich auf den Füßen herumtrampelten.

»Wie ist es mit einer Rede?«, fragte Josch. »Oder mit Musik?«

»Lieber nicht«, sagte Björn. »Es gibt in dieser Situation nichts Eindrücklicheres als Schweigen. Wir besorgen Teelichter, und jeder kann sich eins nehmen, es anzünden und aufstellen.«

»Sehr gut«, sagte Josch.

»Was hältst du von einem anschließenden Schweigemarsch? Mit zwei Transparenten, auf denen nur Leonards und Sammys Namen stehen. Und jeder Teilnehmer trägt eine Blume und legt sie am Ende auf der Rathaustreppe ab.«

»Das wird die Leute umhauen, Björn.«

Sie besprachen sich noch eine Weile, dann legte Björn das Handy beiseite, verschränkte die Hände unterm Kopf und schloss die Augen. Er würde den Nachmittag damit verbringen, Leute anzurufen, die dann wiederum Leute anrufen würden, die dann ihrerseits … Am besten, er fing gleich damit an.

12

Schmuddelbuch, Freitag, 4. März, zehn Uhr dreißig

Greg hat mir sein Okay für einen Artikel über die Abschiedsfeier für Leonard und Sammy gegeben. Habe mit Björn telefoniert, der mich über die Einzelheiten aufgeklärt hat. Dann habe ich Ingo angerufen, der aber schwer gestresst getan hat und nicht bereit war, auch nur ansatzweise eine Information mit mir zu teilen. Kaum war ich damit fertig, ging die Tür auf und Helen betrat die Redaktion.

Es war, als wär die Sonne aufgegangen. Mit ihren bunten, fröhlichen Klamotten wirkte sie wie eine Blume auf einem Feld grauer Disteln. Alle drehten sich nach ihr um und Helen winkte freundlich hierhin und dorthin. Dabei war sie noch nie hier und kennt keinen meiner Kollegen.

»Hast du Zeit für einen Kaffee?«, fragte sie.

Automatisch schaute ich zur Kaffeemaschine.

»Nicht hier«, sagte Helen leise. »Lass uns in ein Café abhauen. Und dann erzählst du mir, wie es dir geht.«

Da ich ohnehin vorhatte, noch zu recherchieren, war ich einverstanden. Wir entschieden uns für das *Alibi,* denn inzwischen hatte es angefangen zu regnen, schwere, mit Schnee vermischte Tropfen, die sich auf der Straße augenblicklich zu wässrigem Matsch ansammelten. Wir hatten keine Lust, bei diesem Wetter lange durch die Gegend zu laufen.

»Cal geht's gar nicht gut«, sagte Helen, nachdem wir im *Alibi* angekommen waren. Sie legte ihre nasse Jacke über eine Stuhllehne, setzte sich hin und zog sich die neongrünen Wollstulpen über die rotgefrorenen Finger. »Er ist heute nicht ins Orson gefahren.«

Dann musste er wirklich fertig sein. Freiwillig versäumte er nicht eine einzige Stunde.

»So ist das, wenn man zwei Frauen liebt«, sagte ich säuerlich.

»Aber so was kommt vor.« Helen klappte die Speisekarte auf und vertiefte sich in die Lektüre. Dabei sprach sie übergangslos weiter. »Wie soll man sich dagegen wehren? Ist es nicht sehr aufrichtig von Cal, dich nicht zu hintergehen, sondern dir offen und ehrlich zu sagen, wie er empfindet?«

»So offen und ehrlich war das gar nicht, Helen. Er hat es erst zugegeben, nachdem ich es schon wusste.«

»Er hätte es leugnen können.« Sie blätterte die Seite um. »Doch das hat er nicht getan.«

Die neue Kellnerin trat an unseren Tisch und Helen bestellte sich eine heiße Chili-Schokolade. Ich entschied mich für eine mit Ingwer.

»Ich dachte, du wolltest wissen, wie es *mir* geht«, sagte ich.

»Schlecht. Das kann ich sehen.«

»Tausend Dank für dein Verständnis!«

Helen legte ihre Hand auf meine. Die Farben unserer Stulpen bissen sich. Ich guckte direkt in Helens Lächeln und fühlte mich schon ein bisschen getröstet.

»Ich möchte euch nicht verlieren«, sagte Helen. »Keinen von euch beiden.«

Mit der Fingerspitze wischte sie die beiden Tränen weg, die mir über die Wangen rollten, dann strich sie mir zärtlich über den Arm.

»Redet miteinander«, sagte sie. »Bitte, Romy.«

»Haben wir getan, aber es hat uns nicht weitergeholfen.«

Die Kellnerin brachte die Getränke. Wir schlürften den heißen Kakao und sahen uns über den Rand der Becher hinweg an. Helen war Cals Mitbewohnerin. Sie war ursprünglich seine Freundin gewesen, nicht meine.

»Sag mir, dass sich zwischen uns beiden nichts ändern wird, egal, was mit Cal und mir geschieht«, bat ich leise.

»Zwischen uns wird sich nichts ändern, Romy. Niemals. Das verspreche ich dir.«

Es fiel uns schwer, das Thema zu wechseln. Ich lud sie zu der Trauerfeier für Leonard und Sammy ein. Sie wollte es sich überlegen. Dann sah sie auf die Uhr und brach auf. Ich blieb noch eine Weile sitzen, um in mein Schmuddelbuch zu schreiben.

Gleich werde ich mich wieder in das miese Wetter hinauswagen. Es passt zu meiner Stimmung. Es passt zu allem. Sonnenschein würde ich jetzt gar nicht ertragen.

Maxim stellte die Tragetasche mit den Büchern auf dem einen Stuhl ab und setzte sich auf den andern. Obwohl er nicht rauchte, hatte er sich für einen Platz draußen entschieden, nah an einem Heizstrahler. Es gab Tage, an denen er geschlossene Räume mied. Da brauchte er Luft und Licht, um klar denken zu können.

Er hatte ein langes Telefonat mit Griet hinter sich, das ihn ziemlich mitgenommen hatte.

»Warum bringst du dich in Gefahr?«, hatte sie ihn gefragt.

»Weil ich Björn liebe«, hatte er geantwortet und selbst die Kälte in seinen Worten gehört.

Auch Griet war sie nicht entgangen. Ihre Stimme hatte gebebt. Sie war voller Trauer gewesen und voller Angst.

»Und mich liebst du nicht?«

Es war nicht ihre Art, ihm so plumpe Fragen zu stellen. Sie neigte nicht zur Eifersucht. War sich seiner immer so sicher gewesen, wie sie es sein konnte bei einem Mann, der gleichzeitig mit einem anderen Mann zusammen war. Zumindest hatte sie sich ihm gegenüber so gegeben. Es enttäuschte ihn, dass sie sich nun so anders verhielt.

Wo war das Mädchen geblieben, das ihn und den Rest der Welt mit ihrem Lachen verzauberte, ihrem Selbstbewusstsein und ihrer Lebensfreude? Die so sinnlich war, so schön und so hemmungslos?

Es war ihr leichtgefallen, ihn um den Finger zu wickeln. Wahrscheinlich hätte er sich vollends an sie verloren, wenn Leonard und Sammy nicht ermordet worden wären.

Liebe, dachte Maxim.

»Mich liebst du nicht? Antworte mir, Maxim! Bitte!«

Sie tat, was sie niemals hätte tun dürfen. Bedrängte ihn. Versuchte, ihm Fesseln anzulegen.

»Griet …«

»*Liebst* du mich, Maxim?«

Wollte sie nicht verstehen? Warum lief sie in die falscheste aller Richtungen? Kannte sie ihn so wenig?

Es machte ihn wütend, dass sie auf einer Antwort beharrte. Dass sie nicht hinhörte, seine unausgesprochene Warnung nicht wahrnahm.

Außerdem hasste er flennende Frauen.

»Griet …«

»Und wenn dir was zustößt? Wenn dieser Killer … oh, mein Gott …«

Ohne Björn kann ich nicht sein, dachte Maxim verwundert. Ohne ihn wär ich nicht mehr ganz, denn er ist ein Teil von mir.

Er hörte Griet leise schluchzen, während sich ein Gedanke nach dem andern in seinem Gehirn bildete.

Ich brauche Björn.

Kann nicht ohne ihn sein.

Ich darf ihn nicht verlieren.

Von ganz tief innen stieg ein Lächeln in ihm auf. Und was, wenn Leonard und Sammy dafür gestorben waren? Dass er endlich erkannte, zu wem er gehörte?

»Das Schlimmste, was mir zustoßen könnte«, sagte er langsam und voller Grausamkeit, »wäre es, Björn zu verlieren.«

»Du liebst ihn«, flüsterte Griet. »Mehr als mich.«

Sie hatte recht. Und wenn er ehrlich war, überraschte es ihn nicht. Es wunderte ihn eher, dass ihm das nicht früher klar geworden war.

»Es tut mir leid«, sagte er.

»Steck dir dein Mitleid sonst wohin!«, schrie sie ihn an. »Was glaubst du eigentlich, wer du bist? Stürmst in mein Leben, krempelst es um, zwingst mich zu einer Beziehung zu dritt, weil du dich von deinem Björn nicht lösen kannst, schwankst wie ein Schilfrohr im Wind, bist eigentlich schwul und dann wieder nicht, liebst eigentlich Björn und dann wieder mich, bist schuld daran, dass ich vor lauter Elend kaum noch essen und schlafen kann, verschwindest in dieses Provinznest, lässt tagelang nichts von dir hören, beschließt, nicht nach Berlin zurückzukehren, obwohl ein Durchgeknallter da unten Amok läuft, und erzählst mir dann, es tut dir *leid?*«

Maxim hörte, wie sie Luft holte, um zum letzten Schlag auszuholen.

»Weißt du was, Maxim?« Ihre Stimme klang jetzt ruhig und beherrscht und triefte vor Verachtung. »Ich pfeif auf dich. Kriech doch zurück in deinen Sumpf und werde glücklich mit deinem Liebsten – *falls der Mörder euch lässt.*«

Dann hatte sie das Gespräch abgeschnitten.

Ich bin nicht fair zu ihr, dachte Maxim, als er an dem Cappuccino nippte, den der Kellner vor ihm abgestellt hatte. Sie hat das nicht verdient.

Es war bestimmt nicht leicht für Griet gewesen, ihn mit einem Mann zu teilen, dem sie nichts entgegenzusetzen hatte, außer der Tatsache, dass sie eine Frau war.

Daraus allerdings hatte sie alle Trümpfe gezogen. Sie hatte ihn umgarnt und verwöhnt. Jeden Tag hatte sie ihm ein kleines Geschenk aufs Kopfkissen gelegt, ihm jeden Wunsch von den Augen abgelesen.

Sie hatte sogar angefangen, Gedichte zu schreiben.

Ihm wurde wehmütig ums Herz, und er verspürte das Bedürfnis, sie noch einmal anzurufen, um sie zu besänftigen. Noch hatte er es in der Hand, das ahnte er.

Was für eine verfluchte Scheiße, dachte er. Warum kann man nicht alles haben? Wieso muss man immer eine Wahl treffen?

Wieder schwankte er, genau wie Griet gesagt hatte. War ihm nicht eben noch bewusst geworden, was Björn ihm bedeutete?

Und nun jammerte er schon, weil er Griet verloren hatte.

Er nahm sein Handy und drückte Björns Nummer.

»Ich liebe dich«, sagte er, als Björn sich meldete. »Das darfst du nie vergessen.«

Björn lachte leise.

»Tu ich nicht«, sagte er.

Maxim schluckte. Der Schneeregen pladderte auf die Markise, die Kälte kroch ihm unter die Haut, der Cappuccino schmeckte nach verbrannter Milch.

Und irgendjemand brachte Schwule um.

»Okay«, sagte er und presste das Handy ans Ohr. »Okay.«

Doch Björn war schon nicht mehr da.

*

Warum ließ sie ihn nicht in Frieden?

Er sehnte sich nach Stille.

Doch da war sie wieder.

Die Stimme.

Es war ein Tuscheln und Wispern, dass ihm davon ganz wirr im Kopf wurde. Sie sprach zu ihm. Über ihn. Lachte ihn aus. Manchmal beschimpfte sie ihn auch. Nie konnte er es ihr recht machen.

Immer wieder diese eine Stimme.

Und Geräusche.

Er wusste nicht, ob die Geräusche von der Stimme verursacht wurden oder ob sie aus sich heraus da waren.

Seltsame Geräusche. Manche von ihnen hatte er noch nie gehört.

Sie erschreckten ihn zu Tode, rissen ihn aus dem Schlaf. Ließen ihn mitten im Gespräch mit andern zusammenzucken. Mal ein Poltern, mal ein schrilles Pfeifen wie von einem übersteuerten Mikrofon, mal ein Heulen und Wimmern wie von einem verwundeten Tier.

Niemandem hatte er je von der Stimme erzählt. Es kostete ihn enorm viel Kraft, sie zu verschweigen. Zu jeder Zeit auf sie gefasst zu sein. Und zu tun, als gäbe es sie nicht.

Die Stimme wurde wütend, wenn er ihr nicht gehorchte, drohte ihm mit qualvollen Strafen. Nichts entging ihrem strengen Blick.

Sie hatte ihn mit ihren Gesetzen vertraut gemacht. Und achtete darauf, dass er sie nicht übertrat. Sie rief sie ihm immer wieder in Erinnerung.

Auf Verrat steht der Tod.

Das schlimmste Gesetz von allen.

Niemand durfte von der Stimme erfahren. Niemand. Nicht mal die Menschen, die es gut mit ihm meinten. Nicht mal sie.

Worauf wartest du? Du hast schon genug Zeit verplempert!

Er hielt sich die Ohren zu. Obwohl das immer nur für ein paar Sekunden half.

Sobald die Stimme merkte, dass er sich ihr entziehen wollte, fand sie andere Wege, um zu ihm vorzudringen.

Nichts war schrecklicher, als sie in seinem Innern zu spüren.

Eins zu werden mit ihr.

Jedenfalls beinahe.

*

Tobias Sattelkamp hatte seinen Alltag in überschaubare Zeitabschnitte eingeteilt. Das war der Deal mit Mr Spock, seinem Psychotherapeuten. Mr Spock besaß auch einen bürgerlichen Namen: Urs Grünwald. Doch wen interessierte der, wenn sein Träger aussah wie eine Reinkarnation des Halbvulkaniers von der *Enterprise?*

Es gehörte zu seinem Krankheitsbild, dass Tobias sich am liebsten im Bett verkrochen hätte und nie mehr aufgestanden wäre.

Depressionen.

Er litt seit Monaten darunter.

Lange vor dem Abi war ihm klar gewesen, dass er sein Leben nicht so leicht in den Griff kriegen würde, wie er sich das wünschte. Wenn seine Mitschüler sich ihre Zukunft in den leuchtendsten Farben ausgemalt hatten, war er stummer Zuhörer geblieben. Keiner schien es bemerkt zu haben. So war er immer weiter in die Isolation abgedriftet, ohne dass irgendwer auf die Idee gekommen wäre, ihm die Hand hinzuhalten.

Für den Bundesfreiwilligendienst hatte er sich entschieden, weil er damit alle weiteren Entscheidungen erst einmal hinausschieben konnte. Es war eine gute Wahl gewesen, die für eine gewisse Zeit allen Druck von ihm nahm und es ihm möglich machte, wieder freier zu atmen.

Mr Spock hatte ihn bei diesen Überlegungen unterstützt. Er hielt es für sehr vernünftig, dass Tobias sich eine Aufgabe gesucht hatte, die es ihm erschwerte, dem Alltag auszuweichen.

»Sie brauchen ein Gerüst, das Ihren Tag strukturiert, und an dem Sie sich entlanghangeln können, wenn es Ihnen schlecht geht.«

Tobias hatte sich bei den Maltesern beworben, arbeitete nun seit einigen Monaten im Bereich Behindertenfahrdienst und lieferte Essen auf Rädern aus.

Mr Spock hatte recht gehabt. Die Arbeit zwang Tobias dazu, sein möbliertes Zimmer in der Lütticher Straße Morgen für Morgen pünktlich zu verlassen. Sie brachte ihn mit Menschen in Kontakt, die auf seine Hilfe angewiesen waren. Und sie bettete ihn in eine Gruppe von Kollegen ein, in der er sich aufgehoben fühlte, weil sich hier alle, aus welchen Gründen auch immer, für dasselbe entschieden hatten.

Sein Gerüst.

Aufstehen. Duschen. Anziehen. Frühstücken.

Er fuhr meistens über die Aachener Straße, auch wenn sie chronisch verstopft war, denn er hasste Umwege. Nur wenn er das Fahrrad nahm, mied er die Aachener mit ihrem Verkehrschaos und ihren Abgasen.

War er erst einmal am Ziel angekommen, dachten und entschieden andere für ihn. Dann tat er seine Arbeit bis zum Feierabend, fuhr in die Lütticher Straße zurück, suchte sich einen Parkplatz und betrat erleichtert wieder sein Zimmer.

Er erfüllte die Vereinbarungen mit Mr Spock, schluckte seine Pillen, hielt Ordnung, achtete darauf, dass seine Kleidung sauber war. Und an jedem Wochenende besuchte er seine Familie. Auch wenn die Nachwirkungen dieser Besuche oft eine zusätzliche Sitzung mit Mr Spock erforderlich machten.

Sein Vater wollte sich nicht damit abfinden, einen schwulen Sohn zu haben.

Dazu haben wir dich nicht erzogen.

Seine Mutter hielt sich zurück. Sie verurteilte Tobias nicht, sprach ihn aber auch nie auf das Thema an. Sie war eine schöne Frau, doch das Leben mit ihrem Mann hatte ihr schon jetzt, mit Anfang vierzig, zwei tiefe Falten zwischen Nasenflügel und Mundwinkel gegraben.

Von seinem älteren Bruder hatte Tobias kein Verständnis erwartet. Der lief muskelbepackt und testosterongesteuert durchs Leben, immer auf der Suche nach neuen Mädchen, die sich ihm auch noch bereitwillig an den Hals warfen. Seit Tobias sich geoutet hatte, kam sein Bruder ihm nicht näher, als unbedingt nötig. Wenn sie sich mal umarmten, weil es sich nicht vermeiden ließ, klopfte er ihm wie ein Cowboy hölzern auf den Rücken.

Ein Mann ist ein Mann ist ein Mann …

Tobias drückte auf den Klingelknopf, stieß beim Ertönen des Türsummers die schwere Haustür auf und lief die rotbraun lackierte Holztreppe hoch bis in den dritten Stock. Dort machte ihm Frau Schlomag auf, eine an MS erkrankte Frau um die Fünfzig, die nach einem schweren Schub im Rollstuhl saß und mehr schlecht als recht noch allein zurechtkam. Wie immer, hatte sie bereits in der kleinen Diele auf ihn gewartet.

»Soll ich Ihnen das Fleisch schneiden?«, fragte Tobias, als er in der Küche den Aludeckel von der Schale löste und das Essen auf den kleinen Tisch stellte.

Frau Schlomag nickte und sah ihm schlecht gelaunt zu. Ihre Finger hatten mehr als die Hälfte ihrer Kraft verloren.

»Hoffentlich ist es nicht wieder kalt.«

Sie sprach seit dem letzten Schub ein wenig verwaschen, was sich verstärkte, wenn sie nicht gut drauf war. Dann musste Tobias sich anstrengen, um sie zu verstehen.

»Bestimmt nicht. Es dampft sogar noch, gucken Sie mal. Wir sind gerast wie die Henker.«

Manchmal gelang es ihm, sie zum Lachen zu bringen. Heute schmunzelte sie nicht einmal.

Sie hatte sich immer geschworen, nie im Rollstuhl zu landen, und sie verzieh sich nicht, dass es schließlich unvermeidlich gewesen war.

Der letzte Schub hatte sie in ein finsteres Loch gestoßen. Ihre Stimmung schwankte zwischen Zorn, Mutlosigkeit und Trauer. Außer den Leuten vom Pflegedienst, die morgens und abends kamen, um ihr bei der Körperpflege zu helfen, sah sie kaum jemand anderen als Tobias. Deshalb ließ sie fast jede Regung ungebremst an ihm aus.

Er akzeptierte das, weil er sich viel zu gut vorstellen konnte, wie sie sich fühlen musste.

»Sie wissen doch, dass ich Joghurt nicht mag«, sagte sie und schob den Joghurtbecher verärgert beiseite.

»Klar weiß ich das.«

Mit vollendetem Schwung stellte Tobias einen zweiten Becher vor sie hin und beobachtete grinsend ihr Gesicht.

»Mousse au Chocolat? Das ist mein Lieblings …«

Sie blickte zu ihm auf und ein kleines Lächeln setzte sich in ihren Mundwinkeln fest. Als es ihre Augen erreicht hatte, drückte sie seine Hand.

»Das ist eine teure Marke. Das ist niemals ein Nachtisch von … das haben doch Sie …«

Tobias machte sich behutsam los und war schon bei der Tür.

»Lassen Sie es sich schmecken!«

Auf dem Weg nach unten wurde ihm leichter ums Herz. Er mochte diese Frau. Sie war ihm verwandt, auch wenn sie es nicht wusste. Vielleicht würde er sie weiterhin besuchen, wenn er mit dem Freiwilligendienst fertig war.

Falls sie es wollte.

Das Treppenhaus war düster und alt und trauerte besseren Zeiten nach. Sogar bei strahlendem Sonnenschein war es hier schummrig. Die Holzstufen knarrten, und die Schatten, die sich in den Winkeln breitgemacht hatten, schienen erwartungsvoll die Luft anzuhalten.

Tobias beeilte sich, die Treppe hinunterzukommen. Das Haus war nicht gut für sein Gemüt. Kein Wunder, dass Frau Schlomag zwischen diesen Mauern ihren Lebenswillen nicht wiederfand.

Er merkte, dass ihm die Kehle eng wurde.

Eine Panikattacke.

Das hatte ihm noch gefehlt.

Raus hier, dachte er. Doch dann musste er für einen Moment stehen bleiben, weil sein erschrockenes Herz so wild hämmerte, dass er es überall im Körper spüren konnte.

Er sah Mr Spock vor sich und hörte seine Stimme: »Ruhig und gleichmäßig atmen, Tobias. Löschen Sie alle belastenden Gedanken aus und reden Sie mit Ihrem Herzen. Geben Sie ihm den Rhythmus vor, der gut für Sie ist. Ein. Aus. Ein. Aus. Ja. So ist es gut.«

Seine Stirn war mit kaltem Schweiß bedeckt. Seine Hände flatterten. Aber er wollte keine Minute länger in diesem beklemmenden Haus bleiben.

Mühsam setzte er einen Fuß vor den andern. Dabei klammerte er sich am Geländer fest.

Sein Herz hörte nicht auf ihn, diesmal nicht. Es schickte einen Schmerz durch seinen Körper, der ihn leise aufstöhnen ließ.

Und dann stolperten seine Füße über etwas, das auf einer der Stufen lag.

Völlig überrumpelt ließen seine Hände das Geländer los, und Tobias fiel, stürzte die restlichen Stufen hinunter und blieb schwer atmend auf dem Absatz der ersten Etage liegen.

Erst nach einer Weile wagte er es, sich zu bewegen. Benommen setzte er sich auf, streckte vorsichtig Arme und Beine, um zu sehen, ob er sich was gebrochen hatte.

Nein. Alles okay.

Bis auf sein Herz, das nun vollends verrücktspielte.

Er wollte sich gerade aufrappeln, als er ein Geräusch hinter sich hörte.

»Entschuldigung«, sagte er, und drehte sich um.

Es war zu dunkel, um das Gesicht der schwarzen Gestalt zu erkennen. Doch es war hell genug, um in einer raschen Eingebung die Bedrohung zu erahnen. Und dann hob die Gestalt auch schon den Arm.

Sein Herzschlag verlangsamte sich mit dem Schmerz, der seinen Kopf ausfüllte. Etwas lief warm an seinem Hals hinab.

Tobias atmete seufzend aus.

Sein Herz hörte auf zu schlagen.

*

»Wir sind schon auf dem Weg.«

Bert trank den letzten Schluck Kaffee und verstaute das Handy in der Tasche seines Sakkos. Rick wischte sich den Mund mit seiner Serviette. Er schaute Bert fragend an.

»Beethovenstraße. Ein junger Mitarbeiter von den Maltesern«, informierte Bert ihn knapp. »Offenbar erschlagen. Scheint eben erst passiert zu sein.«

Rick zog die Augenbrauen hoch, und Bert wusste, er dachte dasselbe wie er.

Der dritte Mord.

Derselbe Täter.

Garantiert.

Sie waren für eine leichte Mahlzeit in die *Köln Arcaden* gegangen. Das taten sie manchmal, um Abstand zu gewinnen und das loszuwerden, was Rick auf seine flapsige Art den *Stallgeruch* nannte. Auch Bert verließ über Mittag gern das Polizeipräsidium.

Schon ein paar Schritte durch die kalte Luft lenkten von der Arbeit ab und taten dem Kopf gut.

Eilig verließen sie das Einkaufszentrum, und Bert, dem der Alltagsstress immer mehr zusetzte, spürte seinen Magen. Bislang hatte er es vermieden, deswegen seinen Arzt und Freund Nathan aufzusuchen. Irgendwie hoffte er, seine Magenprobleme würden von allein verschwinden, wenn er sie einfach ignorierte.

Nathan würde bloß wieder eine Untersuchung nach der andern anstellen, ihm womöglich eine Diät verordnen und ihm unausgesprochene Vorwürfe machen, weil sie so lange nicht mehr zusammen Tennis gespielt hatten.

Sie fanden einen eben frei gewordenen Parkplatz in unmittelbarer Nähe des Hauses in der Beethovenstraße, was um die Mittagszeit ein kleines Wunder war. Die Fahrzeuge von Polizei und Notarzt standen bereits in zweiter Reihe, ebenso ein weißer Fiesta mit der Aufschrift *Malteser Hilfsdienst.*

Eine Allee kahler Bäume teilte die Straße in der Mitte. Auf dem ungepflasterten Streifen Erde dazwischen drängten sich Schaulustige, von denen einige Aufnahmen mit ihrem Handy schossen. Ein Kollege von der Schutzpolizei stand vorm Eingang des Hauses, um dafür zu sorgen, dass kein Unbefugter in die Ermittlungen trampelte, eine Kollegin sprach mit dem Fahrer des Fiesta.

Das Haus war rot verklinkert. Vor den Fenstertüren befanden sich kleine, schmale Austritte, die mit schwarzen Eisengeländern gesichert waren. Das alles wirkte im trüben Licht dieses Tages unterschwellig bedrohlich, selbst ohne das Wissen, dass sich hinter dieser Fassade ein Tatort verbarg.

Bert und Rick begrüßten die Kollegen und folgten ihnen ins Treppenhaus.

Der Tote befand sich am Fuß der Treppe im ersten Stock. Den Oberkörper gegen die Wand gelehnt, den Kopf zur Seite geneigt, die Beine ausgestreckt, das rechte ein wenig angewinkelt, die Hände leicht geöffnet auf dem Schoß, wirkte er im ersten Moment wie jemand, der sich erschöpft hingesetzt hatte, um eine Weile zu verschnaufen.

Nur dass er totenbleich war.

Die Blutlache hatte sich dem rotbraunen Anstrich des Holzbodens angepasst und war nur schwer davon zu unterscheiden. Anders als die Blutspritzer, die sich über die schmuddelige, ehemals weiße Wand verteilt hatten und Zeugnis ablegten von dem, was hier geschehen war.

Der Notarzt hatte seine Sachen schon gepackt.

»Ich konnte nichts mehr tun«, sagte er bedauernd. »Er war bereits tot, als ich ankam. Schlag auf den Kopf mit einem stumpfen Gegenstand.«

Bert wechselte einen Blick mit Rick. Wie oft würden sie diesen Satz noch hören?

Die Augen des Toten waren halb geschlossen. Auch aus ihnen war jedes Leben gewichen.

Bert betrachtete das weiße Gesicht. So jung, dachte er. So unglaublich jung. Am liebsten hätte er sich umgedreht und wäre gegangen. Irgendwohin, bloß weg von hier.

Eine Filmszene kam ihm in den Sinn.

Bring mich weg von all dem Tod, sagt Mina in Bram Stokers *Dracula* zu dem Vampir, dem sie verfallen ist.

Ja, dachte Bert. Weit weg vom Tod und dem grausamen, sinnlosen Sterben.

Die Kollegin von der Schutzpolizei riss ihn aus seinen Gedanken. Sie war noch nicht lange mit der Ausbildung fertig, und der Notizblock zitterte in ihrer Hand, als sie Bericht erstattete.

»Die Tatzeit lässt sich exakt bestimmen, weil ein Mitarbeiter des Toten im Auto auf ihn gewartet hat. Sie liegt zwischen zwölf Uhr fünfundzwanzig und zwölf Uhr fünfunddreißig.«

»Mitarbeiter?«, fragte Bert.

»Der Tote hat bei den Maltesern gearbeitet. Essen auf Rädern. Er hat einer Frau … Moment …«, sie warf einen Blick auf ihre Notizen, »… einer Frau Schlomag aus dem dritten Stock ihre Mahlzeit gebracht und war wieder auf dem Weg nach unten. Und dann ist er offenbar über dieses … äh … Holzstück gestolpert.«

Nur eine Armlänge von dem Toten entfernt lag ein gut dreißig Zentimeter langer Holzscheit. Birke, der weißlichen Rinde nach zu urteilen, sauber und ohne sichtbare Spuren von Blut. Er wirkte so fehl am Platz, dass sich die Erkenntnis förmlich aufdrängte, dass es sich bei ihm um ein Hilfsmittel handelte.

Ein sekundäres Mordwerkzeug.

Rick nieste. Er zog die Schultern zusammen. Es war sehr kalt hier im Treppenhaus, vor allem weil die Haustür offen stand. Bert fand, dass Ricks Erkältung sich verschlimmert hatte. Seine Augen waren rot umrändert, als wären sie entzündet, und sie wirkten stumpf und glanzlos.

»Du gehörst ins Bett«, sagte er.

Rick zog ein benutztes Taschentuch aus seiner Jackentasche, schnäuzte sich, schüttelte aber den Kopf. »Geht schon.«

Bert wandte sich wieder der Kollegin zu und schaute sie auffordernd an.

»Der Mitarbeiter vom Malteser Hilfsdienst ist ein gewisser …«, wieder nahm sie ihre Notizen zu Hilfe, »… äh … Peter Waas. Er wartet unten, ist völlig durch den Wind.«

Wer wäre das nicht?, dachte Bert. Er beschloss, zuerst mit ihm zu sprechen.

Peter Waas stand fröstelnd neben dem Eingang und zündete gerade mit zitternden Fingern an einer aufgerauchten Zigarette eine neue an. Er inhalierte tief und stieß den Rauch geräuschvoll wieder aus.

»Eigentlich rauche ich gar nicht«, erklärte er. »Hab's mal gemacht und gleich wieder aufgegeben. Aber im Handschuhfach lag noch ein Päckchen Zigaretten von irgendwem, und ich war so … fertig, dass ich es genommen hab, und …«

Er sah aus, als würde er jeden Moment in Tränen ausbrechen. Mit der freien Hand fuhr er sich durch das dünne blonde Haar, das sich für einen Augenblick aufstellte und kläglich wieder in sich zusammenfiel.

»Eben war er noch hier, steigt aus dem Wagen, läuft ins Haus … und kommt nicht wieder. Ich kapier das nicht. Ich meine, wer tut so was? War das ein Raubmord? Ein Amoklauf? Oder was sonst?«

Wieder zog er heftig an der Zigarette. Die Asche rieselte auf seinen Ärmel. Er bemerkte es nicht.

»Scheiße«, flüsterte er. »Sie kriegen das Schwein doch, oder?«

»Beruhigen Sie sich erst einmal.« Bert sah dem Jungen, der allerhöchstens neunzehn war, aufmerksam ins Gesicht. »Und wenn Sie so weit sind, dann würden wir Ihnen gern ein paar Fragen stellen.«

»Schon okay«, sagte Peter Waas. »Wirklich. Alles okay.«

Er nickte bei seinen Worten, als wollte er sie damit auch für sich selbst glaubhafter machen. Nach drei weiteren kräftigen Zügen fischte er eine neue Zigarette aus dem Päckchen. Bert nahm ihm beides aus der Hand.

Peter Waas protestierte nicht. Er ließ die bis auf den Filter gerauchte Kippe fallen. Statt sie einfach auszutreten, zerrieb er sie mit der Stiefelsohle, bis nur noch Krümel auf dem Pflaster übrig blieben. Er war so blass, dass Bert befürchtete, er werde gleich zusammenbrechen.

»Haben Sie etwas beobachtet?«, fragte er mit großer Behutsamkeit.

»Sie meinen, ob ich … Sie wollen wissen, ob ich den Mörder gesehen habe?«

Sein Blick schnellte zur Haustür, dann die Straße hinunter. Er schüttelte verzweifelt den Kopf.

»Ich hab mit meiner Freundin gesimst und mich die ganze Zeit auf mein Handy konzentriert. Mir wär wahrscheinlich nicht mal aufgefallen, wenn einer direkt vor dem Auto gestanden und mich angeglotzt hätte. Beziehungsstress. Meine Freundin hatte gerade 'ne Freistunde in der Schule, das haben wir ausgenutzt.«

»Aber man guckt doch zwischendurch mal hoch«, mischte

Rick sich ein. »Auch wenn es einem nicht bewusst wird. Und da schnappt man doch das eine oder andere auf.«

Peter Waas runzelte die Stirn bei der Anstrengung, sein Gedächtnis zu durchforsten.

»Ich wollte ja, ich *hätte* was gesehen, das können Sie mir glauben. Tobias ist ... Tobias *war*, er ...«

Seine Selbstbeherrschung zeigte Risse. Er wischte sich die Augen wie ein Kind mit dem Ärmel seines Sweatshirts. Dann holte er tief Luft.

»Er ... war irgendwie besonders. Einige konnten nicht so gut mit ihm. Mal kam er ganz cool rüber, mal hing er tierisch durch, dann wieder drehte er voll auf. Du wusstest nie, woran du mit ihm warst, verstehen Sie? Ich hatte kein Problem damit. Mich hat er näher an sich rangelassen.«

»Und das bedeutet?«, fragte Rick.

»Dass wir hin und wieder zusammen unterwegs waren, Kino, Disco, Kneipe, das Übliche eben.«

»Mit euren Freundinnen?«, fragte Rick.

Auch das war eine Kölner Eigenart, an die Bert sich erst hatte gewöhnen müssen: Selbst Menschen, die einander siezten, gingen im Plural nahtlos zum vertraulichen Du über.

Wie ein Wolkenschatten, der über eine Landschaft gleitet, huschte ein schiefes Grinsen über das Gesicht des Jungen.

»Wohl kaum.«

Bevor er weitersprach, wusste Bert, was er sagen würde.

Er wünschte, dass er sich irrte.

»Tobias war schwul.«

Ricks Augen verengten sich, was Peter Waas nicht entging.

»Er hat daraus kein Geheimnis gemacht«, sagte er, und es klang angriffslustig, als fühlte er sich verpflichtet, seinen Freund zu verteidigen. »Ganz im Gegenteil. Er nahm für seine Offenheit sogar in Kauf, dass ihn manche gemieden haben.«

»Wer zum Beispiel?«, fragte Bert.

»Niemand konkret«, antwortete Peter Waas. »Sie kennen doch

diese Typen, die sich ausschließlich über ihre *Männlichkeit* definieren. Meistens haben sie gar nichts drauf, aber es ist ihnen unheimlich wichtig, diesen ganzen markigen Bullshit ständig zu demonstrieren. Leute, die sich weigern, mit einem Schwulen aus derselben Flasche zu trinken. Die nicht wissen, über was sie mit einem Schwulen reden sollen.«

Stammtischmentalität, dachte Bert. Schon bei so jungen Menschen.

»Gab es auch Feindschaften?«, fragte Rick.

Peter Waas schüttelte den Kopf. »So weit ging es nicht.«

»Hatte Tobias ein Problem damit?«, fragte Bert.

»Er hatte ganz andere Probleme. Tobias litt unter Depressionen. Er besuchte regelmäßig einen Psychodoc. Mir hat er davon erzählt, aber sonst wusste es keiner.«

»Sie kennen nicht zufällig den Namen des Arztes?«

»Doch. Ich hab Tobias mal hingefahren, als sein Auto in der Werkstatt war.«

Großartig, dachte Bert. Ein gutes Gedächtnis war nicht die Regel bei den Menschen, die sie befragten.

»Ich kann mich daran erinnern, weil ich den Namen ziemlich komisch fand, als ich ihn zum ersten Mal hörte. Urs Grünwald.« Ein kleines Lächeln erschien in seinen Augen. »Noch komischer allerdings ist der Spitzname, den Tobias ihm gegeben hat. Er nannte ihn Mr Spock.«

»Mr Spock?«, fragte Rick.

»Angeblich sieht er so aus.«

Bert sah das Gesicht des Halbvulkaniers vor sich, glatte schwarze Haare wie ein Helm, riesige, spitz zulaufende Ohren und aufwärts geschwungene Augenbrauen, die sein Gesicht immer erstaunt wirken ließen. *Raumschiff Enterprise* gehörte zu den Lieblingsserien seines Sohnes. Sie hatten sich die alten Folgen oft gemeinsam angeschaut.

»Danke«, sagte Bert. »Sie haben uns sehr geholfen. Sind Sie in der Lage weiterzufahren?«

»Kein Problem«, antwortete Peter Waas, dessen blasses Gesicht seine Worte Lügen strafte.

»Und sollte Ihnen noch etwas einfallen …«

»Dann melde ich mich, klar.«

Bert reichte ihm seine Karte. Der Junge streckte die Hand nach den Zigaretten aus. Bert gab sie ihm. Er sah der schlaksigen Gestalt nach, wie sie zu ihrem Wagen ging, einen Schwall von Rauch hinter sich her ziehend. Dann drehte er sich zum Haus um.

Sie hatten noch viel zu tun.

13

Schmuddelbuch, Freitag, 4. März, fünfzehn Uhr

Ein paar Zitate für meinen Artikel zusammengestellt:

Liebe? Was ist das? Das natürlichste schmerzstillende Mittel, das es gibt. (William S. Burroughs, schwul)

Wenn du dich in einen Mann verliebst, dann verliebst du dich in einen Mann. Die Tatsache, dass es viele Amerikaner für eine Krankheit halten, sagt mehr über sie aus als über die Homosexualität. (James Baldwin, schwul.)

Es ist besser, für das, was man ist, gehasst, als für das, was man nicht ist, geliebt zu werden. (André Gide, schwul)

Nicht der Homosexuelle ist pervers, sondern die Situation, in der er lebt. (Rosa von Praunheim, schwul)

Klaus Mann. Gustav Gründgens. Oscar Wilde. Marcel Proust. Rock Hudson. Andy Warhol. Freddy Mercury. Alle schwul. Und die lange Reihe derer, bei denen man es vermutet: Beethoven. Aristoteles. Leonardo da Vinci. Friedrich der Große ...

Erst im 19. Jahrhundert entstand der Begriff *Homosexualität* – und alle, die Menschen des eigenen Geschlechts begehrten, wurden in diesen Käfig gesteckt.

Ich wollte, ich könnte Homosexualität von außen betrachten, objektiv sein, Abstand wahren. Doch das kann ich nicht. Mein Bruder ist schwul, und ich liebe ihn, und ich fürchte diesen Mörder, als hätte er es direkt auf Björn abgesehen ...

Romy war so in ihre Recherchen vertieft, dass sie Cal erst bemerkte, als sein Schatten auf sie fiel.

»Hallo, Romy.«

Fast hatte sie vergessen, welche Zauberkraft seine dunkle Stimme besaß. Sie traf sie tief im Innern und erzeugte ein spontanes Glücksgefühl, das sofort wieder von Verzweiflung zugedeckt wurde.

Romy blickte auf, obwohl sie sich am liebsten verkrochen hätte.

»Hi.«

Sie befürchtete, ihn nie mehr mit seinem Namen ansprechen zu können, ohne in Tränen auszubrechen. Ob Lusina ihn auch Cal nannte? Oder hatte sie sich einen Kosenamen für ihn ausgedacht?

Kosename.

Wie schön das klang.

Auch sie hatte eine Reihe von Kosenamen für ihn gehabt, unaussprechlich ab jetzt, für immer.

Schlecht sah er aus. Fahle Gesichtsfarbe, spröde Lippen. Und seine Jacke schien ihm eine Nummer zu groß geworden zu sein. Helen hatte recht gehabt.

»Ich geh vor die Hunde«, sagte er leise.

Unterm Schreibtisch verschränkte Romy die Hände auf den Knien, damit sie bloß nicht aufsprang und Cal in die Arme nahm. *Nein. Nein. Nein. Nein.*

Es hatte keinen Sinn. Damit würde sie das Unaufhaltsame nur für eine Weile hinauszögern. Und den Schmerz vergrößern.

Die Kollegen warfen ihnen verstohlene Blicke zu. Erst Helen, nun Cal. Dabei bekam Romy sonst nie privaten Besuch in der Redaktion. Es wurde nicht gern gesehen.

»Ich liebe dich«, flüsterte Cal.

Ich liebe dich auch, dachte sie, doch sie rührte sich nicht.

»Bitte, Romy. Lass mich nicht hier stehn wie einen geprügelten Hund.«

Ich liebe dich mehr als von hier bis zum Mond und zurück und dreimal um die Erde.

»Romy …«

Kannst du es nicht spüren, Liebster? Ich liebe, liebe, liebe dich …

»Bitte …«

… auf immer und ewig …

»Ich bin krank vor Sehnsucht nach dir.«

… bis dass Lusina uns scheidet …

»Krank, Romy, richtig krank. Ich hab Fieber. Schüttelfrost. Und mein Kopf fühlt sich an wie kurz vor der Explosion.«

Er übertrieb nicht. Romy sah, wie unruhig seine Hände waren. Er zerkaute sich die Unterlippe. Und in seinen Augen war ein wilder Schmerz, vor dem sie erschrak.

Was willst du mir vorschlagen, sag? Eine Liebe zu dritt? Ja? Ist es das, was du willst?

»Du kannst mich doch nicht so einfach aus deinem Leben streichen.«

Einfach? Du glaubst, das fällt mir leicht?

Er streckte die Hände nach ihr aus, und Romy war froh darüber, dass der Schreibtisch zwischen ihnen stand und sie aufhielt, denn die Sehnsucht danach, Cal zu berühren und von ihm berührt zu werden, war kaum noch zu ertragen.

Es tut weh, Cal. Es tut so entsetzlich weh!

»Ich weiß, dass ich dich verletzt habe, Romy, aber ich weiß nicht, wie … ich es hätte vermeiden können. Ich hab mir wahrhaftig nicht gewünscht, jemandem wie Lusina zu … begegnen. Es ist einfach … passiert.«

So weh …

Greg kam aus seinem Büro, ging an ihnen vorbei, grüßte Cal mit einem kurzen, ernsten Nicken und durchquerte die Redaktion. Er trug seinen Mantel überm Arm und hatte sich die Tasche mit dem Laptop umgehängt. Von der Tür aus warf er einen Blick zurück, besorgt und irgendwie auf der Hut.

Als wäre Cal eine tickende Zeitbombe.

Und vielleicht war er das ja auch.

Romy lächelte Greg zu und hoffte, er würde nicht merken, wie viel Kraft sie das kostete. Dann wandte sie sich wieder Cal zu. Für einen Moment betrachtete sie ihn mit Gregs Augen.

Und hatte zum ersten Mal Angst vor ihm.

Es war zu Ende.

Endgültig.

Egal, was wir auch tun mögen, Liebster, wir können nicht zu dem Punkt zurückkehren, an dem du unseren gemeinsamen Weg verlassen hast.

»Zwing mich nicht zu einer Entscheidung zwischen dir und ihr«, sagte Cal. »Nicht jetzt, Romy. Ich muss erst herausfinden …«

Wen du mehr liebst? Glaubst du, das ist möglich, Cal? Deine Gefühle für Lusina in die eine Waagschale zu legen und die für mich in die andere? Und dann abwarten, was passiert? Findest du das fair? Ihr gegenüber? Oder mir?

»Verdammt! Sag doch endlich was!«

Mit den letzten Worten war Cal laut geworden und alle Köpfe hatten sich zu ihnen gedreht. Romy registrierte das, doch es war ihr gleichgültig. Sie hatte jetzt nicht mehr das Bedürfnis, Cal in die Arme zu schließen. Am liebsten wäre sie mit den Fäusten auf ihn losgegangen.

Sie hatte doch die ganze Zeit mit ihm gesprochen. Wieso hatte er das nicht bemerkt? War er so auf Worte angewiesen?

Was willst du von mir? Verständnis etwa? Und dass ich dich dann aus deiner Zwickmühle erlöse? Abrakadabra, drei Mal schwarzer Kater – und alles ist Friede, Freude, Eierkuchen?

Endlich gelang es ihr, aufzustehen und den Kopf zu heben.

Anscheinend sprach ihr Blick Bände. Cal zögerte, drehte sich um und ging ohne ein weiteres Wort.

Romy setzte sich wieder hin und tat so, als würde sie arbeiten, während ihr Herz hämmerte wie verrückt und ihr Mund so trocken wurde, dass sie kaum schlucken konnte. Sie hielt den Kopf gesenkt, damit bloß niemand auf die Idee kam, sie anzusprechen, solange ihre Gefühle durcheinanderflatterten wie aufgeschreckte Vögel.

Ihr war schlecht, in ihrem Magen rumorte es und ihre Unterlippe bebte verdächtig. Ihr fielen all die Dinge ein, die sie ab jetzt nicht mehr mit Cal tun konnte. Die großen und die kleinen.

Nie wieder mit ihm schlafen.

Nie wieder mit ihm lachen.

Nie wieder Hand in Hand mit ihm gehen. Durch irgendeinen Tag.

Nie wieder würde sie sich nach dem Aufwachen an ihn schmiegen und den Moment des Aufstehens um wenige, köstliche Minuten hinauszögern. Nie wieder würde sie ihm nach dem Frühstück einen Nutellaklecks vom Kinn tupfen. Nie wieder mit ihm streiten.

Und sich nie wieder mit ihm versöhnen.

Sie würde nicht mehr an seinen Ohrläppchen knabbern. Ihm keine Geheimnisse mehr anvertrauen und ihm nichts mehr verschweigen. Ihn nicht mehr abhören, wenn er Rollen lernte. Nach einem anstrengenden Tag nicht mehr voller Sehnsucht nach Hause kommen.

All das war vorbei.

Nur eines würde sie immer und immer weiter tun.

Ihn lieben.

Sie schnappte sich ihre Sachen und schaffte es, die Redaktion zu verlassen, bevor die Tränen sie überwältigen konnten.

*

Eine Weile war Maxim nach der Aufregung mit Griet ziellos durch Bonn gelaufen. Dann hatte er sich vorgenommen, Björn ein Geschenk zu machen. Er graste einen Laden nach dem andern ab, doch er konnte sich für nichts entscheiden.

Natürlich wusste er insgeheim, dass er bloß eine Beschäftigung brauchte, um sich von seinen Problemen abzulenken. Dass er sich müdelaufen wollte, um endlich zur Ruhe zu kommen.

Er hatte beschlossen, nicht zu früh wieder zu Björn zurückzukehren. Ihm fehlte jegliches Talent zum Schauspielern. Björn hätte ihm seine Ängste sofort angesehen. Ich werde ihn nicht mit meinen Ahnungen belasten, schwor er sich.

Warum sollte denn auch ausgerechnet Björn gefährdet sein? Dass es zwei seiner Freunde getroffen hatte, konnte ein schrecklicher, unbegreiflicher Zufall gewesen sein.

Wenn der Mörder Björn hätte töten wollen, hätte er es doch tun können. Zum Beispiel bei Gelegenheiten wie dieser, dachte Maxim, während ich nicht bei ihm bin.

Die Überlegung elektrisierte ihn. Durfte er Björn überhaupt noch aus den Augen lassen? Wie sollte er ihn denn beschützen, wenn er nicht bei ihm war?

Eilig zog er sein Handy aus der Tasche.

»Geht's dir gut?«, fragte er, als Björn sich meldete.

Björns überraschtes Lachen war Antwort genug.

»Ich bin selbst gerade unterwegs«, sagte Björn. »Hab ein paar Sachen für morgen besorgt und will mich gleich noch mit Josch treffen. Die Feier wird richtig stimmig, Maxim. Und es tut mir so gut, aktiv zu sein. Du weißt ja, dass ich nicht der Typ bin, der rumsitzt und Probleme von der einen Seite auf die andere wälzt.«

»Stimmt.« Maxim bewunderte das an Björn, dass er zupackte, statt abzuwarten. Er war nicht das Lamm, das sich freiwillig auf die Schlachtbank legte.

Nach ein paar Minuten beendeten sie das Gespräch, ohne sich für eine bestimmte Zeit zu verabreden.

Allmählich füllte sich die Innenstadt. Das Wochenende bereitete sich vor. Maxim ließ sich treiben, schaute hierhin und dorthin, blieb ab und zu stehen, um sich mit einem von Björns Bekannten zu unterhalten, die allesamt gleichzeitig unterwegs zu sein schienen.

Jeder hatte von der Abschiedsfeier gehört. Jeder wollte daran teilnehmen.

Ob der Mörder auch da sein würde?

Es lag doch auf der Hand, dass diese Aktion ihn anzog. Sie war ja eine einzige Provokation. Auf die er reagieren würde, das bezweifelte Maxim keinen Moment.

Alle Teilnehmer würden an Leonard und Sammy denken. Und der Mörder würde in ihre Gedanken eindringen. Sich an der Trauer und den Tränen weiden.

Sich unbesiegbar fühlen.

Als Maxim durch die Fensterscheibe der Teestube spähte, um nach einem freien Platz Ausschau zu halten, fühlte er, dass ein Blick auf ihn gerichtet war.

Kam er aus dem Innern der Teestube?

Alle Leute, die er sehen konnte, waren in ein Gespräch mit ihrem Gegenüber vertieft oder in die Lektüre einer Zeitung oder eines Buchs. Eine junge Frau schrieb konzentriert in ein Heft. Ein alter Mann zupfte gedankenverloren an seinem Kinnbart.

Langsam drehte Maxim sich um. Er spürte es mit jeder Faser seines Körpers: Jemand starrte ihn an.

Er blieb stehen wie angewurzelt, nahm jeden Einzelnen unter die Lupe, der sich in seinem Gesichtsfeld befand. Suchte die Fassaden der Häuser ab, hielt sich bei jedem Fenster auf.

Nichts. Kein Vorhang, der sich bewegte. Kein Gesicht, das sich rasch zurückzog.

Es dauerte eine Weile, bis Maxims Füße den Befehl des Gehirns empfangen hatten, dann setzten sie sich in Bewegung und wurden immer schneller. Maxim rannte zur Bushaltestelle, rempelte auf dem Weg dahin alle an, die nicht rechtzeitig auswichen. Ließ ungerührt die Beschimpfungen an sich abprallen. Spürte, wie das Gewicht der Büchertasche an ihm zerrte und zog.

Weg, dachte er im Rhythmus seiner Schritte. Weg, weg, weg …

Doch der Blick folgte ihm. Unerbittlich.

*

Schließlich hatte Rick sich doch nach Hause schicken lassen. Er hatte kaum noch auf den Beinen stehen können, so sehr hatte es ihn erwischt.

»Heute ist Freitag«, hatte Bert ihm geduldig vorgerechnet, »da hast du ein schönes langes Wochenende, an dem du dich erholen kannst.«

Es war ein seltsames Gefühl für Bert gewesen, plötzlich wieder ohne Rick unterwegs zu sein. Er hatte sich an ihn gewöhnt. Auch daran, nicht allein seinen Gedanken nachzuhängen, sondern sie wie bei einem Pingpongspiel mit Rick auszutauschen.

Zuerst hatte er Frau Schlomag einen Besuch abgestattet, der Dame, die Tobias Sattelkamp mit Essen beliefert hatte.

Immer wieder waren ihr die Tränen gekommen, obwohl sie auf den ersten Blick einen so harten, abgeklärten Eindruck machte. Sie kämpfte spürbar gegen ihre Krankheit an. Dabei stand von vornherein fest, wer den Platz als Sieger verlassen würde.

»Die jungen Männer, die mir helfen, den Alltag zu bewältigen, wechseln ständig«, beklagte sie sich. »Kaum hat man sich an einen gewöhnt, da ist er auch schon nicht mehr da. Ich habe deshalb aufgehört, mir Gefühle für sie zu erlauben.«

Bert, der sich auf einem Sessel mit farbenfrohem Blumenmuster niedergelassen hatte, nickte. Er konnte verstehen, dass diese Frau, die bei allem und jedem auf Hilfe angewiesen war, so lange wie möglich unabhängig bleiben wollte. Sie musste sich jeden Bereich bewahren, in dem sie selbstständig war. Und das betraf auch ihre Gefühle.

»Bei Tobias ist mir das nicht gelungen«, fuhr sie fort. »Er hat eine Tür gefunden, die ich zu schließen vergessen hatte, und ich fing an, ihn gernzuhaben.«

Und zu brauchen, dachte Bert. Und jetzt ist er nicht mehr da. Er verspürte das Bedürfnis, der Frau die Hand auf die Schulter zu legen, doch er hütete sich davor. Dazu hätte er wissen müssen, ob sie schon gelernt hatte, zwischen Mitgefühl und Mitleid zu unterscheiden.

Sie drängte tapfer die Tränen zurück und beantwortete seine Fragen.

Nein. Sie hatte Tobias nichts angemerkt. Er war gewesen wie immer. Er hatte ihr sogar ein Dessert spendiert, das sie so gern mochte. Vielleicht von einem anderen Essen abgezweigt, vielleicht aus seinem eigenen Kühlschrank.

»Er war nicht der Typ, der sagt: Tu Gutes und sprich darüber. Er bereitete mir immer wieder kleine Freuden, spürte immer, wenn es mir nicht gut ging, und behielt seinen eigenen Kummer für sich.«

»Kummer?«, fragte Bert.

»Tobias hatte Probleme, über die er nicht sprach. Aber mir konnte er da nichts vormachen. Wenn man unter einer Krankheit leidet, die einen so massiv beeinträchtigt wie MS, dann schärft sich die Wahrnehmung für solche Dinge.«

Sie sah an Bert vorbei, als würde sie ihre Worte gar nicht an ihn richten, als führte sie ein Selbstgespräch.

»Gleichzeitig lernt man zu warten. Mich selbst macht es wütend, wenn Menschen mich hartnäckig mit Fragen belästigen oder mir Gefühle unterstellen, die sie als Gesunde doch überhaupt nicht nachempfinden können. Aus diesem Grund habe ich Tobias nicht bedrängt. Ich hab gedacht, wenn es so weit ist, wird er schon reden.«

Bert begann, diese Frau zu mögen. Vielleicht wusste er deswegen genau, was sie als Nächstes sagen würde.

»Jetzt bereue ich das zutiefst. Wahrscheinlich hätte es nichts geändert, und wahrscheinlich wäre Tobias jetzt trotzdem tot, aber ich hätte ihm die Hand reichen können. Ihm ein wenig von dem zurückgeben, was er mir geschenkt hat.«

»Sie haben getan, was Sie für richtig hielten«, sagte Bert vorsichtig.

»Und doch ist heute nicht immer richtig, was gestern richtig schien.«

Bert wusste, dass er keinen Trost spenden konnte, weil es den nicht gab, nicht hier und nicht jetzt. Aber er hoffte, dass sie ihn finden würde. Irgendwann.

Etwas schien sie noch auf dem Herzen zu haben. Bert schaute sie abwartend an.

»Hat er …« Sie stockte. »Wie sah er aus, als sie ihn gefunden haben?«

Bert zögerte keine Sekunde.

»Er wirkte friedlich«, sagte er. »Fast so, als würde er schlafen.«

Dankbar nahm sie seine Lüge an, und zum ersten Mal blickte sie ihm offen ins Gesicht und wehrte sich nicht länger gegen ihre Tränen.

Nachdem Bert kurz mit den übrigen Mietern gesprochen hatte, ohne etwas Wesentliches in Erfahrung zu bringen, war er nach Rodenkirchen gefahren, um Tobias Sattelkamps Eltern die Nachricht vom Tod ihres Sohnes zu überbringen.

Das Haus der Sattelkamps stand in einer vornehmen Straße. Es war von einer strahlend weißen Mauer umgeben und besaß eine Garagenzufahrt, die länger war als die meisten Grundstücke durchschnittlich verdienender Menschen. Doch Schicksalsschläge machten auch vor eingezäuntem Reichtum nicht Halt.

Frau Sattelkamp öffnete ihm eigenhändig die Tür, was Bert verwunderte, weil er im Stillen mit einer Angestellten in schwarzem Kleid und weißer Schürze gerechnet hatte. Sie war erlesen gekleidet, perfekt frisiert, ein wenig zu stark geschminkt und trug kostbaren Schmuck.

Wie ein Gast im eigenen Haus, dachte Bert.

»Bitte.« Sie bat ihn in die große Diele, die minimalistisch mit edlen Möbelstücken und überdimensionalen Bildern ausgestattet war. Dort blieb sie stehen und blickte ihn abwartend an.

Eine kühle, distanzierte Frau, vermutete Bert, doch er hatte sich schon einige Male in seiner Einschätzung geirrt.

»Können wir uns setzen?«, fragte er.

Ihr Körper versteifte sich in Abwehr, aber sie hatte sich rasch wieder im Griff.

»Gern«, sagte sie und führte ihn in einen mehr als großzügigen Wohnraum, der ganz in Schwarz, Weiß und Gold gehalten war.

In einem glänzenden schwarzen Flügel spiegelte sich das

Draußen, das aus einem weitläufigen japanisch angelegten Garten bestand. Weiße Teppiche auf dem weißen Granitboden verschluckten das Geräusch ihrer Schritte. In einem weißen Marmorkamin brannte ein Feuer, ohne behaglich zu wirken.

Bert hatte das Gefühl, die Worte, die er zu sagen hatte, könnten all das hier wie Eis zersplittern lassen.

»Frau Sattelkamp …«, begann er, als sie einander an einem niedrigen Couchtisch aus milchigem Glas gegenübersaßen.

»Es geht um Tobias, nicht wahr?«, unterbrach sie ihn.

Bert nickte.

»Er ist tot«, stellte sie fest, als hätte sie auf diese Nachricht gewartet.

»Frau Sattelkamp, es tut mir leid, Ihnen …«

»Ich habe es gewusst«, sagte sie abwesend, den Blick auf das Feuer gerichtet. »Ich hätte nicht auf meinen Mann hören dürfen. Er war zu streng, zu unnachgiebig. Er …«

Sie hörte mitten im Satz auf zu sprechen und legte den Kopf schief, als horche sie auf irgendwas.

Bert ließ ihr Zeit.

»Wie hat er es … getan?«, fragte Frau Sattelkamp.

Es dauerte einen Moment, bis Bert begriff, dass sie von einem Selbstmord ausging. Schmerzhaft vermisste er Rick, der ihm in diesem Augenblick hätte zur Seite springen können.

»Ihr Sohn wurde ermordet«, sagte er ohne Umschweife. Nichts, was er hätte tun oder hinzufügen können, hätte die Wucht dieses Schlags abgemildert.

Ihr Blick löste sich von dem Feuer. Sie sah Bert an. Der hatte Mühe, ihren Gesichtsausdruck zu deuten, doch schließlich begriff er: Bei allem Schmerz empfand diese Mutter so etwas wie *Erleichterung!*

Erleichterung, weil sie und ihren Mann keine Schuld traf.

Bert saß da und rang um Fassung. Er sah das Gesicht des Toten vor sich, so jung, so bleich, erinnerte sich an die Tränen der behinderten Frau, die um ihn trauerte, obwohl sie ihn gar nicht richtig gekannt hatte, an die Betroffenheit des Jungen, der zusammen mit Tobias Dienst getan hatte.

Und hier?

Was war das für ein Elternhaus, in dem es keine Farben gab und keine Wärme, nicht mal, wenn ein Feuer im Kamin brannte?

»Darf ich ihn sehen?«, fragte die Hausherrin da.

Bert war ihr so dankbar für diese Frage, dass er sich beherrschen musste, um ihr das nicht zu zeigen.

»Selbstverständlich«, sagte er.

Alles andere würde sich fügen. Er würde ihr seine Fragen stellen und ihre Antworten hören. Doch zunächst einmal würde er sie in Ruhe lassen.

»Gibt es jemanden, der Ihnen Gesellschaft leisten kann?«, fragte er.

Sie nickte. »Mein Mann kommt gleich nach Hause.«

An der Tür reichte sie ihm eine kalte Hand.

»Er hat es nie verwunden, dass Tobias ... dass er ... nicht so war wie sein Bruder.«

Nicht normal, dachte Bert. Nicht heterosexuell. Er wagte nicht, sich auszumalen, was für eine Kindheit, was für eine Pubertät Tobias Sattelkamp in diesem Haus erlebt haben mochte.

Die Begegnung beschäftigte ihn immer noch, als er jetzt auf dem Weg zu Urs Grünwald war, dem Psychotherapeuten, der Tobias behandelt hatte. Er war sofort bereit gewesen, einen Termin zu verschieben, um sich für Fragen zur Verfügung zu stellen.

»Tobias, mein Gott«, hatte er am Telefon gemurmelt, und Bert hatte den Eindruck gewonnen, dass der Psychotherapeut ehrlich erschüttert war.

Die Praxis befand sich im Erdgeschoss eines Gründerzeithauses in der Bismarckstraße. Der Empfangsbereich war mit freundlichen Bücherregalen, zwei cognacfarbenen Ledersesseln und einem Mosaik-Couchtisch in angenehmen Sand- und Steintönen gestaltet. Gesunde Grünpflanzen und gerahmte Fotografien von südlichen Landschaften streichelten die Seelen der Patienten, die hier vielleicht eine Weile warten mussten.

Falls Urs Grünwald sie überhaupt je warten ließ. Das hier war keine Praxis für Kassenpatienten. Wer hierher kam, war privat versichert.

Doch dafür, dachte Bert, zahlt manch einer auch einen hohen Preis. Das große, stille Haus in Rodenkirchen mit der einsamen, beherrschten Frau in dem exquisit und leblos eingerichteten Wohnzimmer wollte ihm nicht aus dem Kopf. Er trug das Bild mit sich, seit er sie verlassen hatte.

Bei solchen Eltern kam nur ein Edeldoktor infrage.

Urs Grünwald, der ohne Sekretärin auszukommen schien, war mittelgroß und übergewichtig und erweckte mit der nervösen Angewohnheit, seine Brille abwechselnd auf- und abzusetzen, nicht eben den Eindruck solider Überlegenheit. Bert hatte ihn sich rank und schlank vorgestellt und mit sich selbst und der Welt im Reinen.

Es ärgerte ihn, dass er sich bei einem solchen Klischee ertappte.

Der Psychotherapeut schien daran gewöhnt. Der Anflug eines ironischen Lächelns tauchte in seinen Augen auf und verschwand in der gleichen Sekunde wieder. Er bat Bert in seinen Behandlungsraum.

Gedeckte Farben auch hier, beruhigendes Parkett und Grünpflanzen auf den Fensterbänken. Die schönen Sprossenfenster gaben den Blick auf das schwarze Skelett eines großen Baums frei, durch das die Fassaden der gegenüberliegenden Häuser schimmerten. Die Fotografien an den Wänden zeigten runde Steine, über die ruhiges Wasser floss.

Hier hatte jemand die Erkenntnisse der Psychologie nach allen Regeln der Kunst umgesetzt.

»Tobias litt unter Depressionen«, erklärte Urs Grünwald, nachdem er Bert eine Tasse Kaffee gebracht und sich selbst auch eine genommen hatte. »Er war ein – bedauerlicherweise – einsamer

Kämpfer. Seine Familie hat ihn zwar finanziell unterstützt, doch darüber hinaus hat sie nichts für ihn getan.«

»Ein Zerwürfnis?«, fragte Bert.

Urs Grünwald nippte an dem sehr heißen Kaffee. »Nein. Dazu hätte man sich vorher ja streiten müssen. Eine Auseinandersetzung hat jedoch, wie Tobias beteuerte, nicht stattgefunden.«

Armer Junge, dachte Bert.

»Und zwischen den Brüdern?«, fragte er.

»Funkstille.« Urs Grünwald lehnte sich in seinem Schreibtischsessel zurück. Bert vermutete, dass er sich überlegte, ob er seine ärztliche Schweigepflicht in diesem Fall außer Acht lassen durfte. »Gerade zwischen den Brüdern.«

»Aus welchem Grund?«

Urs Grünwald runzelte die Stirn. Er warf einen kurzen Blick aus dem Fenster, als könnte ihm das bei seiner Entscheidung helfen. Dann gab er sich sichtlich einen Ruck und blickte Bert ins Gesicht.

»Ich werde mich nicht auf meine Schweigepflicht berufen«, erklärte er. »Wenn meine Informationen Ihnen helfen können, den Mörder zu finden, dann sollen Sie sie haben.«

Bert nickte.

»Tobias war homosexuell und Vater und Bruder konnten das nicht akzeptieren. Er ging offen damit um. Nur da, wo er sich in einem geschützten Raum befinden sollte, ausgerechnet bei seinen Eltern und seinem Bruder, durfte er seine Lebensform nicht einmal thematisieren. Seine Homosexualität wurde einfach totgeschwiegen, verstehen Sie?«

»War das der Grund für seine Depressionen?«, fragte Bert.

»Auch.«

Urs Grünwald saß ganz entspannt, während er sprach. Er fuchtelte nicht mit den Händen herum, wippte nicht mit dem Fuß, spielte nicht mit der Tasse, die vor ihm stand. Dieser Mann war in der Lage, seinen Patienten Stabilität zu vermitteln.

»Man wird ja nicht von heute auf morgen homosexuell. Man erlebt eine Kindheit voller Fragen und Unsicherheit, beobachtet sich, vergleicht sich, kann Gefühle nicht einordnen. Und wenn man dann niemanden hat, an den man sich vertrauensvoll wenden kann, bleibt man damit allein.«

»Und schließlich kommt die Pubertät.«

»Richtig.« Urs Grünwald nickte. »Und all die diffusen Ängste explodieren.«

»Ich habe seine Mutter kennengelernt«, sagte Bert.

»Dann wissen Sie ja, wovon ich rede. *Mir* ist es, trotz diverser Versuche, leider nicht gelungen. Ich hätte sie so gern ins Boot geholt, sie ermuntert, ihrem Sohn Rückendeckung zu geben. Doch sie hat sich, wie Tobias es ausdrückte, in ihrem Schweigen verkrochen und war nicht dazu bereit, sich auch nur ein einziges Mal mit mir zu unterhalten.«

»Geschieht es oft, dass Sie die Familien in Ihre Therapien einbeziehen?«

»Bei jungen Menschen versuche ich es immer. Aber noch nie bin ich so abgeblitzt wie bei der Familie Sattelkamp.«

Armer, armer Junge, dachte Bert wieder.

»Hat Tobias von Feinden gesprochen? Von dem Gefühl, bedroht zu werden? Hat er Ausgrenzungen erlebt, die das, verzeihen Sie, *normale* Maß überschritten?«

Urs Grünwald schüttelte den Kopf. »Nein. Darüber hat er nie etwas verlauten lassen.«

»Ist Ihnen sonst etwas aufgefallen, was Ihnen angesichts der Geschehnisse inzwischen in einem verdächtigen Licht erscheint?«

»Tut mir leid. Ich wollte, ich könnte Ihnen weiterhelfen.« Urs Grünwalds Augen verengten sich. »Sie fragen so gezielt nach seiner sexuellen Orientierung, Herr Kommissar. Hat sie denn etwas mit seinem Tod zu tun?«

Spätestens die Samstagausgaben der Zeitungen würden es groß verkünden, also war es sinnlos, die Frage des Psychotherapeuten nicht zu beantworten.

»Tobias ist der dritte Homosexuelle, der in dieser Woche im Raum Köln/Bonn ermordet wurde.«

Die Fassungslosigkeit in Urs Grünwalds Gesicht war unverkennbar.

»Du liebe Güte«, sagte er und starrte seine Brille an, als sähe er sie zum ersten Mal.

Bert trank seinen Kaffee aus und verabschiedete sich. Das Koffein verfehlte seine Wirkung. Er fühlte sich müde und schlapp. Auf dem Weg zur Autobahn rief er Rick an, denn er hatte versprochen, ihn auf dem Laufenden zu halten.

Ricks Stimme klang so erkältet, dass Bert sie nicht erkannt hätte, wenn er nicht gewusst hätte, dass er mit seinem Kollegen verbunden war. Er berichtete knapp von seinen Gesprächen, immer wieder unterbrochen von Ricks Hustenanfällen.

»Jetzt fahre ich noch nach Bonn«, sagte er, »dann mache ich auch für heute Schluss.«

Im Wagen schaltete er das Radio an und klickte durch die Sender, bis er bei einem Chanson hängen blieb, das man in letzter Zeit überall hörte. Die Sängerin war ihm schon vor Wochen im Fernsehen aufgefallen, eine junge, temperamentvolle Französin, die wie ein Wirbelwind über die Bühne fegte, ohne auch nur einen Bruchteil ihrer Stimmgewalt einzubüßen.

Es gelang ihr, ihn abzulenken und dem schäbigen Grau dieses späten Nachmittags ein wenig Farbe zu verleihen. Bert war ihr dankbar dafür.

*

Björn merkte selbst, wie ihm das Blut aus dem Gesicht wich. Schon als er den Kommissar auf der Treppe erblickte, schien eine große Faust sein Herz zu umklammern. Er fühlte einen kurzen Schwindel und musste für einen Moment am Türrahmen Halt suchen.

Der Kommissar war allein gekommen, ohne seinen Kollegen, und Björn überlegte, ob das etwas zu bedeuten hatte. Beklommen führte er ihn in die Küche.

»Ich wollte persönlich mit Ihnen sprechen«, sagte der Kommissar und sah ihm forschend ins Gesicht. »Geht es Ihnen nicht gut?«

War das ein Wunder? Jedes Mal, wenn der Kommissar hier auftauchte, brachte er schlimme Nachrichten.

Todesbote, dachte Björn.

Er hatte schreckliche Angst vor dem, was er diesmal erfahren würde.

Nicht Maxim! Bitte, bitte, oh bitte! Nicht Maxim!

Wieso war er nicht nach Hause gekommen? Und hatte er am Telefon nicht irgendwie merkwürdig geklungen? Als ob er etwas auf dem Herzen hätte?

Nicht Maxim! Bitte!

»Was ist passiert?«, fragte er, als er das Warten nicht mehr aushielt.

»Setzen wir uns doch«, sagte der Kommissar und zog sich einen Stuhl heran.

In der Küche sah es aus wie in der Zentrale einer konspirativen Vereinigung. Auf dem Tisch war ein Stück Bettlaken ausgebreitet, aus dem eines der Transparente entstehen sollte. Pinsel, Farbe, Hammer und Nägel lagen zwischen Familienpackungen von Teelichtern und Einwegfeuerzeugen auf der Arbeitsplatte. Am Schrank lehnten die Holzlatten, an denen das beschriftete Laken befestigt werden sollte.

Der Kommissar gab nicht zu erkennen, ob das Durcheinander ihn verwunderte. Er schien sich Sorgen zu machen.

Björn erinnerte sich mit Schaudern daran, wie er sich bei der Nachricht von Sammys Tod übergeben hatte. Seine Hände waren eiskalt. Hinter seinen Schläfen lagen Kopfschmerzen auf der Lauer. Er vergaß Luft zu holen.

»Tobias Sattelkamp …«

Björn atmete hörbar aus. Die wilde Freude, die er empfand, war unanständig, und er schämte sich im selben Moment dafür. Aber er konnte sie nicht unterdrücken.

Nicht Maxim! Danke, lieber Gott! DankeDankeDanke!

Wie durch eine Watteschicht hatte er den Kommissar weitersprechen hören und kein Wort verstanden. Er nahm sich zusammen.

»… auf dieselbe Art und Weise gestorben …«

Tobias.

Er war ursprünglich ein Freund von Josch gewesen, der seinen Zivildienst bei den Maltesern geleistet hatte und neben dem Studium weiterhin ehrenamtlich dort arbeitete. Während einer Schulung hatten sie sich kennengelernt und Josch hatte Tobias bald den anderen vorgestellt.

So war Tobias auch in Björns Leben getreten.

»… erfahren, dass er homosexuell gewesen ist …«

Ja. Ja. JA!

Kam das jetzt einem Todesurteil gleich? Musste neuerdings jeder, der schwul war, nach Anbruch der Dunkelheit zu Hause bleiben?

»Es ist heute gegen Mittag passiert.«

Oder überhaupt darauf verzichten, das Haus zu verlassen? Musste er bei jedem Geräusch zusammenzucken, bei jedem Menschen, der ihm zu nah kam, auf der Hut sein?

»Ist Ihnen in letzter Zeit irgendetwas Ungewöhnliches an Tobias Sattelkamp aufgefallen?«

Björn schüttelte den Kopf.

»Haben Sie in Verbindung mit ihm etwas beobachtet, das Ihnen seltsam erschienen ist?«

»Nein. Nichts.«

Dabei hätte er alles getan, um den Wahnsinnigen ans Messer zu liefern, der seinen Freundeskreis ausradierte.

»Hören Sie, Björn«, sagte der Kommissar, und dass er Björns Vornamen benutzte, war ein bisschen so, als würde er Verantwortung für ihn übernehmen. Was er natürlich nicht wirklich tat. Dennoch empfand Björn es so. »Ich möchte Sie bitten, die Augen offen zu halten – und selbst sehr vorsichtig zu sein …«

Björn rutschte auf die Kante des Stuhls und stützte sich mit den Händen auf den Ecken der Sitzfläche ab. Er empfand ein starkes Bedürfnis, aufzuspringen und sich zu bewegen, schaffte es nur mit großer Mühe, sitzen zu bleiben.

»Ich muss Sie das fragen. Björn …«

»Brauchen Sie nicht«, fiel Björn ihm ins Wort. »Ich mache kein Geheimnis daraus, dass ich schwul bin. Ebenso wenig wie Maxim. Wir sind zusammen. Aber das haben Sie sich bestimmt schon gedacht.«

Maxim, dachte Björn. Er musste nach Berlin zurückfahren, unbedingt. Doch das würde er garantiert nicht tun. Maxim würde sich nicht selbst in Sicherheit bringen und Björn zurücklassen.

Und wenn er ihn begleitete?

Nein. Sie konnten sich nicht feige davonstehlen, während der Mörder hier weiter sein Unwesen trieb.

»Finden Sie ihn«, bat er den Kommissar. »Und machen Sie schnell.«

14

Schmuddelbuch, Samstag, 5. März, sechs Uhr dreißig

Gestern Nachmittag noch ein Gespräch mit Greg gehabt, der mich fragte, ob ich private Probleme hätte. Ich habe ihn angelächelt und behauptet: »Nichts, was ich nicht in den Griff kriege.«

»Dann ist's gut«, hat er geantwortet und sich wieder in seine Kommandozentrale zurückgezogen.

Am Abend habe ich bei Cal geklingelt.

Er war so überrascht, dass er mich sekundenlang nur anstarrte. Schließlich trat er zur Seite, um mich hereinzulassen, doch ich bin auf der Fußmatte mit dem verschnörkelten *Welcome* stehen geblieben.

»Besuch mich bitte nicht wieder unaufgefordert in der Redaktion«, habe ich ihn angepflaumt. »Ich käm doch auch nicht auf die Idee, einfach so beim *Orson* reinzuschneien. Nicht mehr jedenfalls. Nicht in unserer Lage.«

In dem Moment tauchte Helen hinter ihm auf und das Lächeln rutschte ihr vom Gesicht. Sie guckte mich ganz traurig an, wie ich da so vor der Tür stand und plötzlich wie eine Fremde war. Mit Cals Gesicht passierte etwas anderes. Seine Lippen wurden schmal vor Wut, und ich konnte sehen, dass er sich nur mühsam beherrschte.

»Okay«, sagte ich und hob die Hände. »Das war's schon. Ach, Helen, wenn du an der Trauerfeier für Leonard und Sammy teilnehmen möchtest, kann ich dich gern morgen früh nach Bonn mitnehmen.«

»Geht leider nicht, Romy. Ich konnte meinen Dienst nicht verschieben.«

»Oh, du musst arbeiten?«

Der Laden hatte an Samstagen bis vierzehn Uhr geöffnet, und

Helens Chefin überließ diese Stunden gern ihrer Angestellten, weil sie sich selbst die Wochenenden nicht kaputt machen wollte.

Helen nickte. Sie kämpfte tapfer ihre Enttäuschung nieder. »Ich wünsche euch viel Erfolg, Romy. Das ist eine ganz tolle Sache, die ihr da vorhabt.«

In diesem Moment knallte Cal mir die Tür vor der Nase zu.

Ich hörte einen kurzen, erregten Wortwechsel zwischen Helen und ihm, dann ging die Tür wieder auf und Helen schaute betroffen heraus.

»Romy ...«

»Lass mal.«

Ich nahm sie in die Arme und sie legte den Kopf auf meine Schulter. So standen wir eine Weile, dann machte sie sich von mir los.

»Love you«, sagte sie und grinste unter Tränen.

Ich verbrachte einen einsamen Abend in meiner Wohnung. Telefonierte. Las. Zappte durch die Fernsehprogramme. Hatte Angst davor, allein im Bett zu liegen. Das Bedürfnis, mich an Cal zu kuscheln, wurde übermächtig.

Stattdessen machte ich mir eine Wärmflasche.

»Man muss sich nur zu helfen wissen«, sagte ich laut, und meine Stimme hörte sich komisch an ohne eine andere Stimme, die ihr antwortete.

Schließlich traute ich mich doch ins Bett, nahm die Wärmflasche in die Arme und schlief sofort ein.

Heute Morgen dann war irgendwas anders als sonst. Ich musste eine ganze Weile darüber nachdenken, dann merkte ich es: Draußen sangen die Vögel. Und als ich das Küchenfenster aufmachte, wehte eine beinah schon laue Brise herein.

Ich stand da und atmete gierig die Luft ein, in der nach den endlos langen Wintermonaten schon ein Zipfel vom Frühling steckte. Und ein Versprechen von Glück.

Das sich nicht erfüllen würde.

»Ich bin allein, aber ich bin nicht einsam«, hatte ich neulich eine Kollegin sagen hören, die gerade ihre Scheidung hinter sich hatte.

Bei mir ist es umgekehrt, dachte ich. Ich bin nicht allein, aber ich bin einsam.

In diesem Augenblick klingelte das Telefon.

»Willst du mit uns frühstücken?«, fragte mein Bruder.

Einsam? Allein? Ich schämte mich in Grund und Boden.

»Was ist los? Du hast doch was auf dem Herzen.«

»Es ist wieder ein Mord passiert«, sagte Björn tonlos und das Blut in meinen Adern schien für einen Moment zu stocken.

»Wer?«, fragte ich und hatte Angst vor der Antwort.

»Tobias«, sagte Björn.

Tobias. Ich erinnerte mich. Ein zurückhaltender, freundlicher Typ, der aufblühte, wenn er von seiner Arbeit bei den Maltesern erzählte. Tobias.

Ermordet.

»Er hatte gerade einer behinderten Frau ihr Essen gebracht ... Scheiße, Romy ... wie pervers ist dieser Terrorist? Wie bringt er so was bloß fertig?«

Terrorist war das richtige Wort.

»Er muss krank sein«, sagte ich. »Sonst könnte er nicht töten.«

»Was?« Mein Bruder lachte kurz und freudlos auf. »Dann hältst du Soldaten auch für krank? Die bekommen das Töten von der Pike auf beigebracht.«

»Du weißt, was ich meine, Björn. Und du weißt auch, dass du das nicht miteinander vergleichen kannst.«

»Ich bin ziemlich durch den Wind, Romy. Setz dich ins Auto und komm, ja?«

»Soll ich Brötchen mitbringen?«

Doch die Verbindung war schon unterbrochen.

Jetzt aber schnell unter die Dusche, auch wenn ich mir gern noch ein bisschen Zeit für mein Schmuddelbuch nehmen würde. Es ist mir sehr wichtig geworden. Vielleicht, weil es mich zwingt, Ordnung in all das zu bringen, was mir im Kopf herumwuselt.

Und weil ich das, was ich niederschreibe, auf diese Weise bewahre.

Man darf alles verlieren, bloß nicht seine Gedanken ...

Bert hatte von Titus Rosenbaum erfahren, dass in Bonn eine Trauerfeier für die Opfer des *Schwulenmörders,* wie er in den Zeitungen bereits genannt wurde, stattfinden sollte, und er hatte sich mit dem Kollegen verabredet, um die Aktion zu verfolgen.

Björn Berner gehörte zu den Organisatoren, was Bert nicht wunderte. Er fand es bemerkenswert, dass er nicht in eine Schreckensstarre verfallen war, sondern seine Bestürzung nach außen trug.

Bert und Titus saßen am Tisch eines Straßencafés, von dem aus sie den Haupteingang der Uni im Blick hatten. Vor ihnen stand der noch dampfende Kaffee, den sie bereits bezahlt hatten, damit sie rasch aufbrechen konnten, wenn es nötig sein sollte.

Die Temperaturen waren über Nacht auf elf Grad geklettert und die Leute trugen ihr Frühlingsgesicht und hatten die Mäntel aufgeknöpft. Bert schloss ganz kurz die Augen. War ganz kurz fast glücklich. Unbeschwert.

Dann machte er die Augen wieder auf. Er war nicht hier, um die Welt zu umarmen. Er war hier, um einen Täter zu finden. Oder wenigstens ein Mosaiksteinchen für das Puzzle, das ihm den Täter zeigen würde.

»Ich weiß, dass er sich das hier nicht entgehen lassen wird«, sagte Titus neben ihm. »Er wird da sein, jede Wette.«

»Das glaube ich auch.«

Bert sah sich um. Vielleicht saß der Täter ja sogar an einem der Tische. Wartete auf den Beginn der Trauerfeier, genau wie sie. Obwohl er die Temperatur eben noch als angenehm empfunden hatte, schlug er den Mantelkragen hoch.

»Man kann nur hoffen, dass möglichst viele an der Aktion teilnehmen«, sagte Titus. »Damit die Einzelnen ihm nicht auffallen.«

»Du meinst, er sucht sich hier die nächsten Opfer aus?«

»Gut möglich.«

Das war es in der Tat. Falls er die Liste seiner Opfer nicht längst geschrieben hatte. Der Täter hinterließ keine Spuren. Er ging mit einer kühlen Präzision vor, die bewundernswert gewesen wäre, wenn sie nicht seinen kranken Zwecken gedient hätte.

»Diese Trauer vor aller Augen, das öffentliche Bekunden von Solidarität mit den Toten wird ihn wütend machen«, sagte Bert. »Noch viel wütender, als er ohnehin schon ist.«

Titus nickte und rührte in seinem Kaffee, obwohl er ihn schwarz trank. »Und er ist bereits *sehr* wütend.«

Man konnte es daran erkennen, dass er so schnell hintereinander mordete, und an der Wucht, mit der er es tat. Wenn ein Täter sich Zeit nahm, seine Morde zu planen, entschied er sich ganz bewusst gegen die eine und für die andere Waffe.

Für eine bestimmte Todesart.

Dieser Täter variierte nicht.

Er schlug zu. Hart und brutal.

»Vielleicht lockt ihn das, was heute hier stattfinden wird, aus der Reserve«, sagte Titus. »Vielleicht verliert er die Fassung und wird unvorsichtig.«

Lockvögel, dachte Bert. Sie alle sind Lockvögel.

»Die jungen Leute präsentieren sich ja regelrecht auf dem Silbertablett«, sagte er. »Er braucht nur noch auszuwählen.«

Titus trank seinen Kaffee aus. Die ersten Teilnehmer an der Trauerfeier sammelten sich im Innenhof der Uni. Und wie es aussah, würden es viele werden.

*

Wie konnten sie es wagen!

Statt sich ängstlich in ihren Löchern zu verkriechen, kamen sie heraus und stellten sich zur Schau. Statt sich zu schämen, trugen sie stolz ihre Solidarität vor sich her.

Solidarität!

Es wäre ihm ein Leichtes, ihnen ihre lächerliche Solidarität um die Ohren zu hauen.

LEONARD BLUM.

ERIK SAMMER.

TOBIAS SATTELKAMP.

Nur diese drei Namen. Jeder auf einem eigenen Transparent.

Wirkungsvoll, das musst du zugeben, *sagte die Stimme, die ihn schon so lange quälte. Sie war stärker geworden von Jahr zu Jahr. Er hatte sich daran gewöhnt, dass er sie hörte, aber er würde es niemals akzeptieren.*

Und so was lässt du dir bieten?

»Halt die Klappe!«, zischte er. »Sei still!«

Er schwankte unter dem Ansturm der Beschimpfungen, die auf seine Worte folgten. Den Blick fest auf die unzähligen Körper gerichtet, die sich im Innenhof der Uni drängten, versuchte er, der Stimme die Stirn zu bieten. Was nicht einfach war bei der großen Stille, die in der Luft lag.

Niemand hielt eine Rede.

Niemand sagte auch nur ein Wort.

Sie standen einfach beieinander.

In seinem Innern tobte der Tumult.

Sie tanzen dir auf der Nase herum und du schaust tatenlos zu! Großartig, wirklich großartig! Bist du denn zu *gar nichts* nütze?

Etwas in ihm wimmerte.

Die Stimme brüllte seine Angst nieder.

Du wirst das in Ordnung bringen! HAST DU VERSTANDEN?

Ja! Ja! Ja!

Er würde alles tun, was sie wollte.

Alles.

*

Bei hundertfünfzig hatte Romy aufgehört zu zählen und sich dem langen Zug derer angeschlossen, die den drei Transparenten folgten, die von Björn, Josch, Eileen und drei anderen getragen wurden, die sie nicht kannte.

In einer stillen Prozession zogen sie zum Alten Rathaus. Vorbei an Menschen, die ihnen Platz machten, neugierig auf die Transparente starrten, miteinander tuschelten und dann zögernd weiter ihren Geschäften nachgingen. Vielen war klar, was der Marsch bedeuten sollte. Andere würden es später durch die Medien erfahren.

Im Innenhof der Uni hatte Maxim dabei geholfen, weiße Rosen an die Teilnehmer der Feier zu verteilen. Da sie jedoch auf so viele nicht gefasst gewesen waren, hatten sie nicht für alle gereicht. Da war Maxim auf die Idee gekommen, aufgebauschte weiße Papiertaschentücher auszugeben. Sie sahen in den Händen der Leute aus wie große weiße Blüten.

»Weiß«, sprach Romy leise in ihr Diktiergerät. »Heute ist es für alle, die sich hier versammelt haben, die Farbe der Trauer.«

Selbst die Stimmen der Marktfrauen verstummten, als der Zug sich an den Ständen entlangbewegte. Für einen Moment schien alles den Atem anzuhalten.

Zu Füßen der zweiflügeligen Rathaustreppe stand je ein Korb mit Teelichtern. Jeder Teilnehmer zündete ein Teelicht an und stellte es auf einer der Stufen ab. Nach einer Weile war jeder Quadratzentimeter mit flackernden Lichtern bedeckt.

»Jedes dieser Lichter brennt für die Toten«, diktierte Romy. »Jedes dieser Lichter ist eine Absage an Intoleranz und Gewalt. Jedes einzelne Licht ist eine Anklage, die keine Worte braucht.«

Sie hatte den Ausdruck in Björns Gesicht gesehen, der Trauer, Trotz und Stolz gespiegelt hatte. Und die Entschlossenheit, die in schwierigen Situationen so typisch für ihn war.

Mein Bruder, hatte sie gedacht.

Der Mensch, mit dem sie von Beginn an zusammen war.

Ihr inneres Spiegelbild.

Jemand berührte sie am Arm und riss sie aus ihren Gedanken. Als sie sich umdrehte, blickte sie Ingo in die Augen.

»Intoleranz und Gewalt …«, wiederholte er ihre Worte, diesmal ganz ohne seinen gewohnten spöttischen Unterton.

Es überraschte Romy nicht, ihm hier zu begegnen. Es war klar, dass er sich das Spektakel nicht entgehen lassen würde. Sie wartete darauf, dass er weitersprach. Doch er verfolgte stumm, wie einer nach dem andern nach vorn ging und ein Licht entzündete.

Nachdem auf den Stufen kein Platz mehr war, wurden die Teelichter am Fuß der Treppe abgestellt. Glücklicherweise hatten sie genügend davon besorgt.

»Was meinst du«, raunte Ingo Romy ins Ohr, »ist der Mörder unter uns?«

Seine Frage setzte die Ängste, die sie mühsam zu beherrschen versuchte, wieder frei. Der Täter würde sich die Gesichter einprägen. Vor allem die Organisatoren würde er sich merken.

Josch. Eileen.

Und Björn.

Sie ließ den Blick über die Menge wandern. All diese Menschen waren gekommen, um ein Zeichen zu setzen gegen Ausgrenzung und für Toleranz und Offenheit.

Und diesem Mörder die Stirn zu bieten.

Oder ihn zu reizen, dachte Romy.

Ihr wurde schlecht, als sie den Gedanken zu Ende dachte.

Mit einem Mal wurde ihr bewusst, dass Ingos Hand noch immer auf ihrem Arm lag. Romy bewegte sich nicht und hoffte, er würde sie nicht wegnehmen. Auf diese Weise fühlte sie sich nicht so allein.

Und auch ein bisschen getröstet.

Verwundert runzelte sie die Stirn. Mit diesem Gefühl hatte sie nicht gerechnet. Erst recht nicht mit dem Bedürfnis, das sie in diesem Moment überkam: Sie wünschte sich, Ingo würde den Arm um sie legen und sie an sich ziehen.

Erschrocken wich sie ein Stück zur Seite und Ingos Hand glitt von ihrem Arm.

*

Maxim merkte, wie stolz er auf Björn war. Doch seine Angst war stärker.

Was, wenn der Mörder genau hier zuschlagen würde? Jetzt, in diesem Moment. Was, wenn er sich etwas ganz Spektakuläres ausgedacht hatte?

Einen Sprengstoffanschlag.

Was, wenn er einfach ausrastete und wild um sich schoss?

Er könnte einen Molotowcocktail werfen. Handgranaten.

Oder mit einem Auto in die Menge rasen.

Aber er ist kein Selbstmordattentäter, beruhigte Maxim sich, kein Amokläufer. Er plant seine Morde und setzt sie dann kaltblütig um. Wäre es nicht so, wäre ihm auch nur ein einziger Fehler unterlaufen, hätten die Bullen ihn sich längst gekrallt.

Er wird nicht die Nerven verlieren.

Eine Sekunde später versetzte ihn dieser Gedanke, der ihn zunächst beruhigt hatte, in Panik. Wenn der Täter die Nerven behielt, wie würde er dann auf das hier reagieren?

Maxim schaute in die ernsten Gesichter. Genau so, wie er sich jedes dieser Gesichter einprägen konnte, war das auch dem Mörder möglich. Er würde hier neue Opfer finden.

Es war, als wären sie alle aus dem Dunkeln heraus plötzlich ins helle Scheinwerferlicht getreten.

Verdammt, dachte Maxim und merkte, wie ihm der Schweiß ausbrach. Verdammte, blöde, verfluchte Scheiße!

Am Rand der Menge war ihm der Kommissar aufgefallen. An einer anderen Stelle hatte er Romy entdeckt.

Und wo bist du, Mistkerl?

Der Mörder konnte sich hinter jedem verstecken. Er konnte einen Anzug von *Boss* tragen oder speckige, zerschlissene Jeans. Konnte älter sein oder jung. Aus Bonn stammen oder von anderswo.

Er konnte sein Äußeres verändern, mit Perücken arbeiten und mit Schminke. Vielleicht kam er vom Theater und hatte die Fähigkeit, sich eine künstliche Nase oder ein künstliches Kinn zu modellieren. Vielleicht kannte er sich aus mit falschen Augenbrauen und künstlichen Zähnen.

Ein Chamäleon.

Maxim hatte Filme gesehen, in denen solche Mörder mit den Bullen Katz und Maus spielten. Und hatten Geschichten nicht immer einen wahren Kern?

Das Schweigen ringsum war tief.

Und groß.

Nichts hatte neben diesem Schweigen Platz. Kein Autofahrer hupte. Kein Rettungs-, Polizei- oder Feuerwehrwagen raste mit angeschaltetem Martinshorn vorbei. Kein Flugzeug war am Himmel zu hören.

Nicht mal ein Hund bellte.

Maxim stand inmitten dieses Schweigens und wagte kaum zu atmen. Er war erleichtert, als die Ersten sich bewegten, ihre Rose auf dem Boden ablegten und langsam davongingen.

*

Endlich war es vorbei.

Er hatte sämtliche Gesichter gescannt, wie er es für sich nannte. Andere bezeichneten seine Unfähigkeit, einmal Gesehenes wieder zu vergessen, als fotografisches Gedächtnis. Selbst die unwesentlichsten Details einer Szene oder eines Bilds prägten sich ihm ein, und er wurde sie nicht mehr los. Er hatte das immer als Fluch betrachtet. Heute jedoch erschien ihm diese Fähigkeit wie ein Segen.

Er würde es ihnen zeigen, einem nach dem andern.

Der Hass verbrannte ihn von innen. Doch er zwang sich, stehen zu bleiben, mitten unter ihnen, und Hass und Abscheu auszuhalten.

Er beobachtete die Leute, wie sie sich abwandten und die Versammlung verließen. Manchmal zertrat ein Schuh unabsichtlich eine der weißen Blüten auf dem Boden. Dann spürte er eine unbändige Freude, eine tiefe Genugtuung, die ihn beinah in ein befreites Gelächter hätte ausbrechen lassen.

Aber er hielt sich zurück.

Noch.

Seine Zeit würde kommen.

Früh genug.

15

Schmuddelbuch, Samstag, 5. März, elf Uhr fünfzehn, Diktafon

Still und in sich gekehrt verlassen sie die Abschiedsfeier, nachdem sie Leonard, Sammy und Tobias neben einem Licht auch eine Blume dagelassen haben. Immer noch ist es wie bei Dornröschen – das Leben scheint verstummt, mitten in der Bewegung angehalten.

Aber wer ist der Prinz, der Dornröschen wachküsst und alle aus der Versteinerung befreit?

Björn, Josch und Eileen falten die Transparente zusammen und verstauen sie in Joschs uraltem Kombi. Ebenso die Körbe, in denen die Teelichter aufbewahrt wurden. Sie werden später zurückkommen, um wieder Ordnung zu schaffen, doch nicht, bevor das letzte Licht erloschen ist.

Ingo steht bei ihnen, um sie um ein paar Informationen zu bitten. Bisher ist keine ironische Silbe über seine Lippen gekommen.

Es ist vorbei. Einzig Björns Freunde sind geblieben.

Und ein Mädchen, das ein wenig abseits steht.

Jette.

Sie sieht her zu mir, hebt leicht die Hand und winkt.

Jetzt ist es nicht mehr so schlimm, dass Helen nicht kommen konnte.

Bert hatte sich mit Titus Rosenbaum darauf geeinigt, dass sie den Ablauf der Veranstaltung nicht stören wollten. Eine Bonner Kollegin hatte unauffällig Fotos gemacht und versprochen, sie Titus und Bert in den nächsten beiden Stunden auf ihre Rechner zu schicken. Mehr war nicht nötig.

Nicht heute.

Nachdem Titus sich verabschiedet hatte, war Bert noch geblieben. Er beobachtete, wie die Versammlung sich nach und nach auflöste. Viele der Teilnehmer trugen demonstrativ ein Abzeichen mit dem Rosa Winkel, und Bert bemerkte, dass die meisten es auch nach dem Ende der Aktion anbehielten.

Er war beeindruckt von dieser Trauerfeier, die in ihrer Schlichtheit ohne Umschweife sein Herz berührt hatte. Gewaltfreier Widerstand, hier war er, und er prägte sich jedem ein, der Zeuge davon geworden war.

Allmählich erhoben sich die Stimmen der Marktfrauen wieder, boten Salat und die ersten Erdbeeren an, obwohl noch gar nicht die Zeit dafür war. Als hätte jemand den für eine Weile gestoppten Film der Wirklichkeit weiterlaufen lassen, dachte Bert. Er beschloss, noch ein paar Worte mit Björn Berner zu wechseln, der mit einigen jungen Leuten zusammenstand, die wohl ebenfalls für die Organisation verantwortlich gewesen waren.

Als er sich ihnen näherte, sah er, dass sie alle den Rosa Winkel trugen. Anscheinend hatte er mit erkennbarem Interesse hingesehen, denn als er schließlich vor ihnen stand, lächelte Björn Berner ihn an.

»Wollen Sie auch einen?« Er hielt ihm einen Button hin.

Bert nahm ihn. Er wog leicht in seiner Hand.

Maxim Winter stand neben seinem Freund und behielt konzentriert die Menschen ringsum im Blick.

Wie ein Bodyguard, dachte Bert.

»Gibt es noch etwas, das wir wissen sollten?«, fragte er. »Auch scheinbar Unwichtiges kann uns bei der Arbeit helfen.«

Björn Berner schüttelte den Kopf, aber sein Freund schien mit sich zu kämpfen.

»Ich höre«, sagte Bert, den Blick unverwandt auf Maxim Winters Gesicht gerichtet.

»Es hat vielleicht gar nichts zu bedeuten«, sagte der junge Mann stockend, »und ich würde es nicht erwähnen, wenn Sie nicht …« Er sah sich um, als wollte er sichergehen, dass niemand sie belauschte. »… aber ich hab schon ein paar Mal den Eindruck gehabt, dass mich jemand beobachtet.«

»Was?« Björn Berner war blass geworden.

»Na ja, es war nur so ein Gefühl. Wahrscheinlich Einbildung. Bei uns allen liegen doch die Nerven blank, nachdem das … passiert ist.«

»Ist Ihnen jemand aufgefallen?«, fragte Bert.

»Nein.«

»Sind Ihnen seltsame Dinge zugestoßen?«

»Nein.« Maxim Winter stieß verlegen die Hände in die Taschen seiner Jacke. »Ich sag ja – wahrscheinlich hab ich mir das nur eingebildet.«

»Wieso hast du mir nichts davon erzählt?«, fragte Björn Berner.

Maxim Winters Miene verschloss sich wieder. Offenbar bereute er schon, sich offenbart zu haben.

»Sobald etwas passiert, das Ihnen merkwürdig vorkommt«, sagte Bert, »rufen Sie mich bitte sofort an. Versprechen Sie mir das?«

Beide nickten.

»Vorsichtshalber lasse ich Ihnen noch einmal meine Karte da.«

Bert verabschiedete sich von ihnen und wandte sich Richtung Friedensplatz. Er hatte die letzten Marktstände hinter sich gelassen, als er das unverkennbare Rufen der Zugvögel hörte. Er blieb stehen und legte den Kopf in den Nacken. Es war ein Wunder, jedes Jahr wieder. Über Tausende von Kilometern kehrten sie aus ihrem Winterquartier zurück, und in ihren Rufen steckte die erste Vorahnung vom Duft des Sommers.

Ein Lächeln glitt über Berts Gesicht.

Hallo, dachte er fast zärtlich. Herzlich willkommen zu Hause.

*

»Der Kommissar«, sagte Jette. »Gut, dass er mich nicht gesehen hat.«

Romy musterte das Gesicht des Mädchens. »Warum? Hast du Dreck am Stecken?«

»Wir sind alte Bekannte.« Jette blickte dem Kommissar hinterher und wagte sich aus dem Schutz des Kräuterstands hervor. »Ich bin ein paar Mal in schlimme Sachen geraten.« Sie winkte ab. »Lass uns ein andermal darüber reden, ja?«

»Er hat mir das Leben gerettet«, vertraute Romy ihr an. »Das vergesse ich ihm nie.«

»Mir auch. Mehrmals sogar.«

Mehrmals? Was für ein merkwürdiges Mädchen war Romy da über den Weg gelaufen?

Jette drehte sich wieder zu ihr um. »Danke, dass du mir eine Mail geschickt hast. Irgendwie hatte ich den Eindruck, dass dir auch persönlich viel an dieser Trauerfeier liegt.«

»Stimmt, und ich zeig dir gern, warum das so ist.«

Romy führte Jette quer über den Marktplatz zu der kleinen Gruppe, die am Fuß der Rathaustreppe neben den flackernden Teelichtern Wache hielt.

»Das ist Björn«, sagte sie, »mein Zwillingsbruder. Die Toten waren seine Freunde. Björn, das ist Jette.«

Während Jette allen die Hand schüttelte, fragte Romy sich, in was dieses Mädchen hineingeraten sein mochte. Und warum sie dem Kommissar auswich.

Sie selbst war auch nicht unbedingt scharf darauf, ihm zu begegnen, denn er hatte das Gedächtnis eines Elefanten und verzieh nicht, wenn man sich in seine Angelegenheiten einmischte, wie sie das schon einmal getan hatte.

Man wurde jedoch keine gute Journalistin, wenn man sich mit den Informationsbröckchen zufrieden gab, die auf den Pressekonferenzen der Polizei abfielen. Das hatte sie früh gelernt.

Ingo. Romy verrenkte sich den Hals nach ihm. Wohin war er verschwunden? Nachdem sie Jette begegnet war, hatte sie ihn nicht mehr gesehen.

»Wenn du mich suchst«, hörte sie da seine Stimme hinter sich, »ich bin hier.«

Sonderbarerweise war sie plötzlich beruhigt, und das gefiel ihr gar nicht. »Wieso sollte ich dich suchen?«, fragte sie patzig.

»Das solltest du unbedingt herausfinden«, entgegnete er grinsend.

Josch machte den Vorschlag, in die Teestube zu gehen, und alle waren damit einverstanden. Von dort aus hatten sie die Rathaustreppe im Blick. Sollte irgendwer mit den Blumen und den Teelichtern Unfug treiben, würde es ihnen nicht entgehen.

Jette trug den Rosa Winkel, das bemerkte Romy erst jetzt.

Als wäre sie eine von ihnen.

Sie hatten Glück. Die beiden Tische am Fenster waren eben frei geworden. Ein Wunder, denn es war brechend voll. Fröhlich. Bunt. Und laut. Die exakte Gegenwelt zu der, die sie gerade erlebt hatten. Es dauerte eine Weile, bis sie richtig angekommen waren.

Ingo hörte den Gesprächen ruhig zu. Hin und wieder begegnete Romy seinem Blick. Nach einer halben Stunde fiel ihr auf, dass sie noch gar nicht versucht hatte, ihm irgendwelche Informationen zu entlocken. Das verwirrte sie.

Cal war nicht zu der Abschiedsfeier gekommen, obwohl er Sammy gekannt hatte, und auch wenn Romy ihn nicht eigens dazu eingeladen hatte, hätte er doch selbst das Bedürfnis haben müssen, teilzunehmen. Romy war traurig darüber und gleichzeitig erleichtert.

War das so, wenn eine Liebe starb?

Verdorrte sie wie eine Pflanze ohne Wasser?

Was würde übrig bleiben?

Ein Mosaik an Erinnerungen, in dem immer mehr Steinchen fehlten? Gefühle, zwischen denen man hin- und hertaumelte, ohne Halt zu finden? Würde Cal wieder zu einem Fremden werden, den Romy nicht verstand?

Die Bedienung stellte einen frischen Kakao vor sie hin, dabei hatte Romy den ersten kaum ausgetrunken.

»Ich lade dich ein«, sagte Ingo.

Wir werden beide über den Abschied von Leonard, Sammy und Tobias schreiben, dachte sie, und zum ersten Mal, seit sie Ingo kannte, spielte bei diesem Gedanken Konkurrenz keine Rolle. Ingo war hier und das war gut.

»Danke«, sagte sie und meinte damit viel mehr als den Kakao.

Über den Rand seiner Tasse hinweg zwinkerte er ihr zu. Romy lächelte und merkte, wie sie sich allmählich entspannte.

*

Sie hatten die Rosen und die leer gebrannten kleinen Aluminiumbecher aufgesammelt und entsorgt. Dann hatten sie sich von den andern verabschiedet und waren nun auf dem Weg nach Hause.

»Ich hab Romy noch zu uns eingeladen«, sagte Björn. »Vielleicht können wir uns eine Pizza bestellen.«

»Das Mädchen auch?«, fragte Maxim.

»Wen meinst du? Jette?«

Maxim nickte.

»Das wollte ich gerne, ich hatte nämlich den Eindruck, dass sie sich gut mit Romy versteht. Sie hatte aber keine Zeit.«

Maxim verfiel wieder in müdes Schweigen. »Was ist eigentlich mit Cal?«, fragte er nach einer Weile.

»Sie haben sich getrennt. Mehr oder weniger.«

»Was?«

»Er hat eine andere.«

»Oh«, sagte Maxim und fragte nicht weiter.

Bis kurz vor drei hatte es gedauert, bis die Lichter heruntergebrannt waren. Danach hatte sich eine bedrückte Stimmung zwischen ihnen ausgebreitet. Selbst Josch, der sonst nie um Worte verlegen war, hatte stumm dagesessen und in seine Tasse gestarrt.

Es war gewesen, als hätten sie ihre Freunde nun endgültig verloren.

Björn gab Gas. Er überholte riskant, schnitt die Kurve.

»Willst du dem Mörder die Arbeit abnehmen?«, fragte Maxim scharf.

»Entschuldige.« Björn wurde wieder langsamer. »Ich fühl mich nur ...«

»... wie eine Ratte im Käfig«, beendete Maxim den Satz für ihn.

Björn warf ihm einen überraschten Blick zu. »Woher weißt du ...«

»Weil ich mich genauso fühle. Als hätte jemand ein Experiment vorbereitet und jedem von uns seine Rolle darin zugeteilt.«

»So ungefähr.«

Manchmal gab es diese seltenen Momente vollkommener Übereinstimmung zwischen ihnen. Nicht oft, wenn Björn es recht bedachte. Eigentlich viel zu selten.

»Gibt es Ratten, die sich wehren?«, fragte Maxim.

»Wohl kaum.« Björn sah ihn von der Seite an. »Aber wir *sind* keine Ratten, Maxim. Wir *können* uns wehren.«

»Wie denn, wenn man nicht ahnt, aus welcher Richtung der nächste Angriff kommt?«

Zwischen Björns Augenbrauen spannte sich ein Schmerz, der bald seine gesamte Stirn überziehen würde. Er fühlte sich ausgepowert und hatte nur noch ein Bedürfnis: sich ins Bett zu legen und zu schlafen.

»Indem man nicht alles mit sich allein ausmacht, Maxim. Indem man den Menschen, die man liebt, Offenheit entgegenbringt.«

Björn hörte selbst, wie die Enttäuschung in seinen Worten mitklang. Es war ihm peinlich, aber er konnte es nicht ändern, und als er Maxim neben sich gereizt aufstöhnen hörte, packte ihn die Wut. Er schlug mit der flachen Hand auf das Lenkrad.

»Warum hast du nicht mit mir geredet, Maxim? Kannst du mir das verraten?«

»Geht das auch ein bisschen leiser?«

Es war Björn gar nicht aufgefallen, dass er Maxim angebrüllt hatte. Er dämpfte die Stimme. »Vertraust du mir nicht? Spielst du den starken Macker? Oder was geht in dir vor?«

Obwohl er sich eben noch dagegen gewehrt hatte, angeschrien zu werden, wurde Maxim nun selbst laut: »ICH WOLLTE DIR KEINE ANGST EINJAGEN, MANN!«

Björn fuhr an den Straßenrand und schaltete den Motor aus. »Ich brauch keinen Schutzengel, Maxim. Ich brauche *dich.*«

Er starrte auf die Straße, über die ein Windstoß vergessene Winterblätter trieb.

»Und wenn der Irre sich dich als Nächsten ausgesucht haben sollte, Maxim, dann musst du darüber sprechen, verdammt! Geht das in deinen Schädel?«

Es war, als hätte Maxim ihn überhaupt nicht gehört. Sein Gesicht nahm einen harten, grimmigen Ausdruck an.

»Wir werden die ersten Ratten sein, die sich wehren«, sagte er. »Wir werden nicht stillhalten und auf den Mörder warten. Wir drehen den Spieß um.«

»Was meinst du damit?«

Endlich erwiderte Maxim Björns Blick. Seine Augen glänzten wie im Fieber.

»Wir werden ihn suchen.«

»Du bist verrückt.«

»Es ist unsere einzige Chance. Jeder Tag, der vergeht, ohne dass die Bullen ihn aufgespürt haben, kann das Todesurteil für einen von uns sein.«

»Aber … wo willst du ihn denn suchen, Maxim? Wir wissen nicht das Geringste über ihn. Selbst die Polizei tappt im Dunkeln. Dabei haben die jede Menge Möglichkeiten. Im Gegensatz zu uns.«

»Wir müssen unseren Kopf benutzen. Beobachten. Fragen stellen. Mit den Augen des Mörders sehen.«

»Mit den Augen des Mörders? Du glaubst doch nicht ernsthaft, dass wir uns auch nur annähernd in ihn hineinversetzen können.«

»Aber genau so arbeiten die Bullen, Björn. Genau so. Sie versuchen, in den Kopf des Täters zu schlüpfen.«

»Das hier ist kein Film, Maxim.« Björn kam sich allmählich vor wie ein Vater, der sein hyperaktives Kind zu bremsen versucht. »Wir verstehen nichts von Mördern und Mord. Ich kann mir nicht mal *vorstellen,* wie das ist, jemanden zu erschlagen. Noch weniger kann ich mir erklären, *warum* jemand so was tut. Wie soll ich denn da mit seinen Augen sehen?«

»Willst du lieber abwarten?« Maxim fuhr zu Björn herum. Er war so erregt, dass er zitterte. Das Zittern erfasste seinen ganzen Körper. Seine Zähne klapperten aufeinander. »Willst du abwarten, bis er kommt? Und ihm sogar höflich das Messer reichen? Willst du das? Ja?«

»Jetzt komm mal wieder runter, Maxim. Natürlich dürfen wir uns ihm nicht ausliefern, indem wir das Ganze bagatellisieren. Aber wir dürfen uns auch keiner Gefahr aussetzen, indem wir Räuber und Gendarm spielen. Dafür sind andere zuständig.«

»Genau. Sprich dich nur immer schön von deiner Verantwortung frei.«

Das war gemein, und Björn machte innerlich dicht, damit Maxim ihn nicht weiter verletzen konnte. Er schwieg, um nichts Falsches zu sagen.

Auch Maxim schwieg und sah angestrengt geradeaus.

Streit. Und das an diesem Tag.

Ohne ein weiteres Wort fuhren sie nach Buschdorf, stellten den Wagen ab und gingen ins Haus. Maxim verzog sich in Nils' Zimmer. Björn setzte sich in die Küche, um auf Romy zu warten.

Er war enttäuscht. Er war traurig. Und er hatte Angst.

Dann hörte er die Wohnungstür zuschlagen.

Er war allein.

*

Maxim war außer sich. *Wollte* Björn nicht begreifen, in welcher Gefahr sie sich befanden, oder *konnte* er nicht? Seine Sanftmut ging ihm manchmal fürchterlich auf die Nerven.

Solche Menschen zogen die Gewalt doch geradezu an!

Leonard, Sammy und Tobias waren ebenfalls hochsensible Typen gewesen. Und jetzt waren sie tot.

Maxim verspürte den unwiderstehlichen Drang, etwas kaputt zu machen. Mit aller Kraft trat er gegen eine gelbe Mülltonne, die fast leer zu sein schien und der Gewalt deshalb nichts entgegenzusetzen hatte. Sie kippte um und landete krachend zwischen zwei parkenden Wagen auf der Straße.

Doch das war Maxim noch nicht genug. Er zog seinen Schlüsselbund aus der Jackentasche, nahm seinen Wohnungsschlüssel, setzte ihn am Heck des nächsten Wagens an und ratschte, ohne abzusetzen, eine Linie durch den Lack, die bis zum Scheinwerfer reichte. Das Geräusch tat ihm in den Ohren weh und es befriedigte ihn.

Endlich ging es ihm besser.

Björn war, wie er war. Und liebte er ihn nicht genau aus diesem Grund? Weil er sich nicht verbog, sich nicht nach Bedarf änderte, sein Fähnchen nicht nach dem Wind richtete?

Nachdenklich spazierte Maxim durch die Straßen des kleinen, spießigen Stadtteils und wünschte sich, er wäre in Berlin. Da hätte er gewusst, wo er Ablenkung finden konnte.

Doch er war hier und musste das Beste daraus machen.

Er widerstand der Versuchung, Griet anzurufen, gestand sich ein, dass er noch lange nicht fertig war mit ihr. Er fragte sich, ob es ihm je gelingen würde, ein Leben wie andere zu führen, ein Leben mit einem Ziel und der Gewissheit, es zu erreichen.

Wahrscheinlich nicht, dachte er.

Zum zweiten Mal an diesem Tag hörte er Zugvögel rufen und hob den Kopf. Da flogen sie in einer etwas durcheinandergeratenen Pfeilformation nach Norden. Einige Vögel hatten ihre Position verlassen und flatterten eine Weile außerhalb der Ordnung umher. Dann kehrten sie in die Reihe zurück.

Maxim erkannte sich in ihnen. Aber er hatte keine Lust, an seinen Platz zurückzukehren. Er würde nicht tun, was Björn da von ihm verlangte, nämlich brav abwarten, ob die Bullen den Schwulenmörder zur Strecke brachten oder nicht.

»Nein, verdammt!«, sagte er.

Zu laut offenbar, denn das junge Paar, das eng umschlungen vor ihm ging, drehte sich kichernd nach ihm um.

Er zeigte ihnen den gestreckten Mittelfinger, beschleunigte seine Schritte und ließ sie hinter sich. Sein Entschluss stand fest. Er würde den Mörder suchen und auf dem Weg dahin jede Hilfe annehmen, die er kriegen konnte.

Zieh dich warm an, dachte er. *Denn wo immer du auch sein magst, ich werde dich finden.*

16

Schmuddelbuch, Sonntag, 6. März, zehn Uhr

Hab lange geschlafen, im Bett gefrühstückt, Musik gehört und nachgedacht. Über gestern. Die Leute, die ich getroffen habe. Über Björn.

Als ich nach der Abschiedsfeier bei ihm ankam, hing Streit in der Luft. Björn war allein. Maxim war mal wieder abgehauen. Jede kleine Auseinandersetzung schlägt ihn in die Flucht. Und dann, sagt Björn, kommt er zurück, abgekämpft wie ein streunender Kater, aber die Krallen immer noch ausgefahren.

Das Gesicht meines Bruders leuchtet, wenn er von Maxim spricht, selbst im Streit.

Allein dafür sollte ich Maxim lieben.

Und allmählich gebe ich den Widerstand gegen ihn auf. Ich darf ihn nicht nur deshalb ablehnen, weil er so anders ist als ich. Und als Björn. Als alle Menschen, die mir nah sind.

Irgendwann war er wieder da. Er setzte sich zu uns an den Tisch und war, wie Björn es beschrieben hatte. Erschöpft, aber mit einem Blick, der in krassem Widerspruch zu seiner Blässe stand. Zum ersten Mal war ich froh, dass Björn ihn in diesen Zeiten an seiner Seite hat.

»Du schreibst doch über den Schwulenmörder?«, fragte er mich.

Ich nickte.

»Und dafür musst du recherchieren.«

Ich nickte wieder.

»Was hast du bisher rausgefunden?«

»Darüber kann sie nicht reden«, klärte Björn ihn auf. »Ein Journalist spricht durch die Artikel, die er veröffentlicht. Wenn er sein Pulver schon vorher verschießt, schadet er sich doch selbst.«

Maxim antwortete ihm, ohne den Blick von mir abzuwenden. Es war, als würde er mich hypnotisieren. Ich schaffte es nicht, seinen Augen auszuweichen.

»Es geht mir nicht um ihre Artikel«, sagte er. »Es geht um dich und mich, die Freunde und die ganze beschissene Situation. Was hast du rausgefunden, Romy?«

»Noch nicht viel«, antwortete ich. »Nichts, was ihr nicht auch wisst.«

»Hast du einen Verdacht?«

Er hing halb über dem Tisch, auf die Unterarme gestützt, das Gesicht nah vor meinem. Fast spürte ich seinen Atem auf der Haut.

Ich schüttelte den Kopf. »Und ihr?«

Er entspannte sich ein wenig und lehnte sich auf seinem Stuhl zurück. Hob frustriert die Hände und ließ sie wieder sinken.

»Es kann keiner aus Björns Freundeskreis sein. Das ist unmöglich.«

»Aus *unserem* Freundeskreis«, korrigierte mein Bruder ihn.

»Okay. Aus *unserem* Freundeskreis«, tat Maxim ihm den Gefallen. Er saß jetzt ganz ruhig und konzentriert. »Es muss jemand von der Uni sein, der Schwule hasst.«

»Klingt nachvollziehbar«, sagte ich. »Aber er ist bestens über den Alltag der Einzelnen informiert. Er wusste, wo Leonard und Sammy wohnten, wusste, dass Tobias Essen auf Rädern ausfuhr, kannte seine Route und seinen Zeitplan.«

»Ich frag mich, wie er überhaupt in Leonards und Sammys Wohnungen eindringen konnte«, warf Björn ein.

Das zu erfahren, war ein Kinderspiel gewesen.

»Jeweils über den Balkon«, sagte ich. »Ihr wisst doch, wie Sammy war. Er ließ sämtliche Fenster und Türen offen. Und Leonard als Wissenschaftler war bestimmt ein bisschen schusselig und hat wahrscheinlich vergessen, die Balkontür zu verschließen.«

»Es muss jemand von der Uni sein«, beharrte Maxim. »Gib mir

zwei Stunden in der Cafeteria, und ich schreibe dir einen Lebenslauf zu jedem x-Beliebigen, der sich dort häufiger aufhält.«

»Das bringt uns aber nicht weiter«, wandte Björn ein. »Jemand von der Uni, der Schwule hasst – nehmen wir an, das stimmt. Sofern der seinen Hass aber nicht offen zeigt, findest du ihn nie.«

Deprimiert versanken wir in Schweigen.

»Und wenn es doch jemand ist, der im weitesten Sinn zu eurem Kreis gehört?«, fragte ich dann. »Kein Freund, aber vielleicht ein Kumpel, ein Bekannter. Einer, mit dem Björn oder Josch oder Eileen, eben einer von euch, schon mal für ein Seminar gearbeitet hat. Neben dem er in einer Vorlesung saß. Mit dem er ein paar Worte auf dem Gang gewechselt hat ...«

»Das würde bedeuten, dass wir zuallererst *Freund, Kumpel, Bekannter, Kommilitone* exakt definieren müssten«, sagte Björn. »Das geht doch im normalen Leben alles ineinander über.«

»Nur so können wir den Kreis enger ziehen.« Maxim schaute mich wieder an. »Lass uns zusammenarbeiten, Romy.«

»Wie bitte?«

»Ich weiß, dass du mich nicht ausstehen kannst.« Maxim schob die Hände über den Tisch und hielt sie mir hin, die Innenflächen nach oben. »Aber hier geht es um das Leben von Menschen, die zu uns gehören. Vielleicht sogar um unser eigenes. Können wir da nicht unsere ... Abneigung für eine Weile vergessen und an einem Strang ziehen?«

»Es stimmt nicht, dass ich dich ...«

»Du brauchst mir nichts vorzumachen«, wischte Maxim meine halbherzige Lüge vom Tisch. Er fuhr dabei tatsächlich mit einer Hand über die Tischplatte, dann hielt er mir beide Hände wieder hin. »Es ist auch egal. Ich bitte dich nicht, mich in dein Herz zu schließen. Ich bitte dich nur, deine Informationen mit uns zu teilen.«

Björn stand kopfschüttelnd auf und schaltete die Kaffeemaschine an. Macht doch, was ihr wollt, hieß das. Er musste es gar nicht aussprechen, das nahm ihm sein Körper ab.

In Maxims Augen war so ein Drängen, dass ich nicht anders konnte. Ich legte meine Hände in seine.

Er lächelte mich müde an.

»Und ich werde dir im Gegenzug alles berichten, was ich erfahre. Björn?«

»Wir sind hier nicht bei den Pfadfindern«, wich mein Bruder aus. »Ich will keinen Pakt mit euch schließen. Und außerdem: Darf ich euch daran erinnern, dass ihre letzte große Story Romy fast das Leben gekostet hat?«

»Björn ...«, fingen Maxim und ich gleichzeitig an, was uns alle zum Lachen brachte, selbst Björn.

Maxim und ich.

Das hört sich so falsch an, dass es beinah schon wieder richtig klingt.

Calypso litt wie ein Tier. Lusina hatte alles versucht, um ihn aufzuheitern, doch dann hatte sie aufgegeben und sich zurückgezogen. Jetzt saß er zwischen allen Stühlen und wusste nicht weiter.

Er fragte sich, wieso er die Dummheit begangen hatte, Romy gestern Abend die Tür vor der Nase zuzuschlagen. Woher dieser ständige Wechsel seiner Gefühle kam. Mal war er ihr ganz nah, dann wieder erschien sie ihm wie eine Fremde. Mal war er wie frisch verliebt in sie, dann wieder reizte sie ihn bis aufs Blut.

Die Gefühle Lusina gegenüber waren anders, doch auch sie änderten sich von Stunde zu Stunde. Sie verzauberte und erregte ihn, löschte mit einem einzigen Blick jede Empfindung aus, die ihn mit der übrigen Welt verband. Aber wenn sie sich ihm entzog, nahm sie alle Freude mit und ließ ihn in seinem ausweglosen Zwiespalt zurück.

Er hätte zu der Trauerfeier nach Bonn fahren sollen, obwohl Romy ihm schmerzlich klar signalisiert hatte, dass es einzig und allein seine eigene Entscheidung war, mit der sie nichts zu tun haben wollte. Doch dann hatte Lusina ihn spontan zu einem Geburtstagsfrühstück bei Freunden eingeladen und er hatte eine Auseinandersetzung mit ihr gescheut.

Calypso ahnte, dass es nicht mehr darum ging, sich zu entscheiden. Dass er Romy bereits verloren hatte und das endgültig. Mit ihr konnte er nur ganz oder gar nicht zusammen sein. Sie war nicht der Mensch für Kompromisse, erst recht nicht, wenn es um Liebe ging.

Er wusste, dass sie jetzt zu Hause war. Er hatte sie in der Nacht die Treppe hochsteigen hören. Und sich gefragt, wo sie so lange gewesen sein mochte.

Und mit wem.

Hellwach hatte er sich im Bett herumgewälzt und die Bilder nicht aus dem Kopf gekriegt.

Romy mit einem andern.

Die Augen geschlossen.

Den Kopf zurückgelegt.

Wie sie lachte, als seine Zungenspitze an ihrem Ohrläppchen spielte …

Irgendwann war Calypso eingeschlafen und hatte die Bilder mit in seine Träume genommen, wo sie ihn weiter quälten.

Wie zerschlagen war er im Morgengrauen aufgewacht, reglos liegen geblieben und hatte in den Himmel gestarrt, der sich unendlich langsam aufgehellt hatte.

Ein neuer Tag.

Gegen elf war es ihm gelungen, sich aufzurappeln. Er duschte, zog sich an und versuchte, etwas zu essen. Doch Helen und Tonja waren ausgeflogen, in der Küche war es still wie auf einem Friedhof und der Bissen blieb ihm im Hals stecken.

Ohne sein Zutun befand er sich plötzlich auf dem Weg nach oben, zu Romy. Er klingelte, dann klopfte er. Ungeduldig. Als hinge sein Leben davon ab.

Als sie ihm aufmachte und ihn ansah, hatte er einen Kloß im Hals. »Darf ich reinkommen?«, fragte er mit einem verräterischen Krächzen in der Stimme.

Romy ließ ihn herein, ein Wunder, mit dem er nicht gerechnet hatte. Sie setzte sich an den Küchentisch und er ließ sich auf den anderen Stuhl fallen. Seine Glieder waren so schwer, dass er froh war, sitzen zu können.

Sie wartete ab, und er überlegte, was er ihr sagen wollte. Doch das hatte er vergessen, falls er es überhaupt gewusst hatte. Er versuchte, einen der Gedanken zu fassen, die ihm durch den Kopf irrten, doch selbst dazu war er zu träge.

Vielleicht hatte er etwas sagen wollen wie: *Komm zu mir zurück. Meine Liebe zu dir hat nicht aufgehört, nur weil ich ein anderes Mädchen getroffen habe.* Aber vor seinen Augen tauchte das Gesicht von Lusina auf, wie er es zuletzt gesehen hatte, verletzt, traurig und hoffnungslos.

»Es tut mir so leid«, sagte er schließlich mit schwerer Zunge, erhob sich mühsam von seinem Stuhl und ging wieder nach unten.

Romy hielt ihn nicht auf.

*

Er war kaum die Treppe runter, als Romy ihm am liebsten nachgelaufen wäre, um ihn zurückzuholen. Doch das war unmöglich.

Cal hatte sich entschieden.

Er wusste es bloß noch nicht.

Seufzend kehrte sie an den Schreibtisch zurück. Arbeit war das beste Mittel gegen den Schmerz, der in ihr rumorte, sooft sie an Cal dachte – und die Gedanken an ihn lauerten nur darauf, sie überfallen zu können. Sie war dankbar dafür, dass ihr Artikel sie ablenkte.

Das Schreiben ging ihr leicht von der Hand. Sie brauchte sich nur an gestern zu erinnern, und alle Empfindungen, alle Bilder waren wieder da.

Während sie sah, wie auf dem Monitor der Text anwuchs, wurde ihr bewusst, dass sie sich schon lange nicht mehr mit dem Thema Homosexualität auseinandergesetzt hatte. Nicht mehr, seit Björn sich zum ersten Mal in einen Jungen verliebt hatte.

Dass es jemanden gab, der Schwule umbrachte, war unfassbar für sie, und es wurde von Wort zu Wort unbegreiflicher.

Bei allem Zuspruch, den Romy bei der Veranstaltung gespürt hatte, waren ihr auch die Pöbeleien nicht entgangen, die es am Rande gegeben hatte. Männer, die ihre Witze über *warme Brüder* gerissen und feixend vom *anderen Ufer* gefaselt hatten. Eine Minderheit, aber jeder Einzelne, der so reagierte, war zu viel.

Wir sind noch längst nicht im einundzwanzigsten Jahrhundert angekommen, schrieb sie. *Jedenfalls nicht, was das Thema* Homosexualität *betrifft.*

Und was war mit der Behauptung, die sie schon oft von Frauen gehört hatte? Die besten Frauen seien schwule Männer? Nicht abwertend gemeint, ganz und gar nicht, doch wie empfanden schwule Männer sie?

Romy hatte beschlossen, keine Namen zu nennen, um Björn und seine Freunde zu schützen. Sie hatte ihren Bruder eindringlich gebeten, Fragen von Reportern äußerst zurückhaltend zu beantworten. Hatte er das auch Ingo gegenüber beherzigt?

Sie griff zum Telefon.

Ingo nahm das Gespräch bereits nach dem zweiten Klingeln an. »Gut nach Hause gekommen?«, fragte er.

Normalerweise war er nicht so fürsorglich. Was war mit ihm passiert? Menschen veränderten sich manchmal, wenn sie durch eine Krise gegangen waren. Hatte Ingo eine solche Krise erlebt? Und sie hatte es nicht mitbekommen?

»Danke. Und du?«

»Die Aktion hat mich schwer beeindruckt«, sagte er.

»Das war der Sinn der Sache.«

»Und? Hast du deinen Artikel schon geschrieben?«

»Bin gerade dabei.«

»Und jetzt brauchst du Hilfestellung?«

Da war er wieder, der alte Ingo. Immer einen Schritt voraus, immer ein bisschen zu stolz auf sein Können, die Nase immer ein bisschen zu hoch und die Stimme voller Spott.

»Nein. Aber ich möchte gern etwas mit dir absprechen.«

»Ich treffe keine Absprachen, Romy. Das wär der Anfang vom Ende.«

Damit lag er nicht einmal falsch.

»Nur eine Kleinigkeit, Ingo.«

»Lass hören.«

»Bitte nenn keine Namen.«

»Geht nicht, Romy. Eine Veranstaltung hat Organisatoren, und ich kann nicht darauf verzichten, Ross und Reiter zu nennen.«

Ross und Reiter? Blödes Bild, dachte Romy.

»Aber du könntest die Akzente anders setzen«, sagte sie. »Das Ganze sollte sowieso als spontaner Akt verstanden werden. Rein theoretisch muss es demnach in diesem Fall gar keine Organisatoren geben.«

Ingo schwieg. Anscheinend ließ er sich ihren Vorschlag durch den Kopf gehen.

»Was krieg ich dafür?«, fragte er schließlich, und Romy hätte das Gespräch fluchend beendet, wenn sie nicht das Lächeln in seiner Stimme gehört hätte.

»Ein leckeres Abendessen? Bei mir?«

»Kochst du gut?«

»Machst du Witze?«

»Okay …«

»Ich werde mein Bestes geben.«

»Wann?«

»Heute Abend? Sieben Uhr?«

»Sieben Uhr.«

»Und du nennst keine Namen?«

Doch da klickte es und Ingo war weg.

Romy saß da, das Telefon noch in der Hand, und fragte sich, wie sie aus der Nummer wieder rauskommen sollte. Ingo. Und auch noch zum Essen.

Sie sah auf die Uhr. Kurz vor zwölf. Ein Blick in den Kühlschrank zeigte ihr, dass sie nicht nur kochen, sondern zaubern musste, falls sie nicht den Shop der nächsten Tankstelle plündern wollte.

Was sie jedoch wirklich irritierte, war die Erkenntnis, dass sie das nicht in Panik versetzte. Im Gegenteil. Sie fing an, sich zu freuen.

*

»Nett, dass du mich besuchst.«

Rick hörte sich schon viel besser an. Er sah auch wieder gesünder aus. Mit einer Handbewegung lud er Bert ein, hereinzukommen.

Seine Altbauwohnung lag in Ehrenfeld, ebenso wie die von Bert, und besaß die typischen hohen Decken und große, gemütliche Fenster, die den Eindruck machten, als seien sie noch einfach verglast. Durch einen langen, dunklen Flur ohne Möbel und Bilder führte Rick Bert in das Wohnzimmer, auf dessen Sofa er sein Krankenlager eingerichtet hatte.

Bert sah eine zurückgeschlagene dicke Wolldecke, ein zusammengedrücktes Kopfkissen und am Fußende eine frotteebezogene blaue Wärmflasche. Auf dem Couchtisch hatten sich neben mehreren leeren Teetassen ein Fieberthermometer, ein Teller mit Mandarinenschalen, ein Stapel Zeitungen und Zeitschriften und eine halb volle Schale mit Studentenfutter angesammelt. Hier und da lagen zerknüllte Papiertaschentücher, die Rick hastig aufsammelte, bevor er sich zu Bert umdrehte.

»Kaffee? Tee? Wasser?«

»Ein Tee wär genau das Richtige«, sagte Bert und folgte Rick in die schmale Küche, die überraschend aufgeräumt war.

In einem Wasserkocher, der die Form eines altmodischen, bauchigen Kessels hatte, setzte Rick Wasser auf und nahm zwei sonnenblumengelbe Becher aus dem Schrank.

»Hab im Augenblick nur Kamillen-, Erkältungs- und schwarzen Tee im Angebot.«

Die Entscheidung fiel Bert leicht. »Schwarzen, bitte.«

Während Rick in einer Schublade nach dem Tee kramte, sah Bert aus dem Fenster auf den charakteristischen Hinterhof, den ein Gewirr von Mauern in unterschiedlich große Parzellen teilte. Noch hing der Winter darin fest. Gartenmöbel waren mit Planen bedeckt, auf denen sich Grünspan gebildet hatte. Tote Zweige lagen unter den nackten Bäumen. Abgestorbenes Laub bedeckte den Boden, und in den Kübeln hatte man tote Sommerpflanzen vergessen.

Nach dem kurzen Frühlingshauch hatte es über Nacht wieder gefroren. Vielleicht waren die Zugvögel zu früh zurückgekehrt?

»Wie geht es dir?«, fragte Bert.

»Bin wieder einsatzbereit.« Rick hängte je einen Teebeutel in die beiden Becher. »Malina sieht das zwar anders, aber ich hab das Kranksein gründlich satt.«

Bert mochte Ricks Freundin. Sie war nicht die Frau, die darin aufging, ihren Mann zu bekochen und zu umsorgen. Aber wenn er sie brauchte, war sie für ihn da. Das genaue Gegenbild zu Margot, dachte Bert und stellte verwundert fest, dass er zum ersten Mal an seine Frau denken konnte, ohne Bedauern oder Ohnmacht zu empfinden.

Rick wirkte völlig verändert auf ihn. Erst nach einer Weile wurde Bert klar, dass es an den Haaren lag, die er nicht mit Gel aufgestylt hatte. Er kam ihm sehr jung vor. Fehlte bloß noch der Konfirmandenanzug.

Rasch unterdrückte er das Grinsen, das ihm auf die Lippen wollte. »Dann setz ich dich mal ins Bild«, sagte er.

Rick trug die beiden Becher zum Couchtisch im Wohnzimmer und hörte Berts Schilderungen aufmerksam zu. Hin und wieder nahm er einen Schluck von seinem Erkältungstee und rümpfte angewidert die Nase.

Bert öffnete die Tasche, die er neben dem Sessel abgestellt hatte, zog seinen Laptop heraus und positionierte ihn so auf dem Tisch, dass sie zu zweit gucken konnten. Dann rief er die Datei mit den Fotos auf, die die Bonner Kollegin während der Trauerfeier geschossen hatte.

Sie steckten die Köpfe zusammen, und Bert roch, dass Rick sich vor Kurzem mit japanischem Heilpflanzenöl eingerieben haben musste. Von wegen, er war wieder einsatzbereit.

Die Aufnahmen waren gestochen scharf, doch die Gesichter sagten ihnen nichts.

»Wie willst du jemanden finden, wenn du gar nicht weißt, nach wem du eigentlich suchst?« Rick wandte sich frustriert vom Laptop ab. »Ebenso gut könntest du über die berühmte Nadel im Heuhaufen stolpern.«

»Wir sollten die Organisatoren im Auge behalten«, sagte Bert. »Denn der Täter hat sie deutlich wahrgenommen, falls er anwesend war.«

»Wovon wir ausgehen.«

»Richtig.«

»Als da wären?« Rick wurde von einem Hustenanfall geschüttelt. Sein Gesicht lief rot an und seine Augen tränten.

»Björn Berner, Josch Bellmann, Eileen Tagger. Und Maxim Winter. Von dem wir seit vorgestern auch ganz offiziell wissen, dass er mehr ist als bloß ein guter Freund von Björn Berner. Da war ich noch mal in Bonn.«

Rick nickte.

»Während ich hier untätig rumgelegen habe«, sagte er nach einer Weile, »habe ich mich gefragt, ob der Täter mit seinen Opfern eine Rechnung zu begleichen hatte, sich also aus einem bestimmten Grund für diese drei Menschen entschieden hat, oder ob es ihm einfach darum geht, Schwule ins Jenseits zu befördern.«

»Und?«

»Die Toten sind ausnahmslos Männer. Ginge es dem Täter einzig um die sexuelle Orientierung seiner Opfer, müsste er dann nicht auch lesbische Frauen töten?«

»Die Liebe zwischen Frauen wird eher toleriert als die zwischen Männern«, gab Bert zu bedenken.

»Mir gefällt die Vorstellung ja auch, dass Frauen miteinander…«

Bert durchbohrte ihn mit einem nicht ganz ernst gemeinten strengen Blick.

»Ist ja gut.« Rick putzte sich geräuschvoll die Nase.

»Sprechen wir von einem männlichen Täter?«, fragte Bert.

»Nicht unbedingt. Vom rein Körperlichen her müssten wir auch eine große, kräftige Frau in Erwägung ziehen. Was jedoch die psychologische Seite angeht – warum sollte eine Frau homosexuelle Männer töten?«

»Weil sie unglücklich in einen Homosexuellen verliebt war oder ist«, überlegte Bert. »Weil ihr Mann sie wegen eines Mannes verlassen hat. Weil ihr Sohn schwul ist und sie das nicht akzeptieren kann.«

»Oder weil ein Wahn sie zwingt, den Erdboden von Menschen zu befreien, die sie für pervers hält.«

»Es bleibt uns nichts anderes übrig, als auf die Ergebnisse der Spurensicherung zu warten«, sagte Bert.

Sie versanken in Schweigen und starrten beide wieder auf den Bildschirm des Laptops. Bert ließ die Aufnahmen ein zweites Mal durchlaufen.

Es kam ihm vor, als würden sie auf einem Schneefeld nach einem Eisbären suchen.

*

Romy hatte überlegt, Helen und Tonja um Hilfe zu bitten. Sie liehen sich oft gegenseitig Sachen aus, wenn Not am Mann war. Doch der eigentliche Koch in der WG, der aus den fadesten Lebensmitteln die fantastischsten Gerichte kreierte, war Cal, und gerade dem wollte sie heute nicht mehr begegnen. Deshalb hatte sie alles aus ihrem Kühlschrank geholt, was er zu bieten hatte: drei Tomaten, eine gelbe Paprikaschote, vier Eier, ein Glas eingelegte Gurken und ein Stück Gouda, das noch nicht angebrochen war.

Als es klingelte, köchelte schon der Reis vor sich hin, und der Duft, der aus der Pfanne aufstieg, war gar nicht übel.

Ingo drückte Romy ein kleines Päckchen in die Hand und marschierte schnurstracks in die Küche, als sei er daran gewöhnt, in ihrer Wohnung ein und aus zu gehen. Er hob den Deckel von der Pfanne und schnupperte.

»Hmm …« Er legte ihn wieder auf, drehte sich nach Romy um und sah ihr dabei zu, wie sie das Papier von seinem Mitbringsel abwickelte.

Romy hatte nicht damit gerechnet, dass er ihr etwas schenken würde. Das war, hatte sie gedacht, nicht sein Stil. Sie hatte nicht einmal Blumen erwartet. Ingo war der Typ Mann, der sich selbst als Geschenk betrachtet. So jedenfalls hatte sie ihn immer eingeschätzt.

Als sie die kleine bunte Schachtel von dem Papier befreit hatte, wusste sie, dass sie ihr Bild von Ingo würde korrigieren müssen. Sie wusste aber nicht, ob sie das wollte. Und so zögerte sie.

»Nun mach schon«, drängte Ingo wie ein aufgeregtes Kind.

Romy klappte die Schachtel auf und schnappte nach Luft. »Das geht nicht, Ingo. Den kann ich nicht annehmen.«

»Gefällt er dir nicht?«

»Er ist traumhaft schön, aber ich … wir … ich meine, wir sind nicht …«

»Muss man dich heiraten, bevor man dir ein Schmuckstück schenken darf?« Die Ironie in seiner Stimme mischte sich mit einer begeisterten Freude. »Na los. Probier ihn an.«

Behutsam steckte Romy den Ring an den Mittelfinger ihrer linken Hand. Er passte wie angegossen, und es war, als hätte sie ihn schon immer getragen.

»Ein Turmalin«, sagte Ingo, stieß sich vom Herd ab, nahm ihre Hand und bewegte sie leicht, um das Licht in dem Stein spielen zu sehen. »Ihm werden heilende Kräfte nachgesagt.«

Heilende Kräfte? Helen glaubte daran, aber Ingo?

»Er soll klärend auf den Geist wirken und … die Seele aufhellen und erleichtern.«

Die Farbe des großen, klaren Steins veränderte sich mit der Bewegung und verwandelte sich von einem tiefdunklen Rot über eine Skala von Zwischentönen bis zu einem durchscheinenden, makellosen Pink.

»Falls man daran glaubt«, setzte Ingo mit leisem Spott hinzu.

Ingo, dachte sie. Ingo macht sich Sorgen um meine *Seele?*

Es fiel ihr schon jetzt schwer, sich wieder von dem Ring zu trennen. Noch nie hatte ihr jemand ein Schmuckstück geschenkt. Und noch nie hatte sie einen echten Goldring mit einem echten Stein am Finger gehabt.

In Helens Esoterikladen gab es eine beeindruckende Auswahl an Schmuck- und Heilsteinen: kleineren, die in Ringe aus Silber eingelegt waren, und größeren, die man an Ketten tragen konnte. Doch einen so schönen wie diesen hatte Romy noch nie gesehen.

Widerstrebend wollte sie den Ring vom Finger streifen.

Ingo hinderte sie daran.

»Trag ihn mir zuliebe«, bat er. »Und wenn es nur für heute Abend ist.«

Er brauchte sie nicht zu überreden.

»Nur für heute Abend«, wiederholte sie und küsste ihn auf die Wange.

Ingo wandte sich verlegen ab, tat so, als würde er sich in der Küche umschauen, die Hände auf dem Rücken verschränkt wie ein Museumswärter.

Wer bist du?, dachte Romy. Wer?

17

Schmuddelbuch, Montag, 7. März, sechs Uhr

Der Stein funkelt im Licht der Schreibtischlampe. Ich muss ihn immerzu ansehn.

Am Ende des Abends habe ich ihn Ingo zurückgegeben, und er hat ihn auch wieder angenommen und in die Tasche seiner Jacke gesteckt. Als ich aber ins Bett gehen wollte, habe ich ihn auf meinem Kopfkissen gefunden. Daneben lag ein Zettel.

Er gehörte meiner verstorbenen Großmutter. Es hätte sie gefreut, ihn an deiner Hand zu wissen.

Noch gestern hätte ich mir Ingo mit einer Familiengeschichte kaum vorstellen können. Er hatte eine Großmutter?, hätte ich gedacht. Und bewahrt ihren Ring auf?

Und schenkt ihn mir?

Doch inzwischen hat er eine ganz andere Seite offenbart. Er hat mir zugehört. Mir keine blöden Ratschläge gegeben.

Er hat mich verstanden.

Irgendwann hat er angefangen, von sich selbst zu erzählen – vorsichtig, bereit, jederzeit damit aufzuhören und mit einem Lachen so zu tun, als hätte er mir den Sensiblen bloß vorgespielt.

Vor allem aber hat er nicht versucht, mich anzumachen.

Um elf hat er sich verabschiedet. Als hätte er sich das von Anfang an vorgenommen. Die Wohnung war auf einmal wieder so furchtbar still, dass ich ihn am liebsten zurückgeholt hätte. Doch dann hab ich seinen Ring gefunden. Ihn wieder angesteckt.

Und jetzt ist es um mich geschehn. Ich kann mich nicht mehr von ihm trennen.

Björn wurde von dem kläglichen Miauen der Katze wach. Er wand sich unter der Bettdecke hervor, stand auf und schlich leise aus dem Zimmer, um Maxim nicht aufzuwecken, der den halben Sonntag unter Kopfschmerzen gelitten hatte. Maxim reagierte auf jeden Wetterumschwung. Mal mit Stimmungsschwankungen, mal mit Kopfweh. Das Einzige, was ihm dann half, waren viel Schlaf und Bewegung an der frischen Luft.

Als sie neulich aus Jux einen Hochsensibilitäts-Test gemacht hatten, den eine Bonner Psychologieprofessorin entwickelt hatte, war er fast am Ende der Punkteskala gelandet, weit jenseits der Grenze, an der Hochsensibilität beginnt.

Natürlich hatte er es nicht wahrhaben wollen und mit einem Lachen abgetan, doch Björn war nicht überrascht gewesen. Insgeheim hatte er damit gerechnet. Vielleicht gehörte gesteigerte Empfindsamkeit zu dem Preis, den man für so was zahlte?

Minette kauerte in einer Ecke der Diele und war hin- und hergerissen zwischen dem Wunsch, sich schleunigst irgendwo zu verkriechen, und dem Bedürfnis nach Futter und Nähe. Björn hatte sie mit Erlaubnis der Polizei aus Sammys Wohnung geholt und wollte sie behalten, bis sich eine andere Lösung für sie gefunden hätte.

Sie war eine schwarz-rot gestromte Schönheit, hatte jedoch jegliche Lebensfreude verloren und war schreckhaft und scheu. Björn hätte sie gern getröstet und ihr ein bisschen Wärme gegeben, doch sie ließ ihn nur widerstrebend an sich heran. Seine Hände waren voller Kratzer, die er sich bei den Versuchen geholt hatte, sich ihr gegen ihren Willen zu nähern.

Er füllte Trockenfutter in ihren Napf und bereitete sich selbst ein Frühstück zu, während er sie hungrig fressen hörte.

»Arme alte Socke«, murmelte er.

Es tat der Katze gut, wenn er ruhig zu ihr sprach. Er konnte dann beobachten, wie sich ihre Körperhaltung entspannte. Manchmal putzte sie sich sogar in seiner Gegenwart.

Nachdem sie ihren Napf geleert hatte, blieb sie in der Küche, wischte sich kurz das Gesicht, rollte sich bei der Tür zusammen und beobachtete Björn aus halb geschlossenen Augen. Er konnte sie schnurren hören, ein seltsam heller, silbriger Ton, ganz anders als das dunkle Schnurren, das er von Katzen kannte.

»Wenn du doch reden könntest«, sagte er. »Vielleicht könntest du Sammys Mörder beschreiben.«

Für einen Moment begegneten sich ihre Blicke, bevor Minette den ihren abwandte, nur um gleich darauf Björns Bewegungen wieder aufmerksam zu verfolgen. Björn empfand bei dem Gedanken, dass sich in diesen Katzenaugen mit großer Wahrscheinlichkeit der Mord an Sammy gespiegelt hatte, ein Grauen, das er nur mit Mühe wieder abschütteln konnte.

Er ging in die Hocke und hielt ihr die Hand hin. »Komm her. Hab keine Angst.«

Minette robbte ein Stück auf ihn zu und erschrak vor ihrem eigenen Wagemut. Geduckt verschwand sie unter dem alten Küchenschrank, den Björn vor Jahren auf einem Flohmarkt erstanden hatte. Dort würde sie die nächsten Stunden bleiben.

Björn nahm das Brot aus dem Brotkasten und stellte fest, dass es weiße Stellen hatte. Fluchend warf er es in den Abfall und griff nach seiner Jacke, um zum Kiosk zu laufen und Brötchen zu holen.

Reif lag auf den Dächern und Björn zurrte den Reißverschluss seiner Jacke zu. Ein braunes Huhn spazierte langsam über die Straße, auf der nie etwas los war. Als wäre hier das Ende der Welt.

Jeder in Buschdorf kannte das Huhn. Es büxte immer wieder aus und kehrte immer wieder freiwillig in den Hühnerstall zurück. Björn sah ihm nach und fragte sich, wie lange er es noch in diesem verschlafenen Stadtteil aushalten würde, in unmittelbarer Nähe der Rheinischen Landesklinik, worüber nicht nur Maxim ständig lästerte.

Wenigstens hat man's hier bis zur Psychiatrie nicht weit, was, Alter?

Der Typ aus dem Kiosk kratzte sich an den Händen und Armen. Das tat er immer, wenn er nicht gerade etwas ein- oder auspackte. Björn überlegte, ob Neurodermitis der Grund war oder etwas anderes, das er sich nicht unbedingt vorstellen mochte. Er war froh, dass der Mann die Brötchen mit einer Brotzange aus dem Korb nahm und in die Tüte fallen ließ.

»Ob's endlich bald Frühling wird?«

Björn hob die Schultern, weil er nicht wusste, was er darauf antworten sollte. Solche Gespräche überforderten ihn, weil sie kein Thema hatten, keine Logik, keinen Anfang und kein Ende.

»War doch schon richtig mild geworden.«

Björn nickte und fing an zu schwitzen. Der Typ war ihm nicht geheuer. Er neigte dazu, seine Kunden unverwandt anzustarren und das mit finsterer Miene, als wollte er ihnen gleich an die Gurgel springen. In jedem seiner Sätze schwang eine unverhohlene Aggression mit, die oft in krassem Gegensatz zum Inhalt stand.

»War's das dann?«

»Ja«, sagte Björn und fügte rasch ein »vielen Dank« hinzu, weil der Mann den Eindruck machte, als wär ihm der ganze Aufwand für vier mickrige Brötchen entschieden zu hoch gewesen. Er fischte die passenden Münzen aus der Hosentasche und legte sie auf die Theke.

Auch wieder falsch, weil es dem Typen mit seinen abgekauten Fingernägeln nur schwer gelang, sie von der glatten Oberfläche aufzuklauben. Doch Björn hätte es nicht über sich gebracht, sie ihm in die Hand zu legen und ihn dabei unabsichtlich zu berühren.

Erleichtert verließ er den Kiosk, wo sich ab Mittag die Männer aus der Umgebung trafen, um Skat zu spielen, Bier zu trinken und den Mädchen hinterherzupfeifen.

Plötzlich war die Luft draußen berauschend klar und Björn atmete tief ein und aus. Er winkte einer Nachbarin zu, die schon mit Fensterputzen beschäftigt war, schloss die Haustür auf und betrat das Treppenhaus, das immer nach Reinigungsmitteln und undefinierbarem Essen roch.

Seine Schuhsohlen quietschten auf der Steintreppe. Die Papiertüte knisterte in seinen Händen. In den Treppenhausmief mischte sich der appetitliche Duft der frisch gebackenen Brötchen.

Björn hatte die letzten Stufen noch nicht erreicht, als er das Blatt Papier sah. Es hing an seiner Wohnungstür, festgehalten von einem Stück Klebeband.

FÜHL DICH BLOSS NICHT ZU SICHER!

Björn spürte die Drohung kalt im Nacken. Er wagte nicht, sich umzudrehen, obwohl er das Gefühl hatte, dass etwas – oder jemand – ihn vom oberen Treppenabsatz belauerte. Die Schlüssel klimperten zwischen seinen Fingern, die so heftig bebten, dass sie kaum zu gebrauchen waren.

Schnell! Schnell!

Als ihm der Schlüsselbund aus den Händen rutschte und mit einem, wie es Björn vorkam, ohrenbetäubenden Krach auf dem gefliesten Boden landete, stand er wie erstarrt. Seine Gesichtshaut schien sich vor Anspannung zusammenzuziehen. Urplötzlich fing er an zu frieren.

Er bückte sich in Zeitlupe, als könnte jede übereilte Bewegung das reglose Wesen in seinem Rücken dazu veranlassen, sich auf ihn zu stürzen. Seine Fingerspitzen tasteten fahrig nach den Schlüsseln, während er die Augen fest zugekniffen hielt. Wie früher. Beim Versteckspielen.

Eins, zwei, drei, ich seh dich nicht …

Eine Botschaft des Mörders.

Anders konnte es nicht sein.

Mach schnell, so mach doch schnell, um Himmels willen!

Siedend heiß fiel ihm ein, dass die Haustür nicht in Ordnung war. Achtete man nicht darauf, sie richtig zu schließen, blieb sie manchmal die ganze Nacht auf. Da konnte dann jeder ein und aus gehen, wie es ihm gefiel.

Aber als Björn die Wohnung verlassen hatte, um Brötchen zu holen, war die Nachricht noch nicht da gewesen. Oder doch? Und die Haustür fest verschlossen.

Und wenn die Warnung gar nichts mit den Morden zu tun hatte? Wenn sie nichts anderes war als ein harmloser Dummerjungenstreich?

Nur waren die Kinder längst in der Schule. Um diese Zeit zogen die nicht umher und klebten den Leuten Zettel an die Tür.

Björns Finger hatten gerade einen Schlüsselbart umfasst, als die Tür aufschwang.

»Björn?«

Maxims Stimme. Maxims erstaunte, wunderbare Stimme.

Björn konnte die Anwesenheit der fremden Augen noch immer spüren. Er richtete sich auf, stieß Maxim in die Diele zurück, stürzte ihm nach und warf die Tür hinter sich zu.

»Heh!« Maxim war gegen die Wand geprallt und rieb sich die Schulter. »Spinnst du?«

»Pscht!«

Björn presste das Ohr an die Tür und lauschte. Nichts. Kein Trappeln von Füßen. Kein Geräusch. Als ihm bewusst wurde, dass der Mörder direkt vor der Tür stehen konnte, nur wenige Zentimeter von seinem Ohr entfernt, wich er entsetzt zurück.

»Was ist los, Mann?«, fragte Maxim.

Björn zog ihn in die Küche. »An der Tür klebt eine Nachricht«, flüsterte er.

»Eine Nachricht? Was für eine Nachricht?«

»Psst! Nicht so *laut!*«

Björn griff nach seinem Handy, das auf der Fensterbank lag. Er war heilfroh, dass er die Mobilnummer des Kommissars gespeichert hatte.

Bert Melzig meldete sich nach dem ersten Klingeln.

»Björn Berner hier«, sagte Björn mit gedämpfter Stimme. »Ich glaube, wir haben eine Botschaft vom Mörder erhalten.«

»Eine Botschaft?«

»An meiner Wohnungstür klebt ein Blatt Papier. Er muss es eben erst dort befestigt haben, denn vor zehn Minuten war es noch nicht da.«

»Langsam, Herr Berner. Beruhigen Sie sich erst einmal.«

Leicht gesagt. Björn holte tief Luft, aber er wurde davon nicht ruhiger.

»Wo sind Sie jetzt?«

»In meiner Wohnung.«

»Allein?«

»Mein Freund ist bei mir.«

»Gut. Lassen Sie die Wohnungstür zu und warten Sie auf uns. Haben Sie verstanden?«

»Ja.«

»Wie lautet die Nachricht?«

Björn wusste es genau. Er würde die Worte nie vergessen.

»Da steht: *Fühl dich bloß nicht zu sicher.* In Großbuchstaben.«

»Haben Sie irgendetwas gesehen oder gehört?«

»Nein.«

»Gibt es Anzeichen dafür, dass sich derjenige, der die Nachricht angebracht hat, noch in Ihrem Haus befindet?«

»Ich weiß nicht«, flüsterte Björn.

»Wir sind schon unterwegs, Herr Berner. Sollte die Situation sich ändern, wählen Sie den Notruf. Sie und Ihr Freund bleiben, wo Sie sind, ist das klar?

»Ja.«

»Herr Berner?«

»Ja?«

»Öffnen Sie unter keinen Umständen die Tür. Und fassen Sie nichts an.«

»Tun wir nicht, Herr Kommissar.«

»Du hast die Nummer des *Kommissars* gespeichert?«, fragte Maxim, sobald das Gespräch zu Ende war.

»Ja. Zum Glück.«

»Findest du das nicht ein bisschen … paranoid?«

»Maxim«, Björn wies mit ausgestrecktem Arm auf die Tür, »das da draußen ist eine Warnung.«

»Und wenn uns nur irgendein perverser Spaßvogel einen

Streich gespielt hat? Und die Bullen kommen völlig umsonst mit großem Tatütata angebraust?«

»Besser einmal zu viel als einmal zu wenig.«

Björn fühlte sich allmählich sicherer. Wenn der Mörder einen von ihnen oder sie beide hätte töten wollen, hätte er sich nicht die Mühe gemacht, ihre Tür zuerst mit einer Vorankündigung zu verzieren. Das hatte er schließlich bei Leonard, Sammy und Tobias auch nicht getan.

Oder doch?

Vielleicht hatte er seine Taten ja angekündigt, und die Freunde hatten das mit einem Schulterzucken abgetan, so wie Maxim.

Endlich legte er die Tüte mit den Brötchen auf den Tisch. Er hatte sie noch immer in der Hand gehalten. Der Appetit war ihm allerdings gründlich vergangen.

*

Maxim hatte sich aus dem Staub gemacht. Er hatte keine Lust auf ein Gespräch mit den Bullen. Lieber wollte er die Zeit nutzen, um nachzudenken.

Björn gegenüber hatte er so getan, als stünde er über den Dingen, aber in Wirklichkeit hatten die Worte auf dem Papier ihn in höchste Alarmbereitschaft versetzt. Etwas in ihm wollte tatsächlich zu gern daran glauben, dass irgendein Witzbold sich einen geschmacklosen Scherz auf ihre Kosten erlaubt hatte.

Es konnte sich bloß nicht durchsetzen gegen das andere Gefühl, das ihm schon seit einer geraumen Weile zusetzte – es gab einen Verfolger, und er kam näher.

Im ersten Moment hatte er geglaubt, die Drohung sei an ihn selbst gerichtet. Rasch war ihm jedoch klar geworden, dass sie ebenso gut Björn meinen konnte.

Und wenn wir nach Berlin abhauen?

Das war keine Alternative, wie er sehr gut wusste, denn was sollte den Mörder daran hindern, ihnen dorthin zu folgen?

Die Welt war klein, wenn man das Gesicht der Gefahr nicht kannte.

Sie saßen in der Falle.

Erst jetzt bemerkte er, dass sich die Sonne durch die Wolken geschoben hatte. Sie war noch winterblass, und es war zu eisig, als dass man ihre Wärme hätte spüren können. Trotzdem war es gut zu wissen, dass die Kälte bald ein Ende haben würde.

Maxim machte sich auf den Weg in die Innenstadt. Fünf, sechs Kilometer Fußmarsch waren genau das, was er jetzt brauchte.

*

Rick war wie versprochen zum Dienst erschienen. Er wirkte noch ein bisschen angeschlagen, doch in seinen Augen blitzte schon wieder die alte Lebhaftigkeit auf, und beim Autofahren hatte er sich aufgeregt, als sei es Wochen her, dass er ermattet und schniefend auf seinem Sofa gelegen hatte.

Björn Berner versicherte ihnen, den Zettel nicht angefasst zu haben. Bert streifte Latexhandschuhe über, von denen er immer ein, zwei Paar in der Tasche trug, löste vorsichtig den Klebestreifen und ließ das Papier in die Klarsichthülle fallen, die Rick ihm hinhielt.

Eine eindeutige Drohung. DIN A5. Unliniert. Mit rotem Marker geschrieben, sodass es aussah, als bestünde jeder der großen Druckbuchstaben aus Blut.

»Der Typ hat Sinn für Dramatik«, sagte Rick und verschloss die Klarsichthülle sorgfältig. »Und? Was meinst du?«

»Ich denke, dieses Schreiben stammt von dem Täter«, antwortete Bert. »Du wirst sehen – sie werden im Labor keine Fingerabdrücke darauf finden.«

»Selbst wenn«, sagte Rick. »Ich glaube nicht, dass wir es hier mit einem Täter zu tun haben, der bereits aktenkundig ist.«

»Bauchgefühl?«, fragte Bert scheinheilig. Rick verließ sich im Allgemeinen nicht auf Gefühle. Er zog Fakten vor.

»Er tötet rasend schnell«, verteidigte Rick seinen Eindruck. »Dahinter scheint Leidenschaft zu stecken oder zumindest ein starker Drang. Zudem waren all seine Opfer schwul. In letzter Zeit gab es keine Mordserie, der ausschließlich Homosexuelle zum Opfer gefallen sind. Das alles spricht dafür, dass er gerade erst begonnen hat.«

Der Gedankengang hatte etwas für sich, wie Bert zugeben musste.

»Das Schreiben könnte allerdings auch von einem Trittbrettfahrer stammen«, überlegte Rick. »Einem Menschen vielleicht, der im Leben keine große Rolle spielt, und dem es Spaß macht, zur Abwechslung selbst mal ein bisschen Angst und Schrecken zu verbreiten.«

Die Zeitungen hatten über die Trauerfeier für die Opfer des *Schwulenmörders* berichtet. Im *KölnJournal* war ein langer, bemerkenswerter Artikel Romy Berners erschienen. Auch Ingo Pangold vom *Kölner Anzeiger* hatte sich intensiv mit der Aktion und ihren Hintergründen auseinandergesetzt. Nachdem gestern zudem das lokale Fernsehen über die Morde berichtet hatte, waren die Fälle in aller Munde.

Für den Abend war eine Pressekonferenz geplant, auf der Polizei und Staatsanwaltschaft über den Stand der Ermittlungen berichten würden. Nur gab es bisher keine Erfolge zu vermelden, was Bert Bauchschmerzen bereitete. Wurde ein Fall nicht innerhalb der ersten Tage aufgeklärt, erhöhte sich die Wahrscheinlichkeit, dass man den Täter gar nicht überführen würde, von Stunde zu Stunde.

Sie gingen in die Küche, wo Björn Berner saß und auf sie wartete.

»Ist Ihr Freund wieder abgereist?«, fragte Rick, dessen Stimme immer noch eine Oktave tiefer klang.

»Nein. Ich glaube, das da draußen hat ihn ziemlich umgehauen, auch wenn er es niemals zugeben würde. Vielleicht ist er in der Unibibliothek. Zur Ablenkung. Er will sein Studium so schnell wie möglich durchziehen, deshalb arbeitet er viel.«

»Ich dachte, er ist zu Besuch hier«, sagte Rick. »Es sind doch Semesterferien.«

»Er ist ehrgeizig.« Björn Berner knibbelte nervös an der Nagelhaut seines Daumens. »Aber ... was ist mit dem Drohbrief? Glauben Sie, der Mörder hat ihn geschrieben? Und ihn eigenhändig an der Tür festgemacht?«

Bert hätte den jungen Mann gern beruhigt. Er durfte ihn jedoch nicht in falscher Sicherheit wiegen. Außerdem hielt er Björn Berner für zu intelligent, um ihn mit Ausflüchten abspeisen zu können.

»Wir werden das Papier auf Fingerabdrücke untersuchen lassen ...«

»... die aber bloß was bringen, wenn der Typ schon registriert ist, oder?«, unterbrach Björn Berner ihn.

Bert nickte. »So ist es. Leider.«

»Das heißt, er tobt seinen abartigen Schwulenhass aus, und keiner kann ihn stoppen, weil niemand weiß, *wer er ist*?«

Bei den letzten Worten war er laut geworden. Aus Verzweiflung, wie Bert erkannte. Das Gefühl war ihm selbst nur allzu vertraut. Es war unerträglich, hinter einem Täter her zu sein und zu wissen, dass jede weitere Tat, die er beging, von der eigenen Unfähigkeit, ihm auf die Spur zu kommen, erst ermöglicht wurde.

»Er verrät ja nicht mal, wen er meint«, sagte Björn Berner. »Maxim oder mich.«

Damit hatte er einen wichtigen Punkt getroffen. Und es war, dachte Bert, eine ganz besondere Form der Bösartigkeit, jemandem mit dem Tod zu drohen und ihn in dem wesentlichsten Punkt im Unklaren zu lassen.

»Wissen Sie, ob einige Ihrer Freunde ebenfalls eine Botschaft erhalten haben?«, fragte Rick.

Das Gesicht des jungen Mannes hellte sich auf. Verständlicherweise, denn eine Drohung, die an viele gerichtet war, verlor einen Teil ihres Schreckens.

»Nein. Aber ich kann rumtelefonieren, um das rauszukriegen.«

»Tun Sie das«, sagte Bert. Er war sich jedoch ziemlich sicher, dass niemand sonst eine solche Warnung vorgefunden hatte.

»Sollte Ihnen irgendetwas auffallen, das Sie stutzig werden lässt, zögern Sie nicht, uns oder Kommissar Rosenbaum anzurufen«, bot Rick an. »Das gilt auch für Ihren Freund. Richten Sie ihm das bitte aus.«

In diesem Augenblick meldete sich Björn Berners Handy. Er sah auf das Display.

»Meine Schwester«, sagte er. »Entschuldigen Sie.«

Er drehte sich zur Seite und nahm das Gespräch mit einem vertrauten »Hallo, du« an, dann sagte er nichts mehr und hörte mit versteinerter Miene zu. »Der ist gerade hier … warte mal«, sagte er schließlich und reichte das Handy an Bert weiter.

»Herr Kommissar«, hörte Bert die aufgeregte Stimme Romy Berners. »Ich glaube, ich habe Post von dem Mörder erhalten.«

*

Es war ein nachlässig aus einem Zeichenblock vom Format DIN A4 gerissenes Blatt Papier. Zweimal gefaltet hatte es hinter dem Scheibenwischer des Fiesta geklemmt, und natürlich hatte Romy es hervorgezogen und aufgeklappt. Da hatte sie noch geglaubt, es handle sich um Werbung oder Ähnliches.

Bis sie die Worte gelesen hatte.

HALT DICH RAUS, SCHNÜFFLERIN!

Die Buchstaben waren grobschlächtig und ungelenk, wie mit einem Pinsel mittlerer Breite hingeschmiert. Nach unten verlief die Farbe in unregelmäßigen Bahnen bis zum Ende des Blatts.

Ein merkwürdiges Rot. Fast ein Braun.

Wie getrocknetes Blut.

Romy war in ihre Wohnung zurückgelaufen, hatte den Wisch auf den Kühlschrank fallen lassen und sich die Hände mit Seife geschrubbt, bis sie ihre Finger nicht mehr spürte.

Sie hatte Björn angerufen und nicht den Kommissar, weil sie

die Bedeutung der Worte herunterspielen wollte. Vielleicht hatte sie insgeheim gehofft, Björn würde ihr Erschrecken einfach weglachen, wie er es in anderen Situationen schon so oft getan hatte.

Doch er hatte nicht gelacht. Er hatte sein Handy weitergereicht. Und so war es doch zu einem Gespräch mit dem Kommissar gekommen.

Und nun saß Romy an ihrem Schreibtisch und versuchte, sich mit Arbeit abzulenken, solange sie auf den Kommissar und seinen Kollegen warten musste.

Schnüfflerin.

Das Wort war wie ein Schlag ins Gesicht.

Der ganze Satz war pure Gewalt.

Halt dich raus, Schnüfflerin!

Und dieses Rot …

Als es klingelte, sprang Romy auf und flog förmlich zur Tür. Erst als sie die Schritte der Polizeibeamten auf der Treppe hörte, wurde sie ein wenig ruhiger.

»Schade, dass Sie das Blatt berührt haben«, sagte der Kommissar. »Aber Sie konnten ja wirklich nicht wissen, um was es sich handelt.« Er wechselte einen bedeutsamen Blick mit seinem Kollegen.

»Es ist Blut, ja?« Romy konnte es nicht ausstehen, mit Samthandschuhen angefasst zu werden. »Das ist doch nie im Leben Acryl oder sonst eine Farbe.«

»Das werden wir bald wissen«, wich der Kommissar aus.

»War die Botschaft an meinen Bruder auch so geschrieben?«

»Nein.« Der Kommissar ließ das Papier behutsam in eine Klarsichthülle gleiten. »Wir müssen uns gedulden, bis das Labor mit den Untersuchungen fertig ist.«

»Was jetzt viel wichtiger ist«, fuhr sein Kollege fort, »sind die Fragen, die wir an Sie haben.«

»Okay. Fragen Sie.«

»Wir haben kurz in Erwägung gezogen, dass es sich bei der Nachricht an Ihren Bruder oder seinen Freund Maxim – und eventuell noch andere – um die Tat eines Trittbrettfahrers handeln könnte«, begann der Kommissar.

Romy nickte. Das war möglich.

»Die Tatsache jedoch, dass auch Sie eine Botschaft erhalten haben, widerspricht dieser Theorie. Für einen Trittbrettfahrer, der Panik schüren und sich wichtigmachen will, wäre der Aufwand zu groß, verstehen Sie?«

»Ja«, antwortete Romy. »Er würde seine Schmierereien nicht gleichzeitig in Bonn und Köln verteilen,.«

»Er hätte aufwendig recherchieren müssen, allein um die Verbindung zwischen Ihrem Bruder und Ihnen herauszufinden«, mischte sich der Kollege des Kommissars ein. »Trittbrettfahrer wollen aber den direkten Nervenkitzel. An Arbeit ist ihnen nicht gelegen.«

»Krank«, murmelte Romy. Dann hob sie den Kopf. »Wir gehen also davon aus, dass der Mörder von Leonard, Sammy und Tobias das hier geschrieben hat? Und auch das, was mein Bruder an seiner Tür vorgefunden hat?«

»Wir?« Der Kommissar zog die Augenbrauen hoch und ließ das Wort eine Weile in der Luft hängen.

»So hab ich das nicht gemeint … Verzeihung.«

»Wo hatten Sie Ihren Wagen geparkt?«, fragte er.

»In der Genter Straße«, antwortete Romy. »Das Parken ist in dieser Gegend echt ein Problem. Ich stelle meinen Wagen ab, wo gerade Platz ist. Manchmal muss man eben ein paar Meter laufen. Das ist hier im Belgischen Viertel so.«

»Also immer woanders?«, hakte der Kommissar nach.

Romy nickte.

»Derjenige, der Ihnen diese Nachricht unter den Scheibenwischer geklemmt hat, muss demnach Ihr Autokennzeichen kennen.«

Und mich beobachtet haben, dachte Romy und rieb sich unbehaglich die Arme.

»Welcher Freund Ihres Bruders ist so gut über Sie informiert, dass er über Ihre Parkgewohnheiten Bescheid weiß und sogar Ihr Kennzeichen im Gedächtnis hat?«

»Sie vermuten den Täter unter den Freunden meines Bruders?«

»Beantworten Sie bitte meine Frage.«

»Viele kennen mich gut. Und ich kenne viele von ihnen gut. Und vielleicht fällt es dem einen oder andern leicht, sich Zahlen und Ziffern zu merken. Dafür spricht einiges, denn unter Björns Freunden befinden sich etliche Informatiker.«

Obwohl Romys Gedanken selbst schon in diese Richtung gegangen waren, konnte sie sich einfach nicht vorstellen, dass einer von Björns Freunden fähig wäre, Menschen zu töten.

»Wir sprechen hier von einem Serientäter, der *Schwule* umbringt, Herr Kommissar. Mit so jemandem wäre mein Bruder niemals befreundet.«

»Sie glauben tatsächlich, dass man einem Täter ansieht, dass er ein Täter ist?« Der Kommissar schüttelte mit mildem Vorwurf den Kopf. »Das glauben Sie? Nach allem, was wir beide vor noch gar nicht so langer Zeit miteinander durchgemacht haben?«

Er hatte recht. Mit Romys Fähigkeit, Menschen einzuschätzen, war es nicht weit her gewesen. Sie war in Lebensgefahr geraten. Und hatte sie nicht immer die Meinung vertreten, jeder sei zu einem Mord fähig, sofern er dazu getrieben würde?

»Haben Sie in den vergangenen Tagen ungewöhnliche Dinge bemerkt?«, fragte der Kollege des Kommissars. »Ist Ihnen jemand aufgefallen, der ihre Nähe gesucht hat ...«

Ingo.

»... dem Sie plötzlich häufiger begegnet sind als sonst? Den Sie dabei ertappt haben, dass er Sie beobachtet?«

Ingo? Niemals.

»Gibt es jemanden, der sich Ihnen gegenüber anders verhält?«

Cal.

»Der Ihnen möglicherweise etwas verübelt? Der wütend auf Sie ist? Neidisch? Sie vielleicht sogar hasst?«

Cal.

Nein. Nicht Cal!

»Frau Berner?«

Die Stimme des Kommissars.

Mit ihm redete Romy lieber als mit seinem Kollegen. Zu ihm hatte sie Vertrauen.

»Und so einer bringt dann die Freunde meines Bruders um? Obwohl er mit *mir* Probleme hat? Das ergibt doch überhaupt keinen Sinn.«

»Das eine kann mit dem andern zusammenhängen«, sagte der Kommissar. »Die Fäden eines Falls sind oft eng miteinander verflochten. Der Wahrheit nähert man sich immer nur Schritt für Schritt.«

»Nein«, sagte Romy entschieden. »Mir ist nichts aufgefallen.«

*

Er wurde berühmt. Die Zeitungen berichteten über ihn, sogar das Fernsehen fing an, sich für ihn zu interessieren.

Sie nannten ihn den Schwulenmörder.

Was kümmerten ihn ihre schwachsinnigen Begriffe! Und dass sie für alles und jedes ihre Schubladen brauchten. Wenn es sie glücklich machte, dann sollten sie ihn eben so nennen.

Die Meinung der Leute war ihm egal.

Die Meinung der Welt.

Nicht jedoch die Meinung der Stimme, die ihn wieder piesackte. Er hatte schon alles versucht, um sie zum Schweigen zu bringen, aber wieder hatte er begreifen müssen, dass er gegen sie machtlos war.

Du glaubst, du kannst dich auf deinen Lorbeeren ausruhen?

Er HASSTE es, wenn sie lachte.

Mit ihrem gemeinen Lachen machte sie ihn so klein, dass er sich selbst nicht mehr erkennen konnte.

Es hallte in seinen Ohren, bohrte sich durch den Gehörgang, durchdrang mit Leichtigkeit sein Trommelfell und strömte wie das Wasser aus einem gebrochenen Staudamm durch seinen ganzen Körper.

Alles, was gut war in ihm, wurde von dem abgrundtief bösen Gelächter fortgeschwemmt.

Er warf den Kopf in den Nacken und tat unbeeindruckt. Auch wenn es ihm schwerfiel und er sich am liebsten schreiend auf dem Boden gewälzt hätte, um nichts mehr zu hören. Aber überall waren Menschen. Er durfte sich nicht gehen lassen, keine Aufmerksamkeit auf sich ziehen.

Immer, wenn das Gelächter aufhörte, folgte auf die kurze Erleichterung, die er verspürte, die totale Panik. Denn die Stimme war gnadenloser denn je.

Du weißt, was ich von dir will.

Er versuchte gar nicht erst, sich die Ohren zuzuhalten.

Du weißt, was ich dir befohlen habe.

Es war dumm, zu glauben, ihr ausweichen zu können. Es gab keinen Ort, an dem er vor ihr sicher war.

WEIL SIE AUS SEINEM INNERN KAM.

Er konnte sich nirgends vor ihr in Sicherheit bringen.

Also? Wirst du mir gehorchen?

Hilfesuchend blickte er sich um und sah in lauter gleichgültige Gesichter.

Das machte ihn wütend. So wütend, dass er sich die Lippe zerbiss. Blut schmeckte.

Gut. Dein Zorn wird dir helfen. Und jetzt geh und tu, was ich dir sage.

Natürlich würde er gehorchen.

Wie immer.

Er hatte keine Wahl.

18

Schmuddelbuch, Montag, 7. März, Mittag

Sitze im *Alibi* und warte auf Ingo. Um die Sache mit dem Ring zu klären.

Ihn zurückzugeben.

Dabei trage ich ihn, seit ich ihn auf meinem Kopfkissen gefunden habe, ununterbrochen. Ich merke, wie er die Blicke auf sich zieht. Das neue Mädchen, das hier kellnert, starrt immer wieder auf meine Hand. Und ist eben sogar gestolpert.

Während ich meinen Milchkaffee trinke, betrachte ich die übrigen Gäste. Frage mich, ob einer von ihnen hinter den Botschaften steckt. Begegne ich einem Blick, werde ich sofort misstrauisch.

Die Fragen der Polizei haben mich mehr verunsichert, als ich mir eingestehen wollte.

Ingo …

Sein Verhalten hat sich tatsächlich sehr verändert. Und er ist ein Meister der Recherche. Es wäre ihm ein Leichtes, in kürzester Zeit alles über Björn und seine Freunde herauszufinden, was ihn interessiert.

Aber traue ich ihm zu, ein Mörder zu sein?

Niemals.

Cal …

Er ist in einer verzweifelten Situation und ich habe ihn in sämtlichen nur vorstellbaren Stadien der Gefühle erlebt. Auch aggressiv.

Manchmal denke ich, er sucht die Schuld an seinem Dilemma bei mir. Weil ich ihm nicht helfe, da wieder rauszukommen, indem ich ihn anflehe, bei mir zu bleiben – oder ihn Lusina überlasse.

Möglicherweise nimmt er mir auch übel, dass er überhaupt noch Empfindungen für mich hat. Sogar Hass. Das hat mich am meisten erschreckt, dass Liebe und Hass so nah beieinander liegen können.

Aber Cal ein Mörder?

Nie und nimmer.

Genauso vehement streitet Björn ab, dass einer seiner Freunde etwas mit den Morden zu tun haben oder gar der Mörder sein könnte.

Der einzige Weg, mir Klarheit zu verschaffen, ist der Weg, der zum Mörder führt. Etwas anderes bleibt mir gar nicht übrig.

»Such dir was aus.« Ingo schob Romy die Speisekarte über den Tisch. »Ich lade dich ein.«

»Musst du nicht«, wehrte Romy ab.

»Möchte ich aber.«

Hartnäckigkeit war schon immer Ingos Markenzeichen gewesen. Romy nahm seine Einladung an und bestellte sich einen Salat mit überbackenem Ziegenkäse. Während sie auf das Essen warteten, schnitt sie das heikle Thema an.

»Das mit dem Ring geht nicht, Ingo.«

Ihr war bewusst, dass ihr Einwand komisch klang, da sie den Ring ja bereits trug, aber sie konnte sich nicht dazu überwinden, ihn abzulegen.

»Er verpflichtet dich zu nichts«, nahm Ingo ihr den Wind aus den Segeln. »Du machst mir einfach eine Freude, wenn du ihn behältst. Solltest du aber gar nicht über deinen Schatten springen können, dann nimm ihn als … *Leihgabe*. Er bleibt in meinem Besitz, ich leihe ihn dir nur auf unbestimmte Zeit aus. Was meinst du dazu?«

Das war eine Lösung, mit der Romy leben konnte. Unwillkürlich begann sie, mit dem Daumen der freien Hand über den Turmalin zu streichen. »Okay«, sagte sie. »Ich danke dir, Ingo.«

»Dein Artikel über die Trauerfeier hat mir gefallen«, wechselte er das Thema. »Du hast ein feines Gespür für Stimmungen und hast die Atmosphäre wunderbar eingearbeitet.«

Ein solches Lob aus seinem Mund hatte Romy nicht erwartet. Es gab ihr das Gefühl zu schweben.

»Und ich finde deinen sensationell«, sagte sie. »Er ist irgendwie … anders. Als hättest du deine Handschrift gewechselt.«

Ingo verzog die Lippen zu einem kleinen Lächeln.

»Wirklich, Ingo. Ich hab mich beim Lesen gefragt, ob ich wohl jemals etwas ähnlich Gutes zustande bringen werde.«

»Wirst du. Garantiert.«

Romy konnte sich seine Freundlichkeit nicht erklären. Sein Denken hatte immer nur um seine eigene Person gekreist. Er hatte keinen an sich herangelassen, niemandem Einblick in sein Privatleben gestattet.

Unter den Kollegen war er als Einzelkämpfer mit krankhaftem Ehrgeiz verschrien. Man sagte ihm nach, jeden von der Karriereleiter zu schubsen, der ihm im Weg stand. *Widerling* und *Kotzbrocken* gehörten noch zu den weniger harten Begriffen, mit denen er belegt wurde. Auch Romy hatte ihn schon so bezeichnet.

Und jetzt warf er das alles über den Haufen.

»Du scheinst mir ja eine Menge zuzutrauen«, sagte sie.

»Das tue ich.«

Er sah der Kellnerin nach, wie er das immer tat, doch ohne diesen lüsternen Ausdruck in seinem Blick. Vielleicht, dachte Romy, macht er einfach mal Pause vom Ekligsein.

»Du bist irgendwie … verändert«, sagte sie.

Die Kellnerin brachte Romys Salat und die Lasagne für Ingo, und erst nach ein paar Bissen reagierte Ingo auf Romys Bemerkung.

»Ist mir gar nicht aufgefallen.«

»Mir schon. Als hättest du dein wahres Wesen bisher versteckt.«

»Mein wahres Wesen. Wow! Große Worte.« Er nahm die nächsten Bissen, bevor er weiterredete. »Und du glaubst, mein wahres Wesen zu kennen?«

Da war er wieder, der alte Ingo, der einem die Sätze knapp

und präzise um die Ohren schlug, wenn man ihm zu nah gekommen war.

»Nein.« Romy ließ ihn auch ein bisschen zappeln, indem sie sich eine Weile mit ihrem Salat beschäftigte. »Ich hab nur eine Vermutung angestellt.«

Ingo ließ den Blick durch den Raum schweifen. Deutlicher konnte er Romy nicht signalisieren, dass dieser Teil des Gesprächs für ihn beendet war.

»Tut mir leid«, sagte sie. »Ich wollte dir nicht auf die Füße treten.«

»Hast du nicht getan.«

Romy überlegte nicht lange. Sie reagierte spontan und ließ dabei völlig außer Acht, dass es unklug war, einem Kollegen von der Konkurrenz ihr Herz auszuschütten. Sie erzählte ihm von der Warnung des Mörders.

Ingo legte das Besteck ab und schob seinen Teller beiseite. Seine Augen verengten sich, während er zuhörte.

»Blut?«, fragte er schließlich. »Bist du sicher?«

»Ziemlich.«

»Er will dich zum Schweigen bringen«, sagte er. »Und er will verhindern, dass du dich weiter in die Sache reinhängst.«

»Ich bin Björns Schwester. Wie soll ich mich denn da bitte raushalten?«

»Mir brauchst du das nicht zu erklären.« Ingo winkte der Kellnerin und bestellte sich einen Espresso. »Du auch?«

Romy schüttelte den Kopf.

»Dein Artikel ist eine Kampfansage an den Mörder«, sagte er. »Zumindest kann er ihn so verstehen. Wie krank der Grund für sein Tun auch sein mag, er will sich nicht als Psychopath und Verbrecher beschimpfen lassen.«

»Morde *sind* Verbrechen, Ingo. Und dieser Typ *ist* ein Psychopath.«

»Du weißt das, ich weiß das, die meisten Menschen sehen das so. Der Mörder allerdings wird seine Taten anders einordnen. Für ihn ist das, was er tut, richtig.«

»Du hältst ihn für einen religiösen Eiferer?«

»Nicht unbedingt. Es kann ausreichen, dass er ein Problem mit Homosexualität hat.«

»Wenn alle, die ein Problem mit Schwulen haben, plötzlich anfangen würden, Schwule umzubringen …«

»Das tun eben nicht alle, Romy. Der Typ tickt nicht richtig. Irgendwas ist bei dem falsch gepolt, und er geht los und glaubt, die Welt von Männern säubern zu müssen, die es wagen, Männer zu lieben.«

Nie würde Ingo so reden, wenn er selbst der Täter wäre, dachte Romy. Einen solchen Abstand zu seinen Taten könnte er gar nicht aufbringen. Ich würde den Hass in seinen Augen erkennen, und wenn er sich noch so sehr anstrengen würde, ihn zu verbergen.

»Und wie geht es Björn?«, fragte er.

»Wie schon? Er gibt sich tapfer, aber er ist voller Angst, seit …«

Wieder überlegte sie nicht, bevor sie Ingo davon erzählte, dass auch Björn bedroht worden war.

»Er auch?« Romy konnte sehen, wie es in Ingos Kopf arbeitete. »Was ist mit seinen Freunden? Wurden die ebenfalls bedroht?«

»Keine Ahnung.« Romy hatte keinen Hunger mehr. Sie schob ihren Teller beiseite, wie Ingo es getan hatte. »Aber ich werde sie fragen. Jeden Einzelnen.«

Ingo runzelte die Stirn.

»Du glaubst doch nicht, dass ich mich einschüchtern lasse«, sagte Romy. »Oder dass mir einer den Mund verbieten kann.«

»Romy …«

»Es geht um meinen Bruder und darum, dass er schwul ist, und um einen Irren, der glaubt, schwule Menschen umbringen zu dürfen, es geht …«

»Komm wieder runter, Romy.«

Romy spürte Ingos Hand auf ihrer. Er hatte recht. Sie musste einen kühlen Kopf bewahren.

»Natürlich sollst du dich nicht einschüchtern lassen. Aber du darfst auch nicht lospreschen und einen einsamen Feldzug gegen einen durchgeknallten Serienmörder beginnen.«

»Wer sagt dir, dass es ein *einsamer* Feldzug werden wird?«

»Johanna von Orléans hat das auch nicht überlebt, Romy, und sie hatte ein ganzes Heer hinter sich.«

Unwillkürlich musste Romy lächeln.

»Denk an das letzte Mal, als du versucht hast, Morde aufzuklären.«

Daran brauchte er sie nicht zu erinnern. Das würde sie nie vergessen.

»Lass das die Bullen machen, Romy, die haben das gelernt.«

Romy sah ihm in die Augen. »Du weißt doch ganz genau, dass ich gar keine Alternative habe. Ebenso wenig wie du.« Sie lächelte. »Oder willst du mir erzählen, dass du noch nie eine Grenze überschritten hast?«

Ihre Worte hatten ins Schwarze getroffen.

»Versprich mir wenigstens, dass du vorsichtig bist«, bat Ingo und schüttete ein ganzes Tütchen Zucker in seinen Espresso.

»Du machst dir Sorgen um mich?«

Er trank, schwieg, dann hob er den Kopf. »Das merkst du erst jetzt?« Er winkte der Kellnerin, zahlte, lehnte sich auf seinem Stuhl zurück und verschränkte die Arme vor der Brust.

Es war, als hätte er mit einer großen Schere sämtliche Fäden ihres Gesprächs gekappt. Der Ingo, der Romy jetzt gegenübersaß, war genau so, wie sie ihn kannte: glatt, abweisend und unverbindlich. Er schaute auf die Uhr.

»Du, ich muss los. Hab einen Termin, und bei den Baustellen rings um Köln wird ja im Moment jede Fahrt zu einem Horrortrip.«

Für den Bruchteil einer Sekunde verspürte Romy ein Bedauern, das ihr einen feinen Schmerz bereitete. »Ich bleib noch ein bisschen«, sagte sie und sah ihm zu, wie er seine Sachen zusammenpackte.

»Also dann. Man sieht sich.« Ingo hob grüßend die Hand. Er

war schon an der Tür, als er noch einmal zurückkam. »Auch Björn muss aufpassen«, sagte er so leise, dass Romy ihn bei der lauten Musik im Hintergrund kaum verstehen konnte. »Sag ihm, dass er höllisch aufpassen muss.«

*

Josch Bellmann ging auf dem Zahnfleisch. Zuerst hatte ihn Kommissar Titus Rosenbaum mit seinen Fragen nach Tobias genervt, dann waren ihm auch noch die Bullen von der Kripo Köln auf die Pelle gerückt. Sie hatten, wie er wusste, eine Sonderkommission gebildet, um die Morde an Leonard, Sammy und Tobias aufzuklären. Aber entweder, die eine Hand wusste bei denen nicht, was die andere tat, oder diese Doppelbefragungen gehörten zum Prinzip.

Er hatte sich bemüht, ihnen ein klares Bild von Tobias zu vermitteln. Doch bei der Frage, ob er sich vorstellen könne, dass einer aus dem gemeinsamen Freundes- und Bekanntenkreis den Mord begangen haben könnte, eine Frage, die sie jedem bereits bei Leonards und Sammys Tod gestellt hatten, war er innerlich abgetaucht.

Er *wollte* sich das nicht vorstellen.

Wo fände man denn noch Sicherheit, wenn man das einzig wirklich Verlässliche in seinem Leben anzweifeln müsste – seine Freunde?

Es gab immer mal Knatsch zwischen dem einen oder andern. Immer mal wieder Differenzen. Es gab Neid und Eifersucht und sicher auch Intrigen.

Aber Mord?

Morde?

Er hatte ja selbst schon versucht, einen versteckten Zusammenhang zwischen Leonard, Sammy und Tobias zu finden. Vergeblich. Ebenso gut hätte es, seiner Meinung nach, jeden andern aus ihrer Mitte treffen können.

Wer würde das nächste Opfer sein?

Diese Frage trieb ihn um, seit Björn ihn heute Morgen angerufen hatte, um ihm von den Botschaften zu erzählen. Auch Josch war sich sicher, dass die Nachrichten vom Mörder stammten.

Warum hatte er Björn und seiner Schwester gedroht?

Warum nicht Eileen? Oder ihm selbst?

Sie alle hatten sich doch an der Organisation der Trauerfeier beteiligt, die der Mörder als eine einzige Herausforderung empfunden haben musste.

Bedeutete das, dass er sich bereits ein neues Opfer ausgesucht hatte?

Björn?

Oder wollte er Björn lediglich zurückpfeifen?

Als Josch seine Sporttasche packte, tat er das wie die Leute in Spielfilmen, nachdem sie spontan beschlossen hatten, aus ihrer Ehe auszubrechen und Haus und Hof zu verlassen. Er stopfte alles wahllos hinein und zurrte den Reißverschluss zu.

Jetzt für ein, zwei Stunden aufs Wasser, das würde Wunder wirken.

Josch war Mitglied im Ruderverein und unterbrach sein Training auch im Winter nicht. Wenn der Kessel zu viel Druck aufbaute, musste er Dampf ablassen, und nirgends war das besser möglich als beim Rudern.

Er warf einen Blick aus dem Fenster. Der Himmel war bewölkt, doch es sah nicht nach Regen aus. Als er in die Küche ging, um sich eine Flasche Wasser aus dem Kühlschrank zu nehmen, saßen Rolo und Carmen am Tisch, konzentriert über ihre Laptops gebeugt.

»Willst du weg?«, fragte Rolo, ohne aufzusehen.

»Jepp«, antwortete Josch und hielt die Luft an. Irgendwas im Kühlschrank stank ganz gewaltig.

Er griff nach einer Flasche und drückte die Tür schnell wieder zu. Sollten die beiden sich darum kümmern. Er war es leid, ständig hinter ihnen herzuputzen.

Es war angenehm gewesen, in einer WG mit Rolo zu wohnen. Seit der jedoch Carmen angeschleppt hatte, fand Josch das Zusammenleben manchmal recht schwierig. Ständig klebten sie aneinander und vermittelten ihm das Gefühl, zu stören.

Er wusste, dass sie das nicht beabsichtigten und dass er selbst es war, der sich Probleme mit ihrer engen Zweisamkeit machte. Die Erkenntnis änderte jedoch nichts daran, dass er sich in ihrer Gegenwart häufig wie das fünfte Rad am Wagen fühlte.

Carmen war blond und mager und passte so gar nicht in ihren dunklen, üppigen Namen. Sie äußerte jeden Gedanken, der ihr in den Kopf kam, und füllte die Wohnung mit ihrem Gerede über Gott und die Welt. Aber Josch war sich nicht darüber im Klaren, ob er sie überhaupt noch objektiv betrachten konnte.

Mit Mädchen wie Carmen kam er einfach nicht zurecht.

»Ruderst du wieder?«, fragte sie in einem Ton, der verriet, dass sie diesen Sport für reine Zeitverschwendung hielt.

»Jepp«, entgegnete Josch wieder.

»Kannst du auch in vollständigen Sätzen sprechen?«, fragte Carmen pikiert und richtete den Blick ihrer farblosen Augen auf ihn.

»Kann er«, sprang Rolo ein.

»Will ich aber nicht«, ergänzte Josch.

Carmen seufzte theatralisch und widmete sich wieder ihrem Laptop.

»Du kannst mein Auto haben«, sagte Rolo. »Der Schlüssel liegt irgendwo in meinem Zimmer. Der Wagen steht ein paar Meter die Straße runter.«

»Thank you so much.«

In Carmens Gegenwart konnte Josch nicht anders, da sprach er entweder gar nicht oder er ging hinter einer Mauer aus Albernheit und Ironie in Deckung. Er wusste, dass er sie damit rasend machte, und das gefiel ihm.

Carmen hatte sich auch in Rolos Zimmer ausgebreitet. Überall lagen ihre Klamotten und Schminkutensilien herum. Den Autoschlüssel fand Josch schließlich auf dem Schreibtisch, halb unter einem Kamm mit gewaltigen Zinken versteckt, in dem etliche von Carmens Haaren hingen. Mit spitzen Fingern zog er den Schlüssel hervor und fühlte, wie sich eines der langen blonden Haare um seine Hand schlängelte.

Fluchend schüttelte er es ab.

Auf dem Weg durchs Treppenhaus fragte er sich wieder, wieso Rolo sich ausgerechnet für Carmen entschieden haben mochte, wo die Welt doch voller wirklich netter Mädchen war. Weil er sie eben liebt, gab er sich selbst die Antwort und nahm sich zum hundertsten Mal vor, ein bisschen mehr Geduld mit Carmen zu haben.

Im Treppenhaus hingen lauter Aquarelle mit fröhlichen Landschaften an den Wänden. Auf den Fensterbänken standen Töpfe mit künstlichen Blumen.

»So hat man immer etwas Blühendes vor Augen«, hatte die Vermieterin ihnen erklärt, als sie die Zweizimmerwohnung damals besichtigt hatten.

Sie gab sich große Mühe, das Haus jeweils passend zur Jahreszeit zu dekorieren. Seit ein paar Tagen waren die verstaubten künstlichen Christsterne verschwunden und hatten frischen künstlichen Frühjahrsblumen Platz gemacht, Schneeglöckchen, Krokussen, Osterglocken und Tulpen und alle täuschend echt.

Es schüttelte Josch, wenn er die leblose Farbenpracht sah. Es kam ihm so vor, als würde auch die Vermieterin ein künstliches Leben führen, das zwar den Anschein echten Lebens erweckte, darunter jedoch hohl war und tot.

Ihr Mann hatte an der Außenfassade des Hauses einen Fahnenmast anbringen lassen, an dem er zu besonderen Anlässen die Deutschlandfahne hisste. Josch hätte ihn gern einmal gefragt, warum er das tat, aber er war, seit sie hier wohnten, noch nie mit ihm ins Gespräch gekommen. Man sah ihn ganz selten.

Als wär auch er nur nachgemacht, dachte Josch. Und vielleicht wohnen Rolo und ich auch überhaupt nicht wirklich hier. Vielleicht ist das alles bloß eine Vorstellung von irgendwem und wir spielen darin unsere Rolle.

Er hatte manchmal Angst, verrückt zu werden.

Deshalb knallte er sich mit Aktivitäten voll. Um zu spüren, dass er lebte. Handeln konnte. Gesund war.

Auch wenn ihn die gegenwärtige Situation erdrückte.

Jemand hatte sich vorgenommen, Schwule auszuradieren.

Und Josch passte in sein Beuteschema.

So lange konnte er gar nicht rudern, dass es seinen Herzschlag beruhigen würde.

*

Tu es! Jetzt!

Oh ja. Er würde es tun. Aber anders, als die Stimme es wollte. Ganz anders.

Er hatte sämtliche Daten im Kopf. Wusste, wann er wen wo erwischen würde.

Es war so lachhaft einfach.

Man musste sich bloß für ein Opfer entscheiden und eins und eins zusammenzählen.

Die meisten Menschen verhielten sich wie ein Uhrwerk. Das war äußerst hilfreich. Sie hatten ihre festen Gewohnheiten, von denen sie kaum einmal abwichen. Das galt sogar für Studenten, die doch wesentlich mehr Freiheit in der Gestaltung ihres Tagesablaufs hatten.

Insbesondere in den Semesterferien. Es sei denn, sie jobbten nebenher.

Oder trieben Sport.

Er grinste von einem Ohr zum andern, als er sich bewusst machte, was er im Begriff war zu tun: Diesmal würde er nicht gehorchen. Diesmal hatte er sein Opfer selbst ausgewählt. Diesmal würde er sich nicht reinreden lassen. Da konnte die Stimme ihm drohen, so viel sie wollte.

Ich habe dir ausdrücklich …

Lalala, dachte er, lalalalala …

HÖR MIR ZU!

Alles in ihm wollte losprusten. Doch das wagte er nicht. Lenkte sich ab, damit es ihm nicht doch passierte.

Lalalalalaaa …

Lass das! Ich BEFEHLE dir …

Laaalaaa …

Sie würde ihn bestrafen, doch darüber wollte er jetzt nicht nachgrübeln.

Er hatte sich ein winziges Stück Freiheit zurückgeholt.

Und auch, wenn die Stimme sie ihm wieder nehmen würde, war es doch wundervoll, für eine Weile davon zu kosten.

19

Schmuddelbuch, Montag, 7. März,
vierzehn Uhr fünfundvierzig, Diktafon

Bin auf dem Weg nach Bonn. Werde bei den Maltesern vorbeischauen, um mich mit dem Typen zu unterhalten, der am Freitag mit Tobias Dienst hatte. Vielleicht können mir auch die übrigen Kollegen noch etwas erzählen.

Ich lasse mich nicht mundtot machen.

Jetzt erst recht nicht!

In der Redaktion habe ich nichts von der Botschaft erzählt, um keine schlafenden Hunde zu wecken. Greg würde mir sofort verbieten, weiterzumachen. Dabei geht es längst nicht mehr um meine Recherchen oder ums Schreiben.

Es geht um Björn.

Vielleicht ist es das, was den Mörder stört – dass ich persönlich in die Sache verwickelt bin.

Er will Öffentlichkeit. Deshalb ist ihm die Presse, die über seine Taten berichtet, willkommen. Es reicht ihm nicht aus, zu töten. Es ist für ihn immens wichtig, dass die Welt von seinen Morden erfährt.

Was er jedoch *nicht* will, was einer wie er unter *keinen* Umständen dulden kann, ist ein Journalist, der die Vorteile seines Jobs dazu nutzt, ihn aufzustöbern.

Während ich fahre, behalte ich den Rückspiegel im Auge. Aber mir fällt kein Wagen auf, der länger als nötig hinter mir bleibt. Trotzdem werde ich das Gefühl nicht los, dass er in der Nähe ist.

Verfolgungswahn, sagt mein Verstand. *Noch hat der Mörder nur am Rande Interesse an dir.*

Was sich jederzeit ändern kann, antwortet mein Gefühl.
Die zwei liegen sich wieder mal in den Haaren.
Ich höre auf keinen von beiden und gebe Gas.

Sobald er auf dem Rhein war, ging es Josch besser. Die Ufer zogen an ihm vorbei, am Himmel türmten sich weiß und grau die Wolken, und das gleichmäßige, sanfte Geräusch, das entstand, wenn die Blätter der Skulls in die Wasseroberfläche eintauchten und wieder daraus hervorkamen, geriet in Einklang mit seinem Herzschlag.

Er überließ sich ganz den Bewegungen und der Kraft seines Körpers. Den Lauten auf dem Wasser und an Land. Behielt alles im Blick. Jeden Kahn, der ihm begegnete. Jede Gestalt an den Ufern.

Bald fing er an zu schwitzen und seine Armmuskeln schmerzten, die Strafe dafür, dass er das Training in letzter Zeit ein wenig vernachlässigt hatte. Er reduzierte das Tempo, sein Atem wurde ruhiger und Josch fand den Rhythmus, der heute gut für ihn war.

Wie oft hatte er versucht, Tobias zu überreden, einmal mitzukommen. Der Sport hätte ihm gutgetan und die Gesellschaft Gleichgesinnter ihm womöglich über den einen oder andern schlechten Tag hinweggeholfen.

Doch Tobias hatte sich nicht aufraffen können. Immer wieder hatte er versprochen, es sich zu überlegen, und dann war er doch in seinem Zimmer hocken geblieben – dem einzigen Ort, an dem er sich während seiner Depressionen halbwegs geborgen gefühlt hatte.

Josch warf sich vor, versagt zu haben. Wäre es ihm gelungen, Tobias ein wenig aus sich herauszulocken, wäre er vielleicht nicht ein so leichtes Opfer für den Mörder gewesen.

Vielleicht.

Wer wusste das schon.

Der Mörder, dachte er, war ein hohes Risiko eingegangen, als er beschlossen hatte, Tobias bei der Arbeit aufzulauern. Wäre es nicht viel einfacher gewesen, ihn in dem Haus zu ermorden, in dem er gewohnt hatte?

Josch zog das Tempo an.

Als könnte er seinen Gedanken davonrudern.

Und dem Grübeln.

Bei den Maltesern herrschte Panik. Mehrere Kollegen hatten sich krankgemeldet, nachdem die Nachricht vom Mord an Tobias durchgesickert war.

»Feige Hunde!«, stieß Josch keuchend hervor. »Elendes, feiges Pack!«

Er ruderte viel zu schnell. Rang nach Luft. Und wusste, dass er den Jungs Unrecht tat. Sie befanden sich in einem Schockzustand. Genau wie er.

»Genau wie ich«, murmelte er und fühlte mit einem Mal, wie seine Kraft in sich zusammenfiel.

Er nahm die Skulls lang und ließ sich treiben. Stromabwärts, nachdem er stromaufwärts gerudert war. Egal.

Endlich konnte er heulen. Alles rauslassen, was er so mühsam in sich verschlossen hatte. Endlich an Tobias denken, wie er ihn zuletzt gesehen hatte: über einen Witz lachend. Als hätte er noch nie von Depressionen gehört.

Die Trauer machte schnell einer Wut Platz, wie er sie auch beim Tod von Leonard und Sammy empfunden hatte. Es schien, als sei diese Wut von Tod zu Tod gewachsen, und jetzt füllte sie jede Zelle seines Körpers aus.

Josch wusste nicht mehr, wohin damit. Er nahm die Skulls und ruderte in einem Tempo, mit dem er jeden Wettkampf gewonnen hätte, ohne Unterbrechung bis auf die Höhe von Unkel, wo er beim Training immer eine Pause einlegte.

Schweißgebadet und zitternd vor Schwäche ging er an Land.

Sand und Kies, im Sommer glühend von der Hitze, hatten noch die Kälte der vergangenen Monate gespeichert. Dennoch ließ Josch sich, nachdem er das Boot an Land gezogen hatte, nieder, trank ein paar Schlucke Wasser und aß einen Müsliriegel, um seinen Blutzuckerspiegel wieder auszugleichen.

Ein Blick auf seine Armbanduhr zeigte ihm, dass er knapp

hundert Minuten gebraucht hatte. Eine respektable Zeit, doch er konnte sich nicht darüber freuen. Die Frage der Bullen quälte ihn.

Gab es in seinem Umfeld einen Menschen, dem er zutraute, ein Mörder zu sein?

Von dieser Stelle aus blickte er über die B 9 und die Schienenstrecke der linken Rheinseite hinweg auf Schloss Ernich. Ein vertrautes Bild, aber es gelang ihm heute nicht, es zu genießen. Er schaffte nicht einmal, es richtig wahrzunehmen. Ohne Unterlass kreiste die Frage in seinem Kopf.

Unzählige Male hatte er hier schon Rast gemacht und war wieder zu Atem gekommen. Häufig, dachte er, war er nur aus diesem einen Grund überhaupt aufgebrochen: um hier zu sitzen und nach der Anstrengung des Ruderns in dieser unvergleichlichen Landschaft mit sich und dem, was ihn gerade beschäftigte, allein zu sein.

Hier hatte er Antworten auf seine Fragen gefunden. Immer.

Heute gab es keine Antwort für ihn.

Wie betäubt hörte er das gleichmäßige Rauschen des Verkehrs auf der B 9, übertönt vom Lärmen eines ungewöhnlich langen Containerzugs, der in Richtung Koblenz fuhr.

Alles war wie sonst auch und dennoch ganz anders.

Josch wünschte sich, die Sonne würde zwischen den Wolken hervorkommen und das Wasser glitzern lassen. Er wünschte, er könnte mit einem Unbeteiligten über die Bedrohung sprechen, die über ihm und seinen Freunden hing. Wünschte, er würde aufwachen, und alles wär nur ein Traum gewesen.

Ein Auto hupte.

Ein Vogel segelte über das Wasser.

Ein Lastkahn glitt vorüber.

Es war an der Zeit, wieder ins Boot zu steigen, doch er konnte sich nicht dazu aufraffen. Er hatte sich verausgabt, seine Kraft vergeudet, statt sie klug einzuteilen. Ein unverzeihliches Verhalten.

Josch hatte gelernt, die Gefahren auf dem viel befahrenen Rhein nicht zu unterschätzen. Immer mit voller Aufmerksamkeit zu rudern. Keine Risiken einzugehen.

Wozu?, fragte er sich mit beißendem Spott. Überleben, um dann von einem Irrsinnigen totgeschlagen zu werden wie … wie …

Er schloss die Augen. Versuchte, gegen die Erschöpfung anzukämpfen, die ihn gepackt hielt. Wenn es ihm nicht gelang, seine Kraftreserven zu aktivieren, würde er abstürzen. Es wäre ihm kaum möglich, die Strecke zu bewältigen, die vor ihm lag.

Die leisen Schritte hörte er erst, als sie schon dicht hinter ihm waren, und er seufzte innerlich. Wieder Kinder, die Indianer spielten und sich anschlichen, um jeden Moment in ein wildes Geheul auszubrechen. Oder sie wollten nur das Boot angucken.

Okay, dachte er. Bringen wir's hinter uns. Je eher er sie zur Kenntnis nahm, desto eher würden sie ihn wieder in Ruhe lassen. Er drehte sich um.

Da waren keine Kinder.

Im Gegenlicht konnte Josch das Gesicht des Mannes nicht erkennen. Doch dass es sich hier nicht um einen Wanderer handelte, der vom Weg abgekommen war und Hilfe brauchte, wurde ihm rasch klar.

Und spätestens nach seinem zögernden »Hallo«, das von dem Mann nicht beantwortet wurde, kroch ein Gefühl in ihm hoch, das er noch nie empfunden hatte.

Todesangst.

*

Waghalsig.

Er hatte viel riskiert.

Und viel gewonnen.

Nach dem langen Warten hatte schließlich alles gepasst. Kein Schiff mit lästigen Zeugen an Deck, kein Zug, aus dem man ihn hätte beobachten können. Nur der Verkehr auf der Bundesstraße gegenüber, und wer saß schon mit einem Fernglas im Auto und suchte die Gegend ab?

Besser konnte es nicht laufen.

Ziemlich umständlich, bis hier heraus zu fahren. Die Stimme regte sich immer noch darüber auf. Auch darüber, dass er das falsche Opfer ausgewählt hatte. Sie bedrängte ihn so sehr, dass er kaum noch Luft bekam.

»Lass mich!«, schrie er sie an, hob Kieselsteine auf und warf damit um sich.

Sie lachte.

Ihr Lachen war wie aus Eis. Man konnte sich daran schneiden. Oder in seiner Nähe erfrieren.

Mit bebenden Händen zog er die Schutzkleidung aus und stopfte sie zu dem blutverschmierten Messer in seinen Rucksack. Diesmal hatte sie ihm nichts genützt, denn sie war zerrissen. Es war ihm nicht gelungen, das Opfer überraschend anzugreifen. Ihm wurde schlecht, wenn er daran zurückdachte.

Er hatte sogar das Messer benutzen müssen und eine riesige Sauerei veranstaltet. Wie beschmutzt er sich fühlte, wie elend.

Kapierst du endlich, dass du nicht in Eigenregie handeln darfst?

»Blablabla«, murmelte er, hob den großen grauen Flussstein auf, der ihm schließlich zusätzlich als Werkzeug gedient hatte, holte aus und warf ihn weit aufs Wasser hinaus. Mit einem lauten Platschen ging er unter.

Das Opfer war kein Opfer gewesen. Es hatte sich zur Wehr gesetzt.

Mit dem Mut der Verzweiflung war es aufgesprungen und hatte sich auf ihn gestürzt. Als hätte es ihn erwartet. Als wär es nur aus dem Boot gestiegen, um hier auf ihn zu warten.

So viel Mut und eine solche Kraft hatte er Josch gar nicht zugetraut. Dabei hatte er im Vorfeld alles über ihn in Erfahrung gebracht, was notwendig gewesen war, um handeln zu können.

Aber nicht genug, *sagte die Stimme.* Nicht annähernd genug.

Halt's Maul!, *hätte er gern erwidert.*

Sie zum Schweigen gebracht.

Doch er wagte es nicht.

Die Stimme war groß. Und mächtig. Wenn sie wollte, konnte sie ihn zu einem kleinen, jammernden Bündel machen, das sich in der dunkelsten Ecke verkroch und den Kopf einzog.

Sie wusste.

Wusste alles. Auch über ihn.

Mach Ordnung!, *fauchte sie ihn an.* Trödle nicht!

Sie hatte ihm keine Zeit gelassen, sein Opfer zu betrachten. Ihm nah zu sein. Ihr Gezeter hatte ihn sogar davon abgehalten, den Augenblick wahrzunehmen, an dem das Leben aus dem Körper gewichen war.

Sie hatte ihm alles kaputt gemacht!

»Ich hasse sie«, flüsterte er dem Toten zu und ging neben ihm auf die Knie. »Ich hassehassehasse sie.«

Wir haben keine Zeit für Sentimentalität. Pack deine Sachen zusammen!

Wie sehr er sie hasste!

Er erhob sich schwankend, klopfte den Staub von der Hose, setzte die Baseballkappe auf und warf sich den Rucksack über die Schulter. Ein letzter prüfender Blick, dann zog er die Kappe tief über die Augen und wandte sich ab.

Gäbe es eine Möglichkeit, sich der Stimme zu entledigen, er würde keine Sekunde zögern, es zu tun.

Das Lachen der Stimme war jetzt voller Hohn.

Er hielt sich die Ohren zu, obwohl er es besser wusste.

*

»Wann kommst du uns mal wieder besuchen, Papa?«

Bert hatte gerade die Pressekonferenz hinter sich gebracht und ihm war im Augenblick absolut nicht nach Telefonieren. Doch wann kam es schon einmal vor, dass seine Tochter ihn von sich aus anrief?

»Bald, Lara. Das verspreche ich dir.«

Die paar Kilometer, dachte er beschämt. Immer gab es einen anderen Grund, den längst fälligen Besuch zu verschieben. Meistens lag es an Margot, die es sich anscheinend zum Ziel gesetzt hatte, die Beziehung zwischen Bert und den Kindern zu unterhöhlen. Sie tat das sehr geschickt. Ständig kam ihr etwas angeblich äußerst Wichtiges dazwischen, immer wieder sagte sie ab.

»Ehrenwort?«

»Hochheiliges.«

»Mama muss jetzt auch nachmittags ab und zu arbeiten.«

Bert registrierte mehrere Dinge auf einmal. Erstens: Margot intensivierte Schritt für Schritt ihre wieder aufgenommene Berufstätigkeit als Buchhändlerin. Zweitens: Dadurch würden sich für ihn ungeahnte Gelegenheiten ergeben, endlich die Kinder öfter zu sehen. Drittens: Die Kinder hatten begriffen, dass ihre Mutter die Vater-Kind-Beziehung nach Kräften torpedierte.

»Dürfen wir dann zu dir?«

Es drehte Bert das Herz im Leib um, als er die unverhohlene Hoffnung in der Stimme seiner Tochter hörte.

»Du weißt doch, dass ich auch zur Arbeit muss«, sagte er vorsichtig.

»Mörder jagen.«

»*Jagen* ist nicht das richtige Wort …«

Er hätte seinen Kindern gern das Wissen erspart, dass Menschen einander umbrachten. Auch seinen Beruf hätte er ihnen am liebsten verschwiegen. Er hätte ihnen gern eine Welt ohne Hass, ohne Gewalt und ohne Tod geschenkt.

Doch die Welt war nicht so.

»Finn will auch Polizist werden, hat er gesagt.«

Bert wusste, dass sein Sohn ihn bewunderte. Ihm war nicht klar, aus welchen Gründen er das tat. Er befürchtete, dass er sich bei seinen Vorstellungen an den Cops aus amerikanischen Fernsehserien orientierte.

»Und du?«, fragte er. »Willst du immer noch Ballerina werden?«

Das Lachen seiner Tochter umspülte ihn wie eine warme Woge.

»Ich durfte heute vortanzen.«

»Wow!«

Das war das höchste Lob der Tanzlehrerin. Nach jeder Unterrichtsstunde durfte das Kind, das sich am meisten angestrengt hatte, den andern vortanzen.

»Und das erzählst du mir erst jetzt?«

»Eigentlich wollte ich es dir sagen, wenn du uns abholst.«

»Hör zu, Lara.« Bert beugte sich nach vorn, um sich voll und ganz auf das Gespräch mit seiner Tochter zu konzentrieren. »Ich stecke gerade mitten in einem neuen Fall …«

»Der Schwulenmörder, Papa?«

Die Frage traf ihn gänzlich unvorbereitet.

»Wie kommst du …«

»Finn sagt, du jagst einen Schwulenmörder.«

War es wirklich schon so lange her, dass seine Kinder zum ersten Mal über die Tischkante gucken konnten?

Und jetzt unterhielten sie sich über *Schwulenmörder?*

»Du, darüber würde ich lieber mit dir reden, wenn wir uns das nächste Mal sehen, in Ordnung?«

»Wann ist das nächste Mal?«

Es passierte häufiger, dass sie mit ihren zehn Jahren plötzlich wieder zu einem kleinen Kind wurde. Aber natürlich war ihre Frage mehr als berechtigt.

»Bald«, versprach er seiner Tochter. »Ganz bestimmt.«

Bert hatte das Gespräch kaum beendet, als der Anruf von Titus Rosenbaum ihn erreichte.

Sie hatten wieder eine Leiche gefunden.

*

Als Romy nach Hause kam, war sie fix und fertig. Sie schlug ein paar Eier in die Pfanne, schnitt zwei dicke Scheiben von dem frischen Brot ab, das sie in Bonn gekauft hatte, goss sich ein großes Glas Milch ein, trug alles zum Couchtisch, schaltete den Fernseher an und sank auf das Sofa.

Sie zappte durch die Programme und blieb bei einer Kochsendung hängen, die so angenehm ereignislos dahinplätscherte, dass sie sich augenblicklich entspannte.

Der Tag war hart gewesen. Gespräche mit den Maltesern. Kurzes, dramatisches Treffen mit Björn. Und schließlich die Pressekonferenz im Kölner Polizeipräsidium.

Alles war ihr unter die Haut gegangen.

Viel zu sehr.

Ingo hatte sich bei der Pressekonferenz neben sie gesetzt, die Beine locker übereinandergeschlagen, wobei der Knöchel des einen Beins auf dem Knie des anderen ruhte. Er war gewesen wie immer: konzentriert, überlegen und unzugänglich.

Der Kommissar hatte mit sicherer Stimme den Stand der Ermittlungen erläutert. Die Kameras und Mikrofone hatte man nicht zählen können.

Die Fälle erregten Aufmerksamkeit. Man merkte es an der Vielzahl der Fragen und an der Art, wie sie gestellt wurden. Die Journalisten fielen sich gegenseitig ins Wort.

Nur Ingo blieb gelassen. Er machte sich nicht mal Notizen. Hörte einfach zu.

»Gibt es eine heiße Spur?«

»Warum, glauben Sie, beschränken sich die Morde auf den Köln-Bonner Raum?«

»Welche Bedeutung hat die Tatsache, dass der Mörder seine Opfer auf immer dieselbe Art und Weise tötet?«

»Nach welchen Kriterien hat er seine Opfer ausgewählt?«

»Wieso tötet er lediglich homosexuelle Männer? Warum keine lesbischen Frauen?«

Die meisten Fragen blieben unbeantwortet. Bert Melzig war

nicht der Mann, der öffentlich Spekulationen anstellte, und er hatte kein Problem damit, das zu äußern.

»Sie sollten nicht Polizei und Staatsanwalt fragen«, raunte Ingo Romy zu, »sondern einen Psychologen.«

Genau das hatte Romy sich gerade überlegt.

»Der erste Mord liegt sechs Tage zurück«, hörte sie eine Kollegin vom *Bonner Stadtanzeiger* sagen. »Inzwischen hat der Täter zwei weitere homosexuelle Männer getötet. Die polizeilichen Ermittlungen verlaufen angesichts dieses Tempos ja geradezu gemütlich.«

Der Staatsanwalt wies diese Unterstellung scharf zurück. Bert Melzig blieb äußerlich unbeeindruckt.

»Sie sagen, es waren keine Sexualmorde?«

»Nein. Es gab keine Anzeichen einer sexuellen Handlung.« Bert Melzig wandte sich wieder den übrigen Journalisten zu.

»Können Sie ausschließen, dass es sich bei dem Täter um eine Frau handelt?«

»Dazu möchten wir uns nicht äußern, um den Gang der Ermittlungen nicht zu gefährden.«

Ingo bewegte sich unruhig auf seinem Stuhl. »Die Allzweckwaffe der Polizei«, sagte er höhnisch. »Das gibt ihnen die Möglichkeit, zu allem zu schweigen, was sie noch unter der Decke halten möchten.«

Am Ende der Pressekonferenz war klar gewesen, dass die Polizei von einer heißen Spur noch Meilen entfernt war.

Während Romy zu Abend aß, ließ sie sich die Gespräche mit den Maltesern noch einmal durch den Kopf gehen. Sie waren leider auch nicht ergiebig gewesen. Die meisten Kollegen hatten Tobias nicht besonders gut gekannt. Er hatte kaum Nähe zugelassen und nach den ersten Wochen hatten sie keine Nähe mehr gesucht.

Niemandem war an den Tagen vor dem Mord an Tobias etwas Verdächtiges aufgefallen. Keine Unbefugten in der Nähe der Geschäftsstelle oder der Einsatzfahrzeuge. Keine sonderbaren Vorkommnisse während der Arbeit. Keine merkwürdigen Anrufe. Keine Drohbriefe.

Alles war gewesen wie immer.

Trügerisch ruhig.

Enttäuscht war Romy zu der Verabredung mit Björn gegangen. Sie hatten sich im Eiscafé am Markt getroffen, und es hatte sie erschreckt, wie blass und angespannt sein Gesicht gewesen war.

»Wir geben uns alle unbefangen, fast abgebrüht«, hatte er gesagt. »Dabei lauert unter der Oberfläche die Panik. Jeder von uns schleicht um eine einzige Frage herum: Wer wird der Nächste sein?«

Beide dachten dasselbe, doch sie sprachen es nicht aus.

Schweigend löffelten sie ihr Eis.

»Du«, sagte Romy schließlich zögernd.

»Oder Maxim.« Björn nickte. »Der Täter hat längst rausgekriegt, dass er zurzeit bei mir wohnt.« Er ließ den Löffel sinken. »Er weiß *alles*, Romy. *Alles*. Er weiß ja sogar von dir.«

Romy spürte, wie sich das Entsetzen, das sie den ganzen Tag unter Kontrolle zu halten versucht hatte, wieder in ihr regte. Das durfte sie nicht zulassen.

»Er hat recherchiert, wie Journalisten das tun. Er war fleißig und hat sich gut vorbereitet. Aber er ist *nicht* allwissend, Björn.«

Eine Gruppe von jungen Leuten kam herein und brachte die Kälte von draußen mit. Björn zog unwillkürlich die Schultern zusammen.

»Hast du gehört, Björn?«

Er reagierte nicht, war mit den Gedanken ganz woanders.

»Er ist nicht Gott!«

»Nein«, antwortete Björn. »Er ist das Gegenteil. Der Teufel.«

Romy griff nach seiner Hand und drückte sie hilflos.

»Ich habe lange darüber nachgedacht«, sagte Björn. »Keiner von uns hat eine Chance. Ob wir weglaufen oder bleiben – er wird uns finden.«

»Das ist Quatsch, Björn. Er kann nicht überall zugleich sein. Nicht mal er.«

»Aber es kommt mir verdammt so vor.«

Hinter ihnen explodierte Gelächter und beide zuckten zusammen.

»Wie schreckhaft wir geworden sind«, sagte Romy.

»Und wie feige.«

»Das stimmt nicht, Björn! Wir haben dem Kerl die Stirn geboten. Wir haben ihn offen attackiert und …«

»Wir? Ihn? Attackiert?« Björn verzog die Lippen zu einem ironischen Grinsen. »Die Maus hat gequiekt. Du glaubst doch nicht wirklich, dass sie der Katze damit Angst macht?«

Danach stockte ihr Gespräch, und Romy spürte, wie sie ärgerlich wurde. Sie winkte dem Kellner.

»Ich lade dich ein«, sagte sie kalt. »Und dann überlasse ich dich deiner Weltuntergangsstimmung.«

»Was soll das, Romy?«, fragte Björn, nachdem sie gezahlt hatte.

Sie sprang auf, wollte so rasch wie möglich die Jacke anziehen, um an die Luft zu kommen, aber ihre Hand fand die Öffnung des Ärmels nicht.

Björn wollte ihr helfen. Sie wich vor ihm zurück.

»Was das soll?« Endlich hatte sie die Jacke an und hängte sich ihre Tasche um. »Ich werde nicht neben dir sitzen bleiben und mir dein Gejammer anhören. Lauf ihm doch in die Arme, wenn du keinen Bock zum Kämpfen hast. Verflucht noch mal, Björn, ich werde dir nicht dabei zusehn, wie du dich selbst bemitleidest.«

Und damit war sie hinausgerauscht.

Björn war ihr nicht nachgekommen.

Wie betäubt starrte sie jetzt auf den Bildschirm. Das Essen lag ihr schwer im Magen. Sie war unglücklich, und ihr war schlecht, und sie fragte sich, was in sie gefahren war, Björn so anzupflaumen.

Sie wählte seine Nummer.

Er ging nicht ran.

Erst da begriff sie, dass es ihre eigene Angst war, die sie so aus der Haut hatte fahren lassen.

Sie hatte Lust zu weinen. Es kamen keine Tränen.

20

Schmuddelbuch, Montag, 7. März, neunzehn Uhr fünfunddreißig

Wieso erwarte ich von Björn, dass er sich aufführt wie ein Ritter der Tafelrunde? Was will ich mir selbst damit beweisen, dass ich mich cooler gebe, als ich mich fühle?

Lass keine Angst an dich heran.

Wer hat mir diesen Blödsinn eingeimpft? Meine Eltern? Die Schule?

Ich selbst?

Erreiche Björn nicht.

Sehne mich nach Cal.

Verachte mich dafür.

Blicke auf den Ring an meiner Hand. Versinke in dem tiefen Rot.

Versuche, Helen zu erreichen. Vergebens. Auch Tonja hat ihr Handy ausgeschaltet.

Dieser Abend ist wie verhext.

Schon von Weitem sah man das Licht der Scheinwerfer, die den Tatort ausleuchteten. Bert und Rick wiesen sich gerade aus, als Titus Rosenbaum ihnen bereits mit großen Schritten entgegenkam.

Auf ihre fragenden Blicke reagierte er mit einem Nicken. »Aber diesmal ist es für den Täter nicht nach Plan gelaufen«, sagte er. »Es hat ein Kampf stattgefunden.«

»Gut«, entfuhr es Rick.

Bert wusste, was er meinte. In den ersten beiden Fällen waren die Tatorte sauber gewesen. Die Ergebnisse der DNA-Analyse im Fall Tobias Sattelkamp standen noch aus. In allen drei

Fällen war der Täter seinen Opfern nicht näher gekommen, als unbedingt nötig.

Anders als hier. Die Wahrscheinlichkeit, dass sie an diesem Tatort verwertbare Spuren finden würden, war hoch.

Die Männer, die die Leiche in die Gerichtsmedizin transportieren wollten, traten zurück, um Bert und Rick einen Blick auf den Toten werfen zu lassen.

Bert erkannte den jungen Mann sofort wieder.

»Josch Bellmann«, sagte Titus da auch schon. »Einundzwanzig Jahre alt, Mitorganisator der Trauerfeier am Samstag. Er wurde auch zu dem Fall Tobias Sattelkamp befragt. Dr. Maik Kantor, der Rechtsmediziner, dem ihr bereits im Fall Erik Sammer begegnet seid, hat sich zur Todesursache noch nicht definitiv geäußert.«

»Was hat er bisher festgestellt?«, fragte Rick.

»Stichverletzungen im Brustbereich und eine Wunde am Hinterkopf, die durch einen Schlag oder den Sturz auf einen harten Gegenstand entstanden sein kann.«

Titus wies auf einen schweren Felsbrocken neben dem Kopf des Toten, auf dem Blutspuren zu erkennen waren.

»Welche dieser Verletzungen letztendlich zum Tod des Opfers geführt hat, wird sich erst bei der Obduktion herausstellen.«

Der Boden, der aus Sand und Kies bestand, war heftig aufgewühlt. Der Tote hatte einen Schuh verloren, der, zur Seite gekippt, mit der Spitze im Wasser lag. Laufschuh, Marke Puma, ehemals weiß, starke Abnutzungserscheinungen, registrierte Bert mit dem geübten Blick des Ermittlers.

Ebenso rasch nahm er die übrigen Einzelheiten wahr.

Die Jacke hing nur noch an einem Arm des Opfers. Der blutgetränkte Pulli hatte sich bis zum Bauchnabel hochgeschoben. Die schwarze Trainingshose war, vermutlich durch Kontakt mit dem Wasser, an mehreren Stellen nass und an dem unbeschuhten Bein zerrissen. Die dunkle Socke war vom Fuß gerutscht und halb unter aufgeworfenem Kies und Sand begraben.

Josch Bellmann hatte sich nach Kräften gewehrt.

»Das hier«, sagte Titus mit einer grimmigen Befriedigung in der Stimme, »wird uns einen guten Schritt weiter bringen. Fertig?«

Bert und Rick nickten, und Titus bedeutete den ein wenig abseits wartenden Männern, dass die Leiche nun zum Transport freigegeben war.

Fast zwanzig Uhr. Es waren kaum noch Leute unterwegs und es gab keine Schaulustigen, die man hätte zurückhalten müssen. Der Tatort war nicht verunreinigt worden. Die Kollegen von der Spurensicherung waren konzentriert bei der Arbeit.

Jenseits der Absperrung befragte eine Beamtin ein junges Paar.

»Sie haben den Toten gefunden«, sagte Titus. »Vor allem der Junge ist total am Ende.«

Das Mädchen hatte den Arm um ihn gelegt. Beide saßen auf einem umgestürzten Baumstamm und sahen zu der Beamtin auf, während das Mädchen redete.

»Es hat ein bisschen gedauert, bis sie auf Fragen antworten konnten«, erklärte Titus. »Sie wollten sich einen romantischen Platz suchen, um ein wenig allein sein zu können, und sind förmlich über die Leiche gestolpert.«

»Gruselig«, murmelte Rick.

In diesem Moment wandte die Beamtin sich um und kam auf sie zu.

»Ihr habt Dilay noch nicht kennengelernt.« Titus lächelte. »Dilay, das sind Bert Melzig und Rick Holterbach, die Kollegen aus Köln.«

»Dilay Adam. Freut mich sehr.«

Sie war Mitte, Ende zwanzig und hatte das lange, glänzend schwarze Haar straff im Nacken zusammengebunden.

Wie eine Tänzerin, dachte Bert.

Aufmerksam sah sie ihnen in die Augen.

»Dilay …«, sagte Rick. »Türkisch?«

Ein belustigtes Lächeln erschien um ihren Mund. »Und was

sagt dir der Name *Adam?*«, fragte sie mit feinem Spott. Dann beschloss sie, den armen Rick aus seiner Verlegenheit zu erlösen. »Meine Mutter stammt aus der Türkei, mein Vater aus Deutschland. Ich bin in Köln geboren und aufgewachsen.«

Sie war schön. Das schmale Gesicht mit den hohen Wangenknochen wurde von dunklen, beinah schwarzen Augen beherrscht. Sie lächelte Rick freundlich an. Ihre vollen Lippen entblößten makellose weiße Zähne.

»Hallo, Dilay«, sagte Rick und hielt ihre Hand ein wenig länger fest als nötig.

Im Hintergrund erhob sich das junge Paar von dem Baumstamm und ging langsam davon.

Dilay sah ihnen nach. »Sie haben leider keine Beobachtung gemacht, die uns weiterhilft«, sagte sie. »Obwohl sie den Tatort fast unmittelbar nach der Tat betreten haben dürften.«

»Der Tod ist laut Dr. Kantor frühestens um siebzehn Uhr eingetreten«, erklärte Titus. »Gegen achtzehn Uhr dreißig haben die jungen Leute die Leiche aufgefunden.«

»Gibt es weitere Zeugen?«, fragte Bert und warf einen Blick auf den Rhein und das gegenüberliegende Ufer.

»Das müssen wir herausfinden«, erwiderte Titus. »Wir werden den Fahrplan der Züge auf der anderen Rheinseite überprüfen. Vielleicht hat ja einer der Fahrgäste etwas beobachtet.«

Bert fühlte sich an die grandiose Miss Marple erinnert, die aus einem Zugabteil heraus Zeugin eines Mordes in einem Zug auf dem Nachbargleis wurde. Aber war die Entfernung hier nicht zu groß?

»Und den Fahrplan der Schiffe.« Dilay machte sich eine Notiz. »Die waren näher dran.«

»Er provoziert uns«, sagte Rick nachdenklich.

Alle wandten sich ihm zu.

»Der Täter hätte es sich leichter machen können. Aber er hat es vorgezogen, Josch Bellmann hier aufzulauern. Dazu war wesentlich mehr Planung nötig als bei den ersten Fällen.«

»Nicht, wenn das Opfer regelmäßig trainiert und immer an derselben Stelle Pause gemacht hat«, warf Dilay ein. »Dann erforderte die Tat lediglich eine genaue Kenntnis seiner Gewohnheiten.«

»Und Mut zum Risiko«, fügte Titus hinzu. »Der Täter konnte in diesem öffentlich zugänglichen Bereich jederzeit überrascht werden.«

»Mut hat er schon im Fall Tobias Sattelkamp bewiesen«, gab Bert zu bedenken und spürte gleich, dass ihm der Begriff *Mut* in diesem Zusammenhang nicht gefiel, denn Mord war immer feige. »In dem engen Treppenhaus hätte er um ein Haar wie eine Maus in der Falle gesessen.«

Einen Moment lang schwiegen sie, und Bert war sich sicher, dass sie alle dasselbe dachten: Wäre der Täter beim Mord an Tobias Sattelkamp überrascht worden, hätte er den Zeugen beseitigen müssen, um davonzukommen.

Titus und Dilay verabschiedeten sich, um der Familie des Opfers die schreckliche Nachricht zu überbringen. Bert und Rick stiegen ins Auto, um nach Köln zurückzukehren. Doch zuvor wollten sie noch bei Björn Berner vorbeischauen. Er sollte die Neuigkeiten nicht telefonisch erfahren.

Beide hingen ihren Gedanken nach. Schließlich unterbrach Rick das Schweigen.

»Dilay. Ein schöner Name.«

Bert nickte.

»Und ein schönes Mädchen«, sagte Rick.

Bert nickte wieder.

»Findest du nicht?«

»Doch, sie ist sehr schön.«

»Wieso sagst du das so merkwürdig?«

»Ich habe das nicht merkwürdig gesagt.« *Du hast es nur so gehört,* dachte Bert.

»Doch. Hast du.«

Du hast es so gehört, weil du an Malina denken musst. Und

273

weil du ein schlechtes Gewissen hast. Unsere Kollegin gefällt dir zu sehr.

»Lass gut sein, Rick.«

Bert war der Letzte, der andere verurteilen würde, weil sie ihr Herz verloren, obwohl es schon vergeben war. Vielleicht sollte er Rick von seiner großen, unerfüllbaren Liebe erzählen.

Vielleicht auch nicht.

Gegen manche Schmerzen konnte man sich nicht wappnen, und wenn man es noch so sehr versuchte.

*

Maxim hatte sich mit seinen Büchern in Nils' Zimmer zurückgezogen, um zu arbeiten. Auf diese Weise hatte er eine Mauer um sich errichtet, hinter der er sich einigermaßen sicher fühlte.

Björn hatte Verständnis dafür, dass es Situationen gab, in denen man unangenehme Dinge verdrängte, weil man es nicht ertragen konnte, sich ihnen zu stellen. Nur hätte er sich gerade jetzt nichts sehnlicher gewünscht, als mit Maxim über alles reden zu können.

Drei ihrer Freunde waren ermordet worden. Das steckte man nicht so einfach weg.

Björn saß in seinem eigenen Zimmer und surfte im Internet, die Tür weit offen, damit Maxim jederzeit hereinkommen konnte, wenn er wollte.

Als er genug davon hatte, öffnete er sein Postfach. Eine neue Mail. Er klickte sie an. Der Absender war *M. Röder,* was ihm nichts sagte, doch der Betreff lautete: *Trauerfeier.*

Josch, Eileen und er hatten am Wochenende jede Menge Mails erhalten, in denen Menschen ihnen ihr Mitgefühl ausgesprochen und sie ihrer Solidarität versichert hatten. Das würde wahrscheinlich noch ein paar Tage so weitergehen.

Schwuchtel!
Bald kannst du deine eigene Trauerfeier organisieren!

Ich werde da sein …
Und um dich weinen …
:° ° °(

Björn brauchte eine Weile, um das Gelesene zu begreifen. Eine weitere Weile benötigte er, um das Zeichensymbol als weinendes Gesicht zu erkennen. Ein unkontrollierbares Zittern ergriff seinen ganzen Körper.

»Maxim«, flüsterte er, doch natürlich hörte Maxim ihn nicht. Er war unfähig, laut nach ihm zu rufen, nicht in der Lage, aufzustehen. Körper und Stimme gehorchten ihm nicht mehr.

Bebend saß er vor den Worten, die ihn hypnotisierten und seine Seele verätzten. Es gelang ihm nicht einmal, die Augen zu schließen.

Er hörte, wie es an der Tür klingelte. Hörte, wie Maxim aufmachte. Und dann die Stimme des Kommissars. »Wir würden gern Herrn Berner sprechen.«

Und er wusste, dass wieder ein Mord geschehen war.

*

Als Maxim den Beamten in die Küche folgte, waren seine Füße wie aus Blei. Er wusste, dass wieder eine schlimme Nachricht wartete, und er hatte Angst. Nicht nur vor der Mitteilung selbst, sondern auch davor, wie Björn sie aufnehmen würde.

Björn war so dünnhäutig. Obwohl er ständig die ganze Welt vom Gegenteil überzeugen wollte.

Er kam von selbst aus seinem Zimmer, blass und verstört. Seine Hände waren fest ineinander verschränkt, als wollte er sie daran hindern, seine Gemütsverfassung zu verraten.

»Wer?«, fragte er heiser.

Kommissar Melzig sah seinen Kollegen an. Dann räusperte er sich. »Björn …«

Dass er Björn beim Vornamen nannte, war kein gutes Zeichen.

»Wer?«, wiederholte Björn.

»Josch Bellmann.«

Björn gab einen gequälten Laut von sich und sank auf einen Stuhl. Die Beamten setzten sich zu ihm an den Tisch. Maxim blieb bei der Tür stehen, unfähig, sich zu rühren.

Josch. Ausgerechnet Josch.

Ein Kerl wie ein Baum. Voller Zuversicht und voller Energie. Josch? Doch nicht er.

»Das kann nicht sein«, sagte Björn, als er seine Stimme wiedergefunden hatte. »Josch ist immer der Fels in der Brandung gewesen. Er hat alles zusammengehalten, alles. Sie irren sich. Sie haben ihn mit jemandem verwechselt.«

»Björn …«, sagte der Kommissar wieder, doch Björn schien ihn nicht zu hören.

»Josch hätte sich nicht einfach so … ermorden lassen. Josch war Sportler. Ein Kämpfer. Er hätte sich niemals …«

»Er *hat* gekämpft«, sagte Rick Holterbach leise.

»Er hat …« Björns Gesicht verzog sich vor Schmerz. Seine Unterlippe bebte. Er riss die Augen auf, um die Tränen zurückzuhalten.

Schweigen dehnte sich in der Küche aus und füllte jeden Winkel.

»Wo?«, fragte Björn schließlich und wischte sich mit dem Ärmel über die Wangen.

»Am Rheinufer bei Unkel«, erklärte der Kommissar. »Er ist gerudert und hat dort …«

»… Pause gemacht. Das tut er … hat er immer getan. Immer an derselben Stelle.«

»Das Boot gehört dem ARC«, sagte der Kommissar.

»Dem Akademischen Ruderclub, ja.« Björn wischte sich wieder übers Gesicht und hob dann entschlossen den Kopf. »Josch hat regelmäßig trainiert, allein und mit der Mannschaft.«

»Wie oft ist er allein gerudert?«, fragte der Kommissar.

»Normalerweise zweimal die Woche. Montags und donnerstags. In letzter Zeit hat er ein bisschen geschludert, aber am Samstag hat er uns noch erzählt, dass er diese Woche sein regelmäßiges Training wieder aufnehmen wollte.«

»Wem hat er das erzählt?«

»Uns allen. Als wir nach der Abschiedsfeier zusammensaßen.«

Maxim verspürte ein fast unbezwingbares Bedürfnis danach, allein zu sein. Niemanden reden zu hören. Sich um niemanden sorgen zu müssen. In einem leeren Raum zu sein mit nichts als sich selbst und einer vollkommenen Stille.

Hier waren mit einem Mal sämtliche Geräusche übertrieben. Das Summen des Kühlschranks. Das Rascheln der Kleidungsstücke. Die Lautstärke der Stimmen.

Doch dann sah er Björn ins Gesicht und fühlte eine Zärtlichkeit, die ihm die Kehle zuschnürte.

Dass Liebe so wehtun konnte.

Endlich gehorchte ihm sein Körper wieder. Er zog sich einen Stuhl heran und setzte sich zu den andern.

Björn schaute ihn an, als hätte er seine Anwesenheit erst jetzt bemerkt. Es war etwas in seinen Augen, das Maxim irritierte. Etwas Verhaltenes. Etwas, das er zu verbergen suchte.

Was ist los?, fragte Maxim ihn stumm.

Auch die Bullen schienen es wahrzunehmen. Sie hatten aufgehört zu fragen und musterten Björn aufmerksam.

Björn erhob sich in Zeitlupe. Er war ziemlich wacklig auf den Beinen. »Kommen Sie«, sagte er mit dieser schlafwandlerischen Langsamkeit. »Ich muss Ihnen etwas zeigen.«

In Maxims Schädel brauten sich neue Schmerzen zusammen, dabei waren die von Sonntag noch nicht ganz ausgestanden. Nicht mehr lange, und es würde sich anfühlen, als hätte ihm jemand einen viel zu engen Eisenhelm übergestülpt.

Er wollte nicht sehen, was Björn zu zeigen hatte, wollte keine neue Katastrophe, wollte einfach nur, dass Ruhe war. Doch schon steckten sie die Köpfe über Björns Computer zusammen und das Licht des Bildschirms erhellte ihre Gesichter.

Widerstrebend trat Maxim zu ihnen.

Schwuchtel!
Bald kannst du deine eigene Trauerfeier organisieren!
Ich werde da sein …
Und um dich weinen …
:°°°(

Maxim würgte. Der Schmerz donnerte in seinem Kopf. Blitze zuckten durch sein Gesichtsfeld.

»Ist Ihnen nicht gut?«, hörte er den Kommissar fragen.

»Doch.« Er riss sich zusammen. »Alles okay.«

Aber das stimmte nicht. Gar nichts war okay.

Er starrte auf den Monitor. Hatte Mühe, zu begreifen, was doch klar auf der Hand lag.

Björn war hier nicht mehr sicher.

*

»M. Röder.« Bert richtete sich auf. »Sagt Ihnen der Name etwas?«

Björn Berner schüttelte den Kopf.

»Jemand von der Uni?«, fragte Rick.

»Vielleicht.« Björn Berner hob die Schultern. »Aber ich habe den Namen noch nie gehört.«

»Und Sie, Herr Winter?«

»Nein.«

Maxim Winter war bleich wie ein Tischtuch. Er war an die Wand zurückgewichen und konnte den Blick nicht von dem Bildschirm abwenden.

»Moment mal.« Rick runzelte die Stirn. Niemand sagte etwas, um seinen Gedankengang nicht zu stören. Nach einer Weile drehte er sich zu Bert um, die Stirn immer noch in Falten gelegt. »Das ist ein Anagramm.«

»Wie bitte?«, fragte Bert.

»*M. Röder.* Das ist ein Anagramm.«

»Kannst du mir das ein bisschen genauer …«

»Ein Anagramm ist ein Wort, das durch Umstellen der Buchstaben eines anderen Worts entsteht.«

»Eines anderen Worts?«

»Wenn du mit der Reihenfolge der Buchstaben spielst ...«

Es durchfuhr Bert wie ein Stromschlag, und im selben Moment erkannte es auch Björn Berner, denn er sog scharf die Luft ein.

M. Röder bedeutete *Mörder.*

21

Schmuddelbuch, Dienstag, 8. März, neun Uhr

Der erste Mord ist heute vor einer Woche passiert. Seitdem sind vier Menschen gestorben. Vier Leben ausgelöscht in nur sieben Tagen!

Die ganze Nacht kaum geschlafen, immer nur kurz weggedämmert.

Björns Stimme, als er mir von der E-Mail erzählt hat.

Und von Joschs Tod.

Voller Trauer. Voller Angst.

Der Kommissar hat veranlasst, dass jede Stunde ein Streifenwagen an Björns Haus vorbeifährt.

»Das beruhigt uns ein bisschen«, hat Björn gesagt. »Aber was ist mit den andern? Sie sind doch auch in Gefahr.«

Ich wollte, sie würden Björn in eine Zelle stecken und erst wieder rauslassen, wenn der Mörder verhaftet ist. Maxim am besten gleich mit. Und alle, mit denen die beiden befreundet sind.

Und sämtliche Schwulen der ganzen Welt.

Wenn man den Gedanken zu Ende denkt, merkt man, dass Schutz eine Illusion ist. Diesen Mörder kann man nur stoppen, indem man ihn stellt.

Romy hob den Kopf und alles war wie immer. Die Gesichter der Kollegen und Kolleginnen, ihre Stimmen, die Geräusche, der leichte Kaffeeduft, der in der Luft lag, und doch war plötzlich etwas anders geworden.

Sie wichen ihrem Blick aus.

Als klebte das Unglück an Romys Kleidern, ihren Haaren, ihrer Haut.

Der Tod.

Sie alle wussten längst, dass sie persönlich in die Mordserie verwickelt war. Dass ihr Bruder im Mittelpunkt der Verbrechen zu stehen schien. Dass ein vierter Mord geschehen war. Wahrscheinlich war jedem von ihnen inzwischen auch bekannt, dass sie gestern einen Drohbrief erhalten hatte.

Schnüfflerin.

»Du arbeitest nicht weiter daran«, hatte Greg eben noch in seinem Büro zu ihr gesagt, doch Romy hatte ihn angefleht, ihr die Geschichte nicht abzunehmen.

Sie würde sich nicht hinter seinen breiten Schultern verstecken.

»Bedingung ist, dass du mich über jeden deiner Schritte auf dem Laufenden hältst«, hatte er schließlich nach langem Überlegen zugestimmt.

Welche Schritte?, hatte sie sich gefragt, denn sie hatte das Gefühl, auf der Stelle zu treten. Dabei lag das nur an dem wahnwitzigen Tempo, mit dem der Mörder vorging.

Vorging.

Sie dachte über das Wort nach und fand es völlig unzureichend. Es drückte nicht annähernd aus, wie grauenvoll seine Taten waren. Eben das musste ihr gelingen – eine Sprache dafür zu finden, die sich abhob vom sachlichen Polizeijargon und dem Fachchinesisch der Rechtsmedizin.

Noch hatte Romy nichts Wesentliches in Erfahrung gebracht. Vielleicht hatte sie die falschen Fragen gestellt. Oder sie hatte sich an die falschen Leute gewandt.

Ein Gedanke hatte sie in der Nacht hartnäckig verfolgt und sie vergeblich nach Schlaf suchen lassen: *Warum hatte Björn diese Warnungen vom Mörder erhalten?*

Leonard, Sammy, Tobias und Josch hatten allem Anschein nach keine bekommen. Romy hatte deswegen mehrmals telefoniert, mit Freunden, Bekannten und Familienangehörigen gesprochen, doch keiner der Toten hatte irgendjemandem gegenüber ein anonymes Schreiben erwähnt.

Aus welchem Grund trieb der Mörder also ausgerechnet mit Björn sein makabres Spiel?

Hatte er eine Rechnung mit ihm zu begleichen? Ging es ihm gar nicht um Björns Freunde? Tötete er sie bloß, um Björn damit zu quälen? Waren sie lediglich der Anfang? Sollte Björns Tod der Höhepunkt sein? Der Anfang und Höhepunkt von *was*?

Romy massierte sich die Schläfen. Es fiel ihr schwer, sich zu konzentrieren.

Was, in drei Teufels Namen, konnte ihr Bruder getan haben, um eine *Mordserie* auszulösen?

Was war der Motor hinter den Morden?

Hass?

Wieso tötete der Mörder nur die schwulen Freunde?

Und warum nicht denjenigen, der Björn am nächsten stand? Maxim?

Weil Maxim nicht schwul war, sondern bisexuell? Fiel er deshalb aus dem Raster des Mörders? Oder hatte sich der Wahnsinnige so etwas wie eine Dramaturgie ausgedacht? Waren Maxim und Björn einfach noch nicht an der Reihe?

Romy schwirrte der Kopf. Sie beschloss, ihre Überlegungen niederzuschreiben. Vielleicht wurden sie ihr dann klarer.

Ein paar Minuten tippte sie wie besessen. Dann überflog sie, was sie geschrieben hatte, und schüttelte den Kopf. Wie konnte sie erwarten, etwas zu begreifen, das unbegreiflich war?

Und doch gab es diesen Mörder.

Und er dachte nicht daran, aufzuhören.

Romy beugte sich über ihren Laptop und stellte eine Liste derer auf, die zu Björns Freundeskreis gehörten. Die Namen *Leonard*, *Sammy*, *Tobias* und *Josch* setzte sie kursiv. Dann rief sie Björn an.

»Ich brauche die Namen aller, zu denen du eine Beziehung unterhältst«, bat sie ihn. »Egal wie eng oder distanziert sie auch sein mag.«

»Nicht die von Mädchen, nehme ich an.«

»Bingo.«

»Wozu soll das gut sein, Romy?«

»Wir müssen einfach irgendwo anfangen. Immer wieder. Bis wir auf dem richtigen Weg sind.«

Björn versprach, die Liste zusammenzustellen und sie ihr auf den Rechner zu schicken.

Romy wandte den Kopf und sah, dass Greg sie aus seinem Büro beobachtete. Im Gegensatz zu den Kollegen schaute er nicht peinlich berührt weg, als ihre Blicke sich trafen.

Romy lächelte ihm zu. Er brauchte nicht zu merken, in welchem Chaos sich ihre Gedanken befanden.

*

Ein unscharfes Bild. Als blickte er durch Wasser.

Oder durch ein Eisblumenfenster.

Maxim hatte nicht erkennen können, ob das Bild eine Landschaft zeigte oder einen Raum. Vorn war Dunkelheit, hinten schimmerte Licht.

Er wusste, dass er sich in Gefahr befand.

Wartete.

Plötzlich geriet Bewegung in das Bild. Ein Schatten löste sich aus dem Hintergrund und kam langsam auf ihn zu.

Das hier, hatte Maxim im Traum gedacht, könnte ein Strand sein. Wieso bin ich an einem Strand? Und wo?

Vielleicht war das gedämpfte Geräusch, das zu ihm drang, das Rauschen der Wellen.

Vielleicht das Brausen des Verkehrs.

Oder hoch oben am Himmel brummte ein Flugzeug über ihn hinweg.

Nichts war sicher.

Maxim sah den schemenhaften Umriss des Mannes, der sich ihm näherte, und spürte das verzweifelte, schmerzhafte Pochen seines Herzens wie eine fremde Bewegung in seinem Innern.

Woher weiß ich, dass es ein Mann ist?, fragte er sich im Traum.

Doch er wusste nicht nur das. Er erkannte jetzt den Grund für die ungeheure Angst, die er empfand.

Die Schritte, die er nun deutlich hören konnte, waren die Schritte des Mörders.

Maxim hielt den Atem an. Er kniff die Augen zusammen und starrte angestrengt auf die Gestalt, die sich im Rhythmus der Schritte auf und ab bewegte, auf und ab. Gemächlich und schwer.

Als hätte sie keinen Grund zur Eile.

Und das hatte sie auch nicht.

Obwohl es nur ein Traum gewesen war (»Ein Traum«, hatte Björn gesagt und ihn tröstend an sich gezogen, »es war bloß ein Traum«), wusste Maxim, er würde dem Mörder nicht entkommen.

*

Calypso machte sich Sorgen. Es war nicht leicht, Helen Informationen über Romy zu entlocken, aber er kannte sie inzwischen gut genug, um mit Ausdauer schließlich doch an sein Ziel zu gelangen.

Und so hatte er mehr erfahren, als er eigentlich wissen wollte.

Björn stand auf der Abschussliste des Schwulenmörders. Das hatte Romy in eine gefährliche Lage gebracht.

Noch immer nahm sie seine Anrufe nicht an, und ein zweites Mal überraschend bei ihr aufzutauchen, wagte er nicht. Was sollte er sie auch fragen, was ihr sagen, wie die Kluft, die sich zwischen ihnen aufgetan hatte, überwinden?

»Du bist ein kompletter Volltrottel«, hatte die sanftmütige Helen ihm vorgeworfen. »Und jetzt ist es zu spät.«

Wie konnte sie sich da so sicher sein?

»Sag mir, was du weißt«, hatte er verlangt. »Was meinst du damit, dass es zu spät ist?«

Helen hatte ihn traurig angeguckt und war ohne ein weiteres Wort in ihrem Zimmer verschwunden.

Calypso wusste genau, wie Romy sich verhalten würde. Sie würde der Polizei nicht dabei zusehen, wie sie eine Spur nach der anderen verfolgte. Sie würde nicht das Risiko eingehen, die Ermittlungen abzuwarten. Nicht Romy.

Sie würde selbst nach dem Mörder suchen. Und Cal war der Allerletzte, der sie davon abbringen konnte.

Vorbei. Alles vorbei.

»Woran denkst du?«, fragte Lusina, die bei ihm übernachtet hatte und jetzt bei einem späten Frühstück mit ihm in der Küche saß. Sie hatte sich ausgerechnet den Stuhl ausgesucht, auf dem Romy immer gesessen hatte.

Das Morgenlicht ließ ihr schönes Gesicht weich und verletzlich wirken und Calypso hob die Hand und berührte zärtlich ihre Wange.

»An nichts«, sagte er und fühlte sich erbärmlich, weil sich plötzlich alles, was er sagte, automatisch in eine Lüge zu verwandeln schien.

Er konnte nicht hier wohnen bleiben, das wurde ihm mit einem Mal klar. In diesem Moment fiel auch die letzte Brücke, die noch zu Romy führte, vor seinen Augen in sich zusammen.

*

»Du darfst dich nicht so runterziehen lassen«, sagte Björn. »Es war ein *Traum,* Maxim.«

»Träume spiegeln oft die Wirklichkeit«, widersprach Maxim störrisch.

»Es ist nicht verwunderlich, dass du von dem Mörder träumst.« Björn blieb beharrlich. Maxims überreiche Fantasie kam manchmal dem Leben in die Quere. Dann konnte sie etwas richtig Selbstzerstörerisches haben. »Uns alle beschäftigt er mehr, als uns guttut.«

»Und warum träumst *du* dann nicht von ihm?«

»Weiß nicht.« Björn zuckte mit den Schultern. »Möglich, dass meine Träume verschlüsselter sind als deine.«

»Das heißt, wenn du von einer schwarzen Wolke träumst, ist das eigentlich ein Bild für den Mörder?«

»Genau.« Björn musste unwillkürlich grinsen. »Oder von einer dunkelblauen Tulpe, einem anthrazitfarbenen Zylinder oder einem Riesenkrokodil.«

»Kannst du bitte mal ernst bleiben?«

»Maxim … wir dürfen jetzt nicht die Nerven verlieren.«

»Leicht gesagt, wo alle Stunde ein Streifenwagen am Haus vorbeifährt.«

»Zu unserem Schutz.«

»Dein Gottvertrauen möchte ich haben.«

Allmählich reichte es Björn. Er hatte selbst Mühe, die Reste seine Zuversicht zusammenzukratzen, damit seine Angst nicht über die Ufer trat. Da war Maxims Verhalten nicht gerade hilfreich.

»Meinst du nicht, *ich* müsste mir eigentlich Sorgen machen?«, fragte er und hätte die Worte am liebsten sofort zurückgenommen. Streit mit Maxim war das Letzte, was er jetzt brauchen konnte.

»Ach. Willst du mir sagen, dass ich übertreibe? Dass meine Angst unberechtigt ist. Ja? Willst du das?«

»Nein. Ich denke nur, dass die Drohungen konkret sind, während …«

»… während mein Gefühl, beobachtet und verfolgt zu werden, reine Einbildung ist?«

Maxim sprang auf und tigerte in Björns Zimmer umher. Er rang um Fassung, hyperventilierte beinah.

»Natürlich glaube ich nicht, dass du dir den Verfolger nur eingebildet hast. Komm, Maxim, sei nicht ungerecht. Wir machen eine schwere Zeit durch, da dürfen wir nicht jedes Wort auf die Goldwaage legen.«

Offenbar hatte er den richtigen Ton gefunden, denn Maxim lief noch ein paar Mal zwischen Tür und Fenster hin und her und ließ sich dann wieder in den Sessel fallen.

»Ich weiß auch nicht, was mit mir los ist«, sagte er. »Diese Hilflosigkeit macht mich fertig.«

»Mich doch auch.« Björn beugte sich vor und strich ihm über den Arm. »Jeden von uns. Wir sollten nicht so viel allein sein, Maxim. Uns mit den andern zusammensetzen. Reden. Das hilft vielleicht.«

»Die Bedrohung richtet sich gegen uns, Björn, nicht gegen die andern.«

»Leonard, Sammy, Tobias und Josch sind tot! Tot, Maxim! Aber du und ich, wir leben.«

»Sie waren nur der Anfang«, flüsterte Maxim. »Er kommt näher, Björn, wie in meinem Traum.«

Björn wusste nicht, was er darauf erwidern sollte.

»Lass uns abhauen, Björn.«

Maxims Gesicht war jetzt voller Eifer. Sein Blick flehend.

»Was?«

»Lass uns abhauen«, wiederholte Maxim. »Irgendwohin. Ich hab ein bisschen Geld gespart. Damit kommen wir ein paar Wochen über die Runden. Und wenn es länger dauert, suchen wir uns einen Job.«

Es hielt ihn nicht mehr im Sessel. Er lief zum Fenster und riss es auf. Frische, kalte Luft strömte herein und ließ Björn frösteln.

»Wir bleiben weg, bis das Ungeheuer gefasst ist. Erst dann kommen wir wieder zurück.«

Eine verführerische Vorstellung. Aber konnten sie das verantworten? Vor den andern?

Vor sich selbst?

Langsam schüttelte Björn den Kopf.

»Bitte!« In Maxims Stimme lag ein Drängen, dem Björn sich kaum entziehen konnte. »Sag nicht nein, bevor du es gründlich überlegt hast.«

Es war nicht so, als hätte Björn nicht selbst schon diesen Fluchtreflex verspürt. Weg von hier, raus aus der Gefahrenzone, irgendwohin, wo es sicher war.

Sicher …

»Wir könnten uns nicht mehr im Spiegel angucken«, sagte Björn und musste sich zu jedem Wort zwingen. »Er tötet unsere Freunde, und wir verstecken uns irgendwo, als ginge uns das nichts an?«

Mit einer zornigen Bewegung schloss Maxim das Fenster. Reglos stand er da und blickte hinaus. Björn starrte seinen Rücken an und wünschte, das, was Maxim vorgeschlagen hatte, sei möglich.

Doch das war es nicht, und auch Maxim wusste es. Deshalb war sein Rücken so gerade, so abweisend, so fremd.

»Dann hauen wir eben alle ab«, sagte Maxim schließlich in dem vergeblichen Versuch, den Ernst der Lage zu ignorieren. So war er oft, vergaloppierte sich und zog sich dann in eine fast kindliche, entwaffnende Logik zurück.

Was meistens funktionierte.

Kannst du den einzelnen Menschen nicht retten, dann rette eben die ganze Welt.

Björn stand auf und ging zu ihm. Er legte ihm den Arm um die Schultern und blieb eine Weile so neben Maxim stehen. Keiner von ihnen sagte etwas. Sie standen nur da und schauten hinaus, als gäbe es da draußen etwas zu sehen, was sie nicht bereits hundert Mal gesehen hätten.

Lieber Gott, dachte Björn. Wenn es dich gibt, dann lass es uns spüren.

Doch er spürte nichts. Nichts außer Trauer. Und Angst.

*

Sollten sie sich doch alle in ihren Löchern verkriechen. Es würde ihnen nicht helfen. Nichts konnte ihnen helfen.

Sie hatten den Zorn der Stimme erregt.

Ihr Zorn war gewaltig. Nichts und niemand konnte ihm ausweichen.

Das wusste er selbst nur zu gut.

Sie hatte ihm noch immer nicht verziehen. Bestrafte ihn mit Schmerzen, die kaum zu ertragen waren. Es gelang ihr mühelos, in ihn einzudringen und in seinem Innern ihr Gift zu versprühen.

Und während das Gift begann, ihn zu lähmen, beschimpfte sie ihn. Sie warf ihm Ausdrücke an den Kopf, die er noch nie gehört hatte. Die er nicht hören wollte. Die schlimmer waren als Schläge und Schmerzen.

Weil sie ihn an sich selbst zweifeln ließen.

Er musste die Stimme versöhnen, es zumindest versuchen.

Bevor nichts mehr von ihm übrig war.

Doch sie ließ ihn nicht zu Wort kommen. Wie eine Schlange zischte sie, sodass er zurückwich, bis die Wand in seinem Rücken ihn stoppte.

Die Stimme war schrecklich. Sie konnte jede Gestalt annehmen. Und blieb doch immer gleich.

Ein Monster, dachte er. Du bist ein Monster.

Und als hätte er es laut ausgesprochen, begann sie zu lachen. Sie lachte, lachte und lachte, und ihr Lachen wuchs zu einem Ballon, gefüllt mit tödlichen Gasen, stieg auf, hoch und höher, und während er am Himmel endlich verschwand, wuchs ein zweiter Ballon, der noch größer wurde, danach ein dritter, und so ging es weiter, immer weiter.

Solange das Lachen dauerte. Dieses gemeine, grausame, kranke Lachen, das seine Gefühle zerstörte.

Ich verabscheue dich!

Der Gedanke war ihm entschlüpft, bevor er es hatte verhindern können. Ängstlich duckte er sich in Schweigen, hoffte, sie würde ihn übersehen.

Doch da verstummte das Lachen abrupt, und die Stimme schrie ihn an, dass die Wände wackelten.

ELENDER WURM!

Entsetzt wich er zurück, taumelte zur Tür und stürzte hinaus. Auch wenn das Unsinn war. Denn so weit er auch lief – die Stimme würde ihn immer finden. Und überall.

22

Schmuddelbuch, Dienstag, 8. März, Mittag

Sitze im *Alibi*, diesem wunderbar vertrauten Ort, an dem ich mich für ein paar Minuten fühle wie immer. Als sei nichts Beunruhigendes passiert und als wär Björn nicht in Gefahr.

Doch dann holt mich alles wieder ein.

Habe es in der Redaktion nicht mehr ausgehalten. Bin vor den Blicken geflohen.

Und nun sitze ich hier.

Hab mir die Liste, die Björn mir geschickt hat, ausgedruckt.

Namen.

Viele von ihnen habe ich noch nie gehört.

Ich habe fast jeden aufgezählt, der irgendwann in meine Nähe gekommen ist, hat Björn mit seiner flapsigen Ironie dazugeschrieben. *Und du weißt ja – ich quatsche alle Leute an, die nicht bei drei auf den Bäumen sind ;-).*

Mein Schmunzeln wird von einem Typen am Nebentisch als Flirtversuch missverstanden. Er schickt mir ein filmreifes Lächeln. *Gestatten? Mein Name ist Bond. James Bond.*

Ja, ja, denke ich, geschüttelt, nicht gerührt. Oder war's umgekehrt? Bevor er auf die Idee kommt, sich zu mir zu setzen, nehme ich mir wieder die Liste vor.

Siebenundfünfzig Namen, nicht schlecht. Mein Bruder kommt herum.

Hinter jedem Namen hat er die Art der Beziehung beschrieben.

Bruno Jessen – sitzt meistens in der Cafeteria und schreibt (Slam Poetry).

Kalle Wisius – gibt Essen in der Mensa aus.
Kerim Yilmaz – netter Typ, der neben dem Studium in der Uni-bibliothek jobbt.
Ted Maurer – Kommilitone.
Barry – lebt auf der Straße. Gebe ihm immer was, wenn ich ihn treffe.
Will Becker – hat einen Kiosk hier in Buschdorf.

Jeden Namen, der mir auf den ersten Blick unverdächtig erscheint, versehe ich mit einem Häkchen und reduziere die Liste so um die Hälfte. Doch dann frage ich mich, aus welchem Grund ich den Kioskbesitzer oder den Typen, der meinem Bruder das Fahrrad repariert hat, eigentlich für harmlose Bürger halte.

Und streiche alle Häkchen wieder aus.

Die Sonderkommission umfasste siebzig Kollegen und arbeitete auf Hochtouren. Trotzdem waren die morgendlichen Besprechungen frustrierend.

Sie kamen zu langsam voran.

Unzählige Menschen waren befragt worden. Zuletzt die Lokführer und Zugbegleiter der Züge, die um die Tatzeit herum am Tatort vorbeigefahren waren, und die Besatzung der Schiffe, die um eben diese Zeit den Rhein in Höhe des Tatorts passiert hatten.

Ohne Ergebnis.

Sie hatten über die Presse um Hinweise gebeten, die dann auch wie eine Flutwelle über sie hereingebrochen waren. Wie immer hatten sich die Namenlosen, die sich nirgends sonst Gehör verschaffen konnten, wichtigzumachen versucht, hatten sich all die Verwirrten und Verirrten gemeldet. Es war enorm zeitraubend, die Spreu vom Weizen zu trennen. Und enorm deprimierend, dass bisher jede Information bei näherem Betrachten in sich zusammengefallen war.

Die Mail an Björn Berner konnte nicht zurückverfolgt werden, da der Absender offenbar einen Anonymisierungsdienst in Anspruch genommen hatte, um seine IP-Adresse zu verschleiern. Leichter hatten es ihnen die Drohbriefe an die Geschwister Berner gemacht.

Sie waren auf Fingerabdrücke untersucht worden. Man hatte, wie erwartet, keine gefunden. Jedoch lag das Ergebnis der Schriftanalyse vor, die besagte, dass die Schriftstücke *mit an Sicherheit grenzender Wahrscheinlichkeit* von ein und derselben Person verfasst worden waren.

Die Nachricht an Björn Berner war, wie Bert und Rick bereits vermutet hatten, mit rotem Marker (Pelikan) geschrieben. Die an Romy Berner tatsächlich mit Blut. Allerdings handelte es sich dabei nicht um Menschen-, sondern um Rinderblut, was Bert zutiefst erleichtert hatte.

Die Schriftproben waren auch einem Graphologen vorgelegt worden, der sich bereit erklärt hatte, ein rasches vorläufiges Gutachten zu erstellen. Obwohl es sich um Druckbuchstaben handelte und sehr unterschiedliches Schreibmaterial verwendet worden war (einmal Marker, einmal Pinsel), hatte er interessante Beobachtungen machen können.

Nach seinen Erkenntnissen verbarg sich hinter dem Verfasser *eine männliche Person zwischen zwanzig und fünfunddreißig Jahren mit ausgeprägten narzisstischen Neigungen und der Tendenz zu Dominanz und Größenwahn.* Gleichzeitig sei diese Person *im tiefsten Innern voller Unsicherheit,* und sie verwende, so das Gutachten, *unendliche Mühe darauf, dies zu verbergen.*

Die hastig und unregelmäßig niedergeschriebenen Buchstaben, so das Gutachten weiter, *zeugen nicht von Eile, sondern von immenser Wut. Diese Person steht unter einem ungeheuren psychischen Druck. Sie hat enorme Schwierigkeiten, sich zu kontrollieren, ist dabei jedoch von hoher Intelligenz. Sie verfügt über eine ausgeprägte Sensibilität und besitzt gleichzeitig eine starke emotionale Kälte.*

Auffällige Unregelmäßigkeiten im Schriftbild lassen auf die Möglichkeit schließen, dass die Person unter einer Persönlichkeitsstörung leidet.

Das war eine ganze Menge, doch es war längst noch nicht genug.

Bert saß vor seiner Pinnwand im Büro, die sich rasch gefüllt hatte. Neben den Fotos der Leichen hingen Aufnahmen, die zu Lebzeiten der Opfer gemacht worden waren. Die Fotos der Tatorte waren chronologisch untereinander angeordnet und mit Zahlen versehen. Auf einer Landkarte hatte Bert Wohn- und Fundort der Toten markiert.

Zwei Morde in Köln, zwei in Bonn. Doch er bezweifelte, dass die Symmetrie gewollt war.

Auf einem Blatt Papier hatte er das Verbindende der Taten notiert:

Alle Opfer waren homosexuell gewesen.

Alle waren erschlagen worden (auch Josch Bellmann. Titus hatte ihnen das Ergebnis der Obduktion eben telefonisch mitgeteilt. Tatwaffe war mit an Sicherheit grenzender Wahrscheinlichkeit ein glatter Stein, den der Täter entsorgt haben musste).

Alle gehörten zu Björn Berners Freundeskreis.

Sie suchten also nach einem Mann zwischen zwanzig und fünfunddreißig, der Zugang zu Björn Berners Freundeskreis hatte oder ihm angehörte. Einem Mann voller Widersprüche, der eventuell unter einer Persönlichkeitsstörung litt.

Bert überflog noch einmal die übrigen Punkte des graphologischen Gutachtens. Sie entsprachen in etwa der Vorstellung, die er sich von dem Täter gemacht hatte.

Die Tür schwang auf und Rick kam herein. Er rieb sich immer noch alle paar Stunden Hals und Brust ein und verströmte einen so durchdringenden Geruch nach ätherischen Ölen, dass Bert vom bloßen Hingucken die Augen tränten.

»Muss sein«, erklärte Rick. »Kommst du mit in die Kantine?«

Bert fragte sich, ob das Essen eine Chance hatte, nach etwas anderem zu schmecken als nach Ricks großzügig aufgetragenem Erkältungsmix, aber er nickte und stand auf.

»Was weißt du über Homophobie?«, fragte er auf dem Weg zur Kantine.

»Schwulenhass«, antwortete Rick wie aus der Pistole geschossen. Offensichtlich hatte er gut recherchiert. »Entsteht nach dem alten Freud bei Menschen, die ihre eigenen homoerotischen Anteile leugnen und bekämpfen.«

»Und durch Erziehung, Umwelt oder die Erwartungen einer Gesellschaft«, sagte Bert. »Denk nur an die Religionen mit ihren rigiden Einstellungen allem gegenüber, was außerhalb ihrer Moralvorstellungen existiert.«

»Also tatsächlich ein Fall von Homophobie«, murmelte Rick.

»Sieht ganz danach aus.«

Kurz darauf saßen sie an einem Tisch am Fenster und ließen sich erstaunlich gut zubereitete Königsberger Klopse schmecken.

»Ich denke auch, dass es hier um Homophobie geht«, nahm Rick den Faden wieder auf. »Obwohl ich nicht begreife, warum sich der Täter ausgerechnet an den Freundeskreis um Björn Berner hält. Wenn er Schwule hasst, dann findet er die doch überall.«

»Nehmen wir an, er gehört selbst zu dem Freundeskreis.«

»Und ist schwul? Oder hetero?«

»Beides ist möglich. Nach Björn Berners eigenen Angaben hat er mehr hetero- als homosexuelle Freunde.«

»Björn Berner«, überlegte Rick, »muss nicht unbedingt die zentrale Figur sein. Josch Bellmann war doch der eigentliche Drahtzieher bei der Planung und Organisation der Trauerfeier oder?«

»Es geht, glaube ich, nicht darum, wen *wir* als Mittelpunkt sehen«, sagte Bert. »Oder wen die Freunde selbst dafür halten. Es geht darum, dass der *Täter* Björn Berner dazu gemacht hat.«

»Durch die Drohungen.«

»Exakt.«

»Aber wir wissen nicht definitiv, ob die Opfer nicht auch Vorankündigungen dieser Art erhalten haben.«

»Unwahrscheinlich. Wir haben nichts dergleichen im Besitz der Toten gefunden. Außerdem hätte doch irgendjemand aus ihrem Umfeld davon erfahren müssen.«

»Warum macht der Täter bei Björn Berner eine Ausnahme?«,

fragte Rick zum wiederholten Mal und rieb sich müde übers Gesicht. »Und wieso der Einschüchterungsversuch bei seiner Schwester?«

Er war noch nicht fit und bürdete sich viel zu viel auf.

»Vielleicht hat der Täter die Reihenfolge seiner Taten gar nicht festgelegt«, spekulierte Bert. »Vielleicht überlässt er sie dem Zufall und schlägt zu, wenn sich ihm eine günstige Gelegenheit bietet.«

»Aber er plant doch ziemlich genau«, widersprach Rick.

»Er kann so etwas wie ein Gesamtkonzept entwickelt haben«, sagte Bert, »und innerhalb dieses Konzepts bleibt er flexibel, was die Auswahl der Opfer und die Tage angeht, an denen er tötet. Denk an das graphologische Gutachten, Rick. Der Täter wird beschrieben als *sensibel* und *kalt, hochintelligent* und *unkontrolliert, unsicher* und *dominant.* Lauter Gegensätze, zwischen denen er hin und her pendelt. Und so könnte es auch bei seinen Taten sein: Sie sind perfekt geplant und dennoch spontan.«

»Hört sich verrückt an, wenn du mich fragst.« Rick schob seinen leeren Teller beiseite.

»Und da sind wir bei der *Persönlichkeitsstörung* angelangt. Wir suchen nach einem waschechten Psychopathen, Rick. Einem Menschen ohne jegliches Mitgefühl, ohne Skrupel und ohne Gewissen.«

»Manipulativ, egoman und machtbesessen.«

»Charmant und gewinnend.«

»Kaltblütig, grausam und erfinderisch.«

»Passt einer der jungen Männer, die wir bislang befragt haben, für dich in dieses Bild?«, fragte Bert.

Rick überlegte. Dann schüttelte er den Kopf.

Genauso erging es Bert.

Das konnte zweierlei bedeuten. Entweder, sie waren ihm noch nicht begegnet. Oder sie hatten ihn nicht erkannt. Denn niemand tarnte sich besser als ein Psychopath.

*

Sie entdeckte Maxim auf den ersten Blick, obwohl es im Café Reichard brechend voll war. Er hatte einen Fenstertisch im Pavillon ergattert, mit einem überwältigenden Blick auf den Dom. Und wie er so dasaß und gedankenverloren hinausschaute, begriff Romy, warum ihr Bruder sich in ihn verliebt hatte.

Die Sonne hatte sich aus der Wolkendecke hervorgekämpft und überschüttete ihn mit Licht. Für einen Moment sah er aus wie ein Engel.

Dann schoben sich die Wolken wieder vor die Sonne und der Engel verwandelte sich in Maxim zurück. Entdeckte Romy und winkte ihr zu.

Noch vor einer Woche hätte Romy jeden für verrückt erklärt, der ihr gesagt hätte, sie würde sich freiwillig mit dem Geliebten ihres Bruders treffen. Und das hinter Björns Rücken.

Doch nun war sie hier.

Er lächelte ihr zu, erhob sich und wollte ihr aus der Jacke helfen.

»Danke«, wehrte sie ab. »Nicht nötig.«

Sie wurschtelte sich aus der Jacke und blieb prompt mit der linken Hand im Futter hängen. Maxim tat so, als würde er ihr Gezappel nicht bemerken. Schon wieder etwas, das Romy verwunderte. Seit wann benahm er sich so, als könnte er sie leiden?

Weil er was von mir will, dachte sie, und bekam endlich ihre Hand frei. Sie hängte die Jacke über die Rückenlehne ihres Stuhls und setzte sich.

Ein Stück Torte hatte sie sich schon an der Theke ausgesucht. Bei der Serviererin bestellte sie sich einen Cappuccino. Auch Maxim gab seinen Bon ab. Er entschied sich für einen Milchkaffee.

Kurz darauf brachte die Serviererin die Getränke, Obsttorte für Romy und Käsekuchen für Maxim.

Romy wurde ungeduldig. »Warum sind wir hier?«, fragte sie.

»Weil ich deine Hilfe brauche.« Maxim unterzog den Käsekuchen einer kritischen Musterung und stach dann mit der Kuchengabel konzentriert die Spitze ab.

»Wozu?«

»Ich möchte mit Björn abhauen.«

Sie wusste sofort, was er meinte. Ihr Herz schlug schneller.

»Und was ist das Problem?«

»Kannst du dir das nicht denken?«

Natürlich konnte sie das. Björn würde niemals *abhauen* und seine Freunde im Stich lassen. Romy empfand eine leise Verachtung für Maxim. Und große Zärtlichkeit für ihren Bruder.

»Doch«, sagte sie. »Kann ich. Sehr gut sogar.«

»Okay, dann hilf mir, ihn zu überreden.«

»Das wird mir kaum gelingen. Du weißt, wie er ist.«

»Ja. Der Kapitän, der bis zuletzt auf der Brücke bleibt, egal, was passiert.«

»Was ist so falsch daran?«

Wie hatte Maxim ihr wie ein Engel vorkommen können? Ein Engel besaß Kraft und Stärke. Er würde nicht einen einzigen Gedanken ans *Abhauen* verschwenden.

Maxim aß ohne Eile auf, legte die Kuchengabel ab und trank von seinem Milchkaffee. Erst dann hob er den Blick, schaute Romy in die Augen und antwortete ihr.

»Was falsch daran ist?« Er verzog keine Miene und sein intensiver Blick bereitete Romy Unbehagen. »Frag dich lieber, was richtig daran ist, zu sterben.«

Der Bissen blieb Romy in der Kehle stecken. »Björn wird in dieser Lage niemals …«, begann sie mit brüchiger Stimme. Sie hustete, bis ihr die Tränen kamen, doch als Maxim sich vorbeugte, um ihr auf den Rücken zu klopfen, winkte sie ab. »Geht schon«, krächzte sie.

»Hör zu«, sagte Maxim, als sie sich wieder gefangen hatte, »mir ist egal, was du von mir hältst. Du kannst mich verachten, verabscheuen, hassen oder was auch immer, aber du *wirst* mir helfen, Björn von hier wegzubringen.«

»Wer sagt dir, dass er woanders sicher ist?«

»Er ist überall sicherer als hier.«

Das war ein Argument, dem Romy sich nicht verschließen konnte.

»Der Mörder wird euch nicht gehen lassen«, sagte sie leise.

»Er wird erst merken, dass wir gegangen sind, wenn es zu spät ist, es zu verhindern«, versprach Maxim.

Was verlangte er da von ihr?

Dass sie ihm vertraute? Ausgerechnet ihm, der Björn belogen und betrogen und ihm mehr Schmerzen zugefügt hatte als irgendjemand sonst? Für den es nur einen einzigen Gott gab, nämlich Mammon, den Gott des Geldes?

Aber immerhin hatte er sich inzwischen von dieser Griet getrennt. Björn hatte es Romy im Vertrauen erzählt. Wie glücklich er dabei geklungen hatte.

»Wohin?«, fragte sie.

»Irgendwohin, wo wir keine Spuren hinterlassen. Kein Zug, kein Bus, kein Flugzeug, kein Schiff. Nichts, wofür man eine Karte kaufen muss. Wir nehmen meinen Wagen.«

»Du hast ein Auto?«

Wie naiv, zu glauben, er hätte keins. Jemand, der so gern im Luxus badete, *musste* ein Auto besitzen.

Maxim warf ihr einen scharfen Blick zu, als hätte er ihren Gedankengang belauscht. Er machte sich nicht die Mühe, ihre Frage zu beantworten.

»Und dann? Fahrt ihr los? Ohne Plan? Ohne Ziel?«

»Auch darüber wollte ich gern mit dir sprechen.« Maxim winkte der Serv?ererin und bestellte sich noch einen Milchkaffee. »Lass uns gemeinsam überlegen. Dann kann Björn meine Bitte nicht so leicht ablehnen.«

»Und ob er das kann. Wenn mein Bruder etwas für falsch hält, bringt ihn niemand von seiner Meinung ab, nicht mal ich. Außerdem ...«, Romy hob den Kopf und blickte Maxim forschend ins Gesicht, »... außerdem bin ich ja selbst noch gar nicht von deiner Idee überzeugt.«

»Was spricht dagegen?«

»Dass ihr auf euch allein gestellt seid, zum Beispiel. Dass ihr dort, wo ihr hinfahrt, keinen Polizeischutz genießt …«

»Polizeischutz!« Maxim spuckte Romy das Wort vor die Füße. »Das nennst du *Polizeischutz,* wenn alle Stunde zwei Bullen bei uns vorbeifahren und einen müden Blick auf das Haus werfen? Lächerlich! Der Mörder könnte fröhlich aus einem der Fenster winken und die Typen würden's nicht merken.«

»Aber …«

»Ich kannte ein Mädchen, das von ihrem Exfreund bedroht wurde, Romy. Als sie zu den Bullen ging, sagte man ihr, die Polizei könne erst eingreifen, wenn der Typ handgreiflich geworden sei.« Maxim schluckte. »Das wurde er dann. Danach lag sie im Koma. Hast du mal am Bett eines Komapatienten gesessen?«

Betreten wich Romy seinem Blick aus.

»Hilf mir, Romy!«

Hatte sie sich nicht selbst gewünscht, ihren Bruder in Sicherheit bringen zu können? Warum unterstützte sie Maxim dann nicht dabei, ihren Wunsch in die Tat umzusetzen?

Er legte die Hand auf ihre. »Bitte!«

»Und wenn ich euch begleite?«

»Wär es nicht sinnvoller, wenn du die Möglichkeiten deines Jobs nutzen würdest,« er strich fast liebevoll über ihre Finger und zog seine Hand dann wieder zurück, »um Informationen heranzuschaffen?«

Außerdem müsste sie Greg um ein paar freie Tage bitten. Er würde sofort wittern, wozu sie die brauchte. Und wie lange würden sie im Untergrund bleiben müssen? Eine Woche? Zwei? Länger?

Manche Täter wurden nie gefasst.

»Hallo? Bist du noch da?« Maxim wedelte mit der Hand vor ihrem Gesicht herum.

»Entschuldige. Ja. Du hast wahrscheinlich recht.«

»Wir können über Handy Kontakt halten«, sagte Maxim eilfertig. »Und sobald der Kerl hinter Schloss und Riegel sitzt, sind wir wieder hier.«

»Okay …« Romy sah ihm tief in die Augen, um zu erkennen, ob sie ihm wirklich ihren Bruder anvertrauen konnte. »Gehen wir mal davon aus …«

»Danke, Romy! Oh, danke! Vielen, vielen Dank!« Maxim sprang auf, kam um den Tisch und zog sie in seine Arme. »Das werde ich dir nie vergessen. In meinem ganzen Leben nicht.«

Er drückte sie so fest an sich, dass ihr die Luft wegblieb. Lachend befreite sie sich aus seinem Griff.

»Hey, du bringst mich ja um!«

Das waren die falschen Worte. Maxim ließ sie sofort los und sie wandten sich beklommen voneinander ab. Er setzte sich wieder hin.

»Ehrlich, Romy«, sagte er leise, »wenn du mir wirklich hilfst, Björn zu überreden, dann hast du was bei mir gut.«

»Also.« Romy beugte sich verschwörerisch über den Tisch. »Was kann ich tun?«

*

Björn hatte sich selten so mies gefühlt wie beim Verfassen dieser verdammten Liste. Jedes Mal, wenn er einen Namen niedergeschrieben hatte, war es gewesen wie ein Verrat.

Jeden seiner Freunde, jeden seiner Bekannten hatte er auf diese Weise zu einem Verdächtigen gemacht. Und am liebsten hätte er alles zurückgenommen.

Er hätte jetzt gern mit Maxim geredet. Oder mit Romy. Doch beide konnte er nicht erreichen.

Zu wem sonst durfte er noch unbegrenztes Vertrauen haben?

Das war das Schlimmste, dass Zweifel seinen Kopf und sein Herz vergifteten. Plötzlich erschien ihm jedes Wort mehrdeutig. Jeder Blick vielsagend. Die Zweifel isolierten ihn. Er hatte keine Lust mehr, sich mit Freunden zu treffen, jemandem in der Uni zu begegnen. Nicht mal mehr Lust, überhaupt die Wohnung zu verlassen.

Immer wieder geisterten ihm Bilder seiner toten Freunde durch den Kopf. Leonard sollte in seiner Heimatstadt Jülich beigesetzt werden, Sammy in Singen am Bodensee. Tobias würde in Rodenkirchen die letzte Ruhe finden, Josch in Beuel.

Björn hatte nicht vor, seine Freunde auf ihrem letzten Weg zu begleiten. Er traute es sich nicht zu. Es überstieg seine Kräfte.

»Du versuchst, ihren Tod zu ignorieren«, hatte Maxim gesagt.

»Quatsch! Ich weiß doch, dass sie tot sind.«

»Aber du *fühlst* es nicht, Björn. Und solange du es nicht fühlen kannst, ist ihr Tod für dich nicht wirklich wahr.«

»Behalte deine Küchenpsychologie für dich«, hatte er Maxim verärgert angeraunzt und war türenknallend in seinem Zimmer verschwunden.

Wann war das gewesen?

Er erinnerte sich nicht. Er hatte gar kein Gespür mehr für die Zeit, die verging. Eben noch hatte er mit Josch auf dem Marktplatz gestanden und geredet und nun war Josch tot und lag in der Leichenhalle. Das war doch verrückt.

Noch verrückter allerdings war, dass er Sammy und Josch noch in seiner Nähe spürte. Als brauchte er bloß die Hand auszustrecken, um sie berühren zu können.

»Das ist leicht zu erklären«, hatte Maxim gesagt. »Sie waren besonders enge Freunde und deshalb trägst du sie in deinem Unterbewusstsein …«

Björn hatte ihm nicht länger zugehört. Er hatte Laufschuhe und Jacke angezogen und sich draußen verausgabt, bis er nur noch aus schmerzenden Muskeln zu bestehen schien.

War das gestern gewesen? Vorgestern?

Wenn es so weiterging, würde er Maxim verlieren.

Und mich selbst, dachte er.

Obwohl ihm bei diesem Gedanken alles wehtat, konnte und konnte er nicht aufhören, ihn in seinem Kopf zu bewegen. Ihn und die anderen Gedanken, die ihn fertigmachten.

Und die schrecklichen Bilder.

Er kroch ins Bett, am hellichten Tag, zog die Decke bis ans Kinn und versuchte vergeblich, Schlaf zu finden. Sein Gehirn blieb schmerzhaft wach und erlaubte ihm nicht, zu vergessen.

*

Er konnte seinen Herzschlag in den Schläfen spüren. Und ein Rauschen im Kopf.

Als trüge er das Meer in sich.

Wie bei diesen Muscheln, die man sich ans Ohr halten konnte. Ganz tief innen drin.

Diese Unruhe …

Es würde nicht mehr lange dauern, und er würde wieder die Stimme hören.

Wie müde er war. Wie erschöpft.

Aber sie würde ihm nicht erlauben, auszuruhen.

Sie würde ihn weiterhetzen. Bis er all ihre Befehle ausgeführt hätte.

Dann würde sie ihn töten.

23

Schmuddelbuch, Dienstag, 8. März, sechzehn Uhr dreißig, Diktafon

Unterwegs zu Björn. Möchte mit ihm über die Liste sprechen, mehr erfahren.

Und dann über Maxims Idee reden, ihn von hier fortzubringen.

Wir haben beschlossen, ihm unser Treffen zu verheimlichen. Wir tun einfach so, als hätten wir beide, unabhängig voneinander, den gleichen Gedanken gehabt.

Mir ist nicht wohl dabei. Ich habe Björn nie angelogen. Und geraten sie durch ihr Verschwinden nicht vielleicht in noch größere Gefahr?

Was, wenn sie den Mörder damit reizen?

Wenn er sie beobachtet und ihnen folgt?

»Nicht in die Einsamkeit.« Das war meine Bedingung. »Wenn, dann fahrt ihr irgendwohin, wo ihr unter Leuten seid.«

»Ich bitte dich, Romy. Wir besitzen beide ein Handy.«

»Trotzdem.«

»Kennst du nicht jemanden, der uns irgendwo eine kleine Ferienwohnung vermieten könnte?«, hat Maxim mich gefragt.

Mir ist jedoch niemand eingefallen. Außer Greg. Ausgerechnet.

Gregs Eltern sind vor Kurzem in ein Seniorenheim gezogen und leben jetzt in der Nähe von Gregs Bruder. Ihr Haus steht noch genau so da, wie sie es verlassen haben. Greg und sein Bruder versuchen, es zu verkaufen, doch das ist nicht so einfach, weil es seit Jahren nicht anständig renoviert worden ist.

Ich könnte also …

Nein. Nicht Greg. Der würde das nie erlauben.

»Wenn, dann muss es einer sein, der zu meinen Bekannten gehört«, sagte Björn, nun schon zum zweiten Mal. »Keiner meiner Freunde wär zu einem solchen Verbrechen fähig.«

»Davon haben wir hier ja noch einige.« Romy klopfte mit ihrem Kugelschreiber auf einen der Namen. »Bruno Jessen zum Beispiel.«

»Bruno …«

Björn massierte sich den Nacken. Alles tat ihm weh. Er wünschte, Romy hätte ihn nicht mit ihrem spontanen Besuch aus dem Bett gezerrt. Vielleicht würde er jetzt endlich friedlich schlummern und müsste sich nicht mit dieser vermaledeiten Liste beschäftigen, die er nie hätte anlegen sollen.

»Was willst du, Romy? Er sitzt meistens in der Cafeteria, durchgescheuerte Jeans, verwaschene Pullis, die obligatorische Wollmütze auf dem Kopf, und verfasst Gedichte, die er dann bei Poetry Slams vorträgt. So einer bringt keine Menschen um. Der ist viel zu sehr mit sich selbst beschäftigt.«

»Und vielleicht ein bisschen abgedreht«, vermutete Romy.

»Seit wann hast du solche Vorurteile?«

»Ich versuche bloß, unbefangen an die Sache heranzugehen.«

»Aha. So nennt man das.«

Björn wollte nichts mehr sehen und hören. Erst recht nicht seine Schwester, und wenn sie hundertmal versuchte, ihm zu helfen. Aber Romy war unerbittlich.

»Diese Poetry Slams, wie laufen die ab?«

»Die Typen tragen ihre Texte vor, über die anschließend vom Publikum oder von einer Jury aus dem Publikum abgestimmt wird. Das weißt du doch.«

»Nur vom Hörensagen.«

»Dann geh da mal hin. Wird dir gefallen.«

»Und wie ist dieser Bruno so? Ehrgeizig?«

»Jeder, der an einem Wettstreit teilnimmt, will gewinnen.«

»Und? Gewinnt er?«

»Mal ja, mal nein. Worauf willst du hinaus, Romy?«

»Ich taste mich einfach in alle möglichen Richtungen vor –

in der Hoffnung, auf irgendwas zu stoßen, das uns aufhorchen lässt. Nehmen wir mal an, eine Jury hätte ihn so richtig niedergemacht und …«

»…und in dieser Jury saß Leonard, woraufhin Bruno beschlossen hat, ihn zu töten und alle Schwulen um ihn herum gleich mit? Sag mal, Romy, geht's noch?«

Björn tippte sich an die Stirn, doch Romy ließ sich nicht beirren. »Wir sind uns einig, dass der Mörder psychisch krank sein muss, oder nicht?«

»Ja …«

»Und wieso erwartest du dann ein nachvollziehbares Verhalten von ihm?«

Dagegen konnte Björn nichts einwenden.

»Menschen töten aus den nichtigsten Gründen, Björn. Ein kleiner Nachbarschaftsstreit kann unter Umständen schon ausreichen, um tödlichen Hass zu entzünden.«

Sie umkringelte Brunos Namen auf der Liste.

»Was hast du vor?«

»Mich mit Bruno Jessen zu unterhalten. Und nun weiter. Was ist mit … warte … Kerim Yilmaz?«

»Er ist nett, hat einen Studentenjob in der Unibibliothek ergattert und ist sehr hilfsbereit, wenn man ein Buch braucht, das schwer zu beschaffen ist.« Björn seufzte. »Das mit der Liste war eine Schnapsidee, Romy. Kerim hat es nicht verdient, verdächtigt zu werden. Und Bruno ebenso wenig.«

»Mich wundert eher, dass die Polizei dich nicht um eine solche Liste gebeten hat«, sagte Romy. »Oder hat sie das inzwischen getan?«

»Nein. Und denen würd ich sie auch nicht geben. Stell dir vor, was ich damit anrichten kann.«

Romy umkringelte auch Kerim Yilmaz' Namen. »Okay. Dann … Ted Maurer.«

»Ein Kommilitone, der manchmal in Vorlesungen neben mir sitzt.«

»Hast du das Gefühl, er sucht deine Nähe?«

»Weißt du immer genau, warum sich jemand neben dich setzt? Dich grüßt, wenn ihr euch begegnet? Dich in einer Buchhandlung anspricht?«

»Allerdings. Meistens wollen diese Typen was von mir.«

»Du meinst, ich soll mich jetzt fragen, ob er *scharf* auf mich ist?«

Romy nickte.

»Er hat mich nicht angemacht, falls du das denkst.«

»Du hast ihn also nicht abblitzen lassen?«

»Nein. Ich hab nie was in dieser Richtung bemerkt.«

»Und wenn ihn genau das unglücklich macht? Wenn er dich von fern liebt und darunter leidet, dass du es nicht spürst?«

Sie umkringelte auch Teds Namen, und Björn fragte sich, ob es sein konnte, dass er mit Scheuklappen durchs Leben gelaufen war, wie Romy ihn anscheinend glauben machen wollte.

Aber Ted? Verliebt?

»Es gibt keinerlei Anhaltspunkte dafür«, sagte er. »Nicht einen einzigen.«

Doch Romy hörte gar nicht zu. »Barry?«

Barry. Sollte das denn immer so weitergehen?

»Barry ist siebzehn. Mit dreizehn ist er das erste Mal ausgerissen. Wurde von der Polizei aufgegriffen und zu seinen Eltern zurückgebracht. Danach ist er immer wieder abgehauen. Seit zwei Jahren lebt er endgültig auf der Straße.«

»Du gibst ihm Geld?«

»Immer mal ein bisschen. Der hat Hunger, Romy. Du kannst dir nicht vorstellen, was er durchmacht.«

»Und dann hast du ihm vielleicht einmal nichts gegeben …«

»Was ihn augenblicklich dazu gebracht hat, zum Serienmörder zu mutieren? Hör auf, Romy. Das glaubst du doch selber nicht. Barry hat gar nicht das Zeug dazu. Er ist harmlos, lieb und freundlich. Und ein bisschen gerissen, wenn es darum geht, sich Geld zu beschaffen. Aber dann teilt er die paar Kröten noch mit andern. *So* ist Barry. Und jetzt streich ihn aus.«

»Ich würde ihn vermutlich sowieso nicht so leicht finden.«

»Darauf kannst du wetten.«

Befriedigt beobachtete Björn, wie Romy Barry von der Liste strich. Er ergab sich in sein Schicksal, wartete auf den nächsten Namen. Doch dann entstand plötzlich ein ungeheurer Gedanke in seinem Kopf.

»Wir sind bisher immer davon ausgegangen, dass der Mörder Schwule hasst«, sagte er langsam. »Richtig?«

Romy nickte.

»Und das glaube ich immer noch«, fuhr er fort.

»Ich auch«, bestätigte Romy. »Ich versuche ja bloß, alle anderen Möglichkeiten definitiv abzuhaken.«

»Dabei kenne ich jemanden, der Schwule hassen *muss*.«

»Und wieso hast du das bis jetzt noch nicht …«

»Griet«, unterbrach Björn sie. »Wenn einer Grund hat, alle Schwulen zum Teufel zu wünschen, dann sie.«

»Aber eine Frau hätte nicht die Kraft gehabt, Josch zu töten«, widersprach Romy. »Du weißt, er hat sich verzweifelt gewehrt.«

»Und wenn sie einen Killer angeheuert hat?«

»Der hätte dich einfach aus dem Weg räumen können. Warum die andern?«

»Um alle glauben zu machen, dass da jemand Schwule von der Bildfläche verschwinden lassen will. Und so von sich selbst abzulenken.«

Es fiel Björn wie Schuppen von den Augen. Das alles passte zusammen.

»Die Bullen haben immer wieder gefragt, ob es jemanden gibt, der mich hasst.« Staunend blickte er Romy ins Gesicht. »Auf Griet bin ich gar nicht gekommen. Aber natürlich hasst sie mich. Und wie.«

Eine Weile saßen sie schweigend beieinander. Dann hob Romy den Kopf.

»Björn, du musst weg von hier und das so schnell wie möglich.«

*

»Griet?« Maxim lachte. »Wollt ihr mich auf den Arm nehmen?«

Die beiden lachten nicht mit. Offenbar meinten sie es tatsächlich ernst.

»Ich bitte euch! Doch nicht Griet!«

Romy knabberte nervös an der Unterlippe. Björn schaute betreten vor sich auf den Tisch.

»Hallo? Ich rede mit euch.«

»Maxim …« Björn sah ihn voller Mitgefühl an. »Wir dürfen doch niemanden aus unseren Überlegungen ausschließen …«

»Scheiß drauf!« Maxim schlug mit der flachen Hand auf den Tisch, dass es knallte und alle zusammenzuckten. »Warum dann nicht Romy? Oder ich? Oder du, Björn? Wenn wir schon keinen ausschließen dürfen! Wir alle haben schließlich jeden der Toten gekannt.«

Mist, dachte er. Was erzähl ich denn da? Doch er konnte sich nicht bremsen.

»Griet leidet sowieso schon genug. Und sie ist nicht hier, um sich zu verteidigen. Müsst ihr da noch auf ihr herumtrampeln?«

»Nun mach mal halblang, Maxim.« Wie immer stellte Romy sich vor ihren Bruder. Sobald Björn angegriffen wurde, richtete sie reflexartig ihre Stacheln auf. »Niemand trampelt auf Griet herum. Aber es ist nicht von der Hand zu weisen, dass sie ein Motiv hätte.«

»Schwule zu ermorden?«

»Immerhin war es ein Schwuler, der ihre Liebe bedroht und zerstört hat.« Romy sprach mit sicherer, selbstbewusster Stimme. »Allerdings wäre es nicht klug von ihr, jeden mit der Nase auf ihr Motiv zu stoßen.«

»Und daraus schließt du *was*?«

»Dass sie es eigentlich auf Björn abgesehen hat und den Mord an ihm mit den anderen Morden bloß zu tarnen versucht.«

»Wie bitte? Seid ihr denn *komplett* verrückt?«

»Es ist doch nur eine Gedankenspielerei, Maxim.« Björn sah kreuzunglücklich aus. »Wie hundert andere Überlegungen, die du und ich schon angestellt haben.«

»Eine Gedankenspielerei …«

»Es ist wahrscheinlich, dass sie sich nicht selbst die Hände schmutzig macht, sondern einen anderen für sich morden lässt«, überging Romy Björns Bemerkung. »Eine Frau wäre niemals in der Lage gewesen, den durchtrainierten Josch zu überwältigen.«

»Und wenn Griet einen Kampfsport beherrscht, was dann?«

»Tut sie das?«

Maxim verzichtete darauf, die Frage zu beantworten. »So was kann nur *deinem* Hirn entspringen«, sagte er bitter.

»Du irrst dich.« Björn berührte Maxim behutsam am Arm. »Es war meine Idee.«

Maxim zog seinen Arm weg. Er konnte jetzt keine Berührung ertragen. »Wir sind nicht bei der Mafia! Der Normalbürger mietet sich keinen Killer.«

Schweigend schauten sie ihn an.

»Oder wüsstet ihr, wie man das anstellt?«

Es war ein Schweigen, das an Maxims Nerven zerrte.

»Na los, klärt mich auf! Geht man ins Internet und gibt so was ein wie: *Mörder gesucht?*«

Keine Reaktion.

»Und dann pickt man sich aus den Vorschlägen das beste Angebot aus? Ja? Wie viel darf so ein Killer denn kosten? Wird der nach Stunden bezahlt oder pauschal?«

Maxim redete sich immer mehr in Rage.

»Und was ist so ein Mord überhaupt wert? Zehntausend Euro? Zwanzigtausend? Und das Ganze plus Mehrwertsteuer?«

Wie so oft kamen die Zwillinge ihm wie eine verschworene Gemeinschaft vor, zu der er keinen Zutritt besaß. Selbst ihr Schweigen war synchron, und sie schienen im selben Rhythmus zu atmen.

»Na los! Sagt schon! Was kostet ein Menschenleben so auf dem freien Markt? Und was auch nicht unwichtig ist: Kann man die Ausgaben von der Steuer absetzen?«

Griet? Doch nicht Griet.

Maxim verschränkte die Arme vor der Brust. Niemand sollte es wagen, ihm zu nahe zu kommen.

»Ich werde gleich mit ihr telefonieren«, sagte er nach einer Ewigkeit leise. »Dann werdet ihr sehen, dass eure Idee wie ein Kartenhaus in sich zusammenfällt.«

Sie widersprachen ihm nicht.

Schwiegen, schwiegen, schwiegen.

Und Maxim wusste, dass er die Zweifel an Griet nicht würde ausräumen können. Auch nicht mit einem Telefongespräch.

*

Sie kamen aus dem Klinkenputzen nicht heraus.

Bert merkte, wie sich Nervosität unter den Kollegen ausbreitete. Sie alle wollten, sie *brauchten* Ergebnisse. Dringend.

Die Presse schlug nach dem vierten Mord einen härteren Ton an. In der Bevölkerung mehrten sich die Stimmen, die sich über die *notorische Unfähigkeit* der Polizei beschwerten. In Radio und Fernsehen wurden Psychologen und selbst ernannte *Profiler* zu den aktuellen Fällen befragt. Im Schwulenmilieu erlebten die Sicherheitsdienste einen bedenklichen Aufschwung.

Der Chef hatte nach dreimonatiger Abstinenz wieder angefangen zu rauchen.

Doch wenn man den Erfolg mit aller Kraft herbeiwünschte, blieb er meistens aus. Das schien ein Gesetz zu sein.

Der Erfolg ist mit den Glücklichen.

Bert beschäftigte sich noch einmal mit den aktuellen Hinweisen aus der Bevölkerung. Sie waren zum Teil äußerst skurril.

Eine achtundsiebzigjährige Dame aus Unkel hatte, als sie am Nachmittag des Mordes ihren Hund ausführte, zwei Nonnen vom Rhein her kommen sehen. *Die hatten ihre Gewänder bis zu den Knien gerafft, damit sie schneller laufen konnten.* Sie wollte Blut an ihren weißen Schleiern bemerkt haben, und eine von ihnen habe den armen Hund mit ihrem irren Blick in Panik versetzt.

Ein Hellseher bot seine Dienste an. Er behauptete, der tote Josch Bellmann habe ihn aufgesucht und ihn gebeten, die Polizei bei der Aufklärung des Falls zu unterstützen.

Eine Frau, die ein Buch über Engel geschrieben hatte, war bereit, am Tatort mit dem Schutzengel des Toten in Verbindung zu treten, um zu erkunden, was genau sich am Ufer des Rheins zugetragen hatte.

Bert kam sich vor wie in diesen Träumen, in denen er durch kniehohen, zähen Schleim watete und nicht von der Stelle kam, das Ziel vor Augen, den Atem der Verfolger im Nacken.

Eine Phase, die sie bei jedem Fall durchleben mussten, rief er sich in Erinnerung. Die man dann wieder vergaß, um sich beim nächsten Fall erneut die Haare zu raufen.

Bert warf einen Blick auf seine Uhr. Für heute sollte er Schluss machen.

Er zog seinen Mantel an, öffnete die Tür und löschte das Licht. Auf dem Flur lief er Rick in die Arme, der ebenfalls im Begriff war, das Büro zu verlassen. Gemeinsam gingen sie zum Parkhaus. Dünner Regen fiel aus dem dunklen Himmel. Die Luft war von einem kränklichen Braun. Sämtliche Geräusche hatten sich verdichtet. Sie dröhnten Bert in den Ohren und schienen in seinem Kopf widerzuhallen.

Auch Rick ging vornübergebeugt, als sei ihm unbehaglich zumute und als könnte er nicht schnell genug nach Hause kommen. Oder zu Malina, die ihn in ihrer warmen, gemütlichen Wohnung erwartete, um einen schönen Abend mit ihm zu verbringen.

Bert war hundemüde. Aber es zog ihn nicht in seine eigene Wohnung, in der es immer noch so aussah, als gehörte sie jemand anderem. Die er noch nicht mit Leben gefüllt hatte, weil die Einsamkeit, die ihn dort erwartete, mit dem, was er sich ersehnte, nichts zu tun hatte.

Niedergeschlagen stieg er in seinen Wagen und drehte die Heizung hoch.

Er kämpfte sich über die verstopfte Zoobrücke und wurde von

dem abendlichen Stau auf der Inneren Kanalstraße aufgesogen. Dass er dabei Zeit verlor, war ihm gleichgültig, denn der Abend, der vor ihm lag, war auch so noch lang genug.

Im Supermarkt in der Chamissostraße kaufte er zu Peter Maffays *Über sieben Brücken musst du gehn* ein bisschen Gemüse und Obst, ein Stangenbrot, zehn Eier vom Biohof, eine Tüte Pistazien und zwei Tafeln Schokolade. Er ließ gutmütig zu, dass sich an der Käsetheke eine resolute Rentnerin vordrängte, und half einer jungen Frau geduldig, das Regal mit den Schokoküssen wieder einzuräumen, das ihre beiden kleinen Kinder in einem unbeobachteten Moment geplündert hatten.

Dann empfing ihn mit langen, kalten Armen die Wohnung, in der er jetzt lebte.

Bert hatte schlagartig keinen Hunger mehr. Dennoch zwang er sich, ein komplettes Abendessen zuzubereiten. Er setzte Teewasser auf, schnitt Tomaten in Scheiben, würzte sie mit Salz und Pfeffer und belegte sie mit Zwiebelringen. Er brach das Stangenbrot in der Mitte entzwei, teilte die eine Hälfte und bestrich sie mit Kräuterbutter. Dann trug er alles zum Couchtisch und schaltete den Fernseher ein.

Sich an Rituale wie regelmäßige Mahlzeiten zu halten, um nicht zu verwahrlosen, war das eine. In einer immer noch fremden Wohnung allein an einem Tisch zu sitzen und sich von der Stille nicht kleinkriegen zu lassen, das andere.

Die *heute*-Sendung war schon vorbei, bis zur *Tagesschau* dauerte es noch eine knappe halbe Stunde. Bert zappte einmal querbeet und schaltete dann in eine Krimiserie, die bereits angefangen hatte, und in die er nicht mehr hineinfinden würde. Aber er mochte den bayrischen Dialekt und die Landschaft, die man zu sehen bekam. Nach kurzer Zeit lief der Fernseher ohnehin nur noch als Geräuschkulisse, denn Berts Gedanken hatten sich verselbstständigt.

Die Abende und vor allem die Nächte gehörten den Zweifeln. Dem Bedauern.

Den Selbstvorwürfen.

Bert fragte sich, was in den vergangenen Jahren so schiefgelaufen war, dass er alles verlieren konnte, was ihm einst wichtig gewesen war. Wie konnte es geschehen, dass ein pralles Leben zu dem hier zusammenschrumpfte? Einer halb leeren Wohnung, in der die Geräusche kraftlos von den nackten Wänden zurückgeworfen wurden.

Er stand auf und trat zum Fenster. Blickte hinaus auf andere Häuser, andere Fenster. Wie viel Einsamkeit mochte es wohl in dieser Stadt geben, in der es doch von Leben nur so wimmelte?

Als es klingelte, fuhr er zusammen. Er drückte auf den Türsummer und erwartete jemanden, der für irgendetwas Unterschriften oder Geld sammelte. Stattdessen erblickte er einen atemlosen Rick, der ihn schief angrinste. »Lust auf ein Bier?«

Es gehörte nicht zu Ricks Gewohnheiten, unangemeldet aufzutauchen, und Bert schloss daraus, dass mehr dahintersteckte, als der Wunsch, etwas zu trinken. Er schaltete den Fernseher aus, ließ alles stehen und liegen, wie es war, nahm seinen Mantel vom Haken und schloss die Tür ab. Dann folgte er Rick die Treppe hinunter.

»Wohin?«, fragte er, als sie draußen standen. Ihm wurde bewusst, dass er noch keine Erfahrungen mit Kölner Kneipen gesammelt hatte.

Rick zeigte irgendwohin und trabte einfach los.

»Krach mit Malina«, sagte er schließlich.

Das hatte Bert sich fast gedacht. »Schlimm?«, fragte er.

»Will nicht drüber reden.«

Sie legten den Weg schweigend zurück.

Die Kneipe, in die sie schließlich einkehrten, befand sich in einer Art Gewölbekeller, den man zu einem großen, verwinkelten Raum ausgebaut hatte. Grobe Fässer waren zu Tischen umfunktioniert worden und alte Flaschen zu Lampen. Fast jeder Platz war besetzt.

Wenig später saßen sie beim Bier und der Kellner brachte einen Korb mit Brot und einen kleinen Topf mit Griebenschmalz. Bert fühlte sich wohl wie lange nicht mehr.

»Du hast mich gerettet«, sagte er. »Das wäre ein übler Abend geworden.«

»Gleichfalls«, antwortete Rick. »Wir könnten ruhig öfter mal um die Häuser ziehen.«

Um die Häuser ziehen.

»Hab ich ewig nicht mehr gemacht«, sagte Bert.

»Ich weiß.«

»Bin ich so leicht zu durchschauen?«

»Ganz im Gegenteil. Hab lang genug gebraucht, um dahinterzukommen.«

»Und jetzt willst du mich auf den rechten Weg bringen?«, fragte Bert lächelnd.

»Lass es mich wenigstens versuchen.«

Nach dem zweiten Bier wagte Bert es, noch einmal nach Malina zu fragen.

»Ihre Eifersucht macht alles kaputt«, sagte Rick.

Dilay, dachte Bert.

»Da reicht es schon, wenn eine neue Kollegin auftaucht.«

Arme Malina.

»Sie hat erst ihren Teller an die Wand geschmissen, danach meinen, und dann ist sie fluchend abgerauscht und hat mich in dem Chaos sitzen lassen. Spaghetti mit Tomatensoße. Kannst du dir die Sauerei vorstellen?«

Eifersucht, fuhr es Bert durch den Kopf. Ein starkes Motiv für einen Mord.

»Und wenn die Morde aus Eifersucht begangen wurden?«, überlegte er laut.

»Oh«, sagte Rick. »Herzlichen Dank auch für deine Anteilnahme.«

»Entschuldige. Es ist wirklich unverzeih…«

Rick winkte ab. Er schien ganz erleichtert, das Thema wechseln zu können.

»Du meinst, dass die Toten miteinander ... verbandelt waren?«

»Der einzige gemeinsame Nenner, den wir definitiv ausgemacht haben, ist die Homosexualität der Opfer. Aber da muss mehr sein, was sie verbindet. Dass sie alle mit Björn Berner befreundet oder bekannt waren, reicht mir nicht aus. Es zeigt uns allenfalls eine Richtung.«

»Leonard Blum und Tobias Sattelkamp sind, nach unseren Informationen, ziemliche Einzelgänger gewesen, die offenbar auch keine feste Beziehung unterhielten.«

»Keine *feste*«, betonte Bert.

»Erik Sammer und Josch Bellmann verfügten zwar über jede Menge sozialer Kontakte«, führte Rick seinen Gedankengang weiter, »aber auch sie waren allem Anschein nach nicht gebunden.«

Bert nahm mit einem Nicken das dritte Bier von dem Kellner entgegen. Obwohl er eigentlich schon genug hatte. Er trank im Grunde lieber Wein.

»Lockere Beziehungen«, sagte er, »geben oft mehr Raum für Eifersucht als feste.« Erst nachdem die Worte ausgesprochen waren, merkte er, was er da von sich gegeben hatte. »Entschuldige«, bat er wieder. »Ich trete heute aber auch in jedes Fettnäpfchen, das irgendwo herumsteht.«

Doch Rick hörte gar nicht hin.

»Eifersucht«, murmelte er. »Das wäre durchaus möglich.«

24

Schmuddelbuch, Dienstag, 8. März, dreiundzwanzig Uhr

Den ganzen Abend hat Maxim vergeblich versucht, Griet zu erreichen. Schließlich hat er der Reihe nach ihre Freundinnen angerufen.

Keine von ihnen weiß, wo sie sich aufhält.

Er hat sich auch überwunden, mit ihrer Schwester zu sprechen, obwohl er zu Griets Familie keinen Kontakt hatte und sich die Nummer erst über die Auskunft beschaffen musste.

Nicht einmal sie hat eine Ahnung, wo Griet sein könnte.

Maxim wurde immer stiller. Saß da und grübelte.

Wir ließen ihn in Ruhe.

»Ich kann es nicht glauben«, sagte er schließlich. »Verlangt das nicht von mir.«

Björn warf mir einen hilflosen Blick zu.

»Das würde sie mir niemals antun. Björn! Das kannst du doch nicht wirklich glauben!«

»Maxim …«

»Maxim, Maxim, Maxim«, äffte er Björn nach und sprang auf.

»Jetzt hör doch mal …«

»Nein!« Maxim hielt sich die Ohren zu wie ein kleiner Junge.

Ich sah, dass Björn mit sich kämpfte. Lass ihn, dachte ich. In dieser Verfassung darfst du ihm nicht zu nahe kommen.

Björn blieb sitzen.

Keiner von uns wusste weiter, und keiner von uns sprach noch einmal davon, dass Björn und Maxim verschwinden sollten. Als ich beschloss, nach Hause zu fahren, hielten die beiden mich nicht auf.

Jetzt bin ich todmüde. Fahre mit dem Daumen über den roten

Stein an meiner linken Hand. Immer wieder. Er ist so schön, so warm, so glatt.

Und ich weiß, er bringt mir Glück.

Romy spazierte über eine Sommerwiese. Überall im hohen Gras summte und zilpte es, Hummeln flogen behäbig durch die heiße Luft und ab und zu flatterte ein Schmetterling vorbei.

In der Ferne hörte sie Björn nach Maxim rufen.

Romy war glücklich. Sie zog die Schuhe aus, die sich in ihren Händen in Vögel verwandelten und davonflogen. Das Moos unter ihren nackten Füßen war kühl und weich.

Sie konnte Björn jetzt erkennen, weit weg, nur eine dunkle Silhouette gegen den hellen Himmel. Er war nicht allein. Anscheinend hatte er Maxim gefunden.

Hand in Hand gingen sie fort und wurden immer kleiner.

Romy beeilte sich, sie einzuholen. Sie fing an zu laufen. Ihre Füße bewegten sich beinah von allein, leicht und schnell und immer weiter.

»Björn!«, rief sie. »Maxim! Wartet auf mich!«

Wind kam auf und trieb sie wie ein Blatt voran. Sie brauchte sich gar nicht anzustrengen.

»Björn! Maxim! So wartet doch!«

Endlich hatten sie sie gehört und blieben stehen. Romy spürte den Schweiß auf der Haut. Sie keuchte und rang nach Luft.

Plötzlich war der Boden unter ihren Füßen voller Steine und Scherben, die sich ihr in die Haut bohrten. Doch etwas sagte ihr, dass sie keinen Schmerzenslaut von sich geben durfte.

Und dann kam die Angst.

Hinter sich, in großer Entfernung, hörte sie Björn ihren Namen rufen, drängend und voller Panik. Aber wenn Björn sich hinter ihr befand, wer waren dann die Gestalten, die sie zu erreichen versucht hatte und die da vor ihr standen, Hand in Hand?

Langsam drehten sie sich um.

»Griet?«

Das war sie, Griet. Und neben ihr stand eine zweite Griet.

»Ihr seid Zwillinge?«, hörte Romy sich fragen. »Genau wie Björn und ich?«

»Romy«, flüsterte es, nah an ihrem Ohr. »Rooomy …«

Ihre Füße klebten am Boden. Sie konnte sich nicht von der Stelle rühren.

»Rooomy …«

Mit einem Ruck wurde Romy wach.

Sie brauchte eine Weile, bis sie begriff, dass sie geträumt hatte. Das T-Shirt klebte ihr am Körper. Ihr Atem ging schnell und ihr Herz flatterte wie die Schmetterlinge in ihrem Traum.

Rooomy …

Das Blut wich aus ihrem Gesicht, ihr Magen zog sich zusammen. Sie hielt den Atem an und versuchte, sich zu orientieren. Ein Blick auf die Leuchtziffern ihres Weckers zeigte ihr, dass es kurz nach zwei war.

Rooomy …

Sie fuhr auf, die Bettdecke an die Brust gepresst. Hörte sie das Flüstern wirklich oder war es nur ein Nachhall aus ihrem Traum?

Romy wich an das Kopfende zurück. Sie strengte sich an, den Schlaf abzustreifen, der sie immer noch gefangen hielt.

Erschöpft war sie am Abend ins Bett gefallen, ohne die Wohnung abzudunkeln, wie es sonst ihre Art war. Nun war sie froh darüber. Spärliches Mondlicht lag im Zimmer. Die Möbelstücke schienen genauso erstarrt zu sein wie sie selbst. Nichts war zu hören. Nur das Blut, das Romy in den Ohren pulsierte.

Laut. Viel zu laut.

Und plötzlich *wusste* sie es.

Jemand war in ihre Wohnung eingedrungen. Jemand hatte an ihrem Bett gestanden. Ihren Namen geflüstert. Direkt in ihr Ohr.

Sie hatte seinen Atem gespürt.

Nicht im Traum. In Wirklichkeit.

*

Wie tief sie geschlafen hatte. So arglos.

So ungeschützt.

Er hatte sie eine ganze Weile nur angeschaut.

Und das Wissen ausgekostet, dass er sie jederzeit töten konnte.

Jederzeit.

Es rettete sie, dass sie sich im Schlaf bewegte. Und dass die Stimme ihn drängte.

Nun mach schon! Beeil dich!

Es gefiel ihm, großzügig zu sein. Ein einziges Mal.

Er tat einfach so, als hätte er die Stimme nicht gehört.

*

Als Romy sich endlich traute, das Bett zu verlassen, war es halb drei. Für einen kurzen Moment war ihr so schwindlig, dass sie schwankte. Sie stützte sich an der Wand ab, bis sich der Schwindel gelegt hatte, dann sah sie sich nach etwas um, das ihr als Waffe dienen konnte.

Sie entschied sich für den Engel, der auf dem halbhohen Regal stand.

Helen hatte ihn ihr zum Geburtstag geschenkt.

»Jeder Mensch braucht einen Schutzengel«, hatte sie gesagt und auf ihre unnachahmliche Weise gelächelt.

Er war aus Blech und etwa dreißig Zentimeter hoch. Sein rotes Kleid war bunt getupft, die blauen Flügel sahen aus wie kleine Wolken. Der Engel hatte flachsblondes Haar. Er hielt den Kopf keck in die Luft, lächelte frech und trug ein rotes Herz in den Händen, das an einer kurzen Schnur baumelte.

Jetzt konnte er zeigen, was er draufhatte.

Romy hatte sich die Socken übergestreift, die sie am Abend ausgezogen und auf dem Boden liegen lassen hatte. So würden ihre Schritte absolut lautlos sein. Sie ergriff den Engel, presste ihn an sich und schlich ins Badezimmer.

Alles schien unverändert.

Sie blieb stehen und ließ den Blick über jeden Gegenstand gleiten. Atmete langsam ein.

War da nicht ein fremder Geruch?

Eher der Hauch eines Geruchs.

Wie von einem Rasierwasser.

Kaum noch wahrzunehmen.

Romy spürte, wie sich Schweiß in ihren Handflächen sammelte. Sie packte den Engel fester, entschied sich dann jedoch, ihn gegen eine dickbauchige Flasche mit Badesalz einzutauschen. Vorsichtig wollte sie ihn auf der Fensterbank abstellen, als er ihr aus der Hand rutschte.

Das Scheppern durchbrach die nächtliche Stille wie eine Explosion. Romy schloss die Augen, als könnte sie es damit ungeschehen machen.

Sie zählte in Gedanken bis fünf.

Nichts passierte.

Danke, lieber Gott. Vielen, vielen Dank …

Als ihre Finger den Flaschenhals umfassten, fühlte sie sich ein klein wenig sicherer. Aber würde sie auch zuschlagen können?

Stell dir das nicht vor. Blende es aus. Geh weiter.

Zurück durchs Schlafzimmer ins Wohnzimmer. Auch hier schien alles wie immer. Der Laptop stand auf dem Couchtisch, umgeben von dem Chaos, das sich automatisch ausbreitete, wenn Romy schrieb.

Die Vorstellung, dass jemand in ihren Papieren geschnüffelt haben könnte, machte sie verrückt.

Sie schaute sich um. Die Regale mit den Büchern, das Sofa, der Sessel, der Couchtisch, alles wie sonst.

Bis auf das Buch, das neben dem Sessel auf dem Boden lag, aufgeklappt, die Seiten nach unten.

War ihr das aus der Hand gefallen?

Aber das hätte sie doch bemerkt. Außerdem hatte sie am Abend gar nicht mehr in dem Sessel gesessen, und das Buch, das sie zurzeit las, hatte sie mit ins Bett genommen. Es lag wahrscheinlich noch immer auf dem Nachttisch.

Etwas Kaltes floss durch ihre Adern. Romy umklammerte den glatten Hals der Flasche. Wie festgefroren stand sie mitten im Zimmer und wagte sich nicht weiter.

Nur noch die Küche. Und die Diele. Dann kannst du Licht machen.

Und zu Helen laufen, dachte sie.

Auch in der Küche befand sich alles an Ort und Stelle. Der Kühlschrank machte die üblichen Geräusche, ein leises Vibrieren und in regelmäßigen Abständen ein Geräusch, das klang, als würde Flüssigkeit aufgesogen.

Und jetzt die Diele.

Romy aktivierte das letzte bisschen Entschlossenheit, das ihr noch verblieben war, und betrat die kleine Diele.

Noch einmal nahm ihre Nase eine Ahnung des fremden Geruchs auf. Dann sah Romy, dass die Wohnungstür einen Spaltbreit offen stand.

Rasch schlug sie sie zu, hastete durch die Räume und knipste überall Licht an. Erst danach stellte sie die Flasche ab, setzte sich aufs Bett und fing an zu zittern. Sie verschränkte die Arme vor der Brust, schaukelte vor und zurück und klapperte mit den Zähnen.

Es war kurz nach drei, als sie sich an das Buch erinnerte, das sie auf dem Boden des Wohnzimmers gesehen hatte. Mühsam rappelte sie sich auf. Ihre Muskeln schmerzten und ihre Augen brannten vor Erschöpfung. Langsam ging sie ins Wohnzimmer hinüber.

Jetzt, im Licht, konnte sie den Titel lesen.

Die Faszination des Bösen.

Dieses Buch gehörte ihr nicht!

Mit einem Kribbeln im Nacken bückte sie sich und hob es auf. Es war auf den Seiten 236/237 aufgeschlagen und auf Seite 236 war ein Satz mit leuchtend gelbem Textmarker hervorgehoben:

Ich werde dich töten.
Auf Seite 237 war ein einziges Wort markiert:
Bald.

*

»Sie hätten sich sofort bei uns melden müssen«, sagte Bert. »Dann
hätten die Kollegen von der Streife ihn vielleicht noch gesehen.
Oder sogar auf frischer Tat ertappen können.«

Bei den Worten *auf frischer Tat* zuckte Romy Berner zusammen. Doch sie hatte sich rasch wieder im Griff. »Möchten Sie was
trinken?«, fragte sie höflich.

Bert und Rick lehnten dankend ab.

»Und du?«, wandte sie sich an ihren Kollegen Ingo Pangold.

»Ich könnte einen Kaffee brauchen«, antwortete er, und das
sah man ihm auch an. Er schien unter Strom zu stehen, war übernächtigt und unrasiert.

Wieso, fragte sich Bert, war er hier? Um diese Uhrzeit, noch
keine neun am Morgen. Hatten die beiden was miteinander?

»Ich hab es nicht ausgehalten, allein zu sein«, erklärte Romy
Berner unaufgefordert. Wieder blickte sie sich verstohlen um.

Das, wusste Bert, würde eine ganze Weile so bleiben. Noch
Monate später würde sie bei jedem Geräusch aus dem Schlaf
schrecken und bei jedem Nachhausekommen zuerst einen Kontrollgang durch sämtliche Zimmer machen.

Der Einbruch hatte ihr Leben schon jetzt verändert.

»Sie sind sicher, dass nichts fehlt?«, fragte er.

»Ja.« Romy Berner nickte. »Wir haben überall nachgeschaut.
Laptop, Fernseher, Geld, alles noch da.«

»Das war kein normaler Einbruch«, mischte Ingo Pangold sich
ein.

»Und Sie sind sich auch sicher, dass Ihnen das Buch nicht gehört?«, überging Rick seinen Einwand.

»Hundertprozentig. Wenn man wenig verdient, überlegt man

genau, welche Bücher man sich anschafft. So ein Sachbuch würde ich mir nicht kaufen. Das würde ich, wenn überhaupt, in der Stadtbücherei ausleihen.«

»Sie bevorzugen Romane«, sagte Rick, der sich mit dem Inhalt ihrer Regale beschäftigt hatte.

»Stimmt.« Romy Berner verschwand in der Küche und kam mit einer Tasse Kaffee zurück, die sie ihrem Kollegen reichte. Sie setzte sich wieder zu ihm aufs Sofa. »Das da«, sie zeigte auf das Buch, das Rick in eine Plastikhülle gesteckt und auf den Tisch gelegt hatte, »habe ich heute Nacht zum ersten Mal gesehen.«

»Wir werden es auf Fingerabdrücke untersuchen lassen«, sagte Bert.

»Und natürlich keine finden.« Ingo Pangold nahm einen vorsichtigen Schluck. »Ebenso wenig, wie Sie Einbruchspuren finden konnten.«

In der Tat gab es nirgendwo Zeichen von Gewaltanwendung.

»Wer besitzt einen Schlüssel zu Ihrer Wohnung?«, fragte Bert.

»Außer mir nur meine Freundin Helen, die im zweiten Stock wohnt«, antwortete Romy Berner. »Das heißt, eigentlich die ganze WG. Für den Notfall, wissen Sie?«

»Wie viele Personen gehören zu der WG?«, erkundigte sich Rick.

»Drei. Helen, Tonja und … Cal.«

An den Namen Cal erinnerte Bert sich. Auch an den jungen Mann, dem er gehörte. Er hatte ihn kennengelernt, als Romy Berner sich in den Händen eines gefährlichen Psychopathen befunden hatte. Es kam ihm vor, als wäre es gestern gewesen.

Das Stocken des Mädchens verriet ihm den Rest. Wieder eine Liebe, die an ihre Grenzen gestoßen war.

»Sonst haben Sie niemandem einen Schlüssel anvertraut?«, fragte er.

»Nein.« Romy Berner schüttelte den Kopf. »Es existieren nur zwei Exemplare.«

»Gibt es jemanden in der WG, der einen Anlass hätte, Sie zu

bedrohen?«, fragte Rick. »Eifersucht. Neid. Missgunst. Liebes-
kummer. Zum Beispiel.«

Ihr *Nein* kam zu schnell. Als wollte sie sich damit selbst be-
schwichtigen.

Ingo Pangold ließ sie nicht aus den Augen.

»Nein«, wiederholte sie und erwiderte den Blick ihres Kollegen fest. »Auch wenn Cal und ich uns getrennt haben – er würde
mir nie etwas antun.«

»Getrennt?« Rick kniff alarmiert die Augen zusammen. »Wie
lange ist das her?«

»Es ist noch … in der Schwebe.«

»Wer hat Schluss gemacht?«

»Das war ich.« Sie zögerte. »Eigentlich aber auch Cal.«

»Aus welchem Anlass?«

Jede Frage trieb das Mädchen weiter in die Enge, doch es
war nötig, die Fragen zu stellen, um herauszufinden, ob es sich
bei dem nächtlichen Besucher um einen enttäuschten Liebhaber
handelte oder um den Täter, den sie suchten.

»Cal hat sich … verliebt.«

Das war Grund genug, sich den jungen Mann einmal vorzu-
knöpfen.

*

Mit der Polizei hatte Calypso nicht gerechnet, sonst hätte er sich
was angezogen. Sie hatten ihn aus dem Bett geklingelt, und er
war in Boxershorts und T-Shirt zur Tür getappt und stand jetzt
verlegen vor ihnen.

»Wir würden Sie gern sprechen«, sagte der Kommissar in einem Tonfall, der keinen Widerspruch duldete, und Calypso trat
einen Schritt zurück, um sie hereinzulassen.

Er führte sie in die Küche, in der seit Jahrhunderten keiner
mehr aufgeräumt zu haben schien. Das in der Spüle gestapel-
te Geschirr und der fleckige Tisch mit dem verdorrten Blumen-

strauß in der Vase und den schrumpligen Äpfeln in der Obstschale waren ihm peinlich. Er nahm sich vor, heute eine Stunde zu opfern, um ein bisschen Ordnung zu schaffen.

Normalerweise war es Helen, an der alles hängen blieb, weil sie so gutmütig war. Sie kümmerte sich als Einzige wirklich um die Räume, die sie gemeinschaftlich nutzten, verschönerte sie mit einem Tuch oder einem Kissen hier und einer Pflanze da, putzte Fenster und wischte Staub. Doch die chronische Faulheit der andern hatte sie endlich dazu getrieben, in einen Streik zu treten.

»Einen Moment bitte. Ich zieh mir eben was an.«

Calypso ging in sein Zimmer und schlüpfte in die Klamotten vom Vortag. Die Bettdecke raschelte, als Lusina sich unruhig im Schlaf bewegte. Er verließ das Zimmer auf Zehenspitzen, um sie nicht aufzuwecken.

Der Kommissar und sein Kollege saßen am Tisch, die Hände in den Hosentaschen, um bloß nicht irgendwo kleben zu bleiben. Calypso wuchtete einen Stapel alter Zeitschriften von dem dritten Stuhl und schob ihn an die Wand. Auf dem vierten Stuhl stand seit Tagen ein Wäschekorb mit Bügelwäsche, die garantiert Tonja gehörte, denn Helen würde ihre nicht hier vermodern lassen.

Statt sich zu setzen, blieb Calypso beim Fenster stehen. Er fürchtete sich vor dem, was er zu hören bekommen würde.

»Wo waren Sie heute Nacht?«, fragte ihn der Kommissar.

Calypso kam sich vor wie in einem Theaterstück. Hatte er das richtig mitgekriegt? Hatte der Kommissar ihn tatsächlich nach einem Alibi gefragt?

»In meinem Zimmer«, antwortete er. »Ich habe geschlafen.«

»Können Ihre Mitbewohnerinnen das bestätigen?«

In diesem Moment klopfte es zaghaft an der offenen Tür, und Lusina betrat die Küche. Sie hatte sich angezogen, aber man erkannte an ihrem schlaftrunkenen Gesicht und dem wirren Haar, dass sie eben erst aufgestanden war.

»*Ich* kann es bestätigen«, sagte sie mit einem kleinen Lächeln.

Ungeschminkt gefiel sie Calypso am besten. Er liebte es, wenn er sie auf die Augenlider küssen durfte, ohne dass sie ihn abwehrte, weil sie Angst um ihren Lidschatten hatte.

»Sie haben also geschlafen.« Der Kommissar blickte zwischen Lusina und Calypso hin und her. »Die ganze Nacht?«

»Nicht die ganze«, antwortete Lusina und ihr Lächeln vertiefte sich. »Aber Cal hat das Bett nicht verlassen. Das schwöre ich.«

Ihre Offenheit war Calypso unangenehm. Er merkte, wie er rot wurde.

»Warum wollen Sie das wissen?«, fragte er.

»Jemand ist heute Nacht in Romy Berners Wohnung eingedrungen.«

Romy …

»Ist ihr was passiert?« Mit pochendem Herzen wartete Calypso auf die Antwort.

»Sie steht unter Schock, aber ihr ist nichts geschehen.«

»Es wurde nichts entwendet«, erklärte Rick Holterbach. »Der Eindringling hat jedoch etwas hinterlassen. Eine sehr konkrete Drohung.«

»Und da fragen Sie *mich,* wo ich …«

Lusina trat auf ihn zu und legte ihm den Arm um die Hüften. *Ich stehe dir bei,* hieß diese Geste, *egal, was kommt.*

»Romy Berner hat sich von Ihnen getrennt?«, fragte der Kommissar.

»Ja.«

»Und Sie …«, sprach der Kommissar Lusina an.

»Ich bin Cals neue Freundin.«

»Frau Berner hat uns von einem zweiten Wohnungsschlüssel erzählt«, sagte der Kommissar. »Würden Sie uns den bitte zeigen?«

Calypso ging in den Flur, öffnete die oberste Schublade der Kommode, nahm den Schlüssel heraus, kehrte in die Küche zurück und überreichte ihn dem Kommissar. Der sah ihm nachdenklich in die Augen.

»Jeder von uns weiß, wo er liegt«, verteidigte sich Calypso. »Das ist ja der Sinn der Sache.«

»Es waren keine Einbruchspuren zu finden«, sagte Rick Holterbach gedehnt.

»Also hat einer diesen Schlüssel benutzt?« Lusinas Stimme war auf einmal ganz hoch, als stünde sie kurz davor, auszurasten. »Und dieser Jemand muss automatisch Cal sein, weil er früher einmal mit Romy befreundet war?«

Früher einmal, dachte Calypso bitter.

Er konnte seine Gefühle für Romy nicht deuten, und wäre er ein anständiger Mensch gewesen, hätte er mit Lusina darüber geredet. Er hasste sich dafür, dass er nichts auf die Reihe kriegte.

»Es existieren nach Angabe von Frau Berner nur zwei Exemplare«, sagte der Kommissar.

»Was für eine Drohung?«, fragte Calypso, dem der Schreck immer noch in den Gliedern saß.

»Jemand hat ihr angedroht, sie zu töten.«

Sie zu töten!

Calypso machte sich von Lusina los und fuhr sich mit beiden Händen durchs Haar. Und die Bullen saßen hier in der Küche und fingen mit ihren Nachforschungen an der ganz falschen Stelle an.

»Ich würde Romy niemals etwas antun! Nie!«

»Außerdem waren wir die ganze Nacht zusammen. Cal kann es gar nicht gewesen sein«, mischte Lusina sich wieder ein.

»Der Mörder«, sagte Calypso, »hat doch schon ein paar solcher Botschaften hinterlassen. Wollen Sie mir die jetzt auch anhängen und die Morde gleich mit?«

»Wir wollen Ihnen gar nichts anhängen.« Der Kommissar stand auf und knöpfte seinen Mantel zu. Auch sein Kollege erhob sich, behielt seine Jacke jedoch über dem Arm. »Wir stellen lediglich Fragen.«

»Und wenn Sie die zu unserer Zufriedenheit beantworten können«, ergänzte Rick Holterbach, »haben Sie nichts zu befürchten.«

Calypso ließ es dabei bewenden. Er hatte kein Interesse daran, sich mit den Polizisten anzulegen. Er hatte nur einen Wunsch: Romy vor Schaden zu bewahren.

Das hättest du dir früher überlegen sollen, sagte sein Gewissen. *Jetzt ist es dafür zu spät.*

Zu spät.

Wie oft waren ihm diese beiden Wörter in den vergangenen Tagen begegnet. Es wurde Zeit, dass er begriff, was sie bedeuteten.

*

Immer noch summte ihr Name in seinem Kopf.

Rooomy …

Die Erinnerung an das, was er getan und das, was er nicht getan hatte, war ihm in der Nacht bis in den Schlaf gefolgt.

Aus dem er nicht so schnell erwachen wollte.

Doch am Rand seines Bewusstseins spürte er die Hartnäckigkeit, mit der die Stimme zu ihm vorzudringen versuchte.

Um ihm wieder Befehle zu erteilen.

Ihn zu hetzen.

Ihn zu ihrem Werkzeug zu machen.

Nicht jetzt … noch nicht … lass mir Zeit …

25

Schmuddelbuch, Mittwoch, 9. März, Mittag

Ab jetzt wird auch an meinem Haus alle Stunde ein Streifenwagen vorbeifahren, doch nur nachts. Tagsüber bin ich in der Redaktion sicher.

Greg hat mich zu Schreibtischarbeit verdonnert.

»Es ist zu gefährlich für dich, in der Gegend herumzugondeln. Du solltest den Mörder nicht unnötig reizen.«

»Definier *unnötig*, Greg.«

Aber er hat sich nicht darauf eingelassen, hat mich einfach aus seinem Büro geschickt. »Recherchepause. Punkt.«

Und jetzt sitze ich an meinem Schreibtisch und erledige öden Kram.

Langweilig.

Bis auf die Anrufe. Björn will, dass ich untertauche (er selbst weigert sich weiterhin). Helen will bei mir einziehen, um mich zu beschützen, solange die Morde nicht aufgeklärt sind. Maxim hat mir geraten, das Türschloss austauschen zu lassen. Ingo hat mir angeboten, bei ihm zu wohnen, bis der Täter gefasst ist.

Und Cal?

Hat mich angerufen und nichts zu sagen gewusst. Außer, dass es ihm leidtut.

»Was ist mit uns passiert, Cal?«, hab ich ihn gefragt. »Wann genau haben wir uns verloren?«

Obwohl ich keine Antwort erwartet habe, war ich enttäuscht, als ich nur einen langen Seufzer hörte.

Für immer und ewig.

Das haben wir einmal geglaubt …

Von allen Ratschlägen habe ich nur den von Maxim in die Tat umgesetzt. Heute Abend wird ein neues Türschloss eingebaut. Und jetzt versuche ich, die Adressen der Typen auf Björns Liste rauszukriegen, da kann Greg toben, so viel er will.

Maxim gab auf. Griet war nicht erreichbar, und es gelang ihm nicht, jemanden aufzutreiben, der wusste, wo sie steckte. Kurz hatte er überlegt, nach Berlin zu fahren, um sich selbst nach ihr umzusehen, doch Björn war nicht bereit mitzukommen, und allein lassen wollte er ihn auf keinen Fall.

Sackgasse.

Björn war keinem vernünftigen Argument zugänglich. Er weigerte sich, Bonn auch nur für ein, zwei Tage zu verlassen. Er weigerte sich erst recht, ganz unterzutauchen. Jedes Gespräch darüber brach er ab, bevor es überhaupt begonnen hatte.

Und die Schlinge des Mörders zog sich immer enger.

Als Maxim zum Kiosk laufen wollte, um Brötchen zu holen, war er beinah auf eine tote Maus getreten, die auf der Fußmatte vor der Wohnungstür gelegen hatte. Äußerlich hatte sie unversehrt gewirkt, das hatte die Sache noch unheimlicher gemacht.

Er hatte sie, die Hand mit einer Plastiktüte geschützt, vorsichtig aufgehoben, als Björn hinter ihm aufgetaucht war.

»Ist sie tot?«

»Mausetot«, hatte Maxim geantwortet, ohne nachzudenken, und hatte mit diesem Wort einen hysterischen Lachanfall bei Björn ausgelöst, der nicht enden wollte.

Sammys Katze konnte die Maus nicht hier abgelegt haben, denn die saß die meiste Zeit apathisch in irgendeiner Ecke und huschte bei jedem unerwarteten Geräusch und jeder plötzlichen Bewegung unter irgendein Möbelstück. Selbst wenn sie die Möglichkeit hätte, würde sie sich nicht nach draußen wagen.

Endlich hatte Björn aufgehört zu lachen und sich die Tränen aus den Augenwinkeln gewischt. Maxim hatte nun doch ein wenig Blut an der winzigen Schnauze der Maus entdeckt. Für welche Art von Verletzung war das typisch?

»Hier im Haus gibt es keine Katzen«, hatte Björn gesagt. »Aber manchmal kommen welche von draußen rein.«

Damit war für ihn der Fall erledigt.

Für Maxim nicht.

»Hat jemals zuvor ein totes Tier vor deiner Tür gelegen?«, fragte er, als sie endlich bei einem sehr späten Frühstück die Brötchen verspeisten.

»Mach dich nicht lächerlich«, antwortete Björn mit vollem Mund. »Es war eine *Maus,* Maxim, keine Ratte.«

»Eine Ratte wäre ein Fall für die Bullen gewesen?«

»Irgendwie schon.«

»Kannst du mir das erklären?«

»Eine Ratte ist ... größer, gefährlicher. Sie wirkt ... bedrohlich.«

»Weil der Tod erst ab einer gewissen Größe ein Schaudern erzeugt?«

»Anscheinend.«

»Bitte, Björn«, versuchte Maxim es noch einmal, »geh mit mir weg von hier.«

»Ich kann nicht, Maxim. Versuch doch, mich zu verstehen.«

»Die andern können es doch auch.«

Tatsächlich hatten einige von Björns Freunden Bonn bereits verlassen, andere hatten es vor. Noch waren Semesterferien, da war das kein Problem. Manche gaben unumwunden zu, dass sie aus Panik die Stadt verließen. Was also sollte Björn hier noch halten?

Björn zögerte und Maxim nutzte das sofort aus.

»Es ist vielleicht sogar eine Möglichkeit, den Mörder zu stoppen«, sagte er. »Es würde seinen Plan durcheinanderbringen.«

»Du glaubst doch nicht, dass er sich davon aufhalten lässt.«

Darauf ging Maxim nicht ein. »Von allen bist du am meisten gefährdet, Björn. Das ist auch die Meinung der Bullen.«

»Du vergisst Romy.«

»Romy kann meinetwegen mitkommen.«

»Lass mich mit ein paar Leuten sprechen«, gab Björn schließlich ganz unerwartet nach, und Maxim vergaß für einen Moment das Atmen. Er hatte mit allem gerechnet, aber nicht damit, dass Björn ihm in dieser Frage entgegenkommen würde.

»Sprechen?« fragte er vorsichtig. »Worüber?«

»Wenn *alle* verschwinden würden, müsste ich keinen zurücklassen.«

Das war nicht zu organisieren. Manche hatten Jobs angenommen, andere waren anderweitig an Bonn gebunden.

Maxim sah seine Hoffnung wieder schwinden. Er musste dringend noch einmal mit Romy telefonieren.

*

»Nein, Björn. Wenn ich eine gute Journalistin werden will, darf ich nicht beim kleinsten Anzeichen von Gefahr das Handtuch werfen.«

Romy hörte, wie ihre Stimme nachhallte. Maxim hatte die Lautsprecherfunktion seines Handys aktiviert, sodass sie sich zu dritt unterhalten konnten.

»Beim kleinsten Anzeichen …« Björns Stimme überschlug sich beinah. »Der Typ war bei dir in der *Wohnung!*«

»Ja. Und hat er mich getötet? Nein, hat er nicht. Dabei wär das für ihn ganz einfach gewesen. Er will mich bloß einschüchtern, Björn. Mich daran hindern, weiterzurecherchieren.«

»Und warum schüchtert er deine Kollegen nicht ein?«

»Weil er zwei Fliegen mit einer Klappe schlagen will. Er weiß alles über dich. Also weiß er auch, dass deine Gefühle für mich dich verletzlich machen. Meine Angst soll dich quälen.«

»Das sehe ich genauso«, stimmte Maxim ihr zu.

»*Du* bist das Zentrum seiner Taten«, fuhr Romy fort. »Glaub mir, es geht ihm bei allem nur um dich.«

»Ihr redet immer nur von *ihm*«, sagte Björn. »Als wäre es völlig unmöglich, dass Griet dahintersteckt.«

»Die Bullen gehen von einem männlichen Täter aus.« Maxim klang leicht genervt. »Das haben wir doch schon hundertmal durchgekaut.«

»Griet könnte einen Mörder problemlos bezahlen.« Björn ließ nicht locker. »Geld genug hat sie ja.«

»*Falls* Griet die Morde veranlasst haben sollte …«, man hörte Maxims Stimme die mühsam unterdrückte Verärgerung jetzt deutlich an, »… ich betone: *falls*, dann wärst *du* ihr Ziel, Björn. Dann wären alle anderen Morde lediglich ein Ablenkungsmanöver. War das nicht deine eigene Idee? Und dann solltest du dich wirklich nicht länger sträuben, schleunigst mit mir von hier zu verschwinden.«

»Aber du glaubst es nicht.«

»Nein. Ich traue Griet so etwas nicht zu. Allerdings ist es rein logisch eine Möglichkeit, die man in Betracht ziehen kann.«

»Warum weigerst du dich dann, mit der Polizei darüber zu reden?«

»Meinetwegen auch das. Aber geh mit mir weg! Bitte, Björn!«

»Ich könnte versuchen, eine Unterkunft für euch zu finden«, bot Romy an. »Ich hätte sogar schon eine Idee.«

»Nicht ohne dich«, entschied Björn.

»Heute Abend kommt einer vom Sicherheitsdienst und baut ein neues Türschloss bei mir ein«, sagte Romy. »Dann kann mir hier nichts mehr passieren.«

Jemand hat sich einen Nachschlüssel anfertigen lassen, dachte sie. Ich darf keinen meiner Schlüssel mehr aus der Hand geben. Nicht mal an Helen. Nicht, solange der Mörder frei herumläuft.

»Wer auch immer hinter den Morden stecken mag, Romy, ist hochgradig gefährlich. Gehen wir mal davon aus, dass dieser Jemand es wirklich auf *mich* abgesehen hat. Wer weiß denn, ob mein Untertauchen seine Wut nicht noch mehr anfacht? Und wer garantiert mir, dass er sie nicht an dir auslässt?«

»Ich. Weil ich äußerst vorsichtig sein werde.«

»Was ist jetzt?«, drängte Maxim.

»Ich gehe nicht ohne Romy.«

»Du störrischer alter Esel«, schimpfte Romy. »Und wenn ich Ingos Angebot annehme und für eine Weile zu ihm ziehe?«

»Er hat dir angeboten …«

»Ja. Ich weiß, dass ich oft nicht sehr nett über ihn geredet habe, aber ich glaube, er hat richtig Angst um mich.«

»Dann bin ich einverstanden«, sagte Björn und überrumpelte sie damit beide.

Eine Weile waren Romy und Maxim sprachlos. Dann stieß Maxim einen Freudenschrei aus, der sich schmerzhaft in Romys Trommelfell bohrte.

»Ich kümmere mich um eine Unterkunft für euch«, versprach sie, als das Klingeln in ihrem Ohr nachgelassen hatte. »Gebt mir ein, zwei Stunden und packt schon mal.«

*

Mit einem flauen Gefühl im Magen saß Björn auf seinem Bett und schaute Maxim dabei zu, wie er umherlief und seine Klamotten zusammensuchte. Jetzt gab es kein Zurück mehr.

Doch bevor er selbst ans Packen denken konnte, hatte er noch ein paar Aufgaben zu erledigen.

»Hör mir mal kurz zu«, sagte er, und Maxim hielt mitten in der Bewegung inne, den Arm voller T-Shirts. »Wenn ich den Kommissar anrufe, um ihm von Griet zu erzählen …«

»Damit habe ich nichts zu tun.«

Maxim stopfte die T-Shirts in seinen Rucksack und war schon wieder auf dem Weg zur Tür. Kurz darauf polterte es in Nils' Zimmer. Als Maxim wieder auftauchte, trug er einen Stapel Bücher, die er in einer geräumigen schwarzen Segeltuchtasche verstaute.

»Tu's einfach.« Er blickte sich suchend in Björns Zimmer um. »Hast du meine Laufschuhe gesehen?«

Als wäre ihm, nachdem die Würfel gefallen waren, nichts anderes mehr wichtig, als Björn möglichst bald von hier wegzubringen.

»Es ist okay für dich?«

»Ah. Da sind sie ja.« Maxim kniete sich hin und angelte seine Laufschuhe unter dem Bett hervor. Als er sich wieder aufrichtete, war sein Gesicht gerötet. »Willst du nicht auch langsam anfangen zu packen?«

»Du hast mir noch nicht geantwortet, Maxim.«

»Griet ist unschuldig und das werden die Bullen auch merken. Ihr kann also nichts passieren.«

»Danke, Maxim.« Björn atmete auf. »Aber bevor ich packe, muss ich ein paar Leuten erklären, warum ich mich entschieden habe, unterzutauchen.«

»Hat das nicht Zeit? Du kannst die Anrufe doch unterwegs erledigen.«

Doch Björn hatte die erste Nummer bereits gewählt.

*

Nach der Mittagspause brauchte Gregory Chaucer immer einen Kaffee, um seine Gedanken wieder auf Trab zu bringen. Er hatte gerade mit Genuss den ersten Schluck gekostet, als er durch die Glasscheiben Romy auf sein Büro zukommen sah.

Es musste sich um etwas Wichtiges handeln, sonst würde sie sein tägliches Ritual nicht stören.

»Ja!«, rief er, kurz und knapp, alles andere als einladend und ein bisschen zu laut, aber bei Romy zeigte das keinerlei Wirkung.

»Hast du ein paar Minuten für mich, Greg?«

Seufzend wies er auf den Stuhl vor seinem Schreibtisch. Sie ließ sich auf der Kante nieder, ein Zeichen dafür, dass sie nervös war.

»Ich habe meine Meinung nicht geändert«, teilte er ihr mit, sicher, dass sie ihn bitten wollte, die Anwesenheitspflicht am Schreibtisch wieder aufzuheben.

»Es geht um etwas anderes.« Sie warf einen prüfenden Blick durch die gläserne Abtrennung. Doch die meisten Kollegen waren noch in der Pause, der Rest stand im Gespräch zusammen an der Kaffeemaschine. Niemand schaute zu ihnen herein.

Gregory Chaucer setzte die Tasse an die Lippen.

»Mein Bruder hat sich endlich entschlossen, unterzutauchen.« Und trank.

»Gut. Würde ich an seiner Stelle auch tun.«

»Und jetzt braucht er irgendwas, wo er unterschlüpfen kann.«

Gregory Chaucer nickte.

Romy musterte ihn abwartend.

»Und?«, fragte er.

»Ja …«

»Ich kann leider keine Gedanken lesen, Romy.«

Hibbelig rutschte sie auf dem Stuhl hin und her. Gregory Chaucer erlebte zum ersten Mal, dass sie nach Worten suchte.

»Das Haus deiner Eltern … habt ihr … es schon verkauft?«

»Noch nicht, leider. Die Maklerin scheint keine von der fixen Truppe zu sein. Wir … Moment mal.« Gregory Chaucer lehnte sich in seinem Schreibtischsessel zurück und runzelte die Stirn. »Du willst mich fragen, ob dein Bruder das Haus meiner Eltern als Versteck nutzen darf?«

»Ja. Und sein Freund. Maxim.«

Nachdem sie ihr Anliegen endlich herausgebracht hatte, war sie wieder die Romy, die er kannte. Sie hielt seinem Blick stand und lächelte auf diese Art, die ihn immer wieder dazu brachte, ihr auch da zu vertrauen, wo vorsichtige Skepsis angebracht wäre.

»Wieso ausgerechnet mein Elternhaus?«

»Weil niemand sonst darauf käme. Also auch der Mörder nicht.«

»Außer, der Mörder wäre einer aus der Redaktion.«

Entgeistert starrte Romy ihn an.

»Im Moment dürfte so ziemlich jeder verdächtig sein, der in irgendeiner Weise mit dir oder deinem Bruder in Kontakt steht.«

»Es ist keiner von uns.«

Gregory Chaucer freute sich über das *uns,* denn es zeigte ihm, dass Romy allmählich Teil des Teams wurde. Eine Weile hatte er sich gefragt, ob das jemals gelingen würde. Die Kollegen hatten anfangs skeptisch registriert, wie er die erst achtzehnjährige Romy unter seine Fittiche genommen hatte, während Romy unter dem Gefühl litt, von allen Seiten kritisch beäugt zu werden.

»Nein«, stimmte er zu. »Das glaube ich auch nicht.«

Gregory Chaucer musste nicht lange über Romys Bitte nachdenken.

»Ich werde gleich mit meinem Bruder telefonieren«, versprach er, »und ich bin mir sicher, er hat nichts dagegen. Den Schlüssel können dein Bruder und sein Freund bei den Nachbarn abholen, die sich zurzeit um das Haus kümmern. Ich werde ihnen Bescheid geben.«

»Danke, Greg. Vielen, vielen Dank! Ich weiß gar nicht, wie ich das je wieder gutmachen kann.«

»Warte.« Er nahm ein Blatt Papier und schrieb die Adresse auf. »Wenn du nichts mehr von mir hörst, geht alles in Ordnung.« Er reichte ihr das Blatt Papier mit der Anschrift. »Die Nachbarin ist eine reizende alte Dame, die den beiden alles zeigen und erklären wird. Sie und ihr Mann sind absolut vertrauenswürdig.«

Romys Augen füllten sich mit Tränen.

»Und jetzt raus mit dir. Dein Bruder wartet doch bestimmt auf Nachricht.«

Romy fuhr sich rasch mit dem Handrücken über die Augen. Dann stand sie mit einem schiefen Lächeln auf.

»Yes, Sir«, sagte sie und war schon verschwunden.

*

Etwas lag in der Luft.

Er spürte es, konnte es jedoch nicht benennen.

Sie werden dich schnappen. *Das* liegt in der Luft.

Die Stimme kam von irgendwo. Sie war der Grund für die

Schmerzen, die in seinem Kopf rumorten. Sie ließ und ließ nicht locker, verfolgte ihn überallhin.

Du bist kein guter Junge.

KeingutterJungeKeingutterJunge.

In seinem Kopf verbanden sich die Worte zu einer Melodie. Es war keine schöne Melodie.

Ein Totenreigen.

»Lass mich in Ruhe«, murmelte er und massierte seine Schläfen.

Ich kann dir den Schmerz nehmen.

»Wenn ich deinen Befehlen gehorche, ich weiß.«

Wenn du tust, was notwendig ist.

Er stöhnte auf.

Das Licht des Nachmittags blendete ihn. Obwohl die Sonne nicht mal schien.

»Was willst du?«, jammerte er. »Wann bist du endlich zufrieden?«

NIEMALS.

Sie schickte eine Schmerzwelle durch sein Gehirn.

Ich werde niemals zufrieden sein.

Egal, was er auch unternahm, gleichgültig, wie sehr er sich anstrengte, es ihr recht zu machen – er würde ihr nie genügen. Und doch würde er es versuchen. Immer und immer wieder.

26

Schmuddelbuch, Mittwoch, 9. März, fünfzehn Uhr, Diktafon

Es ist alles geregelt. Ich bin auf dem Weg nach Bonn, um mich von Björn und Maxim zu verabschieden. Greg wollte zuerst, dass mich jemand aus der Redaktion begleitet, doch ich konnte ihn davon abbringen.

Die Tatsache, dass ich übergangsweise zu einem Freund in die Wohnung ziehe, hat ihn beruhigt. Ich habe ihm allerdings verschwiegen, dass es sich bei diesem Freund um Ingo handelt, mit dem er schon ein paar Mal aneinandergeraten ist.

Er wird es noch früh genug erfahren.

Ingo hat mir angeboten, mich zu Hause abzuholen, sobald der Sicherheitsdienst das neue Schloss eingebaut hat.

»Kommt nicht in Frage«, habe ich gesagt. »Schlimm genug, dass der Kerl mich aus meiner Wohnung vertreibt. Ich werde ihm nicht noch die Freude machen, mich in meiner Angst zu verkriechen.«

Das hat Ingo sofort verstanden.

Und jetzt bereite ich mich innerlich auf den Abschied vor. Niemand weiß, wie lange er dauern wird. Das macht ihn so schwer.

Björn hätte am liebsten einen Rückzieher gemacht, auch wenn alle ihn in seinem Vorhaben bestärkt hatten, die Stadt zu verlassen.

Sogar die Polizei.

»Sehr vernünftig«, hatte der Kommissar gesagt und ihn um die Adresse gebeten. »Für den Notfall, von dem wir hoffen, dass er nicht eintritt.«

Maxim, Romy und der Kommissar, dachte Björn, waren die

einzigen Menschen, denen er ganz sicher trauen durfte. Abgesehen von den Eltern, die ihr Glück auf Mallorca suchten, ohne zu wissen, in welcher Lage sich ihre Kinder befanden.

Maxim und Romy.

Seine Felsen in der Brandung.

Kurz hatte Björn sich gefragt, ob Romy diesem Ingo vertrauen durfte. Doch dann hatte Maxim ihn daran erinnert, dass Ingo in seinem Artikel über die Trauerfeier deutlich Position bezogen hatte. *Gegen* den Mörder und seine Taten.

Und Romys Chef? War der vertrauenswürdig?

»Für Greg lege ich meine Hand ins Feuer«, hatte Romy gesagt.

Doch was war mit ihren Kollegen?

»Wir müssen aufpassen, dass wir keinen Verfolgungswahn entwickeln«, sagte Björn, als er seinen Rucksack zu dem übrigen Gepäck in der Diele stellte.

Maxim gab einen zustimmenden Laut von sich. Er war so damit beschäftigt, alles für ihre Abreise herzurichten, dass er kaum zuhörte. Wahrscheinlich drängte er nur deshalb zur Eile, damit Björn keine Zeit blieb, seinen Entschluss zu überdenken.

Nur drei Menschen waren darüber informiert, wo genau Björn und Maxim untertauchen würden: Romy, Gregory Chaucer und der Kommissar. Allen andern gegenüber war strengstes Stillschweigen vereinbart. Nicht einmal die Familienangehörigen durften davon erfahren, ebenso wenig wie die Freunde, sogar die engsten unter ihnen.

Eine unheimliche Vorstellung, ganz ohne Netz und doppelten Boden aus dem gewohnten Leben zu fallen.

»Nimmst du mich bitte mal in die Arme?«

Maxim drehte sich um, zog ihn wortlos an sich und hielt ihn fest. Björn schloss die Augen und wünschte, sie wären schon aus der Verbannung zurück.

*

In der Nacht hatte Maxim wieder geträumt. Er hatte Björn nichts davon erzählt. Etwas sagte ihm, dass er den Traum für sich behalten sollte.

Wieder war das Bild unscharf gewesen, und wieder hatte Maxim nicht erkennen können, ob er sich in einer Landschaft befand oder in einem Raum.

Er wusste nur, dass er Angst hatte.

Das leise Geräusch, das er hören konnte, war erneut nicht klar einzuordnen. Befand er sich am Meer? Oder in einem Haus, das an einer viel befahrenen Straße lag? War es ein Flugzeug, das er hörte? Oder das Brummen eines Rasenmähers?

Er war im Dunkel gefangen.

Die Gestalt trat aus dem Licht auf ihn zu.

Der behäbige Rhythmus ihrer Schritte. Diese vielsagende Langsamkeit.

Diesmal hatte Maxim von Anfang an gewusst, dass es der Mörder war, vor dem er sich versteckte. Und dass es keine Möglichkeit gab, ihm zu entkommen.

Schreiend war er hochgeschreckt, doch der Schrei hatte sich nach innen gekehrt, kein Laut war nach außen gedrungen. Während Maxim keuchend versucht hatte, sich zu beruhigen, hatte seine Kehle sich angefühlt wie wund.

Neben ihm hatte Björn tief und fest geschlafen. Maxim hatte sich an ihn geschmiegt und war langsam wieder er selbst geworden.

Und dann hatte der Tag sie überrollt.

Sie packten.

Endlich.

Sie würden Bonn verlassen.

Nein, kein einziges Wort würde er über den Traum verlieren, nichts tun, was Björn dazu veranlassen könnte, seine Entscheidung womöglich rückgängig zu machen. Erst wenn sie in ihrem Versteck angekommen waren, durften sie sich sicher fühlen. Erst dann.

*

Romy legte zärtlich die Arme um den Hals ihres Bruders.

»Und du willst wirklich hierbleiben?«, fragte Björn sie zum x-ten Mal.

Maxim verstaute gerade das letzte Gepäckstück im Kofferraum seines alten Passat Kombi, dessen zahlreiche Macken nicht eben für die Fahrkünste seines Besitzers sprachen.

»Wirklich.« Romy küsste Björn auf die Nasenspitze. »Ich pass auf mich auf. Mach dir um mich keine Sorgen.«

Gerade hatte Maxim ihr von der toten Maus erzählt, und sie konnte es kaum erwarten, die beiden endlich abfahren zu sehen. Wie Maxim hielt sie das tote Tier für eine weitere Drohung des Mörders. Auch wenn Björn an eine fremde Katze glaubte, die sich ins Haus geschlichen habe.

»Und wo war diese ominöse Katze?«, hatte Maxim gefragt. »Hat sie sich in Luft aufgelöst?«

»Sie ist wieder rausgelaufen«, hatte Björn lapidar geantwortet.

Zu viele Zufälle für Romys Geschmack.

Minette, Sammys Katze, war schon samt Katzenkorb im Wagen untergebracht und beklagte sich mit leisem Jammern. Björn war nicht bereit gewesen, sie jemand anderem anzuvertrauen.

»Sie fängt gerade an, sich an uns zu gewöhnen«, hatte er gesagt. »Da reiße ich sie jetzt nicht wieder raus.«

Maxim hatte eine Augenbraue hochgezogen, aber er hatte geschwiegen. Er war offenbar kein Katzenmensch. Die lange Fahrt mit einer protestierenden Katze im Gepäck würde zu einer Nervenprobe für ihn werden.

Als Björn noch einmal ins Haus ging, um einen letzten prüfenden Blick auf alles zu werfen, trat Maxim auf Romy zu. »Du verstehst, dass ich Björn von hier wegbringen muss?«

Ob sie *verstand?* Wie konnte er das fragen?

»Ich meine, wir hatten ja vor, gemeinsam gegen den Mörder vorzugehen«, fuhr er kleinlaut fort, »und jetzt mach ich mich aus dem Staub und lass dich hängen.«

Er hätte sie kaum mehr überraschen können. Maxim war in der Lage, sich in andere hineinzuversetzen?

»Weißt du, wie oft ich dir die Pest an den Hals gewünscht habe?« Romy musterte ihn immer noch verwundert. »Ich hab dich für einen herzlosen, selbstverliebten Gockel gehalten, der meinen Bruder nur unglücklich macht. Und dir von Anfang an keine Chance gegeben, diesen Eindruck zu korrigieren.«

»Das ist Schnee von gestern, Romy.«

»Nein.« Sie schüttelte den Kopf. »Jetzt begreife ich, wie gut du Björn tust.« Sie streckte ihm die Hand hin. »Lass uns noch mal von vorn anfangen, ja?«

»Hi.« Er nahm ihre Hand und hielt sie fest. »Ich bin Maxim, der Freund deines Bruders.«

»Hi.« Sie grinste zu ihm auf. »Und ich bin Romy, seine Schwester.«

»Hab ich irgendwas verpasst?«, fragte Björn und stopfte seinen Schlüsselbund in die Jackentasche.

»Nein, hast du nicht«, sagten sie beide gleichzeitig und brachen in ein befreiendes Gelächter aus.

Romy umarmte zuerst Björn. Dann Maxim. »Ich mache weiter«, flüsterte sie ihm ins Ohr, »und wenn ich was rauskriege, ruf ich dich an.«

Statt einer Antwort drückte er sie kurz an sich. Dann stiegen die beiden in den Wagen und fuhren davon. Erst als sie um die Ecke gebogen waren, hörte Romy auf zu winken. Sie spürte eine ungeheure Erleichterung. Doch darunter schwelte weiter eine feine Angst.

*

Eigentlich wären die Bonner Kollegen die Ansprechpartner für Björn Berner gewesen, doch offenbar hatte er Vertrauen zu Bert gefasst und wandte sich lieber an ihn. Wichtig war allein die Tatsache, dass er überhaupt mit ihnen kooperierte. Dass er ihnen seine Pläne mitteilte und weiterhin für sie erreichbar war.

»Ich mach dann mal Schluss für heute«, sagte Rick. »Große Aussprache mit Malina.« Er verdrehte die Augen. »Dass Frauen Worte so wichtig sind.«

»Uns doch auch«, erwiderte Bert. »All die Befragungen, die Konferenzschaltungen zwischen Köln und Bonn, die Besprechungen jeden Morgen, die Brainstormings zwischen dir und mir …«

»Das ist doch was ganz anderes«, wehrte Rick ab.

»Aber es sind Worte.«

»Malina will Beichten, Schuldeingeständnisse, Versprechen. Sie will mich zerknirscht am Boden sehen. Und außerdem will sie, dass wir zusammenziehen.«

»Hat sie das gesagt?«

»Man hört es so durch. Dabei wohnen wir praktisch doch schon zusammen.«

»Mehr oder weniger«, sagte Bert.

»Ich brauche mein eigenes Reich, Bert. Nie mehr allein sein zu können, das halt ich nicht aus. Nie mehr einfach so in eine Kneipe gehen? Mit meinen Kumpels rumhängen? Nee. Ich will nicht in eine größere Wohnung ziehen, wo dann Malinas und meine Möbel einträchtig nebeneinander stehen. Hab keine Lust auf gemeinsames Kochen und traute Abende bei Kerzenschein. Ich … Wie hast *du* das bloß hingekriegt mit deiner Frau?«

»Haben wir eben nicht.«

»Aber doch eine ziemlich lange Zeit.«

Es fiel Bert schwer, über die Jahre mit Margot zu sprechen. Er verstand ja selbst nicht, woran sie gescheitert waren.

»Wir haben die Alarmsignale nicht beachtet. Und dann waren es die Kinder, die uns zusammengehalten haben.«

Rick nickte. »Eifersucht?«

»Nein. Bei uns war es das Gegenteil. Wir haben einander aus den Augen verloren.«

»Und? Würdest du nach alldem noch mal ein Zusammenleben riskieren?«

Ja. Sofort. Mit der einzigen Frau, die ich jemals wirklich wollte.

»Jetzt machst du mich aber neugierig«, sagte Rick, und Bert merkte, dass er seinen Gedanken laut ausgesprochen haben musste.

»Vergiss es!«

»Den Teufel werde ich tun.« Rick beugte sich vor und dämpfte die Stimme. »Wer ist sie? Wie heißt sie? Wo wohnt sie? Und wieso hast du sie mir noch nicht vorgestellt?«

»Tut mir leid, Rick. Darüber kann ich nicht reden. Sie ist gebunden und lebt mit einem Mann zusammen, den ich noch dazu sehr schätze.«

»Du Armer«, murmelte Rick mitfühlend, erhob sich seufzend von seinem Stuhl und kniff Bert im Hinausgehen ein Auge zu.

Bert blieb in seinem Büro zurück und versuchte, sich wieder auf die Arbeit zu konzentrieren.

Nach dem Anruf Björn Berners hatte er mehrmals vergeblich versucht, Griet van Loo zu erreichen. Er hatte herausgefunden, dass sie strafrechtlich ein unbeschriebenes Blatt war. Dennoch. Eifersucht als Motiv war denkbar.

Björn Berners Auftragsmord-Theorie ebenso.

Griet van Loo war, wie Bert in Erfahrung gebracht hatte, die Tochter eines niederländischen Fabrikanten, der mit Damenmode ein Vermögen gemacht hatte. Sie selbst war Schmuckdesignerin. An Geld mangelte es ihr also sicherlich nicht, und je mehr man zu investieren bereit war, desto einfacher war es, einen Profi zu finden, der einen solchen Auftrag sauber erledigte.

Dass sie nicht erreichbar war, musste jedoch nichts heißen. Vielleicht hatte sie sich einfach zurückgezogen, nachdem Maxim Winter sich für seinen Freund entschieden hatte. Um damit fertigzuwerden. Und irgendwann würde sie wieder auftauchen und alle Zweifel ausräumen.

Bert hatte auch mit Maxim Winter telefoniert. Der sah die Dinge anders als sein Freund. In seinen Augen war Griet van Loo nicht fähig, einen Menschen zu töten.

»Vielleicht könnte sie im Affekt auf jemanden losgehen, aber niemals würde sie einen Mordplan schmieden oder einen Killer anheuern. Das wäre nicht ihr Stil.«

Stil, hatte Bert gedacht und dachte es jetzt wieder. Wie seltsam, in einem solchen Zusammenhang ein solches Wort zu verwenden. Es ließ in seinem Kopf ein Bild der jungen Frau entstehen.

Das Bild gefiel ihm nicht.

Achtzehn Uhr. Er seufzte. Noch ein, zwei Stunden, dann würde er sich, die Tasche voller Arbeit, einem weiteren einsamen Abend in seiner Wohnung stellen.

*

Romy hatte nicht geahnt, dass man so wohnen konnte. Platz ohne Ende und ein traumhafter Blick auf den Rhein, der zu Füßen des ehemaligen Speicherhauses vorbeifloss. Ein Loft von gefühlten zehntausend Quadratmetern. Im Rheinauhafen, nahe den Kranhäusern. Eine sündhaft teure Ecke.

Sie hatte ihr Gepäck bei der Tür abgestellt und war Ingo staunend in den riesengroßen Wohnraum gefolgt, in dessen Mitte sich ein Kamin befand, der hauptsächlich aus Glas zu bestehen schien. Ingo hatte Feuer gemacht. Man konnte es von allen Seiten aus betrachten.

»Ich dachte, ein gemütliches Feuer erleichtert dir den Abschied von deiner Wohnung ein bisschen.«

Romy nickte. Sprachlos. Überwältigt. Die Wärme tat ihr gut. Sie hatte tatsächlich den ganzen Nachmittag gefroren.

Als Nächstes wurde ihr Blick von einer etwa zwei Meter hohen Skulptur gefangen, abstrakt und farbenprächtig, mit weichen, runden Formen.

»Darf ich vorstellen: mein Hausgeist Edeltraud.« Ingo beugte sich zu Romy und flüsterte: »Du musst sie begrüßen. Edeltraud kann sehr nachtragend sein.«

»Freut mich, dich kennenzulernen«, sagte Romy. »Wir werden bestimmt gut miteinander auskommen, Edeltraud.«

»Sie mag dich.« Ingo musterte die Skulptur mit schmalen Augen. »Ja. Definitiv. Sie zeigt sogar deutliche Anzeichen von Begeisterung.«

»Danke«, sagte Romy leise. »Für das Feuer und für Edeltraud. Und dafür, dass ich hier sein darf.«

Ingo quittierte Romys Worte mit einem verlegenen Grinsen. »Hast du schon zu Abend gegessen?«

Romy schüttelte den Kopf.

»Dann komm erst mal richtig an. Ich bringe in der Zwischenzeit eine Kleinigkeit auf den Tisch.«

»Kann ich dir helfen?«

»Auf keinen Fall. Fühl dich wie zu Hause, und das meine ich, wie ich es sage. Schau dich in Ruhe um. Das Gästezimmer erkennst du daran, dass es gleichzeitig ein bisschen so was wie eine Bibliothek ist.«

Mit diesen Worten zog Ingo sich in die Küche zurück, aus der kurz darauf das Klappern von Geschirr drang, untermalt von leisem Jazz.

Ingo hatte offenbar nicht eigens aufgeräumt, es sei denn, er lebte normalerweise im *absoluten* Chaos. Der Couchtisch war wie eine gläserne Insel inmitten von Bücherstapeln und CDs. Das ausladende schwarze Ledersofa war mit Zeitschriften und weiteren Büchern bedeckt. Auf dem Tisch lagen ein Handy, eine kleine Kamera, ein Diktiergerät und ein Tablet-PC, das Handwerkszeug eines Journalisten.

Auf dem Esstisch am anderen Ende des Raums stand ein aufgeklappter Laptop zwischen Stößen großformatiger Fotografien, die allesamt Türen zeigten. Rathaus-, Kirchen- und Haustüren. Türen aus Holz, aus Eisen und Glas. Bemalte, verzierte und schlichte Türen.

Türen.

Nichts passte besser in Romys augenblickliche Gefühlslage. Ständig öffnete sich eine neue Tür, wurde sie in eine weitere undurchschaubare Situation katapultiert. Und gerade eben hatte sich wieder eine Tür aufgetan, die zu einem Ingo führte, von dessen Existenz sie keine Ahnung gehabt hatte.

Sie trat auf den kleinen Balkon hinaus. Ein scharfer Wind schlug ihr entgegen, durchsetzt von kalter Nässe, und sie verschränkte fröstelnd die Arme vor der Brust. Die Dämmerung war unmerklich in Dunkelheit übergegangen und die Stadt hatte die Lichter angeknipst.

Romy sah erleuchtete Schiffe auf dem Rhein. Sie hörte die Abendstimmen der Straßen. Fühlte die beinah schmerzhafte Liebe zu dieser Stadt.

Als sie wieder in den Wohnraum zurückgekehrt war, wurde sie vom Leuchten des Kaminfeuers empfangen, das Schatten an die Wände warf und Edeltraud behäbig tanzen ließ.

»I scream, you scream«, sang Ingo in der Küche, *»we all scream for ice cream«*, und Romy lächelte in sich hinein, als sie sich aufmachte, den Rest der Wohnung zu erkunden.

In Ingos Schlafzimmer, das sie von der Türschwelle aus betrachtete, standen ein großes Futonbett und ein Hocker mit einem Wecker darauf, sonst nichts. Die Wände waren weiß und schmucklos. Eine Tür führte in ein kleines Ankleidezimmer, in dem ein offenes Schranksystem aufgebaut war, das Kleidung und Wäsche enthielt. Am Fenster dieses Raums stand ein Crosstrainer.

Es war seltsam für Romy, einen so intimen Blick in Ingos Leben zu tun. Rasch zog sie sich zurück und machte sich auf die Suche nach dem Gästezimmer.

Auf dem Weg dahin spähte sie in das Badezimmer, das ganz in Weiß und Schwarz gehalten war, mit einem langen, eckigen Waschtisch, einer Hightech-Dusche und einer ultramodernen Badewanne, die wie ein weißer Sarkophag frei im Raum stand.

Das Gästezimmer schien förmlich auf Romy zu warten. Bücher vom Boden bis zur Decke. Über das Bett war eine leuchtend rote Decke gebreitet. Auf dem Nachttisch stand eine Vase mit Osterglocken. Der Einbauschrank bot genügend Platz für ihre Klamotten. Ein kleiner Schreibtisch mit Stuhl lud sie zum Arbeiten ein und ein zierlicher weißer Ledersessel zum Lesen.

Das Beste von allem jedoch war der Blick aus dem Fenster, der über die Südstadt ging, ein Lichterspektakel, das überragt wurde von den angestrahlten Türmen des Doms.

Wahnsinn.

»Alles okay?«

»Das fragst du nicht im Ernst.« Sie drehte sich zu Ingo um, der unbemerkt hinter sie getreten war. »Du lebst ja wie im Märchen.«

»Ein verwunschener Prinz, der sich so lange die Finger für Zeitungen blutig schreiben muss, bis die Liebe der Prinzessin ihn zurückverwandelt.«

Mit einer feierlichen Geste reichte er ihr den Arm, und Romy ließ sich zum Esstisch führen, den Ingo mit allem gedeckt hatte, was das Herz begehrte: selbst gebackenem Brot, dessen Duft ihr verlockend in die Nase stieg, einer Platte mit den unterschiedlichsten Käsesorten, einer zweiten mit mehrerlei Fisch und einer dritten mit mediterranen Vorspeisen. Neben einer Schale voller Früchte stand eine bauchige Glaskanne, gefüllt mit goldgelbem Tee.

Und das nannte Ingo eine *Kleinigkeit*.

»Wenn du noch etwas anderes willst …«

Romy war zum Heulen zumute. Sie konnte sich nicht erinnern, je so verwöhnt worden zu sein. Außer von Helen. Ganz allmählich fing sie an, sich wohlzufühlen, und das war mehr, als sie zu hoffen gewagt hatte.

*

Die Fahrt war ein einziger Horrortrip gewesen. Maxims Kopf dröhnte immer noch, als wollte er zerspringen.

Schon nach den ersten hundert Metern hatte Minette angefangen, verrücktzuspielen. Zuerst hatte sie nur ein leises Maunzen von sich gegeben. Dann war daraus ein Jaulen geworden, ein langgezogener Klagelaut, der tief in ihrer Kehle begann und sich allmählich nach oben schraubte. Schließlich hatte sie geknurrt und gefaucht und sich immer wieder gegen die ohnehin nicht sehr stabile Tür des Katzenkorbs geworfen.

»Lass mich ans Steuer«, hatte Maxim irgendwann gebeten, »und versuch gefälligst, diese durchgeknallte Kamikazekatze dahinten zu beruhigen.«

»Nenn sie nicht so«, hatte Björn ihn zurechtgewiesen. »Sie spürt es, wenn du schlecht über sie redest.«

Klar, hatte Maxim gedacht und wortlos mit Björn die Plätze getauscht. Er hatte nicht übel Lust gehabt, das blöde Vieh auf dem Autodach festzuschnallen. Oder irgendwo auszusetzen. Überlebten Katzen nicht immer und in jeder Lage?

Kilometerlang sprach Björn geduldig auf Minette ein, die unbeeindruckt weiterrandalierte.

»Komm, Süße«, bettelte er. »Beruhige dich doch. Wir sind ja bald da und dann darfst du wieder rumlaufen.«

»Rumlaufen?« Maxim schnaubte verächtlich. »Sie wird unter irgendein Möbelstück huschen und stundenlang nicht mehr darunter hervorkommen.«

»Weil sie traumatisiert ist, Maxim. Kannst du nicht ein bisschen Verständnis für sie aufbringen? Sie hat Sammy verloren, ihn vielleicht sogar sterben sehen. Dann wurde sie gegen ihren Willen aus der Wohnung gezerrt und in eine andere bugsiert. Und jetzt wird sie wieder entwurzelt.«

»Entwurzelt! Minette ist eine *Katze*, kein kleines Kind!«

Und sie gehört nicht in meinen Kofferraum, dachte Maxim, sondern in eine Klapsmühle für persönlichkeitsgestörte Stubentiger.

Hektisch wandte Björn sich wieder zu der Katze um. »Du musst dich nicht um sie kümmern, Maxim. Das erledige ich. Du brauchst keinen Finger für sie zu rühren. Ehrenwort.«

Und Minette knurrte und fauchte und jammerte in unverminderter Lautstärke weiter. Man konnte sein eigenes Wort nicht verstehen.

Es fing an zu regnen. Der linke Scheibenwischer zog stotternd Schlieren auf dem Glas, die Maxims Sicht beeinträchtigten. Die Fahrt stand unter keinem guten Stern.

Nach anderthalb Stunden kamen sie in Halver an, einer kleinen Stadt, von der Maxim nie zuvor gehört hatte. »Das also ist Halver«, sagte er trocken. »Viel Natur hier.«

»Sauerland eben.« Björn lachte. »Und das Bergische Land ist gleich um die Ecke. Mit noch mehr Regen und noch mehr Natur.«

Minette war inzwischen heiser geworden, was sie jedoch nicht daran hinderte, ihnen weiter auf den Nerven herumzutrampeln. Maxim gab sich alle Mühe, ihre Geräusche auszublenden.

»Fast hätten wir uns in die Wolle gekriegt«, sagte er, und ein bisschen bat er Björn damit um Verzeihung.

Björn studierte aufmerksam die Route, die Maxims transportables Navigationsgerät anzeigte. »Von der B 229 rechts auf die Elberfelder Straße und wieder rechts in die Goethestraße«, sagte er. »Wir sind fast da.«

Maxim konnte es kaum erwarten, endlich auszusteigen und sich zu bewegen. Und endlich Ruhe von diesem vermaledeiten Vieh zu haben.

»Goethestraße«, schwärmte Björn. »Ist das nicht eine schöne Adresse? Namen wie Schiller, Eichendorff und Lessing gibt's hier natürlich auch noch und weiter unten fangen die Musikerstraßen an.«

Solche Sätze liebte Maxim an Björn. Für wen sonst würde der Name der Straße, in der man für eine Weile unterkriechen wollte, eine Rolle spielen?

Das Haus war alt und grau wie alle Häuser in dieser Straße. Man sah ihm an, dass es von alten Leuten bewohnt worden war. Maxim hätte nicht erklären können, woran genau er das erkannte. Vielleicht lag es an dem Zustand des Vorgartens, in dem schon lange niemand mehr etwas verändert zu haben schien und in dem der Efeu die Herrschaft übernommen hatte. Vielleicht auch daran, dass die Gardinen so schlaff und traurig an den Fenstern hingen.

Minette hatte schlagartig aufgehört zu toben. Sie machte sich in ihrem Korb so klein wie möglich und starrte ängstlich durch das Plastikgitter der Tür. Als Maxim sich zu ihr hinunterbeugte, fauchte sie ihn an.

»Die nackte Panik«, erklärte Björn. »Bevor wir auspacken, sollten wir uns das Haus angucken und ihr Zeit geben, sich zu beruhigen.«

Damit war Maxim sehr einverstanden.

Björn öffnete das Tor der angebauten Garage, und sie sahen, dass ein betagter Mercedes darin abgestellt war. Vielleicht würden die alten Leute ihn später nachholen, oder sie hatten das Autofahren aufgegeben und würden den Wagen verkaufen.

Oder einfach hier vergessen, dachte Maxim.

In diesem Moment trat ein Mann von etwa siebzig Jahren aus dem Nachbarhaus und kam auf sie zu.

»Guten Abend«, stellte er sich vor. »Mein Name ist Klopstock. Hatten Sie eine gute Fahrt?«

Klopstock, dachte Maxim und musste sich ein Grinsen verkneifen. Ausgerechnet. Neben ihm versuchte Björn verzweifelt, Fassung zu wahren.

Klopstock im Dichterviertel.

Das hatte was.

»Danke«, sagte er. »Mal abgesehen von dem Regen.«

»Ja, ja, der Regen.« Herr Klopstock blickte blinzelnd zum Himmel auf. Dann rieb er sich über das nasse Gesicht. »Das geht schon eine ganze Weile so. Aber es soll besser werden.«

»Prima«, sagte Björn und nickte freundlich.

»Wie lange werden Sie bleiben?«, wollte Herr Klopstock wissen.

»Das kommt darauf an«, antwortete Björn. »Eine Woche oder zwei. Vielleicht auch länger.«

»Schön, dass wieder Leben in das Haus einzieht.« Herr Klopstock blickte über die Schulter zu den einsamen dunklen Fenstern. »Wenn Sie Fragen haben, melden Sie sich doch bitte. Meine Frau und ich stehen Ihnen gern mit Rat und Tat zur Seite.«

»Danke«, sagten Maxim und Björn gleichzeitig.

»Kommen Sie allein zurecht oder soll ich Sie durchs Haus führen?«

»Machen Sie sich bitte keine Mühe«, sagte Björn. »Aber sobald Probleme auftauchen, nehmen wir Ihr Angebot gern an.«

»Ich verlasse mich darauf.« Herr Klopstock reichte Björn den Schlüssel und zog sich die Kappe tiefer ins Gesicht. »Entschuldigen Sie mich. Bin froh, wenn ich wieder ins Warme komme.«

Mit diesen Worten verabschiedete er sich.

Die Haustür knarrte, als Björn sie aufschob. Sie betraten eine dunkle Diele, in der es nach abgestandener Luft roch. Maxim tastete nach dem Lichtschalter, und als er ihn schließlich fand, leuchtete eine Deckenlampe auf, die ein schwaches, trübes Licht von sich gab.

Es fiel auf eine Garderobe, an der noch eine schwarze Windjacke hing, eine Kommode, auf der neben einem schnurlosen Telefon zwei Telefonbücher lagen, einen zerschlissenen Perserteppich, einen Schirmständer mit zwei Stockschirmen und eine leere Einkaufstasche, die verloren an der Wand lehnte. Eine gefliese Treppe führte in den Keller. Über eine Holztreppe gelangte man ins Obergeschoss.

Maxim schluckte. Er fühlte sich auf einmal eingesperrt in dieser kleinen Diele. Bekämpfte mit Herzklopfen den Drang, wieder auf die Straße zu laufen. Es gab Räume, die diese Wirkung auf ihn hatten, und er wünschte sich sehnlichst, dass die Zimmer nicht so beengend wären.

Von der Diele aus ging es rechts in ein kleines Gäste-WC. Auf der linken Seite befand sich eine Wohnküche, in der ein moderner, schlichter Eichentisch mit einem gemütlichen grünen Samtsofa und vier hochlehnigen braunen Lederstühlen stand. Geradeaus gelangte man in ein großes Wohnzimmer, das hauptsächlich mit antiken Möbeln ausgestattet war und einen Kamin besaß. Die Wände waren mit Bildern vollgehängt. Porträts. Landschaftsstudien. Aktmalerei. Auf einem schwarzen Klavier stand eine Bronzebüste.

Von innen betrachtet, waren die Gardinen gar nicht so deprimierend. Sie hatten am Saum sogar ein dezentes Blumenmuster, das durchaus fröhlich wirkte. Auch in diesem Raum stand ein Esstisch, jedoch war er eine Spur feiner als der in der Küche. Mit den stoffbezogenen Stühlen hätte er in jeder eleganten Villa zu finden sein können. Die Decke, die ihn schmückte, war geklöppelt. Maxim erkannte das daran, dass sie aussah wie die Lieblingsdecke seiner Mutter, die schon seit Generationen in der Familie vererbt wurde.

Fast der gesamte Holzboden war mit Teppichen und Läufern belegt, als hätten die Bewohner sich nicht für ein Einzelstück entscheiden können. Neben einem der beiden Chippendale-Sessel war ein Paar grauer Pantoffeln abgestellt, auf dem Sofa lag zusammengefaltet eine cremefarbene Kaschmirdecke.

In einem Bücherschrank mit Glastüren war statt Büchern wertvoll aussehendes Porzellan untergebracht. Auf einem langen Sideboard rahmten zwei goldene Kerzenleuchter eine Kristallschale mit eingetrockneten Pralinen und eine Specksteinkatze in Lebensgröße ein.

Schon bei ihrem Anblick fühlte Maxim es in der Nase kribbeln. Er hatte Katzen noch nie gemocht. Minette hatte ihm nur einen Grund mehr geliefert.

Im Obergeschoss gab es ein Schlafzimmer, ein Badezimmer und zwei Räume, die früher wahrscheinlich Kinderzimmer gewesen waren, zuletzt aber offenbar als Arbeits- und Bügelzimmer gedient hatten. Im Bügelzimmer stand noch ein aufgeklapptes Bügelbrett mit Bügeleisen. Der kleine Fernseher auf dem niedrigen Tisch in der gegenüberliegenden Ecke hatte wohl die Aufgabe gehabt, die Anstrengungen des Bügelns zu versüßen.

Im Arbeitszimmer dominierten die Bücher, die alle vier Wände bedeckten. Vom Schreibtisch aus hatte man einen Blick in das Geäst eines mächtigen Baums, dessen zaghafter grüner Schimmer noch nicht verriet, um welche Art Baum es sich handelte.

Ahorn, tippte Maxim. Er hatte die freundlichen Blätter des

Ahorns schon immer geliebt. Es war auch ein Ahorn gewesen, in dessen Laub er sich versteckt hatte, wenn es mit seinem Vater mal wieder durchgegangen war.

Nicht erinnern, dachte er. Bloß nicht erinnern.

Er hatte seine Kindheit hinter sich gelassen.

Sie war erledigt.

Aus und vorbei.

Die Decken der oberen Räume waren mit Holz verkleidet, wirkten jedoch nicht drückend, weil sie eine angenehme Höhe besaßen. Vom Flur aus konnte man über eine Luke auf den Dachboden gelangen.

Im Badezimmer lag noch ein Hauch vom Duft verschiedenster Toilettenartikel. Doch vielleicht bildete Maxim sich das auch nur ein, denn auf den Ablageflächen reihten sich Badezusätze, Shampoos, Körperlotions, Parfüme und Rasierwasser, als wären die Bewohner bloß mal eben für ein, zwei Tage weggefahren und als könnten sie jeden Moment zurückkehren.

Einzig die Kälte und der Staub auf den Möbeln sprachen eine andere Sprache.

Das Haus war verlassen. Aufgegeben.

Es trauerte um seine Bewohner.

Auch die Kellerräume. Die Regale im Vorratsraum waren immer noch gut bestückt. Neben einem reichhaltigen Angebot an Obst und Gemüse in Gläsern und Dosen gab es jede Menge Nudeln, Reis, passierte Tomaten, Maiskörner und Cocktailwürstchen, alles bedeckt von einer feinen Schicht aus Staub.

»Verhungern werden wir jedenfalls nicht«, sagte Maxim.

»Aber die Sachen gehören uns nicht«, widersprach Björn.

Maxim nahm sich einen Schokoriegel, zögerte und legte ihn seufzend wieder zurück.

Wäschekeller, Heizungskeller und Gerümpelkeller. Am Ende des langen Gangs eine graue Stahltür, die in den Garten führte.

Erleichtert stellte Maxim fest, dass sie verschlossen war. So leicht würde niemand hier eindringen.

Sie nahmen die Bedienungsanleitung für die Heizung mit nach oben und warfen einen Blick in die Küchenschränke. Mehl, Zucker, Mandeln, Rosinen. Trockenkräuter, Essig, Öl. Nudeln, Reis und Gewürze. Das eine oder andere Fertiggericht. Geschirr für den täglichen Bedarf. Töpfe, Siebe. Auflaufformen.

Der leere Kühlschrank war ausgeschaltet und stand einen Spaltbreit offen. Björn schob den Stecker in die Steckdose und mit einem altersschwachen Ruckeln sprang der Motor an. Die wichtigsten Lebensmittel hatten sie mitgebracht. Morgen würden sie kaufen, was sie sonst noch brauchten, falls Björn darauf bestand, die Vorräte hier im Haus nicht anzurühren.

Er war hartnäckig, wenn es um seine Überzeugungen ging. Auch das liebte Maxim an ihm, selbst wenn es mitunter reichlich anstrengend war.

»Okay«, sagte Maxim. »Ich versuche mich jetzt mal an der Kaffeemaschine, damit ich meinen Brummschädel loswerde, und du kannst die Katze schon mal aus dem Auto holen.«

Wie ein Blitz schoss Björn hinaus.

Kurz darauf hatten sich die Schmerzen aus Maxims Kopf zurückgezogen, die Katze war sicher im Arbeitszimmer verwahrt, der Wagen entladen und Björn hatte sich mit einem kurzen Anruf bei Gregory Chaucer bedankt.

Endlich waren sie auch innerlich angekommen.

Und jetzt saßen sie beim Abendessen und planten den nächsten Tag.

»Ich bin so froh, dass wir hier sind«, sagte Maxim.

Björn nickte. »Ich auch. Es ist seltsam, in einem Haus zu wohnen, in dem noch die Anwesenheit der Besitzer zu spüren ist. Aber es tut gut, einen Ort gefunden zu haben, an dem wir sicher sind.«

»Ja.« Maxim lächelte ihn zärtlich an. »Hier sind wir sicher.«

Und als es kurz darauf über ihnen knarrte, grinsten sie, weil sie wussten, dass es nur das alte Haus mit dem vielen Holz war, das diese Geräusche machte. Nur das Haus und nichts, was für sie bedrohlich werden konnte.

27

Schmuddelbuch, Mittwoch, 9. März, bald Mitternacht

Björn hat angerufen. Sie sind angekommen. Gut. Gut. Gut. Vor Erleichterung bin ich Ingo um den Hals gefallen. Er war völlig überrumpelt und stand da wie vom Donner gerührt. Ich hab ihn schnell wieder losgelassen.

Wir haben lange zusammengesessen und aufs Feuer geschaut und geredet.

»Das hätten wir viel früher mal tun sollen«, hab ich gesagt.

Er hat sein Glas gehoben und mir spöttisch zugeprostet. Ganz der Ingo, mit dem ich aus guten Gründen nie *wirklich* ins Gespräch gekommen bin.

Als ich ihn nach den Fotos auf dem Esstisch fragte, erzählte er mir, dass er an einem Buch über Türen arbeitet.

»Jede Tür hat eine Geschichte«, sagte er und rückte ein bisschen näher. Er wurde ganz lebhaft und unterstrich seine Worte mit den Händen. »Norddeutsche Türen erzählen andere Geschichten als süddeutsche und die Türen im Osten wiederum andere als die im Westen. Dorftüren haben völlig andere Dinge gesehen als die Türen in Städten, und sie wurden auch anders behandelt. Ich liebe Türen. Und wenn ich Glück habe, finde ich hinter denen, die ich fotografiere, interessante Menschen, die mir helfen, die Geschichten ihrer Türen zu entdecken.«

Während ich Ingo zuhörte, betrachtete ich den Stein an meiner Hand, der im Feuerschein glühte, und fragte mich, welche Geschichte er wohl erlebt haben mochte.

Und Ingo?

Welche Geschichte hat er?

Mitten in der Nacht wurde Björn von einem Geräusch wach. Er sah auf seine Uhr.

Halb drei.

Das Geräusch wiederholte sich.

Vorsichtig hob er Maxims Arm an und glitt geschickt darunter hervor. Maxim reagierte mit einem unwilligen Murmeln, wurde jedoch nicht wach. Björn schlich barfuß aus dem Zimmer, blieb im Flur stehen und lauschte.

Das Geräusch kam aus dem Arbeitszimmer. Es klang, als würde etwas über den Holzfußboden rollen.

Minette? Hatte sie sich schon so gut eingelebt, dass sie mit irgendetwas spielte?

Langsam, um die Katze nicht zu erschrecken, schob Björn die leicht knarrende Tür auf.

Eine glänzend silberne Kugel rollte ihm vor die Füße.

Doch wo war Minette? Musste sie nicht abwartend dasitzen und den Lauf ihres Spielzeugs mit den Augen verfolgen?

Björn bückte sich und hob die Kugel auf. Ein feiner Klang ertönte. Björns Finger schlossen sich um die Qigong-Kugel. Sie fühlte sich angenehm an, und instinktiv begann er, sie in seiner Hand zu drehen.

Es musste eine zweite Kugel geben. Zusammen bewegte man sie in einer Hand. Das sollte, wenn Björn sich richtig erinnerte, die Kräfte des Yin und Yang ausgleichen und heilende Wirkung auf den Körper haben. Meistens wurden die Kugeln in einem chinesischen Brokatkästchen verwahrt.

Doch eine zweite Kugel war nirgends zu sehen.

Auch von Minette keine Spur.

Björn ging in die Hocke und lockte sie.

Natürlich gab es in diesem Zimmer zahlreiche Schlupflöcher für Minette. Doch als Björn ihr vorm Schlafengehen noch einmal Futter gebracht hatte, war sie ohne Probleme auf ihn zugekommen und hatte sich streicheln lassen. Sie hatte in seiner Gegenwart gefressen und sogar leise geschnurrt.

Seltsam, dass sie sich jetzt nicht zeigte.

Björn spürte, wie sich ihm die Haare sträubten.

Er hörte wieder ein Geräusch. Diesmal aus dem Flur. Als ob ein Vorhang über den Boden schleifte.

Langsam erhob er sich, den Rücken immer noch zur Tür, als könnte er das Schlimmste verhindern, indem er es einfach nicht registrierte. Gleichzeitig verspürte er einen unwiderstehlichen Drang, sich umzuwenden und dem, was sich dem Zimmer näherte, entgegenzublicken.

Er nahm jetzt Minettes Anwesenheit deutlich wahr. Ohne sagen zu können, warum. Er wusste nur mit absoluter Sicherheit, dass die Katze sich mit ihm in diesem Raum befand. Und dass sie nicht schlief, sondern hellwach war.

Allen Mut zusammenraffend, drehte Björn sich um und setzte leise einen Fuß vor den andern, um sich hinter der Tür zu verstecken. Er spürte die Kälte nicht mehr, die vom Holzboden aus in seine Fußsohlen kroch. Es kribbelte in seinem Nacken. Er konnte keinen klaren Gedanken fassen.

Die Qigong-Kugel gab einen feinen Laut von sich.

Björn erstarrte in der Bewegung. Er hatte vollkommen vergessen, dass er sie noch in der Hand hielt.

Das schleifende Geräusch draußen verstummte jäh.

Nach ein paar Sekunden öffnete sich langsam die Tür. Ohne nachzudenken warf Björn sich dagegen, spürte Widerstand und hörte im selben Moment einen Schmerzensschrei.

Maxim!

Er riss die Tür auf und sah Maxim auf dem Boden sitzen. Das Gesicht schmerzverzerrt, hielt er sich den Kopf. Er hatte sich in der Kaschmirdecke verfangen, die im Wohnzimmer auf dem Sofa gelegen hatte.

»Bist du wahnsinnig?«, jammerte er.

»Tut mir leid!« Björn beugte sich besorgt über ihn. »Ich hab gedacht, du wärst …«

»Was? Ein Einbrecher? Ein Geist? Die Bewohner, die mitten in der Nacht zurückgekommen sind, um uns rauszuschmeißen?«

»Ich hab ein Geräusch aus diesem Zimmer gehört und dann Minette nicht gefunden. Und diese Kugel hier ist über den Boden gerollt, und dann kamst du, und ich hatte einfach … Panik.«

Maxim interessierte sich nicht für die Kugel. Er rieb sich stöhnend die Stirn. »Die Tür hat mich voll getroffen.«

»Es tut mir so leid, Maxim. Dieses wischende Geräusch …«

»Ich hatte mir die Decke geholt, weil mir schon den ganzen Abend so kalt war. Als ich nachsehen wollte, wo du bist, da hab ich sie mitgenommen, und weil sie so lang ist, hab ich sie wohl hinter mir her geschleift.«

Maxim wickelte sich fester in die Decke. Er schnatterte vor Kälte. Björn legte ihm die Hand auf die Stirn.

»Mann, du hast Fieber!«

»Quatsch.« Das Wort kam gepresst aus Maxims Mund. Er schlotterte jetzt am ganzen Körper.

»Komm. Ich helfe dir auf die Beine. Du musst ins Bett.«

Widerstandslos ließ Maxim sich führen. Seine Schritte waren unsicher und er klammerte sich an Björns Arm fest. »Mir ist so schwindlig. Alles dreht sich.«

»Soll ich einen Arzt rufen?«

Maxim schüttelte den Kopf und verzog vor Schmerzen das Gesicht. »Nicht nötig. Ich muss einfach nur schlafen.«

»Soll ich mal nachsehen, ob ich irgendwo Medikamente finde?«

Doch Maxim war schon in den Sog des Schlafs geraten und nicht mehr ansprechbar.

*

Die Schwärze des Schlafs empfing Maxim mit offenen Armen, und er ließ sich erschöpft hineinfallen. Dann aber versetzte ihn etwas abrupt in Alarmbereitschaft. Er wusste bloß nicht, was es war.

Verzweifelt versuchte er, die dichte Finsternis mit den Augen zu durchdringen. Nirgendwo war jedoch auch nur der Schimmer eines Lichtscheins, der ihn dabei unterstützt hätte.

Und dann erkannte er den Traum wieder.

Seinen Traum.

Ihm war plötzlich bewusst, dass er träumte, er wusste jedoch auch, dass der Traum mit der Wirklichkeit zusammenhing.

Wieso weiß ich, dass ich träume?, fragte er sich. Er fand es seltsam, dass er mitten in einem Traum über den Traum nachdachte.

Sonderbar, dachte er. Erschreckend und sonderbar.

Jemand lachte über die Worte *erschreckend* und *sonderbar*. Jedenfalls glaubte Maxim, dass die Worte der Grund für das Lachen waren. Er hätte gern gewusst, wer so beunruhigende Begriffe komisch finden mochte.

Auch das Lachen war sonderbar.

Und erschreckend erst recht.

Er war … irgendwo.

Irgendwo.

Auch so ein Wort, das jeder unterschiedlich wahrnahm. Ihm machte es große Angst.

Irgendwo, das war kaum anders als *nirgendwo.*

Das Geräusch, das er hörte, kannte er, doch er konnte es ebenso wenig einordnen wie seinen Aufenthaltsort. Er kannte es aus anderen Träumen.

Und wenn alle Träume irgendwie zusammenhingen?

Und über Leben und Tod bestimmten?

Seine Gedanken erschienen ihm konfus. Vielleicht waren sie es sogar. Wie sollte er das wissen, wenn die Dunkelheit ihn festhielt?

Er erkannte jetzt eine Gestalt. Es war ihm, als hätte sie auf ihn gewartet.

Mörder!, schrie er. *Mörder!*

Aber nur in Gedanken, denn vor Angst versagte ihm die Stimme.

Er wollte wach werden, wollte das Gesicht des Mörders nicht sehen.

Plötzlich flammte Licht auf und ergoss sich über die Gestalt, und er kniff die Augen fest zusammen. Als er sie kurz darauf vorsichtig einen Spaltbreit öffnete, war die Gestalt schon ganz nah.

Und als sie ihm das Gesicht zuwandte, weiß und bleich und wie aus Wachs, erkannte Maxim, dass er auf eine Maske schaute.

Schreiend fuhr er aus dem Schlaf.

*

Es war ein eigenartiges Gefühl, so früh am Morgen ein Frühstück für zwei zuzubereiten und dabei das Plätschern der Dusche aus dem Bad zu hören. Noch eigenartiger war es, das Lächeln nicht loszuwerden, das Ingo an sich entdeckt hatte, als er nach dem Aufstehen zum ersten Mal in den Spiegel geschaut hatte.

Es war ein wenig einfältig, voller Glück, und Ingo hatte es erstaunt betrachtet. Dann war ihm eingefallen, dass es nicht gut wäre, wenn Romy es zu Gesicht bekommen würde, und er hatte versucht, es zu unterdrücken. Doch es war so sicher zurückgekehrt, wie ein Stehaufmännchen sich wieder aufrichtet.

Ingo summte leise vor sich hin, während er Marmelade, Honig und Nutella auf den Tisch stellte. Wurst und Käse hatte er bereits gedeckt und auch ein Müsli nach einem Rezept aus seinem einzigen Kochbuch zubereitet. Fehlten nur noch die Fünf-Minuten-Eier und das frische Obst.

Da er versäumt hatte, Romy zu fragen, was sie zum Frühstück gern aß, hatte er einfach alles aufgefahren, was ihm eingefallen war. Jetzt warf er noch einmal einen prüfenden Blick über den Tisch, rückte die Blumen zurecht und schob die roten Servietten, die er zu Rosen gefaltet hatte (oder doch zu etwas, das Rosen ähnlich sah), in die Mitte der Teller.

Du führst dich auf wie ein Kellner im Hilton, dachte er und war sehr zufrieden mit dem Ergebnis.

Und dann kam Romy herein.

Ihre kurzen Haare waren noch feucht und standen ihr vom

Kopf ab wie Igelstacheln, bloß weicher. Sie duftete nach Shampoo und Creme, und ihre Haut glänzte ein wenig. Ihre Augen und die Lippen waren ungeschminkt.

Ihr Morgengesicht. Es gefiel ihm.

»Hi«, sagte sie ein bisschen verlegen.

»Hi«, antwortete Ingo. »Hast du gut geschlafen?«

»Wie ein Murmeltier.«

»Und wie genau schlafen Murmeltiere?«

Sie lachte, und ihr Lachen war noch nicht ganz wach. Aber es war so, dass er es gern noch einmal gehört hätte. Doch da stand Romy schon am Tisch und betrachtete ungläubig sein Werk.

»Ingo!«

»Ich wusste nicht, was du gern magst.«

»Und da schaffst du gleich alles herbei, was man sich nur wünschen kann? Womit habe ich es verdient, so verwöhnt zu werden?«

»Hast du nicht. Ich frühstücke immer so.«

Grinsend setzte sie sich. Sie nahm die Serviette vorsichtig in die Hand und brachte sie am Tischende in Sicherheit. »Die werde ich mir aufbewahren. Als Andenken.«

»Kaffee oder Tee?«, fragte Ingo.

»Tee, bitte. Und nach dem Frühstück einen Kaffee. Oder ist das unverschämt?«

»Dein Wunsch ist mir Befehl.«

Wenig später dampfte der Tee in ihren Tassen, und Romy biss in ein Brötchen, dass es krachte. Ein Krümel blieb in ihrem Mundwinkel hängen. Mit der Zungenspitze zog sie ihn in den Mund.

Ingo hätte ihr ewig zuschauen mögen.

Das überraschte niemanden mehr als ihn selbst, denn für gewöhnlich war er froh, wenn eine Frau, mit der er die Nacht verbracht hatte, so schnell wie möglich ihre Sachen packte und verschwand.

Aber er hatte die Nacht ja auch nicht mit Romy verbracht.

Sie war lediglich Gast in seiner Wohnung. Gast, dachte er, vergiss das nicht.

»Darf ich dich was fragen, Romy?«

»Du darfst mich alles fragen. Nur nicht nach dem Ort, an dem Björn untergetaucht ist.«

Sie war ehrlich. Und sie war konsequent. Das war mehr, als die meisten Menschen von sich behaupten konnten.

»Hast du einen bestimmten Verdacht?«

Romy schüttelte langsam den Kopf. »Der neunte Tag seit dem ersten Mord und die Sache wird immer undurchsichtiger.«

Sie hatte recht. Es ging ja nicht um einen einzigen Mord, sondern um eine Serie von mittlerweile vier Morden, und nach jedem Mord mussten die Karten neu gemischt werden.

»Was hältst du davon, wenn wir zusammenarbeiten?«, fragte er.

Sie war so überrascht, dass sie aufhörte zu kauen. Das Brötchen, von dem tiefrot die Marmelade tropfte, in der linken Hand, starrte sie ihn an. »Du bist ein Einzelgänger, Ingo.«

»Ich weiß, was ich bin.«

»Du hockst auf deinen Informationen wie die Spinne in ihrem Netz. Bereit, sie gegen jeden zu verteidigen, der sich dir nähert.«

»Das ist mein Ruf in der Szene?«

»Oh ja.«

»Und wenn ich ihn nicht will?«

»Wen?«

»Diesen Ruf.«

»Dann solltest du dich ein klein bisschen ändern.«

»Hilfst du mir dabei?«

»Ich? Wie denn?«

»Indem du mit mir zusammenarbeitest.«

»Du vergisst jetzt nicht gerade, dass wir Konkurrenten sind?«

»Das regeln wir schon irgendwie.«

»Und du fragst mich das nicht bloß, weil Björn mein Bruder ist?«

»Du meinst, ich will über dich an Informationen gelangen, die ich sonst nicht kriegen würde?«

»Willst du?«

»Nicht nur.«

»Das bedeutet?«

»Du gehst mit Leidenschaft an die Sache heran, Romy. Das habe ich oft genug beobachtet. Wir könnten einander ergänzen. Deine Leidenschaft und meine Erfahrung. Das wär für beide Seiten ein guter Deal.«

»Lass mich darüber nachdenken, ja?«

Sie widmete sich wieder ihrem Brötchen und sie sprachen über andere Dinge. Dann verließen sie gemeinsam das Haus. Vor der Tiefgarage umarmten sie sich und gingen zu ihren Autos.

Ingo lächelte.

Romy tat ihm gut.

*

Ich war immer bei dir. Von Anfang an.

Was sollte das heißen?

Das fragst du wirklich?

Nein. Er hatte gar nicht gefragt. Die Stimme war wieder in seinen Kopf eingedrungen, wo sie seine geheimsten Gedanken lesen konnte, als hätte er sie vor ihr ausgebreitet.

Was er niemals tun würde.

Lieber würde er sterben.

Sie war ein Parasit. Nährte sich von seiner Energie.

»Ohne mich«, *sagte er entschlossen,* »würde es dich überhaupt nicht geben.«

Umgekehrt wird ein Schuh daraus.

Sie war größenwahnsinnig.

Gefährlich.

Er wollte nichts mehr mit ihr zu tun haben.

Außerdem hasste er ihre Art zu sprechen.

»Ich bin kein Schuhmacher«, *sagte er.*

Als sie lachte, versuchte er, sich woandershin zu denken. Er konnte ihren Hohn nicht ertragen, ihre Verachtung, ihre Kälte. Doch natürlich ließ sie ihm das nicht durchgehen.

Ich bin in dir. Du kannst nicht vor mir weglaufen.

Nirgendwohin.

Denn du nimmst mich immer mit.

Verdammte, verfluchte Scheißstimme! Sie ließ ihm keinen Raum, nicht mal in seinen Gedanken.

Deinen Gedanken? Deinen?

Was wollte sie …

»Was willst du damit sagen? Dass es gar nicht meine Gedanken sind, die ich denke?«

Und wenn es so wäre?

»Dann bringe ich dich um!«

Diesmal war ihr Lachen beinah heiter. Es perlte förmlich aus seinem Kopf. Er konnte es spüren wie ein Prickeln. Überall.

Du glaubst, du hast Macht über mich?

Sie lachte weiter, und allmählich wurde ihr Lachen wieder, wie es meistens war. Hässlich und gemein.

»Und wenn ich mich umbringe?«, fragte er listig und genoss die Pause, die auf seine Worte folgte.

Wenn er sich das Leben nähme, würde die Stimme dann nicht mit ihm sterben?

Ein wüster Schmerz fuhr in seinen Kopf.

Dann in seine Brust.

Er rang nach Luft.

Na? Wie gefällt dir das?

Du glaubst, du könntest *mir* gefährlich werden? *Du?*

Nein, das konnte er nicht. Alles in ihm klammerte sich an das Leben. Jeder Schmerz zeigte ihm deutlich, dass er kein Held war.

Ich war immer bei dir und werde immer bei dir sein. Du konntest mich schon, bevor ich zum ersten Mal zu dir gesprochen habe.

Ich werde dich niemals verlassen, hörst du? Niemals.

28

Schmuddelbuch, Donnerstag, 10. März, acht (!) Uhr

So früh war ich noch nie in der Redaktion. Dabei hätte ich auch später losfahren können, denn Ingo hat mir einen Schlüssel gegeben. Aber irgendwie war der erste gemeinsame Morgen (wie sich das anhört!) genau richtig so.

Greg hat nur einen bedeutsamen Blick mit mir getauscht. Wir haben abgemacht, dass wir uns in der Redaktion, wo jeder alles mitkriegen kann, möglichst nicht über Björn und Maxim unterhalten.

Ich frage mich, ob der Mörder bereits bemerkt hat, dass Björn verschwunden ist. Und wie er darauf reagieren wird.

Ob er mich beobachtet?

Müsste ich meine Stimmung malen, würde ein Bild mit lauter Augen entstehen. Graue, blaue, grüne und braune Augen.

Das größte Auge aber wäre rot.

Ein Psychologe hätte bestimmt eine Erklärung dafür.

Romy betrat den Dom und fühlte wieder, wie sie angesichts der machtvollen Architektur kleiner wurde. Das begann schon draußen, wenn sie sich dem Dom näherte und er immer weiter in den Himmel wuchs.

In seinem Schatten wurde sie demütig.

Und in seinem Innern still.

Sie hatte ihn schon so oft besucht und wurde jedes Mal aufs Neue berührt.

»Im Dom«, hatte Bruno Jessen vorgeschlagen. »Vorm Richter-Fenster.«

Zweierlei hatte sie gewundert: dass einer, der Slam Poetry schrieb, sich in einer Kirche verabredete und dass er das Fenster von Gerhard Richter als Treffpunkt gewählt hatte, den Ort, den sie selbst immer zuallererst besuchte.

Romy war eine halbe Stunde vor dem vereinbarten Termin erschienen. Sie setzte sich auf eine der Bänke und betrachtete, was der Künstler da geschaffen hatte.

Die Sonne schien und die Farben leuchteten Romy mitten ins Herz. Hier fand sie Trost, wenn sie traurig war. Hier konnte sie über ein Problem nachdenken. Hier löste sich jede Schreibblockade wie von selbst.

Irgendwie gefiel es ihr nicht, diesen Ort mit einem beruflichen Treffen zu entzaubern, aber Bruno Jessen hatte keine Alternative akzeptiert.

Vielleicht liebte er das Fenster ebenfalls?

Manchmal betete Romy hier sogar. Nicht zu einem Gott, der im Himmel lebte oder in einer Kirche oder in den Köpfen der Menschen. Sie betete zu etwas Unvorstellbarem. Unaussprechlichem. Zu einer heilenden Kraft, die sie oft bitter nötig hatte. Und eigentlich war es auch gar kein Beten, sondern eher ein Denken an etwas Großes, Sanftes, Gutes, dem sie sich verbunden fühlte.

Heute saß sie einfach nur da und schaute auf die Farben.

Touristen liefen mit ihren Kameras umher, flüsterten miteinander, zündeten Kerzen an, sanken erschöpft auf eine Bank. Romy wünschte sich so sehr, den Dom einmal ganz für sich allein zu haben. Ein Herzenswunsch. Unerfüllbar, wenn man nicht gerade ein Staatsoberhaupt war.

Jemand tippte ihr von hinten auf die Schulter. »Romy?«

Er trage eine Mütze, hatte Bruno Jessen als Erkennungsmerkmal angegeben, ohne zu bedenken, dass die Hälfte der jungen Leute auf der Domplatte Mützen oder Kappen trugen.

Doch Romy hatte ihre Hausaufgaben gemacht. Sie hatte Fotos von einem Poetry Slam ausgegraben und war fündig geworden.

Deshalb erkannte sie ihn auf Anhieb, wobei seine Mütze durchaus hilfreich war.

»Hallo, Bruno«, sagte sie.

Er ließ sich neben ihr nieder und betrachtete die bunten Quadrate, die Gerhard Richter nach dem Zufallsprinzip angeordnet hatte. Ein Lächeln erschien auf seinem Gesicht.

»Zweiundsiebzig Farben«, sagte er leise. »Aber gefühlt sind es Hunderte, nicht?«

Dasselbe dachte Romy jedes Mal.

»Ja«, sagte sie. »Kannst du verstehen, dass dieses Fenster so eine hitzige Debatte ausgelöst hat? Dass es noch heute Menschen gibt, die nur mit Abscheu oder Wut davon sprechen?«

Bruno nickte. »Meine Eltern zum Beispiel. Für die müssen auf einem Kirchenfenster Engel und Heilige zu sehen sein. Szenen aus der Bibel, das Letzte Gericht, arme Seelen im Fegefeuer.«

»Vater, Sohn und Heiliger Geist«, ergänzte Romy.

Bruno grinste. »Ich war lange nicht mehr hier«, sagte er dann. »Deshalb war mir ein Treffen in Köln lieber als in Bonn.«

Und dann schwiegen sie. Und schauten.

Bis Bruno schließlich sagte: »So. Meinetwegen können wir.«

Draußen war das morgendliche Leben in den Straßen erwacht. Pflastermaler waren bei der Arbeit, Schmuckhändler hatten ihre Stände aufgebaut, Straßenmusikanten Position bezogen. Inlineskater schlängelten sich durch die Menge. Ein Mann hielt eine Rede, der niemand zuhörte. Ein Zauberer schwang seinen Zauberstab.

Und eine Taube kackte Bruno auf die Schulter.

»Was genau möchtest du wissen?«, fragte er, nachdem er sein verknittertes Sakko notdürftig gesäubert hatte.

Romy hatte ihn in ein Straßencafé in der Breite Straße eingeladen. Auf dem Weg dorthin hatten sie einander ein bisschen kennengelernt. Romy konnte sich beim besten Willen nicht vorstellen, dass er ein Serienmörder sein sollte.

»Ich recherchiere in den Mordfällen, die seit Tagen Köln und Bonn in Atem halten. Das hab ich dir ja schon erzählt.«

»Ehrenwert«, sagte er, »aber was hab ich damit zu tun?«

»Du kennst meinen Bruder. Björn.«

»Ich kenne viele.«

»Kanntest du auch die Mordopfer?«

»Flüchtig.«

»Sicher?«

»Sag mal, was wird das? Ein Verhör?«

Er schien hellhörig zu sein. Vielleicht brachte ihn genau das zum Schreiben. Romy konnte sich seine Gedichte vorstellen. Bestimmt waren sie zornig und voller Poesie.

»Ich habe Angst um Björn«, erklärte sie ihm. »Die Toten waren seine Freunde, und es ist sehr wahrscheinlich, dass der Mörder …«

»… jemand ist, der sich im Leben deines Bruders und in seinem Umfeld bewegt.«

»So ist es.«

Die Fragen, die Romy sich zurechtgelegt hatte, erschienen ihr plötzlich abwegig. Bruno kannte Björn nur oberflächlich, ebenso, wie er die Toten offenbar kaum gekannt hatte. Und so, wie er sich gab, offen, klug und selbstbewusst, ließ er jede Mordtheorie einfach in der Luft verpuffen.

Außerdem liebte er das Richter-Fenster. Extra seinetwegen war er nach Köln gekommen. Dabei hätte er es doch viel bequemer haben können, wenn Romy ihn in Bonn aufgesucht hätte.

»Ich fürchte, ich kann dir nicht helfen«, sagte er. »Björn und ich haben uns ab und zu unterhalten, das war alles.«

»Hat sich sowieso … von selbst erledigt.« Romy lächelte Bruno unsicher an. »Ich hätte auf Björn hören sollen. Er fand es absurd, dich auf die Liste der möglichen Verdächtigen zu setzen. Und jetzt, nachdem ich dich getroffen habe, gebe ich ihm recht.«

Bruno nahm einen Schluck von seinem Cappuccino und zupfte leicht verlegen an seiner Mütze.

»Aber hast du vielleicht irgendwas gehört oder gesehen?«, fragte Romy ihn. »Ich meine, es gibt doch jede Menge Klatsch an den Unis, vor allem, wenn etwas derart Dramatisches passiert.«

»Die einhellige Meinung in Bonn ist, dass der Mörder Schwule hasst.«

»Wie in Köln.« Romy nickte. »Aber ist es nicht seltsam, dass man lange suchen muss, bis man in der Kriminalgeschichte auf einen Serienmörder stößt, der es auf Schwule abgesehen hat? Die meisten übrigen Minderheiten sind als Opfer häufiger vertreten.«

»Was sagt Björn dazu?«

»Dass er keinem seiner Freunde und Bekannten Schwulenhass zutraut und ganz sicher keinen Mord.«

»Aber du siehst das anders.«

»Björn hat Drohbriefe erhalten.«

Sei vorsichtig, ermahnte sie sich. Auch wenn du ihn für unschuldig hältst, musst du ihm nicht alles auf die Nase binden.

»Ebenso wie ich«, fuhr sie fort. »Der Mörder versetzt Björn in Angst und Schrecken. Mich will er einschüchtern und zum Schweigen bringen. Nur jemand, der Björn gut kennt, weiß von seiner Verbindung zu mir.«

»Klingt logisch.«

»Ich schwöre, er wird sich an mir die Zähne ausbeißen.«

Romy beobachtete Bruno genau. Wäre er der Täter, müsste ihr letzter Satz eine Reaktion hervorrufen. Sie müsste ihm vom Gesicht ablesen können, welche Gefühle sie bei ihm ausgelöst hatte.

Was sie jedoch sah, war Betroffenheit, und sie glaubte nicht, dass die gespielt war.

»Vielleicht triffst du dich besser nicht mehr allein mit Typen, die du dir rein theoretisch als Mörder vorstellen könntest«, riet er ihr. »Mal angenommen, du sitzt irgendwann dem wirklichen Täter gegenüber ...«

»Genau das will ich ja. Ihn finden.«

In seinen Augen las sie Skepsis. Sie spürte sie auch in sich selbst.

Aber sie hatte keine Alternative.

*

Björn war in die Stadt gefahren und hatte eine Apotheke gesucht. Dort hatte er ein Fieberthermometer, eine kleine Flasche Umckaloabo, eine Packung Lutschtabletten gegen Halsschmerzen und eine Tüte Hustenbonbons mit Zitronengeschmack gekauft.

Verträumt lag die Innenstadt von Halver in der Morgensonne. Die Menschen gingen ihren Geschäften nach. Vor einer Bäckerei wartete ein kleiner Hund geduldig auf sein Herrchen oder Frauchen. Auf den Regenrinnen über den Kleidergeschäften hockten Kunststoffraben, um Tauben fernzuhalten. Manche Ladenbesitzer hatten ihre Dächer und Simse zusätzlich mit nadelspitzen Spikes gesichert, um die Tauben an der Landung zu hindern.

Björn musste an Romy denken und an das Taubenpaar, das auf dem Dach und den Fensterbänken ihres Hauses wohnte. Auf die Frage, ob sie Haustiere habe, antwortete Romy gern: »Ja. Zwei Tauben.«

Er hatte heute früh schon mit ihr telefoniert.

Alles okay, Björn. Wirklich. Alles okay.

Er konnte nur hoffen, dass sie ihm die Wahrheit sagte.

Björn hätte sich gern ein wenig umgesehen, aber er wollte Maxim nicht länger allein lassen als nötig. Außerdem verspürte er ein latentes Gefühl von Bedrohung.

Unmöglich, sagte er sich. Keiner weiß von dem Haus. Keiner weiß von dieser Stadt und dass wir hier sind.

Er versuchte, mit dem Verstand gegen die Einflüsterungen seines Gefühls vorzugehen. Und nach einer Weile wurde er wieder ruhiger. Er kaufte rasch noch ein paar Lebensmittel ein und machte sich auf den Weg nach Hause.

Maxim maß brav seine Temperatur (38,5) und schluckte gehorsam die vorgeschriebene Höchstdosis von dreißig Tropfen Umckaloabo, dann steckte er sich eine Lutschtablette in den Mund.

»Und was kommt als Nächstes?«, fragte er. »Rufst du beim ersten Hüsteln den Notarzt?«

»Sehr witzig.«

Maxim war angezogen. Er hatte es im Bett nicht ausgehalten. Ein gutes Zeichen, fand Björn.

»Ich würde gern den Garten erkunden«, sagte Maxim. »Du auch?«

Ein Spaziergang schadete auch bei Fieber nicht, also stimmte Björn zu. Für den Fall der Fälle war es wichtig, dass sie sich in ihrer neuen Umgebung auskannten. Es konnte ihnen das Leben retten.

Der Garten war lange nicht mehr gepflegt worden. Wahrscheinlich hatte das die Kraft der alten Leute überfordert. Alles wuchs wild durcheinander. Die Bäume drängten sich gegenseitig aus dem Weg. Die Büsche, die in ihrem Schatten dahinvegetierten, streckten ihre dürren Äste hungrig dem Licht entgegen.

Wie auch im Vorgarten, dominierten Efeu und andere Bodendecker. Sie hatten bereits damit begonnen, sich auch die Rasenfläche zu erobern, die längst kein Rasen mehr war, sondern ein struppiger Teppich aus Unkraut und Moos.

Eine rostende Eisenbank erinnerte an Zeiten, in denen in diesem Garten geplaudert und gelacht worden war. Eine alte Schaukel hing vergessen am untersten Ast eines mächtigen Baums. Aus dem Teich in der Mitte des Gartens war ein zauberhafter Tümpel geworden, der ideale Aufenthaltsort für Kröten, Frösche und Lurche.

Und für Libellen, dachte Björn, die beim Schlüpfen ihr hässliches Kleid am Stamm einer Wasserpflanze abstreifen und dort zurücklassen.

Er sehnte den Frühling und die Sonne herbei, war schon lange wintermüde, obwohl er die kalten Monate eigentlich mochte.

»Kennst du das«, fragte Maxim plötzlich, »dass man sich in einer fremden Umgebung befindet und das Gefühl hat, schon dort gewesen zu sein?«

»Déjà-vu«, sagte Björn.

»Nein.« Maxim schüttelte den Kopf. »Mehr als das. Ich schaue mich in diesem Garten um in der tiefen Gewissheit, oft und oft hier gewesen zu sein. Glaubst du an Wiedergeburt, Björn?«

Noch nie hatten sie so viel Zeit miteinander verbracht. Noch nie hatten sie so viel miteinander geredet. Björn entdeckte Maxim ganz neu.

Aufregend.

»Ich bin mir nicht sicher«, antwortete er. »Ich glaube, die Vorstellung, in einem anderen Menschen wiedergeboren zu werden, macht mir Angst.«

»Oder in einem Tier«, ergänzte Maxim. »Du kannst im nächsten Leben auch als Elefant zurückkommen, als Kellerassel oder als Regenwurm.«

»Da entscheide ich mich lieber für den Elefanten.«

»Typisch, bei deinem Hang zum Größenwahn.« Maxim knuffte ihn in die Seite. »Aber es fragt dich keiner nach deiner Meinung. Die Wiedergeburten muss man sich verdienen. Warst du in deinem vorigen Leben ein fauler Hund oder ein gemeiner Halsabschneider, dann wirst du in deinem nächsten dafür büßen müssen und kommst als unscheinbares oder abscheuerregendes Tier zurück.«

»Hast du dich damit beschäftigt?«, fragte Björn überrascht.

»Ein bisschen. Und dieser Garten ruft verdammt vertraute Gefühle in mir hervor.«

»Kann von Fieber kommen.«

Maxim ging nicht darauf ein. »Wetten, dass am Ende des Gartens ein Regenfass unter all dem toten Laub und Gestrüpp verborgen ist?«

Er fasste Björn am Arm und zog ihn mit sich und tatsächlich standen sie auf einmal vor einem mit brüchigem Holz ummantelten Regenfass. Erst beim zweiten Blick entdeckten sie das kleine Gartenhaus, zu dem es gehörte. Es war von Efeu völlig umschlossen.

»Was hab ich gesagt?«

»In den meisten Gärten findest du ein Regenfass oder eine Regentonne.«

Björn war sich sicher, dass Maxims Fieber stieg. Es wäre besser, er würde sich wieder hinlegen und schlafen. Doch daran war gar nicht zu denken. Maxim war schon über das kleine Gartentor geklettert, um in den dahintergelegenen Wald zu gelangen.

Der würzige Duft, das von den hohen Bäumen gefilterte Licht und die Stille ließen bei Björn Erinnerungen wach werden. Die Eltern waren früher oft mit den Kindern in den Wald gegangen, einen Picknickkorb an der Hand und eine Decke unter dem Arm. Sie hatten sich einen schönen Platz auf einer Lichtung oder an einem Waldsee gesucht und den ganzen Tag dort verbracht.

Romy und Björn hatten ihre Zwillingsspiele gespielt, sie hatten sich lachend im Laub gewälzt, geflüstert und gerufen. Es war gruselig gewesen, zu hören, wie die Stimmen im Schweigen des Waldes versickerten.

Immer wieder waren die Geschwister von ihren kleinen Ausflügen zurückgekehrt, um sich zu vergewissern, dass die Eltern noch da waren. Dass sie sich nicht von der Stelle rühren und auf sie warten würden, notfalls eine Ewigkeit lang.

»Lass uns in einem Wald leben«, sagte Björn und fasste nach Maxims Hand, damit er ihn nicht auf dem Weg nach irgendwo verlor.

»Meinst du das ernst?«

»Ja.« In Maxims Hand glühte das Fieber. »Nein.«

Ein Vogel schrie.

»Lass uns umkehren, Maxim.«

»Erst, wenn ich weiß, wo der Wald zu Ende ist.«

Hand in Hand gingen sie. Weiter und weiter. Der Wald schien nicht aufzuhören. Niemand begegnete ihnen. Es war, als wären sie allein auf der Welt.

»Stell dir vor, wir wären die einzigen Menschen auf der Erde«, sagte Maxim da auch schon.

Manchmal verschlug es Björn den Atem, zu sehen, wie eng ihre Gedanken miteinander verknüpft waren.

»Wärst du froh darüber?«, fragte Maxim.

Nein, dachte Björn. Romy würde mir fehlen. Nach kurzem Zögern sprach er es aus.

»Okay. Du, Romy und ich.«

»Froh? Ich weiß nicht …«

»Für mich bist du der einzige Mensch auf der Welt«, flüsterte Maxim und zog Björn an sich. Dass es lange Zeit eine Griet neben Björn gegeben hatte, war für ihn offenbar kein Thema mehr, auch wenn er weiterhin ständig versuchte, sie übers Handy zu erreichen.

Björn atmete seinen guten, sauberen Duft ein, dem selbst das Fieber nichts anhaben konnte, und verscheuchte den kleinen Stich, den er beim Gedanken an Griet empfunden hatte, aus seinem Herzen. Für den Moment gab es nur Maxim und ihn, und obwohl sie im Untergrund lebten, war er glücklich.

*

Bert wandte den Blick von seiner prall gefüllten Pinnwand ab. Sie machte den Eindruck, als müssten sie sich kurz vor der Aufklärung der Morde befinden.

Doch weit gefehlt.

Nachdenklich kniff er die Augen zusammen. Die Flut von Hinweisen nahm kein Ende, aber noch immer hatte sich keine heiße Spur ergeben. Titus und Dilay hatten Nils Schnettler überprüft, den Kommilitonen, mit dem Björn Berner sich die Wohnung teilte. Er hatte eine weiße Weste. Ein Telefongespräch mit ihm hatte ihn endgültig entlastet. Zu den Tatzeiten war er definitiv in Schweden gewesen.

Björn Berners gesamter Freundes- und Bekanntenkreis war mittlerweile durchleuchtet worden. Rick hatte auch Maxim Winter und Björn Berner selbst überprüft. Beide waren nie mit dem Gesetz in Konflikt geraten.

Inzwischen lagen die Ergebnisse der DNA-Analyse in den Fällen Tobias Sattelkamp und Josch Bellmann vor. Alle arbeiteten auf Hochtouren, auch das Labor. Die Serienmorde hatten absolute Priorität.

Da die letzten beiden Taten an öffentlichen Orten begangen worden waren, hatte es dort von Spuren nur so gewimmelt. Selbst am (mit an Sicherheit grenzender Wahrscheinlichkeit vom Täter) gereinigten Tatort Tobias Sattelkamp war Material übrig geblieben, das zu Vergleichszwecken herangezogen werden konnte.

Die DNA eines elf Zentimeter langen schwarzen Haars, das dort gefunden wurde, war identisch mit der DNA mehrerer schwarzer Haare ähnlicher Länge vom Tatort Josch Bellmann.

Das unterstützte ihre Theorie, es mit ein und demselben Täter zu tun zu haben, bewies sie jedoch nicht. Der Besitzer der Haare konnte sich auch durch einen (wenngleich höchst unwahrscheinlichen) Zufall völlig unschuldig an beiden Tatorten aufgehalten haben.

Wären da nicht die winzigen Hautpartikel unter den Nägeln Josch Bellmanns gewesen. Sie rundeten das DNA-Puzzle ab.

Josch Bellmann hatte um sein Leben gekämpft. Dabei waren die winzigen Partikel unter seinen Fingernägeln haften geblieben. Und die DNA dieser Partikel war identisch mit der DNA der Haare.

Der Abgleich der DNA mit der DNA-Kartei von LKA und BKA hatte jedoch keine Übereinstimmung gezeigt. Das bedeutete, dass die DNA des Täters noch nicht erfasst war.

»Jagen wir einen Irren, der sich als Betätigungsfeld rein zufällig den Köln-Bonner Raum ausgesucht hat?«, fragte Rick, als er Berts Büro wieder betrat. Er hatte etwas zu essen besorgt, hielt in jeder Hand einen dampfenden Becher Kaffee, hatte sich eine Tüte vom Bäcker unter den rechten Arm geklemmt und schaffte es dennoch mühelos, die Tür mit dem linken Ellbogen zu schließen.

»Nein. Die Taten zentrieren sich eindeutig um Björn Berner.« Bert nahm Rick den Kaffee ab. »Auch die Bedrohung seiner Zwillingsschwester ist ein Indiz dafür.«

Nichts anderes als die Mordfälle hatten im Augenblick in seinem Kopf Platz. Sein Privatleben blieb vollends auf der Strecke.

Als er gestern den allabendlichen Gutenachtanruf bei seinen Kindern gemacht hatte, war er so unaufmerksam gewesen, dass seine Tochter ihm mit Tränen in der Stimme vorgeworfen hatte, er höre ihr gar nicht richtig zu.

»Entschuldige, Liebes. Ich bin nur ein bisschen müde. Aber jetzt höre ich dir zu.«

»Versprochen?«

»Versprochen.«

Und sie hatte von vorn angefangen und ihm von ihrer neuen Freundin erzählt und von einer superschönen, leider viel zu teuren Glitzerhaarspange in einem Schaufenster und davon, dass sie sich wünschte, dass »Mamas doofe Allergie verschwindet, damit wir einen Hund aus dem Tierheim holen können«. Ihre Stimme war so rührend gewesen, dass es Bert die Tränen in die Augen getrieben hatte.

Er vermisste sie. Vermisste auch seinen Sohn. So heftig, dass es ihn förmlich zerriss.

Alles war zu Bruch gegangen und hatte ihn in einer Wohnung stranden lassen, die wenig mehr war, als eine Ansammlung abweisender Räume.

Und wenn *er* sich einen Hund anschaffte? Für seine Kinder? Doch wer sollte sich um ihn kümmern, während er arbeiten war?

»Du hörst ja schon wieder nicht zu, Papa.«

Obwohl er sich höllisch konzentriert hatte, waren seine Gedanken wieder abgeglitten. »Ich hab dich einfach gerade furchtbar vermisst«, hatte er ehrlich gesagt.

Eine Weile hatte er nur ihren Atem gehört.

So zart.

So verletzlich.

»Ich vermiss dich auch«, hatte sie schließlich geantwortet. »Von hier bis in die unendlichste Unendlichkeit.«

Ein Klicken, und die Leitung war tot gewesen. Wahrscheinlich hatte Lara nicht gewollt, dass er sie weinen hörte.

Das Knistern der Tüte, die Rick ihm hinhielt, holte Bert wieder in die Gegenwart. »Ich bin ein lausiger Vater«, sagte er unvermittelt. »Meine Kinder sind noch so jung, aber durch mich haben sie schon Kummer erfahren.«

»Bist du da nicht zu streng mit dir?« Rick drückte ihm ein Croissant in die Hand, nahm sich selbst eins und setzte sich. »Jetzt iss erst mal. Ich bin extra deinetwegen in die *Arcaden* gelaufen und hab deine Lieblingscroissants geholt.«

»Ich habe neuerdings die traurige Begabung, meine Kinder zum Weinen zu bringen.«

»Du bist ein cooler Vater.«

»Woher willst du das wissen?«

»Ich hab das Leuchten in den Augen deiner Kinder gesehen.«

Jetzt hätte Bert auch gern geheult. Er brauchte seine ganze Selbstbeherrschung, um sich daran wieder aufzurichten. Eine Fassung, die erste Risse bekommen hatte und bald zu bröckeln beginnen würde.

Er biss in sein Croissant, und die unzähligen kleinen Teigschuppen rieselten auf seine Brust und seine Oberschenkel. Als er sprechen wollte, war sein Mund so trocken, dass er nach dem Kaffeebecher griff.

»Der Täter, den wir suchen, ist schwarzhaarig«, sagte er. »Das ist nicht viel, aber es ist ein Anfang.«

»Das ist eine ganze Menge«, widersprach Rick. »Es engt den möglichen Täterkreis entscheidend ein. Björn Berner zum Beispiel wäre schon mal aus dem Schneider. Maxim Winter dagegen nicht. Rein theoretisch«, setzte er hinzu, »denn beide haben ja nicht wirklich zu den Hauptverdächtigen gehört.«

»Zu den Hauptverdächtigen?«, fragte Bert mit leiser Ironie. »Das Entmutigende an diesem Fall ist doch, dass wir keinen Hauptverdächtigen haben. Sobald wir einer Spur nachgehen, endet sie im Nichts. Es ist zum Verzweifeln.«

»Björn Berner und Maxim Winter stehen uns weiterhin zur Verfügung?«, fragte Rick nach. »Obwohl sie untergetaucht sind?«

»Ja. Ich habe ihre Handynummern und die Anschrift.«

»Mir geht der Drohbrief an Romy Berner nicht aus dem Kopf«, sagte Rick. »Er könnte gut von jemandem aus der Redaktion stammen.«

»Romy Berner hält das für absolut unwahrscheinlich. Das hat sie mehrfach geäußert.«

»Dann der Einbruch in ihre Wohnung«, fuhr Rick fort, als hätte Berts Antwort ihn gar nicht richtig erreicht. »Es wäre für jeden ihrer Kollegen ein Leichtes gewesen, an ihren Haustürschlüssel zu gelangen und ihn nachmachen zu lassen.«

»Um sie mit dem nächtlichen Besuch einzuschüchtern?«

»Und um zu erreichen, dass Gregory Chaucer ihr die Story entzieht. Es dürfte ja allmählich bekannt sein, dass sie gerne Detektiv spielt. Vielleicht wollte der Mörder verhindern, dass sie ihm in die Quere kommt.«

»Oder es hat ihm einfach Spaß gemacht, sich an ihrer Angst zu weiden«, sagte Bert.

Sie schwiegen eine Weile.

»Ein bisschen viel Zufall«, überlegte Bert schließlich. »Wieso sollte der Täter mit seiner ausgeprägten Homophobie ausgerechnet aus dem Umfeld von Björn Berners Schwester kommen?«

»Falls die Drohungen *tatsächlich* vom Täter stammen«, sagte Rick. »Es ist höchst wahrscheinlich, aber nicht sicher.«

Bert nickte. Es gehörte zu ihrem Job, jede Schlussfolgerung immer wieder zu überprüfen, so lange, bis sie hieb- und stichfest war.

»Lass uns der Redaktion einen Besuch abstatten«, schlug Rick vor.

Bert hatte oft genug erlebt, dass sein Instinkt ihn auf die richtige Fährte geführt hatte. Dasselbe gestand er Rick zu. Er sah auf die Uhr. »Elf Uhr fünfzehn. In zehn Minuten?«

»Perfekt. Wir treffen uns unten.«

Als Rick das Zimmer verlassen hatte, betrachtete Bert noch einmal die Pinnwand, die Rick insgeheim als Überbleibsel aus der Zeit der Dinosaurier belächelte, auf die Bert jedoch ebenso wenig verzichten mochte wie auf sein Notizbuch. Er liebte Papier, fasste es gern an und schrieb gern darauf. Die Vorstellung, dass die Menschen irgendwann einmal ausschließlich auf technische Mittel zurückgreifen würden, bedrückte ihn.

Maschinen machten immer mehr Berufe überflüssig. Aber würde man je, fragte sich Bert, auf Menschen verzichten können, um einem Täter auf die Spur zu kommen?

*

Jeder Schritt kostete Maxim große Anstrengung, doch er wollte das nicht wahrhaben. Er hatte Björn hierher gebracht, um ihn zu beschützen. Und jetzt machte er schlapp?

Die Tropfen, die Björn ihm aus der Apotheke geholt hatte, waren angeblich ein Zaubermittel. Hoffentlich. Sonst gab Maxim sich höchstens noch eine Stunde, bevor er wie ein ausgelaugter alter Marathonläufer zusammenbrechen würde.

Im Wald war es angenehm kühl. Umso heftiger schien das Fieber in seinem Kopf zu wüten. Seine Augenlider wurden immer schwerer. In seinen Ohren begann es zu rauschen.

Der weiche Boden unter seinen Füßen fühlte sich gut an. Hoch oben sang ein einsamer Vogel. In der Ferne bellte ein Hund, ab und zu knackte es im Unterholz.

Maxim drehte sich nach jedem Geräusch um. Es kam ihm vor, als täte er das in Zeitlupe. Niemand würde Björn ein Haar krümmen. Niemand. Dafür würde er sorgen.

Wenn nur erst seine Beine wieder kräftiger wären. Im Augenblick konnte ihn jeder Zehnjährige mit einem einzigen Tritt zu Fall bringen.

Lass dich nicht hängen, beschwor Maxim sich selbst. *Lass dich nicht hängen. Lass dich bloß nicht hängen.*

Neben ihm redete Björn ohne Unterlass. Maxim wusste nicht, worüber. Er hatte längst abgeschaltet. Er brauchte seine gesamte Aufmerksamkeit, um die Umgebung im Blick zu behalten.

Dir wird nichts passieren, Liebster, das schwöre ich dir.

»Und wie Romy mit ihm klarkommen soll, ist mir ein Rätsel, selbst wenn es nur ein paar Tage sein sollten. Ingo und sie, das ist wie Feuer und Wasser, verstehst du? Wie guter Cop und böser Cop. Ballade und Techno. Das passt nicht zusammen. Und eigentlich …«

Fetzen dessen, was Björn erzählte, drangen zu Maxim durch – und lösten sich in Luft auf. Nichts war wichtig, nur eines:

Sie mussten am Leben bleiben.

»… denn das ist es, was ich nicht begreife. Ich meine, da bekommt sie diese Drohbriefe und ist nicht bereit, auf ihre gottverdammte Story zu verzichten. Begreifst du das? Also ich jedenfalls kapiere es nicht. Schau mal, wie viele Storys begegnen einem Journalisten im Lauf seines Lebens? Richtig gute, fette Storys. Drei, vier? Den meisten wahrscheinlich nicht mal eine. Romy hat ihre Story hinter sich. Sie wär fast dabei draufgegangen. Und jetzt kann sie auf die zweite nicht verzichten? Das ist doch krank. Sie weiß nicht, was sie sich damit …«

Normalerweise redete Björn nicht so viel. Vielleicht forderte Maxim diesen Wasserfall an Worten mit seinem eigenen Schweigen heraus. Oder die Sätze waren so etwas wie das berühmte Pfeifen, wenn einer sich von seiner Angst ablenken will.

Die Sonnenstrahlen fielen schräg von oben herab und standen wie zur Seite geneigte Leuchtsäulen zwischen den Baumstämmen.

Atemberaubend schön, dachte Maxim.

»… oder wie siehst du das?«

Maxim wandte den Kopf und begegnete Björns abwartendem Blick.

»Was ist los?«, fragte Björn erschrocken. »Du bist ja kreideweiß.«

Ein Hustenanfall packte Maxim und enthob ihn einer Antwort. Sofort hielt Björn ihm besorgt ein Hustenbonbon hin. »Sollen wir nicht doch lieber umkehren?«, fragte er.

Doch da schimmerte bereits eine Lichtung durch die Bäume und Maxim schüttelte den Kopf.

Mit allem hätte er gerechnet, doch nicht damit, vor einem Friedhof zu stehen.

Maxim erschauerte.

Björn ließ seine Hand los und verschränkte schützend die Arme vor der Brust. »Ist das … ein böses Omen?«

»Quatsch«, antwortete Maxim im Brustton der Überzeugung, obwohl er den Friedhof genau dafür hielt. »Ein Friedhof ist ein Friedhof.«

Ein Ort der Toten.

Und wenn man ihn hundertmal beschönigend *Fried*hof nannte.

»Komm«, sagte er leichthin. »Wenn wir schon da sind, können wir ihn uns ruhig kurz ansehen.«

»Nein.« Björn wehrte sich wie ein Kind, das bei einsetzender Dämmerung allein eine Unterführung durchqueren soll. »Ohne mich.«

Maxim war froh, dass Björn sich weigerte. Er hatte den Vorschlag ohnehin nur gemacht, um seinen und Björns Ängsten keinen Nährboden zu geben. »Gut«, sagte er. »So interessant sind Friedhöfe ja nun auch wieder nicht.«

Beim Rückweg ging jeder für sich allein, und keiner von ihnen hatte das Bedürfnis, sich zu unterhalten. Irgendwo in der Nähe keckerte ein Vogel, als wollte er sich über sie lustig machen.

Recht hast du, dachte Maxim. Unser Verhalten ist lächerlich.

Doch die Existenz des Friedhofs hatte ihn geschockt. Mehr, als er sich selbst eingestehen wollte.

Sie waren nicht sicher.

Der Mörder würde sie finden. Auch hier.

29

Schmuddelbuch, Donnerstag, 10. März, Mittag

Sitze im *Alibi* und denke über Ingos Vorschlag nach. Innerhalb kürzester Zeit haben mir zwei Menschen eine Zusammenarbeit angeboten, von denen ich das nie erwartet hätte. Zuerst Maxim, dann Ingo. Die Zusammenarbeit mit Maxim wird sich ziemlich einseitig gestalten, wenn man bedenkt, dass er sich mit meinem Bruder in einem Haus in Halver versteckt hält. Die mit Ingo wird auf eine Art Arbeitsteilung hinauslaufen – er zapft seine tausend Kontakte an, während ich mir die Lunge aus dem Leib laufen werde, um zu Ergebnissen zu gelangen.

In der Redaktion hat sofort das Getuschel angefangen. Keine Ahnung, wer das mit Ingo und mir ausposaunt hat, aber offensichtlich weiß es inzwischen jeder. Nur kann sich keiner einen Reim darauf machen …

Da saß sie, allein an einem Tisch, vor sich ihren aufgeklappten Laptop. Ingo wusste, dass sie eine Art Tagebuch führte, in das alles einfloss, was sie interessierte. Artikel, die ihre Aufmerksamkeit erregt hatten, Fotos, Gedichte, Notizen. Es gab dieses Tagebuch auch in Form von dicken Kladden, in die sie schrieb, wenn sie den Laptop gerade nicht zur Hand hatte oder es ungünstig war, ihn zu benutzen. Fand sich keine Gelegenheit für Notizen, verwendete sie ein Diktiergerät, genau wie er.

Sie würde ihren Weg machen, da war er sich ganz sicher. Sie hatte alles, was man dazu brauchte: Neugier, Hartnäckigkeit, eine gute Beobachtungsgabe und die Lust, Geschichten zu finden.

Und außerdem eine präzise, sinnliche Sprache.

Er hatte ihre Begabung von Anfang an erkannt.

Und sich nicht von ihr bedroht gefühlt.

Das hatte ihn zutiefst verwirrt. Er war sich des Konkurrenzdrucks unter den Kollegen und Kolleginnen sehr wohl bewusst und hatte immer darauf geachtet, nie zu viel von sich und seinen Informationen preiszugeben. Sein Status als Einzelkämpfer, der für eine gute Story seinen besten Freund kalt lächelnd ans Messer liefern würde, hatte ihm das Leben nicht gerade leicht gemacht.

Er hatte das immer hingenommen.

Doch dann war Romy auf der Bildfläche erschienen und plötzlich hatte er so etwas wie Sehnsucht kennengelernt. Sehnsucht nach einem Zustand des Vertrautseins. Nach Liebe. Vielleicht sogar Glück.

Als wüsstest du, wie man *Glück* buchstabiert, dachte er bitter.

Dabei durfte er sich eigentlich nicht beklagen. Es war nicht so, dass die Frauen ihn schlecht behandelt hätten. Es war immer umgekehrt gewesen: Er hatte keiner Frau auch nur die geringste Chance gegeben, ihm wirklich nahezukommen.

»Über meinen Vorschlag nachgedacht?«, fragte er, als er hinter Romy stand.

Sie tippte den Satz zu Ende und klappte den Laptop zu. Inzwischen saß Ingo ihr schon gegenüber und sie grinste ihn verschwörerisch an. »Wirfst du mich sonst aus deiner Wohnung?«

»Schlimmer. Ich setze dich bei strömendem Regen an der Autobahn aus.«

»Ingo! Du hast ja Humor!«

»Wieso Humor? Das meine ich ernst.«

»Also …« Romy lehnte sich auf ihrem Stuhl zurück und ließ den Blick über die Regale wandern, in denen ausschließlich Krimis untergebracht waren. Man durfte nach Herzenslust darin schmökern und sie zum Fertiglesen sogar mit nach Hause nehmen.

»Und weißt du was?«, hatte Glenn neulich zu Ingo gesagt. »Es werden von Tag zu Tag mehr Bücher, nicht etwa weniger.«

»Weil die Leute Vertrauen honorieren«, hatte Giulio erklärt. »Und weil sie unser Angebot schätzen.«

Sie hatten Ingo voller Begeisterung angestrahlt und er hatte ihnen jedes Wort geglaubt. Menschen wie Giulio und Glenn konnte man nicht bestehlen. Nicht, wenn man sah, mit welcher Freude sie das *Alibi* betrieben.

»Also«, griff Romy ihren Gedankengang wieder auf. »Fangen wir an. Björn hat mir eine Liste mit den Namen all seiner Bekannten gegeben. Die wollte ich mir als Nächstes vornehmen.«

»Um was herauszufinden?«

»Irgendwo muss der Täter ja stecken.«

»Meinst du nicht, die Polizei hat das Umfeld der Opfer bereits gecheckt?«

»Ich glaube, dass ich andere Fragen stelle und vielleicht einen leichteren Zugang finden kann. Weil die meisten Typen in meinem Alter sind und ich außerdem den Vorteil genieße, Björns Schwester zu sein.«

»Da ist was dran.«

»Jetzt du.«

»Ich kenne ein paar Leute bei der Polizei, mit denen ich ab und zu ein Bier trinke. Sie lassen sich dann schneller mal ein paar Informationen aus den Rippen leiern.«

»Und? Was hast du erfahren?«

»Das Problem ist, dass die Bullen selbst im Nebel stochern. Die ganze Geschichte gestaltet sich unheimlich zäh.«

»Ideale Bedingungen für eine Zusammenarbeit«, seufzte Romy.

Du und ich, dachte Ingo, wir sind unschlagbar.

Als die Kellnerin sein überbackenes Baguette brachte, war er froh, dass er sich damit beschäftigen konnte, es aufzuessen. Er befürchtete, dass Romy ihm vom Gesicht ablesen könnte, wie ihm zumute war: seltsam zärtlich und so, als sei er nach langem Umherirren endlich angekommen.

Er beugte sich tiefer über seinen Teller, weil er nicht wollte, dass Romy ihn beim Lächeln ertappte. Oder womöglich erkannte, dass da ein Fremder in seiner Haut stecken musste, der ihm diese sonderbaren Gedanken und Gefühle einflüsterte.

Glück.

Vielleicht konnte Romy ihm ja helfen, es buchstabieren zu lernen.

*

Björn war froh, als sie wieder im Haus waren. Er glaubte an Zeichen, und der Friedhof, so nah beim Garten, hatte ganz sicher eine Bedeutung.

Er wurde die Angst nicht los.

Wie hatten Leonard, Sammy, Tobias und Josch sich am Ende ihres Lebens gefühlt? Waren sie von Vorahnungen gequält worden? Oder hatte der Angriff des Mörders sie aus heiterem Himmel erwischt?

Björn bestand darauf, dass Maxim sich hinlegte. Nach langem Hin und Her war Maxim einverstanden. Er behielt seine Sachen an und kroch unter die Decke, die Björn auf dem Wohnzimmersofa ausgebreitet hatte.

Es dauerte keine fünf Minuten, und er war eingeschlafen.

Björn setzte sich in einen der Sessel und versuchte zu lesen. Dummerweise hatte er nur Krimis mitgenommen, die im Augenblick eindeutig nicht die geeignete Lektüre für ihn waren.

Nach ein paar Seiten stand er auf und verließ leise den Raum. Das Arbeitszimmer war voller Bücher. Warum sollte er sich nicht eines davon aussuchen, das seine angespannten Nerven nicht zusätzlich reizte? Außerdem musste er mal wieder nach Minette schauen.

Sie schien auf ihn gewartet zu haben und strich ihm schnurrend um die Beine. Er setzte sich zu ihr auf den Boden und streichelte sie. Minette drückte den Kopf gegen seine Hand, fast schon ein Liebesbeweis.

Björn war gerührt. Er würde die Katze behalten. Auf keinen Fall würde er ihr Vertrauen missbrauchen, indem er sie in andere Hände weiterreichte.

Wenn Maxim bloß besser mit ihr klarkäme.

Und sie mit ihm.

Es war Björn nie aufgefallen, dass Maxim Katzen nicht mochte. Allerdings waren sie auch selten mit welchen in Berührung gekommen. Wie hätte er es also merken sollen?

Und Minette? Sie fürchtete sich vor allem und jedem, geriet leicht in Panik und schlug rasch zu. Björn brauchte sich nur die Kratzer auf seinen eigenen Händen anzusehen.

Auch Maxim war schon mit Minette aneinandergeraten und trug die Andenken daran auf der Haut. Eines davon zierte seinen Nacken und reichte vom Ohr fast bis zum Schulterblatt.

»Irgendwann kriegt ihr das hin«, murmelte Björn und kraulte Minette unterm Kinn, was sie besonders gern mochte. »Lasst euch Zeit.«

Sie hörten das Geräusch beide gleichzeitig.

Björn zuckte zusammen. Im selben Moment fauchte Minette und schlug ihm die Krallen in die Hand. Dann war sie wie ein Schatten hinter einer der Bücherreihen verschwunden.

Jemand lief auf dem Dachboden umher.

Maxim? War er wieder aufgestanden?

Aber was hatte er auf dem Speicher zu suchen?

Die Kratzer auf Björns Handrücken waren tief und brannten wie Feuer. Björn schlich auf Zehenspitzen ins Bad, riss Klopapier ab und wickelte es sich um die blutende Hand.

Er lauschte. Spähte in den Flur.

Die Luke, die zum Dachboden führte, war verschlossen.

Ein Poltern, dann ein Geräusch, als schlage jemand mit einem nassen Aufnehmer auf den Boden.

Klatsch. Klatsch. Klatsch.

Hinter den Büchern knurrte Minette dunkel und drohend, eine unmissverständliche Warnung für jeden. Dennoch kehrte Björn leise ins Arbeitszimmer zurück. Alles war besser, als jetzt allein zu sein.

Das Klatschen hatte aufgehört, doch gerade, als er sich allmählich entspannte, rannte auf dem Dachboden jemand von einer Seite auf die andere.

Björn streifte die Schuhe ab, verließ das Arbeitszimmer, schloss mit angehaltenem Atem die Tür und huschte auf Socken zur Treppe, um hinunterzugehen und Maxim zu wecken.

Maxim lag immer noch auf dem Sofa. Er schlief unruhig und knirschte mit den Zähnen.

Björn berührte ihn sacht an der Schulter. »Maxim?«

»Lass mich.« Maxim wehrte Björns Hand träge ab. »Ich bin müde ...«

»Maxim! Wach auf! Da ist jemand.«

Im nächsten Moment saß Maxim kerzengerade. »Wo?«

»Auf dem Dachboden.«

Blitzschnell wickelte Maxim sich aus der Decke. »Ist die Luke auf?«

»Nein.«

Maxims Blick fiel auf Björns Füße. »Wieso hast du keine Schuhe an?«

»Pscht. Ich wollte nicht, dass er mich hört.«

Maxim hastete in die Küche und kam mit einem langen Messer zurück.

Björn starrte es an. »Du willst doch nicht ...«

»Von *wollen* kann keine Rede sein«, sagte Maxim und eilte zur Treppe.

Björn hielt sich dicht hinter ihm. Sein Herzschlag geriet vor lauter Aufregung aus dem Takt. Er bekam kaum Luft.

Maxim war keine Angst anzumerken. Seine Schritte waren fest und sicher, seine Bewegungen geschmeidig. Er erschien Björn wie ein schönes, gefährliches Raubtier.

In der einen Hand hielt er das Messer, die andere hatte er auf den Handlauf des Geländers gelegt. Der silberne Ring, den Griet entworfen hatte, schimmerte im Dämmerlicht des Flurs. Maxim trug ihn noch immer, und jedes Glänzen, jedes Glitzern stachelte Björns Eifersucht an.

Gebunden, dachte Björn. Der Platz an seiner Hand ist nicht mehr frei.

Er fragte sich, wie, um alles in der Welt, er in einem solchen Moment den Wunsch verspüren konnte, Maxim würde den Ring ablegen.

Alles war ruhig. Nur Minettes Knurren war hinter der Tür des Arbeitszimmers zu hören.

»Bereit?«, flüsterte Maxim.

Björn nickte, dann schüttelte er den Kopf.

»Was jetzt?«

»Okay.« Für einen vollständigen Satz bekam Björn nicht genügend Spucke zusammen. Doch sogar das eine Wort bereute er augenblicklich. Entsetzt beobachtete er, wie Maxim nach dem langen Holzstiel in der Ecke griff und den Eisenhaken an seinem Ende in die Öse der Dachluke einhängte.

Als die Holzleiter mit viel Getöse herunterfuhr, blieb Björn beinah das Herz stehen. Vor ihm setzte Maxim den Fuß auf die erste Stufe. Björn folgte ihm mit halb geschlossenen Augen.

Der Dachboden war so gut wie leer. Ein paar Stühle standen gestapelt neben einigen Kisten. Staub tanzte in den Sonnenstrahlen, die durch ein Fenster an der rechten Giebelseite fielen. Gelbe Isolierwatte quoll zwischen den Holzsparren hervor.

Björn stockte der Atem, als er meinte, auf der linken Giebelseite zwei liegende menschliche Körper zu erkennen, die sich bei näherem Hinsehen jedoch als zusammengerollte Teppiche entpuppten.

»Nichts.« Maxim drehte sich mit ausgestreckten Armen um sich selbst. Die Messerklinge blitzte in seiner Hand. »Hier ist nichts. Absolut gar nichts.« Er machte sich nicht mehr die Mühe, die Stimme zu dämpfen, fühlte sich vollkommen sicher.

»Aber es war jemand hier oben. Minette hat ihn auch gehört. Sie hat mich vor lauter Angst gekratzt.«

»Sie hat dich gekratzt, weil sie eine neurotische Katze ist.«

»Eine traumatisierte. Das ist ein Unterschied.«

»Zeig mal her.« Erst jetzt schien Maxim das blutverschmierte Toilettenpapier, das Björn sich um die Hand gewickelt hatte, zu bemerken.

»Nicht jetzt …«

Langsam und vorsichtig schritt Björn über das knarrende Holz des Speichers. Es *musste* eine Erklärung geben, und er schwor sich, sie zu finden. Schließlich entdeckte er in einer Ecke ein Häuflein grauweißer Taubenfedern. »Maxim!«

Stirnrunzelnd blickte Maxim auf die Federn hinab. Einen Meter weiter ging er in die Hocke. »Kotspuren.«

Der feste, dunkle Kot war für eine Maus oder Ratte eindeutig zu groß geraten.

»Wir hatten mal einen Marder in der Garage …« Maxim stockte und wandte sich ab. Er sprach so gut wie nie über seine Familie. Oder seine Kindheit. Passierte es ihm doch einmal, redete er schnell darüber hinweg. »Ja«, sagte er. »Ich glaube, wir haben einen Marder als Mitbewohner.«

Erleichtert stiegen sie die Leiter wieder hinunter.

Hinter der Tür des Arbeitszimmers hörte Björn Minette leise knurren.

Immer noch?

Oder schon wieder?

Du liebe, dumme Katze, dachte er und nahm sich vor, gleich noch einmal nach ihr zu sehen. Doch zuvor musste er seine Hand verbinden, damit sie sich nicht entzündete.

»Ich leg mich wieder hin«, sagte Maxim, dessen Augen trüb vom Fieber waren.

Björn deckte ihn zu, dann machte er sich auf die Suche nach Verbandszeug. Immer noch schnürte ihm eine Angst, die er sich nicht erklären konnte, die Kehle zu.

*

Maxim träumte.

Er fürchtete sich vor diesem Traum, doch es gelang ihm nicht, sich dagegen zu wehren.

Wach auf, sagte er sich. *Wach endlich auf und bring es hinter dich.*

Er hatte keine Ahnung, *was* er hinter sich bringen sollte.

Als er die Gestalt auf sich zukommen sah, versuchte er zu fliehen. So schnell er jedoch auch rannte, der Abstand zu der Gestalt verringerte sich immer mehr.

Keuchend blieb er stehen und schaute sich um.

Es war, als hätte jemand über alles einen Filter gelegt, um die Konturen zu verwischen. Hatte es hier nicht eben noch einen Weg gegeben, den er entlanggelaufen war? Er erinnerte sich an Steine. An Grasbüschel rechts und links.

Jetzt war da nichts mehr. Nichts.

Weil es ein Traum ist, erklärte Maxim sich selbst. Ein dummer, verworrener Traum. Du brauchst bloß die Augen aufzumachen, und er ist vorbei.

Aber das war unmöglich. Wie schwere Glasmurmeln lagen seine Augen in ihren Höhlen, fest umschlossen von den zuckenden Lidern.

Vorsichtig ging er weiter und die Gestalt folgte ihm.

Noch bevor er angekommen war, wusste Maxim, dass ihn der Weg, den er immer noch nicht erkennen konnte, auf einen Friedhof führte.

Wind raschelte im Efeu der alten Gräber. Es roch nach Winter. Ein Wolf heulte in der Ferne und eine ganze Meute von Wölfen stimmte in das Heulen ein.

Ein Traum, dachte Maxim. Nur ein scheußlicher, elender Traum. Es gibt hier keine Wolfsrudel mehr.

Warum gelang es ihm nicht, sich selbst zu überzeugen?

Allmählich wurden die Konturen der Dinge schärfer.

Das Grab, vor dem Maxim stand, war eingesunken und von dürrem Gestrüpp bedeckt. Ein verdurstender kleiner Rosenbusch mit winzigen farblosen Blüten behauptete sich trotzig in all den Spuren der Verwahrlosung gegen das Vergessen.

Maxim trat näher, die Schritte seines Verfolgers schon im Ohr.

Behutsam wischte er mit der Hand über den schiefen, bemoosten Grabstein und legte die verwitterte Inschrift frei.

Max . . Wi . . . r

Und während die dunkle Gestalt bereits ihren Schatten auf die Buchstaben warf, versuchte Maxim immer noch zu begreifen.

*

Ein Anruf morgens, einer mittags oder nachmittags und einer abends. Das hatte Romy mit Björn vereinbart. Zur Sicherheit auf beiden Seiten. Deshalb war sie nicht überrascht, als sie Björns Namen auf dem Display ihres Handys erkannte.

»Hi«, sagte sie trocken. »Ich lebe noch. Du offensichtlich auch.«

»Wenn das hier vorbei ist«, antwortete Björn, »schreiben wir ein Buch, du und ich. *Die Kunst des Überlebens.*«

»Au ja. Und als Untertitel: *Undercover in Halver.*«

Björn lachte, und Romy fragte sich, ob sie je einen anderen Menschen so lieben könnte wie ihn. Björn war ihr näher als ihr eigener Schatten. Er war so sehr Teil von ihr, dass eine Trennung für sie unvorstellbar war. Seine Abwesenheit ertrug sie nur, weil sie genau wusste, wo er steckte, und sie ihn jederzeit erreichen konnte.

»Aber so witzig ist es hier leider nicht«, sagte Björn. »Hinterm Garten ist ein Wald und schräg dahinter liegt ein Friedhof.«

Romy wusste, worauf er hinaus wollte. Schon als Kind war er tief unter die Bettdecke gekrochen, wenn jemand ihnen Gespenstergeschichten vorgelesen hatte.

»Tote, Romy!«

»Irgendwo müssen sie ja begraben werden.«

»Meine abgebrühte Journalistenschwester …«

»Du darfst dich nicht in unbegründete Ängste hineinsteigern, Björn.«

»Und nicht mehr an Zeichen glauben?«

»Björn ...«

»Kurz nachdem wir den Friedhof entdeckt hatten, hab ich Geräusche auf dem Dachboden gehört.«

Romys Kopfhaut zog sich zusammen.

»Es war schließlich nur ein Marder, aber auch das kann ein Zeichen sein.«

Romy hatte kein Recht dazu, Björns Vorahnungen als Spinnerei abzutun. Glaubte sie denn nicht selbst daran, dass der Ring von Ingos Großmutter sie schützte?

»Es ist ein altes Haus«, sagte sie. »Wahrscheinlich sind Dachboden und Keller von allem möglichen Viehzeug bevölkert.«

»Das Haus spricht, Romy. Es knirscht und knarrt überall. Viel Holz, weißt du, und das bewegt sich und verursacht die merkwürdigsten Laute.«

Romy unterbrach ihn nicht.

»Und weil die Räume noch voll eingerichtet sind, hast du das Gefühl, du drehst dich um und siehst auf einmal den alten Mann und die alte Frau, die hier gewohnt haben, auf dem Sofa sitzen. Oder du gehst ins Arbeitszimmer und erwartest für eine Sekunde, einen von beiden am Schreibtisch zu sehen. In der Küche, im Schlafzimmer, im Bad, es ist überall dasselbe ... Bist du noch da?«

»Ich höre dir zu.«

»Es ist, als wären sie immer noch hier. Wären sie tot, würde ich denken, ihr Geist hätte noch nicht ins Licht gefunden.«

Ins Licht gefunden.

Björn glaubte fest an ein Leben nach dem Tod. Er glaubte daran, dass die Seele eines Verstorbenen mehrere Bewusstseinsstufen durchleben muss, bevor sie in die Ewigkeit eingehen darf. Und dass in der ersten Phase die Bindung an das Leben auf der Erde noch so stark ist, dass die Grenze zwischen Lebenden und Toten dann und wann verwischt.

»Gregs Eltern leben, Björn.«

»Ich weiß. Ja. Ich weiß.«

»Wo ist Maxim?«, wechselte Romy behutsam das Thema.

»Er ist erkältet und hat Fieber. Diese Infektion ist ziemlich komisch. Sie scheint in Schüben zu verlaufen. Mal geht es ihm richtig gut, und er könnte Bäume ausreißen, dann wieder klappt er förmlich zusammen. Es würde mich nicht wundern, wenn er anfängt zu halluzinieren.«

»Maxim hat Wahnvorstellungen?«

»Er wird von eigenartigen Träumen geplagt, in denen er den Mörder auf sich zukommen sieht.«

»Dann kann er uns ja sagen, wer es ist«, sagte Romy in dem vergeblichen Versuch, Björn zum Lachen zu bringen.

»Er sieht ihn nur unscharf. Aber jedes Mal wird das Bild deutlicher. Vielleicht erkennt er ihn wirklich irgendwann.«

»Es ist immer derselbe Traum?«

»Er ändert sich von Mal zu Mal, nur der Mörder bleibt derselbe.«

»Unheimlich. Wie geht Maxim damit um?«

»Maxim? Spielt den starken Mann. Du kennst ihn doch. Er ist der große Beschützer, in dessen Nähe mir nichts passieren kann.«

»Ich bin froh, dass er bei dir ist.«

»Wenn diese ganze Tragödie *etwas* Gutes hat, dann eure Annäherung«, sagte Björn. »Aber lieber wär mir, ihr wärt euch weiterhin spinnefeind, und meine Freunde würden noch leben.« Er stockte. »Entschuldige, Romy, das mein ich nicht böse.«

»Weiß ich doch, Blödmann.«

»Und wie läuft es mit Ingo? Schon mit den Nerven runter?«

Romy schmunzelte. Björn hatte die Fähigkeit, Sachen auf den Punkt zu bringen.

»Hallo? Romy?«

»Ich …« Wie schwer es war, in Worte zu fassen, wie sie sich mit Ingo fühlte. »Er ist gar nicht … ich meine …«

Eine kleine Ewigkeit verging, bevor Björn das Schweigen brach.

»*Ingo?*«

»Ich … äh …«

»Ist er nicht ein bisschen zu alt für dich?«

Doch da lachte er schon, fröhlich, beinah ausgelassen. Und in diesem Lachen lag alles, was Romy an ihm so liebte. Und noch viel mehr.

Björn hatte etwas erkannt, bevor es ihr selbst bewusst geworden war. Und das machte sie glücklich und erschreckte sie gleichzeitig so, dass sie ungläubig nach Luft schnappen musste.

30

Schmuddelbuch, Donnerstag, 10. März,
vierzehn Uhr fünfzehn, Diktafon

Auf dem Weg nach Bonn. Einem Bonn ohne Björn. Seltsam.

Habe einen Termin mit Kerim Yilmaz ausgemacht, dem Typen, der neben seinem Studium in der Unibibliothek jobbt. Danach werde ich Ted Maurer treffen, obwohl seine Mails darauf schließen lassen, dass Björn mit seiner Einschätzung richtiglag und unser Gespräch mich nicht weiterbringen wird. Als Nächstes werde ich Kalle Wisius in der Mensa aufsuchen. Und zum Schluss beim Kiosk in Buschdorf vorbeischauen, um mich mit Will Becker zu unterhalten.

Da ist es vielleicht doch ganz günstig, dass Björn nicht in Bonn ist. Ihm würde meine Recherche ganz und gar nicht gefallen.

»Und du glaubst, das bringt uns weiter?«, hat Ingo mich gefragt.

Wie selbstverständlich er das Wort *uns* verwendet hat.

»Du darfst dich gern mit eigenen Erfolgen beteiligen«, habe ich geantwortet.

Noch vor einiger Zeit hätte mir das eine scharfe Erwiderung eingebracht, doch diesmal hat Ingo nur gegrinst.

Auf was lasse ich mich da ein?

Lasse ich mich auf etwas ein?

Wer bist du, Ingo?

Warum hast du dich bis jetzt immer so gut vor mir und allen andern versteckt?

Die Stimme tobte. Sie überschlug sich beinahe.
Und schoss Worte wie Pfeile.

Ein Mann liebt keinen Mann!

Das ist widernatürlich!

Du weißt es und TUST NICHTS!

Jeder Pfeil traf und bohrte sich ihm ins Fleisch. Hatte sie vergessen, was er alles getan hatte?

»Was willst du denn noch«, fragte er sie. »Wie weit willst du gehen?«

Ich bin dir keine Rechenschaft schuldig!

Fast klang die Stimme schon wie sein Vater. In Gedanken sah er die Faust des Vaters, die im Takt zu ihren Worten auf den Tisch hämmerte.

Du. Maßt. Dir. An. Mich. Zu. Kritisieren?

Du. Bist. Nichts.

Doch das stimmte nicht, dass er ein Nichts war. Er war er selbst. Ein Lebewesen mit Verstand. Und Gefühlen.

Verstand. Mach dich nicht lächerlich.

Über Gefühl verlor die Stimme gar nicht erst ein Wort.

»Ich habe vier von ihnen getötet«, verteidigte er sich. »Ich kann weitere töten. Aber nicht jetzt. Ich bin … so erschöpft.«

Erschöpft!

Die Stimme hatte sich mit Verachtung vollgesogen.

Ich bin es doch, die plant und denkt und dich führt. Und du redest von Erschöpfung?

Er antwortete ihr nicht. Zog sich in sich selbst zurück. Obwohl es da allmählich eng wurde, denn die Stimme breitete sich wie selbstverständlich überall aus.

Du bist mein Werkzeug, und ich handhabe dich nach Bedarf.

Er reagierte nicht. Sah einfach aus dem Fenster.

Du weißt, dass ich deine Gedanken lesen kann.

Ja. Und?, dachte er. Mir doch egal.

Obwohl es alles andere war als das.

Du gehorchst mir! Auf der Stelle!

Er spürte, wie er zu zittern begann. Gleich würde sie ihm wieder Schmerzen schicken.

Nein, dachte er und ließ den Gedanken groß und rund werden in seinem Kopf. Nein. Nein!

Der Schmerz war ungeheuerlich. Er schien ihm den Schädel auseinanderzupressen. Selbst die Zähne taten ihm weh, und der Druck auf den Augen wurde unerträglich.

Nein!

Das werden wir ja sehen, sagte die Stimme und blies einen Feuerstrom durch seine Adern.

Er fiel zu Boden, zog die Knie an und umschlang sie mit den Armen.

Mühsam setzte er das einzige Wort zusammen, das ihn noch von ihr trennte.

N – e – i – n.

Dann merkte er, wie ihm schwarz wurde vor Augen.

Während er in die Dunkelheit sank, wurde ihm bewusst, dass er der Stimme zum ersten Mal wirklich widerstanden hatte.

*

Der Besuch beim *KölnJournal* zog sich in die Länge. Gregory Chaucer, Verleger und Chefredakteur des Blatts, hatte Bert und Rick den Konferenzraum zur Verfügung gestellt, damit sie sich in Ruhe mit den einzelnen Mitarbeitern unterhalten konnten.

»Es wäre besser gewesen, Sie hätten sich angemeldet«, hatte er ohne die Spur eines Vorwurfs gesagt. »Nun sind einige der Kollegen leider unterwegs.«

»Aber sie kommen in absehbarer Zeit zurück?«, hatte Rick sich erkundigt.

»Sicher«, hatte Gregory Chaucer geantwortet. »Allerdings kann ich Ihnen nicht genau sagen, wann. Spätestens um siebzehn Uhr. Da haben wir Redaktionskonferenz.«

Ein junger Mitarbeiter hatte sie mit Kaffee und Wasser versorgt und eine Packung Gebäck auf den Tisch gestellt. Er hatte ihnen eine komplette Liste der Kollegen ausgehändigt, und Bert

hatte ihn gebeten, als Erstes die Redaktionssekretärin hereinzu-
schicken.

Spontane Besuche waren oft effektiver als angekündigte. Das
stellte Bert auch jetzt wieder fest. Keiner hatte mit Fragen gerechnet. Keiner hatte daher Zeit gehabt, sich Antworten zurecht-
zulegen. Man konnte in den Mienen lesen wie in einem Buch.

Besonders beliebt schien Romy Berner hier nicht zu sein.

Dennoch. Niemand wollte ihr etwas Böses. Niemand neidete
ihr die offensichtliche Sonderstellung, die Gregory Chaucer ihr
eingeräumt hatte.

Aber stimmte das so?

»Nach einer Story wie der über den sogenannten *Schwulenmörder* leckt sich doch bestimmt jeder Journalist die Finger«,
sagte Rick. »Hätte man sie nicht einem Kollegen mit Erfahrung
anvertrauen müssen?«

Die meisten der Befragungen hatten sie hinter sich. Jetzt saß
der Verleger und Chefredakteur selbst ihnen gegenüber.

»Romy Berner ist eine äußerst begabte junge Frau«, entgegnete er. »Wenn man ein solches Talent in seinem Team hat, dann
sollte man es nach Kräften fördern. Sie nimmt es locker mit den
meisten ihrer Kollegen und Kolleginnen auf. Das, was ihr an Erfahrung und Wissen fehlt, gleiche ich aus, indem ich ihre Arbeit
eng begleite.«

»Und das führt nicht zu bösem Blut?«, fragte Bert.

»Das hat sogar schon offenen Protest ausgelöst«, gab Gregory
Chaucer zu. »Allerdings können mittlerweile selbst die Argwöh-
nischsten unter Romys Kritikern nicht länger bestreiten, dass es
funktioniert. Sie leistet hervorragende Arbeit und fügt sich gut
in unser Team ein.«

»Wo ist sie gerade?«, fragte Rick.

»Unterwegs«, antwortete Gregory Chaucer. »Recherchieren
vermutlich.«

»Vermutlich? Das heißt, Sie wissen es nicht?«

»Nein.«

»Sie muss sich nicht abmelden, wenn sie die Redaktion verlässt?«, wunderte sich Bert.

»Wir sind hier beim *KölnJournal,* meine Herren, nicht im Gefängnis.«

»Das ist uns nicht entgangen«, konterte Rick scharf.

»Romy Berner ist ein Mensch, den man nicht anbinden darf. Ihre Kreativität verträgt es nicht, wenn man sie beschneidet. Das ist ein gar nicht mal so seltenes Phänomen. Journalisten arbeiten unter schwierigsten Bedingungen. Sie haben mit Zeitdruck zu kämpfen und mit einer ständigen Unruhe in der Redaktion. Manchmal zieht man sich dann eben zurück und arbeitet woanders.«

»Woanders?«, fragte Rick.

»Ja. In einem Café vielleicht …«

»Wo es ja auch nicht gerade still ist«, warf Bert ein.

»Es ist eine andere Art von Geräuschkulisse. Für manche ist sie durchaus inspirierend.«

»Wo noch?«, fragte Rick.

»In …«, Gregory Chaucer hob die Hände, »… einem Park vielleicht, in diesem Konferenzraum hier oder an einem See – da müssen sie die Einzelnen fragen.«

»Wow!«, sagte Rick, nicht ganz ohne Neid. »Ist das im Zeitungsgeschäft so üblich?«

Gregory Chaucer schüttelte lächelnd den Kopf. »Wie Sie wissen, erscheint das *KölnJournal* zweiwöchentlich. Das erlaubt uns Freiheiten, die bei einer Tageszeitung undenkbar wären.«

Bert sah Rick förmlich an, wie er das, was Gregory Chaucer ihnen da erzählte, auf die Polizeiarbeit zu übertragen versuchte. Es schien ihm nicht zu gelingen.

»Gestatten Sie mir eine Frage?« Gregory Chaucer wartete, bis Bert ihm mit einem Nicken zu verstehen gab, dass sie ihm zuhörten. »Haben ihre bisherigen Gespräche mit meinen Mitarbeitern den Verdacht erhärtet, einer von ihnen könne mit dem Drohbrief an Romy und dem nächtlichen Eindringen in ihre Wohnung zu tun haben?«

»Die Frage dürfen wir Ihnen nicht beantworten, um den Gang der Ermittlungen nicht zu gefährden«, sagte Bert.

»Sie halten denjenigen, der Romy und ihren Bruder bedroht hat, für den Mörder«, stellte Gregory Chaucer ruhig fest und versuchte in Berts und Ricks Gesichtern zu lesen.

»Bitte, Herr Chaucer …«

Rick hatte sein Pokerface aufgesetzt. Auch Bert erwiderte den Blick des Chefredakteurs, ohne eine Regung zu zeigen.

»Verstehe«, sagte Gregory Chaucer. »Aber ich hätte noch eine Frage: Wie gefährlich ist es für Romy, allein unterwegs zu sein?«

»Sie wird sich nicht einsperren lassen«, vermutete Rick.

»Genau das bereitet mir Sorgen.« Gregory Chaucer schüttelte nachdenklich den Kopf. »Ich hatte sie zu Schreibtischarbeit verdonnert, aber es war unmöglich, das durchzusetzen. Sie ist ein verdammter Dickschädel. Aber zumindest war sie einverstanden, für eine gewisse Zeit aus ihrer Wohnung auszuziehen.«

»Sie hat Ihnen davon erzählt?«

»Selbstverständlich.«

Keine Sekunde lang hatte Bert diesen Mann verdächtigt, hinter den Drohbriefen zu stecken, und erst recht nicht, der Täter zu sein. Anscheinend vertraute Romy Berner ihrem Chef zu recht. Immerhin hatte er Björn Berner und Maxim Winter das Haus seiner Eltern als Unterschlupf überlassen.

Es ergab auch keinen Sinn, ihm zu unterstellen, er habe Romy Berner zuerst den Auftrag gegeben, die Morde zu recherchieren, und dann versucht, sie mit der Androhung von Gewalt daran zu hindern.

Die Redaktionssekretärin öffnete die Tür einen Spaltbreit. »Der Nächste wäre jetzt da«, sagte sie.

»Sind wir dann fertig?«, fragte Gregory Chaucer.

Bert nickte und Romys Chef erhob sich mit einem leisen Seufzen und verließ den Raum. Hier, dachte Bert, war Romy Berner tagsüber gut aufgehoben. Gregory Chaucer würde ein Auge auf sie haben.

Falls sie sich in der Redaktion aufhielt und nicht Ermittlerin spielte. Vielleicht sollten sie ihr doch noch einmal ins Gewissen reden.

Der angekündigte Redakteur trat ein, befangen und ein wenig nervös, ebenso wie die Kollegen und Kolleginnen, die vor ihm an der Reihe gewesen waren. Rick stellte die erste Frage, und Bert schob seine Überlegungen beiseite und versuchte, sich auf das Gespräch zu konzentrieren.

*

Maxim wurde den Traum nicht los. Vor lauter Angst, ihn weiterzuträumen, stand er schließlich auf und flüchtete in die Küche, wo Björn damit beschäftigt war, irgendetwas Undefinierbares zu kochen. Es roch nach vielem, doch kein einzelner Duft war klar herauszufiltern.

»Was wird das?«, fragte Maxim und schaute Björn über die Schulter.

»Ich zaubere uns was Feines.« Björn musterte ihn besorgt. »Wieso liegst du nicht auf dem Sofa? Du siehst aus wie Buttermilch mit Spucke.«

»Kann nicht schlafen«, wich Maxim aus. Das Wort *zaubern* in Zusammenhang mit Björns Kochkünsten machte ihn misstrauisch. Außerdem hatte er überhaupt keinen Hunger. Er fühlte sich kraftlos und matt.

»Das hier«, versprach Björn, »wird dich wieder auf die Beine bringen. Gemüse und Reis mit Tofu und …«

»Tofu?«

»Soll sehr gesund sein.«

»Hast du das schon mal gekocht?«

»Nein. Warum?«

»Nur so«, sagte Maxim und ergab sich in sein Schicksal. »Brauchst du Hilfe?«

Als Björn den Kopf schüttelte, zog Maxim sich erleichtert einen Stuhl heran und sackte ächzend darauf nieder. Björn beim Kochen zuzugucken, beruhigte ihn. Ein wenig fühlte er sich wie früher, wenn seine Mutter das Essen zubereitet hatte.

Er war dann gern bei ihr in der Küche gewesen, und sie hatte ihm ein nicht zu scharfes Messer gegeben, mit dem er Gemüse geschnippelt und später seine ersten Kartoffeln geschält hatte. Nie waren sie einander so nah gewesen wie damals.

Sein Vater sah es nicht gern, dass sein Ältester ständig in der Küche hockte und *Weibergespräche* führte. Der jüngere Sohn verbrachte die meiste Zeit auf dem Fußballplatz, die Tochter im Reitstall.

Wie es sich gehörte.

Bei so einem Vater, dachte Maxim oft, brauchte man keine Feinde.

Björn hatte eben einen Beutel Reis ins kochende Wasser geworfen, als etwas Großes, Dunkles gegen das Küchenfenster prallte.

»Was, zum Teufel …« Maxim stand auf und musste sich an der Tischkante festhalten, weil ihm plötzlich schwindlig war.

»Bleib hier«, sagte Björn. »Ich mach das schon.«

Doch Maxim gab sich einen Ruck, folgte Björn ins Wohnzimmer und durch die schmale Terrassentür in den Garten hinaus. Vorsichtig lugte Björn um die Ecke, dann trat er auf den Rasen und deutete auf eine Krähe, die reglos im Gras lag.

Sie war auf den Rücken gefallen und hatte sich den rechten Flügel gebrochen. Er hing, halbherzig ausgestreckt, an ihrer Seite hinab.

Als Maxim sich nach dem Vogel bückte, konnte er sein Spiegelbild in ihren schwarzen Augen erkennen. Jetzt bemerkte er, dass sie sich auch das Genick gebrochen hatte. Ihr Kopf war seltsam verdreht zur Seite geneigt.

Sacht hob Maxim den toten Körper auf und bettete ihn auf ein Moospolster unter der Ligusterhecke.

Schweigend gingen sie zur Terrassentür zurück, und Maxim fing mit einem Mal an zu frieren, dass es ihn schüttelte. Björn legte stumm den Arm um ihn, doch Maxim konnte nicht aufhören zu zittern. Er fragte sich, ob sie beide wohl gerade denselben Gedanken hatten.

Dass ihnen nämlich, seit sie hier angekommen waren, der Tod auf Schritt und Tritt folgte.

*

Björn wollte Maxim seine Sorge nicht zeigen. Natürlich war der Vogel von ganz allein gegen die Scheibe geflogen. Natürlich hatte da niemand nachgeholfen.

Aber hatte er gleich daran sterben müssen?

Normalerweise ging so etwas doch glimpflich aus. Die Tiere blieben eine Weile benommen auf dem Boden oder der Fensterbank hocken, rappelten sich wieder auf und erhoben sich in die Luft, als wär nichts gewesen.

Aber diese Krähe …

Der hängende Flügel, der wie eine fedrige Hand auf etwas zu zeigen schien. Der haltlos baumelnde Kopf, als Maxim den Körper hochgehoben hatte. Der blauschwarze Glanz des Gefieders.

Fliegt eine Krähe dreimal übers Haus, trägt man bald einen Toten heraus.

Doch der Vogel war nicht übers Haus geflogen.

Er hatte sich vorher das Genick gebrochen.

Björn wagte nicht, sich zu fragen, was das bedeuten mochte.

*

Kerim Yilmaz, mit dem Romy sich in der Unibibliothek verabredet hatte, war der Typ Mann, von dem Schwiegermütter träumen. Gut aussehend, freundlich und selbstbewusst, ohne *zu* gut auszusehen, *zu* freundlich zu sein oder *zu* selbstbewusst. Der Typ Mann, den man sich zum Freund wünscht, dem man bedenkenlos Geld leihen und dem man sein letztes Hemd schenken würde.

Er war einer von vier Söhnen eines türkischen Lagerarbeiters, der immer davon geträumt hatte, seinen Jungen einen guten Start in ein erfülltes Berufsleben zu ermöglichen. Voller Stolz erzählte Kerim von seiner Familie und von seiner Freundin, mit der er seit über einem Jahr zusammen war.

»Meine Eltern haben sie ohne Probleme akzeptiert«, sagte er, »obwohl sie Deutsche ist.«

Ihr Gespräch wurde immer wieder von Studenten unterbrochen, die nach einem bestimmten Buch oder einem Aufsatz fragten, und er half ihnen weiter, ohne die Geduld zu verlieren oder nervös zu werden.

Natürlich konnte all das auch Maske sein. Man sah einem Menschen nicht an, dass er getötet hatte, erst recht keinem Serientäter, der seine Morde kaltblütig plante.

»Was genau wolltest du jetzt eigentlich von mir wissen?«, fragte Kerim, als Romy sich von ihm verabschiedete.

Ob du der Mörder bist, der meinen Bruder bedroht, dachte Romy. Wahrscheinlich kann ich diesen Nachmittag komplett abhaken. Aber ich habe nichts anderes in der Hand als diese Liste, von der ich nicht mal weiß, ob es überhaupt sinnvoll war, sie zusammenzustellen.

»Nichts Konkretes«, wich sie aus. »Es gehört zu meinen Recherchen, dass ich mich mit Leuten aus dem Umfeld der Opfer unterhalte. Das hier ist nur ein Termin von vielen.«

Kerim fragte nicht weiter nach und kehrte an seine Arbeit zurück.

Während Romy durch den Hofgarten zum Hauptgebäude ging, um sich in der Cafeteria mit Ted Maurer zu treffen, sprach sie in ihr Diktiergerät, das sie auch während des Gesprächs mit Kerim hatte laufen lassen:

»Dass er so gar keine Ecken und Kanten zu haben scheint, muss nicht zwangsläufig bedeuten, dass er etwas zu verbergen hat. Obwohl die Nachbarn spektakulärer Serienmörder oft aussagen, der Täter sei ein unauffälliger, netter, zuverlässiger Mensch gewesen.«

Freundlich. Hilfsbereit. Sympathisch.

Das waren die Begriffe, die immer wieder vorkamen, wenn Menschen über einen Freund, Nachbarn oder Arbeitskollegen aussagten, der praktisch über Nacht als Serienmörder, Vergewaltiger oder Amokläufer entlarvt worden war.

Ein treuer Ehemann, hingebungsvoller Vater, guter Sohn und Bruder.

Die schlimmsten Gräueltaten konnten unter dem Deckmantel der Wohlanständigkeit begangen werden.

Unauffällig.

Romy knabberte an diesem Wort.

Sie fühlte, dass sie damit den Schlüssel zu den Morden in der Hand hielt.

Unauffällig …

Es war wieder ein bisschen wärmer geworden und Romy zog die Mütze ab und stopfte sie in ihre Tasche. Sie rubbelte sich mit den Fingern durchs Haar, schaute auf die Uhr und beschleunigte ihre Schritte.

Den Termin mit Ted Maurer hatte sie über E-Mails vereinbart. Wie Björn studierte er Informatik und er schien Björn tatsächlich nur oberflächlich zu kennen.

»Wir sehen uns manchmal in Vorlesungen, das war es aber auch schon«, sagte er, als er mit Romy an einem Fensterplatz in der Cafeteria saß. »Ich weiß deshalb absolut nicht, was du von mir zu erfahren hoffst.«

Auch er hatte nichts dagegen einzuwenden, dass Romy ihr Gespräch aufnahm, was, wie Romy fand, dafür sprach, dass er ein reines Gewissen hatte.

Ein reines Gewissen ist ein sanftes Ruhekissen, hatte Schwester Irmhilda immer gesagt, bevor sie eine ihrer sadistischen Strafaktionen gestartet hatte.

Reines Gewissen, dachte Romy. *Schuld. Sühne.*

Immer noch machte sie sich das Leben damit schwer, dass sie in solchen Kategorien dachte. Es würde lange dauern, sich vollständig von dem hartnäckigen Einfluss der Klosterschule zu befreien. Falls das überhaupt jemals möglich war.

Auch für Björn waren die Jahre im Internat eine schier endlose Leidenszeit gewesen. Sie beide hatten nur durchgehalten, weil die Eltern sie glücklicherweise in eine gemischte Schule gesteckt hatten, wo sie sich aneinander hatten festhalten können.

»Ich sammle einfach Eindrücke«, erklärte Romy. »Um meine Artikel zu schreiben, muss ich mehr wissen, als ich bei den Pressekonferenzen der Polizei erfahre.«

Ted nickte. Er knibbelte unentwegt an der Haut seines Daumennagels. Die Stelle sah schon ganz entzündet aus. Seine Nägel waren abgekaut, die Hände ungepflegt.

»Die Geschichte hält die ganze Uni in Atem«, sagte er. »In so einer Zeit möchtest du echt nicht schwul sein.«

Seine Bemerkung stieß Romy ab. Es gefiel ihr nicht, wie er sich von den Schwulen distanzierte.

Seht her – ich bin keiner von denen …

Er hatte Angst, und wahrscheinlich erging es vielen Typen so. Möglicherweise glaubten sie, sich am besten in Sicherheit bringen zu können, wenn sie so heterosexuell auftraten wie möglich.

Mein lieber, tapferer Bruder, dachte sie. Du hast dich nie verbogen.

Auf einmal hatte sie keine Lust mehr auf diese Unterhaltung. Sie schaltete das Diktafon aus und packte ihre Sachen zusammen.

»Das war's schon?«, nörgelte Ted. »Und deswegen bin ich hergekommen?«

Romy verließ die Cafeteria fast im Laufschritt. Sie musste an die frische Luft.

*

Noch nie hatte Maxim so gefroren. Noch nie war er so erschöpft gewesen. Er hatte ein paar Bissen von Björns Gemüsereis gegessen, doch dann hatte er kaum noch die Gabel zum Mund führen können, weil ihn ein heftiger Schüttelfrost gepackt hatte.

Björn hatte sämtliche Schränke und Schubladen nach einer Wärmflasche abgesucht und schließlich eine gefunden. Er hatte sie mit kochend heißem Wasser gefüllt, sie in ein schützendes Trockentuch gewickelt und Maxim gereicht.

»Willst du nicht noch ein bisschen schlafen?«

Maxim hatte sich geweigert, halsstarrig, als hinge ihrer beider Leben davon ab, dass keiner von ihnen sich allein in einem Zimmer aufhielt.

»Was soll schon passieren?«, hatte Björn gefragt. »Die Haustür ist abgeschlossen, die Kellertür auch, und sämtliche Fenster sind zu. Wenn der Typ kein Magier ist, kommt er hier nicht rein.«

»Er ist mehr als das, Björn. Er ist ein Mörder.«

Jetzt schaute Maxim Björn beim Essen zu und versuchte krampfhaft, die Augen offen zu halten. Es war mühsam, gegen die tiefe Müdigkeit anzukämpfen, die ihm die Glieder schwer machte. Ab und zu nickte er ein und hob ruckartig den Kopf, um dem Schlaf bloß nicht nachzugeben.

Die Minuten schleppten sich dahin.

Wenn Björn wenigstens reden würde. Doch er war mit seinen Gedanken vermutlich noch bei der toten Krähe, die sie bald entsorgen sollten, bevor sie anfing zu stinken. Björn würde garantiert eine kleine Beerdigung veranstalten.

Maxim griff nach seinem Glas und hob es an die Lippen. Beim Trinken verschüttete er Wasser. Es lief ihm am Kinn hinunter und tropfte auf seine Oberschenkel. Die Kälte ging ihm durch und durch.

Er griff nach seinem Handy und wählte zum tausendsten Mal Griets Nummer, obwohl er längst nicht mehr damit rechnete, dass sie sich melden würde.

Björn hob den Kopf und sah ihn an.

Nein, widersprach Maxim im Stillen. Griet steckt nicht hinter den Morden. Sie ist verletzt, sie ist unglücklich, und bestimmt hasst sie mich für das, was ich ihr angetan habe, aber sie wäre niemals fähig, einen so brutalen, grausamen Racheplan zu schmieden.

Und Unschuldige dafür zu opfern.

Björn beugte sich wieder über seinen Teller und Maxim hätte ihn am liebsten geschüttelt.

Warum nur glaubte er ihm nicht?

»Wir kennen den Mörder«, sagte er leise und mehr zu sich selbst als zu Björn.

Björn ließ die Gabel sinken und starrte ihn an.

»Wir kennen ihn«, wiederholte Maxim. »Es kann gar nicht anders sein.«

31

Schmuddelbuch, Donnerstag, 10. März, sechzehn Uhr, Diktafon

Gehe zu Fuß zur Mensa. Die Bewegung tut mir gut. Sobald ich mit Kalle Wisius fertig bin, werde ich meinen Wagen aus der Tiefgarage holen und nach Buschdorf fahren.

Ingo hat angerufen, um mir zu sagen, ich solle vorsichtig sein.

Helen hat angerufen und mir auf die Mailbox gesprochen, dass sie mich vermisst.

Greg hat angerufen und auf mich eingeredet, bloß keine gefährlichen Sachen zu unternehmen.

Alle kümmern sich so lieb um mich. Nur einer nicht. Cal.

Es ist vorbei, Romy, endgültig. Kapier das endlich.

Die doofen Tränen verstärken das Unbehagen, das ich schon die ganze Zeit empfinde. Ich schaue immer wieder über die Schulter, behalte jeden im Blick, der in mein Gesichtsfeld gerät.

»Sobald du merkst, dass es gefährlich wird, kommst du zu uns«, hat Björn mich am Telefon gedrängt. »Versprich mir das.«

Ich habe es ihm geschworen. Dreimal hochheilig.

Seit wann gerate ich so leicht außer Atem?

Dass meine Stimme die Wörter verwackelt, liegt nur daran, dass ich so schnell gehe.

Glaube ich …

Endlich war Maxim eingeschlafen. Er lag wieder auf dem Sofa im Wohnzimmer und wand sich in Fieberträumen. Björn saß im Sessel und betrachtete ihn, während sich draußen der Himmel bezog und die blasse Nachmittagssonne verdeckte.

Björn hatte sämtliche Gardinen zur Seite gezogen, damit ein bisschen Licht ins Haus gelangen konnte. Dunkle Räume bedrückten ihn, und dieses Haus mit seinen überwiegend alten Möbeln sog die Helligkeit förmlich auf.

Schweiß glänzte auf Maxims Stirn. Seine Wangen glühten. Björn hatte ihn überreden können, noch einmal seine Temperatur zu messen. Das Ergebnis hatte ihn erschreckt. 39,3. Ab wann musste man gegen Fieber etwas unternehmen?

»Maxim?«, sagte er leise.

Als Maxim nicht wach wurde, beschloss Björn, noch einmal aufzubrechen, um weitere Medikamente zu besorgen. Er legte Maxim einen Zettel auf den Tisch, *Fahre eben zur Apotheke, bin gleich zurück,* zog seine Jacke an und verließ das Haus.

Feiner Nieselregen empfing ihn und absolute Lautlosigkeit. Als wäre keines dieser Häuser, die sich an der Straße entlangzogen, bewohnt. Die Vorgärten erschienen Björn mit einem Mal wie zu groß geratene Gräber, und für einen Moment hatte er Bedenken, Maxim allein zurückzulassen.

Er gab Gas, dass die Reifen quietschten, dann zwang er sich zur Langsamkeit. Sie hatte den Vorteil, dass er alles im Blick behalten konnte, auch wenn das Einzige, was sich bewegte, eine Katze war, die vor ihm über die Straße huschte und mit einem langen Satz in einem der Vorgärten verschwand.

In der Innenstadt fand er auf Anhieb einen Parkplatz. Die Menschen trugen Schirme und gingen vornübergeneigt, als hätte ihnen jemand das Gewicht der Welt auf die Schultern gelegt. Die Geschäftsleute hatten die Markisen ihrer Läden ausgefahren, um die draußen ausgestellte Ware vor Nässe zu schützen.

Der Apotheker beruhigte Björn. Maxims Temperatur sei nicht problematisch. Erst bei Werten über 40 Grad müsse man aufmerksam werden, und selbst dann gebe es noch keinen Grund, in Panik zu geraten. Er empfahl Björn ein Mittel gegen grippale Infekte, das gleichzeitig die Eigenschaft besaß, Fieber zu senken, einen Erkältungsbalsam zum Einreiben und ein Fläschchen Kamillosan-Konzentrat zum Inhalieren und Gurgeln.

In einem Supermarkt kaufte Björn Apfelsinen, Pampelmusen, Kiwis und Zitronen, damit Maxim mit ausreichend Vitamin C versorgt war, eine Packung Erkältungstee und einen Badezusatz, der sich *Erkältungsbad* nannte. Dann fuhr er zum Haus zurück.

Maxim schlief noch. Anscheinend war er gar nicht aufgewacht. Der Zettel lag noch genau da, wo Björn ihn hingelegt hatte.

Vorsichtshalber machte er einen Kontrollgang durch die einzelnen Räume. Die Fenster waren geschlossen. Nichts hatte sich verändert. Niemand war hier eingedrungen.

Er betrat das Arbeitszimmer, um nach der Katze zu sehen, doch sie hatte sich verkrochen und ließ sich auch mit Bitten und Betteln nicht hervorlocken.

Björn trat ans Fenster und atmete tief ein und aus. Sie waren noch keine vierundzwanzig Stunden hier und er fühlte sich schon wie in einem Gefängnis.

*

Kalle Wisius stand auf dem Bürgersteig und rauchte eine Zigarette. Romy erkannte ihn daran, dass er eine Schürze trug und suchend umherblickte. Sie sprach ihn an und stellte sich vor, und da er keine Anstalten machte, mit ihr hineinzugehen, unterhielt sie sich draußen mit ihm.

Rasch war klar, dass er ihr nichts mitzuteilen hatte. Er kannte Björn lediglich in seiner Funktion als Mitarbeiter der Mensa, genau, wie Björn gesagt hatte. Aber bisher hatte noch jede Recherche etwas gebracht, auch wenn sie, oberflächlich betrachtet, keine Offenbarung gewesen war. Romy schaltete deshalb pflichtschuldig ihr Diktiergerät ein, obwohl sie keine Neuigkeiten erwartete.

»Natürlich habe ich mir über den Schwulenmörder so meine Gedanken gemacht«, schwadronierte Kalle Wisius drauflos. »Ich halte ihn für einen religiösen Spinner, der die Welt von Sünden reinwaschen will, verstehst du? Ein zweiter Jesus. Nur ohne dessen Visionen und definitiv ohne seine Menschenliebe.«

»Was macht dich da so sicher?«

»Mein Bauchgefühl.« Kalle Wisius klopfte sich auf die Stelle, an der sich bei den meisten Menschen der Bauch befindet. Bei ihm war da nichts, denn er bestand nur aus Haut und Knochen. »Darauf konnte ich mich noch immer verlassen.«

»Beobachtet hast du nichts?«

»Wenn ich was beobachtet hätte, dann säß dieser Irre längst hinter Schloss und Riegel. Aber ich verkehre nicht in den Kreisen, in denen er mordet, sonst hätte ich vielleicht wirklich was gesehen oder gehört.«

Romy empfand den plötzlichen Missklang in seinen Worten als äußerst unangenehm. »Wie gut kennst du meinen Bruder?«, fragte sie kühl.

»Netter Typ. Wir quatschen manchmal ein bisschen zwischen Tür und Angel, aber das war's auch schon.« Der Blick seiner kleinen, runden Augen huschte flink umher. Wahrscheinlich war er hier so was wie eine lebende Zeitung. »Was hat er eigentlich mit der ganzen Geschichte zu tun?«

Romy überlegte, ob sie ihm ehrlich antworten sollte, und entschied sich dafür. »Alle Mordopfer«, sagte sie, »waren Freunde von ihm.«

»Dabei wirkt er gar nicht schwul, so auf den ersten Blick.« Kalle Wisius nahm einen letzten Zug und schnippte den Zigarettenstummel in den Rinnstein.

Romy schaltete das Diktiergerät aus und verstaute es in ihrer Tasche. »Du wirkst auf den ersten Blick auch gar nicht dumm«, sagte sie und ließ ihn stehen.

Wütend marschierte sie in Richtung Parkhaus. Daran, dass Kalle Wisius der Mörder sein könnte, dachte sie keine Sekunde lang.

Solche Typen redeten nur.

Ihre Empörung war noch nicht verraucht, als sie in Buschdorf aus dem Wagen stieg und den Kiosk von Will Becker betrat. Drinnen umringten fünf Männer einen runden Stehtisch, jeder eine Flasche Bier vor sich. Einer pfiff bewundernd, als Romy hereinkam. Ein anderer schob sich gerade den Rest einer Frikadelle in den Mund und rülpste laut.

Es roch nach Bier und heißen Würstchen. Und nach Zigarettenrauch, der wie ein grauer Schleier in der Luft hing.

Bei Will Becker hatte Romy sich nicht angemeldet. Jetzt war sie froh darüber. Sie beschloss, einfach bei dem Mann einzukaufen und sich dabei ein Bild von ihm zu machen.

»Was darf's sein?«, fragte er in einem Tonfall, als wollte er sie im nächsten Moment ohrfeigen. Er kratzte sich in einem fort die Hände, die schon ganz rot waren.

»Zwei Brötchen, bitte«, sagte Romy und verzichtete darauf, heimlich ihr Diktiergerät einzuschalten.

Er klatschte die Brötchentüte auf die Theke. »Sonst noch was?«

Das Schweigen der Männer war beredt. Ohne zu ihrem Tisch zu blicken, wusste Romy, dass aller Augen auf sie gerichtet waren.

Obwohl Ostern noch nicht in Sicht war, stand am Ende der Theke ein Korb mit bunt gefärbten Eiern.

»Zwei davon, bitte.« Romy zeigte darauf.

»Welche Farbe?«

»Egal.«

»Egal gibt's nicht.« Will Becker kratzte sich die Unterarme.

»Rot und blau«, entschied Romy.

»Sie sind nicht von hier«, stellte Will Becker fest, während er die Eier behutsam in eine kleine Papiertüte gleiten ließ. »Hab Sie noch nie gesehn.«

»Stimmt. Aber mein Bruder wohnt gleich um die Ecke. Sie kennen ihn vielleicht. Björn Berner.«

»Mit Namen hab ich's nicht so.«

»Er ist Student«, sagte Romy.

»Schlimme Sache, das mit den Morden.« Will Becker hörte auf, sich zu kratzen. Sein Blick schweifte zwischen Romy und den

Männern hin und her. »Da hat man ja Angst, die Uni überhaupt noch zu betreten.«

»Nur, wenn man vom andern Ufer ist«, kam es vom Männertisch.

Einer lachte.

»Wer hier was gegen Schwule hat, kann gleich abhauen und braucht nicht wiederzukommen«, polterte Will Becker unerwartet los. »Ich kenne Schwule, die prima Kumpels sind. Da lass ich nix drauf kommen.« Er wandte sich wieder an Romy. »Und wenn die das perverse Schwein kriegen, das die armen Jungs auf dem Gewissen hat, dann geb ich einen aus, um das zu feiern, das können Sie mir glauben.«

Die Männer grölten zustimmend.

Romy brauchte keine weiteren Fragen zu stellen. Sie hatte die Antwort bekommen. Obwohl Will Becker ihr immer noch unsympathisch war, schenkte sie ihm ein Lächeln, bezahlte, nahm die beiden Tüten und ging hinaus.

Die Männer pfiffen ihr nach, doch das war ihr egal.

Auf der Rückfahrt nach Köln ließ Romy sich die Gespräche noch einmal durch den Kopf gehen. Kerim Yilmaz mit seiner nicht versiegenden Freundlichkeit. Ted Maurer und sein feiger Distanzierungsversuch. Kalle Wisius, der tatsächlich der Meinung war, man könne jedem Schwulen das Schwulsein ansehen. Und schließlich Will Becker mit seiner überraschenden Menschlichkeit.

Keinem von ihnen traute sie die Morde zu.

Den Rest der Liste würde sie nicht abarbeiten, beschloss sie. Es brachte sie nicht weiter.

Unauffällig.

Da war es wieder, das Wort, das ihr nicht mehr aus dem Kopf wollte.

Unauffällig.

Der Schlüssel zu den Morden.

Der Mörder musste jemand sein, der vollkommen unverdächtig erschien. Ein Kumpel. Einer, auf den man sich verlassen konnte, dem man hundertprozentig vertraute. Wer sonst hätte so zahlreiche Informationen über den Tagesablauf seiner Opfer sammeln, die Morde so minutiös planen, sich so geschickt verbergen können?

Romy spürte, wie ihr übel wurde. Unter dem Deckmantel der Freundschaft hatte er vielleicht selbst mit der Polizei geredet, die Aufmerksamkeit bewusst in falsche Richtungen gelenkt. Jemand, der so intelligent töten konnte, war auch in der Lage, klug seine Spuren zu verwischen.

Björn musste sich irren, wenn er sagte, keiner seiner Freunde sei zu solchen Taten fähig.

Sie selbst hatte sich geirrt.

Romy hatte Angst davor, aber sie würde über jeden Einzelnen noch einmal nachdenken müssen. Erinnerungen zusammenklauben. Äußerungen zurückholen und interpretieren.

Und vor allem mit Björn telefonieren.

Er musste ihr dabei helfen. Ob er wollte oder nicht.

*

Als Maxim wach wurde, wusste er zunächst nicht, wo er war. Blinzelnd sah er sich um und erkannte das fremde Wohnzimmer wieder. Regen klatschte gegen das Fenster. Die schwarzen Zweige eines noch fast kahlen Strauchs bogen sich im Wind.

Hatte Björn nicht eben noch hier gesessen?

Sein Blick fiel auf einen Zettel, der auf dem Tisch lag. *Fahre eben zur Apotheke, bin gleich zurück.*

War Björn wahnsinnig? Wie konnte er allein das Haus verlassen? Sie waren doch nicht zum Spaß ans hinterste Ende der Welt gereist. Was, wenn der Mörder ihnen gefolgt war? Da konnte Björn sich ihm ja gleich freiwillig anbieten.

Beunruhigt schob er die Decke zurück und setzte die Füße auf den Boden. Er wartete, bis der Schwindel in seinem Kopf sich gelegt hatte, dann stand er vorsichtig auf. Das Wohnzimmer drehte sich um ihn. Übelkeit ballte sich in seinem Magen zusammen. Stöhnend hielt er sich an der Tischkante fest.

Ihm war nicht klar, was er tun sollte. Er konnte schlecht auf gut Glück in die Innenstadt laufen, um Björn zu suchen. Wahrscheinlich würde er ohnehin nicht mal die halbe Strecke schaffen.

»Mist, verfluchter!«

Er atmete ein paar Mal tief ein und aus und ging langsam zur Tür.

»Björn?«, rief er, doch der Name kam so leise und kläglich aus seinem Mund, als hätte auch er an Kraft verloren. Er räusperte sich und versuchte es noch einmal. »Björn? Bist du da?«

Er hörte ein Geräusch, das sofort wieder erstarb.

Es kam von oben.

Stufe für Stufe schleppte er sich die Treppe hinauf und zog sich dabei mühsam am Geländer hoch. Sein Herz schlug heftig. Wie eine Maschine, die aus dem letzten Loch pfeift, dachte Maxim. Er keuchte, als hätte er einen Hundertmeterlauf hinter sich.

Oben blieb er stehen, um zu verschnaufen. Er war für einen Kampf schlecht gerüstet, und er hoffte inständig, dass die Katze das Geräusch verursacht hatte.

Warum war es jetzt so still?

Maxim horchte.

Er spürte, dass hinter einer dieser Türen jemand stand, der dasselbe tat.

Herrgott, er war so erschöpft. Durfte er seinen Empfindungen überhaupt trauen?

Und dann fühlte er den Hustenreiz.

Er hielt sich die Hand vor den Mund und versuchte, ihn zu unterdrücken, doch stattdessen wurde er immer stärker. Maxim hob den Saum seines Pullis hoch und presste ihn gegen den Mund, um den Husten wenigstens zu dämpfen.

Es half nicht viel.

Zu laut. Viel zu laut. Und es wollte und wollte nicht aufhören. Plötzlich öffnete sich die Tür des Arbeitszimmers. »Maxim! Mann, hast du mich erschreckt!« Im nächsten Augenblick war Björn an seiner Seite und stützte ihn.

»Und du mich erst«, krächzte Maxim. Seine Kehle brannte wie Feuer, seine Brust schmerzte, er konnte sich kaum auf den Beinen halten. »Ich hab den Zettel gefunden und dann hab ich ein Geräusch gehört …«

»Der Zettel!« Björn schlug sich mit der flachen Hand an die Stirn. »Ich habe Minette gefüttert und den Zettel darüber völlig vergessen. Entschuldige. Das war gedankenlos.«

Die ganze lange Treppe wieder hinunter, Schritt für Schritt, und alles drehte sich, als befänden sie sich auf einem riesigen Karussell, und Maxim lehnte sich an Björn und zählte bis zehn und hielt sich an den Zahlen fest – oder war es das Geländer? Und etwas in ihm lachte, und das Lachen verwandelte sich in einen Schrei und versickerte dann in einem kläglichen Summen, bis es still war, endlich still.

Als sie unten angekommen waren, schüttelte Maxim Björns Arm ab. Es war ihm wichtig, aus eigener Kraft zum Sofa zurückzufinden, und wenn es Jahre dauerte.

Aber natürlich dauerte es höchstens zwei Minuten, bis er wieder auf dem Sofa lag und Björn ihn zudeckte und ihm das Fieberthermometer reichte, die Zahl ablas, ein besorgtes Gesicht machte und dann lächelte und log: »Alles okay, Maxim. Ich presse dir jetzt eine Apfelsine aus, dann bringe ich dir eine Tablette und reibe dich mit Erkältungsbalsam ein. Und danach kannst du weiterschlafen, und wenn du das nächste Mal aufwachst, fühlst du dich schon viel besser, wetten?«

Maxim hätte dagegen gewettet, doch ihm fehlte die Kraft dazu. Er musste schlafen, unbedingt.

Wenn der Mörder kam, wollte er gewappnet sein.

Weck mich, wenn irgendwas passiert, wollte er sagen. *Versprich mir das, Björn!* Aber er brachte nur die ersten beiden Worte über die Lippen, und die konnte man nicht verstehen, weil sie in einem Lallen untergingen, als sei er betrunken.

Der Schlaf stülpte sein schwärzestes Tuch über ihn und zog ihn tief nach unten, dorthin, wo nur noch das Fieber war mit seinen Träumen.

*

Hatte er wirklich geglaubt, sie los zu sein?

Hast du das? Denkst du tatsächlich, du kannst mir entkommen? Nach allem, was wir gemeinsam durchgemacht haben?

»*Es gibt kein WIR. Nicht für mich.*«

Ebenso gut hätte er sich mit dem Teufel verbünden können.

Guter Witz! Hast du immer noch nicht begriffen, dass wir beide Teil eines Ganzen sind?

»*Du lügst. Ich habe Jahre meines Lebens ohne dich verbracht. Du kannst nicht Teil von mir sein.*«

Sie ignorierte seine Worte und hörte nicht auf, ihn zu bedrängen, und allmählich spürte er, wie sein Widerstand erlahmte. Letztlich gewann sie immer. Dass er vor dieser Tatsache die Augen verschloss, änderte nichts daran.

Irgendwann musste er die Augen wieder aufmachen.

Braver Junge …

»*Nenn mich nicht so!*«

Immerzu machte sie ihn zum Kind. Stand hoch über ihm und zwang ihn, zu ihr aufzublicken.

Ich warte …

»*Was du von mir verlangst, ist unmenschlich!*«

Die Stimme antwortete nicht. Er spürte ihr Warten, und alles in ihm krampfte sich zusammen. Sie wollte ihn zum Äußersten treiben …

Auf einmal erkannte er den Plan, der ihren Befehlen zugrunde lag, und er vergaß vor Entsetzen das Atmen.

DAS hatte sie gewollt. Von Anfang an!

Dieser eine Tod sollte der Höhepunkt sein. Alle vorigen Tode hatten lediglich der Vorbereitung gedient.

Er ballte die Hände zu Fäusten.

Weitere Morde erwartete sie nicht von ihm.

Nur diesen einen noch. Nur ihn.

Danach würde sie absolut gar nichts mehr von ihm verlangen.

»Du willst mich vernichten«, flüsterte er.

Fassungslos.

Doch er war ihr keine Antwort wert. Wie den letzten Dreck behandelte sie ihn.

Schwieg.

Und wartete.

32

Schmuddelbuch, Donnerstag, 10. März,
siebzehn Uhr fünfunddreißig, Diktafon

Anruf von Ingo. Die Polizei sucht jetzt definitiv nach einem schwarzhaarigen Mann.

»Wie hast du das rausgekriegt?«

»Beziehungen.«

In Gedanken bin ich Björns Freundeskreis durchgegangen.

»Denk bitte laut«, hat Ingo mich gebeten.

»Zu Björns Freundeskreis gehören sechs Schwarzhaarige. Zwei
davon kommen nicht infrage, die waren zu den Tatzeiten gar nicht
in der Gegend, wenn ich mich richtig erinnere, aber ich muss mich
erst mit meinen Aufzeichnungen beschäftigen, um sicher zu sein.«

»Und dann gibt es noch einen Bekanntenkreis. Wie sieht es da aus?«

Ich geriet in Stress. Um mich herum rauschte der Feierabendver-
kehr, die Eindrücke aus den Gesprächen spukten mir noch im Kopf
herum, und mein Gehirn hatte Wackelkontakt. Ein blauer Toyota
nahm mir die Vorfahrt und zwang mich zu einer Vollbremsung. Der
Fahrer hinter mir hupte verärgert.

»Vollidiot!«, fluchte ich und fuhr langsam wieder an.

»Romy?« Ingos Stimme klang besorgt.

»Das war knapp«, erklärte ich ihm. »Was hattest du gerade gefragt?«

»Vergiss es. Wir können später weiterreden.«

»Aber ich möchte dich noch was fragen«, sagte ich. »Was ist der
nächste Schritt, nachdem die Polizei jetzt weiß, dass sie nach einem
schwarzhaarigen Täter sucht?«

»Anscheinend gibt es keinen Hauptverdächtigen«, antwortete Ingo. »Also werden sie sich noch einmal gründlich mit denen beschäftigen, die ein Motiv hätten – und schwarzhaarig sind.«

»Und ihre DNA nehmen?«

»Wahrscheinlich.«

»Der Mörder *muss* einer aus Björns Freundeskreis sein, Ingo, auch wenn es mir das Herz zerreißt.«

»Wie kommst du darauf?«

»Intuition.«

»Bei jedem andern«, sagte Ingo nach kurzem Schweigen, »würde ich jetzt abwinken. Bei dir ist das anders. Dein Instinkt hat dich schon einmal auf die richtige Fährte geführt.«

»Und hätte mich beinahe umgebracht.«

»Wann kommst du nach Hause?«, wechselte Ingo das Thema. »Dann koch ich uns was Schönes. Gibt es etwas, das du überhaupt nicht magst?«

Nach Hause. Wie locker mir die Tränen neuerdings saßen.

Ich dachte an Cal, der auch manchmal für mich gekocht hatte.

Achtung! Verbotene Zone!

Nicht mehr an Cal denken, befahl ich mir. Es tat zu weh.

»Ich esse alles«, sagte ich und spürte Ingos Schmunzeln, als er das Gespräch beendete.

Björn fehlt mir. Ohne ihn bin ich wie amputiert, ist das nicht verrückt?

Wir hören nicht auf zu atmen, nur weil wir eine Weile voneinander getrennt sind.

Ich gebe Gas. Freue mich darauf, heute Abend nicht allein sein zu müssen. Freue mich auf Ingos Essen.

Und auf ihn selbst, was mich mehr erstaunt, als wenn plötzlich meine Eltern vor der Tür stünden, weil sie ganz unerwartet Sehnsucht nach ihren Kindern haben.

Bert hatte beschlossen, heute länger zu arbeiten. Da es ihn ohnehin nicht in seine Wohnung zog, konnte er ebenso gut noch einige

Dinge erledigen, die in der Hektik des Alltags liegen geblieben waren.

Er rekapitulierte in Gedanken die Gespräche in der Redaktion des *KölnJournals* und machte sich ein paar Notizen.

Sie hatten sämtliche Mitarbeiter angetroffen, bis auf Romy Berner, die angerufen und ihren Chef darum gebeten hatte, ihre Recherchen abschließen zu dürfen und nicht an der Redaktionskonferenz teilnehmen zu müssen.

Recherchen, dachte Bert beunruhigt.

Wahrscheinlich brachten ihr Ehrgeiz und die enge Bindung an ihren Zwillingsbruder sie gerade wieder einmal in größte Schwierigkeiten.

Er wählte ihre Nummer.

»Romy Berner«, meldete sie sich mit einem fragenden Unterton in der Stimme.

»Melzig hier. Guten Abend, Frau Berner.«

»Hallo, Herr Kommissar.«

An den Hintergrundgeräuschen konnte er erkennen, dass sie im Auto telefonierte. Hoffentlich mit Freisprechanlage, dachte der Polizist in ihm.

»Wir haben heute Ihre Kollegen und Kolleginnen zu dem Drohbrief befragt, den Sie erhalten haben«, erklärte er. »Und zu dem nächtlichen Besuch in Ihrer Wohnung.«

»Ohne Ergebnis«, vermutete sie. »Das habe ich Ihnen ja gleich gesagt. Meine Kollegen lieben mich nicht, aber sie würden mir kein Haar krümmen.«

»Sicher?«

»Vielleicht gibt es jemanden in der Redaktion, der versuchen würde, mir Angst einzujagen. Aber derjenige, der mir den Drohbrief zugespielt hat und in meine Wohnung eingedrungen ist, hat vier Menschen getötet, Herr Kommissar. Dazu hätte doch keiner meiner Kollegen einen Grund gehabt.«

»Es ist nicht erwiesen, dass der Verfasser der Drohbriefe an Sie und Ihren Bruder, der Eindringling und der Täter ein- und dieselbe Person sind. Hören Sie auf, sich unseren Kopf zu zerbrechen, Frau Berner.«

»Ich recherchiere bloß, Herr Kommissar, und rechne eins und eins zusammen.«

»Und bringen sich in akute Lebensgefahr, weil Sie dem Täter vielleicht schon viel zu nahe gekommen sind.«

Darauf antwortete sie nicht. Bert wollte das Gespräch bereits beenden, weil er dachte, die Verbindung sei unterbrochen, da sagte sie auf einmal: »Ich mach keinen Unsinn, ehrlich, Herr Kommissar. Ich tue bloß meine Arbeit.«

Bert hoffte von ganzem Herzen, dass sie sich an ihr Versprechen hielt, doch glauben, konnte er es nicht.

*

Björn saß im Wohnzimmer, seinen Laptop auf dem Schoß, und surfte im Internet. Hin und wieder gab Maxim im Schlaf einen Laut von sich. Die Heizkörper im Wohnzimmer und in der Küche gluckerten. Der Wind draußen schien zu Sturmstärke anzuwachsen.

Tatsächlich hatte der Wetterdienst für die Nacht Orkanböen vorhergesagt, und Björn betete, dass das Haus stabil genug sein möge, um ihnen zu widerstehen. Vielleicht sollte er die Rollläden herunterlassen, doch es widerstrebte ihm, das spärliche Licht, das es draußen noch gab, auszusperren.

Schlimmer als die Angst vor dem Mörder selbst war nur die Angst, ihm im Dunkeln zu begegnen.

Etwas sagte Björn, dass die Situation sich zuspitzte.

Er hatte einmal einen Film gesehen, in dem ein Löwe eine Antilope gerissen hatte. Die Antilope hatte ihn gewittert, lange bevor er zum Angriff übergegangen war. Immer wieder hatte sie beim Grasen innegehalten, aufmerksam den Kopf gedreht, alle Muskeln und Sehnen zur Flucht angespannt.

So ähnlich fühlte Björn sich jetzt. Nur war an Flucht überhaupt nicht zu denken, solange Maxims Zustand sich nicht gebessert hatte.

Björn reckte sich. Dann stand er auf und drehte die Heizung höher. Das Haus war ausgekühlt. Man spürte die Kälte, sobald man sich eine Zeit lang nicht bewegte. Sie legte sich einem auf die Schultern und biss einen in die Zehen.

Die ausgepresste Apfelsine hatte Küche und Wohnzimmer mit ihrem Duft erfüllt. Nachdem Maxim sofort eingeschlafen war, hatte Björn den Saft getrunken. Dabei besaß er Energie im Übermaß. Er hatte ein fast unbezähmbares Bedürfnis danach zu laufen, sich auszupowern, für eine Weile keinen Gedanken an den Mörder zu verschwenden.

Aber er wagte es nicht, Maxim allein zu lassen. Er traute sich auch, wenn er ehrlich war, ohne ihn nicht aus dem Haus. Nicht bei dieser Witterung, bei der wahrscheinlich keine Menschenseele unterwegs war.

Er fing an, sich zu langweilen, und überlegte, den Fernseher einzuschalten. Maxim würde bestimmt nicht wach werden, wenn er den Ton so leise wie möglich drehte. Er nahm gerade die Fernbedienung in die Hand, als er einen Schatten im Flur vorbeihuschen sah.

Sein Herz schien sich zusammenzuziehen. Es hielt ganz still. Auch der Sturm draußen war auf einmal nicht mehr zu hören.

Der Schatten war dicht über den Boden geglitten, und Björn erinnerte sich an eine schreckliche Geschichte, in der verlorene Seelen so durch die Räume der Lebenden irrten. Sie hatte ihn eine Kindheit lang verfolgt. Nun war sie wieder da.

»Maxim?«, flüsterte er.

Doch Maxim wurde von anderen Schrecken bedrängt. Seine Finger hatten sich in die Decke gekrallt, so fest, dass die Knöchel weiß hervortraten.

Es gibt für alles eine Erklärung. Björn zwang sich zum Nachdenken. *Du musst sie nur finden.*

Die Wahrscheinlichkeit, dass der Schatten zu einer verlorenen

Seele gehörte, war äußerst gering. Der Schatten eines Menschen konnte es auch nicht gewesen sein. Hatte Björn also ein Tier gesehen? Den Marder vom Dachboden?

Eine Ratte?

Seit Björn den Roman *1984* von George Orwell gelesen hatte, drehte sich ihm beim bloßen Gedanken an Ratten der Magen um. Er wusste, dass sie sogar Menschen angriffen, wenn man sie in die Enge drängte.

Trotzdem musste er nachsehen. Er konnte nicht hier sitzen bleiben, als sei der Schatten eine Fata Morgana gewesen, die sich von selbst auflösen würde. Vorsichtig erhob er sich, nahm den Schürhaken vom Ständer mit dem Kaminzubehör und schlich auf Zehenspitzen zur Tür.

Dunkel und fremd lag der Flur vor ihm. Björn hätte am liebsten die Tür zugeschlagen und sich mit Maxim im Wohnzimmer verbarrikadiert. Er konnte sich nicht vorstellen, auf ein Tier einzuschlagen, selbst dann nicht, wenn es die Zähne fletschte.

»Scheiße«, flüsterte er.

Seine Hand war glitschig von Schweiß. Er konnte den Schürhaken gar nicht richtig packen, und als der Schatten sich ihm plötzlich blitzschnell näherte, hätte er seine Waffe fast fallen lassen.

Der Schatten strich ihm um die Beine und schnurrte vorsichtig.

»Minette …« Björn warf einen Blick zum oberen Treppenabsatz und sah die Tür zum Arbeitszimmer offen stehen. Hatte er sie nicht richtig zugemacht?

Die Erleichterung war so groß, dass sie wehtat. Björn ging in die Hocke und streichelte die Katze, die sich unter seiner Hand wegduckte, um gleich darauf zögernd wieder näher zu kommen. Ihr Ausflug hatte sie verängstigt, genau wie ihn.

»Komm«, lockte Björn sie liebevoll und hielt ihr die Tür zum Wohnzimmer auf.

Sie machte sich lang, wagte den ersten Schritt, dann den zweiten, mehr kriechend als laufend und dicht am Boden, als fände sie nur da ein wenig Sicherheit.

Und draußen tobte der Sturm und schleuderte Regen gegen die Fensterscheibe.

»So ist's gut«, lobte Björn die Katze leise. »Immer ein kleines Stück weiter.«

Er fragte sich gerade, ob er die Tür schließen sollte, um zu verhindern, dass Minette im ganzen Haus umherirrte, als sie plötzlich fauchte und voller Panik an ihm vorbeischoss, zurück in die schützende Dunkelheit des Flurs.

Irritiert sah Björn sich um.

Was, zum Teufel, hatte sie so sehr erschreckt?

Er ging in den Flur und rief nach ihr. Doch sie antwortete nicht. Hatte sich irgendwo verkrochen und stellte sich tot.

*

Es war ein seltsames Gefühl, den Schlüssel aus der Tasche zu ziehen und Ingos Haustür aufzuschließen. Romy verzichtete darauf, den Fahrstuhl zu nehmen und stieg die Treppen hinauf. Vor Ingos Wohnungstür angelangt, klingelte sie.

»Du hast doch einen Schlüssel«, sagte Ingo, als er ihr öffnete.

»Ich glaube, ich muss mich erst noch daran gewöhnen.«

Er lachte und gab ihr zur Begrüßung einen Kuss auf die rechte und einen auf die linke Wange. Dann lief er in die Küche, aus der ein köstlicher Duft ins Wohnzimmer zog.

Romy stellte Tasche und Laptop ab und folgte ihm. Auf dem Weg zur Küche sah sie, dass Ingo den Tisch bereits gedeckt hatte. In einer hohen, schmalen Vase stand eine einzelne blasse Rose mit Blütenblättern wie aus altem Porzellan. Im Kontrast dazu leuchteten die Papierservietten geradezu unverschämt rot.

»Du steckst voller Widersprüche«, sagte Romy und musste sich ein Grinsen verkneifen, als sie Ingo am Herd rotieren sah. In einer Pfanne und drei Töpfen brodelte und dampfte es, dass die hochmoderne Dunstabzugshaube kaum dagegen ankam.

»Kann ich dir helfen?«, fragte Romy.

»Wär prima, wenn du die Kartoffeln abschütten würdest.«

Bald darauf saßen sie am Tisch und ließen sich das Essen schmecken, eine scharfe Karotten-Ingwer-Suppe, danach Lachs mit Sesamkartoffeln und Salat und zum Abschluss selbst gemachtes Himbeereis.

»Wie hast du so fantastisch kochen gelernt?«, fragte Romy.

»Hab ich gar nicht«, gestand Ingo. »Ist bei mir reine Glückssache. Mal gelingt es, mal geht's schief.«

»Ich glaube dir kein Wort«, sagte Romy.

»Irgendwie …« Ingo legte den Kopf schief und betrachtete sie nachdenklich. »Irgendwie bist du gar nicht richtig hier. Was ist los?«

Verblüfft starrte Romy ihn an. Noch eine neue Facette an ihm?

Ingo, der Gedankenleser?

»Ich habe Angst«, sagte sie.

»Um Björn.« Er nickte. »Das verstehe ich gut.«

Wieder hatte er den Nagel auf den Kopf getroffen.

»Aber er ist doch in Sicherheit, Romy. Um dich habe ich eigentlich mehr Angst als um ihn.«

»Du hast …«

»Okay, okay. Häng es nicht an die große Glocke.«

»Dass du …«

»Dass ich Angst um dich habe, ja.« Er warf ihr einen grimmigen Blick zu. »Glaub bloß nicht, dass mir das gefällt. Bald ist mein Ruf in der Szene vollends ruiniert.«

»Dein Ruf als einsamer Wolf?«

»Und als mürrischer, skrupelloser, unsympathischer, unkollegialer, eitler Macho.«

Jedes dieser Adjektive hatte Romy in Zusammenhang mit Ingo immer wieder gehört, und sie hätte ihnen aus dem Stand noch etliche hinzufügen können, die nicht viel besser waren. Doch der Ingo, der ihr hier gegenübersaß, hatte mit dem Ingo, von dem er da sprach, nichts mehr gemein.

»Es ist schön, dass du Angst um mich hast«, sagte sie leise, und der Stein in ihrem Ring funkelte mit dem Rotwein in den Gläsern um die Wette.

Ihr Handy klingelte.

»Hallo, Björn«, sagte Romy, und Ingo begann, den Tisch abzuräumen.

*

Maxim wurde davon wach, dass Björn telefonierte. Er hatte sich dazu zwar in die Küche zurückgezogen, doch Maxim verstand jedes Wort. Er sah auf seine Armbanduhr. Kurz vor neunzehn Uhr. Wahrscheinlich Romy.

»Sie hat sich furchtbar aufgeregt, und dann ist sie Hals über Kopf losgerannt. Ich hab sie schon überall gesucht, aber es gibt hier so viele Ecken und Winkel, in denen sie sich verstecken kann, dass es aussichtslos ist.«

Björn sprach über die Katze. Offenbar war es ihr gelungen, aus dem Arbeitszimmer zu entwischen. Aber wieso hatte sie sich *aufgeregt?*

»Seit Sammys Tod ist sie nicht mehr sie selbst. Vielleicht hat sie Angst davor, dass sein Mörder zurückkommt. Und wenn irgendwas ihre Erinnerung anstößt, dann spult sich alles wieder vor ihren Augen ab. Wer weiß schon, wie Katzen ticken?«

»Nein … Du hast recht. Wahrscheinlich höre ich allmählich das Gras wachsen.«

Katzen haben sieben Leben. Und sieben Sinne.

Irgendwo hatte Maxim das gelesen.

Und dass sie Dinge spüren, die niemand sonst wahrnimmt.

»Ja. Wahrscheinlich. Das zweite Mal in so kurzer Zeit in einer fremden Umgebung, damit muss sie erst fertig werden.«

Maxim rappelte sich mühsam auf. Seine Glieder schmerzten, sein Kopf tat weh, und das Fieber verbrannte ihn. Aber er musste wieder auf die Beine kommen, unbedingt.

»Romy, du irrst dich, ganz bestimmt. Keiner meiner Freunde wäre zu so etwas fähig. Ich würde für jeden Einzelnen die Hand ins Feuer legen.«

Maxim wollte das Gespräch nicht belauschen. Er räusperte sich, um Björn auf sich aufmerksam zu machen.

»Augenblick mal, Romy. Ich glaube, Maxim ist wach geworden.«

Björn kam ins Wohnzimmer, das Handy am Ohr, trat lächelnd auf Maxim zu und legte ihm die Hand auf die Stirn. »Das Fieber scheint gesunken zu sein«, erklärte er ihm und Romy gleichzeitig. »Ein gutes Zeichen.«

Maxim schob seine Hand weg. Er brauchte keinen Krankenpfleger. Er brauchte Björn. Seine Zärtlichkeit. Seine Liebe. Sein Verlangen.

»Romy wünscht dir gute Besserung«, sagte Björn, ließ sich in einen der Sessel fallen und konzentrierte sich wieder auf das Gespräch.

Maxim schlurfte in die Küche und trank ein Glas Wasser. Jeder Handgriff schien doppelt so lange zu dauern wie sonst, jede Bewegung strengte ihn an. Langsam stieg er die Treppe hinauf und ging ins Schlafzimmer, um sich etwas Frisches zum Anziehen zu holen. Die verknautschten Sachen stanken nach Schweiß und Erkältungsbalsam und klebten ihm am Körper.

Er zog sich aus, ließ die Klamotten auf den Boden fallen und machte sich, die Kleidung zum Wechseln über dem Arm, gerade auf den Weg zum Bad, als ihn plötzlich mit wildem Fauchen die Katze aus der Dunkelheit ansprang und die Krallen in seine rechte Wade schlug.

Maxim schrie vor Schmerzen. Er versuchte, Minette abzuschütteln und verlor dabei fast das Gleichgewicht.

»Maxim!« In einem olympiaverdächtigen Tempo kam Björn die Treppe heraufgestürmt, sein Handy in der Hand, das Gesicht vor Angst verzerrt.

So unvermittelt, wie sie aufgetaucht war, ließ die Katze von

Maxim ab und verschwand lautlos zwischen den Möbeln und ihren Schatten.

»Was ist passiert?«, fragte Björn atemlos.

»Die Katze.« Maxim schüttelte verwundert den Kopf. »Sie hat mich angegriffen.«

»*Minette?*«

Maxim warf einen Blick auf sein Bein. Es war rot von Blut, das aus einer hässlichen Wunde quoll und auf den Boden tropfte. Und es brannte höllisch.

Scheißkatze!

Sogar Björn hatte sie gekratzt. Das große Pflaster trug er ja nicht zum Spaß.

»Irgendwo im Badezimmer habe ich Verbandszeug gesehen«, sagte Björn. »Aber wahrscheinlich brauchst du eine Tetanusspritze.«

»Ich bin geimpft.« Maxim berührte die Wunde vorsichtig mit dem Zeigefinger. »Wieso musstest du das blöde Vieh auch unbedingt mitnehmen?«

»Gib nicht Minette die Schuld. Bestimmt hast du sie erschreckt.«

»*Ich* habe *sie* erschreckt? Selten so gelacht!«

Maxim humpelte ins Bad und knallte die Tür hinter sich zu. Ihm war eiskalt, und er sehnte sich nach einer heißen Dusche. Dann würde er nach dem Verbandszeug suchen und die Wunde versorgen.

»Lass mich rein, Maxim! Bitte!«

Statt zu antworten, drehte Maxim das Wasser auf. Als es mit der Wunde in Berührung kam, wurde ihm vor Schmerzen schlecht. Er stützte sich an der Wand ab, biss die Zähne zusammen und wünschte dieses Katzenaas zum Teufel.

33

Schmuddelbuch, Donnerstag, 10. März, neunzehn Uhr dreißig

Bin noch ganz fertig. Maxims Schrei, dann Björn, der panisch Maxims Namen rief, schließlich ein Klacken, ein Knistern und Rauschen und im Hintergrund schwach ihre Stimmen. Wie ein Automat habe ich immerzu Björns Namen gerufen und Ingo damit aus der Küche gelockt.

»Irgendwas ist da passiert«, habe ich gesagt, fahrig, nervös, und er hat sich zu mir gesetzt und mit mir gewartet.

Nach einer Ewigkeit hat Björn sein Handy wieder aufgenommen. »Romy? Bist du noch da?«

»Wo soll ich denn sonst sein?«, hab ich ihn angefahren, nicht, weil ich ärgerlich war, sondern aus reiner Sorge. »Was ist los bei euch?«

Und da hat er mir alles erzählt.

»Minette?«, hab ich ihn ungläubig gefragt. »Minette hat Maxim angegriffen?«

»Und wie. Du müsstest sein Bein sehen. Sie hat ihn sogar gebissen.«

»Warum, um Himmels willen?«

»Frag mich was Leichteres. Vielleicht sowas wie eine verspätete Panikreaktion?«

»Hast du was dagegen, wenn Ingo mithört?«, fragte ich.

»Nein. Ist mir recht.«

Ich aktivierte die Lautsprechfunktion.

»Hallo, Ingo«, sagte Björn. »Pass gut auf meine Schwester auf!«

»Wird gemacht«, entgegnete Ingo.

»Lenk nicht ab«, sagte ich und kam zum Thema zurück. »Kann eine traumatisierte Katze tatsächlich nachträglich Panik entwickeln?«

»Ich bin kein Katzenflüsterer, Romy. Woher soll ich das wissen?«

»Sie hat Maxim angegriffen«, erklärte ich Ingo.

»Wie geht's ihm?«, fragte Ingo.

»Er ist total mit den Nerven runter.« Björns Stimme klang bedrückt. »Ich hab ihm unterstellt, Minette erschreckt zu haben, und jetzt redet er nicht mehr mit mir.«

»Wahrscheinlich hat er das Gefühl, dass du dich für das Seelenheil der Katze mehr interessierst als für seines«, sagte ich. »Jedenfalls stehst du im Konfliktfall meistens auf ihrer Seite.«

»Weil Minette die Schwächere von beiden ist.«

»Katzen sind unberechenbar«, warf Ingo ein. »Ich würde die ganze Geschichte nicht überinterpretieren.«

»Katzen haben ein feines Gespür«, sagte Björn. »Und irgendwas beunruhigt Minette. Irgendwas wittert sie, und das versetzt sie in Panik. Das ist nicht nur die fremde Umgebung.«

Ingo starrte nachdenklich vor sich hin.

»Okay«, sagte Björn. »Danke fürs Zuhören. Ich werde mich jetzt mal um Maxim kümmern. Und dann die Katze suchen. Und Romy …«

»Ja?«

»Sei vorsichtig.«

Seitdem steckt Ingo alle fünf Minuten den Kopf in mein Zimmer. Doch das verunsichert mich mehr, als es mich beruhigt.

Die letzten Mitarbeiter waren längst gegangen, die Putzkolonne hatte die Räume gesäubert und Bert saß noch immer in seinem Büro. Er hatte sich sämtliche Fakten noch einmal vor Augen geführt und seine Notizen studiert.

Neun Tage waren seit dem ersten Mord vergangen, doch sie kamen ihm vor wie neun Wochen. Immer noch fanden Befragungen statt, gingen Hinweise aus der Bevölkerung ein.

Griet van Loo war weiterhin unauffindbar. Nicht einmal ihre Familie wusste, wo sie sich aufhielt. Die junge Frau hatte lediglich angekündigt, sich für eine Weile zurückziehen zu wollen, um die Trennung von Maxim Winter zu verarbeiten. Seitdem hatte sie sich nicht wieder gemeldet.

Bert hatte keine Handhabe, um nach ihr fahnden zu lassen, denn es bestand kein dringender Tatverdacht. Allerdings hatte sich nichts daran geändert, dass sie ein starkes Motiv besaß: Eifersucht. Björn Berner war der Mann, an den sie ihren Liebhaber verloren hatte, und als Frau war sie gegen ihn praktisch chancenlos.

Aber reichte das aus, um sie dazu zu bewegen, einen Auftragsmörder anzuheuern? Und hatte sie Zeit und Gelegenheit gehabt, die Gewohnheiten der Opfer so gründlich zu studieren?

Die Erkenntnis, dass es sich bei dem Täter definitiv um einen schwarzhaarigen Mann handelte, bedeutete tatsächlich einen großen Schritt nach vorn. Eine Kollegin hatte sich daraufhin noch einmal den Freundes- und Bekanntenkreis von Björn Berner vorgenommen und die Namen auf ihrer Liste um mehr als die Hälfte reduzieren können.

Bert starrte auf die aktuelle Zusammenstellung, bis ihm die Augen tränten. Nichts. Kein Geistesblitz, keine Eingebung. Dabei war nicht damit zu rechnen, dass der Täter aufhören würde. Im Gegenteil. Wie Bert ein nahendes Gewitter erahnte, so spürte er, dass Unheil in der Luft lag.

Es war an der Zeit.

Der Täter hatte sich sein nächstes Opfer bereits ausgesucht.

Ganz sicher.

*

Maxim hatte sich ins Wohnzimmer zurückgezogen, und Björn beschloss, ihn erst mal in Ruhe zu lassen. Er nutzte die Zeit, um Minette zu suchen. Ihr seltsames Verhalten erschien ihm immer unbegreiflicher.

Er nahm sich systematisch ein Zimmer nach dem andern vor, kroch auf dem Boden herum, schaute unter jedes Möbelstück und hinter jeden Vorhang, hob jedes Kissen an und jedes irgendwo abgelegte Kleidungsstück. Im Arbeitszimmer warf er einen Blick hinter jede einzelne Bücherreihe, er krempelte den gesamten Keller um.

Ohne Erfolg.

Unzufrieden kehrte er ins Erdgeschoss zurück. Er klopfte an und betrat das Wohnzimmer erst, nachdem Maxim ihm geantwortet hatte.

»Hast du sie gefunden?«, fragte Maxim. Seiner Stimme war kein Ärger mehr anzuhören.

Björn schüttelte den Kopf. Er machte Licht und setzte sich zu Maxim aufs Sofa. »Bist du noch sauer?«

»Nein.« Maxim nahm seine Hand. »Kein bisschen.«

»Ich weiß nicht«, sagte Björn zögernd. »Etwas in diesem Haus ist … böse.«

»Böse?« Maxim ließ seine Hand los. »Dreh jetzt nicht durch, Björn. Nur weil wir uns mit einer verrückten Katze in einem fremden Haus befinden, sollten wir nicht anfangen, böse Schwingungen zu fühlen.«

»Spürst du es denn nicht auch?« Björn ließ nicht locker. »Seit wir hier sind, läuft nichts mehr rund.«

Maxim stieß genervt den Atem aus.

»Was ist mit deiner Wunde?«, lenkte Björn ab, um ihn nicht erneut zu reizen.

»Nicht der Rede wert.« Maxim zog die Füße aufs Sofa. »Die verheilt von allein.«

Davon war Björn nicht überzeugt, doch er widersprach nicht. Die Stimmung zwischen ihnen war angespannt. Sie mussten aufpassen, dass nicht ein Streit daraus wurde.

Maxim wandte sich wieder dem Reisemagazin zu, das er sich angesehen hatte, bevor Björn ins Zimmer gekommen war. Geysire sprühten dampfend heiße Wasserfontänen in die kalte Luft. Der Reporter ließ sich lang und breit über das Naturschauspiel aus.

Björn konnte sich nicht auf die Sendung konzentrieren. Außerdem knurrte ihm der Magen. »Hast du Hunger?«, fragte er.

Maxim schüttelte den Kopf. Er kämpfte schon wieder gegen den Schlaf.

Björn ging in die Küche und schmierte sich zwei Scheiben Brot. Er goss Milch in einen Becher, nahm einen Joghurt aus dem Kühlschrank, gab alles auf ein Tablett und trug es ins Wohnzimmer.

Maxim war eingenickt. Sein Hosenbein war hochgerutscht, und Björn sah, dass der Verband sich mit Blut vollgesogen hatte. Er stellte das Tablett ab und beugte sich über Maxim, um ihn aufzuwecken. Der Verband musste erneuert werden.

War es nicht ein schlechtes Zeichen, dass die Wunde nicht aufhörte zu bluten?

Maxim lag auf der Seite und sein Haar gab den Nacken frei. Björns Blick fiel auf die Kratzer, die man sonst nicht sehen konnte. Sie schienen sich leicht entzündet zu haben.

»Hallo, du«, sagte er leise. »Wach auf. Die Wunde blutet. Und die Kratzer an deinem Hals sollten besser auch versorgt werden.«

Maxim schlug die Augen auf. Er legte den Kopf in den Nacken, sodass sein Haar die Verletzungen bedeckte.

»Wo hast du dir die eigentlich geholt?«, fragte Björn. »War das *wirklich* Minette?«

»Du wirst es nicht glauben – ich hab keine Ahnung. Muss im Schlaf passiert sein. Oder …«, seine Stimme wurde zärtlich und weich, »oder es ist ein Andenken an dich.«

Björn ging ins Badezimmer, um das Verbandszeug zu holen. Er war verwirrt. Noch nie hatte er Maxim bei der Liebe wehgetan.

*

Diesmal erlaubte Maxim Björn, seine Wunde zu verarzten. Jede Berührung ließ ihn zusammenzucken, obwohl Björn sehr vorsichtig war.

»Meinst du nicht, wir sollten ins Krankenhaus fahren?«, fragte Björn. »Vielleicht muss das genäht werden.«

»Nein. Keine zehn Pferde kriegen mich dahin.«

»Das ist keine große Sache. Die machen das ambulant. Wir können danach sofort wieder gehen.«

Maxim hatte keine guten Erinnerungen an Krankenhäuser und Ärzte. Er war ein empfindliches Kind gewesen, hatte sich jeden Virus eingefangen und jede Kinderkrankheit durchlitten. Beim geringsten Anlass hatte er mit Fieber reagiert, und in der Schule musste er sich oft vom Sportunterricht befreien lassen.

»Nein. Nicht ins Krankenhaus.«

Außerdem hatte er gestottert. Er brauchte nur daran zu denken, dann empfand er wieder die quälende Scham von damals, die Bedrängnis, aus der er sich allein nicht befreien konnte.

Seine Eltern hatten viel zu lange gewartet, bis sie einsahen, dass er professionelle Hilfe brauchte. Die regelmäßige Arbeit mit einem Logopäden hatte Maxim nach und nach das vermittelt, was seine Eltern ihm nicht geben konnten, ein gewisses Zutrauen in seine Fähigkeiten.

»Das hängt mit früher zusammen«, sagte er. »Aber ich will nicht darüber reden.«

Reiß dich zusammen.

Der Lieblingssatz seines Vaters.

Memme.

Seine Lieblingsbeschimpfung.

Ein Junge weint nicht.

Selbst das hatte Maxim zu hören bekommen. Ständig. Als hätte sein Vater keinen anderen Gedanken im Kopf gehabt als den, aus Maxim einen *richtigen* Mann zu machen.

Er konnte nichts anfangen mit einem Sohn, der sich an Karneval als Prinz verkleiden wollte, statt in die Rolle eines Cowboys oder Indianers zu schlüpfen. Der lieber mit der Schwester und ihren Freundinnen loszog, als seine Freizeit mit Freunden auf dem Bolzplatz zu verbringen.

Und die Mutter hielt sich raus.

Fast hatte Maxim den Eindruck gehabt, sie sei froh darüber,

dass ihr Mann sie in Frieden ließ und seinen Frust an Maxim austobte.

Björn fragte nicht nach und Maxim war ihm dankbar dafür. Noch nie hatte er jemandem von seiner Kindheit erzählt. Der Einsamkeit. Den Schmerzen.

Der Unsicherheit.

Bevor er wusste, dass er sich zu Jungen hingezogen fühlte, hatte sein Vater es schon erahnt. Und versucht, es aus ihm herauszuprügeln.

Maxim erinnerte sich an den Raum, in dem die Züchtigungen stattfanden. Als hätte man ihn eigens zu diesem Zweck gebaut. Ein Kellerraum, in dem ausrangierte Möbelstücke abgestellt waren, die Winter- oder die Sommerreifen gelagert wurden, je nach Jahreszeit. In dem die Waschmaschine und der Wäschetrockner standen, in dem es nach Waschmittel roch und nach Feuchtigkeit.

Das kleine Fenster, blind von Schmutz, ließ kaum Licht herein. Die Neonröhre an der Decke knisterte. Sie war spinnwebverhangen.

Der Vater hatte während der Züchtigung nicht gesprochen. Man hatte nur das schreckliche Klatschen des Gürtels auf Maxims nackter Haut gehört.

Aber keinen Schrei.

Keinen einzigen Schmerzenslaut.

Dass Maxim nicht jammerte und nicht um Schonung bat, machte den Vater noch zorniger. Er schlug und schlug. Hoch konzentriert. Präzise. Erbarmungslos.

Erst wenn seine Arme keine Kraft mehr hatten, stieß er Maxim zur Seite und ließ ihn auf dem kalten Fliesenboden liegen wie einen Lumpenfetzen. Seine Schritte entfernten sich und verklangen im Haus.

Die Mutter versorgte Maxims Rücken. Dabei weinte sie leise. Strich ihm übers Haar.

Schweigend.

Und Maxim wünschte sich, unsichtbar zu werden, sich aufzulösen, einfach nicht mehr zu sein.

Nach Jahren war ihm das schließlich gelungen. Jemand sah ihn mit seinem ersten Freund und tratschte es herum.

Von diesem Augenblick an war Maxim für seine Eltern gestorben.

»Dann iss wenigstens eine Kleinigkeit«, sagte Björn. »Damit du wieder gesund wirst.«

Er hatte recht. Maxim durfte sich nicht so gehen lassen.

Nicht jetzt.

Reiß dich zusammen, hörte er seinen Vater sagen.

Und er verzog verächtlich den Mund.

*

Reiß dich zusammen!

Die Stimme war so groß. Sie machte ihn zu einem Käfer, der auf dem Rücken lag und hilflos mit den Beinen zappelte.

Er wusste, was er zu tun hatte, doch er konnte es nicht tun. Seine Hände und Füße gehorchten ihm nicht. Er schaffte es nicht einmal, sich die Tat vorzustellen.

Du weißt, dass er den Tod verdient hat.

»*Nein.*«

Du weißt es genau. Er ist schlecht. Verdorben.

Nein …

Was tut man mit einer faulen Frucht?

Antworte mir!

Was tut man mit ihr?

Er ist nicht … ist keine … er …

Man entfernt sie vom gesunden Baum und vernichtet sie.

Und warum tut man das?

Er versuchte, ihr keine Beachtung zu schenken, sich fest auf sein Gefühl zu konzentrieren, und sein Gefühl sagte ihm, dass es die Stimme war, die vernichtet werden musste. Doch wie sollte das gehen, wo sie doch so eng mit ihm verbunden war?

»Wer bist du?«, flüsterte er und wollte die Antwort doch gar nicht hören, denn er fürchtete sie mehr, als irgendetwas sonst.

WARUM TUT MAN DAS?

»Um den Baum zu retten«, wisperte er mit Kinderstimme, heiser vom Weinen.

So ist es gut.

Zum ersten Mal bemerkte er, wie alt die Stimme klang. Alt wie die Welt. Und genauso grausam. Er verabscheute es, von ihr gelobt zu werden, denn indem sie ihn lobte, machte sie ihn zu ihrem Eigentum, mit dem sie schalten und walten durfte, wie es ihr beliebte.

Also tu es endlich. Entferne die faule Frucht und vernichte sie.

Er wusste, er würde ihr nicht mehr lange widerstehen können.

*

»Wo erwisch ich dich gerade?«, fragte Rick, der Bert auf dem Handy angerufen hatte.

»Im Büro. Aber ich wollte sowieso bald Schluss machen.«

»Kann ich dich zu einem Bier überreden?«, fragte Rick. »Ich komme eben vom Laufen und bin fix und alle. Mir klebt die Zunge am Gaumen.«

»Sag mir einfach, wo.«

Kurz darauf saßen sie wieder bei Schmalzbrot und Bier in dem Gewölbekeller vom letzten Mal, doch Bert merkte, dass er nicht abschalten konnte. »Von dem Kampf mit Josch Bellmann *muss* der Täter Verletzungen davongetragen haben«, murmelte er. »Wieso haben wir dann bei niemandem welche entdeckt?«

»Entweder, sie befinden sich an einer Stelle, die nicht so ins Auge fällt«, antwortete Rick, »oder der Täter stammt doch nicht aus dem Kreis um Björn Berner.«

Wovon sie beide nicht ausgingen.

»Bei jeder Morgenbesprechung dasselbe«, klagte Rick. »Ständig klopfen wir unsere Theorien ab, ohne etwas Neues zu entdecken.«

»Mir kommt es eher so vor, als würden wir uns in einem Strudel befinden und unaufhaltsam in die Mitte gesogen werden.« Mit der Hand deutete Bert die Bewegung eines Strudels an. »Dorthin, wo die Lösung der Fälle wartet.«

»Dein Wort in Gottes Ohr.«

Bert griff in die Tasche seines Sakkos und zog das vorläufige graphologische Gutachten heraus. »Wir suchen *eine männliche Person zwischen zwanzig und fünfunddreißig Jahren mit ausgeprägten narzisstischen Neigungen und der Tendenz zu Dominanz und Größenwahn.*«

»In Ordnung.« Rick nickte zustimmend. »Gehen wir die Punkte noch einmal durch.«

»Sie ist *im tiefsten Innern voller Unsicherheit*«, las Bert weiter vor, »und verwendet *unendliche Mühe darauf, dies zu verbergen.*«

»Hast du bei einer der Personen, mit denen wir gesprochen haben, Wut gespürt?«, fragte Rick. »Oder hattest du den Eindruck, dass jemand sich nur mühsam beherrscht?«

Bert schüttelte den Kopf. »Hör weiter«, sagte er. »*Diese Person steht unter einem ungeheuren psychischen Druck. Sie hat enorme Schwierigkeiten, sich zu kontrollieren, ist dabei jedoch von hoher Intelligenz. Sie verfügt über eine ausgeprägte Sensibilität und besitzt gleichzeitig eine starke emotionale Kälte.*«

»Und sie leidet an einer Persönlichkeitsstörung«, ergänzte Rick. »Und das erklärt, warum wir nicht weiterkommen. Persönlichkeitsstörungen sind ein verdammt weites Feld, Bert, hab mich mal eine Weile damit befasst. Darunter kann alles Mögliche fallen. Es gibt paranoide, schizoide, dissoziale, Borderline und narzisstische Persönlichkeitsstörungen. Um nur ein paar zu nennen. Und wir haben keinerlei Anhaltspunkte, um welche Störung es sich bei dem Täter handelt. Es existieren sogar Kombinationen mehrerer Krankheitsbilder.«

Bert fühlte sich, als robbte er auf den Knien durch einen dunklen, engen Tunnel. Irgendwo schimmerte ein Hauch von Licht, doch es war unerreichbar fern.

»Wir nehmen uns sämtliche schwarzhaarigen Männer aus dem Kreis um Björn Berner noch einmal vor«, sagte er und schob Rick die Liste mit den Namen hin, die er sich ausgedruckt hatte. »Das sind sechs aus dem Freundes- und elf aus dem Bekanntenkreis.«

Rick überflog die Namen.

»Maxim Winter.« Er hob den Kopf. »Aber ihm fehlen die notwendigen Informationen, über die der Täter verfügen muss. Er lebt in Berlin und kennt sich hier in der Gegend nicht aus. Erst recht nicht in den Gewohnheiten der Opfer. Außerdem – welches Motiv sollte er haben? Er ist selbst schwul oder bisexuell und er *liebt* Björn Berner. Das haben wir doch alles schon durchgekaut.«

»Wie oft verbergen sich hinter den kompliziertesten Fällen letztlich doch Beziehungstaten«, sagte Bert. »Wie oft ist der Ehepartner oder Liebhaber der Täter.« Er nahm einen Schluck Bier und wischte sich mit dem Handrücken den Schaum von der Oberlippe. »Nicht dass ich in diesem Fall davon ausgehe, denn Maxim Winter scheint ja alles zu tun, um seinen Freund zu schützen. Aber er hat schwarzes Haar und deshalb dürfen wir ihn nicht ausschließen.«

Er bestellte ein zweites Bier und wünschte sich einen Rausch, der seinen Kopf komplett ausfüllen und ihn sämtliche Namen vergessen lassen würde.

34

Schmuddelbuch, Donnerstag, 10. März, zwanzig Uhr dreißig

Etwas stimmt nicht.

Etwas ist ganz und gar falsch.

Mein Herz spürt es auch. Es schlägt wie wild.

Ingo folgt jeder meiner Bewegungen mit den Augen. Versucht, mich zu beruhigen.

Nichts hilft.

Etwas stimmt nicht.

Etwas ist ganz und gar nicht in Ordnung.

Ingo versuchte, noch ein wenig für sein Türenbuch zu arbeiten, denn die Hoffnung auf einen schönen Abend mit Romy hatte er sich endgültig abgeschminkt. Sie war überhaupt nicht richtig anwesend, saß grübelnd im Sessel oder tigerte nervös durch die Wohnung und stieß in unregelmäßigen Abständen tiefe Seufzer aus.

Er hatte damit angefangen, die Fotos zu ordnen, um eine Auswahl zu treffen, doch es gelang ihm nicht, sich zu konzentrieren, während Romy so offensichtlich an einem Problem herumknabberte.

»Was ist los?«, fragte er, nachdem er sich das eine Weile angeschaut hatte. So oder so ähnlich hatte er die Frage schon mehrmals gestellt und immer war Romy ihm ausgewichen.

Die Antwort war ein Seufzen.

»Romy, du machst mich verrückt mit deiner Unruhe. Meinst du nicht, es erleichtert dich, wenn du über das sprichst, was dich bedrückt?«

Sie ließ sich aufs Sofa fallen und starrte aus dem Fenster, als hätte sie ihn gar nicht gehört. Doch dann begann sie zu reden. »Es ist wegen Björn.«

Das hatte Ingo sich bereits gedacht. Er wartete ab, denn er wollte sie nicht unterbrechen, damit sie alles loswurde, was sich in ihr angestaut hatte.

»Weißt du, bei Zwillingen gibt es eine Nähe, die vielen Menschen unheimlich ist. Der eine Zwilling weiß, was der andere denkt, sie spüren genau, wie es dem andern geht, gleichgültig, wie groß die Entfernung zwischen ihnen ist. Verstehst du? Es ist nicht direkt Telepathie, aber es hat Ähnlichkeit damit.«

Ingo bezeichnete sich gern als Skeptiker. Er hatte es nicht so mit Esoterik, Parapsychologie und Sternkreiszeichen. Er sah das Leben gern klar und deutlich und hatte nicht das Bedürfnis, sich über seine Geheimnisse den Kopf zu zerbrechen. Dennoch hörte er weiter aufmerksam zu.

»Das war schon so, als wir Kinder waren. Björn bekam Kopfschmerzen und ich gleich mit. Ich schlug mir das Knie auf, und Björn, der gar nicht in der Nähe war, fing an zu heulen. Eigentlich ist das ein Phänomen, das man vor allem bei eineiigen Zwillingen beobachtet, aber bei Björn und mir ist es auch stark ausgeprägt.«

Romy stand auf und trat ans Fenster. Der Lichtschein des Kaminfeuers flackerte über sie hinweg, hob sie aus der Dunkelheit hervor und ließ sie wieder darin versinken.

»Als Björn einmal eine Blinddarmentzündung bekam und ins *St. Johannes* eingeliefert wurde, brach ich mit so hohem Fieber zusammen, dass ich ebenfalls ins Krankenhaus musste. Der eine fühlt sich ohne den andern wie amputiert.«

»Aber ihr lebt doch in unterschiedlichen Städten.«

»Das funktioniert, weil es Handys und Computer gibt, über die wir uns jederzeit erreichen können. Hinzu kommt, dass wir uns innerhalb einer halben Stunde sehen können, wann immer uns danach ist. Außerdem«, Ingo hörte an Romys Stimme, dass sie lächelte, »außerdem ist das Getrenntleben auch ein Training.«

»Ein Training?«

»Für den Ernstfall. Falls wir wirklich einmal getrennt sein sollten und nichts dagegen tun können.«

Sie drehte sich zu Ingo um, und das Licht liebkoste ihr Gesicht. Ingo saß ganz still, als könnte sie sich bei der kleinsten seiner Bewegungen wie eine Fee in Luft auflösen.

»Und jetzt … spüre ich, dass er sich in Gefahr befindet.«

»Deshalb ist er doch untergetaucht«, sagte Ingo, der nicht ein einziges Mal nach dem Ort gefragt hatte, an dem Björn und Maxim sich aufhielten. »Und er ist sicher in seinem Untergrund, denn nur wenige Menschen sind eingeweiht: du, Maxim, Björn selbst und die Polizei, nehme ich an.«

»Und Greg«, ergänzte Romy. »Sie wohnen in dem ehemaligen Haus seiner Eltern.«

Es dauerte einige Sekunden, bis Ingo begriff, was sie da getan hatte.

Sie hatte ihm eine Information gegeben, mit deren Hilfe er den Aufenthaltsort ihres Bruders innerhalb kürzester Zeit ermitteln könnte. Ihm in einem Ausmaß vertraut, das ihn umwarf.

Er überlegte nicht. Stand einfach auf und ging zu ihr.

Zog sie in seine Arme.

Romy ließ es geschehen.

Er hielt sie, die Wange an ihrem Haar, und schaute hinaus in die mit Lichtern gesprenkelte Dunkelheit. Romys Schultern begannen zu zucken, und er drückte sie ein bisschen fester an sich und ließ sie weinen.

*

Björn hatte eine Dose Ravioli aufgemacht und den Inhalt in einem Topf erhitzt. Er hatte eine Handvoll halbierter Cherrytomaten hinzugefügt und ein wenig geriebenen Parmesan.

»Hmmm …« Maxim schob die Medikamente, die auf dem Couchtisch lagen, mit dem Arm beiseite und schnupperte. »Mein

Leibgericht.« Er beugte sich über den Teller und aß mit gutem Appetit. Anscheinend klang seine Erkältung ab.

»Zeig mal dein Bein«, bat Björn, und Maxim zog bereitwillig das Hosenbein hoch, ohne mit dem Essen aufzuhören.

Der Verband war schon wieder rot.

»Die Wunde ist ziemlich tief«, murmelte Maxim mit vollem Mund. »Das braucht Zeit. Morgen sieht sie bestimmt schon viel besser aus.«

Björn kehrte in die Küche zurück, um Apfelsinen auszupressen.

Und um allein zu sein.

Das Telefongespräch mit Romy ging ihm nicht aus dem Kopf.

»Alles okay bei euch?«, hatte sie gefragt.

»Alles prima«, hatte er geantwortet.

»Warum hab ich dann das Gefühl, dass du in Gefahr schwebst?«, hatte sie gefragt, und ihre Stimme war so klein und dünn gewesen, wie er sie selten gehört hatte.

»Das Gefühl hab ich auch, die ganze Zeit. Ist doch normal in unserer Lage. Und Angst ist positiv, Romy. Sie kann einem das Leben retten.«

»Soll ich zu euch kommen, Björn?«

»Untersteh dich! Vielleicht führst du ihn damit direkt zu uns.«

Das glaubte Björn nicht wirklich, doch es war das einzige Argument, das Romy überzeugen konnte, in Köln zu bleiben. Bei Ingo und in der Redaktion war sie gut aufgehoben.

»Seid vorsichtig«, sagte sie leise. »Versprich mir das.«

»Ich verspreche es.«

»Bei allem, was dir heilig ist?«

»Bei noch viel mehr.«

Ihr Kinderschwur. Björn lächelte.

»Was ist so komisch?«, fragte Maxim, der unbemerkt hinter ihn getreten war.

Björn zuckte beim unerwarteten Klang seiner Stimme zusammen. Als er den Kopf hob, sah er Maxims Spiegelbild auf der schwarzen Fensterscheibe. Regen lief über das Glas, und es war, als liefe er über Maxims Gesicht, seinen Körper, sein Haar. Wir sollten die Rollläden runterlassen, dachte Björn. Man kann uns von draußen beobachten.

»Ach, ich hab gerade an das Gespräch mit Romy gedacht«, beantwortete er Maxims Frage. »Ich soll dich übrigens grüßen.«

»Die gute Romy …«

Maxim beugte sich über Björn und küsste seinen Nacken.

Björns Haut zog sich zusammen. Er drehte sich um. »Ich liebe dich«, flüsterte er.

»In guten wie in schlechten Tagen?«, raunte Maxim ihm ins Ohr.

Björn nickte und schloss die Augen.

»In Gesundheit und in Krankheit?«

»Ja …«

»Bis dass der …«

Björn küsste ihn schnell. Damit Maxim das Wort nicht aussprach.

Ihm war zum Heulen. Stattdessen ließ er Maxim los und fing an zu lachen, und Maxim stimmte in sein Lachen ein, und sie lachten, bis Björn sich den Bauch halten musste, weil ihm alles wehtat vor lauter Trauer und hysterischer Fröhlichkeit.

*

Maxim war verwirrt. Seine Fantasie gaukelte ihm Bilder vor, die direkt aus seinen Träumen stiegen. Er sah die dunkle Gestalt. Und wie sie sich näherte in ihrem eigentümlichen Gang. Es könnte, dachte er, ein leichtes Humpeln sein.

»Lass mich deine Wunde noch einmal versorgen«, sagte Björn.

Maxim fuhr zu ihm herum. Er hatte auf dem Sofa gesessen und in sich hineingelauscht. An Björn gar nicht mehr gedacht. Ich werde irre, dachte er. Umgebe mich mit den Gespenstern aus meinen Träumen und vergesse die Menschen, die um mich sind. Den Menschen. Björn.

»Die Angst vorm Wahnsinn soll eigentlich ein Zeichen für geistige Gesundheit sein«, sagte er und starrte Björn voller Hoffnung ins Gesicht.

»Was?« Björn blickte ihn verständnislos an, frisches Verbandszeug in der einen Hand und eine Schere in der anderen.

»Anders gefragt: Weiß ein Geisteskranker, dass er geisteskrank ist?«

»Jetzt halt doch mal still, Maxim!«

Björn machte sich an Maxims Verband zu schaffen. Die Gestalt stand jetzt dicht hinter ihm.

Maxim blinzelte.

»Das hat sich entzündet. Wir müssen was unternehmen, Maxim, sonst bekommst du eine Blutvergiftung.«

Maxim warf einen Blick auf seine Wunde. Die Katze hatte ganze Arbeit geleistet.

»Ich dreh diesem Vieh den Hals um«, stieß er hervor.

»Hör auf. Das würdest du doch gar nicht fertigbringen«, sagte Björn sanft und schnitt ein sauberes Stück Mull zurecht.

Maxim antwortete nicht. Erschrocken hatte er festgestellt, dass es ihm sogar Freude bereiten würde.

*

Bert spürte, wie das Bier seine Wirkung zeigte. Er betrat seine Wohnung, ohne sich zu wünschen, woanders zu sein, ging ins Schlafzimmer, ohne Licht zu machen, ließ sich auf sein Bett fallen, ohne sich vorher auszuziehen. Er betrachtete die geheimnisvollen Schattenspiele an der Zimmerdecke und versuchte, die Abendgeräusche im Haus zu deuten.

Irgendwo stand jemand unter der Dusche. Woanders stritten ein Mann und eine Frau. Ein Kind weinte jämmerlich. Bässe klopften gegen die Wände.

So viel Leben.

Er drehte sich zum Fenster und versuchte, den nächsten Arbeitstag zu planen. Der Alkohol hatte seine Gedanken träge gemacht. Er hatte jedoch nichts gegen das Gefühl ausrichten können, das ihn unterschwellig schon den ganzen Abend begleitete:

Sie mussten sich beeilen.

Er wünschte sich ein Wunder herbei. Obwohl er es besser wusste. Es gab keine Wunder. Nicht bei ihrer Arbeit. Es gab nur Routine, Hartnäckigkeit, Genauigkeit und manchmal ein bisschen Glück.

Glück …

Er schaute auf die Leuchtziffern seines Weckers.

23:15.

Eine mystische Zeit, nicht mehr richtig Abend und noch nicht Nacht. Da konnte alles passieren. Während er darüber philosophierte, fielen ihm die Augen zu, und er schlief ein, das Handy griffbereit neben sich.

*

Björn überlegte, ob er es wagen konnte, auch ohne Maxims Wissen den Notarzt zu verständigen. Wie würde Maxim reagieren? Wie würde er selbst reagieren, wenn Maxim so etwas täte?

Er würde es ihm übelnehmen.

Das Fieber war doch wieder gestiegen und die Wunde sah scheußlich aus. Die Entzündung war bereits fortgeschritten, das konnte sogar Björn als Laie beurteilen. Maxims Bein war bis zum Knie hinauf und bis zum Knöchel hinunter knallrot und fühlte sich heiß an.

Sie saßen im Wohnzimmer. Im Fernsehen lief ein Krimi, doch Björn konnte der Handlung nicht folgen, weil Maxim sich so sonderbar verhielt.

Er hockte im Schneidersitz auf dem Sofa, zupfte und zog an seinen Fingern und redete leise mit sich selbst. Björn verstand nicht, was er sagte. Er konnte jedoch an Maxims wechselndem Mienenspiel ablesen, dass er aufgeregt war.

»Nein«, sagte er jetzt. Er boxte in die Luft, als wollte er einen unsichtbaren Gegner treffen. Lautlos bewegten sich seine Lippen. Er schloss die Augen und riss sie wieder auf. Schüttelte den Kopf. »Niemals.«

»Maxim?«

Fast hätte Björn nicht gewagt, ihn anzusprechen.

Maxim drehte sich zu ihm um. Lächelte wie von fern.

Dann wandte er sich wieder ab. Murmelte weiter, immer weiter.

Björn hatte Feuer im Kamin gemacht. Dennoch war ihm kalt. Er legte zwei weitere Holzscheite auf. Wenn er nur wüsste, was er tun sollte.

*

Die Gelegenheit ist günstig.

»Ich höre dir nicht mehr zu.«

Du hörst jedes Wort.

»Es gibt dich nämlich überhaupt nicht. Du bist bloß ein Produkt meiner Fantasie.«

Ach. Bin ich das?

Der Schmerz ließ ihn beinah ohnmächtig werden.

Kann ein Produkt deiner Fantasie dir so wehtun? Kann es dich TÖTEN?

»Tu es doch! Töte mich! Los! Worauf wartest du?«

Die Stimme lachte. Klirrte wie zerstoßenes Eis.

MEMME!

Tief in seinem Innern fühlte er einen anderen Schmerz, einen, der alt war und seit vielen Jahren in ihm schlummerte. Sein Herz sog sich voll mit diesem Schmerz und wurde so schwer, dass es seine Schläge verlangsamte.

Er ist schuldig.

»Er ist der beste Mensch, dem ich je begegnet bin.«

Der beste Mensch? Er hat dich verdorben. Sieh dich an! Wo

ist deine Unschuld geblieben? Deine Aufrichtigkeit? Was ist aus dir geworden?

Er hielt sich die Ohren zu. Schaukelte vor und zurück. Wurde wieder zu dem Kind, das er einmal gewesen war. Das sich wegträumte. Irgendwohin, wo niemand es mehr erreichte.

*

»Das halte ich nicht länger aus.« Romy sprang auf. »Ich kann nicht hier rumsitzen und abwarten.«

Ingo nickte. Er warf einen Blick auf die Uhr. Bald Mitternacht. Ein schlechter Zeitpunkt für übereilte Entschlüsse.

Aber Romy erweckte nicht den Eindruck, als ließe sie sich umstimmen. Wortlos verschwand sie im Bad, um ein paar Sachen zusammenzupacken. Dann hörte er sie im Gästezimmer kramen.

Er ging ihr nach.

»Du fährst auf keinen Fall allein«, sagte er, und ihm wurde bewusst, dass er redete wie einer dieser albernen Frauenbeschützer aus alten Hollywoodschinken.

Romy sah ihn fragend an.

»Gib mir fünf Minuten, dann bin ich bereit.« Er wartete ihre Antwort nicht ab. Wenn sie darauf bestünde, allein zu fahren, würde er ihr eben mit seinem eigenen Wagen folgen.

Anscheinend hatte sie seine Entschlossenheit bemerkt, denn sie widersprach ihm nicht. Als sie einander schließlich mit gepackten Taschen gegenüberstanden, lächelte sie. »Danke.«

»Lass uns meinen Wagen nehmen«, schlug Ingo vor. »Der ist schneller.«

Auch damit war sie einverstanden. Schweigend fuhren sie mit dem Fahrstuhl in die Tiefgarage, wo alles still war. Die weichen Sohlen ihrer Stiefel machten kein Geräusch. Ingo registrierte das, und es beruhigte ihn.

Romys Angst fing an, sich auf ihn zu übertragen.

35

Angst. Angst. Angst.
  Angst.
  Angst ...

Björn hatte keine Ahnung, wie schnell eine Blutvergiftung voranschritt, falls es sich bei dem, was Maxim sich da zugezogen hatte, tatsächlich um eine Blutvergiftung handelte. Er erinnerte sich nur daran, oft gehört zu haben, dass Blutvergiftungen tödlich endeten, wenn sie nicht rechtzeitig behandelt wurden.

Das Internet hatte ihm in dieser Frage auch nicht helfen können. Die Symptome einer Sepsis, hatte Björn gelesen, ähnelten anfangs denen einer Erkältung oder eines grippalen Infekts. Wie also sollte er sie erkennen?

Eine Stunde noch, nahm er sich vor. War das Fieber dann weiter gestiegen, würde er einen Notarzt rufen.

»Lass mich in Ruhe!«, flüsterte Maxim zornig. »Verschwinde endlich aus meinem Kopf!«

»Maxim?«

»Alles gut, Björn.« Maxim hielt den Blick unverwandt auf den Fernsehbildschirm gerichtet. »Alles super.«

*

Romy blickte starr geradeaus. Einundfünfzig Minuten hatte Ingos Navigationssystem für die Strecke errechnet. Doch wahrscheinlich würden sie noch ein paar Minuten herausholen können, denn Ingo stand förmlich auf dem Gaspedal und hatte die linke Spur noch kein einziges Mal verlassen.

Es war kaum Verkehr auf der A1. Nur ein paar Lastwagen krochen in gemächlichem Tempo dahin. Das Licht der Scheinwerfer wurde von der nassen Fahrbahn reflektiert. Blätter wirbelten durch die Luft und klatschten gegen die Windschutzscheibe.

Der Wetterdienst hatte sich nicht geirrt. In Köln war es lediglich windig gewesen, aber je weiter sie sich von der Stadt entfernten, desto stürmischer wurde es.

»Orkanböen«, sagte Romy. »Hoffentlich sind wir da, bevor sie losbrechen.«

Ingos Gesicht war angespannt. Einige Male schon war der Wagen von einem Windstoß zur Seite gedrückt worden, doch Ingo hatte nicht die Kontrolle verloren.

»Es ist ja nicht nur, dass Maxim krank ist und Björn deshalb nicht beschützen kann«, sagte Romy. »Es geht auch um die Katze. Sie hat sich völlig wesensfremd benommen, und das muss einen Grund haben.«

»Welchen?«, fragte Ingo.

»Sie wittert den Mörder, da bin ich mir ganz sicher.«

»Du meinst, sie hat … Vorahnungen? Wie du?«

»Weiß nicht.« Romy kaute an der Unterlippe. »Oder der Mörder ist in der Nähe, und sie hat ihn gesehen.«

»Gesehen?«

»Katzen sitzen gern auf Fensterbänken. Wer sagt denn, dass der Mörder nicht bereits im Garten herumlungert und nur auf einen günstigen Augenblick wartet?«

Aus den Augenwinkeln sah Romy, wie Ingo erschauerte. Doch als sie zu ihm hinübersah, hatte er sich wieder im Griff.

»Kannst du nicht noch ein bisschen schneller fahren?«, bat sie ihn.

Ingo diskutierte nicht. Er gab Gas.

*

Was habe ich dir beigebracht?

»*Nichts. Du bist nur eine Stimme in meinem Kopf. Du hast mir gar nichts beigebracht.*«

Eine neue Schmerzwelle schoss durch seinen Körper.

Streng dich an!

»*Du hast mir beigebracht zu hassen. Und zu töten.*«

So ist es. Ich habe dich zu einem Kämpfer gemacht, der richtig und falsch voneinander unterscheiden kann. Weißt du, zu was ein guter Kämpfer fähig sein muss?

Die Stimme wartete nicht auf eine Antwort. Sie hätte sowieso keine bekommen. Nicht von ihm.

Ein guter Kämpfer muss hart und unnachgiebig sein, gegen andere – und gegen sich selbst.

Er wusste, worauf sie hinaus wollte, wäre gern vor ihr geflohen. Weg. Weit, weit weg. Egal wohin. Er presste die Fäuste gegen seine Schläfen, als könnte er sie so aus seinem Kopf vertreiben.

Er hat den Tod verdient.

»*Hör auf …*«

Ich bin bereit, *dir* dein Leben zu schenken. Aber *er* muss sterben.

Er hörte sich wimmern, fühlte, wie sie sich in ihm ausbreitete. Bald würde sie vollkommen Besitz von ihm ergriffen haben. Ihren Hass in seinem Innern versprühen.

Bis er ihn selbst spürte …

*

Die Bäume bogen sich im Wind. Ingo wusste, dass er das Tempo, mit dem sie über die Autobahn bretterten, nicht verantworten konnte. Aber Romys unumstößliche Gewissheit, dass ihr Bruder sich in Gefahr befand, durfte er nicht ignorieren.

Wie versteinert saß sie neben ihm, tief in Gedanken versunken.

»Warum rufst du ihn nicht nochmal an?«, fragte Ingo, der sich eigentlich vorgenommen hatte, ihr keine Fragen zu stellen, der ihr einfach vertrauen und bei ihr sein wollte, damit ihr nichts geschah.

»Hab ich versucht«, antwortete sie kläglich. »Er geht nicht ran.«

»Und wenn du ihm eine Mail schickst?«

»Hab ich gemacht. Er antwortet nicht.«

Ingo merkte, dass es sie enorme Überwindung kostete, nicht in Tränen auszubrechen. »Dafür gibt es bestimmt eine harmlose Erklärung«, tröstete er sie, obwohl er nicht einen Moment lang daran glaubte. Er zögerte. »Und wenn wir die Polizei informieren?«

»Was willst du ihnen sagen? Dass sie wegen einer Vorahnung zwei Beamte in dieses Sauwetter schicken sollen? Wo bei den Sturmschäden, die in dieser Nacht erwartet werden, jede Hand gebraucht wird?«

»Stimmt.«

Das Wort kam ihm vor wie ein Pistolenschuss.

Sein Cabrio flog dahin und er schickte stumme Bitten in den Himmel.

Gott, hilf uns, das unbeschadet zu überstehen …

Lass den Orkan die Richtung wechseln …

Ingo hatte schon Bäume gesehen, die von Orkanböen geknickt worden waren wie Streichhölzer.

Romy legte sich die Hände aufs Gesicht. Als wollte sie nichts mehr sehen, hören, fühlen. Sie war weit weg in diesem Augenblick. Und ihm näher als je zuvor.

*

Björn fielen die Augen zu. Immer wieder nickte er ein und schreckte davon hoch, dass ihm das Kinn auf die Brust sackte.

»Geh doch schlafen«, sagte Maxim, der jetzt hellwach vor dem Fernseher hockte und Jackie Chan dabei zusah, wie er Männer in dunklen Anzügen vermöbelte.

Björn mochte Jackie Chan und seinen augenzwinkernden Humor, aber nicht jetzt. Der Sturm heulte ums Haus und fing sich im Kamin.

Als ginge die Welt unter, dachte Björn.

Maxim beobachtete ihn aus den Augenwinkeln. Vielleicht wartete er darauf, dass Björn sich zurückzog. Vielleicht brauchte er ein bisschen Zeit für sich allein. Bestimmt fühlte er sich hier wie in einen Käfig gesperrt.

Maxim, die Raubkatze, rastlos und nervös.

»Wenn du allein zurechtkommst …«

»Klar«, sagte Maxim. »Wenn was ist, kann ich dich ja rufen.«

Björn gab ihm einen Kuss und blickte sich suchend um. »Wo ist mein Handy?«

Maxim hob die Schultern. »Hast du wohl irgendwo liegen lassen.«

Doch das konnte nicht sein. Björn trug es *immer* bei sich, und wenn er schlief, lag es neben seinem Bett. Das hatte er sich angewöhnt, als Romy und er beschlossen hatten, in unterschiedliche Städte zu ziehen.

Er lief durch sämtliche Räume, ohne sein Handy zu finden. Wann hatte er es zum letzten Mal benutzt? Als er mit Romy telefoniert hatte, so gegen neun. Und dann? Wo hatte er es hingelegt?

»Hast du es vielleicht …«

»Du weißt, dass ich dein Handy nicht anrühre.« Maxim richtete sich auf und verzog vor Schmerzen das Gesicht. »Soll ich dir suchen helfen?«

Vielleicht war es runtergefallen und unter ein Möbelstück gerutscht? Aber das hätte man doch hören müssen.

Erst jetzt bemerkte Björn es. »Und mein Laptop? Wo ist der?«

»Der ist ja nun nicht zu übersehen«, sagte Maxim mit leichtem Vorwurf in der Stimme und rappelte sich umständlich auf.

Sie suchten, aber sie fanden ihn nicht, konnten ihn in den übrigen Räumen gar nicht finden, denn Björn hatte ihn nur im Wohnzimmer benutzt und in kein anderes Zimmer mitgenommen. Fröstelnd zog er die Schultern noch.

Erschöpft sank Maxim aufs Sofa zurück. Die Suchaktion hatte ihn überanstrengt.

Björn blickte sich beklommen um.

»Erst Minette. Dann mein Handy. Und nun mein Laptop … Maxim, hier stimmt was nicht.«

Das alte Haus verursachte ihm von Stunde zu Stunde größeres Unbehagen. Hungrig stürzte es sich auf das kleinste bisschen Licht und verwandelte es in Dunkelheit. Es hätte Björn kaum gewundert, zu erfahren, dass es auch Lebewesen verschlucken konnte.

Jackie Chan seilte sich von einem Hochhaus ab.

Maxim begann wieder, leise mit sich selbst zu sprechen.

Hätte Björn noch einen Funken Energie besessen, hätte er sich Maxim geschnappt und wäre auf der Stelle mit ihm von hier abgehauen. Stattdessen ging er ins Badezimmer, um sich die Zähne zu putzen.

Vielleicht konnte er das Rätsel um Minette und die verschwundenen Sachen morgen lösen. Jetzt wollte er nur noch schlafen.

*

Nachdem sie die Autobahn verlassen hatten, fuhren sie die B 229 entlang. Sie kamen durch schlafende Orte, in denen der Sturm tobte. Er schleuderte abgebrochene Zweige über die Fahrbahn, rüttelte an den Laternen, trieb zerbrochene Reklameschilder und aufgeblähte Plastiktüten über leere Parkplätze und wirbelte auf dem Gelände eines Einkaufszentrums einen Sonnenschirm durch die Luft wie einen großen bunten Vogel mit gebrochenem Flügel.

Ingo war gezwungen, das Tempo zu drosseln. Mehrmals kamen ihnen mit Blaulicht und heulenden Sirenen Feuerwehrwagen entgegen. Er durfte sich gar nicht vorstellen, was passieren konnte, wenn das Glück sie verließ.

Aus gutem Grund war außer ihnen kaum einer unterwegs.

Verdammt!, dachte er. Verdammt! Verdammt! Verdammt!
Trotzdem hätte er mit niemandem tauschen wollen.

*

Remscheid. Lennep. Radevormwald.

Sie hatten es fast geschafft.

Romy saß in einem Kokon aus Angst.

Nicht vor dem Sturm fürchtete sie sich. Nicht vor dem, was er ihnen antun könnte.

Sie hatte Angst vor dem, was sie in Halver erwartete.

Schon lange hatte sie kein Wort mehr gesagt, obwohl sie Ingo gern unterstützt hätte. Die Fahrt war anstrengend für ihn. Man konnte es daran erkennen, wie seine Hände sich um das Lenkrad verkrampften.

Aber es waren keine Worte da, die sie hätte aussprechen können. Ihr Kopf war leer. Die Verzweiflung, die in ihr wuchs, lähmte ihre Sinne. Sie konnte nur hoffen, dass sie noch in der Lage sein würde zu reagieren.

Auf was auch immer.

*

Er wehrte sich mit aller Kraft. Aber er spürte bereits, wie der Hass in ihm wach wurde.

Wie er alles lahmlegte, was gut war in ihm.

Natürlich gab es bereits einen Plan. Bis hierher hatte er auch bestens funktioniert.

Nur über die Todesart war er sich noch nicht schlüssig.

Wie tötet man einen Menschen, den man liebt?

Sanft. Voller Respekt. Und Liebe.

Auch wenn die Liebe sich unmerklich mit seinem Hass vermischte. Dem Hass, den die Stimme ausstrahlte. Mit dem sie ihn all die Jahre vergiftet hatte.

Er hatte so lange nach einem Ausweg gesucht, doch endlich erkannte er, dass es keinen Ausweg gab.

*

Björn zermarterte sich das Hirn, um sich daran zu erinnern, wo er das Handy hingelegt hatte.

Filmriss.

Der ganze Tag kam ihm im Nachhinein sonderbar vor. Als hätte er ihn erlebt – und sich selbst dabei beobachtet. Als hätten Maxims Fieberschübe ihn irgendwie angesteckt.

Sein Gesicht im Spiegel war blass und angeschlagen. Unter seinen Augen lagen bläuliche Schatten.

Im Badezimmer roch es nach Alter und Vergeblichkeit. Die vormals weißen Fugen zwischen den wild gemusterten grünen Wandkacheln waren angegraut, die in der Duschkabine mit den wackligen Schiebetüren schwarzfleckig vom Schimmelpilz.

Vor der Wanne lag eine zerschlissene Badematte in einem traurigen Ockerton. Auf der Fensterbank stand eine verstaubte Glasschale mit cremefarbenen Kieselsteinen. Die Handtücher waren dünn geworden vom täglichen Gebrauch. In der Ecke beim Fenster lehnte ein Greifarm, mit dem man Gegenstände vom Boden aufheben konnte, ohne sich nach ihnen zu bücken.

Das Fensterglas war geriffelt, damit man von außen nicht hindurchsehen konnte. Wütend warf sich der Sturm dagegen, als wollte er es eindrücken.

Nur noch diese Nacht, nahm Björn sich vor, dann würde er Maxim vorschlagen, wieder nach Bonn zu fahren.

Dieses Haus war nicht ihre Rettung.

Er spuckte den Schaum ins Waschbecken und spülte sich den Mund aus.

Dieses Haus war eine Falle.

*

Er erhob sich, neigte den Kopf und horchte. Massierte seine Finger. Verschränkte sie ineinander und streckte sie, bis es knackte.

Fokussierte sein Denken auf das, was er zu tun hatte.

Er schloss die Augen, atmete tief durch die Nase ein, hielt den Atem eine Weile und ließ ihn langsam wieder durch den Mund entweichen. Diesen Vorgang wiederholte er, bis nichts anderes mehr in seinem Kopf war als der Gedanke an Tod.

Die Stimme hatte sich zurückgezogen.

Nur ihr Hass war geblieben und stärkte ihn.

*

Maxim stand am Wohnzimmerfenster und sah hinaus in das Inferno aus Regen und Sturm. Die große Glasscheibe schien sich nach innen zu wölben. Bald würde sie zerbrechen.

Was tat er hier?

Wann war er vom Sofa aufgestanden?

Er konnte sich nicht erinnern.

Aus dem Bad oben hörte er das gedämpfte Geräusch plätschernden Wassers.

Hatte Björn ihm gesagt, dass er ins Bett gehen wollte?

Das müsste er doch noch wissen!

Sein Kopf war ein einziger mächtiger Schmerz, durch den sich die dunkle Gestalt aus seinen Träumen einen Weg zu ihm bahnte. Sie bewegte sich langsam vorwärts in ihrem schleppenden Gang, griff sich ans Bein und stöhnte auf.

Maxim konnte das Stöhnen nicht hören.

Er fühlte es.

In seinem Kopf.

Und er spürte, dass etwas anders war. Diesmal würde er den Albtraum nicht abschütteln können, denn *diesmal war er wach.*

Björn …

Er musste bei ihm sein, bevor die Gestalt ihn erreichte.

Ein Schritt, und er hätte vor Schmerzen fast aufgeheult. Er

durfte sein verletztes Bein nicht zu stark belasten. Vorsichtig setzte er sich in Bewegung und der Schweiß lief ihm übers Gesicht. Das schmerzende, pochende Bein, in dem das Blut zu kochen schien, zog er langsam nach.

*

An Schmerzen war er gewöhnt. Dass sie jedoch seine Bewegungsfreiheit einschränken würden, hatte niemand voraussehen können.

Shit happens, dachte er, doch es musste wesentlich mehr geschehen, um ihn aufzuhalten.

Obwohl sein Bein brannte, als hätte es Feuer gefangen, spürte er diese Kraft in sich, die mit nichts zu vergleichen war. Als hätte Gott ihn mit leichter Hand berührt und ihn unsterblich gemacht.

Nichts würde ihm jetzt etwas anhaben können.

Eine Treppenstufe nach der andern. Schwierig, aber nicht unüberwindlich. Er konnte jetzt den Lichtschein sehen, der aus dem Badezimmer in den Flur fiel. Und darin den Schatten seines Opfers.

Es würde so einfach sein.

So kinderleicht, dass es schon gar keine Freude mehr machte.

Etwas jedoch irritierte ihn und er blieb stehen und lauschte. Etwas war anders als sonst, kratzte an seinem Panzer aus Kraft und Entschlossenheit.

Mit einer ärgerlichen Handbewegung wischte er die Verunsicherung weg.

*

Nachdem Björn den Entschluss gefasst hatte, mit Maxim von hier zu verschwinden, war ihm ein Stein von der Seele gefallen.

Er merkte es an der Leichtigkeit, mit der er sich wieder bewegen konnte. Es fühlte sich nicht mehr an, als hätte sich sein

T-Shirt in ein mittelalterliches Kettenhemd verwandelt, das zentnerschwer an seinen Schultern zog.

In Bonn würde Maxim sich erholen. Vielleicht konnte Björn ihn da sogar von der Notwendigkeit überzeugen, einen Arzt aufzusuchen.

In Bonn kannte er sich aus. Er hätte sich niemals überreden lassen sollen, hierherzukommen und sich in diesem verlassenen alten Haus zu verkriechen, das nur darauf gewartet hatte, sie mit Haut und Haar zu verschlingen.

Er bemerkte eine Bewegung im Spiegel und drehte sich um.

»Maxim«, wollte er sagen, »weißt du, was ich mir überlegt habe?«

Doch dazu kam es nicht.

Das Lächeln gefror ihm auf den Lippen.

»Oh, Gott«, flüsterte er. »Was ist mit dir?«

*

Maxim starrte in Björns angsterfülltes Gesicht und erschrak. War er zu spät gekommen?

Er warf einen hastigen Blick ins Bad.

Niemand.

Er fuhr herum, doch hinter ihm lag nur der leere Flur, spärlich erhellt vom Lichtschein, der aus dem Badezimmer fiel.

»Der Mörder«, flüsterte er, um Björn zu warnen, und konnte seine eigenen Worte nicht verstehen, weil in seinen Ohren ein schreckliches Brausen war, beinah so, als wäre der Sturm von draußen in ihn hineingefahren. »Er ist hier … im Haus …«

Er hob die Hand und vollführte eine ungelenke Geste, schwankte ein wenig.

Björn antwortete nicht.

Suchte am Waschbecken Halt, als sei er nicht in der Lage, aus eigener Kraft aufrecht zu stehen.

Was war hier los?

Im nächsten Moment gab Björn den Spiegel frei, und Maxims Blick fiel auf die Gestalt, die ihn in seinen Träumen verfolgt hatte.

Endlich sah er ihr Gesicht.

Gebeugt stand sie da, kreidebleich, die Augen tief in den Höhlen.

Während Björn zurückwich, bis das Fenster ihn stoppte.

Maxims Gehirn brauchte eine Weile, um zu begreifen.

Er hob langsam die Hand.

Die Gestalt im Spiegel tat es ihm nach.

*

Er musste sich zusammenreißen.

Obwohl sein Bein so schmerzte, dass er es kaum noch aushalten konnte, zwang er es, ihm zu gehorchen.

»Da sind wir, Björn. Nur du und ich.«

Er hob die Hände, seine starken, zuverlässigen Hände.

»Ich werde es dir leicht machen und dir einen schnellen, zärtlichen Tod schenken.«

Einen zärtlichen Tod, dachte er. Wie wunderschön.

Die Empfindungen glitten über Björns Gesicht hinweg. Das Entsetzen verschwand und machte dem Begreifen Platz. Danach der Trauer.

Zärtlich, wie er es versprochen hatte, legte er Björn die Hände um den Hals und drückte zu.

Björn wehrte sich nicht.

*

Endlich begriff Björn.

Maxim …

Er sah die Tränen auf Maxims Gesicht. Den Hass. Und die Liebe in seinen Augen.

Maxim …

Er spürte, wie er ihn verlor.

Vergeblich rang er nach Luft. Die Augen traten ihm aus den Höhlen. Der Schmerz war ungeheuerlich.

Maxim ...

Plötzlich nahm Maxim die Hände weg.

Er schrie voller Qual.

Warf sich herum und schlug mit den Fäusten in sein Spiegelbild, so oft und so hart, dass es in einem Regen von Scherben zersplitterte.

Dann sank er zu Boden. Nahm eine lange, spitze Scherbe. Und setzte sie an seiner Pulsader an.

*

Im Haus war Licht. Romy sprang aus dem Wagen, noch bevor er richtig zum Stehen gekommen war. Der Sturm warf sich fauchend auf sie und riss sie beinah um. Beide Füße fest auf der Erde stemmte sie sich gegen ihn.

Ingo nahm ihre Hand und gemeinsam arbeiteten sie sich zur Haustür vor. Romy klingelte. Ihr war bang zumute. Schon lange hatte sie nicht mehr mit den Zähnen geknirscht, nun tat sie es. Augenblicklich verkrampften ihre Kiefer.

Es war eine Tür mit blickdichtem Sicherheitsglas, das lediglich einen schwachen Lichtschimmer nach außen ließ. Dahinter schien sich nichts zu bewegen. Niemand kam, um zu öffnen.

Romy spürte ein Kribbeln im Nacken.

»Komm!«, rief sie und zog Ingo, so schnell der Sturm es erlaubte, zu dem hellen Fenster, hinter dem sie das Wohnzimmer vermutete.

Die Rollläden waren nicht heruntergelassen, und der Raum lag vor ihnen wie eine erleuchtete Bühne. Ein Fernseher lief, ohne dass jemand zuschaute. Romy sah eine Decke auf dem Sofa und Medikamente auf dem Couchtisch.

»Vielleicht schlafen sie schon«, rief Ingo gegen den Sturm an.

»Und haben den Fernseher und das Licht angelassen?«

In diesem Moment hörten sie einen Schrei. Er ging Romy durch Mark und Bein.

»Björn!«, rief sie. »Maxim!«

Der Schrei wollte nicht aufhören, schien sich endlos fortzusetzen. Panisch hämmerte Romy mit den Fäusten gegen die Fensterscheibe, die nass und schmutzig war und an der tote Blätter klebten.

Ingo zerrte sie zurück.

»Das hat keinen Sinn!« rief er. »Warte!«

Er kämpfte sich zu seinem Cabrio vor und kam kurz darauf mit einem Wagenheber zurück.

»Aus dem Weg!«, rief er, und Romy trat beiseite.

Mit einem ohrenbetäubenden Knall, der selbst den Sturm übertönte, zerbarst das Glas. Ingo schlug so lange mit dem Wagenheber zu, bis keine gefährlichen Zacken mehr übrig waren, die sie beim Einstieg verletzen konnten.

Dann standen sie im Wohnzimmer und horchten.

Kein Geräusch. Keine Bewegung.

Vorsichtig gingen sie auf die Tür zu. Bei jedem Schritt knirschte das Glas unter ihren Schuhen.

*

Björn war auf die Knie gesunken.

Gierig trank er die rettende Luft.

Er hielt sich den Hals, hustete, bis er würgen musste und die Tränen ihm aus den Augen liefen. Sein Kehlkopf schmerzte, als hätten Maxims Hände ihn zerquetscht.

»Nicht …«, krächzte er und kroch auf Maxim zu. Glasscherben drückten sich in seine Knie, bohrten sich in seine Hände. Er achtete nicht darauf.

Maxim hatte sich die linke Pulsader aufgeschnitten. Das Blut lief ihm über die Hand und tränkte die Scherben auf dem Fliesenboden.

Björn riss ein Handtuch vom Handtuchhalter und robbte zu Maxim, so schnell er konnte. In seinem Hals explodierte der Schmerz. Seine Augen brannten.

»Maxim ... oh Gott, Maxim ...«

Blutung stoppen. Nachbar. Notarzt. Krankenhaus. Kurze, knappe Befehle an sein Gehirn, das ihn im Stich lassen wollte.

Maxim schien die Besinnung verloren zu haben. Der Kopf war ihm auf die Brust gesunken. Sein Mund war leicht geöffnet. Die Augen waren geschlossen.

Endlich hatte Björn ihn erreicht. Er faltete das Handtuch zusammen und schlang es fest um Maxims Arm. Dann lehnte er sich gegen die Wand und zog Maxim an sich.

Er heulte Rotz und Wasser.

Und draußen tobte der Sturm weiter, als wär nichts geschehn.

*

Das Badezimmer sah aus wie ein Schlachtfeld. Der Wandspiegel war zersplittert. Die Scherben lagen auf den blutverschmierten Fliesen verstreut. Björn saß in diesem Chaos auf dem Boden, einen offenbar schwer verletzten Maxim in den Armen.

Er blickte zu Romy auf, die Haare voller Glassplitter, die Augen blutunterlaufen, Würgemale am Hals.

»Er braucht einen Arzt, Romy, schnell.«

Romy musste sich zu ihm hinunterbeugen, um ihn zu verstehen. Seine Stimme war wie weggeätzt, ihr fehlte jeglicher Klang.

»Um Gottes willen, Björn ...«

Sie ging in die Hocke und berührte behutsam sein Gesicht.

Hinter ihr telefonierte Ingo mit dem Notdienst.

»Was ist passiert?«, fragte Romy, und die Stimme kippte ihr weg. »Wer hat euch so zugerichtet?«

»Später«, flüsterte Björn und strich Maxim das Haar aus der Stirn. »Später.«

*

Ingo beobachtete, wie Björn und Maxim auf Tragen in die Rettungswagen geschoben wurden. Maxim war immer noch ohne Bewusstsein. Björn stand unter Schock.

Romy hatte beschlossen, mit ihrem Bruder ins Krankenhaus zu fahren. Die beiden Polizeibeamten, die den Transport mit ihrem Wagen begleiteten, hatten es ihr gestattet.

»Danke«, sagte sie, als sie sich von Ingo verabschiedete. »Ich danke dir von ganzem Herzen.«

Sie stellte sich auf die Zehenspitzen und gab ihm einen Kuss.

Ihre Lippen lagen warm und weich auf seinen, und Ingo merkte, wie ihm die Tränen kamen. Er drückte Romy an sich, dann schob er sie weg.

»Bis bald«, sagte er und blinzelte, als sei ihm etwas in die Augen geraten.

Er sah den Rücklichtern der Fahrzeuge nach, bis sie in der Dunkelheit verschwunden waren.

Die Polizei nahm seine Aussage auf, dann stieg er in sein Cabrio. Aber nicht, um nach Hause zu fahren.

Er suchte im Navi nach der Adresse des Johanniter-Krankenhauses, zu dem die Rettungswagen und die Polizisten unterwegs waren, warf einen letzten Blick zurück auf das nun hell erleuchtete Haus und ließ den Motor an.

EPILOG

Drei Wochen später

Bert verstaute die Geschenke in seiner geräumigen Reisetasche, damit die farbenfrohen Schleifen und Schleifchen nicht platt gedrückt wurden. Seine Tochter hatte Geburtstag, und er erfüllte ihr einen Herzenswunsch damit, dass er seinen Widerwillen gegen ein Zusammentreffen mit Margot, Schwiegereltern, Schwager und Schwägerin unterdrückte und mit allen feierte.

Er freute sich auf seine Kinder, konnte es kaum erwarten, sie zu umarmen. Er würde Margot nicht darauf ansprechen, dass sie die Besuchsregelung in Zukunft lockerer handhaben sollten, nicht heute. Er würde zu allen freundlich sein und wenn er daran erstickte.

Rick hatte ihm ein schönes Wochenende gewünscht. Sie hatten noch einen Kaffee miteinander getrunken und ihr Gespräch war wieder um ihren letzten Fall gekreist. Noch hatten sie sich nicht wirklich von ihm gelöst.

Daran musste Bert jetzt wieder denken.

Der Fall war abgeschlossen, doch wie jedes Mal hinterließ das bei ihm nicht nur Erleichterung, sondern auch ein Gefühl von Ohnmacht.

So viel Leid, das nicht gelindert, so viel Trauer, die nicht aufgefangen werden konnte.

So viele unbeantwortete Fragen.

Was hatten die Opfer im Augenblick ihres Todes gefühlt?

Was war ihr letzter Gedanke gewesen?

Ihre Familien und Freunde würden es niemals wissen. Sie würden den Rest ihres Lebens mit diesem blinden Fleck in ihrem Bewusstsein verbringen.

Bert durfte sich gar nicht vorstellen, eines seiner Kinder zu verlieren. Allein der Gedanke daran, jemand könnte seiner Tochter oder seinem Sohn Gewalt antun, brachte ihn beinah um den Verstand.

Er duschte und blieb lange unter dem heißen Wasserschauer stehen, spürte, wie die verhärteten Nackenmuskeln sich entspannten und sein Kopf zur Ruhe kam.

Björn Berner war für eine Weile zu seiner Schwester gezogen, die sich hingebungsvoll um ihn kümmerte. Die Eltern der Zwillinge waren nach Deutschland gereist, um ihren Sohn zu sich nach Mallorca zu holen, doch er hatte ihre Einladung abgelehnt. So waren sie nach einigen Tagen unverrichteter Dinge wieder zum Flughafen gefahren.

Maxim Winter war nach seinem Krankenhausaufenthalt zunächst in Untersuchungshaft genommen, doch dann in die Psychiatrie eingewiesen worden, da sich herausgestellt hatte, dass er nicht vernehmungsfähig war. Dort würde er bis zu seinem Prozess bleiben und höchstwahrscheinlich lange darüber hinaus. Der Staatsanwalt hatte ein psychologisches Gutachten in Auftrag gegeben, um Klarheit über die Zurechnungsfähigkeit des Tatverdächtigen zu gewinnen.

Während seines kurzen Aufenthalts in der Untersuchungshaft hatte Maxim Winter einen stark depressiven Eindruck gemacht, und er hatte sich unablässig mit einer *Stimme* auseinandergesetzt, die ihn bedrängte und quälte.

In solchen Augenblicken war er wieder zu einem Kind geworden, das in der Ecke kauerte und hilflos den Kopf mit den Armen bedeckte.

»Sie lässt mich einfach nicht in Frieden«, hatte er geflüstert und Bert voller Angst angestarrt.

»Wer?«, hatte Bert behutsam gefragt.

»Die Stimme«, hatte Maxim Winter kaum hörbar geantwortet. »Wessen Stimme?«

Doch Maxim Winter war wieder in sich selbst versunken, hatte sich in den verwinkelten Räumen seiner Ängste eingeschlossen und war nicht mehr ansprechbar gewesen.

Bert hatte seine Eltern kennengelernt, ein Ehepaar mittleren Alters. Die Mutter ruhig, schüchtern beinah und so in sich gekehrt, dass sie fast abwesend wirkte. Der Vater groß, hager und auf eine finstere Weise selbstbewusst.

In ihrer Gegenwart hatte Bert angefangen zu frösteln, und es war ihm schwergefallen, sich das nicht anmerken zu lassen.

»Ich habe gewusst, dass es ein schlimmes Ende mit ihm nehmen würde«, hatte der Vater gesagt. »Schon dem Säugling konnte man es ansehen. Er schrie nicht – er brüllte. Nahm keinen Kontakt mit seiner Umgebung auf, blieb ganz für sich.«

Bert unterbrach ihn nicht, obwohl er es gern getan hätte.

»Nie kuschelte er sich an seine Mutter. Er drehte sich immer nur weg von ihr.«

Die Frau reagierte nicht. Bert fragte sich, ob die Worte ihres Mannes überhaupt zu ihr vordrangen.

»Bald fing er an, sich für die eigenartigsten Dinge zu interessieren.«

»Zum Beispiel?«

»Er schrieb Gedichte. Lieder. Wünschte sich zum zehnten Geburtstag eine *Nähmaschine*.

»Siegfried …«, sagte die Frau leise.

Sein Blick durchbohrte sie und kehrte wieder zu Bert zurück. »Und dann kamen die ersten Gerüchte auf.« Er runzelte die Stirn. »Ich habe versucht, es ihm auszutreiben, habe ihm eingebläut, er soll sich zusammenreißen, habe mit Engels- und mit Teufelszungen auf ihn eingeredet und alles, wirklich *alles* versucht, um es im Ansatz zu ersticken.«

Es, dachte Bert.

In den Augen der Frau schimmerten Tränen. Doch sie schwieg

weiter und schaute sehnsuchtsvoll zum Fenster, als hielte sie es hier, in einem Zimmer mit ihrem Mann, kaum noch aus.

»Leider hatte ich keinen Erfolg.«

»Oh doch«, sagte Bert und wusste genau, dass er sich damit Ärger einhandelte. »Sie hatten Erfolg. Nur nicht den, den Sie sich wünschten.«

Das Wasser wurde kalt. Bert drehte es ab, stieg aus der Duschwanne und angelte nach einem Handtuch. Während er sich abtrocknete, rief er sich das Gespräch mit Urs Grünwald in Erinnerung, dem Psychotherapeuten, der Tobias Sattelkamp behandelt hatte.

Erst eine Stunde zuvor hatte er sich telefonisch angemeldet – und Glück gehabt. Ein Patient hatte kurzfristig seinen Termin abgesagt und Urs Grünwald konnte Bert empfangen.

Ohne den Namen zu nennen, setzte Bert ihm auseinander, was er über Maxim Winter in Erfahrung gebracht hatte. Der Psychotherapeut hörte ihm aufmerksam zu.

»Gut«, sagte er, nachdem Bert fertig war. »Nach dem, was Sie da schildern, scheint es mir, dass der Täter, von dem Sie sprechen, möglicherweise unter einer Kombination verschiedener Persönlichkeitsstörungen leidet.«

Bert sah ihn fragend an.

»Die menschliche Psyche«, erklärte Urs Grünwald, »ist so komplex, dass Störungen häufig nicht eindeutig klassifizierbar sind. Solche, sagen wir: *Mischformen* hat es zu allen Zeiten gegeben. In dem Fall, über den wir hier reden, erkenne ich klare Züge einer einerseits schizophrenen und andrerseits gespaltenen Persönlichkeit. Jemand befolgt die Befehle einer *Stimme*, ist in der Lage, seine Taten kaltblütig und exakt zu planen, kann sich jedoch später nicht an sie erinnern, als hätte ein anderer sie an seiner Stelle begangen.«

»Wessen Stimme ist es, die er hört?«, fragte Bert, obwohl er die Antwort längst wusste.

»Sie verstehen, dass ich keine Diagnose stellen kann, ohne den

Menschen zu kennen, ihn gesehen und mit ihm gesprochen zu haben, Herr Kommissar.«

»Selbstverständlich.«

»So, wie Sie die Hintergründe erläutert haben, scheint es die Stimme des mächtigen, allgegenwärtigen, fordernden und verurteilenden Vaters zu sein.«

Bert nickte. Nachdenklich betrachtete er die Bilder an den Wänden, die so viel Ruhe ausstrahlten. Er begriff, warum das so sein musste.

»Und die Homophobie des Täters …«

»Ist die Homophobie des Vaters«, beendete Urs Grünwald Berts Satz. »Und wenn Sie bedenken, dass Ihr Täter selbst homosexuell ist, dann haben Sie eine ungefähre Vorstellung von dem, was sich in ihm abgespielt haben muss.«

Ihr Täter.

Bert zweifelte nicht daran, dass Urs Grünwald von der ersten Sekunde an gewusst hatte, um wen es hier ging. Sie verabschiedeten sich voneinander, und Bert war dem Psychotherapeuten dankbar dafür, dass er mit keiner Silbe den abgeschlossenen Fall erwähnte.

»Eine letzte Frage noch«, sagte er, schon an der Tür.

»Bitte.«

»Der Täter selbst hat sich immer als bisexuell bezeichnet. Kurzzeitig hatte er auch eine Liebesbeziehung zu einer Frau.«

»Ein Wunschbild«, erklärte Urs Grünwald. »Der Versuch, sich einem Leben anzunähern, das den Vorstellungen seines Vaters entspricht.«

Ein kalter Luftzug ließ Bert erschauern. Er eilte ins Schlafzimmer, zog sich rasch an und blieb eine Weile am Fenster stehen. Da draußen drehte sich die Welt weiter, und nichts würde sie aufhalten, gleichgültig, wie schrecklich es auch sein mochte.

Doch niemals würde er sich damit abfinden, dass aus den Verbrechen von heute die Schlagzeilen von gestern wurden.

Er kämmte sich, zog seinen Mantel an, kontrollierte, ob alle

Fenster geschlossen waren, nahm die Reisetasche und verließ die Wohnung.

Als er in seinem Wagen saß, drehte er das Radio auf volle Lautstärke. Für einen Moment wollte er nicht mehr denken, sondern nur fühlen. Und durch die Landschaft gleiten, als gäbe es kein Ankommen, kein Ziel.

Ein paar Bemerkungen zum Schluss

Dass Jette in diesem Buch eine Gastrolle spielen sollte, war ursprünglich nur als kleines Geschenk für ihre Fans gedacht. Doch dann fing die Idee an, mich richtig zu faszinieren.

Ich sehe meine Thriller als einzelne Kapitel eines langen, zusammenhängenden *Entwicklungs*romans. Denn die Figuren sind nicht auf dem Reißbrett entworfen. Sie werden lebendig in meinem Kopf und ich folge ihnen, statt ihnen ein Korsett überzustülpen und sie zu Handlungen zu zwingen.

Sie leben. Werden älter. Verändern sich.

Und begegnen einander, wie Jette, Romy und der Kommissar.

Ein fesselndes Spiel mit ungeahnten Möglichkeiten ...

Ich danke meinem Lieblingskommissar Hans für die Geduld und Genauigkeit, mit der er meine Fragen beantwortet hat.

Meinem Lieblingspsychologen Fred dafür, dass er einfache Worte für komplexe Zusammenhänge und Strukturen fand und mir Unvorstellbares begreiflich machen konnte.

Meiner linken Hand ☺ Anja für die Begeisterung, mit der sie das Entstehen dieses Thrillers begleitet hat – und für Ingos Loft, in dem ich gern mal zu Gast wäre.

Meinen Freunden und Freundinnen dafür, dass sie mir auch die längste Schreibklausur nicht verübeln.

Meinem Mann, der die Welt von mir fernhält, wenn ich Ruhe zum Schreiben brauche.

Vor allem jedoch danke ich meinem Sohn dafür, dass ich ihn jederzeit anrufen durfte, um sein enormes technisches und geografisches Wissen anzuzapfen.

Monika Feth

Quellennachweis

Monika Feth
Teufelsengel

ca. 416 Seiten, ISBN 978-3-570-30752-6

Mona Fries. Alice Kaufmann. Ingmar Berentz. Thomas Dorau.
Vier Tote. Vier Morde. Vier Geheimnisse.
Niemand glaubt an einen Zusammenhang.

Niemand, außer Romy Berner, der jungen Volontärin beim KölnJournal.
Sie beginnt, auf eigene Faust zu recherchieren – und kommt einer
gefährlichen Bruderschaft auf die Spur ...

www.cbt-jugendbuch.de

Monika Feth
Der Erdbeerpflücker

320 Seiten   ISBN 978-3-570-30258-3

Als ihre Freundin ermordet wird, schwört Jette öffentlich
Rache – und macht den Mörder damit auf sich aufmerksam.
Er nähert sich Jette als Freund und sie verliebt sich in ihn,
ohne zu ahnen, mit wem sie es in Wahrheit zu tun hat ...

cbt

www.cbt-jugendbuch.de

Monika Feth
Der Mädchenmaler

320 Seiten   ISBN 978-3-570-30193-7

Als Jettes Freundin Ilka verschwindet, verdächtigt Jette
deren Bruder, einen egomanischen Szenekünstler. Hat er seine
Schwester aus Eifersucht entführt? Da ihr die Polizei
nicht glaubt, ermittelt Jette auf eigene Faust – und begibt
sich dabei in Lebensgefahr.

cbt

www.cbt-jugendbuch.de

Monika Feth

Der Erdbeerpflücker
352 Seiten,
ISBN 978-3-570-30258-3

Der Mädchenmaler
384 Seiten,
ISBN 978-3-570-30193-7

Der Scherbensammler
384 Seiten,
ISBN 978-3-570-30339-9

Der Schattengänger
416 Seiten,
ISBN 978-3-570-30393-1

Der Sommerfänger
448 Seiten,
ISBN 978-3-570-30721-2

Der Bilderwächter
480 Seiten,
ISBN 978-3-570-30852-

6241/7

www.cbt-jugendbuch.de